유토피언 제너레이션

유토피언 제너레이션

– 20세기 문학의 정치적 지평

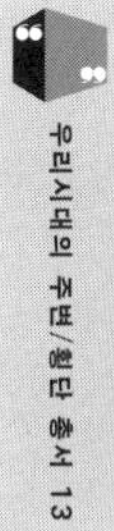

니컬러스 브라운 지음 | 김용규 · 차동호 옮김

현암사

유토피언 제너레이션

초판 1쇄 발행 | 2021년 6월 10일

지은이 | 니컬러스 브라운
옮긴이 | 김용규 · 차동호
펴낸이 | 조미현

펴낸곳 | (주)현암사
등록 | 1951년 12월 24일 제10-126호
주소 | 04029 서울시 마포구 동교로12안길 35
전화 | 365-5051~6 · 팩스 | 313-2729
전자우편 | editor@hyeonamsa.com
홈페이지 | www.hyeonamsa.com

ISBN 978-89-323-1801-1 94800
ISBN 978-89-323-1668-0(세트)

* 책값은 뒤표지에 있습니다. 잘못된 책은 바꾸어 드립니다.

* 이 역서는 2007년 정부(교육과학기술부)의 재원으로 한국연구재단의 지원을 받아 수행된 연구임(NRF-2007-361-AM0059)

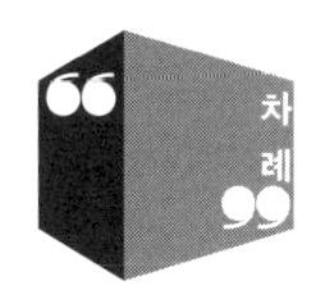
차
례

일러두기

1. 이 책의 본문에서 책(장편소설, 철학, 평론 등)은 『 』, 잡지와 음반은 《 》, 시 · 소설 · 논문, 책의 부(部)와 장(章)은 「 」, 노래와 연극(희곡), 뮤지컬, 영화, 사진, 미술 작품은 〈 〉로 제목을 표시했다.
2. 옮긴이 주는 '(역주)'로 표시했다.

1장

서론

위대성이 전적으로 자신의 영역 밖에 존재하며 그 위대성에 대해 전혀 느끼지 못할 수도 있다는 명확한 각성에 아직 도달하지 못한 사람, 그리고 이러한 위대성이 인간 정신의 지리 속에 대략 어디에 위치하는지에 대해 막연한 암시조차 느끼지 못하는 사람은 누구나 자신의 분야에서 전혀 천재성을 갖지 못하거나, 아직 고전 교육을 받지 못한 사람이리라.

— 프리드리히 슐레겔, 『비판적 단상』 36편

모더니즘과 아프리카 문학

이 책은 자본주의가 내재적 한계에 도달한 시점에서 20세기 문학의 해석 지평을 확립하는 것을 목표로 한다. 고전적 마르크스주의의 개념에서 보면, 이 한계는 자본과 노동의 균열이지만 이 균열은 다양한 형태로 치환되고 있다. 그중 가장 중요한 형태가 부유한 국가와 보다 광범위하고 보다 가난한 경제적 주변부 간의 지구적 분할이다. 이 책에서 주로 고려되는 문학작품들은 이 분할된 각 측에서 생산된 것으로서 양차 세계대전 사이의 영국 모더니즘과 민족 독립 투쟁 시기의 아프리카 문학이다. 다음에서 필자는 (특별한 정치적 가능성의 시기에 생산된) 이 양측의 문학 중 어느 쪽도 단독으로는 이해될 수 없다는 것, 오히려 각 측의 충만한 의미가 다른 측과의 관계 속에서만, 혹은 내적이면서 동시에 외적인 균열과의 관계 속에서만 출현한다고 주장할 것이다. 양측의 문학은 그런 균열을 서로 다른 방식으로 재현한다.

그러나 영국 모더니즘은 아프리카 문학과 어떤 관계를 갖는가? 이 질문에 대해 잠정적 답변을 얻는 것은 힘들지 않다. 우선 20세기 중엽 식민적 교육 양식이 모더니즘적 문학작품들에 부여한 특권적인 지위는 아무리 강조해도 지나치지 않다. 위대한 민족 독립운동과 함께 등장한 아프리카 문학이 모더니즘과 가졌던 관계(모더니즘 자체와의 관계뿐만 아니라 완전히 신비평적 정전으로서 헤게모니적 지위를 누렸던 확장되고 순화된 모더니즘과의 관계)는 매우 양가적이다. 위대한 모더니즘의 비평적 우위가 하나의 모델을 제공했다면, 유럽 문화의 전위로서 모더니즘이 가진 제도적 비중은 새롭고 종종 적극적인 비판적 문학의 생산에 장애임과 동시에 엄청난 자극을 제공하였다. 여기서 우리는 네그리튀드négritude와 유럽 초현실주의 간의 잘 알려진 연관성을 생각해볼 필요가 있지만 쉽게 생각나는 다른 사례들도 많다.[1] 정말로 이 책에서 고려되는 아프리카 작가들 각각은 간혹 정반대되는 재현의 목적을 성취하기 위해 모더니즘적 문체와 전략들을 재활성화하는 데 활발하게 참여하기도 했다. 셰크 아미두 칸Cheikh Hamidou Kane은 프랑스와 독일 실존주의의 핵심 문제들을 받아들이되 그것들을 철저히 새로운 방식으로 해결하였다. 치누아 아체베Chinua Achebe는 예이츠Yeats와 T. S. 엘리엇T. S. Eliot의 묵시록적 시각에 새로운 의미를 불어넣었고, 응구기 와 시옹오Ngugi wa Thiong'o는 북미의 비평 이론에서는 결코 받아들여지지 않던 브레히트의 실천 이론으로 시작했다.

하지만 다음에서 이런 직접적이고 때로는 발생적인 연관성은 분석의 주요 지점이나 출발점이 되지는 않을 것이다. 아프리카 문학과 모더니즘이라는 맥락에서 우리는 아이 퀘이 아르마Ayi Kwei Armah가 제임스 조이스James Joyce에 형식적으로 빚지고 있음을 보여주고자 한 찰스 라슨Charles Larson의 『아프리카 소설의 출현*The Emergence of African Fiction*』에 대한 아르마 자신의 유쾌하고도 통렬한 반박을 통해서 영향influence 연구로부터 거리를 두어야 한다는 주의를 받기도 했다. 아르마의 개입은 "서양 비평가들이 아프리카에는 독창적 창조성이 없다고 말할 때 통상적으로 쓰는 전혀 섬세하지 않은 방식이 차용과 영향의 언어"임을 분명히 보여준다.[2] 아르마의 『단편들*Fragments*』에 대한 라슨의 분석에서 영향의 증거들은 논증으로서 매우 취약하지만, 확실하게 확립할 수 있는 발생적 관계로 과연 무엇을 할 수 있을지조차 분명하지 않다.[3] 좌우간 '영향'이라는 단어는 현혹적인 데가 있는데, 그 까닭은 보르헤스가 한때 말했듯이, 작가가 자신의 선구자들을 창조하는 것이지 그 역이 아니기 때문이다. 아도르노Adorno가 더욱 논쟁적인 관점에서 제기했듯이, 모든 모방 행위는 동시에 배반 행위이고, '영향'이라는 단순한 사실은 이런 변증법적 운동을 그 어떤 구체적 사례들 속에서 구축하는 데 충분하지 않다.[4] 그렇다면 중요한 것은 이런 종류의 문학사가 전적으로 부적절하다는 것이 아니라, 그 의미가 전적으로 문학 해석에 달려 있다는 점이다. "뛰어난 문학사가가 되기 위해서 우리는 보통 문학사라고 부르는 것이 문학과는 전혀 혹은 거의 관련이 없다는 것, 그리고 이른바 문학 해석이라는 것이 (물론 그것이 탁월한 해석인 한에서이지만) 사실상 문학사라는 점을 기억해야 한다."[5] 우리의 가장 확실한 선택은 경험적이고 발생적인 문학사를 탐구하는 데 있는 것이 아니라 작품 그 자체에 관해 무엇이 역사적인지를 질문하는 데 있다. 이 책의 목적은 단지 모더니즘과 아프리카 문학을 가로지르는 공통 경로들(이 경로들이 많다고 하더라도)을 추적하는 것이 아니라, 이 경로들이 단순한 유사성과 영향 관계를 뛰어넘어서 이해되고, 그런 과정에 둘의 진정한 차이가 명백하게 드러날 수 있는 하나의 체계를 구성하는 것이다.

식민지 경제에 의해 아프리카 사회가 깊이 재구성되는 과정(특히 장차 아프리카 대륙의 새로운 문학을 창조하게 될 계급의 출현)을 감안하면서 우리는 한 단계 더 나아가 일련의 텍스트들과 그것들이 출현한 사회 간의 또 다른 풍부한 연관성을 지적할 수 있을 것이다. 자본주의가 전 지구적 경제체제로 확장될 때 유럽 제국주의가 핵심적 계기였다는 단순한 사실은 그 속에 이미 보편성에 대한 일정한 기준선을 내포하고 있다. 아모스 투투올라Amos Tutuola가 보여준 급진적으로 탈영토화된 영어, 역사적 소명을 박탈당한 한 사회계급에 대한 월레 소잉카Wole Soyinka의 묘사, 메자 므왕기Meja Mwangi의 나이로비가 보여준 새로운 도시적 논리 등 이 모든 것들은 유럽의 정전 문학에서 그에 상응하는 등가물을 손쉽게 찾을 수 있다. 가령, 이런 관점에서 볼 때, 아체베는 (그의 초기 소설의 제목들이 가리키고 있는) 예이츠와 T. S. 엘리엇보다는 19세기 위대한 역사소설가들에 훨씬 더 가까워 보인다. 이들은 '이교도 민족들의 패배defeat of the gentile nations'의 장구한 과정을 목격한 바 있다. 그렇지만 이 책에서 펼칠 우리의 비평적 실천에 관한 한, 하나의 문학을 위해 개발된 방법론적 기준들을 다른 텍스트들에 단순히 적용하는 것은 문제가 될 수 있다. 이런 식의 적용은 이론적 이유(즉, 전 지구적 경제체제로서의 자본주의가 역사적 시간 속에서 엄청난 소용돌이와 회오리를 낳는 불균등 발전에 근거하기 때문이다. 이는 그 어떤 성급한 보편화의 시도도 좌절시켜버리는 동시대 역사의, 말 그대로 엄청난 복합성을 보여준다)뿐 아니라 경험적 근거에서도 불가능하다. 치누에이주Chinweizu와 치디 아무타Chidi Amuta처럼 완전히 다른 성향의 1980년대 비평가들이 그런 비평적 실천에 대해 가했던 치명적 타격은 말할 것도 없고 포스트식민 시기의 문학작품들에 대한 신비평적 읽기들은 잊혀진 채 거대한 무덤이 되고 말았는데, 이는 한 방향으로만 전달되는 비평적 방법의 불모성을 증명한다. 그리고 가령, 최근 연구자들이 제임스 조이스를 포스트식민 작가로 읽는 많은 풍성한 연구들을 생산했지만, 이런 접근 방법이 조이스 텍스트의 내재적 기준들에 폭력을 가했다는 사실은 명백하다.

이 책은 모더니즘과 아프리카 문학을 단일한 체계 내에서 파악하되 그 어느 측도 동일하게 보이지 않게 하는 방식으로 재편성하고자 한다. 이 체계는 '문학사'에도 추상적인 '보편사'에도 근거하지 않으며 각 텍스트가 역사 그 자체와 맺는 관계에 근거할 것이다. 증명은 나중에 이루어지겠지만, 이런 맥락에서 아체베는 「재림The Second Coming」이나 『웨이벌리*Waverly*』와의 관계가 아니라, 그와는 아무런 관련성도 없을 것 같은 포드 매덕스 포드Ford Madox Ford라는 작가와의 관계 속에서 가장 유익하게 고려될 수 있을 것이다. 만약 아프리카 문학이 정전적 모더니즘과 나란히 있을 때 새롭게 조명될 수 있다면, 모더니즘 또한 아프리카 독립 시기의 시각을 통해 보면 꽤 다르게 보일 것이다. 여기서 '아프리카 문학론'이나 정전적 모더니즘의 이론을 기대하는 독자들은 필히 실망하게 될 터이다. 이 책의 관건은 '모더니즘 전통'이나 '아프리카 전통'을 분리하려는 모든 논의(두 항이 서로 통약 불가능하다는 것은 그 탐구가 아직 불충분하다는 주의이다)는 내재적인 오류를 갖고 있다는 것이다. 아프리카 문학을 논의하되 그것이 과거의 자율적이고 헤게모니적인 전통을 잃고 하위종속성subalternity의 지위(와 그 지위로 인해 절대적으로 달라진 의미)를 받아들이는 과정을 설명하지 않는 그 어떤 시도도 문화적 연속성을 신화화하는 한편 모든 문화 전통들이 세계사에 강제로 편입되면서 겪은 폭력을 간과하는 것이 된다. 한편, 이런 동일한 역사(윈덤 루이스Wyndham Lewis에 관한 장에서 더욱 구체적으로 다루어지겠지만, 자본의 끊임없는 침식 운동과, 자본 운동과 식민주의, 세계전쟁, 사회주의의 봉쇄 간의 연관성)를 받아들이지 못하는 그 어떤 '모더니즘 이론' 또한 이 문학작품들이 오늘날에도 여전히 그렇게 강력한 이유를 놓치게 된다.

어떤 경우든 '전통에 관한 이론'을 생산하고자 하는 시도들이 자율적 유산을 재구축하기보다는, 전통을 이런저런 비평적 운동의 흔히 유지되는 기준들에 따라 구축하려는 경향이 있다는 것은 잘 알려져 있다.[6] 다른 식으로는 거의 할 수 없으리라. 중요한 것은 완전히 순진무구한 기술적 담론을 생산할 수 있다고 상상하는 것이 아니라 자기 자신의 언어 내용을 설정하고 있는 방식에 관해 분명한 태도를 보이는 것이다. 이 책에서 문학 그 자체는 자본주의의 발전에 고유한 문제들과 가능성들에 접근하는 특정한 양식을 가리킨다. 최종적으로 문학작품들을 그 풍부함과 복합성 속에서 읽고자 하는 우리의 시도는 이러한 자본주의적 발전의 역사를 준거 틀로 삼을 것이다. 그렇지만 어떤 상대적으로 자율적인 전통을 전개한다는 주장을 단념하는 것 때문에 우리가 모더니즘과 아프리카 문학에 관한 근본적인 질문을 제기하지 못하는 것은 아니다. 이는 우리가 모더니즘과 아프리카 문학을 서로 연관 짓게 만드는 역사를 참조하지 않고서는 그 각각에 관한 질문을 제기하지 못할 것이라는 점을 의미한다.

이 서론에서 구성된 체계는 헤겔 변증법의 마르크스주의적 수정에 관한 정통적 해석이라고 할 수 있는 것에 근거한다. 어떤 의미에서 이것은 '유럽적인' 궤도(비록 이 명칭이 20세기 후반 아시아, 아프리카, 라틴아메리카의 반식민적이고 반제국주의적인 운동들에 의해 전유되고 수정된 것을 가장 중요한 발전으로 보는 전통에도 적용된다고 하더라도 말이다)이고, 어떤 시점에서 서양 작가가 "자신의 주체 위치를 인정하는 것"(즉, 차후의 실책을 변명하기 위한 선의의 표시라 할 수 있다)은 일상적인 일이다. 이 책의 전제가 되는 주체 위치, 즉 지적·정치적·계급적 위치와 함께 인종적·지리적·젠더적 위치는 아주 명백하지만, 만약 우리가 진정으로 아르마가 말하는 "아프리카 문학을 평하는 비평가를 비롯해 서양 학자"에 포함되기를 원치 않는다면, 선한 의도란 별로 도움이 되지 않는다. 그런 학자들은 "사업가든, 경제 자문가든, 혹은 용병이든, 아프리카를 매도하는 서양의 전문가들 못지않게 서양의 이익을 대변하면서… (중략) … 자기 사회의 가치와 편견에 골몰하는 서양인'(44쪽)일 뿐이다. 단지 시작의 의미이지만 필요한 것은 문화적·이론적 영역에서 식민지적 동학을 이어간다는 것이 무엇을 의미하는지를 진정으로 이해하려는 시도이다.

우리는 흔히 이른바 문화제국주의cultural imperialism라는 것에 대한 가장 중요하고 엄격한 분석을 폴랭 웅통지Paulin Hountondji에 빚지고 있다. 그는 거의 20년에 걸친 주목할 만한 일련의 개입을 통해 이론의 생산 자체가 (그것이 명백히 제3세계에 초점을 두고 있을 때조차) 구조적으로 제1세계의 이익을 지향하려는 경향이 있다는 것을 증명해왔다.[7] 주변부 경제와 중심부 경제 간의 지식 유통에 대한 웅통지의 유물론적 설명(사미르 아민Samir Amin의 주변부 경제의 구조적 종속에 대한 설명에서 영감을 받았음이 분명하다)은 일차적으로 과학적 지식을 다루지만 그 주장은 쉽게 일반화될 수 있다.[8] 직접적으로 경제적 생산에서처럼 문화적 생산 영역에서도 제3세계는 제1세계의 연구기관에 원료들(지역적 지식, 아프리카 소설, 음악적 표현 양식 등)을 제공하는 경향이 있고, 이 원료들은 제1세계의 연구센터들로 선적되어 완제품(인류학, 약학, 문학비평, 폴 사이먼 앨범 등)으로 가공되고, 때로는 제3세계로 역수입된다는 것이다. 하지만 응통지의 주장은 문화 차원에만 머물지 않으며, 궁극적으로는 이 운동을 '전 세계적 자본주의 체제'의 총체적인 작동과 관련지을 수 있다.[9] 이 체계는 문화의 차원을 구속할 뿐 아니라 모든 지점에서 지식의 유통을 결정한다. 이런 조치는 절대적으로 필수적이다. 왜냐하면 그것은 우선 지식 유통을 결정하는 바로 그 다른 것(전 지구적 자본주의 체계)을 설명하지 않으면서 지식의 유통만을 변경하는 문제일 수는 없기 때문이다. 만약 우리가 그렇게 하지 못한 채 문화제국주의의 속류적 논리를 끝까지 밀어붙인다면, 우리는 '수입 대체import substitution'의 논리와 비슷한 결과에 도달하게 될 것이다. 이 논리에 따르면, 제3세계는 제1세계 생산의 취약한 부분들을 선별적으로 이용함으로써 약간의 행운이 따라준다면 지역 산업을 발전시켜 종국적으로는 제1세계 상품들과 경쟁할 수 있다는 것이다. 그런 실천이 어떤 긍정적 효과들을 가질 수 있겠지만, 그것은 주로 지역의 (경제적일 뿐만 아니라 문화적인 차원의) 자본 소유자들에게 훨씬 유리하게 작용한다. 다시 말해, 치디 아무타가 통렬하게 지적하듯이, 누가 지역적 지식을 자신의 이론적 담론으로 전유할 자격이 있는가에 관한 투쟁은 "서양 부르주아 학자들과, 그들과 짝을 이루는 아프리카 부르주아 학자들 간의, 즉 본질적으로 계급 내부의 투쟁이 되기 쉽다. 여기서 우위를 점하는 것은 허위의식이다."[10]

중요한 것은 이런 순환에서 벗어날 수 있다거나, 그 결과로부터 자유로울 수 있다고 상상하는 것이 아니다. 오히려 우리가 응통지의 목표("이 지역뿐만 아니라 다른 모든 지역에서 지금까지 자신의 노동 생산물을 박탈당해온 사람들에 의한 … (중략) … 지식의 집단적 전유"[11])를 우리 자신의 목표로 받아들인다면, 우리는 지식의 유통을 결정하는 바로 그 다른 것, 즉 자본을 다루는 것 외에 달리 선택의 여지가 없다. 작가의 주체 위치를 단지 인정하거나, 혹은 반대로 상상된 히스테리적 타자의 반응을 지속적으로 고민하는 대신에 우리는 마르크스주의적 체계가 유럽중심적인 것이 아닐 뿐만 아니라, 유럽중심주의의 함정과 동시에 유럽중심주의에 대한 유럽중심적인 역설적 거부의 함정을 피할 가능성을 갖고 있는 유일한 개념적 체계라는 사실을 증명하려고 할 것이다. 이것은 이런 잠재성이 포스트식민 문학에 대한 마르크스주의적 비판에서 항상 실현되어왔다고 말하는 것이 아니며 실제 그렇지도 않다. 하지만 여기서 전개되는 체계에 대해 어떤 이견이 있든지 간에, 최근 들어 그 기본적인 개념적 도구들의 지리학적 기원에 관해 특별히 고민할 사람은 없을 듯하다.

그렇다면 우리는 어떻게 자본, 그리고 모더니즘과 아프리카 문학 간의 관계를 하나의 단일한 사유 속에서 사고할 것인가? 이런 연관성을 제기할 수 있는 가장 효과적인 방법은 괴테의 세계문학 개념에 대한 마르크스의 잘 알려진 전유를 통해서이다. 괴테는 다음과 같이 말했다.

> 세계문학에 대한 이야기가 한동안 회자되었고 그것은 적절한 것이다. 왜냐하면 끔찍한 전쟁의 소용돌이에 휩쓸리게 되었고 그 뒤 다시 개별적 국가의 상태로 되돌아가면서 모든 민족들은 자신들이 외래의 영향들을 겪었고, 그 영향들을 흡수해왔으며, 때로는 이전에는 알지 못했던 지적 욕구를 자각하게 되었다는 점을 깨달을 수밖에 없었기 때문이다. 그 결과 선의의 의식이 생겨났다. 그들의 정신 상태는 과거처럼 스스로를 고립하기보다는 자유로운 사상의 교류에 편입되고자 하는 욕망을 점차적으로 갖게 되었다.[12]

오늘날 우리 자신의 지배 담론에서 이런 코즈모폴리턴적 다문화주의의 흔적들을 읽어내는 것은 어렵지 않다. 기존 문화들은 대학이라는 신비스러운 중립 지대에서 이루어지는 '자유로운 교류free exchange'를 통해 선의의 감각을 펼치고 있다.[13] 하지만 이어지는 단상에서 볼 수 있듯이, 괴테 자신은 이 이상의 것을 파악하고 있었다. 그가 볼 때, 세계문학을 펼치는 목적은 "어떠한 종류의 해외 무역에서도 그렇듯이 그것을 통해 이윤과 즐거움 모두를 획득하는 데 있다."[14] (이 단상에 들어 있는 명백히 상업적인 함의는 현대 판본에서는 지워졌다.) 물론 마르크스의 『공산당 선언 *Communist Manifesto*』에서 세계문학이 놀라운 모습으로 등장할 때, 경제적인 것은 은유 이상의 의미를 갖게 될 것이다.

> 생산품을 위해 끊임없이 팽창하는 시장을 필요로 하기 때문에 부르주아지는 지구상의 모든 지역을 찾아다닌다. 부르주아지는 도처에 둥지를 틀고 모든 곳에 정착하며 모든 곳에서 연관성을 구축한다.
>
> 부르주아지는 세계시장의 착취를 통해 모든 나라에서 생산과 소비에 코즈모폴리턴적 성격을 부여해왔다. 반동주의자들에게는 몹시 안타깝겠지만, 부르주아지는 산업의 발판에서 자신들이 서 있던 민족적 기반을 제거해버렸다. … (중략) … 물질적 생산에서처럼 지적 생산에서도 그러했다. … (중략) … 수많은 민족적·지역적 문학들로부터 하나의 세계문학이 생겨났다.[15]

여기서 민족, 문화, 텍스트들의 '평화 공존'은 제국주의적 팽창의 동학 속에서 일정한 역사적 내용을 부여받게 된다. 오늘날의 다문화주의 담론에서 괴테의 세계문학 개념의 유산을 찾아볼 수 있는 만큼이나 명백하게, 특정한 문화 형식들이 경제적 형식들과 더불어 영토를 식민화해나간다는 마르크스적 서사 또한 괴테적 은유의 진리를 재현하고 있다는 것은 명백하다.

만약 세계문학이 자유롭게 발전하는 대등한 다수의 문화들로부터 자연발생적으로 생겨나는 것이 아니라 제한된 경제적·문화적 형식들에 의한 지리적·문화적 다양성의 착취를 재현하는 것이라면, 우리는 '비서양 문학'이 어느 정도 용어의 모순인지를 물어볼 수 있을 것이다. 이 질문은 어째서 20세기 후반의 가장 활력 있는 문학이 제3세계 작가들에 의해 생산되었는지를 묻는 것이 아니다. 사실이 그렇다. 질문은 우리가 '문학'이 무엇을 의미하는지, '서양'이 무엇을 의미하는지, 그리고 이 단어들에는 어떤 의제가 자리하고 있는지, 혹은 이 단어들이 도대체 어떤 의미를 갖고 있는지에 관한 것이다. 케냐 소설가 메자 므왕기의 『강가를 따라 내려가며*Going Down River Road*』는 유럽 자연주의의 기준들을 거부할 때조차 그 기준을 전제하고 있다. 과연 우리는 『인키샤피*Inkishafi*』(스와힐리 고전 시인인 사이드 압달라 빈 알리 빈 나시르Sayyid Abdallah bin Ali bin Nasir가 폐허가 된 도시국가 '파테Pate'(오늘날 케냐)에 관해 쓴 명상 시)에 대해, 그 시를 '문학' 개념을 준거로 이해함으로써 좋은 의도에도 불구하고 그것에 어떤 폭력적 변형을 가하지 않았다고 말할 수 있을까?[16] 우리가 '비서양' 문학이라 일컫는 것을 자체의 내적 논리에 따라 펼쳐져 온 일련의 다른 기준과 규칙들을 의미하는 것으로 이해한다고 하더라도, '비서양' 문학을 (『인키샤피』처럼) 다른 어떤 문화의 표현이라고 하기는 힘들 것이다. 오히려 그것은 경제적·민족적·성적·지리적으로 분화된 주체들이 한때 진정으로 다문화적인 지구였던 것을 무자비하게 포섭해버리는 전 지구적 자본주의의 단일 문화 내에서 차지하는 위치의 관점에서 사고할 필요가 있다.

오늘날 주류적 다문화주의적 담론들이 이런 사실에 대한 명확한 부정을 통해 구축된다고 하더라도, 이 모든 것은 분명해야 한다. 하지만 다문화주의가 무엇을 부정하는가를 인식한다고 해서 그것이 향후 '서양적' 전통의 불가항력적인 힘을 찬양하거나 거기에 순응하는 것으로 여겨져서는 안 된다. 다문화주의 담론 속에 숨어 있는 자본주의적 단일 문화는 엄격히 말해 결코 '서양적'이지 않다. 구체적으로 '서양적' 헤게모니 개념이 고전적 제국주의의 선악이라는 마니교적 상부구조를 기술하기 위한 발견적 도구로서 유용했다는 것은 사실이다. 하지만 '서양'이라는 개념은 (오늘날 공산주의적 '동구'에 대해 낡은 개념적 대립으로 사용되는 경우를 제외하면) 그 어떤 인과관계의 설득력도, 그 어떤 설명력도 가지지 못한다. 일반적으로 이런 마니교적 구도들이 해체되고 더욱 복잡한 구조들에 의해 대체되고 있기 때문에 '서양'이라는 개념은 그 유용성보다 오래 살아남은 것이다. 닐 라자러스Neil Lazarus가 『포스트식민 세계에서의 민족주의와 문화적 실천*Nationalism and Cultural Practice in the Postcolonial World*』에서 지적하듯이,[17] 자본주의와 '서양'을 동일시하는 것(이는 발견적 개념을 설명적 개념으로 고양시키는 것이다)은 근본적으로 체계적인 현상을 도덕적인 것으로 정당화하는 일종의 신비화이다. 자본의 기능에 내재하는 불균형성은 자본 그 자체의 확장을 통해서만 통제될 수 있다. 마르크스가 『정치경제학 비판 요강*Grundrisse*』에서 말했듯이, "세계시장을 창조하려는 경향은 자본 개념 그 자체 내에 직접 주어져 있다. 거기에서 모든 한계는 극복되어야 할 장애물로 보인다."[18] 산업자본주의가 영국의 남동부 지역에서 밖으로 팽창해갈 때, 그것은 비자본주의적 생산양식 및 생활 방식들을 예속시키고 (불균등하게) 통합했으며 말살했다. 그리고 이 과정은 과거 식민지 영토뿐만 아니라 지배 국가 내에서도 아직까지 합리화되지 않고 남아 있던 노동 영역(가령, 목축업과 고등교육)에 대해서도 일어났다.[19] 일부 국가와 계급과 경제 부문이 다른 것들보다 훨씬 더 유리한 위치를 선점하거나 유지하고자 시도했다는 것은 말할 필요가 없다. 그러나 이는 '서양'이라는 개념으로 설명될 수 있는 것이 아니다.

문화 분석에서 이것이 의미하는 바는 전 지구적인 자본주의에 의해 강제되는 형식들이 그 어떤 구체적 문화 내용들, 심지어 고대에 기원을 두고 있는 것 같은 내용들에 대해서조차 적절한 해석 가능성을 구성한다는 것이다. 그런 형식들의 한 예로 박물관을 들 수 있는데, 그것은 모든 다른 문화 형식들의 절멸이 진행되는 사회에서 필수적인 것이 된다. 박물관은 다양한 문화 형식들의 보존을 위한 제도일 뿐만 아니라 그 문화 형식들과 대립적인 것으로 보이는 골동품 시장처럼 한 가지 사실, 즉 바로 그 문화 형식들의 절멸을 보여주는 징후이기도 하다.[20] 바미안 계곡Bamiyan Valley의 불상들을 파괴한 데 대해 탈레반이 표명한 이유가 역설적이게도 불상을 종교적 인공물로 만들어 보존했다는 데 있다는(인공물이기에 금송아지Golden Calf처럼 파괴되어야 한다는 것이다) 얘기가 있다.[21] 하지만 우리는 한 걸음 더 들어가서 유네스코UNESCO가 불상들을 인류 '문화유산'의 또 하나의 기념비로 변형함으로써 그것들을 확실하게 말살시켜버렸을지도 모른다는 점을 강조해야 한다. 하지만 이 책에서 우리는 일차적으로 이런 종류의 제도보다는 개념에 관심을 갖는다. 다시 말해, 박물관이나 유네스코보다는 그와 유사한 방식으로 기능하는 '소설', '비평', '문화', 특히 '문학'과 같은 일반 담론과 정신 구조들에 관심을 갖는다.

단일 문화monoculture에서 시작한다는 방법론적 결정이 총체성이라는 의심쩍은 범주에 은연중에 의지하고 있다는 이견이 있을 수 있다. 사실 이 책의 목적 중 하나는 포스트식민 연구에서 총체성(과 변증법 그 자체)이라는 헤겔적 개념의 신뢰성을 회복하는 것이다.[22] 많은 독자들은 틀림없이 이 책에서 프레드릭 제임슨Fredric Jameson의 영향력을 느낄 수 있을 터인데, 이 책은 부분적으로 포스트식민 비평에서 그 권위가 실추된 변증법의 위상을 제임슨의 「다국적 자본주의 시대의 제3세계 문학Third World Literature in the Era of Multinational Capitalism」에서의 주장과 "모든 제3세계 텍스트는 필연적으로 … (중략) … 민족적 알레고리로 … (중략) … 읽을 수 있다."(69쪽)라는 악명 높은 주장을 통해 만회하는 데 초점을 둔다.[23] 제임슨의 입장에 대한 아이자즈 아마드Aijaz Ahmad의 고전적 비판은 많은 점에서 빈틈없고 흠잡을 데 없는 것이다. 제임슨의 글은 자본주의의 주변부에서 생산된 문학을 민족적 알레고리로 읽는 데 허술하고 명확한 몇몇 이유들을 포함하고 있다. 그리고 이 글의 실질적인 부분(즉, 과거의 경제 형식들이 자본하에 포섭되는 과정과 주변부 민족경제의 문제를 하나로 뭉쳐버린 것에서 '식민지 민중들의 경험'(76쪽)에 대한 성급한 가정들에 이르기까지)은 옹호하기 힘들다.[24]

하지만 이런 문제점에도 불구하고 우리는 결코 이 글의 한 가지 탁월한 헤겔적 주장을 무효화할 수 없다. 돌이켜볼 때, 제임슨의 글이 실패한 것은 실제 이론적이기보다는 수사학적인 것 같다. 투쟁의 수사학으로 의도되었던 것(정확히 아마드 자신이 말한 "엄밀히 그리고 근본적으로 전 지구적인 성격을 갖고 있는 자본과 노동의 격렬한 투쟁"의 수사학)이 너무나 쉽게 '타자성의 수사학rhetoric of otherness'으로 해석되었다. 자본과 노동의 관계의 경우처럼 제1세계와 제3세계에 대한 제임슨의 구분 또한 각 세계를 하나의 실증적 범주로 기술하려고 시도하는 순간 사라지기 시작했다. 그러나 그런 구분이 제1세계와 제3세계 간의 현실적 균열 내지 갈등을 나타내지 않는다는 것을 의미하지는 않는다. 제임슨 글의 진정한 토대는 하위종속성에 관해 쉽게 반박 가능한 일반화를 시도하는 시작 부분에 있는 것이 아니라, 그가 주인과 노예의 헤겔적 변증법을 끌어들이는 끝부분에 등장한다. 이 대목을 자신의 일반적 비판에 부합하도록 만들기 위해 아마드는 이 변증법을 초기 단계("그는 단지 역사의 대상, 즉 헤겔적 노예에 불과하다.")에 묶어두어야 했다. 헤겔에 대한 정당한 읽기이든 아니든 간에 그것은 제임슨이 선호하던 루카치식의 읽기와는 다르다. 제임슨은 주인과 노예의 차이를 주체성의 차이로, 특히 노예의 우월한 의식의 차이로 이해한다. 즉, "관념론에 얽매일 수밖에 없는" 운명의 주인과 달리 "노예는 자신의 상황에 대한 진정한 유물론적 의식을 획득할 수 있다"[25]는 것이다.

사실 제3세계문학을 "사회적 알레고리"(85쪽)로 읽을 것을 권하는 제임슨의 읽기 양식은 그가 『정치적 무의식*The Political Unconscious*』에서 유럽 텍스트들을 "사회적 상징 행위socially symbolic act"로 읽을 것을 권했던 읽기 양식과 실질적으로 다른 것이 아니다.[26] 차이가 있다고 하면, 그것은 의식의 차이이다. 즉, 제임슨이 주인과 노예의 변증법을 거론한 것은 자본과 관련하여 우리가 서 있는 위치의 문제를 설정하기 위한 것이다. 이런 맥락에서 제임슨의 '무의식'을 더욱더 명백해 보이는 프로이트적 의미보다는 헤겔적 의미를 참조하는 것으로 보고, 헤겔의 『미학*Aesthetics*』에 나오는 "무의식적 상징주의"를 상기하는 것이 더 생산적일 수 있다. 헤겔에서 무의식적 상징주의의 형식은 알레고리를 포함하는 '의식적 상징주의'의 형식에 비하면 항상 열등하고 미숙하다. '정치적 무의식'(과 「다국적 자본주의 시대의 제3세계 문학」에도 나오는 '포스트모더니즘')과 같은 용어는 '무의식적 상징주의'와 같은 부류에 속하며 '민족적 알레고리'의 '의식적 상징주의'에 비하면 부족한 면이 있다. 이는 감상적인 이유나 외부적인 정치적 공감 때문이 아니라 제임슨의 이론적 좌표가 그것을 요구하기 때문이다. 어떤 이는 이러한 사실에 따라 이 글이 최종적인 변증법적 전환으로서 『정치적 무의식』의 서론이 되기를 바랐을 수도 있다. 만약 그랬더라면, 제임슨이 염두에 두었던 것이 제3세계 문학을 위한 근본적으로 다른 이론이 아니라 그가 일찍이 전개했던 이론의 완성이었음이 명확해졌을 것이다. 하지만 이전의 책(『정치적 무의식』)을 뒷받침했던 상세한 이론적·해석적 작업을 감안하지 않으면서 그의 주장을 환원주의라고 비난하는 것은 너무 안이한 지적일 수 있다.[27]

더욱이 제임슨의 글이 출간된 시기에 제3세계 문학에 대한 많은 비평들이 정말로 유럽중심적(아체베가 '식민주의적 비평'이라고 불렀던 것[28])이었다(그리고 덜 명시적이긴 하지만 지금도 계속해서 그렇다)는 사실은 의문의 여지가 없다. 그 결과 이 문제에 경각심을 갖고 그것과 맞서 싸울 이론적인 도구들을 개발하는 것이 제임슨의 글이 등장했을 당시 포스트식민 담론의 최전선에 있었던 것이다. 이런 맥락에서, 그리고 이 글의 현실적 결점으로 미루어볼 때, 「다국적 자본주의 시대의 제3세계 문학」을 온건한 환원주의로 읽는 지배적 방식은 거의 불가피했다. 이 글은 그런 비평을 이론적으로 사전에 피하거나, 그런 비평을 생각할 수 없게 할 정도로 미묘한 해석을 제공하려고 시도한 것은 아니었다. 특히 불운했던 것은 포스트식민 연구가 스스로를 정의하려는 순간 북미 학계의 미시정치학 내에서 유익하고 생산적이었던 읽기가 곧장 냉전의 거시정치학으로 말려들고 말았다는 사실이다. 그 결과 마르크스주의(이것이 수많은 반식민적 투쟁들에 의해 전유되었다는 사실을 굳이 상기할 필요는 없을 것이다)는 본질적으로 환원적이고 총체적-전체주의적인 식민주의적 담론으로 기술되었던 것이다.

하지만 미시정치학과 거시정치학은 엄격하게 분리될 수 없다. 비록 불운하고 대체로 의도하지 않았다고 하더라도(확실히 북미의 주류 포스트식민 연구의 반마르크스주의에 대한 탁월한 반박을 제공했던 아마드의 경우가 그러했다[29]), 그러한 정세적 국면의 형성은 우연이 아니었다. 따라서 총체성 개념(차이를 유사성으로 환원하는 것과는 무관하다)의 필요성을 자세히 논하기에 앞서, '환원주의'라는 비난 속에서도 총체성의 사유에 어떤 대안들이 제시되고 있는지를 질문해볼 만하다. 오늘날 사회적 삶의 우연성과 복잡성을 제대로 평가할 수 있는 비평에 대한 요구는 주로 방법론이나 이상으로 기능하기보다는 오히려 우리로 하여금 다른 가능한 목표들에 집중하지 못하게 하는 불가능한 요구로 기능한다. 그리고 환원주의라는 비난이 어떤 특정한 책이나 논문, 혹은 비평가의 차원에서는 정당화된다고 하더라도, 더 거대한 문화적 맥락의 차원에서는 여전히 강박적 억압으로 기능할 수 있다. 여기서는 문화 현상들을 경제적인 것으로 환원하는 것이 아니라, 반대로 진정한 정치적 현상들(자본의 내재적 한계에서 발생하는 갈등)을 마치 순전히 문화적인 것처럼 받아들이게 하는 경향이 있다. 만약 우리가 르완다로부터 보스니아, 나아가서 '테러와의 전쟁'으로 환상적으로 지칭되는 끝이 없을 것 같은 갈등에 이르기까지 이 모든 것을 '민족 갈등'이나 '문명의 충돌'과 같이 순수하게 문화적 현상으로만 다룬다고 생각할 때(비록 이러한 진단이 이 범주들의 정치적 조작 가능성으로부터 일말의 진리를 끌어내는 것은 의심의 여지가 없다고 하더라도), '경제적 환원주의'라는 처방도 고무적인 강장제가 될 수 있다.

어쨌든 이 책에서 총체성 개념에서 곧장 전체주의적 권력 의지의 단언으로(편리하지만 부당한 추론을 통해) 비약하는 것과 이를 통해 뒷받침되는 환원주의라는 비난은 단호히 거부될 것이다. 물론 테러를 암시하는 속류적인 총체성 개념이 존재한다. 한 집합의 모든 요소들이 단 하나의 규칙을 따라야 한다는 실증적 총체성 개념이 그 예이다. 특정한 종족적 속성들이나 성적 실천들을 '혁명적이거나 반혁명적인' 것의 규칙에 예속시키고자 하는 '전체주의' 또한 이 부류에 속한다. 하지만 이 책에서 우리는 상당히 다른 총체성 개념을 염두에 두고 있다. 그것은 우연성과 복잡성을 단조롭고 단일한 필연성으로 결코 환원하지 않으면서 오히려 차이를 이해하기 위한 전제 조건이 되는 그런 총체성이다. 한편 차이에 대한 헤게모니적 억견, 특히 그 속류적 형식은 가장 기초적인 헤겔식의 해체에도 무너지고 만다. 현존presence에 관한 순진한 개념이 차이의 작용 앞에서 쉽게 허물어진다는 것은 반론의 여지가 없겠지만, 차이 개념의 빈곤 역시 즉각 명백해진다. 차이와 같은 보편적 개념(인간 인식의 매체로서 이 개념은 존재Being와 실질적인 동의어가 된다)은 필연적으로 구체성을 결여하게 되고, 내용의 차원에서도 텅 빈 것이 된다. 하지만 내용이 없다면 차이란 있을 수 없다. 그러므로 차이 개념은 자신의 대립물, 즉 동일자the Same의 단조로움으로 전환되고 만다.[30] 이는 동일성과 차이가 실제 동일하다는 것을 말하는 것이 아니다. 이는 터무니없는 주장이다. 오히려 이는 동일성과 차이가 일정한 토대를 공유한다는 것을 의미한다. 다시 말해, 모든 단순한 차이도 그 차이에 동일자의 특성을 새겨 넣는 장 덕분에 존재한다. 우리가 개념의 차원에서 그 개념이 정치적으로 적용되는 차원으로 내려간다면, 이는 쉽게 이해될 수 있다. 정치적 적용의 차원에서 세계의 복합성을 단조로운 동일성으로 환원하는 것은 총체성이 아니라 차이인 것이다. 왜냐하면 진정한 차이(단순히 차이로만 보이는 것을 거부하는 것)가 차이의 장으로부터 배제되기 때문이다. 알랭 바디우Alain Badiou는 이를 아주 독특한 열정으로 말한 바 있다.

> 우선 자칭 '차이의 권리'를 주장하는 사람들이 활발하게 움직이는 차이들을 보고 경악하는 것을 볼 때 의구심이 생긴다. … (중략) … 사실 이토록 찬미의 대상이 되는 '타자'는 그것이 착한 타자일 때만 받아들여질 수 있다. 만일 그 타자가 우리와 동일하지 않다면 어떻게 될까?[31]

차이의 우위는 사실 하나의 동일성, 즉 전 지구적 자본주의라는 공인받지 못한 단일 문화의 틀을 은연중에 전제한다.

> 차이에 대한 존중은 이런 동일성(이는 비록 쇠퇴하는 것으로 보인다고 하더라도 결국 부유한 '서양'의 동일성과 다름없다)과 나름 일치하는 차이들에만 적용될 뿐이다.[32]

한편, 사회적 총체성(단일 문화)이 실증적 동일성이라는 일반적 의미에서의 일자One가 아니라는 점을 이해할 필요가 있다. 그것은 근본적인 균열, 즉 내재적 한계에 근거한다. 총체성은 단일성이나 단순한 동일성과 혼동되어서는 안 되고 '동일성과 차이의 동일성identity of identity and difference'이라는 유명한 헤겔적 동일성으로 이해되어야 한다. 이 역설적인 정식화는 우리가 현재 차이를 동일성으로 환원하는 것에 관해 이야기하는 것이 아니라(차이는 이 정식화의 일부로 남는다) 차이를 그것이 이해될 수 있는 틀 속에 자리매김하는 것에 관해 이야기하고 있다는 것을 명확히 해준다.[33] 앞서의 예를 들자면, 중요한 것은 주인과 노예가 단순히 동일한 것이 아니라 주인도 노예도 상대방과의 관계를 벗어나서는 아무것도 아니라는 것이다. 즉, 주인과 노예가 구성하는 총체성은 그 둘 사이에 열려진 균열에 의해 구성된다. 총체성 개념이 우리에게 제공하는 것은 역설적이게도 견고하고 전체적인 것으로 보이는 것이 갖는 근본적 불완전성에 접근하는 것이다. 완전하고 자명한 것들(가령, 상품, 민주주의, 소설과 같은 것)은 사실상 불완전하고, 항상 자신의 존재 근거를 다른 것(예컨대, 생산 주기, 세계경제, 문학 개념 및 제도)에서 가져온다. 아토 콰이슨Ato Quayson이 변증법적 비평을 옹호하면서 말하듯이, "문학적이든 그렇지 않든, 그리고 겉으로 볼 때 아무리 순진무구하거나 부적절해 보인다고 하더라도, 모든 현상은 과정, 관계, 모순의 광범위한 총체에 대해 발언하도록 되어 있다고 할 수 있다."[34] 이 책에서 우리는 이 주장을 한 걸음 더 끌고 갈 것이다. 이 더 거대한 과정에 대한 설명을 거부하는 것은 그 현상을 순진한 것으로 만들고, 그 과정에서 현상 자체를 완전히 왜곡하는 것이 된다.

이 근본적 불완전성을 인정하지 않는 것(우리는 이미 어떤 초월적인 충만함을 주장하든, 아니면 차이의 절대적인 비초월적 다수성을 주장하든, 이것들이 결국 동일한 것임을 이미 지적한 바 있다)은 이데올로기에 대한 매우 유용한 정의이다. 우리가 총체화가 필연적 것(때로는 불가피한 것)임을 계속 강조하겠지만, 결코 놓쳐서는 안 되는 것은 그러한 총체성을 개념화하는 일이 엄밀한 의미에서 불가능하고, 어떤 의미에서는 항상 '오류이거나' 불완전하다는 것이 아니라(이것이 사실이라고 하더라도 말이다), 오히려 총체성을 개념화하는 것이 결코 순진무구한 일이 아니라는 사실이다. 사람이 구성하는 틀은 단순히 기존에 존재하는 대상을 재배열하는 것이 아니라, 사람이 대상과 맺는 관계와 자기 자신의 존재가 동시에 구성되기 때문에 그 대상들의 존재에 직접 개입하게 된다. 따라서 사람이 총체화하는 방식은 기본적으로 하나의 결정이다. 비록 총체화의 행위가 부인될 때 이런 결정이 모호해진다고 하더라도 말이다. 그것은 책임성과 함께 잠재적으로 양심적 가책의 문제이다. 이런 까닭에 사람들은 가능하면 그것에 관해 명확한 입장을 취해야 한다.

보다 구체적인 차원에서 총체성 개념은 우연성의 여지를 전혀 허용하지 않는다고 종종 얘기된다. 즉, 총체화의 서사들은 현실 역사를 구성하는 투쟁들의 개방성을 무시한다는 것이다. 여기서 사람들은 용이하지만 대답 불가능한 행위, 즉 총체적 서사의 종언을 말하는 서사 자체가 총체화의 서사라는 주장을 되풀이할지 모른다. 이것이 사람들이 핏대를 올리면서 과거의 거대 서사들을 해체하는 위대한 기획에 참여하는 데서 만족감을 얻는 이유일 것이다. 더구나 총체성의 종언에 관한 이 새로운 서사는 개념적 총체화를 점차적으로 어렵게 만드는 지적 노동의 지속적 분절화와 전문화에 관한 총체적 서사의 관점에 비추어볼 때만 파악될 수 있다. 하나의 총체적 틀의 부재로 상상되는 것은, 그 진리가 명백해졌을 때에만 비로소 나타나게 되는 부인된 총체화임이 드러난다. 헤겔의 역사 개념에 대한 비판이 말하고자 하는 바는 사건과 투쟁들이 최종적으로 급진적인 우연성과 특수성으로 나타날 수 있도록 시간에 관해 사유하는 진정으로 새로운 방식이 아니다. 오히려 우리는 헤겔적인 풍성함에서 벗어나는 순간 칸트적 형식주의의 불길 속에 던져져 있는 우리 자신을 발견할 뿐이다. 즉, '급진적' 역사주의의 우연성과 특수성은 은밀하고 선험적인 일련의 비역사적 가정들과의 대립 속에서 발생하는 것이다. 틀 자체를 거부할 때 생겨나는 것은 역설적이게도 하나의 특정한 공인되지 않은 틀, 즉 모든 역사의 비역사적 지평으로서의 자본주의에 대한 의지이다. 오마푸미 오노지Omafume Onoge가 언급한 것처럼, 오직 총체성의 관점에서만 "사회체계들은 일시적이지만 그 정당성을 부여받을 수 있다."[35] 자본주의가 하나의 총체성으로 명시적으로 거론될 때만 그것은 역사화될 수 있다.

더 구체적으로 말해, 하나의 생생한 예가 아프리카 독립의 역사에서 나타난다. 1960년대 대부분의 아프리카 국가들이 이룩한 독립은 무수한 개인들의 영웅적 행위와 희생을 통해 성취되었다. 그들 모두는 기억되어야 마땅하다. 비록 이매뉴얼 월러스틴Immanuel Wallerstein이 제안하듯이, 세계경제체제로서의 자본주의가 이주 정착민 경제settler economy를 궁극적으로 중심부 경제를 위한 외부 시장으로 전환함으로써 톡톡히 도움을 받았다고 하더라도, 어떠한 경우에도 반식민 투쟁이 사전에 성공하리라는 보장은 전혀 없다.[36] 포르투갈어권 아프리카에서 오래 지속되었던 투쟁과 짐바브웨와 남아프리카에서 뒤늦게 시작된 흑인 통치가 이를 입증한다. 그럼에도 불구하고 이런 투쟁의 진정한 차원은 오직 총체화 과정을 배경으로 할 때만 드러난다. 민족 독립의 서사는 그 자체로 완결적인 것처럼 보이지만 사실 그 역사적 의미를 끌어오는 것은 민족 독립의 서사에서 배제된 것, 즉 세계경제 내에서의 그들의 위치가 해방운동에 강제하는 한계들을 통해서이다. 일단 독립이 가까워지면서 이들 국가들은 동일한 질문과 직면하게 되었다. 즉, 정말로 자본의 논리에 도전하여 그 소유관계를 격렬하게 뒤흔들어놓을 것인지, 아니면 순전히 민족해방의 맥락 속에 머물면서 과거 식민 지배자(남아프리카의 경우에는 투자 자본)와 타협을 맺을 것인지를 결정해야 하는 것이다.[37] 오늘날 짐바브웨와 남아프리카가 상기시키듯이, 무산계급 대중의 문제는 민족해방의 환원 불가능한 한계이다. 파농Fanon은 자본주의를 총체성으로 이해했고, 민족 서사가 아무리 필연적이더라도 그것이 바로 그 총체성의 근본적인 배제에 의해 조건 지어져 있음을 알았기 때문에 민족해방의 함정을 인식할 수 있었다(이 책은 파농에게 엄청난 지적 빚을 입고 있다).[38]

이 모든 것은 사회적 삶이 사실상 생각할 수 없을 정도로 복합적인 것이 아니라는 말이 아니다. 저항(즉, 자본의 개념에서 항상 '극복되어야 하는' 구성적 한계 중의 하나로 주어져 있다)은 무한히 다양한 형식들을 띠고 있고, 그중 일부는 과거의 문화적 경로들의 조각들을 재활용한 것이다. 이 일부 경로들은 저항만큼이나 자본을 위한 방식으로도 쉽게 이용될 수 있다. 자본에 대한 저항을 논의의 바탕으로 삼는 것은 일반적으로 실천되고 있는 다문화주의와는 거리가 먼 것이다. 이 다문화주의는 주로 단일 문화를 이론화하려는 그 어떤 시도도 무력화하려고 한다. 그럴 때 우리의 논의를 홈 파인striated[39] 자본주의적 단일 문화에 대한 분석으로 시작하는 것은 (좋든 나쁘든 '근대성'과 '발전'의 근본적 원천으로 서양을 물신화하는 좌파나 우파의 담론들과 달리) 유럽중심주의적인 것이 아니다. 반대로, 그러한 시작은 문화적 차이를 물신화된 실체로 전환하지 않으면서 그 차이들을 논하기 위한 유일한 토대를 제공해준다.

우리가 모더니즘을 '서양 문화'의 산물이라고 말하고 아프리카 문학을 '비서양' 문화의 산물이라고 말하는 순간 자본주의의 전 지구적 확장과 그것의 사회적·심리적·문화적 효과들은 흐려져 버린다. 정말로 모더니즘과 아프리카 문학 간의 경계를 허물어버릴 때, 자본의 차별적 운동은 여러 가지 내용 중 하나의 내용이 아니라 모더니즘과 아프리카 문학 둘 모두의 근본적 내용으로 출현하게 된다. 어떤 이는 자본의 차별적 운동이 문학 그 자체의 내용으로 출현했다고 말할지도 모른다. 모더니즘과 아프리카 문학은 서로 어떤 관계를 맺고 있는가? '둘 다 문학이다'라는 자명한 답변은 우선 '문학'이 무엇을 의미하는지를 재숙고하지 않고서는 우리에게 아무것도 알려주지 않는다.

형상미학적 여정

흔히 알려진 것처럼 '문학'의 현재적 의미와 그것이 지금 누리거나 짊어지고 있는 온갖 특권과 존재론적 무게감이 생겨난 것은 19세기보다 훨씬 더 오래된 것은 아니다. 1755년에 완성된 존슨 박사Dr. Johnson의 『영어사전*Dictionary of the English Language*』은 문학을 단순히 "배움과 문장 기술learning, skill in letters"로 정의함으로써 그것의 오래된 더 일반적 의미만 언급하고 있다.[40] 알랭 바디우는 근대적 의미의 문학이 철학이 해결할 수 없는 문제들이 시에서 출현하면서 시작되었다고 주장하면서 문학의 출현을 니체로 거슬러 올라가 추적한다.[41] 장뤼크 낭시Jean-Luc Nancy와 필립 라쿠라바르트Philippe Lacoue-Labarthe는 문학의 새로운 철학적 소명을 "형상미학적인eidaesthetic" 것으로 간주하면서 문학에 대한 근대적 개념의 출현을 약간 더 이른, 거의 정확히 19세기의 전환기에 위치시킨다.[42] 하지만 오늘날 우리가 알고 있는 문학이 19세기에 발명되었다는 것이 바로 그때 문학적 전통이 시작되었음을 뜻하지 않는다. 오히려 문학의 낭만주의적 개념을 매우 강력하게 만든 것은 정확히 문학 전통의 소급적 발명이다. 푸코Foucault가 거의 강박적일 정도로 추구한 바 있는 이 역사적 순간의 인식론적 변환을 규정한 노동, 생명, 언어와 같은 용어들처럼, 문학은, 그것이 존재하게 되자마자, 그 전에 항상 존재했던 것처럼 발견되었다.[43] 푸코에게서 "근대의 문턱에서 구성되고 그렇게 불리게 된 문학"이 19세기의 여명과 더불어 출현했다는 것은 전혀 놀랍지 않다.[44] 하지만 낭시와 라쿠라바르트의 『문학적 절대*The Literary Absolute*』는 문학의 기원에 관해 푸코보다 훨씬 더 구체적이다. 그들은 (비록 이 구체성만으로 문학의 기원을 설명하지는 못한다고 하더라도) 주로 문학의 기원을 1797년부터 1804년까지 프리드리히 슐레겔Friedrich Schlegel이 쓴 철학적 단상들에서 추적한다. 여기서 중요한 것은 문학적 시기나 닫힌 텍스트들이라는 의미에서의 독일 낭만주의나 낭만주의 자체가 아니다. 오히려 낭만주의는 "우리의 순진함our naiveté", 즉 낭만주의 이후의 사고의 토대이다. 심지어 훗날의 변형들인 모더니즘과 포스트모더니즘 또한 자신들을 낭만주의를 배경으로 정의하였듯이 말이다. "진정한 낭만주의적 무의식은 오늘날 우리 근대성 대부분의 핵심 모티브들에서 찾아볼 수 있다."[45]

낭시와 라쿠라바르트는 슐레겔의 글에서 전개된 '낭만적·근대적' 문학 개념이 단순히 기존 문학장 내의 변형이 아니라 담론들의 복합적이고 극적인 재편이라는 점을 강조한다.

> 그것은 정확히 우리가 사는 시대를, 최상의 비평적 시대, 다시 말해 (결국 거의 200년이나 된) '유일한 시대'로 결정짓는 것이다. 이 시대에 문학은 … (중략) … 오직 자신의 정체성 탐색에만 골몰하고, 철학과 (흥미롭게도 인문학으로 지칭되는) 몇몇 학문들의 일부 또는 전부를 받아들이면서, 낭만주의자들이 특별히 애호했던 단어를 사용하자면, 우리가 지금 '이론'으로 간주하는 공간을 그려나갔다.[46]

여기서 문학은 명백히 두 가지 문학 외적인 담론들 사이에 끼어서, 즉 한편으로는 철학을 받아들이고, 다른 한편으로는 이론을 위한 공간을 개방하면서, 시간적이고 논리적인 계열들의 매개항으로 출현한다. 『이념들*Ideas*』에서 슐레겔은 첫 번째 계기를 아주 명확하게 표현한다. "철학이 멈춘 곳에서 시가 시작되어야 한다"[47]는 것이다. 두 번째 계기는 그의 『아테네움*Athenaeum*』의 단상에 등장한다. 즉, "시는 스스로를 기술해야 하고, 항상 시이면서 동시에 시에 관한 시가 되어야 한다."[48] 다시 말해, 시는 (가장 넓은 의미로 이해할 때) 항상 시에 관한 이론이 되어야 한다는 것이다. 하지만 반대로, 비평은 항상 "철저하게 시적이어야 하고, 동시에 생생하고 활력 있는 예술 작품이 되어야 한다."[49] 그리하여 이론과 반反이론이 동시에 생성된다. 즉, 시는 시의 가장 적절한 이론을 생산하는 것이다. 하지만 이제 시에 대해 섬세한 반성적 분화가 요구되면서, 텍스트 자체에 내재적이든 아니면 애초의 친밀한 공생관계로 떨어져 나가든, 시 그 자체는 비평적 계기 없이는 존재할 수 없게 된다.

이 계열들(철학, 문학, 이론)에 더욱 구체적인 역사가 주어지게 된다. 우선 철학으로부터의 시의 출현과 근대적 의미의 문학이라는 철학예술적 혹은 형상미학적 혼성물이라는 첫 번째 계기의 가능성을 연 것은 구체적으로 칸트Kant였다. 미적 판단에 대한 비판(이것은 전형적으로 미의 분석에 대한 것이지만 숭고의 분석에도 마찬가지로 볼 수 있다)은 원래 칸트적 곤경, 즉 주체와 대상, 현상과 실체 간의 잘 알려진 대립과 이런 균열이 낳은 점점 커져가는 이율배반을 특징으로 한 '화해 불가능한 대립들'을 매개하려는 것이다.[50] 하지만 죄르지 루카치György Lukács가 결정적으로 주장했듯이 이런 대립적 계기들은 순전히 철학에만 기원하는 것이 아니라 차라리 '부르주아 사상의 이율배반'을 반영한다. 이 사상의 궁극적 결정자들은 노동 과정의 세분화와 상품 형식의 지배이며, 조립 라인에서 법적 절차를 거쳐 과학철학에 이르는 모든 지점에서 주체와 물질을 분리시킨다. 따라서 사유의 내부에서 생겨나는 미적 원칙(『판단력 비판』에서 전개된 미적 쾌감의 통합적 개념)이 미학의 영역 너머로 고양되어야 한다는 것은 놀라운 일이 아니다. 미학은 철학의 외부에서 생겨난 이율배반들을 철학적으로 해결하면서, 자본주의 자체가 생산한 모순들을 극복하기 위한, 즉 "물화의 치명적인 결과로부터 [삶의 내용들을] 구원하기 위한" 책임을 짊어지기 위해 등장했다.[51] 칸트 이후에 미적 영역은 필연적으로 철학적인 것이 되었고 제한적인 사유의 영역 내에서 유토피아적인 것이 되었다. 실제로 문학의 철학적 활용을 통해 "지상에 신의 왕국을 실현하고자 한" 이런 이중적 위급함은 슐레겔의 단상들 곳곳에 존재한다.[52] "프랑스 혁명, 피히테 철학, 그리고 괴테의 『빌헬름 마이스터 *Wilhelm Meister*』는 그 시대의 가장 위대한 경향들이다."[53]

두 번째 계기인 이론의 출현의 경우에 문학 그 자체의 섬세하고 반성적인 분화(각 작품은 스스로 자각하고 있어야 하는 순전히 내재적인 동학에 따라 전개되어야 한다는 것)가 절대적인 단절이 되고 이론을 하나의 독립적 담론으로서 발생시키는 고유한 경향을 갖는다는 것을 이해하기란 아주 쉽다. 문학 개념은 외적인 결정자들과는 완전히 별개인, 흔히 낭만주의적 '유기성organicity'이라 불리는 것과, 특정한 문학작품의 필연적인 단편적 성격으로부터 그러한 유기성을 회복시켜줄 수 있는 별도의 담론(여기서 개별 작품은 회복의 기획 자체에 부수적인 단지 하나의 사례가 된다)을 동시에 요구한다. 그러나 우리가 알고 있듯이, 이론에 대한 이런 논리적 긴급성이 역사 속에서 전개되는데, 프레드릭 제임슨은 "이론의 출현을 1960년대 이후 전통 문학을 대체하는 것"으로, 그리고 절망적으로 과녁을 빗나가버린 듯한 '예술의 종언end of art'이라는 초기 헤겔의 예감을 완성하는 것으로 기술했다.[54] (물론 이런 수렴을 오로지 비평이라는 이념의 자율적 전개 탓으로만 돌릴 수는 없다. 우리는 나중에 그것을 가속화한 결정적 요소들의 문제로 돌아갈 것이다.) 낭만주의적 주전원epicycle에 의해 두 세기 동안 지연된 이 때늦은 '문학의 종말'은 문학의 실제적 소멸을 가리키는 것이 아니다. 그 뒤에도 문학은 일종의 사후의 장식적 삶을 계속 유지해갈 것이고, 간혹 고립된 채 그 본연의 힘을 재발산할 때도 있을 것이다. 오히려 문학의 '종말'이란 그 철학적 초과excess, 즉 작품이 자체 내에 포함하지 못하고 지시만 할 뿐인 절대적인 것the absolute이 이론으로 이동하게 된 것을 가리킨다.

우리가 이미 언급했던 이유로 인해 이 철학적 초과는 칸트 이후에 출현한 것이다. 실제로 문학에 있어 가장 결정적이었던 절대적인 것에 대한 설명은 칸트적 숭고 개념이었다. 이 숭고는 본체noumenon와 현상phenomenon의 근원적인 칸트적 이율배반을 주관적으로 매개한다. 우리는 다음에서 모더니즘적 숭고의 이론을 펼칠 것이다.[55] 우리는 최근 수십 년간 축적되어온 숭고들의 더미 위에 또 하나의 숭고를 추가하는 것이 왜 필요한지를 당연히 물어야 할 것이다. 여기서 중요한 것은 이 주제에 대한 또 다른 변형을 생산하는 것이 아니라 모더니즘 자체를 숭고의 특정한 양식과 동일시하는 것이다. 다행히 장프랑수아 리오타르Jean-François Lyotard는 이미 이런 등식을 우리에게 제기한 바 있다. 그러므로 모더니즘적 숭고의 독특한 성격을 확립하는 최상의 길은 리오타르의 글을 출발점으로 삼는 것이 될 수 있다. 궁극적으로 숭고에 대한 리오타르의 수정은 칸트적 숭고와 그것의 헤겔적 해체에 대한 더욱 정통적인 읽기를 위해 포기되어야 하겠지만 말이다.[56]

리오타르에게 모더니즘의 근본 문제는 프랑크푸르트학파의 친숙한 분석을 따른다. "자본주의는, 이른바 사실주의적 재현들이 향수와 조롱을 제외하고는 더 이상 현실감을 불러일으킬 수 없을 정도로, 친숙한 대상, 사회적 역할, 제도들을 탈현실화derealize하는 힘을 소유하고 있다. … (중략) … 현실이 너무나 탈현실화된 나머지 실험과 탐사를 위한 기회 외에는 그 어떤 경험의 기회도 제공하지 않는 세계에서 고전주의는 완전히 배제되는 듯하다."[57] 칸트의 숭고는 비슷하게 구성된 재현의 실패, 즉 개념화되어야 할 현실이지만 이 현실을 파악하지 못하는 지성의 무능력이다. 그러나 숭고는 이 외의 다른 것을 가리키기도 한다. 즉, 기이하게도 그러한 실패의 경험이 일종의 고양감을 동반한다는 것이다. 따라서 칸트적 숭고는 두 가지 계기를 포함한다. 첫째가 실패의 (고통스러운) 경험인 데 반해, 둘째는 실패에 대한 그런 인식이 한층 더 깊은, 이제껏 인정받지 못한 능력을 갖고 있다는 인식과 더불어 찾아오는 (즐거운) 계기이다.

리오타르의 주장을 단순화하면, 우리는 그가 실패의 첫 번째 계기에 '모더니즘'이라는 이름을 부여하고, 실패 그 자체가 또 다른 차원에서 기입되는 두 번째의 탈존적(황홀한) 계기에 '포스트모더니즘'이라는 이름을 부여한다고 말해볼 수 있을 것이다. 하지만 이 지점에서 처음 볼 때 상당히 이상하게 보이는 일이 일어난다. "포스트모더니즘을 그렇게 이해할 때 그것은 종말에 처한 모더니즘이 아니라 발생적 상태의 모더니즘이고, 이 상태는 반복된다."[58] 여기서 두 가지 일이 일어난다. 첫째, 이중적 전도가 일어난다. 즉, 탈존적 순간이 기의의 상실 경험에 선행하기 때문에 모더니즘과 포스트모더니즘의 연쇄뿐만 아니라 숭고 자체의 시간성이 전도되어버린다. 리오타르는 '포스트모던'이라는 단어를 글자 그대로 받아들이는 간단한 방식을 통해 첫 번째 전도에 도달한다. 모든 진정한 모던적 작품은 단절을 위해 그 이전의 더 오래된 근대성을 따라야 한다는 것이다. 세잔은 인상주의와 단절해야 했고, 피카소는 세잔을 거부해야 했으며, 뒤샹은 피카소 이후에 회화에 남아 있는 것을 포기해야 했던 것이다. 그러므로 실험적 충동 자체는 항상 '포스트모던적인' 데 반해, 더 오래된 근대성의 자족적 반복은 단지 스타일의 문제, 유행이라는 의미에서 모던적인 양식의 문제가 된다. 하지만 두 번째 전도는 하나의 난점을 갖고 있는데 리오타르는 이를 칸트적 숭고의 시간성을 평면화하고 그것을 공간적으로 재편성함으로써 해결하고자 한다. 모더니즘과 포스트모더니즘의 차이는 숭고의 양극단 사이 강조점의 차이가 되는 것이다. 그렇게 되면, 한 작품은 모던적이면서 동시에 포스트모던적인 것이 될 수 있다. 하지만 이와 같은 시간의 평면화는 두 번째 더 중요한 변형으로 이어진다. 리오타르는 '근대'('바로 지금'을 의미하는 modo)에서 유래하는 모든 용어들의 '시간적 어원학'에 충실하면서도 사실상 이 용어들의 시대 구분 기능을 포기해버린다. 놀랍게도 리오타르가 자신의 글 초반부에 '바로 지금'을 통해 비판한 포스트모던적 '이완relâchement'은 결코 포스트모던적이지 않으며 오히려 새로운 의미에서 모던적인 것으로 드러난다. 한편 그가 환상적으로 되돌아가고자 소망했던 모더니즘은 사실상 포스트모던적인 것이었다. 이 지점에서 '모던적인 것'과 '포스트모던적인 것'이 대체적으로 영원한 가능성들을 가리킨다는 것은 명백하다. 프루스트Proust는 모던적이고 조이스는 포스트모던적이라는 것은 전혀 놀랍지 않을 것이다. 하지만 슐레겔은 모던적이고 몽테뉴는 포스트모던적이라는 것은 그다지 명확하지 않을 수 있다.[59] 이것이 의미하는 바는 모던적인 것과 포스트모던적인 것의 이와 같은 유희가 무한정 소급될 수 있다는 것이다. 즉, 로마를 포스트모던 그리스의 단순한 모던적 반복으로 생각해볼 수도 있을 것이라는 점이다.

사실 리오타르의 구분은 너무 기본적이어서 이 게임은 우리가 바라보는 모든 곳에서 기능하기 시작한다. (현재 고려 중인 작품들의 맥락에서도 우리는 그것들이 리오타르적 의미에서 '포스트모던적인' 것인 데 반해, 포스트식민 문학에서 현재 일반 식자층의 급증과 시장의 제도화는 '모던적'일 것이라 주장해야 할 것이다. 여기서 '모던적'이란 거의 부정적인 의미를 갖는 용어가 되고 있다.) 하지만 우리는 리오타르에 쉽게 동의할 수 없다. 왜냐하면 그의 구분이 현재 개념의 수준에 머물러 있고 대체로 역사의 밖에 있다면(달리 말해, 역사적으로 모든 곳에 동일한 것이라면), 우리는 순진하거나 냉소적인 사실주의에서 멀어지게 하는 (리오타르적 의미에서 포스트모던적인 것을 지향하는) 충동이 리오타르의 설명에서는 역사적인 것, 즉 자본주의, 특히 20세기 초의 자본주의적 순간(상품 형식에 의해 강제되는 '탈현실화'를 미적으로 파악할 수 있는 순간)으로 간주된다는 것을 잊을 수 없다. 모더니즘 개념이 그 경험적 지시 대상을 그렇게 쉽게 떨쳐버릴 수 없다는 것이 드러났고, 이는 우리로 하여금 우리가 한 번도 제기해본 적이 없었던 오래된 질문으로 돌아가게 만든다. 즉, 비록 우리가 그것을 더 이상 동일한 방식으로 질문할 수는 없다고 하더라도, 문학적 · 역사적 의미에서 모더니즘의 문제가 그것이다.

한편, 우리는 또 다른 근본적인 문제와 대면하게 된다. 자신의 글 마지막 문단에서 리오타르는 갑자기 헤겔적 의미의 총체성과 관련된 일련의 새로운 질문들을 끌어들인다. "총체성과의 전쟁을 벌이자. 재현 불가능한 것에 대한 증인이 되자. 차이들(쟁론들, *différends*)을 활성화하고 그 이름에 영광을 불어넣자."[60] 여기서 리오타르는 공식적 혹은 고상한 사실주의와 안이한 혼성모방인 트랜스아방가르드주의*transavangardisme*[61]를 공격한다. 이 둘은 근본적으로 현실 자체에 대한 그 어떤 난해한 질문도 제기할 수 없기 때문이다. 이 점에 대해서는 이의의 여지가 있을 수 없다. 하지만 마지막 순간 '총체성'에 대한 열렬한 공격은 전혀 예상 못 한 바는 아니지만 이 맥락에서 볼 때는 당혹스러운 것이다. 리오타르가 동시대 예술의 실패(혹은 회피)와 헤겔적 총체성을 등치시키는 것이 우리 자신의 것과는 매우 다른 헤겔 해석과 관련이 있다는 것은 아주 명확하고, 이 주제에 대한 우리의 이전 설명을 반복하는 것은 별 의미가 없다. 하지만 우리가 볼 때 문제는 리오타르의 헤겔 읽기가 아니라 그의 칸트 읽기이다.

리오타르의 구분은 확실히 토머스 웨이스켈Thomas Weiskel의 고전인 『낭만적 숭고*The Romantic Sublime*』에서 볼 수 있는, 고유한 숭고와, 리오타르의 나쁜 '모더니즘'처럼 근본적으로 항수적인[62] 특징을 띤 '이차적인 혹은 문제적인 숭고' 간의 구분과 동일한 것으로 보일 수 있다. 하지만 웨이스켈은 리오타르가 명시적으로 거부한 것을 이해하고 있다. 즉, 고유한 숭고에는 총체성 개념이 필요하고, 이 개념이 없다면 우리는 리오타르가 단순히 모던한 것으로 비난했던 것에 머물게 된다. 칸트가 숭고를 논하기 시작할 때, 즉 숭고와 아름다움을 구분하기 시작할 때, 그는 총체성의 의의를 강조한다. "그러나 대상에서든, 혹은 대상이 우리에게 그것을 현시하도록 촉구하든, 숭고는 형태 없는 대상 속에서 찾아볼 수 있지만 그럼에도 우리는 이러한 무한성에 총체성의 사고를 덧붙인다."[63] 여기서 이 마지막 구절이 핵심적이다. 재현 불가능성만이 숭고를 구성하는 것은 아니다. 오히려 숭고는, 우리가 일상적 대상들과 관계할 때처럼 그 대상을 미적으로 총체화하지 못할 순간에도, 숭고적 대상이 개념적으로는 총체화될 수 있다는 것을 인식하는 능력을 요구한다(사실상 숭고는 우리에게 그 대상을 총체화할 것을 실증적으로 요구한다). 숭고는 미적 무경계성과 개념적 총체화의 동시적 경험으로 요약될 수 있다. 지금은 칸트의 관련 구절들을 상세히 검토할 때가 아니지만 모든 단계에서 총체성('하나의 전체로서의 무한', 혹은 '절대적 전체라는 관념')이 숭고 그 자체에 절대적으로 핵심적임을 보여주는 것은 어렵지 않을 것이다.[64] '무경계성'과 '총체성'은 숭고의 중심에 놓여 있는 근본적인 갈등이다. 이 갈등이 없다면 숭고는 존재할 수 없고 오직 개념적 실패만 있을 뿐이다.

리오타르의 긴 우회적 설명은 우리를 두 가지 결과로 이끈다. 첫 번째는 문학사의 한순간으로서의 모더니즘에 대한 덜 순진한 개념으로, 두 번째는 숭고를 총체성과 재현 불가능성 간의 갈등으로 이해한 칸트의 원래적 숭고 개념으로 나아가게 한다. 하지만 우리가 (현재 속류적인 문학적·역사적 의미에서) 모더니즘이 일정한 숭고 양식과 밀접한 연관성이 있다는 리오타르의 고찰을 유지하기를 소망하는 한편, 우리 스스로 상당히 앞서 나왔음을 언급하지 않을 수 없다. 우리는 이 장을 초기 독일 낭만주의의 포스트 칸트적 순간, 즉 독특한 모더니즘 문학의 출현에 한 세기 앞서 '문학적 절대'의 출현에 대한 낭시와 라쿠라바르트의 설명으로 시작했다. 실제로 예나의 슐레겔 형제가 실천했던 단상fragment이라는 장르는 우리가 모더니즘적 숭고에서 보게 될 것과 정확하게 동일한 논리를 동원한다. 그렇지만 문학적 낭만주의와 모더니즘 사이에는 명백히 차이가 있는데, 그것은 리오타르가 인용한 바 있는 대상 세계의 '탈현실화'와 관계가 있다. 이런 전환이 이해될 수 있는 조건은 칸트의 숭고 그 자체에서 찾아볼 수 있다. (하나의 단일한 낭만적·근대적 문학 개념 내에서) 낭만주의와 모더니즘의 차이는 어쩌면 도식적이지만 수학적 숭고와 역동적 숭고의 차이, 즉 무한성 자체에 대한 사유에서 숭고의 대상 속에 구현된 무한성과의 대면으로의 전환과 동일시해볼 수 있다.[65]

비평이 이런 전환을 기록한다는 것은 놀랍지 않다. 예컨대, T. E. 흄Hulme은 1914년 「낭만주의와 고전주의Romanticism and Classicism」라는 글에서 낭만주의의 '분열된 종교'를 거부하고 '작고 메마른 것'의 문학을 지지한다.[66] 흄이 이와 같이 반박하면서 사용한 용어들이 철저히 낭만주의적이었음은 두말할 필요가 없다. 그의 반낭만주의에서 예술이 수행하는 철학적 초과는 칸트적 곤경에 의해 실행되었던 것과 정확히 같은 것이다. 만약 실재가 "감각과 의식과 접촉할 수 있다면, 예술은 쓸모없고 불필요한 것이 될 터이다. … (중략) … 예술가의 기능은 여기저기를 … (중략) … 우리와 실재 사이에 놓인 장막을 꿰뚫어보는 것이다."[67] (흄의 글과 거의 동시대에 "돌을 돌답게 하는make the stone stony" 실천을 옹호하기 위해 상징주의를 거부한 빅토르 시클롭스키Victor Shklovsky가 낭만주의에 대한 흄의 거부와 거의 일치하는 방향으로 나아갔다는 것은 모더니즘을 향한 이런 움직임이 도처에 편재해 있었음을 판단하는 척도가 될 수 있다.)[68] 물론 장막의 은유는 틀림없이 낭만주의적이기도 하다.[69] 여기서 발생하는 것은 낭만주의와의 급진적 단절이 아니라 장막을 넘어선 절대적 경험에 접근하기 위한 수단으로서 '물질 그 자체'에 대한 강조로의 더욱 섬세한 전환이다. 흄의 '유한한 사물finite things'에 관한 시, 존 크로 랜섬John Crowe Ransom의 '물체시physical poetry', 그리고 시클롭스키의 '대상의 인위성artifulness of an object'에 관한 시 등이 그 대표적 예들이다.[70]

이런 비평적 경향(이것의 철학적 대응물은 현상학에서 후설이 주장한 '사물 그 자체로!'가 될 것이다)은 이미 모더니즘적 실천 속에 깊이 각인되어 있는 경향과 공명한다.[71] 20세기로의 전환 직후에 쓰인 제임스 조이스의 『스티븐 히어로*Stephen Hero*』에서 스티븐의 미학 이론은 정확히 '물자체the thing-in-itself'에 대한 파악에 의존한다. 즉, 그것은 처음에는 구분 가능한 어떤 것으로, 그다음에는 형식을 지닌 어떤 것으로, 마지막으로는 무언의 끈질기고 대체 불가능한 "있는 그대로의 바로 그 물that thing which it is"로 이해된다.[72] 에즈라 파운드Ezra Pound는 모더니즘 시의 첫째 '원칙'이 "사물의 직접적인 다룸the direct treatment of the 'thing'"이라 썼다.[73] 특히, 윌리엄 카를로스 윌리엄스William Carlos Williams의 시집 『패터슨*Paterson*』에 나오는 유명한 시구, 즉 "관념은 오직 사물 속에서만 존재한다no ideas but in things"[74]는 일종의 압축적 선언문으로 간주될 수 있다. 이 구절은 "물 그 자체를 선견이나 후견 없이, 하지만 매우 강렬하게 인식하는 것"의 의미를 재확인시켜준다.[75]

이제 명확한 것은 절대적인 것 자체가 모더니즘 시기에 조롱의 대상(흄이 말한 "주변을 배회하는 기체circumambient gas")으로 전락한 반면, 절대적인 것, 즉 재현 불가능한 것의 단편적 재현이라는 문제 틀은 여전히 중심적인 것으로, 이제는 물질 속에 응축된 것으로 남아 있는 것이다. 이런 역사적 전환, 즉 수학적 숭고에서 역동적 숭고로의 이동은, 무한한 것을 적절히 제시하지 못하면서 그것을 가정하는 능력에서 거친 물질성과의 대면에서 생겨난 일종의 충격으로 나아간다. 다시 말해, 그것은 초감각적 이데아Idea의 급진적 접근 불가능성에서 '물자체Ding an sich'의 급진적 접근 불가능성으로, 상징주의에서 '낯설게 하기'로, 나아가서 낭만주의에서 흄의 '고전주의'와 모더니즘으로 나아가는 것이다. 하지만 역동적 숭고가 모더니즘으로 나아갈 때, 그것이 모종의 순화 과정을 겪는다는 것은 의심의 여지가 없다. "얼음의 피라미드와 우울하게 포효하는 바다로, 서로 격하게 뒤엉켜 쌓여 있는 형체 없는 산덩어리"[76]에서 빨간 외바퀴 손수레로 옮겨 가는 것이다.

꼭 그렇지만은 않을 수도 있다. 『율리시스*Ulysses*』에서 스티븐 디덜러스Stephen Dedalus는 초기 조이스의 에피파니epiphany 이론과 유사해 보이는 것을 다음의 한 구절로 압축한 바 있다. "신은 거리에서 울리는 외침이다."[77] 한편으로 이것은 단편적인 것에 대한 낭만주의적 이론의 재정식화이다.[78] 하지만 그것은 또한 우리에게 완전히 통약 불가능한 존재의 영역들을 등치시키면서 "정신의 존재는 뼈다."[79]라고 말한 헤겔의 유명한 역설을 상기시킬 수도 있다. 여기서(『정신현상학*Phenomenology of Spirit*』의 골상학에 대한 논의에서) 숭고의 재현적 문제 틀은 칸트의 『판단력 비판』에서와는 다른 식으로 이해된다. 두개골이 주체의 진리를 실제로 구현한다(즉, '숭고한 대상'이 우리에게 재현 불가능한 본질을 자각할 수 있게 해준다)는 것이 아니다. 오히려 두개골은 골상학이 꿈꾸는 실증적인 의미에서의 주체란 존재하지 않는다는 사실을 나타낸다. 두개골의 타성과 부조리함은 우리에게 두개골이 그 무엇이 되었든 상관없다는 것을 상기시킨다. 만일 우리가 모더니즘적 숭고를 이런 방식으로 읽고, 지젝이 말하듯이, "기표의 결여를 결여의 기표"로 전환한다면,[80] 모더니즘적 물*thing*이라는 특권적인 기표는 재현 불가능한 존재Being를 대상의 비천함으로 제시하기보다는 하나의 결여, 즉 어떤 내용의 절대적 부재를 나타낸다.

하지만 이 결여는 무엇인가? 왜 물인가? 헤겔의 경우에서 기표의 결여와 결여의 기표 간의 이동은 환유적이다. 즉, 두개골은 절대정신의 차원을 가정한다. 왜냐하면 그것은 공교롭게도 편의적이고 텅 비어 있기 때문이다. 만약 우리가 모더니즘 시대, 즉 '기술 복제의 시대'에 물이 조립라인 위에서 전적으로 새롭고 신비화된 존재 양식을 획득한다는 것을 기억한다면, 그 비천한 물이 사회적 총체성, 즉 생산력의 전 체계를 환유적으로 재현하게 된다고 말해도 지나치지 않을 것이다. 그보다 차라리 골상학의 예에서 보았듯이, 그것은 이 체계를 정확하게 재현하는 것이 아니라(그것은 어떤 경우든 실증적 실체, 즉 하나의 일자로 존재하지 않는다) 이 체계에 대한 그 어떤 개념도 결여되어 있음을 나타내는 것이다. "도착적 집착perverse fixation"에 대한 라캉Lacan의 설명에서처럼, (재현적) 욕망의 실제 대상은 환유적으로 전치된다.[81] 두개골의 경우처럼 적어도 대량 생산된 물만큼 가능성 있는 기표도 존재하지 않을 것이다. 잘 알려져 있다시피, 그것에는 생산의 모든 흔적들이 체계적으로 박탈되어 있다. 따라서 (예컨대, 하이데거에서) 물을 이론화하려는 자의식적 시도가 더 오래된 생산 형식과 잘 어울리는 문화적 경로들—이 경로들의 근대적 유사물은 단호하게 거부한다—에 대한 두드러진 향수로 나아가는 것은 전혀 놀랍지 않다. (사실 대량생산된 대상 세계와 더불어 탄생한 주체성과 비교해볼 때, 물질적 존재의 현실로부터 완전히 소외된 헤겔적 서사의 봉건적 주인은 비교적 세속적으로 보인다. 이것은 4장에서 포드 매덕스 포드의 소설에 관한 읽기에서 보게 될 것이다.) 물은 이 새로운 생산적 총체성을 재현하거나 그것에 대한 어떤 신비적이고 유사 재현적인 접근을 제공하지 않는다. 그 대신 그것은 단순히 생산력의 거대한 변화에 환유적으로만 접근 가능하기 때문에 생산력의 장을 상품의 장 내부에서 재현하는 것이 불가능하다는 것을 의미한다.

모든 사람들이 이런 재현적 딜레마와 한결같이 대면하는 것이 아니라는 것은 말할 필요가 없다. 이 모더니즘적 형식에서 이 딜레마는 경제 질서 내의 특정한 주체성의 양식과 특정한 위치에 고유한 것이다. 이러한 깨달음과 더불어 우리는 모더니즘 논리의 밀실공포증적 분위기에서 홀연히 벗어나 동일한 문제에 대해 다른 접근 방법들, 즉 (좀 앞서가자면) 탈식민화의 문학을 고려할 수 있게 된다. 파농이 생각했던 것과는 상당히 다른 의미에서 탈식민화의 문학에서 "제3세계는 … (중략) … 유럽을 하나의 거대한 전체처럼 대면하게 되는데, 그것은 유럽이 해답을 찾을 수 없었던 문제들을 해결하려고 노력하는 것을 목적으로 한다."[82] 의심의 여지 없이 문학의 낭만적·근대적 개념에 대한 최근 유럽의 다른 형태들을, 특히 새로운 전 지구적이고 즉각적인 생산력을 개인 육체와 그 고통, 쾌락, 쇠락이라는 비교적 작은 형상 속에 응축시켜놓은 포스트모던적 시도 속에서 사고하는 것이 가능할 것이다. 그러나 이것은 상대적으로 정적이고 본질적으로 외적인 변형에 불과하며 모든 점에서 식민화된 세계가 식민지적 멍에로부터 벗어나는 바로 그 순간에 이루어지는 문학적인 것의 포착보다는 덜 극적일 것이다.

하지만 우선 우리는 모더니즘적 숭고가 (루카치가 제시한 관점 내에서) 유토피아적이었음을 기억해야 한다. 그것은 사유의 차원에서 자본주의를 관통하는 (주체와 객체, 본체와 현상 간의) 모순과 균열에 의해 생겨난 지적 이율배반들을, 재현 불가능한 총체성을 재현하는 것으로 여겨지는 숭고한 대상(신을 의미하는 외침, '너무 많은 것'을 뜻하는 외바퀴 손수레)을 통해 통합하는 기능을 수행했다. 그러나 이 미적인 것 속에 숨어 있는 계략은 "이것들(모순들)이 오직 미적인 것이 되는 한에서만" 그 미적인 것은 유토피아적인 것이 된다는 것이다.[83] 이것은 단순한 말장난이 아니라 절대적 역전, 즉 위에서 서술했던 숭고의 헤겔적 환원을 완전히 다른 관점에서 반복하는 무화cancellation인 것이다. 여기서 숨겨진 진실은 칸트적 본체가 철저히 허구적인 것이라는 것, 이념에 접근하는 조건은 그 이념이 이데올로기 속에서 태어났다는 것, 미적 유토피아는 그것이 해결하고자 하는 문제들을 미학화할 경우에만 존재할 수 있다는 것, 그리고 모더니즘이 접근을 약속하는 존재나 총체성은 하나의 신비화라는 것이다. 이 지점에서 역사적으로 모더니즘의 미적 유토피아가 소비에트 혁명 이후 유럽 정치투쟁의 거대한 물결을 통해 상상된 아주 다른(구체적으로는 사회주의적인) 정치적 유토피아에서 그 대응물을 갖는다고 생각해볼 수도 있을 것이다. 정확하게 정전적 모더니즘이 앞서 언급된 루카치적 구조를 실천한다는 점에서 그것은 그 어떤 특정한 정치학과는 상관없이 정치학 그 자체에 적대적인 것이 된다. 모더니즘은 유토피아를 거부하는 한에서만 유토피아적이다.

루카치가 분명히 했듯이, 미적 유토피아와 정치적 유토피아는 서로 공통점이 없고 같은 문제에 대해서도 경제 질서 내의 상이한 위치에서 비롯하는 서로 다른 해결책들을 재현하고 있다는 점에서 이러한 적대는 일종의 상호보완적이다. (처음부터 이런 구조가 문학이라는 관념 속에 명확히 각인되어 있다는 것은 실러Schiller의 『인간의 미적 교육에 관한 편지*Letters on the Aesthetic Education of Man*』에서 볼 수 있다.)[84] 만일 모더니즘에서 미적 유토피아와 정치적 유토피아 간의 깊은 분화 현상이 슐레겔 형제의 낭만주의가 보여 준 더욱 애매한 이중적 충동의 급진화를 특징으로 한다면(이것은 프랑스 혁명과 중세적 공간에 대한 나폴레옹식의 재조직화의 그림자 속에서 아주 의식적으로 전개되었다), 우리는 이 애매성을 세 번째 혁명적 순간에 펼쳐지는 탈식민화의 문학에서 또다시 발견한다고 해서 놀랄 필요는 없다.[85]

네 개의 중첩적 계열들이 존재한다. 더 거대한 계열(우리가 곧 살펴볼 철학 – 문학 – 이론) 내에 더 협소한 문학적 계열(낭만적 – 모더니즘적 – 포스트식민적)이 존재하고, 이는 (수학적 숭고에서 역동적 숭고로, 나아가서 곧 살펴보게 되듯이 숭고의 소거evacuation로의) 재현적 전환과, 궁극적으로는 역사적 위기의 계열(프랑스 혁명, 러시아 혁명, 그리고 반식민적 혁명들)에 상응한다. 포스트식민 문학이 정확히 낭만적·근대적 의미에서의 문학이라는 것을 이해하기 위해서는 세 번째 계기와 마지막 계기가 기억될 필요가 있다. 즉, 포스트식민 문학은 스스로를 과거 식민화된 국가들의 다른 예술 형식들(예컨대, 세계에서 문화적으로 가장 흥미롭고 중요한 많은 음악들이 포스트식민 지역에서 생산된다고 하더라도, '포스트식민 음악'과 같은 영역이 존재하지 않는 것은 결코 우연이 아니다), 그리고 식민 이전 시대에 『인키샤피*Al Inkishafi*』(영혼의 각성)와 같은 "문학적" 텍스트들이 가지고 있었던 지위 모두와 차별화해야 하는 독특한 존재론적 부담을 짊어지고 있다는 것이다. 포스트식민 문학이 문학이라는 것은 두말할 필요가 없다. 하지만 가야트리 스피박Gayatri Spivak이 완전히 다른 맥락에서 지적했듯이, 유럽의 텍스트에서는 당연시되는 '이론적 정교화,' 즉 각각의 작품에 대해 그 나름의 고유한 해석들이 생산되어야 한다고 주장하는 이런 세련됨(이런 필요성은 정확히 이론의 낭만주의적 발명이 함축하고 있는 것이다)이 포스트식민 문화 생산에서는 너무나 자주 부정되어버린다. 포스트식민 문화 생산은 (비교적 순진한 독자뿐만 아니라 대학의 다문화주의적 담론에서도) 단순한 원료, "인종적 문화 차이의 저장소," 혹은 "문화 충돌"의 구체적인 국지적·주관적 효과들의 저장소로 환원된다.[86] 그것이 아무리 복잡하다고 하더라도, 독립 시기의 작품들은 일차적으로 민족지적이고 가끔은 역사적인 증거를 발굴하려는 해석학에 지속적으로 예속된다. 물론 그러한 무미건조한 읽기의 양식도 다양한 접근 방법 중의 하나로 사용될 수 있다. 가령 우리는 조이스의 『더블린 사람들*Dubliners*』, 포드의 『퍼레이드의 끝*Parade's End*』, 혹은 루이스의 『타르*Tarr*』를 정확히 이와 같은 방식으로 손쉽게 읽을 수 있다. 하지만 포스트식민 문학에 대한 이런 지배적 방법처럼 우리가 그것을 읽는 방법을 미리 알고 있다고 가정하는 것은 그것에 억압적인 폭력을 행사하는 것이다. 더 중요한 것은 스스로를 아무리 선의적이라고 믿을 수 있더라도, 이런 폭력이 결백하다고 할 수 없다는 것이다. 즉, 그런 폭력은 맹목적 무지일 뿐만 아니라 포스트식민 문학이 고유하게 갖고 있는 형상미학적 기획에 대한 거부, 즉 (오늘날 사회적 총체성으로 이해되는) 절대적인 것의 문제에 대한 포스트식민 문학의 전유를 인정하지 않으려는 거부이기도 하다.

하지만 이를 통해 우리는 반식민적 '발화*prise de parole*'가 제시하는 진정한 차이를 이해할 준비가 되어 있다. 우리가 이러한 변증법적 통일성이 아주 다른 방식, 아주 다른 성공의 가능성을 통해서이긴 하지만 각

사가 재현하고자 한 총체성이라는 것을 이해하는 한, 이 차이를 애초에 헤겔적인 주인과 노예의 변증법, 즉 노동하는 노예와 인식론적으로 불구화된 위치에 있는 주인 간의 대립(이 불구화는 또한 포스트식민 글쓰기를 문화적 표현의 해석학 속에 가두려는 중심부 제국의 논리를 설명해줄 수 있다) 속에 두는 것은 전적으로 타당하다. 많은 포스트식민 문학의 '미메시스적 힘'과 재현적 직접성 또한 이런 변증법 내에 위치하게 되겠지만, 이로 인해 우리는 재현적 필연성을 순진함으로 착각해서도 안 되고, 자신 앞에 놓인 텍스트의 울림을 "전혀 느끼지 못할 수도 있다"는 슐레겔의 암시를 절감하면서 더 심층적인 알레고리적 영역을 끈질기게 탐구해야 할 책임감을 방기해서도 안 될 것이다. 포스트식민 문학이 문학적인 것의 기획을 이어받을 때, 그것이 유럽 모더니즘의 많은 수사trope와 주제들을 이어받아 다시 활성화하기도 했다는 것을 앞서 주장한 바 있다. 따라서 모더니즘과 탈식민화의 문학 간의 차이를 형식에 대한 상대적 관심의 결여라는 관점에서나 현실적인 재현적 직접성의 차원에서 설명하는 것은, 비록 그것이 아무리 활기차거나 유익하다고 하더라도 일종의 순진함이나 완고함으로 이해된다면, 그다지 유용할 것 같지는 않다. 그 대신 우리는 이런 차이를 새로운 종류의 의식 출현으로, 즉 형식상으로는 헤겔의 "예술의 종말"과 유사하면서도 문학적인 것 내부에서 일어나는 전환으로, 다시 말해, "상상력의 시에서 사유의 산문으로의 전환"[87]을 나타내는 것으로 생각해볼 수 있을 것이다. 반식민적 발화에서 새로운 것은 모더니즘에서 핵심적이었던 물자체의 문제 전체를 거부하거나 제거하는 것, 즉 숭고의 전체 구조의 소거evacuation이다.

우리는 모더니즘적 낯설게 하기와 이른바 난해성의 근원인 이 문제가 궁극적으로는 경제 질서 내부의 특정한 위치의 징후이면서 부재하는 총체성의 유토피아적 재현을 위한, 불구화되었지만 진정한 노력을 재현하는 것임을 기억한다.[88] 탈식민화의 문학은 이러한 노력, 즉 형상미학적 기획을 이어받되 전 지구적 노동 분업 내의 아주 다른 위치에서 이어받는다. 그러할 때 탈식민화의 문학은 숭고의 애매한 구조를 소거해 버린다(한편 숭고는 제1세계에서는 미의 범주로 대체되기 시작하는데 이는 광고와 '진지한' 서적 시장에서 잘 나타난다).[89] 총체성은 더 이상 물화된 파편들의 '무리'나 물자체를 통해 유사종교적인 형식으로 접근할 수 있는 신비적인 실체로 사고될 수 없다. 오히려 그것은 전 지구화된 세계(즉, 어떤 사건(혹은 어떤 '문화')의 진실이 대체로 자신의 영역 밖에 존재하는 세계)에서 필연적 허구로만 사고된다. 총체성의 전략적 지도를 그리는 데 실패한 것, 다시 말해, 보편적인 것에 대한 어떠한 설명도 제공하지 않으면서 특수한 것을 서사화할 수 있는 듯이 하는 것은 그 어떤 (필연적으로) 결함 있는 시도보다 훨씬 심각하게 이데올로기적일 수 있다. 예를 들면, 우리는 부족 사제의 '신경쇠약'이라고 할 수 있는 것에 관한 이야기인 아체베의 탁월한 소설인 『신의 화살*Arrow of God*』을 기독교적 서사가 제공하는 은밀한 수사학적 간섭을 동시적으로 서술하지 않으면서 상상할 수 있는가?[90] 나아가서 이 서사는 영국의 제국주의적 기획이 갖는 이데올로기적 갈등을 기술하지 않고서는 도입될 수 없다. 그리고 이 서사는 자본주의를 원료의 수탈과 화폐 경제의 도입이라는 형식을 통해 재현하지 않고서는 기술될 수 없다. 나아가서 이 서사는 그것과 동시에 일어나는 유럽 자본주의의 위기에 대한 기술을 수반해야 한다. 마지막으로 이 서사는 문화 형식 일반의 (은밀한) 섬세함과 비영구성으로, 나아가서 진정한 유토피아적 가능성으로 돌아가게 된다.

그러나 우리가 명확히 해야 하는 것은 유토피아가 더 이상 긍정적이고 잠재적으로 총체주의적 형식(즉 신비적인 신의 도시City of God, 조화로운 인간 Harmonious Man의 이상, 갈등의 세계에 대한 불가능한 전체주의적 해결 등과 같은 것으로 이것들은 기껏해야 우리 자신의 세계를 이상화한 것에 불과하다)을 띠지 않는다는 것이다. 그 대신 유토피아는 플라톤의 『국가*Republic*』에 대한 헤겔의 비판에 따라서, 정확히 부정적인negative 것으로, 즉, 현존 사회적 총체성 내의 결여 내지 모순(이것의 현존은 아직 상상할 수 없는 미래를 넌지시 비춘다)으로 이해되어야 한다.[91] 미래라는 단어는, 그것이 결코 사소하지 않은 방식으로 사용된다면, 오직 결여로서만 재현될 수 있다. 모잠비크 작가 미아 코투Mia Couto가 「저 너머의 깃발들The Flags of Beyondward」이라는 이야기에서 말한 것처럼 "태양의 운명은 결코 보여질 수 없다."[92] 플라톤의 『국가』, 최근의 사이버 유토피아, 그리고 1950년대의 대중적 미래주의의 경우처럼 실증적 유토피아들은 미래를 사유할 수 없다. 그것들은 단지 현실적인 것을 미래주의적 형식으로 다시 표현할 수 있을 뿐이다. 부정적 형태의 유토피아는 진정한 정치적 순간에만 엿볼 수 있으며, 가장 적나라한 본질까지 드러난 유토피아이다. 사물이 실질적으로 다른 방식으로 존재할 수 있는 것은 숨김없는 노골적인 사유, 즉 자본주의하에서의 사회적 삶을 규정하는 균열이나 일련의 모순들에 가까이 다가갈 때 출현하는 사유이다.[93]

우리 모두가 알다시피, 탈식민화 시대의 문학들이 보여주는 유토피아적 궤도는 파농이 우려했던 것처럼 과거의 경제 관계를 통해 이득을 챙기고 자신들의 개인적 번영을 집단적 승리로 예찬하는 데 혈안이 된 민족 부르주아지들에 의해 강탈당했다. 아프리카에서의 유토피아적 반식민 문학의 위대한 시대는 포스트식민의 순간에 부패와 침체의 문학, 심지어 배설의 문학으로 이어진다.[94] 독립 이후 시대의 환멸과 더불어 모더니즘 자체의 가능성의 조건들 때문에 모더니즘 내에 봉쇄되었던 유토피아적 에너지가 탈식민화의 문학의 경우에는 역사 그 자체에 의해 봉쇄된다고 말하고 싶은 유혹을 느낀다. 하지만 역사는 외재적인 것이 아니다. 탈식민화의 문학은 단순히 노예라는 상대적 위치에서 쓰였다는 이유만으로 문학으로서의 인식론적이고 이데올로기적인 보장을 획득하는 것이 아니다. 노예는 어떤 경우이든 알레고리적 형상에 지나지 않으며, 그것의 지리적·재현적 가치도 포스트식민 시대의 자본 축적의 재편성과 더불어 점차 약화되고 있다. 제2차 세계대전 이후 전 지구적 정치학의 역사적 동학을 이해하는 데 필수불가결했던 식민주의자와 식민지인 사이의 변증법은 어떤 근본적인 권위도 인정받을 수 없게 되었거나, 심지어 그 시대를 (초과 없이) 정확하게 기술하는 것으로 이해될 수도 없게 되었다. 식민주의자의 영역처럼 식민지인의 영역도 자체의 '주인'과 자체의 '노예'를 가지게 되고, 각자의 공간에서 동질적 집단들 간에 다양한 정도의 공모 관계를 형성한다. (만일 '혼종성'이 모순 없이 사유될 수 있다면, 그것은 틀림없이 이런 구조와 유사한 것을 가리킬 것이다.) 나아가서 탈식민화의 문학은 자신의 가능성의 조건을 신비화하고, 자신의 이해관계를 민족 부르주아지의 지배 속에 감추어버린다. 포스트식민적 환멸에 대한 통찰력 있는 연구에서 닐 라자러스는 아프리카의 반식민 지식인들 세대에 관해 그들의 낙관주의가 "너무나 순진해서 … (중략) … 돌이켜 생각해보면 비난받아 마땅한 것처럼 보인다."라고 말한 바 있다.[95] 독립 시기의 아프리카 문학에 나타난 유토피아적 요소는 단순한 미적 보상은 결코 아니라고 하더라도 순전히 추상적인 경우가 종종 있다. 유토피아가 단지 식민 체제에 대한 추상적 부정인 한에서, 모든 사람은 유토피아에 동의할 수 있다. 왜냐하면 그것은 분열과 대립을 필연적으로 초래하게 될 구체적 내용, 즉 소유관계의 급진적인 재편성을 결여하기 때문이다. 이런 구체성의 결여는 전혀 순진무구한 것이 아니다. 그런 결여 때문에 민족 부르주아지는 정치 영역에서 아무런 모순 없이 자신의 목적을 혁명이라는 이름하에 추구할 수 있다. 더구나 탈식민화의 문학은 단지 문학이기 때문에 특정한 노동 분리를 전제로 하며 그런 노동 분리가 낳은 결과에 대해 진정으로 비판적일 때조차 그것에 반대할 수 있는 구체적인 노력을 전혀 하지 않는다. 만약 모더니즘이 '진정으로' 유토피아적인 것으로 고려될 수 있는 까닭이 종국적으로 자신의 실패의 비밀을 드러내기 때문이라면, 진정으로 유토피아적인 탈식민화의 문학은 자신의 패배의 씨앗을 이미 그 자체 내에 포함하고 있는 것이다.

외견상 이는 우리를 일종의 막다른 길로 인도한다. 그러나 우리는 제1세계의 1960년대와, 더 일반적으로 포스트모더니즘이 탈식민화 운동의 직접적 계승자들임을 명심해야 한다. 이를테면, 시민권 운동과 베트남전 반전 시위와 같이 독립적이고 본질적으로 미국적인 현상으로 보이는 것들도 식민주의에 저항하는 투쟁의 세계적 확장을 통해 계속 조율되고 그 의미를 획득하게 된다. 시민권 운동의 범아프리카적 양상이 오로지 공통 문화의 뿌리에 대한 평가에만 근거하는 것으로 여겨진다면, 그것은 잘못 이해된 것이다. 그러한 동일시에 근본적인 것은 탈식민화하는 세계와의 정치적 연대 가능성이다. 그리고 우리는 베트남을 냉전의 관점에서 사유하는 데 너무 익숙한 결과, 베트민Viet Minh(월맹越盟)이 처음에 독립운동에서 출발했고, 나중에야 공산당이 되었다는 사실을 거의 잊어버렸다. 유럽의 다른 맥락이나 지역들에서 펼쳐진 베트남전 참전 거부 또한 식민 지배의 정당성을 인정하기를 거부한 시도였다.[96] 더 일반적인 관점에서 우리는 1960년대의 제3세계와 오늘날 우리의 포스트모던적이고 전 지구화된 순간 간의 관계를, 마이클 하트Michael Hardt와 안토니오 네그리Antonio Negri가 『제국*Empire*』과 『다중*Multitude*』에서 급진적으로 제기했던 마르크스주의적 통찰, 즉 '저항이 권력에 앞선다'는 것의 실례로 생각해볼 수 있다.[97] 하트와 네그리는 자본의 긍정적 측면을 역동성으로 인식하기보다는 그러한 역동성을 살아 있는 노동living labor의 수중에 위치시킨다. 살아 있는 노동이야말로 매 순간 자본의 재조직화를 강제한다. 이 모델에서 전 지구화라 불리는 현재 자본의 재편성은 반식민 운동에 의해 고전적 제국주의가 붕괴된 이후에 근본적으로 재조직되고 있는 반동적인 흐름이다.

이런 지적은 우리를 원래의 거대한 계열, 즉 철학–문학–이론의 계열로 돌아가게 한다. 왜냐하면 포스트식민 글쓰기에서 점차 약해지던 유토피아적 충동은 이론의 등장과 더불어 다시 출현하고 있기 때문이다. 푸코의 '모래 속으로 사라지는 얼굴disappearing face in the sand'이나 데리다Derrida의 글을 특징짓는 "아직 명명할 수 없는 것as yet unnameable"은 어떤 특정한 미래를 증명하는 것이 아니라면 적어도 현재의 결정적 종말을 증명한다. 하지만 표면상, 이론만큼 편협하게 유럽적인 것도 없을 것이다. 실제 에드워드 사이드Edward Said 및 다른 이론가들은 이론이 포스트식민 세계와 충분히 맞서지 않는다고 비판한 바 있다.[98] 그러나 모든 이론은 포스트식민 이론이다. 즉, 이론은 자신의 존재를 식민 지배에 저항하는 투쟁과 그것이 1960년대 제1세계의 정치적 위급함에 끼친 반향에 빚지고 있다. "포스트구조주의"의 최초 명칭은 확실히 소쉬르Saussure의 유산을 가리키기도 하지만 더 중요하게는 레비스트로스Lévi-Strauss와 프랑스 인류학의 위기를 가리키기도 한다. 무딤베V. Y. Mudimbe는 이런 위기를 식민적 모험의 부당성과 마주쳤을 때 생겨난 유럽의 문화적 회의라는 보다 일반적 순간의 일부로 설명했다.[99] 데리다의 고전적 글인 「인문과학 담론에서 구조, 기호, 그리고 유희Structure, Sign, and Play in the Discourse of the Human Sciences」[100]는 이런 위기에 대한 주해, 즉 엔지니어와 브리콜뢰르bricoleur[101] 간의 차이를 더 이상 설정할 수 없게 된 무력한 상황에 대한 주해이다. 이런 무능한 상황은 반식민적 저항 앞에서 식민지적 기획을 정당화하는 것이 불가능하다는 징후이다. '서양 문화'를 단지 '오늘날의 신화myth today'로 상상하는 가능성(현대 신화에 관한 바르트Barthes의 일차적 사례가 프랑스 국기에 경례하는 아프리카 병사의 이미지인 것은 결코 우연이 아니다)은 이런 위기 때문에 벌어진 균열에서 출현한 것이다.[102] 우리는 또한 푸코의 『말과 사물*The Order of Things*』에서 모든 것의 은밀한 결정자가 인류학이라는 사실을 잊어서는 안 된다. 확실히 이 단어에 구체적인 철학적 의미가 주어져 있지만 우리는 푸코 텍스트의 정점인 이론의 등장과 인간주의의 종말이 정확하게 민족학ethnology의 위기로부터 생겨났다는 사실을 기억할 필요가 있다. 이 위기는 순전히 인식론적 현상이 아니라 프랑스 제국주의와의 관계, 즉 "[유럽적 사유를] 유럽 문화뿐만 아니라 다른 문화들과 대면시키는 관계"[103] 속에서 이해되어야 한다. 들뢰즈Deleuze와 가타리Guattari의 『안티-오이디푸스*Anti-Oedipus*』에 실린 푸코의 서문은 바로 첫 페이지에서 베트남의 반식민 투쟁과 유럽의 정치 발전의 연관성을 끌어낸다. 이런 연관성이 이론에 대해 갖는 결정적 의미는 『안티-오이디푸스』의 도처에서 지적되고 있는데, 식민주의는 오이디푸스적 형상과 자본주의 둘 모두의 강제적 실행을 이해하는 열쇠가 된다.[104] 틀림없이 다른 예들 또한 존재한다. 실제로 편협한 '프랑스 국민성Frenchness'에 대한 의심을 지속적으로 제기하는 작업을 해온 피에르 부르디외Pierre Bourdieu는 자신의 연구를 알제리 전쟁의 직접적인 계기가 된 민족지학에 대한 비판에서 시작한다. 알제리 전쟁은 또한 파농의 『대지의 저주받은 사람들*The Wretched of the Earth*』의 배경이 되기도 한다. 하지만 이쯤 하면 요점을 전달하기에는 충분할 것이다. 수십 년간 미국의 파괴적인 대외 정책의 부메랑 효과는 말할 것도 없고, 자본의 재편성에서부터 지식의 재편성에 이르기까지 우리가 처한 현재는 반식민 투쟁의 역사가 낳은 산물이다.[105]

총체성, 알레고리, 그리고 역사

형상미학적 여정은 여기서 멈추지 않는다. 마지막 장에서 우리는 형상미학적인 것의 최근 역사를 살펴볼 것이다. 그 중간의 장들에서 우리의 목적은 모더니즘과 아프리카 문학 사이에서 펼쳐지는 이중적 기획을 포착하는 것, 즉 사회적 총체성을 생산하는 균열과 일련의 모순들의 재현을 파악하는 것과, 그와 동시에 유토피아적 욕망을 드러내는 하나의 재현을 파악하는 것이다. 이러한 장들이 해석적일 것이기 때문에, 우리가 논의해온 구조를 보다 명확한 해석학적 용어로 번역하는 것이 방법론적으로 유용할 것이다. 여기서 약간 성급하겠지만 형상미학적 여정을 통해 다양한 형태의 절대적인 것이 취하는 위상과 알레고리적 전통에서 신비적인 것the anagogic이 차지하는 위상이 일치한다고 지적할 수 있을 것이다.

처음에 이런 동일시는 유용하다기보다 훨씬 문제적인 것으로 보일 듯하다. 알레고리적 읽기의 사중적 방식(성경에 대한 축어적 의미, 알레고리적 의미, 도덕적 의미, 신비적 의미의 연속적 유래는 각각 히브리 성경의 역사적 의미, 신약성서의 예고, 그 윤리적 의미, 마지막으로 '영원한 영광'의 드러남을 가리킨다)에 대한 고전적 설명으로 「시편Psalm」 114편에 대한 단테의 읽기를 들 수 있다.

> 만약 우리가 문자만 놓고 본다면, 우리에게 드러나는 의미는 모세 시대에 이스라엘의 자손들이 이집트를 떠나는 것이다. 하지만 알레고리적 차원에서 본다면, 드러나는 의미는 그리스도를 통한 우리의 구원이다. 도덕적 차원에서 본다면, 그 의미는 영혼이 … (중략) … 원죄를 씻고 은총의 상태로 전환하는 것이다. 그리고 신비적 차원에서 본다면, 우리에게 드러나는 의미는 정화된 영혼이 이 타락한 세계의 속박에서 벗어나 영원한 영광의 자유로 나아가는 것이다. 비록 이 신비로운 의미가 다양한 이름으로 불린다고 하더라도, 그것들은 모두 알레고리적이라고 불릴 수 있을 것이다.[106]

조만간 보다 명확하게 보겠지만, 이런 해석적 장치의 핵심 요소는 이 시편을 비롯한 모든 성서의 구절들이 축어적·알레고리적·도덕적 차원에 의해 생성된 무한한 가능성들을 통해 그 어떤 길을 선택하든, 궁극적으로는 영원한 영광에 비추어서 이해되어야 한다는 것이다. 성서의 신비적 의미와 포스트 낭만주의의 절대적인 것, 즉 단편적 재현이 가리키는 총체성은 모두 각각의 체계 내의 모든 의미 작용의 궁극적 휴지점, 즉 그 자체로는 단지 단편적이면서 무한히 해석될 여지가 있는 기표의 의미를 보장해주는 부재하는 기의들이다. 신비적인 것처럼 총체성은 의미화의 장치 속에 갇혀 있는 주체를 위해 기표를 기의에 묶어주는 '결절점nodal point'이다.

우리는 이런 궁극적 의미 작용들에 대해 주의하는 법을 배웠고,

곧 이 문제로 돌아갈 것이다. 한편, 알레고리의 논리는 현재 기획의 여러 양상들을 명확히 해줄 특수성들을 포함한다. '다른 식으로 말하기speaking otherwise'를 뜻하는 그리스어 '알레고리아*allêgoria*'는 복잡한 상징적 행위뿐만 아니라 사회적 행위도 함축한다. '말하기*agoreuô*'란 단순히 말하는 것뿐만 아니라 '공회*agorêphi*'와 집회에서 공적이고 정치적으로 말하는 것을 의미한다. 알레고리적 언어는 사회적 효과로 채워져 있다. 이런 어원학적 계기가 아퀴나스와 단테를 통해 우리에게 전해 내려오는 신비한 사중적 도식과 맺는 관련성이 모호한 것 같지만, 우리는 성 아우구스티누스St. Augustine의 『기독교 교리에 관하여*On Christian Doctrine*』에서 처음으로 정립되었을 때 기독교적 알레고리가 구체적으로 선교적 목적을 갖고 있었다는 점을 상기해볼 수 있을 것이다. 즉, 그것은 "그리스도의 교회가 교회를 찾아온 사람들의 모든 미신들을 파괴하고 그것들을 교회 내로 통합할 수 있는" 수단이었다.[107] 알레고리는 전체 의미화 체계들을 자체의 의미 체제 내로 포섭하고, 그것들을 영원한 영광을 지향하는 의미화 장치의 한 부분으로 전환하는, 사회적으로 통합적 기능에 봉사한다. 가령, 「시편」 114편에 대한 단테의 독해에서 볼 수 있듯이, 알레고리는 히브리 성서의 진리를 보존하면서 동시에 기독교적 구원의 서사 속으로 가져가는 것이다. 출애굽the exodus은 다른 어떤 것의 기호가 된다는 점에서 적어도 사실적이긴 하지만 그 진리의 성격은 근본적으로 변한다. 이런 해석학적 장치가 복음화에 대해 갖는 효용성은 엄청나다. 그 장치가 다른 어떤 것을 의미하기 위해서는 그 어떤 것도 허구적이어서는 안 된다. 알레고리는 단순히 해석을 하기 위해 해석하거나, 심지어 신학적 진리의 계시를 위해 해석하는 장치가 아니다. 오히려 그것은 사회적 의제, 즉 이 경우에 그것의 기능은 신앙 공동체의 확장과 유지에 복무하려는 목적으로 해석하는 것이다. 선교 담론은 여타의 다른 신앙들을 파괴하는 것(물론 그것은 때때로 다른 신앙들을 매우 잔인하게 파괴하기도 한다)뿐만 아니라 다른 서사들을 자신에게 동화시킴으로써, 즉 그 신앙들의 진리를 기독교적 알레고리의 신비적 진리 아래로 포섭함으로써 신앙 공동체를 확장할 수 있었다.[108] 이런 사회적 활동은 기독교적 알레고리의 영향적 진리effective truth에 해당하며, 이는 기독교적 알레고리가 드러내고자 했던 해석적 진리interpretive truth와 구분된다.

우리는 여기서 잠시 알레고리 장치의 핵심적인 논리 구조에 주목하고자 한다. 만약 알레고리의 원래적 기능이 신약성서의 정신에 따라 히브리 성서의 언어에 새 생명을 불어넣음으로써 히브리 성서가 그리스도의 도래를 미리 고지하고자 하는 것이었다면, 선교 담론에서는 외견상 기독교와 경쟁하는 것처럼 보이던 전통들도 모호하지만 모두 그리스도의 구원에 관한 것으로 드러날 수 있다. 이런 시간적 기발함은 세속적 텍스트를 읽기 위한 하나의 양식으로서의 알레고리 개념을 배제하는 듯한 어떤 심층적인 구조를 이해할 수 있는 단서를 우리에게 제공한다. 즉, 하나의 텍스트를 읽음으로써 생겨 나오는 듯한 알레고리적 의미가 이미 사전에 설정되어 있었음이 틀림없다는 것이다. 다시 말해, 알레고리적 읽기로부터 출현하는 것은 정확히 해석적 선험a priori(어떤 특정한 읽기에 대해서 앞서지만 텍스트 자체와의 관계에서는 뒤늦다는 의미에서)이다. 이런 선험은 기적적으로 한 바퀴 돌아 해석의 종착지가 된다. 이에 대한 아우구스티누스의 견해는 아주 솔직하다.

> 성서와 그중 어느 부분을 이해하는 것이 하느님과 우리 이웃을 향한 이중의 사랑을 이루는 것과 직접적으로 관련되어 있지 않다고 생각하는 사

> 람은 누구든지 성서를 결코 이해하지 못하는 것이다. 성서에서 자비의 형성에 유용한 교훈을 발견하는 사람은 누구라도, 비록 그가 그 저자가 의도했던 것으로 볼 수 있는 것을 말하지 않았다고 하더라도, 결코 기만당하지 않을 것이며, 또한 거짓말도 하지 않을 것이다.[109]

성서 텍스트는 항상 미리 계획된 어떤 것을 의미하는 것으로 '드러나야' 한다. 오직 신앙만이 알레고리가 '동어 반복'으로 전락하는 것을 막아준다.

여기서 논란이 되는 것은 기독교적 알레고리에 대한 것이 아니다. 기독교적 알레고리에서 신앙의 중심성은 전혀 비밀이 아니다. 그 대신 아우구스티누스의 설명을 통해 드러나는 것은 해석 그 자체에 근본적이다. 사실상 해석이 의미화 과정의 전략적(이는 '정치적' 혹은 '교육학적'이라는 말로 대체될 수 있다) 저지, 즉 기표들의 무한한 유희에 중심을 부여하려는 시도, 텍스트 '자체'에 의해서는 결코 정당화되지 않는 방식으로 의미의 흐름을 차단하려는 시도에 지나지 않는다고 말하는 것은 오늘날 전혀 새로운 것이 아니다. 하지만 일을 이 지점에서 그만두는 것, 불안해하며 이러한 사실로 돌아가는 것, 주저함에 경계심을 더하는 것, 어떤 대가를 지불하더라도 순진함이라는 비난을 피하는 것(즉, 궁극적으로는 기형적인 관계를 띠게 될 것이 틀림없는 부당한 비약을 통해 이런 숨막히는 내부로부터 도피하고자 하는 것)은 모종의 두려움을 드러내는 것이다. 그것은 오류에 대한 두려움, 즉 엄밀하게 정당화될 수 없는 주장을 돌발적으로 제기하는 것에 대한 두려움이 아니라 진리에 대한 두려움이다. 여기서 우리는 다시 『정신현상학』에서 헤겔이 칸트를 비판한 지점으로 돌아가볼 수 있을 것이다. 인식으로부터 물자체를 엄밀하게 배제하는 것, 즉 현상을 물자체로 착각하는 순진한 함정을 피하기 위해 경험을 현상적 영역에만 국한하는 것은 바로 오류에 대한 두려움을 방증한다. 하지만 절차가 "[본체의 영역]으로부터 배제되기 때문에 확실히 진리의 밖에 있는 인식을 전제"하게 될 때, 실제 여기서 배제되는 것은 진리와의 대면 가능성이다.[110] 결국 진리를 보증할 수 있는 근거가 부재한다는 것은 진리가 부재한다는 근거로 넘어가 버린다. 동일한 이유로 자기 자신을 (초월적 기의에 종속되어 있어 끊임없는 경계가 필요한) 의미화 체계 내에 엄격히 가두면서 초월적 기의의 전략적 기능을 지적하는 것은 충분하지 않다. 이런 방식을 통해 기표와 기의를 혼동하는 실수는 피할 수 있다. 그러나 사전에 배제되는 것은 순진함만이 아니라 순진함이 맞닥뜨릴 수도 있는 그 어떤 진리들이다.

하지만 해석적 회의주의에 대한 이러한 비판은 해석적 '동어반복'의 딜레마, 즉 알레고리적 전통에 의해 자기의식의 수준까지 끌어올려진 모든 해석의 문제를 해결하는 데는 전혀 도움이 되지 않는다. 하나의 해결책으로 우리는 위에서 알레고리에 대한 아우구스티누스의 논의에서 끌어낸 '영향적 진리'의 개념으로 돌아가야 한다. 앞서 보았듯이, 해석적 회의주의에 의해 의문시되는 신비적 진리anagogic truth가 알레고리적 장치의 유일한 진리는 아니다. 신앙은 해석적 진리의 생산을 뒷받침하면서 알레고리적 순환이 동어반복으로 붕괴하는 것을 막아주는 단순한 버팀대에 지나지 않는 것 같다. 그러나 신앙의 생산은 사실상 그러한 순환의 진리 그 자체이다. 외부의 신앙에 의해 유지되는 듯한 의미화의 체계는 사실상 그 신앙을 자신의 영향적 진리로 생산하는 것을 지향한다. 역설은 진리가 과정(신앙의 생산) 속에 있지만 실제는 진리가 그 산물(생산된 해석)에 내재해 있다고 믿게 만든다는 사실에 있다. 체계가 지향하는 영향적 진리는, 그 체계 속에 갇혀 있는 주체가 아주 다른(해석적) 진리를 목적으로 삼을 때에만 생산될 수 있다. 여기서 교훈은 영향적 진리와 관련해서 단지 부차적이고 신비화된 진리인 것처럼 보이는 신비적 진리가, 일단 그것의 본질적으로 정당화될 수 없는 성격이 인정되면, 간단히 포기될 수 없다는 것이다. 신비적 진리 없이는 영향적 진리는 단순한 요구나 궁극적으로는 힘에 대한 호소가 되고 만다. 결국 알레고리는 단지 하나의 수사학에 불과하되 진리에 대한 약속에 논리적 토대를 두고 있는 수사학이다.

이 모든 것에도 불구하고 오늘날 우리는 헤겔적 용어로 말하면 "대립이 정지된" 시대에 살고 있다고 상상한다.[111] 사회적 총체성을 내부로부터 파열하려고 위협하고 그 폐허로부터 새로운 윤리적 삶의 형식으로 출현하는 그런 모순과 긴장의 형식으로서 대문자 역사History는 막다른 궁지에 몰리게 되고, 주체성은 바로 파국에 의해 중단된 정적인 시간의 흐름—서로 무관하고 불가해한 잔혹한 사건들과 서로 겹쳐 있는 텅 빈 페이지들의 의미 없는 넘김—으로서의 역사의 가능성과 동떨어져 있지 않다. 역사에 대한 우리의 현재 경험이 진정한 정지 상태를 반영하는 것인지, 아니면 반대로 포스트모던 시대의 비역사적이고 반역사적인 특성이 하나의 환상인지, 즉 의식의 가장자리에 숨어 있는 역사나 신자유주의 담론의 가로등 바로 너머로 도피해버린 악몽에 맞선 방어인 것인지를 현 순간의 내부에서 인식할 수 있는 길은 없다.[112] 독자들은 다음에서 테오도어 아도르노와 프레드릭 제임슨이 중추적 순간들이라 규정한 전통에 따라서, 주체(가정된 것을 명확히 하자면, 제1세계의 주체)와 역사 간의 이런 명백한 분리에 도전하는 접근 방법을 인식하게 될 것이다. 아도르노가 단도직입적으로 말하듯이, "역사는 예술 작품의 내용이다."[113] 이 발언은 통상적 의미의 역사주의와 혼동되어서는 안 된다. 역사주의는, 마치 문학작품을 단지 경험적 역사의 특정한 순간에 위치 짓는 것으로 충분한 것처럼, 그리하여 마치 문학작품이 생성과 변화로부터 면제되어 존재하는 것처럼, 종종 행세한다.[114] 그러나 여전히 생명력을 지닌 문학작품의 의미는 근본적으로 역사에 개방되어 있다. 이것이 "낭만주의적 부류의 시"(즉, 근대적 의미의 문학)의 "진정한 본질"은 "영원히 생성 변화해야 하는 것"이라고 말한 슐레겔의 발언(형식의 미완결성에 대한 그 어떤 선호와는 별도로, 슐레겔이 '단단함*Härte*' 혹은 거칢roughness이라고 부른 것)이 갖는 의미이다. 예를 들어, 브라질 비평가 호베르투 슈바르츠Roberto Schwarz는 위대한 19세기 소설가 마샤두 지 아시스Machado de Assis가 1964년 이전에는 특별히 중요한 작가가 아니었다고 지적한다. 그렇다고 1964년에 마샤두의 '맥락'에 관해 과거에 알려지지 않았던 어떤 새로운 사실이 발견된 것도 아니었다. 오히려 마샤두의 위대한 후기 소설들의 의미에 직접 개입했던 것은 1964년의 군사 쿠데타였다.[115] 제임슨이 『정치적 무의식』의 서론에서 주장했듯이, 의미의 지속적인 역사적 침전(어쩌면 알레고리적 전통에서 결정적 발언이 될 수 있는 것)을 발굴하기 위한 방법은 진리의 보증으로 간단히 적용될 수도 없고, 또한 그것은 진리를 반박하려는 성향을 가진 사람들에게 해석을 정당화해줄 수 있는 '최종적인 결정적 심급ultimately determining instance'을 확립해줄 수도 없다.[116] 그러나 여기서 헤겔적 전통의 신비적 진리, 즉 역사의 징후로서의 서사는 아주 진지하게 다루어질 것이고, 영향적 진리는 다른 곳에서 추구되어야 할 것이다.

다음의 읽기에서 사용될 이 체계가 (그 기능에 대해 아무리 자각한다고 하더라도) 단지 기독교 해석학의 세속화에 지나지 않는다는 반론이 있을 수 있다. 실제 마르크스주의적 관점이 은밀하게 종교적이라고 조롱받은 것은 처음이 아니다. "근본주의적 광신도들"로부터 기독교적 유산을 구해 내고자 한 슬라보예 지젝Slavoj Žižek의 시도에 깊이 연루될 필요 없이, 우리는 그러한 비난 속에도 일말의 진리가 있음을 인정하는 한편 그 근본적 허위가 '단지'라는 단어에 있다고 지적할 수 있을 것이다.[117] 이 체계가 기독교적 알레고리를 '단지' 세속화했을 뿐이라고 말하는 것은 기독교를 구성하는 것이 특정한 신앙이 아니라, 영원한 영광 못지않게 시간의 정치학을 내용으로 다루는 수사학적 구조라는 것을 의미한다. 이는 그런 비난을 수용하기보다는 오히려 반박하는 것이 나을 만큼 기독교의 내용을 완전히 비워버리려는 시도이다. 더욱이, 일단 영향적 진리와 신비적 진리 간의 관계가 명확해지고 충분히 받아들여질 때, 구조 전체는 과거와는 다른 것이 된다. 비록 오늘날 우리가 마르크스를 통해 헤겔을 읽는 것처럼, 새로운 구조가 항상 과거의 것 속에 충분히 현존해 있다는 것을 항상 사후적으로 알 수 있게 된다고 하더라도 말이다. 다음의 읽기에서 위에서 전개된 체계의 역설은 충분히 작동한다. 또한 우리는 이 역설이 필연적임을 보여주려고 노력했다. 종국적으로 이 구조를 '세속화된 기독교'라고 부르는 것을 강조하는 것은 정당하다. 다만 우리가 모든 해석은 이러한 점에서 근본적으로 종교적이라는 것, 즉 진리를 겨냥하면서도 합의의 공동체를 창출한다는 것을 기꺼이 인정한다는 조건에서만 그렇다.

하지만 어떤 이는 "마르크스주의는 곧 세속화된 종교다."라는 반론이 단순한 방법의 문제를 넘어선 것이라고 느끼기도 한다. 또 어떤 이는 이런 등식을 추방되어야 할 오인으로 다루거나, 혹은 지젝의 경우처럼 독특한 방식으로 옹호되어야 할 오인으로 다룰 수도 있을 것이다. 하지만 당분간 우리는 이런 등식이 함의하는 구체적 문제들(경직된 목적론, 구원의 신화, 타락한 성직자, 무오류성의 숭배, 선의 이름으로 자행되는 악행을 정당화하는 '더 위대한 선'에 대한 의지 등)에 관해, 시장자유주의(발전의 목적론, 제3세계 부패 및 구조조정 프로그램의 '죄악'과 '구원', 철저히 중심부 경제의 이익을 위해서 기능하는 기술 정치, 자신의 실패를 구조적인 것이 아니라 병리학적인 것으로 재현하는 담론, '시장 개방'과 '경제 효율성'이라는 미명하에서의 인간 고통에 대한 전적인 무관심)가 마르크스주의보다 고민할 것이 훨씬 많다는 것을 지적하는 차원에 머물 것이다. 제3세계를 지향하는 신학자들의 최근 작업은 형식적 절차의 관점에서 "아프리카에 대한 세계은행의 분석과 정책적 처방 담론이 근본주의적 신학의 담론과 상당히 닮았다"는 것에 주목하기 시작했다.[118] 만약 마르크스주의가 기독교적 전통으로부터 뭔가를 보유한다면, 그것은 바로 시장근본주의에게는 결여되어 있는 것, 즉 보편적 사랑에 대한 바울적 원칙이다.[119]

유토피언 제너레이션

여기에서 시작된 분석의 최종적 순간은 각 장에서 새롭게 완결되어야 한다. 문학에 관한 완벽한 이론이란 거의 있을 수 없기 때문에 이 지점에서 이 책에서 다루어질 상대적으로 극소수의 작품들은 정확히 동일한 관점에서 이론화되는 것은 거부한다. 이와 같이 무해해 보이는 경고도 이 책을 조직하는 범주들에 대한 철저한 문제 제기로 급진화될 수 있다. 흔히 모더니즘이라고 불리는 문학과 아프리카 독립운동의 절정기 동안의 문학 중에서 우리의 도식에 잘 맞아떨어지지 않는 사례들을 발견하는 것은 그리 어렵지 않다. 뿐만 아니라 위에서 상술한 동학은 다른 맥락에서도 쉽게 찾아볼 수 있다. 우리에게는 두 가지 양립 불가능한 선택들이 주어져 있는 것 같다. 첫 번째 명목론적인 선택은 문제를 범주화 자체와 동일시하는 것이 될 것이다. 즉, 모더니즘 문학이나 아프리카 문학과 같은 것은 존재하지 않는다. 오직 작품들만 존재할 뿐이라는 것이다. 두 번째 상투적인 관념론적 선택은 어떠한 작품도 위에서 살펴본 관념들과 일치한다면, 혹은 일치하는 한에서만 모더니즘적이거나 아프리카적이라고 말할 수 있을 것이라는 것이다. 이 두 가지 만족스럽지 못한 선택들 사이에 갇힌 우리는 폴 드만Paul de Man의 곤경과 동일한 상황에 처할 수 있다. 드만의 글 「문학사와 문학적 근대성Literary History and Literary Modernity」은 "두 가지의 … (중략) … 부조리함, 즉 가장 불길한 시작"을 포함했다.[120] 이 글과 그 후속편인 「서정시와 근대성Lyric and Modernity」의 교훈 중 하나는, 일단 하나의 특정 경향이 문학적·역사적 실체(가령, 모더니즘이나 포스트식민 문학)를 구성하는 것으로 확정되고 나면, 즉각 예외들이 떠오르게 될 뿐만 아니라 그러한 경향이 문학사를 통틀어 이런저런 형식으로 작동해왔다는 것이 갑자기 발견될 것이라는 점이다. 실제로 위에서 모더니즘을 구성하는 것으로 드러난 동학이 실은 보다 일반적인 문학 언어의 특징이 아닌가? (예컨대, 단편의 논리, 혹은 비천한 것의 논리를 실재the Real의 작은 조각으로 재생산하는 헤릭Herrick의 '풀어진 구두끈' 같은 것). 그리고 이러한 논리에 대한 '포스트식민적' 거부와 제거는 실제로 첫 번째 논리가 함의하는 것과 마찬가지의 영원한 충동이 아닌가? 결국 우리 자신의 이론화는 헤겔에 대한 참조를 통해 공인되었다. 헤겔에게 포스트식민 문학은 존재하지 않았고, 그는 아프리카에 관해 신뢰할 수 없는 말들을 많이 했다.

이런 문제에 답하기 위한 몇 가지 방법들이 있다. 가장 용이한 방법은 양과 질의 변증법으로 도피하는 것이다. 우연적인 특징이 조직의 원리가 되는 지점에서 우리는 어떤 단절을 확립해야 한다는 것이다. 더 흥미로운 해결책은 "정전, 또는 문학 그 자체가 … (중략) … 모더니즘일 뿐이다."라는 프레드릭 제임슨의 최근 주장을 통해 제안된 것이다.[121] 이는 제2차 세계대전 이후 미국에서 본격 모더니즘의 정전화가 모든 문학을 평가할 수 있는 기준들을 사실상 결정함으로써, '문학사'는 사실상 모더니즘의 전사前史가 되었다고 말하는 것이다. 다시 말해, 새로운 비평가들은 문학 그 자체에 대한 낭만주의자들의 근본적 몸짓을 사실상 반복한다는 것이다. 즉, 모더니즘이 존재하는 순간, 그것은 이전에 항상 존재해왔던 것으로 밝혀진다. 그러나 이 두 번째 선택(이것은 드 만의 통찰을 보존하는 동시에 뛰어넘는 이점을 가진다. 왜냐하면 드 만이 문학사를 통해서 발견한 특징들이 정확히 '문학적 근대성'과 연관된 것들이기 때문이다)은 사실 첫 번째 선택에 의존한다. 우리가 리오타르와 모더니즘에 관한 논의에서 보았듯이, 단절이 해체될 수 있는 것은 오직 단절에 비추어볼 때뿐이다. 예를 들면, 변증법을 호메로스까지 거슬러 올라가 추적하는 아도르노와 호르크하이머 Horkheimer의 『계몽의 변증법*Dialectic of Enlightenment*』은 '계몽'을 분석과 비판의 개별적 대상으로 사전에 고립시키지 않고서는 쓰여질 수 없었을 것이다. 문학사의 해체가 문학사에 의존한다는 것은 뻔한 말이며 동어반복에 가깝다. 더 중요한 것은 해체적 계기를 통해 끌어낸 결론이 해체되어온 것들을 계속 전제하고 있다는 사실이다. 여기서 핵심은 문학적·역사적 범주들에 대한 엄격한 유지가 불가능한 한편, 그런 범주들에 대한 의존으로부터 엄격하게 자유로운 그 어떤 시각 또한 존재하지 않는다는 것이다. 다시 말해, 우리는 문학적 범주들을 사용하는 것 외에 아무런 선택의 여지가 없는 경우에도 그 범주들의 사용에 대해서는 늘 경계해야 한다는 것이다. 우리가 모더니즘과 독립 시기의 아프리카 문학이라는 이름으로 이론화해온 경향들은 사실상 훨씬 더 복잡한 역사 내의 단지 두 경향에 지나지 않으며, 이 책의 제목이 암시하듯이, 전적으로 다른 시대와 다른 전통에서도 찾아볼 수 있다. 우리가 모더니즘과 아프리카 문학을 엄격하게 실증적 실체로 정의하려고 할 때, 그것들은 (자본과 노동 혹은 제1세계와 제3세계의 경우처럼) 우리의 목전에서 사라져버리는 경향이 있다. 그러나 우리가 앞에서 시도한 것은 두 가지 실증적 실체들에 대한 기술이 아니라 부정적인 것, 즉 그것들을 분리하는 균열에 대한 탐구였다. 다시 말해, 우리가 묘사해온 것은 하나의 '관계', 즉 모더니즘과 아프리카 문학 사이에 존재하는 관계뿐만 아니라 모더니즘 내의 관계(가령, 프루스트Proust와 더스 패서스Dos Passos의 관계), 아프리카 문학 내의 관계(가령, 미아 코투와 상벤 우스만Sembène Ousmane의 관계), 그리고 개별 민족문학 내의 관계(월레 소잉카와 페미 오소피산Femi Osofisan의 관계, 혹은 더스 패서스와 마이크 골드Mike Gold의 관계)였다. 게다가 우리가 장차 결론 부분에서 그럴 기회를 갖겠지만, 유토피아적 지평으로부터 후퇴하는 포스트모던적 관점에서 볼 때, 현재 고려 중인 두 경향은 철저히 모더니즘적인 것으로 보인다. 하지만 이는 절망적 상황이 아니다. 오히려 그것이 추천하는 주의야말로 문학 해석의 실천에 대한 최상의 정당화라고 하겠다.

하지만 우리는 어떠한 텍스트를 살펴봐야 하는가? 이 책에 등장하는 작품들이 선택된 것은 그것들이 정전적이거나 정전의 잠재성을 갖고 있기 때문이 아니라, 장에서 장으로 펼쳐지는 논리 때문이다. 이런 사실을 감안할 때, 우리의 텍스트 선정에 자의성이 없다고 말하는 것은 어리석겠지만, 우리가 '대표적' 작품들, 즉 이런저런 문학적 경향의 탁월한 실증적 사례에 관심이 없다는 것 또한 분명히 할 필요가 있다. 그 어떤 '탁월한 사례'도 필시 부적절하고, 단지 추상적인 어떤 이상의 존재를 불완전하게 구현하고 있을 뿐이다. 우리는 탁월한 사례를 찾기보다는, 우선 바디우가 제안하는 의미에서 '사건event'을 이루는 작품들, 즉 기존 질서를 깨고 나와 그것을 재조직하는, 그러므로 절대적으로 특수하면서 동시에 (그것이 속한 장에 대해) 절대적으로 보편적인 예외가 되는 작품들에 관심을 둘 것이다.[122] 따라서 이 절차는 대표적 작품들을 찾아서 문학적 질서를 면밀히 뒤지는 것이 아니라, 가능성들의 장을 단박에 재조직하면서 사건을 구성하는 텍스트들을 찾아내는 것이다. 이런 기준에서 '모더니즘과 아프리카 문학'에 관한 우리의 이론이 적어도 부분적으로 조이스와 아체베에 관한 이론이라고 할 만큼 조이스와 아체베의 선택은 거의 불가피했다.[123]

사실 이 두 작가의 영향력이 너무나 근본적이었기 때문에 이들의 가장 혁명적인 작품들이 일단 제도권에 편입되면 이제 이 작품들이 발휘했던 영향력을 피할 수 있는 텍스트들을 찾는 일이 어려워진다. 그리고 이 지배력은 '영향'의 미래로 확장되는 만큼 (그 '선구자들'의 흔적을 찾아) 작품의 과거로도 확장되고 있다는 것을 기억해야 한다. 우리가 해야 할 첫째 과제는 그러한 단절을 자의식적으로 시도하는 텍스트들을 찾는 일이 될 터인데, 우리는 그 즉각적 사례를 응구기 와 시옹오의 가장 모험적인 작품에서 찾아볼 수 있다. 응구기의 연극적 실험들은 유럽 언어들의 사용과 관련된 아체베식의 적절한 규범decorum의 모든 요소들을 명확히 거부한다. 우리는 윈덤 루이스의 작품에서도 그런 사례를 보게 되는데, 그는 흥미롭게도 조이스의 동시대인들 중에서 조이스에게 영향 받지 않은 유일한 작가일 것이다. 그들의 작품 중에 가장 성공적인 작품들, 즉 루이스의 『아기의 날*The Childermass*』[124]과 카미리투Kamiriithu 극단에서 기획한 응구기의 작품들이 우리의 동시대 정전 속에서 철저히 주변적 텍스트라는 것은 전혀 놀랍지 않다. 그것들은 직접적으로 당파적인 작품들(이 점이 이 작품들의 주변성을 부분적으로 설명해준다)일 뿐만 아니라 비평적 상식이 근거로 삼는 좌표들을 거부하기도 한다. 더욱이 우리는 조이스와 아체베의 작품 간에 직접적인 적대 관계는 존재하지 않지만(사실 그들은 동일한 기획, 동일한 '포스트식민' 정전이라는 점을 공유하는 것 같다. 그들의 대립은 앞서 언급한 형식의 차원에서만 나타난다) 그들 간의 대립이라는 차원에서 다른 뭔가가 발생한다는 점을 언급해야 한다. 즉, 응구기의 마르크스주의와 루이스의 '원초적 파시즘'은 그들 각자의 문학적 기획의 이면에 존재하는 힘으로 급진적으로 대립하고 있다.

하지만 만약 조이스와 아체베 사이에 분명한 적대 관계가 존재하지 않는다면, 이제 그 이유를 식별하는 일은 더욱 쉬워졌다. 응구기와 루이스가 동일한 영역의 정치적인 것을 차지하고 있는 반면에, 조이스와 아체베의 기획는 서로에 대하여 주변적이다. 심지어 가장 피상적인 읽기만으로도 조이스의 언어에 너무나 중심적인 주체성의 문제는 아체베가 의도적이고 철저하게 배제하고자 한 문제였던 것이다. 우리가 앞으로 보겠지만, 주체성에 대한 엄격한 괄호치기는 사실 아체베의 가장 핵심적인 문체적 결정 중의 하나이다. 다른 한편, 역사적 운동(이것은 아비올라 이렐레Abiola Irele가 강조했듯이 아체베 작품에서 핵심이다)이 조이스의 작품에서, 특히 『율리시스』에서는 '단 하루'라는 형식적 제약에 의해 주변화되어 있다.[125] 우리는 다음의 장에서 이 현상을 살펴볼 것이다. 하지만 당장은 루카치가 『율리시스』에 대해서는 의심스러워했다고 하더라도 아체베의 『신의 화살』을 별 어려움 없이 역사소설의 계보에 포함시켰을 것이라고 상상하는 것으로 족하다. 조이스와 아체베 간의 적대는 텍스트 그 자체의 차원에 있는 것이 아니라 그들이 어떤 영역에 자리잡고 있는가 하는 데 있다.

우리는 지금까지 세 가지 범주들, 즉 정치학, 주체성, 그리고 역사를 생성해왔다고 생각한다. 이 세 가지 가능한 축들이 특정한 텍스트에 대해 갖는 중심성이 그 텍스트의 열린 가능성을 결정하는데, 이 축들은 어느 정도 서로 통약 불가능하다. 이 세 축들 간 관계도 전적으로 대칭적일 수 없다. 우리가 헤겔적 시각을 통해 말하고 싶은 가장 우선적인 것은 역사가 다른 두 범주들, 즉, 주체성과 정치학에 대해 초월적transcedent이라는 것이다. 즉, 주체성과 정치학은 오직 역사 내부에서만 존재한다. 그럴 경우에 주체성과 정치학은 매개된 형식의 역사인 것처럼 보일 것이다. 하지만 다른 두 범주들의 시각을 통해서도 동일한 조치가 가능하다. 정신분석학적 시각을 통해 볼 때, 역사와 정치학은 주체성의 구조가 아무리 최소적이라 하더라도 그 구조를 토대로 해서만 가능하다. 그리고 정치학 그 자체, 즉 사회적 적대의 구조도 헤게모니 이론에서 거의 똑같은 위치를 차지한다. 따라서 세 범주들 가운데 어느 하나가 나머지 다른 범주들에 대해 초월적이라는 것은 하나의 선택, 혹은 어떤 순간의 선택이 된다. 만약 우리가 방법론적으로 역사를 선택하기로 한다면, 이 범주들이 어떻게 배치될 것인지를 지켜봐야 할 것이다. 단순히 역사가 다른 두 범주들에 대해 초월적이라고 말하는 것만으로는 충분하지 않다. 왜냐하면 주체성과 정치학은 명백히 동일한 부류로 환원될 수 없기 때문이다. 주체성은 오직 역사 속에서만 존재하는 데 반해, 정치학은 어떤 의미에서 역사 그 자체이다. 역사는 오로지 인간의 실천을 통해서만 그 내용을 획득하는 데 반해, 정치학은 구체적으로 매개된 역사이다. 그럴 때, 정치학과 주체성은 매개된 형식의 역사가 아니다. 오히려 정치학은 주체와 역사 간의 매개이고, 더욱 추상적 계기들 속에 잠복해 있는 적대를 '더욱 고차원적'(즉, 더욱 구체적)이고 더 높은 가능성으로 보여줄 수 있다. 따라서 우리가 세 범주를 횡단해 갈 때, 즉 주체성에서 역사로, 다시 정치학으로 이동해 갈 때 이 서론에서 그렸던 적대는 더욱 심화될 것이다.

하지만 우리의 잣대는 완결적이지 않다. 우리는 주체성의 영역에서 숭고에 대해 아체베식의 소거를 실천하는 텍스트(다시 말해, 조이스와 짝을 이루면서 주체성의 영역 내에서 주체성과 역사의 변증법을 재생산할 수 있는 텍스트)는 물론이고, 반대로 역사의 영역에서 모더니즘적 숭고의 구조를 구현하는 텍스트 둘 다를 갖고 있지 못하다. 우리가 발견한 것은 무엇이든 변칙적일 것이다. 유토피아적 계기로서의 숭고가 갖는 문제의 일부는 그것이 주체적 보상의 영역에 스스로를 국한한다는 점이기 때문에, 과연 어떤 종류의 텍스트가 주체성의 영역 위에 머물면서 동시에 숭고와 단절하게 될 것인가? 역으로, 만약 숭고 그 자체가 역사의 억압에 근거한다면, 우리는 도대체 무엇을 '역사적 숭고'라고 부를 수 있을 것인가? 여기서 우리는 정전적 작품이나 주변적인 작품이 아니라 두 편의 '작은 걸작'을 살펴볼 것이다. 이 작품들은 모더니즘과 아프리카 독립 시기의 문학이 갖는 지배적 관심사와는 무관하지만, 그럼에도 불구하고 주류 작품들에서는 간과되었던 가능성들을 끄집어낸다. 포드 매덕스 포드의 소설은 루카치도 확실히 인식하지 못했을 방식으로 '역사적'이고, 셰크 아미두 칸의 『애매한 모험*L'aventure ambiguë*』은 숭고를 진정성에 대한 매우 양가적인 개념으로 대체한다.[126] 여기서 다시 한번 강조해야 할 것은 우리의 절차가 어떤 명백한 방식으로 유사하거나, 혹은 서로서로 명확한 발생적 관계를 가지는 작품들을 병치하거나 비교하는 것이 아니라는 것이다. 이러한 절차는 무엇을 보여줄 것인가? 오히려 여기서의 조합(조이스와 칸, 포드와 아체베, 루이스와 응구기)은 그들의 각각의 작품들을 더 거대한 총체성의 일부로 해석할 수 있게 해줄 것이다. 더 정확히는, 각각의 조합은 위에서 그린 변증법을 점점 더 강렬하게 펼쳐 보일 것이다. 이 변증법은 궁극적으로 유토피아의 위상에 근거한다. 주체성, 정치학, 역사라는 세 축을 따라 유토피아는 열린 공간이되 결국에는 차단되고 말 것이다. 그러나 모더니즘에서 불가능한 것(각 작품의 독특한 숭고 양식, 그리고 그 맹아적인 재현적·정치적 욕망의 신비적이고 불분명한 표현 속으로 들어갈 경우에만 이해될 수 있다)은 대체로 독립 시기의 아프리카 문학의 한 가능성으로 보인다. 하지만 그것은 자신의 부정, 자기 자신의 실패의 씨앗을 잉태하고 있는 가능성이다.

모더니즘과 아프리카 문학의 역사적 상황 중 어느 것도 오늘날 우리 자신의 상황과는 다르다. 즉, 이 각각의 텍스트에 구현된 유토피아적 욕망이 두 문학적 시기(제2차 세계대전과 신식민적 아프리카)의 현실적 미래를 받아들이는 시각으로 보면 매우 순진해 보인다는 것은 이런 사실에 대한 한 가지 지표다. 사회주의권 세계의 해체와 전 지구의 모든 지점에서 자본주의의 확고한 승리와 더불어 우리의 현 순간이 갖는 독특한 위험은, '자유 시장'을 부르짖는 전 지구화가 독특한 역사적 순간에다 인류학적 보편이라는 옷을 입혀버림으로써 사회적·경제적·정치적 대안에 대한 그 어떤 논의도 사전에 무화시켜버린다는 것이다. 하트와 네그리가 『제국』(마지막 장에서 다루겠지만 한계에도 불구하고 새로운 유토피아적 세대의 가능성을 제시한 텍스트)에서 제안하듯이, 우리는 지리적으로 전 지구에 걸쳐 있을 뿐 아니라 시간적·이데올로기적으로 과거와 미래의 영원 속으로 투사함으로써 자신의 영역을 무한히 확장하는 새로운 형식의 전 지구적 주권이 형성되는 것을 목격하고 있다. 그러나 미래의 문제는 여전히 위급한 문제이며 당연히 그러해야 한다. 마지막 장에서 우리 자신의 미래의 질문으로 돌아올 것이다. 당분간은 미래가 간혹 우리 주변의 아주 가까운 곳에 있는 것 같다는 것을 기억하는 것이 좋겠다. 아주 장구한 관점에서 볼 때, 예컨대 매 순간이 "과거 세대와 현재 세대 간의 은밀한 협약"을 드러내는 가능성을 간직하고 있다는, 벤야민의 '메시아적 시간'의 차원에서 볼 때, 어쩌면 여기서 검토되는 텍스트들의 욕망은 결국 예언적이었던 것으로 드러나게 될지 모른다.[127]

주

1) 심지어 이런 발생적 관계들도 일종의 제도적 맹점을 가진다는 사실은 무시될 수 없다. 방법론과 결론에는 동의하지 못하지만 이런 맹점에 대한 의미 있는 수정으로는 David I. Ker, *The African Novel and the Modernist Tradition*(New York: Peter Lang, 1997)을 보라. 이 책에서 다루는 두 부류의 텍스트는 형식적 혁신과 재현적 순진성이라는 그리 신뢰받지 못한 축에 따라 대립을 이루는 경향이 있다. 심지어 "모더니즘은 아프리카 문학과 어떤 관계를 갖는가?"라는 질문을 하는 것은 이미 문학 그 자체, 모더니즘, 그리고 아프리카 문학에 대한 일련의 가정들을 전제하는데, 이런 전제들은 문학 연구 그 자체로 되돌아가야 하는 더욱 근본적인 질문들, 가령 포스트식민 문학과 문학적 모더니즘은 어째서 미리 분리되어야 하는가?, 이 둘 사이의 경계선을 유지함으로써 어떤 가능성들이 봉쇄되는가, 두 부류의 텍스트들을 분리하는 방법론에 의해 제한되는 의미의 차원들은 무엇인가 등의 질문들을 사전에 차단한다. 다른 맥락에서 아실 음벰베(Achille Mbembe)는 이런 종류의 방법론적 편견이 비판받지 않는 기이한 현상을 지적한다. "최근 비평에 의해 그러한 편견의 모든 실질적 내용이 제거되었다고 해도 아무런 차이가 생겨나지 않는다. 시신은 땅속에 묻힐 때마다 매번 다시 일어서려고 완강하게 버티고, 일상적 언어와 학문적 글은 여전히 그것에 얽매여 있다."(*On the Postcolony*, Berkeley: University of California Press, 2001, 3) 만약 아프리카적 타자성과 관련된 낡은 개념들이 계속해서 사유를 구성한다면, 우리는 그런 개념들을 정중하게 뒤로 물리지 못하게 하는 어떤 물적 상황을 고민해보는 것에 대해 생각해볼 수 있다.

이처럼 아프리카적 타자성이 지속시키는 현상을 시장 이데올로기를 정당화하는 서사에서 사하라 사막 이남의 아프리카를 제외하려는 관점에서도 읽고 싶은 생각이 든다. 시의 문제로서 전 지구적 시장을 "모든 배를 띄우는 밀물"로 보는 자유주의의 표준적 은유는 명백히 자기 해체적이다. 왜냐하면 여기로 차오르는 밀물은 필시 다른 곳에서 빠지는 썰물이기 때문이다. 지난 30년 동안 사하라 사막 이남 지역의 빈곤은 절대적 수치에서뿐만 아니라 세계 빈곤의 비율에서도 급증한 결과, 전 지구화의 시대가 곧 "세계 빈곤의 아프리카화"의 시대였다. Howard White and Tony Killick, in collaboration with Steve Kayizzi-Mugerwa and Marie-Angelique Savane, *African Poverty at the Millennium*(Washington, DC: The World Bank, 2001), 5와 table 1.2를 보라. 사실상 "제2차 세계대전 이후 경제적 팽창은… (중략) … 아프리카 주변부에서 중심부로 가는 잉여가치의 경제적 전이를 식민 지배 동안 이루어졌던 것보다 더 확대했다." Immanuel Wallerstein, "Africa in a Capitalist World," in *The Essential Wallerstein*(New York: The New Press, 2000), 63. 물론 월러스틴만 이런 관점을 고수하는 것은 아니다. Walter Rodney, *How Europe Underdeveloped Africa*(Washington, DC: Howard University Press, 1981)와 Samir Amin, *Delinking(La déconnexion)* (Paris: Éditions La Découverte, 1985)을 보라. 라틴아메리카에 관해서는 Fernando Henrique Cardoso and Enzo Faletto, *Dependência e Desenvolvimento na América Latina: Ensaio de Interpretação Sociológica*(Rio de Janeiro: Zahar, 1970)를 보라. 이런 비관적인 통계를 내전, 부패, 질병 등과 같은 병리학적 원인의 탓으로 돌리는 표준적 관행에도 불구하고, 조지프 스티글리츠(Joseph Stiglitz)와 같은 자유주의적 경제학자들조차 전 지구적 자본주의는 패자(항상 동일한 패자)는 굶주리고 승자(항상 동일한 승자)는 전리품을 챙기는 잔인하고 조작된 게임이라는 사실에 주목하고 있다. 하지만 스티글리츠의 『전 지구화와 그 불만(*Globalization and Its Discontents*)』(New York: Norton, 2002)은 자본주의 체제는 잠재적으로 공정하다는 고전적 자유주의의 입장을 취한다. 사실 자본은 아프리카의 무산계급 대중들을 노동으로 통합할 수 없는 생산성의 단계에 도달했다. 즉, 자본은 이들을 로베르트 쿠르츠(Robert Kurz)의 말로 하면 "돈 없는 화폐적 주체들", 즉 욕구를 만족시켜줄 유일한 현존 체제인 자본주의에 영원히, 그리고 체계적으로 잉여적인 개인들로 통합한다. 자유주의적 옹호론의 시학과 (병리학적 원인들을 전제로 하는) 그것을 뒷받침하는 통계적 계산 모두로부터 배제되어야 하는 것은 전지구적 시장과 체계적으로 연결된 바로 이러한 '이면'이다.

2) Charles Larson, *The Emergence of African Fiction*(Bloomington: Indiana University Press, 1972); Ayi Kwei Armah, "Larsony: Or, Fiction as Criticism of Fiction," *New Classic* 4(1977): 38.

3) 아르마가 『단편들』을 헌정한 "애나 리비아(Ana Livia)"는 조이스의 애나 리비아 플루라벨(Ana Livia Plurabelle)이 아니라 애나 리비아 코데로(Ana Livia Cordero)라는 실존 인물이다. 한편, 응구기 와 시옹오가 대학생 시절부터 조지프 콘래드(Joseph Conrad)에 관심을 가졌다는 것은 드러난 사실이다. 하지만 이런 종류의 사실을 출발점으로 삼는 비평은 궁극적으로 그 출발점의 자의성을 보여주려는 경향이 있다. Ker, *The African Novel and the Modernist Tradition*, 75-102.

4) Theodor Adorno, *Aesthetic Theory*, trans. Robert Hullot-Kentor(Minneapolis: University of Minnesota Press, 1997), 19.

5) Paul de Man, "Literary History and Literary Modernity," in *Blindness and Insight: Essays in the Rhetoric of Contemporary Criticism*, 2nd ed.(Minneapolis: University of Minnesota Press, 1983), 165.

6) 북미의 독자들에게 이 장르 가운데 가장 친숙하고 탁월한 사례는 헨리 루이스 게이츠(Henry Louis Gates)의 『말놀이하는 원숭이 : 애프로아메리칸 문학비평이론(*The Signifying Monkey: A Theory of Afro-American Literary Criticism*)(New York: Oxford University Press, 1988)이다. 하지만 아무리 주목할 만하다고 하더라도, 이 책은 모든 다른 종류의 문학과 구분되는 미국 흑인 문학의 이론을 생산하지 않는다. "말놀이하는 원숭이의 시들의 중요성은 기표 그 자체의 순수한 물질성과 의도적 유희에 대한 반복적인 강조에 있다."(59) 이런 진술들은 흑인 문학에 관해서보다는 1970년대 프랑스가 1980년대 미국에 끼친 영향에 관해 더 많은 것을 알려준다. 물론 이것은 그런 도구들을 사용했다고 해서 게이츠를 비판하려는 것은 아니다. 오히려 중요한 것은 상대적으로 자율적인 "전통"에 대한 강조가 역설적으로 그 전통을 생산하는 데 관여한 사람의 역할을 간과하게 만든다는 것이다.

7) 세계를 세 영역(제1세계, 제2세계, 제3세계)으로 나누는 어휘에 대한 아이자즈 아마드의

비판은 매우 타당하고, 우리는 여기서 아마드가 특별히 거부하는 이 용어들의 오랜 용법들을 소생시킬 의도는 전혀 없다. Aijaz Ahmad, "Three Worlds Theory: End of a Debate," in *In Theory: Classes, Nations, Literatures*(London: Verso, 1992), 287-318. 이 책에서 "제3세계"와 관련 표현들의 사용은 아마드가 인정한 한 가지 적절한 용법, 즉 이 용어를 중심부의 국민경제와 반/주변부 국가들의 국민경제들을 연관 짓는 보다 엄밀한 용어에 대한 속류적 대용으로 간주하는 용법을 따를 것이다.

8) Paulin J. Hountondji, "Scientific Dependency in Africa Today," *Research in African Literatures* 21.3(1990): 5-15; "Recapturing," in *The Surreptitious Speech: Présence Africaine and the Politics of Otherness 1947–1987*, ed. V. Y. Mudimbe(Chicago: University of Chicago Press, 1992), 238-256. 전체적 개관으로는 그의 탁월한 철학적 "아프리카 여정"인 *The Struggle for Meaning: Reflections on Philosophy, Culture, and Democracy in Africa*, trans. John Conteh-Morgan(Athens: Ohio University Press, 2002), 223-258을 보라.

9) Hountondji, "Recapturing," 248.

10) Chidi Amuta, *The Theory of African Literature: Implications for a Practical Criticism*(London: Zed, 1989), 3.

11) Hountondji, "Recapturing," 248.

12) Johann Wolfgang von Goethe, *Essays on Art and Literature*, ed. John Gearey, trans. Ellen von Nardroff and Ernest H. von Nardroff(New York: Suhrkamp, 1986), 228.

13) 괴테의 세계문학 개념의 창안에 대해서는 David Damrosch, *What Is World Literature?*(Princeton: Princeton University Press, 2003)를 보라.

14) Johann Wolfgang von Goethe, *Goethe's Literary Essays: A Selection in English*, ed. J. E. Spingarn(New York: Frederick Ungar, 1964), 99.

15) Karl Marx, *The Communist Manifesto*, trans. Samuel Moore, ed. Frederic L. Bender(New York: Norton, 1988).

16) Sayyid Abdallah bin Ali bin Nasir, *Al Inkishafi* [Revelations], composed

around 1810, trans. William L. Hichens as *Al-Inkishafi*: The Soul's Awakening(Nairobi: Oxford University Press, 1972). 중요한 것은 심지어 공인된 문학 전통을 확실히 갖고 있는 사회를 언급할 때도 문학 개념의 특수성에 대해서는 경계를 기울여야 한다는 것이다. 마찬가지로 『인키샤피』를 인류학적·역사적 증거로 읽는 것도 폭력적이라는 점을 분명히 해야 한다.

17) Neil Lazarus, *Nationalism and Cultural Practice in the Postcolonial World*(Cambridge: Cambridge University Press, 1999).

18) Karl Marx, *Grundrisse: Foundations of the Critique of Political Economy*, trans. Martin Nicolaus(New York: Penguin, 1993), 408.

19) 설명을 위해 이 과정이 극히 단순화되었다는 점이 이해될 필요가 있다. 모순적인 것으로 보이는 두 가지 테제가 여기서 언급된 『요강』의 부분에서 도출될 수 있다. 첫 번째는 자본주의가 항상 다른 곳으로부터 온다는 것이고, 두 번째는 자본주의는 모든 곳에 토착적으로 생겨난다는 것이다. 순수하게 자본주의적인 공간도 없고 순수하게 비자본주의적인 공간도 존재하지 않는다. 따라서 자본은 (심지어 자본주의적 "서양"에서도) 사회적 삶의 아직 비상품화된 영역들에 침투하기 때문에 항상 침입적이다. 하지만 들뢰즈와 가타리가 지적하는 것처럼, 자본은 사회적 불평등을 생산하는 모든 사회구성체의 구체적 악몽으로서 항상 이미 모든 곳에 존재한다. 수많은 포스트식민 서사들이 입증하듯이, 이것은 바로 자본의 식민화하는 힘이다. 따라서 자본의 발전 단계는 철저히 개별적이고 특이하다. 하지만 이것이 자본을 덜 보편적인 것으로 만들지는 않는다.

20) 1893년 시카고의 콜럼버스 세계박람회에서는 살아 있는 아메리칸 원주민들이 유리관에 전시되었다. 이런 전시는 그 자체로도 매우 충격적이지만, 이 특별한 사례에 관해 흥미로운 것(아스트리트 뵈거Astrid Böeger는 이를 "재현을 통한 절멸"이라 말했다)은 그들이 선사시대 전시관에 전시되었다는 사실이다. "'Did it pull or did it push?' The World's Columbian Exposition and the [Uncertain] Power of Representations." lecture, University of Illinois at Chicago, February 21, 2003).

21) 이것이 무시하는 것은 탈레반의 표명된 동기들이 철저하게 허위적이라는 사실이

다. 종교적 근본주의에서 핵심적인 것은 종교 그 자체라기보다는 종교의 정치적 도구화, 즉 여러 다양한 맥락들에서 미국이 추구하는 전략이다.

22) 아토 콰이슨은 자신의 책 서문에서 변증법을 옹호한다. 그의 접근법은 우리의 것과 다르지만 그 성격은 유사하다. 콰이슨은 "변증법의 일방향적인 이원론적 허구들을 버릴 것"(xxxii)을 단호히 강조한다. 여기서 시도되는 헤겔 해석은 변증법의 일시적인 이원대립들을 실체화하지 않으면서 부정적인 것의 생성적 힘을 강조하는 것이다. 여기서 우리는 이 문제에 큰 관심을 두지 않으며 개인적으로 우리의 현재 접근 방법이 이 문제를 조용히 해결해준다고 믿는다. Ato Quayson, *Calibrations: Reading for the Social*(Minneapolis: University of Minnesota Press, 2003), xi－xl.

23) Fredric Jameson, "Third World Literature in the Age of Multinational Capitalism," *Social Text* 15(1986): 65－88.

24) 하지만 이 글에 대한 일반적 비평들이 모두 정당한 것은 아니다. 심지어 아마드의 글에서도 제임슨에 대한 악명 높은 정식화의 핵심 순간에, 모호하지만 중요한 표현인 "라고 읽혀질 수 있는(to be read as)"이라는 구절이 누락된다. 제임슨의 세심한 독자들은 알고 있듯이, 그는 알레고리를 글쓰기의 실천이 아니라 읽기의 실천을 가리키기 위해 사용한다. 이 "라고 읽혀질 수 있는"이라는 표현의 삭제는 제1세계의 독자들이 제3세계의 텍스트들을 읽을 때 요구되는 방식에 대한 하나의 개입으로서 구축된 것("오늘날 미국 교육에서 인문학의 새로운 개념"(75))을 텍스트 그 자체에 대한 경험적 주장으로 변형시킴으로써 제임슨의 의미를 전적을 왜곡한다. 다른 한편, 아마드의 이러한 오독이 어떤 의미에서 제임슨의 글 자체에 내재한다는 것은 부인될 수 없다. "라고 읽혀질 수 있는"(누구에 의해 읽히는가?, 왜 그렇게 읽히는가?)이라는 구절의 문법상의 모호함과 식민주의하의 정신적·사회적 삶에 관한 어떤 임의의 경험적 주장들은 제임슨 역시 벗어나기 어려운 유혹을 보여준다. Aijaz Ahmad, "Jameson's Rhetoric of Otherness and the 'National Allegory'," in *In Theory*, 95－122. 제임슨과 아마드의 간의 "논쟁"이 이제 20년이 지난 것이지만, 최근에 새로운 논쟁적 교환이 다른 식으로 나타나고 있다는 것을 언급하고 싶다. Imre Szeman, "Who's Afraid of National Allegory?" *South Atlantic Quarterly* 100.3(summer 2001): 803－827과 Silvia López, "Peripheral Glances:

Adorno's Aesthetic Theory in Brazil," in *Globalizing Critical Theory*, ed. Max Pensky (New York: Rowman and Littlefield, 2005)를 보라. 아마드의 글과 유사하게 로페즈의 글은 "민족적 알레고리"의 옹호 속에 들어 있는 실질적 약점을 언급하면서 제임슨의 글에 대한 중요한 비판을 담고 있다. 하지만 나는 여전히 이런 비판들이 문제의 핵심을 건드리지 못하고 있다고 생각한다. 아토 콰이슨은 제임슨의 글이 갖는 문제점들을 인정하는 동시에 그의 글에 담긴 핵심적 주장에 대해 사려 깊게 옹호한다. Quayson, "Literature as a Politically Symbolic Act," in *Postcolonialism: Theory, Practice, or Process?*(Cambridge: Polity, 2000), 76–102, 특히 84–86을 보라. 제임슨의 글에 대한 나의 생각은 임레 제만, 실비아 로페즈, 마리아 엘리사 세바스코(Maria Elisa Cevasco)와의 대화에서 큰 도움을 얻었다.

25) Ahmad, *In Theory*, 104, 102, 85.

26) Fredric Jameson, "On Interpretation: Literature as a Socially Symbolic Act," in *The Political Unconscious* (Ithaca: Cornell University Press, 1981), 17–102. 민족적 알레고리의 개념이 원래 모더니즘에 내재하는 하나의 가능성을 설명하기 위해 창안되었다는 것을 기억하는 것은 유용하다. "민족적 알레고리"의 원래 의미를 이해하기 위해서는 Fredric Jameson, *Fables of Aggression: Wyndham Lewis, or the Modernist as Fascist* (Berkeley: University of California Press, 1979)를 보라. "사회적 알레고리"의 이런 "민족적" 구체화는 제임슨의 동시대 아프리카 좌파들이 쓴 많은 글들과 근본적으로 일치한다. 제임슨 글의 거대한 맥락에는 아프리카에서의 마르크스주의적 문학비평의 엄청난 고양도 포함되어 있다는 것을 기억하는 것이 중요하다. 우리는 영어권 아프리카라는 맥락에서 마르크스주의를 사유의 매개로 하는 앞선 세대의 제3세계 제국주의 이론가들(이들은 제임슨에 대해 이미 친숙한 편이었다)은 말할 것도 없고, 1980년대 중반에 활동한 비오둔 제위포(Biodun Jeyifo), 그랜트 카멘주(Grant Kamenju), 치디 아무타, 오마푸미 오노지, 에마누엘 응가라(Emmanuel Ngara), 시옹오 와 응구기 등의 출판이 엄청나게 왕성했던 점을 생각해볼 수 있다. V. Y. Mudimbe, *The Invention of Africa: Gnosis, Philosophy, and the Order of Knowledge* (Bloomington: Indiana University Press, 1988), 90을 보라. 이 비평가들 모두에게 (그리고 아프리카의 비마르크스주의적 작가와 비평가들에게도) 제임슨이 제3세계 문학과

주변부 민족국가의 정치학의 관계 간의 관계에 관해 주장했다는 것은 본질적 의미를 갖는 것이었다. 파누엘 아쿠부에제 에게주루(Phanuel Akubueze Egejuru)의 『아프리카의 문학적 독립을 향해: 현대 아프리카 작가들과의 대화(*Towards African Literary Independence: A Dialogue with Contemporary African Writers*』, London: Greenwood, 1980)는 여러 저명한 작가들에게 민족해방운동과 관련되지 않은 다른 주제들도 다룰 것을 촉구했다. 저항은 다양하면서도 일반적이다. Phanuel Akubueze Egejuru, "Africa, the Only Topic of African Literature," 113－120을 보라. 나이지리아 문학을 연구하는 치디 아무타는 "심지어 가장 과격한 제국주의적 비평가도 이 문학들의 민족적 자국을 부인할 수 없다."라고 말한다. Chidi Amuta, *The Theory of African Literature*, 66. 제임슨의 더욱 일반적인 설명보다 그의 「아프리카 문학과 민족 문제(African Literature and the National Question)」(*The Theory of African Literature*, 61－68)를 더욱 선호하는 사람도 있을 것이다. 하지만 아무타와 제임슨의 두 시각은 실제 상호보완적이다. 제3세계에 관한 우리의 어휘 사용에 대해서는 각주 7번을 참조.

27) 장차 그 이유가 명확해지겠지만, 우리의 읽기에서 정전 모더니즘 텍스트들의 형식적 분석은 문장의 차원에 역점이 두어져 있지만, 아프리카 텍스트들의 분석에서는 서사 구성의 차원이 보다 강조되는 경향이 있을 것이다. 앞으로 보겠지만 이는 환원주의의 문제나 이중적 기준의 문제가 아니라 오히려 총체성의 서사화에 대한 두 가지 상이한 접근 방식(하나는 숭고의 양식이고, 다른 하나는 인식적 지도 그리기의 양식이다)을 탐구할 때 요구되는 필수적인 방법론적 조정의 문제이다.

28) Chinua Achebe, "Colonialist Criticism," in *Hopes and Impediments: Selected Essays*(London: Heinemann, 1988), 68－90. 하나의 숭고한 예로는 Harold Bloom, Introduction to the "Modern Critical Interpretations," volume on Achebe's *Things Fall Apart*(Broomall, PA: Chelsea House, 2002), 1－3을 보라.

29) Ahmad, "Marx on India: A Clarification," in *In Theory*, 221－242. 우리는 제임슨에 대한 아마드의 비판이 마르크스주의 혹은 총체성의 개념 그 자체에 내재하는 "좌파 식민주의"의 경향을 드러낸다는 주장, 즉 그의 글이 사회주의를 "외래적 이데올로기"로 보는 우파의 비판을 재생산하고 있다는 주장을 종종 접한다. 아마드의 실제 글들이 거의 모든 페이지에서 이런 논리를 반박하고 있다는 것은 두말할

필요가 없다.

30) 존재 개념으로부터 무 개념이 어떻게 도출되는지에 관해서는 Hegel, "First Subdivision of Logic: The Doctrine of Being," in *Logic: Being Part One of the Encyclopaedia of the Philosophical Sciences*(1830), trans. William Wallace (Oxford: Clarendon, 1975), 123–133을 보라.

31) Alain Badiou, *Ethics: An Essay on the Understanding of Evil*, trans. Peter Hallward(London: Verso, 2001), 24.

32) 같은 책, 24.

33) 총체성 개념의 보다 협소한 문학적 등가물은 브룩스적인 의미에서 아이러니가 될 것이다. 이런 동일시는 소크라테스적 아이러니를 "압도적으로 주체적인 형태의 변증법"으로 보는 헤겔의 정의에서도 찾아볼 수 있다. Hegel, *Logic*, 117을 보라.

34) Quayson, *Calibrations*, xxxi.

35) Omafume Onoge, "The Possibilities of a Radical Sociology of African Literature," in *Literature and Modern West African Culture*, ed. D. I. Nwoga(Benin: Ethiope, 1978), 94.

36) Wallerstein, "Africa in a Capitalist World"를 보라.

37) 여기서 더욱 급진적 선택이 손쉬운 대안이 될 수 있을 것이라고 생각해서는 안 된다. 오히려 정반대로 대안은 엄청난 노력과 위험을 감수하는 국제적인 조직화의 노력을 필요로 하게 될 것이다.

38) 이 모든 것은 오늘날 헤겔에 대한 인기가 떨어진 것이 무의미하거나 틀렸다고 말하는 것이 아니다. 에르네스토 라클라우가 말하듯이, "헤겔의 기획 전체를 (그가 실제로 했던 것과는 달리) 범논리주의자라고 규정하는 것을 피하기란 쉽지 않다." Ernesto Laclau, "Identity and Hegemony: The Role of Universality in the Constitution of Political Logics," in Judith Butler, Ernesto Laclau, and Slavoj Žižek, *Contingency, Hegemony, Universality: Contemporary Dialogues on the Left*(London: Verso, 2000), 60. 여기서 가장 중요한 것은 라클라우가 괄호 사이, 즉 헤겔이 실제로 했던 것에서 나타난다. 왜냐하면 비록 헤겔적 변증법이 스스로를 닫힌 총체성의 운동으로 상상한다고 하더라도, 실제로 그것은 열린 총체성으로 펼

처지기 때문이다. (마이클 하트와 안토니오 네그리와 같은 반변증법적 사상가들이 거부하는 것은 바로 이러한 열린 총체성의 가능성이다. 비록 하트와 네그리가 변증법적 목적론적 함의로 지각한 것을 적극적으로 반대하긴 했지만, 그들이 헤겔처럼 실천적 변증법 논자들이었다는 것은 말할 필요가 없다.) Nicholas Brown and Imre Szeman, "The Global Coliseum: On Empire", *Cultural Studies* 16.2(March 2002): 177-192를 보라. 즉, 하나의 계기는 이전의 계기에서 순전히 논리적으로 파생되어 나와 무한성으로 나아가는 것이 아니다. 오히려 온갖 종류의 우연적·경험적 물질이 이행 속에 개입할 뿐만 아니라 이른바 각각의 종합 역시 새로운 일련의 긴장과 비일관성들을 낳는다. 하지만 어떤 주어진 순간의 가능성들의 장은 무한하지 않다. "범논리주의는 수사적 전치들의 효과를 제한하는 구속으로 작동하며 여전히 거기에 존재한다."(63) 물론 남아프리카의 사례들이 증명하듯이, 가능성들의 경험적 장도 결코 무한하지 않다.

우리는 자연과학과의 사례와 비교해볼 수 있을 것이다. 복잡성 이론이 우리에게 뭔가를 보여주었다면, 그것은 일부 현상들은 말 그대로 너무 복잡해서 설명할 수 없다는 것이다. 그리고 한 순간에서 다음 순간으로 넘어갈 때 요소의 상태가 어떻게 될지를 예견하는 일련의 가설적 공식들조차 존재하지 않는다는 것이다. 이 체계를 전체적으로 이해하는 유일한 방법은 처음부터 그것의 작동과 "운영 프로그램"과 닮은 알고리즘을 찾는 것이다. 바로 이것은 마르크스가 『자본』과 『요강』에서 취했던 방법론이 아닌가?

39) (역주) 들뢰즈는 공간을 '홈 파인(striating)/매끄러운(smooth)'이라는 단어를 통해 설명한다. 이 단어들은 영토화와 탈영토화의 짝에 상응하며 자본주의는 매끄러운 공간을 자본의 순환과 유통 속으로 통합함으로써 양화의 영토화 전략을 통해 홈 파인 공간으로 전환한다.

40) Samuel Johnson, *Dictionary of the English Language*(New York: AMS, 1967).

41) Alain Badiou, *Manifeste pour la philosophie*(Paris: Èditions du Seuil, 1989), chap. 7, "L'âge des poètes," 49-58.

42) Philippe Lacoue-Labarthe and Jean-Luc Nancy, *The Literary Absolute: The Theory of Literature in German Romanticism*, trans. Philip Barnard and Cheryl Lester(Albany: SUNY Press, 1988), 37.

43) Michel Foucault, *The Order of Things: An Archaeology of the Human Sciences*(New York: Random, 1970), 313.

44) 같은 책, 43.

45) Lacoue-Labarthe and Nancy, *The Literary Absolute*, 17, 15.

46) 같은 책, 16.

47) Friedrich Schlegel, *Philosophical Fragments*(*Critical Fragments*, *Athenaeum fragments*, selections from *Blütenstaub*, and *Ideas*), trans. Peter Firchow(Minneapolis: University of Minnesota Press, 1991); *Ideas* 48.

48) *Athenaeum fragment*, 238.

49) *Athenaeum fragment*, 67.

50) Georg Lukács,"Reification and the Consciousness of the Proletariat," in *History and Class Consciousness: Studies in Marxist Dialectics*(Cambridge, MA: MIT, 1971), 137. 칸트에 대한 우리의 논의는 전문적인 칸트 해석가들이 인정하지 않을 가능성이 있는 의도적인 속류화를 동반한다. 하지만 칸트적 본체 범주의 생산에 역사적 내용을 부여하는 것이 본체 그 자체에서 내용을 잘못 파악하는 것과 동일한 것이 아니라는 것은 지적할 가치가 있다.

51) Lukács, "Reification," 139.

52) *Athenaeum fragment*, 222.

53) *Athenaeum fragment*, 216.

54) Fredric Jameson, "'End of Art' or 'End of History'?" in *The Cultural Turn: Selected Writings on the Postmodern*, 1983–1998(London: Verso, 1998), 84.

55) 숭고 해석의 역사는 급진적 이접의 역사이다. 칸트의 숭고는 흄의 그것과 비교해 볼 때 상당히 이질적이고, 헤겔의 숭고도 칸트의 그것과 비교해 이질적이며, 또한 지젝의 숭고도 헤겔의 그것과 비교하면 이질적이다. 이제 막 보았듯이, 리오타르는 심지어 자신이 칸트적 숭고의 시간성을 충실히 따르고자 할 때조차 그것을 뒤집어야 했다. 우리는 이 게임을 역으로 롱기누스(Longinus)에게도 적용해볼 수 있다. 중요한 것은 여기에서 탐구되지 않은 이유로 인해 이러한 특정한 언어 게임에서 결과를 얻기 위한 대가로서 각 사상가의 개성적 특징들이 드러날 수밖에 없을 것이

라는 점이다.

56) Jean-François Lyotard, "Réponse à la question: qu'est-ce que le postmoderne," *Critique* 419 (April 1982): 357–367. Jean-François Lyotard, *The Postmodern Condition: A Report on Knowledge*, trans. Geoff Bennington and Brian Massumi(Manchester: Manchester University Press, 1984), 71–82.

57) Lyotard, *The Postmodern Condition*, 74.

58) 같은 책, 79.

59) 같은 책, 80, 81.

60) 같은 책, 82.

61) (역주) 1970년대 후반부터 1980년대까지 이탈리아 미술의 주된 경향인 구상적이며 표현주의적인 양식을 말한다. 1979년 이탈리아의 비평가 아킬레 보니토 올리바(Achille Bonito Oliva)가 만들어낸 용어로 독일의 신표현주의와 프랑스의 신구상, 미국의 뉴페인팅 등과 함께 전통적 기법과 서술성의 회복을 통한 회화의 부흥을 꾀하였다. 대표 작가로는 산드로 키아(Sandro Chia), 엔초 쿠키(Enzo Cucchi), 프란체스코 클레멘테(Francesco Clemente), 밈모 팔라디노(Mimmo Paladino) 등이 있다.

62) Thomas Weiskel, *The Romantic Sublime: Studies in the Structure and Psychology of Transcendence*(Baltimore: John Hopkins University Press, 1976), 3.

63) Immanuel Kant, *Critique of Judgment*, trans. Werner S. Pluhar(Indianapolis: Hackett, 1987), 98.

64) 같은 책, 111, 117.

65) 많은 이들이 언급했듯이, "숭고한 대상"의 가능성은 엄격히 말하면 칸트에게는 존재하지 않는다. 칸트에게 숭고한 것은 단지 "반성적 판단의 위치를 점하는 특정한 현시를 통해 지성이 [획득하는] 조정이다."(*Critique of Judgment*, 106) 따라서 "숭고한 대상"이란 "그 지각이 숭고한 감정을 불러일으키는 대상"과 같은 것을 나타내는 준말이다.

66) T. E. Hulme, "Romanticism and Classicism," in *Speculations: Essays on Humanism and the Philosophy of Art*, ed. Herbert Read(New York: Harcourt, 1924), 118, 131.

67) T. E. Hulme, "Bergson's Theory of Art," in *Speculations*, ed. Read, 147.

68) Victor Shklovsky, "Art as Technique"(1917), *Russian Formalist Criticism: Four Essays*, ed. Lee T. Lemon and Marion J. Reis(Lincoln: University of Nebraska Press, 1965), 12.

69) Friedrich Schlegel, *Ideas*, 128.

70) Shklovsky, "Art as Technique," 12.

71) Martin Heidegger, *Being and Time*, trans. John Macquarrie and Edward Robinson (New York: Harper and Row, 1962), 28.

72) James Joyce, *Stephen Hero*, ed. Theodore Spencer(1944; New York: New Directions, 1963), 213.

73) Ezra Pound, "A Retrospect," *Literary Essays of Ezra Pound*, ed. T. S. Eliot(New York: New Directions, 1935), 3.

74) William Carlos Williams, Paterson, in *Selected Poems*, ed. Charles Tomlimson (New York: New Directions, 1985), 262.

75) William Carlos Williams, "Prologue to Kora in Hell," in *Selected Essays of William Carlos Williams*(New York: Random House, 1954).

76) Kant, *Critique of Judgment*, 113.

77) 스티븐은 엄지손가락을 창문 쪽으로 홱 움직이면서 말한다.

— 저것은 신이다.

만세! 아아! 우와!

— 뭐? 디시가 물었다.

— 스티븐이 어깨를 으쓱하며 거리의 외침이라 대답했다.

James Joyce, *Ulysses*(New York: Random House, 1961), 34. 『율리시스』가 이 특정 양식의 숭고적 몸짓을 아이러니로 만들고 있다는 사실(이 장에서 디시가 저지르는 범주상의 실수를 우리가 반복하지 않도록 해주는 경고)은 향후 주장을 부정하지 않으며 대신에 그 주장을 새로운 영역으로 밀고 간다.

78) *Athenaeum fragment*, 234. "신과 인간 사이에는 단 하나의 매개자만 존재한다고 주장하는 것은 주제넘은 편견이다. 완벽한 기독교인(이 점에서 스피노자가 가장 타당한

인물이 될 것이다)에게는 모든 것이 실제 (그런) 매개자가 되어야 할 것이다."

79) G. W. F. Hegel, *Phenomenology of Spirit*, trans. A. V. Miller(Oxford: Oxford University Press, 1977), 208.

80) Slavoj Žižek, *The Sublime Object of Ideology*(London: Verso, 1989), 209.

81) Jacques Lacan, "The Agency of the Letter in the Unconscious or Reason since Freud," in *Écrits*, trans. Alan Sheridan(New York: Norton, 1977). 위에서 언급했듯이, 칸트의 숭고성은 대상에서 발견되는 것이 아니다. 오히려 숭고성을 대상의 속성으로 보는 것은 초감각적 기체(substrate)에 속하는 것을 잘못 귀속시킨 것이거나 거짓으로 진술한 것이다. 따라서 숭고성, 즉 만약 "정신에서 발견될 수 있는 숭고성을 드러내는 데 적합한" 불명확한 기준을 충족하기만 한다면 말 그대로 어떤 것에도 (잘못) 귀속시킬 수 있기에 환유적 치환과 특히 잘 어울린다.

82) Franz Fanon, *The Wretched of the Earth*, trans. Constance Farrington(New York: Grove, 1968), 314.

83) Lukács, "Reification," 139.

84) 특히 letters I–IX를 보라. 우리는 실러 주장을 세부적으로 살펴보지는 않을 것이다. 그것을 짧게 인용하는 것은 그의 주장을 희화화할 수 있기 때문이다. 실러는 때때로 그 어떤 정치적 혁명에도 반드시 있어야 하는 대응물로 문화혁명, 즉 특정한 역사적 혁명들이 등한시함으로써 파국적 결과를 낳은 긴급성에 대비한 문화혁명을 요청한다. 그럼에도 불구하고 루카치가 지적하는 측면은 부인할 수 없다. "인간 내부의 분열이 치유될 수 없는 한, 그리고 그의 본성이 전체성으로 회복(전체성 회복을 위한 도구가 바로 예술이다(letter IX))되어 그 자체로 국가의 기획자가 될 수 없는 한, 정치적 개혁의 모든 시도를 때맞지 않는 것으로, 그런 노력에 기반을 둔 모든 희망을 비현실적인 것으로 간주해야 한다." Friedrich Schiller, *On the Aesthetic Education of Man: In a Series of Letters*, trans. Elizabeth M. Wilkinson and L. A. Willoughby, Oxford: Oxford University Press, 1967, 45(letter VII).

85) 한편으로 "지상에 신의 왕국을 건설하고자 하는 혁명적 욕망은 진보적 문명의 도약점이고 근대 역사의 시작점이다. 신의 왕국과 무관한 것은 무엇이든 엄격히 말해 부차적인 의미만 갖는다."(*Athenaeum fragment*, 222) 다른 한편으로 "혁명과 그것

이 가장 바람직한 세속적 이익들을 독점함으로써 사람들에게 행사하는 전제주의적 전횡에 대한 정신적 평형추와 관련한 요청보다 오늘날 더 필요한 시대적 요청은 없을 것이다. 어디서 우리는 그러한 평형추를 발견할 수 있는가? 대답은 어렵지 않다. 의문의 여지 없이 바로 우리 자신 … (중략) … 그리고 지금까지 고립되고 갈등해온 모든 학문과 예술들의 조화에서 찾아야 한다."(*Ideas*, 41)

86) Gayatri Chakravorty Spivak, *A Critique of Postcolonial Reason: Toward a History of the Vanishing Present*(Cambridge, MA: Harvard University Press, 1999), 388.

87) G. W. F. Hegel, *Lectures on Fine Art*, vol. 1, trans. T. M. Knox (Oxford: Clarendon, 1975), 89.

88) 헤겔의 글에서 숭고한 것은 (그 모든 변용을 통해) 절대적인 것에 대한 오해에서 비롯되는 근본적인 모순의 징후임을 언급할 가치가 있다. 그것은 오해가 극복되고 숭고한 것이 자의적인 상징으로 축소될 때까지 지속된다. *Lectures on Fine Art*, 1:303–426.

89) Jameson, "'End of Art' or 'End of History'?" 85–87.

90) Chinua Achebe, *Arrow of God*(1967; New York: John Day, 1974).

91) G. W. F. Hegel, *Philosophy of Right*, trans. T. M. Knox(London: Oxford University Press, 1967), 10.

92) "[O] destino de um sol é nunca ser olhado." "Os mastros do Paralém," in Mia Couto, *Cada homem é uma raça*(*Every Man is a Race*) (Rio de Janeiro: Nova Fronteira, 1998), 185.

93) 이 모든 것은 (우리가 마지막 장에서 살펴볼) 유토피아주의에 대한 루카치식 비판에 의해 더 복잡해진다. 짧게 말해, 부정적 의미에서 유토피아주의는 정치적 욕망을 정치적 프로그램의 구체적인 매개에 맡기기보다는, 그 정치적 욕망을 모든 이들이 동의할 수 있는 추상적 차원에서 유지하고자 하는 의지를 가리킨다. 유토피아적 욕망이 아직 정치적이지 않다고 하더라도, 그것은 그 어떤 진정한 정치학의 필수 조건이고, 오늘날에는 이런 필수 조건조차도 사라질 위기에 처해 있다.

94) 아르마의 『아름다운 이들은 아직 태어나지 않았다(*The Beautyful Ones Are Not Yet Born*)』(Boston: Houghton Mifflin, 1968)에서 마지막에 쿰슨(Koomson)의 변소를 통한 탈

출 장면을 생각해볼 수 있고, 메자 므왕기의 『강가를 따라 내려가며(*Going Down River Road*)』(London: Heinemann, 1976)에 나오는 나이로비의 배설물로 선이 그어진 오솔길이나, 월레 소잉카의 『통역사들(*The Interpreters*)』 (London: Heinemann, 1970)에 나오는 유사실존주의적 배설의 철학을 생각해볼 수도 있다.

95) Neil Lazarus, *Resistance in Postcolonial African Fiction*(New Yaven: Yale University Press, 1990), 123. 여기서 라자러스는 아르마의 『왜 우리는 그토록 축복받았는가?(*Why Are We So Blest?*)』에 나오는 한 인물에 관해 말한다. 하지만 이 책의 앞부분(제2장)에서 그는 한 세대의 아프리카 지식인들의 반식민적 메시아주의에 관해 강력하게 주장한다. 라자러스는 지적 유토피아주의의 부정적 측면을 강조하는 경향이 있지만, 극적인 사회 변화의 가능성이 점점 요원해져 가는 우리 자신의 역사적 정세 속에서 그 긍정적 측면을 기억하는 것이 중요한 것 같다. 만약 라자러스의 주장처럼, 반식민적 순간이 구조적으로 진정한 혁명적 순간이 될 수 없었다면, 그러한 메시아주의는 아무리 진지하더라도 비난의 대상이 될 수 있다. 하지만 만약 반식민적 운동이 잃어버린 기회를 재현한다면(항상 두 개의 혁명이 있어야 한다는 지젝의 이론은 적절하다), 그런 비난은 더욱 애매한 것이 된다. 나에게 이 쟁점은 결정 불가능한 것 같다.

96) 이와 유사한 시각으로는 Fredric Jameson, "Periodizing the 60s," *The Ideologies of Theory*, vol. 2(Minneapolis: University of Minnesota Press, 1988)를 보라.

97) Michael Hardt and Antonio Negri, *Empire*(Cambridge, MA: Harvard University Press, 2000); *Multitude: War and Dempcracy in the Age of Empire*(New York: Penguin, 2004), section 1.3, "Resistance"(63–95). 또한 『자본 I』에서 마르크스가 노동 수요에 대한 반동적 대응으로서 기술 발전을 언급하는 것을 참조하라.

98) Edward Said, *Culture and Imperialism*(New York: Vintage, 1994), 41, 194, 278. 푸코의 『말과 사물(*The Order of Things*)』에서 가져온 인용에 비춰볼 때, 푸코에게 "제국의 경험이 크게 중요하지 않다."라고 한 사이드의 주장은 마르크스주의가 "제국에서의 비판적 실천에… (중략) … 대해 놀라울 정도로 침묵한다."라는 그의 단언만큼이나 놀랍다.

99) Mudimbe, *The Invention of Africa*.

100) Jacques Derrida, "Structure, Sign, and Play in the Discourse of the Human Sciences," in *Writing and Difference*, trans. Alan Bass(Chicago: University of Chicago Press, 1978), 특히 p. 282를 보라. "(유럽적 사고의 탈중심화의) 이러한 계기는 무엇보다도 철학적 혹은 과학적 담론의 계기만은 아니다. 그것은 또한 정치적·경제적·기술적 등등의 계기이기도 하다. 자민족중심주의(민족학의 조건)에 대한 비판이 형이상학 역사의 해체와 체계적으로, 역사적으로 동시에 일어난다는 사실에는 그 어떤 우연도 없다고 확신 있게 말할 수 있다."

101) (역주) 프랑스의 구조주의 인류학자 레비스트로스가 부족사회의 지적 활동의 성격을 설명하기 위해 사용한 용어이다. 그에 의하면 원시사회의 문화 제작자인 브리콜뢰르(bricoleur)가 한정된 자료와 도구로 다양한 작업을 수행하기 위해 임시변통에 능통한 사람이라면, 이와 정반대되는 현대의 엔지니어(engineer)는 자기가 만들고자 하는 기계에 대해 정확한 개념과 설계도를 가지고 시작하며, 또 철저하게 청사진을 이용하여 논리적 결론에 도달하는 사람이다.

102) 1955년 《파리 마치(*Paris Match*)》 표지에 수록된 이미지는 아프리카 해방운동 기간 동안의 예술과 이미지들에 대한 오쿠이 엔위저(Okwui Enwezor)의 주목할 만한 전시 목록에서도 볼 수 있다. Okwui Enwezor, ed., *The Short Century: Independence and Liberation Movements in Africa 1945–1994*(Munich: Prestel, 2001), 180, plate 1. 여기서 언급되는 글에서 프롤레타리아트(신화화될 수 없는 한 가지 발화가 프롤레타리아의 발화라는 주장의 부재 원인)가 식민지로 치환되고 있다는 점은 언급할 가치가 있다. "오늘날 마르크스가 기술한 바 있는 프롤레타리아트의 윤리적·정치적 조건을 전면적으로 받아들이고 있는 것은 식민지 민중들이다." Roland Barthes, "Myth Today," in *Mythologies*, trans. Annette Lavers, New York: Hill and Wang, 1972, 148n. 25.

103) Foucault, *The Order of Things*, 377.

104) 들뢰즈와 가타리가 "오이디푸스는 항상 다른 수단에 의해 추구되는 식민화다."라고 주장할 때, "그것은 내부 식민지이고, … (중략) … 우리 유럽인들이 관련된 바로 이곳에서 이루어지는 우리의 은밀한 식민적 교육이다." Gilles Deleuze and Félix Guattari, *Anti-Oedipus: Capitalism and Schizophrenia, trans. Robert*

Hurley et al., Minneapolis: University of Minnesota Press, 1983, 170. 여기서 "식민화"가 단순히 은유가 아니라는 것을 이해해야 한다.

105) 아프리카를 포함한 제3세계 관련 미국의 냉전기 외교 정책과 "전 지구적 테러리즘"의 발전 간의 관계에 대한 탁월한 설명으로는 Mahmoud Mamdani, *Good Muslim, Bad Muslim: America, the Cold War, and the Roots of Terror*(New York: Pantheon, 2004)를 보라.

106) Dante, "Letter to Can Grande Della Scala," in *Literary Criticism of Dante Alighieri*, ed. and trans. Robert S. Haller(Lincoln: University of Nebraska Press, 1973), 99. 사중적 방법론은 아퀴나스로부터 우리에게 전수된 것이다. Saint Thomas Aquinas, "Whether Holy Scripture Should Use Metaphors?" *Summa Theologica*, part I, question 1, article 10, trans. Laurence Shapcote, revised, corrected, and annotated in *Basic Writings of Saint Thomas Aquinas*, ed. Anton C. Pegis(New York: Random House, 1945), 1:16–17을 보라.

107) Saint Augustine, *On Christian Doctrine*, trans. D. W. Robertson, Jr.(New York: Liberal Arts Press, 1958), 2. 6. 7.

108) 해석가들에게 알레고리의 독특한 배반적 양상(과 그것이 모든 이들에게 강제적인 것이 되지 않게 해주는 것)은 신비적 의미의 획득 그 자체가 기표의 운동을 절대적으로 중단시키지 못한다는 것이다. 알레고리가 계속해서 공식적으로 인정된 의미를 넘어설 수 있다는 것이다. 예컨대, 제설 종합적 종교 축제에서 그리스도교 성인들이 상대적으로 토착적 신을 대리하는 역할을 한다면, 북미 노예의 영가들에서 신비적 내용은 정치적인 것, 다시 말해 엑소더스(출애굽)로 역전된다.

109) 같은 책, 1.36.40.

110) Hegel, *Phenomenology of Spirit*, 47.

111) G.W.F. Hegel, *Philosophy of History*, trans. J. Sibree(Amherst, NY: Prometheus, 1991), 27.

112) 지젝이 지적하듯이, 미국의 9·11 사태 이후 "역사에 대한 깨어남"이 정확히 정반대, 즉 다시 잠으로 돌아가려는 변명, 알 카에다(Al Qaeda)를 낳은 지정학적 상황에 대해 책임지지 않고 국민적 정체성의 순진무고함을 받아들이려는 변명이라는 점

은 두말할 필요가 없다. Mamdani, *Good Muslim, Bad Muslim*을 참조. 역사에 관해 신자유주의적 박명이 황혼인지 새벽인지 구분하기란 불가능하다.

113) Adorno, *Aesthetic Theory*, 85.

114) Roberto Schwarz, "Machado de Assis não havia sido um escritor importante no pré-64," *Seqüências Brazileiras*(São Paulo, Companhia das Letras, 1999), 235.

115) *Athenaeum fragment*, 116. "미래의 단편"(*Athenaeum fragment*, 22)으로서의 기획의 이론은 문학작품은 역사에 영원히 열려 있다는 이 의미를 확증시켜준다.

116) Fredric Jameson, "On Interpretation: Literature as a Socially Symbolic Act," in *The Political Unconscious: Narrative as a Socially Symbolic Act*(Ithaca: Cornell University Press, 1981).

117) Slavoj Žižek, *The Fragile Absolute–Or, Why Is the Christian Legacy Worth Fighting For?* (London: Verso, 2000), 2.

118) John Mihevc, *The Market Tells Them So: The World Bank and Economic Fundamentalism in Africa*(London: Zed Books, 1995), 27.

119) Alain Badiou, *Saint Paul: La fondation de l'universalisme*(Paris: Presses Universitaires de France, 1997).

120) Paul de Man, "Literary History and Literary Modernity," in *Blindness and Insight*, 142.

121) Fredric Jameson, *A Singular Modernity: Essay on the Ontology of the Present*(London: Verso, 2002), 210.

122) Alain Badiou, *L'être et l'événement*(Paris: Éditions du Seuil, 1988). Peter Hallward, *Badiou: A Subject to Truth*(Minneapolis: University of Minnesota Press, 2003), 특히 part 2, "Being and Truth," 81–180을 보라.

123) 『율리시스』라는 사건은 더 이상의 설명을 필요치 않는다. 아체베의 출현이 갖는 사건적 성격에 대한 논의는 5장을 보라.

124) (역주) '아기의 날'을 뜻하는 'childermass'는 고대 로마의 헤롯왕에게 살해된 베들레헴의 아기들을 추도하는 날을 의미한다.

125) Abiola Irele, "The Crisis of Cultural Memory in Chinua Achebe's Things Fall Apart," in *The African Imagination: Literature in Africa and the Black Diaspora*(New York: Oxford University Press, 2001), 150.

126) 여기서 논의되는 작품들의 일부가 널리 회자되고 있는 것을 보는 것은 흐뭇한 일이긴 하지만 우리의 개입이 갖는 핵심은 정전의 차원에 있지는 않다. 자기만족적으로 보이는 이런 태도를 변호하기 위해 우리는 다시 한번 치디 아무타의 말을 인용할 수 있을 것이다.

"그토록 많이 회자된 소설들을 선택하는 데 대해 아무런 변명도 제시할 필요가 없다. 급진적 비평의 목적은 기존의 가정들에 대한 평가를 가치 전환하는 것이지 그 가정들을 단순히 무시하거나 주어진 것으로 받아들이는 것은 아니기 때문이다. 증명된 고전들을 쓰레기통에 넣어버리는 그런 극좌주의로부터 얻을 수 있는 것은 아무것도 없다. 왜냐하면 그런 작품들은 부르주아 비평을 두들길 수 있는 멋진 샌드백이 되기 때문이다. 우리의 구체적인 도전은 문학작품을 우리가 몹시 변화시키길 원하는 현실의 구체적 양상으로 설명하고 해석하는 대안들을 제공하는 것이다."(*The Theory of African Literature*, 129)

한편 망각이 꼭 나쁜 것만은 아니다. 우리는 『애매한 모험』을 현재의 오독 상태로 계속 두기보다는 차라리 모호하게 사라지게 하는 것이 차라리 더 나을 수도 있다.

127) Walter Benjamin, "Theses on the Philosophy of History," in *Illuminations*, ed. Hannah Arendt, trans. Harry Zohn(New York: Schocken, 1969), 254.

제1부

주체성

2장

『율리시스』와 모더니즘적 숭고

이 책에서 다루게 될 아프리카 문학작품들은 그 자신의 동시대 역사와 대체로 명확한 대화를 나누며 바로 그 역사 앞에서 미래의 지평(즉, 셰크 아미두 칸 소설의 등장인물들을 매혹시키는 '미래의 성채future citadel')이 끊임없이 열려져야 할 문제로서 유지된다. 한편, 포드 매덕스 포드의 소설들은 역사적 트라우마를 제대로 평가하는 서술 양식의 문제를 안고 있고, 윈덤 루이스는 자신도 깨닫지 못한 채 역사를 영원한 사후세계 속으로 계속 끌어들인다. 하지만 제임스 조이스의 『율리시스』에서는 아일랜드의 역사가 명확하게 주제화되어 있는 반면(그리고 『율리시스』의 등장인물, 사건, 장소들은 아주 진부한 의미에서 역사적이다) 역사적 운동에 대한 그 어떤 감각도 배제된다. 루카치와 카를 라데크Karl Radek와 같이 『율리시스』에 대한 초창기 악명 높은 마르크스주의적 비평들은, 비록 그것들이 비평의 형식을 통해 표현되었더라도, 『율리시스』의 정적인 상태를 지적한 점에서는 확실히 옳았다. 프랑코 모레티가 언급했듯이, 『율리시스』가 '단 하루single-day'라는 형식을 띤 것은 궁극적으로 모든 날이 똑같음을 강조하는 것이다.[1] 『율리시스』는 그 마지막 페이지 너머를 사고하려는 모든 시도를 의도적으로 좌절시킨다. 아일랜드의 정치적 미래, 가령 1916년의 '부활절 봉기Easter Rising'로부터 1921년의 '영국 아일랜드 협정Anglo-Irish Treaty'에 이르기까지 아일랜드 독립을 위한 격렬한 투쟁에 대해 그 어떤 암시도 없다는 것은 이 소설의 상당 부분이 바로 이 기간 동안 쓰였다는 사실을 감안하면 더욱 놀랍다.[2] 만약 아체베의 소설(우리를 역사의 두 번째 축으로 나아가게 한다)이 부분적으로 개인적 주체성에 관한 신중한 관찰이 엄격히 적용되는 3인칭 시점을 통해 그 역사적 시각을 전개한다면, 『율리시스』는 그와 정반대되는 접근법을 취한다. 즉, '메타언어의 종언' 때문에 언어가 역사에서 주체로, 즉 처음부터 끝까지 그 신원을 알 수 있는 스티븐Stephen, 블룸Bloom, 몰리Molly와 같은 허구적 주체들뿐만 아니라 「아이올로스Aeolus」에서 「이타카Ithaca」로 확산되어나가는 점점 더 추상적이고 불안정한 주체 위치들에 이르기까지 주체로 회귀하는 것이다.[3]

바로 이런 비역사주의 혹은 정적 상태, 즉 조이스 자신의 말로 하자면, '마비paralysis'의 상태는 역사적으로 읽을 수 있고 읽어야 한다. 그리고 조이스에 관한 최근 연구들은 과거 비평에서는 찾아볼 수 없던 역사적 특수성의 재도입을 통해 나름의 성과를 얻고 있다. 1907년의 잘 알려진 한 강연에서 조이스는 청중들에게 "수 세기 동안 영국인들은 오늘날 벨기에인들이 콩고자유국에서 행하고 있는 짓을 이 아일랜드에서 자행해왔다."라고 말한 바 있다.[4] 이것은 조이스 비평사에서 1970년대까지 『율리시스』의 식민주의적 맥락이 실질적으로 다루어질 수 없었음을 보여준다. 이런 차단은 1990년대 중반에 조이스에 대한 포스트식민 연구들이 출현할 때까시 실질적으로 깨어지지 않았다. 이는 영국의 점령과 그 결과들이 『율리시스』의 곳곳에 명확하게 나타나고 있다는 점에서 더욱 주목할 만하다. 조이스에 관한 최근 비평들은 그의 작품과 포스트식민 문학 사이에서 실질적으로 수많은 유사성을 발견하거나, 포스트식민 이론가들을 통해 조이스를 읽는 데 아무런 어려움도 느끼지 않는다.

그러나 역사적 내용은 역사적 운동과 동일한 것이 아니다. 그리고 그러한 접근은 단지 조금밖에 더 나아갈 수 없다. 다시 말해, 민족 부르주아지에 대한 비판가로서의 파농은 잘 적용될 수 있는 데 반해, 혁명적 폭력의 이론가로서의 파농은 그리 잘 적용되지 않는다.[5] 엔다 더피Enda Duffy가 재치있게 「이타카」 장의 질의 응답 형식을 말 그대로 (『율리시스』의 다른 곳에도 명백히 존재하는) '식민지 국가의 거대한 감시 체계'를 드러내는 일종의 '경찰 심문'으로 읽고자 한 것이 적절한 사례일 것이다.[6] 한편으로 이런 놀라운 시각은 그 에피소드 속의 많은 중요한 구절들에 새로운 의미를 부여해주지만, 또 다른 한편으로 그런 생각이 한결같이 적용되지는 않는다. 조이스가 사용하는 틀에서 「이타카」 장의 '교리문답식' 기교는 특정한 내용이 아니라 온갖 종류의 내용이 제공되는 형식이다. 즉, 경찰 심문, 의학 시험, 관료적 질문, 카리스마적인 교육법 혹은 교과서 같은 퀴즈, 정신분석학, 법적 상호 검토, 사회학적 질문지, 여론조사, 마케팅 조사, 혹은 종교적 교리 문답들이 이 형식의 가능한 후보군에 속한다. 『율리시스』에 대한 대체적으로 '속류적이고' 주제적인 포스트식민 접근법들은 과거의 비평들이 보여준 성급한 보편주의에 대한 수정으로서는 무조건 환영받겠지만 종국적으로 텍스트 자체의 보편적 야망들과 부딪히는 경향이 있다. 앞으로 살펴보게될 「이타카」의 예는 1904년 더블린에서 언어들이 사용되던 독특한 용법(물론 이것이 결정적이긴 하다)에

관한 것만큼이나 언어의 물화reification에 '관한' 것이기도 하다.[7]

이 모든 것은 조이스의 아일랜드가 처한 반半주변부적 조건이 결정적이지 않다고 말하는 것이 아니라 그러한 결정이 주제적인 읽기가 보여줄 수 있는 것보다는 더욱더 매개적이고 형식적임을 말하는 것이다. 많은 가능성들이 제기되지만 그 어느 것도 서로 배타적이지 않다. 여기서 어떤 이는 영국 소설의 형식에 가한 폭력을 식민화된 영토에 대한 상징적 재정복으로 읽는 시머스 딘Seamus Deane의 읽기를 지적할 수 있을 것이다.[8] 혹은 제국의 대도시에서는 이미 완벽하게 헤게모니적이었던 과정들이 반주변부 아일랜드에서는 명백히 불완전할 수밖에 없다는 것(『율리시스』에서 들 수 있는 한 사례로 한담gossip이 여전히 의사소통의 지배적 매체로서 대중 매체와 경쟁하고 있는 방식을 들 수 있다)이 제도들과, 일상생활에 실제로 뛰어들어 서로를 낯설게 만드는 행동 방식들 간의 갈등을 낳고, 편안한 사실주의를 비현실적인 것으로 만드는 방식을 지적하는 사람도 있을 것이다. 혹은 어떤 이는 외재적 통일성의 부과(단 하루, 호메로스와의 병치 구조, 조응 체계)를, 식민화된 영토, 즉 역사가 외부로부터 결정되는 영토에 배경을 둔 이야기에는 그 어떤 내재적 통일성도 존재할 수 없다는 상징으로 읽을 수도 있을 것이다. 그리고 모레티와 더불어 광고 이미지의 활용(즉 생산과 노동을 거의 배제할 정도로 상품과 소비의 물신화)을 자본 자체의 일반적 위기 혹은 내재적 모순의 징후로 읽을 수 있는 한편, 조이스도 잘 깨닫고 있었듯이 지역 산업이 식민주의적 권력에 의해 체계적으로 약탈당하는 상황에 대한 징후로도 간주되어야 한다.

그러나 이런 역전은 반대 방향으로도 작용한다. 반주변부에서는 문화적·경제적·정치적 삶의 특수성들이 자본과의 관계에서 주변적 위치에 놓여 있기 때문에, 반주변부 작가들이 직면하는 선택들은 반주변부의 상황뿐만 아니라 자본 그 자체에 대해서도 징후적이다. 예를 들어, 잔존적 문화 형식과 새로 부상하는 문화 형식의 공존은 주변부에서 더욱 강렬하지만 그렇다고 주변부의 고유한 현상은 아니다. 마찬가지로 외재적 통일성을 부과해야 할 필요가 있다는 것은 식민화된 역사에 대해서뿐만 아니라 시장의 지배에 대해서도 징후적이다. 자본주의하에서 시장은 그 어떤 모든 노력들의 외재적 최종성인데, 이런 노력들은 구체적 내용에 대해 자의적인 것이 된다. 따라서 생생한 현실감과 서사의 내적 일관성 사이의 조화는 점점 더 어렵게 된다.[9] 우리는 마지막 장에서 총체성으로서의 자본주의와 그것이 끼치는 지역적 효과 사이를 왕래하는 이런 운동이 반주변부 작가들에게 부과하는 선택들에 관해 보다 자세히 논할 것이다. 한편, 두 계기들이 동시에 고려될 필요가 있지만, 이 장에서는 전자에, 즉 『율리시스』를 아일랜드 식민주의의 역사 내에 두기보다는 전체적으로 자본주의의 역사 내에서 역사화하는 것에 초점을 둘 것이다. 여기서 후자는 조이스 모더니즘의 가능 조건으로, 즉 헤게모니적 구조에 대한 탈구의 정도로 증명되어야 하기보다 바로 받아들여져야 할 것이다. 이런 탈구는 스티븐이 아일랜드 예술을 "하인의 깨어진 거울"이라고 통렬히 묘사한 유명한 표현 속에서 부정적으로 표현되어 있으며, 우리가 『율리시스』에서 발견하는 그런 낯설게 하기의 언어 생산에 본질적이다.

우리는 『율리시스』에 대한 그 어떤 의미 있는 역사화도 형식의 문제에서 시작되어야 한다는 것을 자명한 이치로 받아들이도록 하자. 그러나 이런 명령만으로는 충분하지 않다. 우리는 프레드릭 제임슨이 작성한 『율리시스』를 읽는 세 가지 '따분한' 방식들의 목록(구조적 틀을 해석으로 오인한 신화적 방식, 이 작품의 오이디푸스적 상황을 역사화하기를 게을리하는 정신분석적 방식, 그리고 『율리시스』를 진부한 개인적·가족적 드라마로 환원하는 윤리적 방식)에다 이른바 전복적·카니발적 접근법이라는 네 번째 방식을 추가해야 한다.[10] 이는 『율리시스』의 문체적 폭발력을 일차적으로 단성적 언어 혹은 남근중심적phallogocentric 주체의 경계를 혼란스럽게 하는 것으로 바라본다. 이 비평 양식은 정확히 두 가지 이유에서 허위적이거나 부당하다기보다는 따분하다. 첫째, 『율리시스』가 이런 것들에 대해 전복적이긴 하지만, 이는 이 작품이 그 외 다른 것들에 대해서도 전복적이라는 것을 뜻하지 않는다. 지난 20여 년 동안 입증된 사실은 주체에 대한 비판이 동시대 자본의 운동에 동조해왔지 대립해온 것이 아니었다는 것이다. 탈중심화된 주체가 과거의 중심화된 주체보다 쇼핑을 훨씬 더 많이 하러 다닌다. 사실 모레티는 문체들의 증식이 사회적 세계에 대해 미적 영역이 (심지어 보완할 때조차도) 절대적으로 무관해지고 있다는 것을 함축한다는 정확히 반대의 결론을 도출한다. "그러므로 『율리시스』는 에코Eco가 말했듯이 '가능성으로 가득 채워진' 작품이 아니다. 그것이 말하는 '가능성'이라는 관념은 모든 구체성과 객관성을 잃어버렸고 … (중략) … 주관적이고 단지 형식적인 환영이 되어버렸다. 『율리시스』에서 모든 것이 가능한 것은 모든 것이 서로 무관하기 때문이다."[11] 두 번째 문제는 이 접근법이 에피소드들 간의 차이들을 단순화해버린다는 점이다. 비록 일부 장이 다른 장보다 더 나아 보인다고 하더라도, 모든 장은 똑같아 보인다. (물론 이는 모레티의 반박에도 적용된다. 만약 문체들의 증식이 일차적으로 포스트모던적 기표의 물러남에 대한 일종의 예고적 패러디로만 기능한다면, 그때 조이스는 전적으로 다른 문체들을 사용하면서도 동일한 결과를 성취할 수 있었을 것이다.)[12] 하지만 각 장에 몰두할 때 전적으로 다른 쾌감들이 생겨난다는 것을 감안할 때, 확실히 『율리시스』에서 문체 그 자체의 기능에 관해 사고하는 것만으로는 충분하지 않다. 오히려 문체의 기능은 각각의 상과 함께 새롭게 열리는 문제이다.

「에우마이오스Eumaeus」와 「이타카」 장은 처음에는 「나우시카Nausicaa」 장과 유사한 방식의 패러디인 것처럼 보인다. 하지만 「나우시카」와 달리, 이 장들이 무엇을 패러디하고 있는지는 결코 명확하지 않다. 앞서 주장했듯이, 「이타카」 장이 몇 가지 다양한 장르를 동시에 떠올리게 하면서도 그것들을 결코 하나의 장르로 환원하지 않는 데 반해, 「에우마이오스」 장은 (휴 케너Hugh Kenner가 처음 제안했듯이) 블룸 자신의 언어에서부터, 이 언어에서 헨리 제임스에 대한 무심한 패러디를 보았던 제임슨의 유별난 판단에 이르기까지 뭔가에 대한 패러디로서 간주되어 왔다.[13] 이 두 장의 각각의 문체들에서 패러디의 원본을 찾기 어려운 것은, 두 장이 엄청나게 재미있으면서도 그 둘 중 어느 것도 진정으로 패러디적이지 않다는 사실에서 연유한다. 이 장들의 유머와 통절함은 특정한 문체나 작가가 아니라 특정한 역사적 순간에 언어 자체에 내재하는 하나의 경향을 고립시켜 그 경향을 한계까지 밀어붙이게 만드는 하나의 원칙으로 전환하려는 결정에서 비롯한다. 「에우마이오스」와 「이타카」 장에서 이 원칙들이 분명히 정반대를 이루고 있다고 하더라도, 이 원칙들이 두 장에서 무엇을 의미하는지는 즉각 드러나지 않는다. 「에우마이오스」의 문체가 정교하게 장황한 반면, 「이타카」의 문체는 의도적으로 간결하다. 만약 「에우마이오스」가 부정확성을 부조리한 수준까지 끌고 간다면, 「이타카」는 정확성을 풍자한다. 「에우마이오스」가 사건들을 독특한 일상성으로 끊임없이 동화시키는 언어를 파헤치고 있다면, 「이타카」의 언어는 현상적인 차원에서 달아나 일상적 경험과 가장 동떨어진 이질적 영역에서 사건들을 서술한다. 「에우마이오스」 장에는 '(오래된) 서사'를 불어넣고 「이타카」 장에는 '(몰개성적인) 교리문답'을 부여하는 틀은 우리가 이 텍스트를 처음 읽었을 때 알 수 없는 것에 대해서는 전혀 말하지 않는다. '오류error'와 '정확성accuracy'이 가능한 후보군이 될 터인데, 「에우마이오스」 장에서는 오류가 의미를 지향하는 길을 가리키는 데 반해, 「이타카」 장에서 정확성은 종종 아무런 의미도 낳지 않는 것으로 이해된다. 이것들과 같은 유의 단어인 '주체성subjectivity'과 '객관성objectivity'은 더욱 진부한 단어들이지만 장들의 형식적 경향에 아주 잘 부합할 뿐만 아니라 (그 모더니즘적 형태에서 주체가 「이타카」 장에 나오는 말로 해서 '이른바 물자체의 불가해함'과 결정적으로 맞닥뜨리는 순간에) 숭고 그 자체가 잇게 될 간극을 정확하게 명명하는 이점을 갖는다.[14]

서론에서 우리는 루카치적 물화가 '주체성이 대상 세계를 자기 자신에 대해 절대적으로 외재적인 것으로 구성함으로써 생겨나는 과정'이라고 설명한 바 있다. 그렇다면 대상 세계를 하나의 법칙 체계a system of laws로 해석함으로써 그 세계는 통제되고 관리될 수 있다. 주체와 대상이 서로에게 외재적인 것으로 구성되는 순간 대상 세계의 존재에 직접 개입할 수 있는 그 어떤 가능성도 원천 차단된다. 비록 그것을 하나의 법칙 체계로서 처음 구성한 것이 바로 그런 개입이라 할지라도 말이다. 서론에서 보았듯이, 그 다양한 형태의 숭고는 이러한 분열의 각 항들, 즉 주체와 대상을 서로 영향 받지 않는 상태로 내버려둔 채 그런 분열을 넘어서고자 하는 시도이다. 모더니즘적 숭고는 상품(교환가치)을 생산과 소비의 순환 속에 위치시키기보다는 스스로 물자체로 변한다. 물자체는 대체 불가능한 사용가치('존재하는 바로 그 물'에 대한 스티븐 히어로의 황홀한 인식)로서 유토피아적 가치를 획득한다. 모더니즘적 숭고의 독특한 운동은 무언의 대체 불가능한 물이라는 명백한 구체성에서 추상적이고 따라서 텅 빈 총체성으로 나아가는 것이다. 하지만 이 비어 있음emptiness은 단순히 허위적인 것이 아니라 직접적 경험의 현실적 추상성을 증명하는 것이기도 하다. 이러한 추상성은 고전적 리얼리즘의 근저에 놓여 있던 사회적 총체성에 대한 보다 구체적인 개념을 더 이상 뒷받침하지 않는다. 모더니즘적 낯설게 하기의 다양한 양식들은 무의미한 물질적 단편들에 대한 경험을 뒤흔들어 숭고의 평면 위로 이동시킨다. 그곳에서 단편은 존재Being 그 자체의 직접적인 현존을 의미한다. 그러나 이렇게 불려 나온 존재는 그것을 불러낸 자의적인 하나의 단편을 제외하면 그 어떤 내용도 갖지 않기 때문에, 이 본질적인 모더니즘적 행위는 실패나 마찬가지이다. 모더니즘적 낯설게 하기는 총체성을 의미하기보다는 사회적 총체성에 대한 구체적 개념의 결여를 나타낸다. 그리고 이 낯설게 하기의 무한 반복성 속에서 그 이데올로기적 성격이 드러난다.

「에우마이오스」와 「이타카」 장의 알레고리적 내용은 물화 그 자체이다. 이 두 장의 맥락 속에서 근대성에 대한 하이데거의 관념론적 설명(이는 루카치의 유물론적 설명 속에 즉시 수렴된다)을 짧게 상기해보는 것이 유용할 것이다. 이 설명은 물화의 다양한 양상을 이론화하는 데 도움이 된다. 특히 가장 중요한 두 개념은 '빈말*Gerede*'과 '닦달*Gestell*'이다. 빈말, 즉 '한담idle talk'은 진리와는 어떠한 관계도 맺지 않는 언어로서, 주체성이 그것을 결정하는 것으로부터 소외되어 있다는 징후이고, 닦달, 즉 '틀에 끼우기enframing'는 여전히 인간 주체성에게 본질적인 존재를 조작 가능한 대상들의 죽은 세계로 전환하는 것을 가리킨다. 더 범박하게 말해, '빈말'은 주체 측에서의 물화를 가리키는 것이라면, '닦달'은 대상 측에서 물화를 가리킨다.[15] 「에우마이오스」와 「이타카」의 언어들은 어떤 특정 주체의 개별 언어를 패러디한다기보다는 이러한 두 가지 가능성을 극화하고 그 각각을 일종의 언어적 한계까지 가져간다. 그럼에도 불구하고 이와 같이 물화를 배경으로 한 메타 사건들, 즉 『율리시스』에 정동적 힘을 제공하는 서사적 계시는 스스로를 텍스트의 숭고한 대상으로 결합해나가는 한편, 이 두 장의 언어가 재현하는 바로 그 분열을 일시적으로 잇는다. 「에우마이오스」의 주체적 오류 언어는 대상을 찾아 더듬거리는 데 반해, 「이타카」의 엄밀성은 대상성에서 주체로 뻗어나간다. 어떤 성공과 결과가 생겨날지는 두고 봐야 할 일이다. 하지만 궁극적으로 이 메타 사건들을 생산하는 장치는 숭고한 몸짓의 텅 비어 있음을 노골적으로 드러내면서 복수한다.

1장 서론에서 우리는 스티븐 디덜러스의 미학 이론을 조이스 자신의 초기 문학적 실천에 대한 이해와 동일시하는 지름길을 택했다. 이는 스티븐이라는 인물이 지닌 명백히 자전적 성격을 염두에 두면 틀린 말은 아니지만 그러기 위해서는 궁극적으로 문학적 틀이 생산하는 아이러니들을 설명할 수 있어야 한다.[16] 확실한 것은 이런 이해가 에피파니적顯現的 방법을 더 거대한 전략 속으로 수렴하는 『율리시스』에 간단히 적용될 수 없다는 것이다. 『율리시스』를 읽는 특별한 흥분에 대한 형식적 기술로는 휴 케너의 '지연의 미학aesthetics of delay'이라는 표현보다 더 나은 것은 없을 것이다. 여기서 서사의 시간성은 그 서사가 독자에 의해 재구성되는 속도에 의해 지양된다. 『율리시스』에서 실제 사건들은 서사의 차원에서 일어나지 않는다. 즉, 스티븐과 블룸, 몰리의 서사가 아무리 흥미롭다고 생각하더라도, 우리의 관심은 사건들 자체(이를 선형적 서사로 배열한다면, 진부한 것이 되고 말 것이다)에서 생겨나는 것이 아니라 우리가 사건들을 발견하게 되는 바로 그 운동의 강렬함에서 생겨난다.[17] 대표적인 사례는 「텔레마코스Telemachus」 장에서 스티븐의 머리 위로 지나가는 구름의 그림자나 「칼립소Calypso」 장에서 블룸의 아침을 우울하게 만드는 구름의 그림자가 될 것이다. 어느 것도 특별한 서사적 의미를 지니지 않지만, 이것이 같은 구름이라는 발견은 『율리시스』의 독해에서 핵심적 사건을 구성한다. 「텔레마코스」에서 스티븐 어머니의 죽음을 묘사하는 문장이 몇 페이지 뒤에도 약간의 수정과 더불어 반복되는데 이 역시 유사한 사례이다. 이 문장은 그 자체로서는 무의미하지만 그것의 반복은 스티븐이 어머니의 죽음에 대해서뿐만 아니라 그로부터 멋진 문장을 만들어내는 방식에 대해서도 집착하고 있다는 것을 우리에게 보여준다. 실제 첫 번째 문장은 두 번째 읽을 때 어색하고 잠정적인 것이었음이 드러난다. 「방황하는 바위들Wandering Rocks」에 그려진 공간, 코니 켈러허가 경찰 끄나풀이라는 사실, 보일런의 편지를 본 충격 이후 블룸의 아침에서 사라져버린 몇 초의 시간. 이 중 그 어떤 것도 그 자체로는 특별히 흥미롭지 않다.[18] 우리가 구름을 통해 배운 것은 '한편meanwhile'이라는 단어를 통해 성취될 수 있었던 것이다. 하지만 『율리시스』에서 이것들 각각은 계시의 지위를 획득한다.

『율리시스』에서 모더니즘적 숭고는 그 한계까지 나아간다. 단순히 어떤 대상, 장면, 사건이 아니라 전체 서사 구조가 낯설어지고 요동치는데, 그것은 순진한 상징주의와는 아주 별개로 스스로를 넘어서 의미 작용을 하는 것 같다. 『율리시스』의 서사는 세부적 내용에서 자의적이고 (심지어 오줌을 누고자 하는 블룸의 결심조차 호메로스와의 평행 구조에 의해 정해진다) 그 전체적 윤곽에서는 무의미하다. 만약 칸트의 숭고 개념이 우리를 절대적인 것의 파악으로 나아가도록 충동한다면, 「에우마이오스」 장에서 모더니즘적 숭고는 우리에게 마부 집합소에서의 '경험'(놀랍게도 이 단어 자체가 과장이다)을 제공한다. 하지만 윌리엄스Williams의 '손수레'의 경우처럼,

우리는 그것을 엄청난 의미를 지닌 것으로 경험하고, 그리고 실제로 많은 조이스 비평들이 이러한 텍스트적 경험을 서사 그 자체 속에서 다시 찾아 읽음으로써, 이 특정한 날이 엄청난 의미를 지니고 있다는 것을 당연시해왔다. 하지만 스티븐의 뇌리를 떠나지 않는 유명한 질문("모든 사람들에게 알려진 그 단어가 무엇인가?")처럼 그 어떤 특정한 의미도 진부해질 것이다. 오직 그 텅 비어 있음 속에서만 신비는 그 어떤 매력을 지니게 된다.[19] 율리시스적 사실들을 쟁취하려는 이 거대한 경쟁은 서사의 세부 내용에 부착된 의미 작용의 과잉에 대한 증언이다. 그리고 이런 사실들이 이 소설에 대한 우리의 이해에 큰 도움이 되지 않는다는 것은 이러한 텅 비어 있음의 징후이다.

하지만 추구했던 의미 작용이 궁극적으로 텅 비어 있다는 것은 그것이 단지 허위라는 것을 의미하지 않는다. 그리고 『율리시스』가 궁극적으로 그런 거대한 의미 작용을 거부한다고 말하는 것도 충분하지 않다. 왜냐하면 이 작품은 그러한 의미 작용을 동시에 요구하기 때문이다. 이 장에서 우리는 일차적으로 일반적인 의미에서 조이스 연구에 또 하나의 연구를 추가하는 것보다 『율리시스』 내의 모순적 경향들이 어떻게 하나의 사고로 구성될 수 있는지를 증명하는 데 관심을 둘 것이다. 이런 시각을 통해 볼 때, 『율리시스』에서 심오한 의미를 찾는 본질주의적 읽기와 반대로 이 작품에서 통일적 의미의 결여, 즉 해방적이거나 이데올로기적인 것으로 볼 수 있는 종결의 결여를 찾고자 하는 반본질주의적 읽기는 자신들의 진리의 차원을 오직 서로 간의 관계 속에서만 받아들인다. 첫 번째 유토피아적 순간에 『율리시스』는 주체성과 대상 세계 간의 균열을 단락시키고, 일상생활의 우연적 사건들에 불가해한 의미들을 기적적으로 불어넣는다. 하지만 서론에서 밝힌 온갖 이유에도 불구하고 이 유토피아는 현실성에 영향을 끼치는 네 실패하고 단지 현실성을 보충할 수 있을 뿐이다. 그러나 두 번째 순간에 이러한 실패가 스스로 드러난다. 윤리적 비평의 끔찍한 낡은 동사인 '필요가 있다need'는 『율리시스』에서 등장인물들이 아니라 형식적 사건들에 적용된다. 막 언급했듯이, 「이타카」 장에서 블룸은 활시위를 잡아당기는 오디세우스와의 평행 관계 때문에 오줌을 눌 '필요가 있다'. 따라서 그는 나중에 「이타카」 장에서 소변을 볼 수 있도록 「에우마이오스」 장에서는 '움직이기'보다는 가만히 앉아 있을 필요가 있다. 이것은 조만간 보게 되겠지만 『율리시스』에서 더욱 통절한 순간처럼 보이는 것을 낳는다. 서사에 의미를 불어넣는 바로 이 과정(「이타카」 장에서 블룸은 단지 소변만 보는 것이 아니다. 그는 오디세우스의 큰 활시위를 당겨 막 구혼자를 죽이려는 참이다, 등등)은 다른 각도에서 보면, 오히려 의미를 빼앗아버리고 서사 속에서 사건의 자의성만 부각시키는 것으로 드러난다. 사건들은 있는 그대로 존재할 뿐 달리 외부의 요구를 만족시키려고 하지 않는다. 앞으로 보게 되겠지만 이런 모순, 즉 모든 최종적 의미들을 거부하는 『율리시스』에 맞서는 의미의 깊은 원천으로서의 『율리시스』는 또한 내재적 대칭에 대한 외재적 조응에서 이 소설의 가장 위대한 성취 중 하나인 서사적 디테일의 엄청난 다층성과 상호 참조에 이르기까지 몇 가지 상이한 방식으로 펼쳐진다. 이 소설은 의미의 거대한 엔진인가, 아니면 매혹적인 색인 기계인가? 근대적 조건에 대한 심원한 명상인가, 아니면 거대한 농담인가? 이 모순의 양 측면은 모두 부분적으로만 정확하다. 다음에서 우리는 이 두 양상을 하나의 대상으로 구성할 때 시차적(혹은 변증법적)이려고 노력할 것이다.

「에우마이오스」 장은 『율리시스』에서 가장 지루한 장으로 통했다. 하지만 이 장은 『율리시스』에서 문체적으로 가장 강렬한 장 중의 하나이며 모더니즘적 숭고와 그것의 자기 해체 운동 속에서 극이 펼쳐진다. 다른 많은 장들에서처럼 이 특정한 문체의 정확한 핵심은 즉각 드러나지 않는다. 페이지를 넘길수록 어법 오류와 지루한 미사여구가 점차적으로 축적되어가는 특성을 조금씩 전달하기란 어렵다. 하지만 「에우마이오스」의 경이로운 도입 구절은 문체에 활기를 불어넣어 주는 많은 요소들을 포함하고 있다.

> 그 어떤 일을 대비하여 먼저 미스터 블룸은 스티븐의 옷에 묻은 엄청난 양의 톱밥 뭉치를 털어주고, 모자와 물푸레나무 지팡이를 건네준 뒤, 정통 사마리아인다운 친절을 발휘하여 그의 기운을 북돋워주었다. 이것이야말로 그때 그가 몹시 필요로 했던 것이었다. 그(스티븐)의 정신 상태는 착란이라고까지는 할 수 없어도 조금 불안정한 처지였다. 뭔가 마시고 싶다고 스티븐이 말했을 때, 미스터 블룸은 시간이 시간인지라, 마실 물은 고사하고 씻을 물을 위한 펌프조차 눈에 띄지 않았기에 문득 하나의 방편이 떠올랐다. 버트 브리지의 지척에 속칭 마부 집합소라고 불리는 가게가 있다는 것을 떠올리며 그곳에 가면 우유 탄 소다수나 탄산수 같은 음료라도 마실 수 있으리라. 그러나 그곳에 가는 방법이 문제였다. 그는 어찌할 바를 몰랐으나 이 문제에 대해 어떻게든 조치를 강구해야 한다는 분명한 의무감에 사로잡혀 바로 곁에서 스티븐이 연신 하품을 해대는 동안 적절한 방법과 수단을 찾기 위해 고심했다. (612-613쪽)[20]

그리하여 「에우마이오스」 장의 오류 연발the comedy of errors이 시작된다. '그 어떤 일을 대비하는 것'은 사실상 특별히 어떤 일도 대비하지 않는 것이나 마찬가지고, 무엇이 '톱밥 뭉치'를 '엄청난 양'과 구분지어

주는지도 불분명하다. '정통 사마리아인Orthodox Samaritan'은 용어 모순이다. 그리고 '그(스티븐)의 정신'을 명료히 하는 일을 더욱 혼란스럽게 만드는 데 기여한다. 왜냐하면 명료화는 애당초 불필요하고 부적절했기 때문이고, 이 장에는 다른 혼란스러운 대명사들이 많이 있기 때문이다. '마실 물은 고사하고 씻을 물'도 없을 때, 이는 재미있는 것처럼 여겨지고 실제도 재미있다. 하지만 일차적 차원의 농담이 실패하는 것을 지켜보는 이차적 차원의 시각을 통해서 볼 때만 그러하다. '문제였다was the rub'와 '임시방편for the nonce'이라는 문학적 필치가 그렇듯이, '방편expedient'과 '적절한propriety'이라는 말은 익살스러운 허세이다. '곧바로off the reel'와 '속칭as it was called'은 쓸모없는 단어들이며 이것들 없이도 이해되지 않는 것은 하나도 없다. '방법이나 수단ways and means'은 불필요한 말이고, 위치가 잘못된 수식어구 때문에 스티븐은 블룸이 골똘히 생각하는 동안에 하품을 한다기보다는 이런 방법과 수단들 때문에 하품을 하는 것 같다. 이런 일은 이후의 51페이지에 걸쳐서 계속된다. 텍스트가 이러한 진부함을 그렇게 엄청난 에너지를 가지고 추구한다는 사실은 텍스트에 흥미로운 이중성을 부여한다. 한편으로 거의 모든 문장은 뭔가 확인되지는 않지만 초조함을 일으키는 서사적 문체의 다소 경박한 '혼성모방pastiche'으로 읽힐 수 있고, 다른 한편으로 그것들은 모든 휴지(「에우마이오스」 장에 나오는 마침표에 대한 연구가 가능할 수 있다) 뒤에 정확히 틀린 단어들이 이어지는 절묘한 솜씨로도 읽을 수 있다. 여기서 정곡을 찌르는 모든 결정적 구절들은 제대로 기능하지 못한다. 그것도 너무나 완벽하고 애절하게 실패한 나머지 틀린 단어들이 실질적 결정구들과 동시적이다. 이 결정구들은 정확히 첫 번째의 좌절과 다름없다.

> 검은 밀짚모자를 쓰고 화장을 짙게 한 매춘부의 여윈 얼굴이 집합소 문을 옆으로 비스듬히 들여다보면서 좋은 먹잇감이 없는지 살펴보았다.
>
> (632쪽)

영업을 위한 익살스러운 어법으로서 '좋은 먹잇감'은 별로 효과가 없다. 하지만 이것은 그로테스크한 성적 은유로서 흥미로운데, 이는 이 둔감한 언어의 영역을 넘어서기 때문이다. 여기서 타고난 유머는 억지스러운 익살스러움을 넘어 확장되지 못한다. 「키클롭스Cyclops」 장에서 이름 없는 자가 말하는, '좋은 먹잇감'을 찾고 있는 매춘부는 저속한 유머일 수 있지만, 이 유머는 결코 농담이 아니라 불필요한 둘러대기에 지나지 않기 때문에 이것이 앞서의 유머보다 훨씬 더 섬세하다. 왜냐하면 그것은 결코 농담이 아니라 단지 불필요한 우회적 표현일 뿐이기 때문이다. 「에우마이오스」 장의 농담들은 재미가 없다. "(그것은) 아마 그 인물의 성격에 역겨운 측광을 던지는 듯하네. 전혀 의도하지 않은 말장난 같지만."(665쪽) 그러나 그것들의 실패는 재미있다. 「에우마이오스」의 언어는 일종의 피터 셀러스Peter Sellers가 맡았던 광대의 언어와 같다. 모든 정교한 미사여구들이 흠잡을 데 없는 실패임이 드러난다. 한 사소한 인물은 "비음 소리를 달고 있는 것으로 보아 딸기코(술꾼)라는 강한 의심"(631쪽)을 갖게 한다. 이 마지막 구절이 재미있는데, 그것은 '비음 소리를 달고 있는 것으로 보아'라는 구절이 재치 있는 완곡어법이기 때문이 아니라, 그것이 '딸기코' 바로 앞에 위치함으로써 불합리하며 필요없기 때문이다. 선원은 그 엄청난 크기 때문에 익살스럽게 언급되는 속주머니에서 몇 가지 물품들을 꺼낸 후, "칼날을 접어 그 무기를 원래대로 그의 공포의 방, 즉 주머니 속에 집어넣었다."(629쪽) 이번에도 진짜 농담은 뒤로 물러나면서 동일한 효과를 낳는다. '공포의 방'이라는 단어를 설명하는 것은 그 속에 있는 약간의 재밋거리도 망쳐버리지만 이런 반전 자체는 매우 흥미롭다. 먹잇감을 찾으려는 매춘부로 시작하는 같은 문단에서 『데일리 텔레그래프*Daily Telegraph*』의 최신판은 장식적인 완곡어법으로, 즉 의도적인 무표정을 뜻하는 경직된 얼굴이 아니라 너무나 솔직한 표현으로, "분홍색 신문 … (중략) … 애비 거리의 신문'으로 묘사된다. 나중에 파넬과 키티 오셔의 불륜은 다음과 같이 기술된다.

> 처음에는 엄격히 플라토닉 러브였다. 하지만 자연스러운 본성이 발동하여 그들 사이에 어떤 애착이 생겨났지. 서서히 클라이맥스에 도달할 때까지 말이야.(650쪽)

여기서 끼어드는 자연스러운 본성의 모습, 즉 '그들 사이에서 생겨나서' '서서히 클라이맥스에 도달'하는 '애착'은 모두에게 명백할 것이다(그리고 그것은 블룸이 사용하는 관용구의 범위 내에 있다). 하지만 이런 이중적 의미 표현double entendre에 대한 반성적 자각에 대한 어떠한 암시도 「에우마이오스」 장의 언어에서는 조심스럽게 삭제되어 있다. 이 언어는 이중적 의미 표현의 예술을 지배하기는커녕 그것이 수식하고자 하는 명사 옆에 형용사를 두는 것조차 매우 어렵다.

정말로 「에우마이오스」에서 실수 자체가 수사적 비유의 지위에까지 오르는데, 여기서 엉뚱한 곳에 위치하는 수식어가 특권적인 비유가 된다. 다시 말해, 이 장의 첫 문단에만 적어도 다섯 개의 부적절한 절들이 존재하고, 가장 무능한 작가조차 두지 않을 위치에서 수식어구들이 갑자기 나타난다. "기이한 갑작스럽게 것들이 그와 더불어 나타났다The queer suddenly things he popped out with."(656쪽) 그 효과는 "웃기는데 아주Funny very"(629쪽)로 가장 잘 기술될 수 있다. (지시 대상으로부터 벗어나 자유롭게 떠도는 형용사, 그리고 언어의 안개 속에서 그 어떤 물질적 토대로부터 벗어나 자유롭게 부유하는 특성들의 이런 경향은 이미 일종의 주체와 대상 간의 간극에 대한 하나의 알레고리이다.) 「에우마이오스」의 곳곳에서 생겨나는 일시적 혼란들은 이 장의 서사적 낯설게 하기 양식이다. 「에우마이오스」에서 언어의 결은 부적절한 위치에 있는 단편적 언어들(이것이 없었다면 표면적 재잘거림처럼 부드러워 청자가 대충 귀 기울이게 되었을 것이다) 때문에 끊임없이 혼란에 빠진다. 이런 언어들이 부조리를 유발한다. 「에우마이오스」의 문장은 처음에는 종종 무의미한 말로 보이지만 조금 뒤에는 그 의미가 자동적으로 해결된다.

> 그(블룸)는 개인적으로 회의적인 편견을 갖고서 그런 말을 철석같이 믿고 단언한다. 남성 혹은 복수의 남성들이 한 여성의 주위에는 서성거리고 있게 마련이야. 아무리 그 여성이 이 세상에서 최상의 아내라도, 더 말하면, 부부 사이의 의견이 매우 잘 맞다고 해도 말이야. 의무를 저버리고 결혼생활이 따분하다고 마음먹을 때, 그리하여 남자들의 관심을 끌기 위해 고상한 외도를 꿈꿀 때, 그 결과 애정이 다른 대상에 쏠리게 되고, 더 젊은 남자들을 가까이하려는 사십 대의 여전히 매력적인 유부녀들의 '정사'가 시작되는 원인이 되고, 몇몇 여성들의 유명한 치정 사건이 철저하게 보여주는 것처럼 말이야. (655-656쪽)

「에우마이오스」에서 전형적으로 볼 수 있는 '철저하게up to the hilt'와 같은('좋은 먹잇감grist for her mill'처럼 이중적 의미가 함축되어 있지 않기 때문에 재미있는) 부조리함을 벗어나 언어는 너무나 왜곡됨으로써 어디에서 시작해야 될지 알기 어렵게 되지만, 그럼에도 불구하고 문장은 이해 가능하다. 우리는 여기서 일어나는 모든 치환들을 일일이 열거하기보다는 동일한 문장의 대략적인 문법적 형태를 보도록 하자.

> 개인적으로 회의적인 편견을 갖고 있던 사람(블룸)은 그렇게 철석같이 믿고서 단언하기를, 여성의 주위에는, 아무리 그녀가 이 세상에서 최상의 아내라도, 더 말하면, 부부 사이의 의견이 매우 잘 맞는다고 해도, 반드시 남자가, 아니 여러 명의 남자들이 서성거리고 있게 마련이야. 결혼생활이 따분해져 의무를 내팽개치고 부적절한 의도로 남자들의 관심을 끌기 위해 고상한 외도를 꿈꿀 때, 결국 애정이 다른 대상에 쏠리게 되고, 젊은 남자들과 사십 대의 잘생기고 여전히 매력적인 유부녀들의 '정사'가 시작되는 이유이지. 이런 과정은 이미 몇몇 여성들의 유명한 치정 사건이 철저하게 보여주는 그대로 말이야.

더 거대한 서사처럼 「에우마이오스」 장은 정말로 이런 변형이 없다면 따분했을 것이다. 원래 문단의 몇몇 구절은 잠시 멈춰서 각 부분들을 조각처럼 분류하고 그것들을 원래 속한 장소에 배치하지 않는다면 전혀 의미가 통하지 않았을 것이다. 「에우마이오스」에서 오류의 역설적 기능은 우리에게 서사적 사건에 대해 새롭고 잠재적으로 훨씬 심오한 접근법을 제공하는 것이다. 비록 그것이 처음에는 그런 서사적 사건들로부터 완전히 물러설 듯 보인다고 하더라도 말이다. 이런 오류의 언어를 이해하기 위해서 독자들은 뭔가 다른 것을 '말하려고 하는' 텍스트를 설정해야 한다. 확실히 그것들이 '논증을 위해 서로 잘 어울리는' 것은 아니다. 오히려 우리가 '논증을 위해' 그것들이 서로 잘 어울린다고 '가정해야' 하는 것이다. 우리가 이해하는 텍스트는 가설적인 것, 즉 책장 위에 인쇄된 언어에 대한 부정이다. 단지 세 번째 순간에만 우리는 그 둘을 다시 연결하게 된다. 그리고 이 장의 유머와 의미가 생겨나는 것은 바로 이런 분리 속에서다.

「에우마이오스」 언어의 철저히 늘어진 문체를 배경으로 할 때, 상당히 만족스러운 텍스트에서는 그냥 지나치고 말 법한 서사적 사건들이 갑자기 엄청난 중요성을 띠게 된다. 「에우마이오스」의 언어 아래에 모인 내용은 일련의 시선들을 통해, 즉 경계하는 눈길, 은밀한 시선, 옆으로 흘겨보는 시선, 그리고 결코 서로 연결될 수 없는 안무와 같은 시선들을 통해 드러난다. 이 시선들은 「에우마이오스」의 언어에서 나타났던 형태로 우리에게 갑자기 튀어나오기보다는 서서히 선명하게 출현하고 언어 속에 푹 젖어듦으로써 통렬함을 끌어낸다. 그리하여 그 언어는 즐거운 부조리를 이어간다.

> 미스터 블룸은 무뚝뚝한 표정을 짓고 있는 스티븐을 향해 넌지시 염려 반, 호기심 반의 우정 넘치는 조심스러운 시선을 보내보았지만 사실상 이 청년이 누군가에게 한 방 먹었는지에 관한 문제를 뚜렷이 밝혀줄 빛은커녕 보잘것없는 단서조차도 끌어낼 수가 없었다. (621쪽)[21]

여기에는 둘로 분열된 시선이 담을 수 있는 것보다 더 많은 특성들이 존재한다. '그가 보내보는'으로 시작하는 구절은 '우정'을 수식하는 것 같지만 사실 '시선'을 수식하고 있다. 충분한 조명의 결여는 전혀 빛이 없는 것으로 드러나고, 절제된 표현의 형태를 취하지만 사실 과장된 표현임이 판명 난다. 이 모는 것은 「에우마이오스」의 전형적인 실언들이다. 하지만 이것에 비해 이 복잡한 '조심스러운 시선'은 훨씬 감동적이다. 이런 행동(그 '염려,' '호기심,' '우정'을 둘러싼 장황한 표현을 버릴 때조차 이 표현들은 계속 두드러진다)은 언어의 부조리 속에서 거의 길을 잃어버린다. 하지만 (부주의한 구절이 아니라) 이 '조심스러운 시선'은 그대로 남아 우리에게 스티븐이 나타내는 수수께끼를 이해하려는 블룸의 욕망을 독서의 환상주의적 차원에서 진지하게 수용하도록 촉구한다.

곧이어 블룸은 다른 시선을 시도한다.

> 블룸은 보지 않는 척하면서 그를 아주 충실하게 관찰하는 것은 나중으로 미루기로 했다. … (중략) … 어쨌든 그는 스티븐에게 이야기를 계속하라고 눈짓을 하면서, 지금으로서는 아직은 커피라 부를 만한 액체가 든 컵을 은밀하게 그의 옆으로 밀어주는 친절을 베풀었다. (622쪽)

"블룸은 보지 않는 척하면서 그를 아주 충실하게 관찰하는 것은 나중으로 미루기로 했다." 다시 말해, 이는 결코 '아주 충실한 관찰'은 아니다. 이것은 ('그는 스티븐에게 이야기를 계속하라고 눈짓을 하면서'에서 잘못된 수식어와 문장의 두 부분 간의 불완전한 결합과 함께) 「에우마이오스」 장이 말하는 그 이상의 것이다. 하지만 이 오류는 순수한 우연이 아니다. 충실한 관찰은 단지 결심일 뿐 결코 일어나지 않는다. 블룸의 각 시선은 모두 은밀하고 간접적이다. 「에우마이오스」의 언어가 너무나 많은 단어를 사용하고 있다고 하더라도, 그중 일부는 설득력이 있다. 앞에서 본 '염려'의 시선은 블룸이 스티븐으로 하여금 음식을 먹게 할 때 나타나지만, 커피 잔을 스티븐 가깝게 들이미는 것 또한 하나의 책략이다. 즉, 블룸은 스티븐을 더 직접적으로 관찰할 수 있도록 그가 어떤 일에 집중하기를 바란다. 그러므로 커피 잔을 '은밀하게' 옮겨줄 때 블룸의 눈은 스티븐을 직접 바라보지 않으면서 그가 그 잔을 받아들도록 유도한다. 하지만 스티븐은 미끼를 물지 않는다.

블룸의 첫 번째 (염려하고 호기심 많으며 우정 넘치는) 시선은 몇 페이지 뒤에서 약간의 차이와 함께 반복된다. 블룸은 「키클롭스」 장의 사건들을 스티븐에게 말하는 것을 막 마치고선 시민에게 했던 그의 반박의 어조를 약간 바꾼다.

> 그리스도도 역시 유대인이었어, 그 가족들도 나처럼 모두 유대인이지, 실제 나는 진짜 유대인은 아니지만 말이야. 그에게는 똑같았어. 부드러운 대답은 분노를 멀리한다고 하지 않던가. 모든 사람들이 보고 있었는데 놈은 한마디도 하지 않았지. 내 생각이 틀린 것인가?
>
> 그 부드러운 힐난에 대해 마음속으로 소심하고 애매한 자부심을 느끼면서 그는 스티븐을 향해, 자네 생각은 잘못되었다고 말하는 듯한 시선을 한동안 보냈는데, 그는 자신이 모든 말을 다 했다고는 생각하지 않은 것 같았기 때문에 그 속에는 애원하는 눈빛이 섞여 있었다. … (중략) … (643쪽)

잘못된 배치 때문에 처음에 블룸의 시선보다는 스티븐을 기술하고 있는 것같이 보이긴 하지만, '소심하고 애매한 자부심'이라는 복잡한 형용사는 이 문장의 어색한 구절과 결국 생략 부호로 희박해져가는 우회적 방법 사이에서 우리가 기대하는 것은 아니다. 사실상, 재구성된 어구인 '소심하고 애매한 자부심이 담긴 오랜 시선, 또는 간청하는 듯한 오랜 시선'과 순간적인 몸짓 이면의 복잡한 의미에 대한 정확한 기술은

「에우마이오스」의 언어라기보다는 『더블린 사람들』의 언어와 더 유사하게 들린다. 스티븐은 블룸이 이해하지 못할 말로 무심하게 반응한다.

> 이스라엘에서 태어난 자라면*Ex quibus*, 스티븐이 무심한 말로 중얼거리자, 그들의 두 개 혹은 네 개의 눈이 서로 대화를 나눈다. 그리스도든 블룸이든, 다른 어떤 이름이든 결국 육신으로 보자면*secundum carnem* 마찬가지다. (643쪽)

스티븐의 라틴어는 블룸의 핵심을 확인시켜주고, 그들의 '두 개 혹은 네 개의 눈'이 서로 '대화를 나눈다.' 하지만 이것은 의사소통의 표시라기보다는 의미 없는 상투어일 가능성이 높다. 그들의 눈이 대화를 하든 그렇지 않든 상관없이 블룸과 스티븐은 대화하지 않는다. "수박 겉핥기식의"(644쪽) 고전 지식을 가진 블룸은 스티븐의 라틴어를 이해하지 못할 것이다(이는 블룸이 라틴어 속담 '빵이 있는 곳이 나의 집이다*Ubi bene, ibi patria*'를 틀리게 말하는 데서 명백히 드러난다). 디테일들은 일단 활기 없이 쳐진 통사구조에서 벗어나면 효력을 발휘한다. 소심한 블룸은 스티븐이 반박할까 봐 두려워 간청의 눈빛으로 질문한다. 스티븐은 라틴어로 무심하게 중얼거리듯 답변한다. 그럴 때 이 문장에서 '당신이 틀렸다'라는 구절이 어디에 속하는지가 명확하지 않다. 즉, 블룸은 스티븐이 블룸 자신이 틀렸다고 생각할 것이라고 예상하는 것인가? 아니면 블룸의 시선에 들어있는 '소심하고 애매한 자부심'에 약간의 도전적 요소를 가미하면서 '자네 생각이 틀렸네'라고 스티븐에게 말하는 것이 블룸의 눈길인가? 혹은 약간 동떨어져서 '자네가 틀렸네'는 그 시민에 대한 블룸의 태도를 가리키는 것인가? 어느 경우든 그들의 '대화하는' 눈길이 암시되는 교감은 그 세부적 내용에 의해 곳곳에서 부정된다. 즉, "그들이 서로의 눈을 보지 않았다."(656쪽)라는 것은 비유적이라기보다는 말 그대로 사실인 것이다.

사실, 블룸이 시민에 대한 자신의 반박을 말하기에 앞서 "멍하게 바라보며 자신에게 횡설수설하는"(637쪽) 스티븐은 계속해서 누구의 말도 듣지 않고 있다. "일반적인 사태의 개요를 듣는 동안 스티븐은 특별히 아무것도 보지 않았다."(644쪽) 마침내 그가 고개를 들어 올렸는데, 그가 본 것은 블룸의 시선이었다.

> 이윽고 얼굴을 들었을 때 그가 본 것은, '일을 한다면'이라고 그가 들었던 목소리의 단어들을 말했는지 말하지 않았는지, 어쨌든 그 남자의 눈이었다.
>
> 날 제외해달라, 그 '일을 하려고 하면' 하고 그는 간신히 말했다.
>
> 이러한 대답에 두 눈은 깜짝 놀랐다. 현재 일시적으로 그 눈들의 소유자인 그는, 아니 그의 목소리가 '인간은 누구나 일해야 한다. 함께 말이야'라고 말하고 있기 때문이다. (644쪽)

그러나 이것은 여전히 시선의 교환, 즉 진정한 비언어적 의사소통에 해당되지 않는다. 이 차원에서도 스티븐은 의사소통과는 무관하게 남는다. 스티븐에게 블룸의 표현은 눈으로 시작하고 눈으로 끝난다. 즉, '눈이 깜짝 놀랐다.' 하나의 표현이 기록될 뿐 그 이상의 것은 아무것도 없다. 똑같은 논리가 블룸의 '일반적 사태를 요약하는' 소리에도 적용된다. 그것은 '말하는 목소리'에 지나지 않는다. 스티븐에게는 눈(과 음성) 이면에 있는 것은 그 순간 그의 능력을 넘어선 것이거나 전혀 흥미롭지 않은 것이다.

진정한 시선의 교환이 이루어질 수 있는 하나의 강력한 후보가 흥미롭다. 마부 집합소의 소유주는 제임스 피츠해리스, 일명 '산양 가죽Skin-the-Goat', 즉 피닉스 공원에서 일어난 아일랜드 고위급 협력자의 암살 공모자로 알려져 있다. 누군가가 '공원 살인'이라는 말을 꺼냈고, 그때 블룸과 스티븐은 서로 안다는 상호 인정의 순간을 공유하는 것 같다.

> 모르는 게 약이야라는 그런 정신에 따라 이 발언에 대해 미스터 블룸과 스티븐은 각각 자신들만의 독특한 방식으로 '아는 자만' 안다는 어떤 종교적 침묵 속에서, 본능적으로 의미심장한 시선을 교환했는데, 산양 가죽, 즉 마부 집합소 주인은 물이 끓는 그릇에서 튀어 오르는 액체를 떠내려 하고 있었다. (629쪽)

이것을 액면 그대로 '본능적으로' 읽고 싶어진다. 익명의 발언은 우연하게 어떤 본질적인 것을 건드린다. 순간 언어가 멈춘다. 스티븐과 블룸은 서로 간에 뭔가를 안다는 시선 속에서 그들을 진정으로 하나로 묶어주는 것, 즉 아일랜드 역사를 드러낸다. 하지만 스티븐은 이 (허위적) 소문을 조금 전 단지 블룸으로부터 알게 되었다.(621쪽) '본능적으로'와 '의미심장한 시선'은 (블룸이 이런 환상에 동참하는 것이 가능하다고는 하더라도) 단지 상투적인 표현에서 가져온 것일 뿐이다. 다시 한번 우리는 실망하게 된다.

비록 시선이 블룸에서 스티븐으로 이동하지 그 반대가 아니라고 하더라도, 블룸이 항상 스티븐 쪽만 바라보는 것은 아니다. 그가 스티븐에게 몰리의 사진을 보여줄 때, 그는 딴 곳을 바라본다.

> 그럼에도 불구하고 몸을 딱 굳히고 앉자 약간 더러워진 그 사진을 들여다보고 있었다. 그 사진은 풍만한 곡선 부근에 약간 주름이 잡혀 있지만 너무 낡아서 더 이상 못 쓸 정도는 아니었다. 그가 눈길을 딴 곳으로 돌린 것은 그녀의 풍만한 육체의 균형미를 재고 있는 상대가 느낄지도 모르는 당혹감을 더 이상 증대시켜서는 안 된다는 사려 깊은 의도에서였다. (653쪽)

다시 우리는 잘못된 위치에 놓인 수식어들을 발견하는데, 여기서 그것들이 낳는 중의성은 매우 강력하다. "너무 낡아서 더 이상 못 쓸 정도는 아닌"(653쪽) 것은 몰리의 풍만한 곡선인가, 아니면 더러워진 사진인가? 이 문제에서 몰리의 곡선은 사진 그 자체의 주름과 뒤섞인다('풍만한 곡선 부근에 약간 주름이 잡혀 있는 사진'). 당연히 몰리의 재현 이상이라 할 수 있는 이 사진이 몰리 그 자체로 변형되고 있다. 몰리의 가슴골을 바라보는 스티븐의 추파에 대한 블룸의 의도적 외면을, 앞선 보일런의 방문에 대한 그의 외면(물론 의도적인 외면은 결코 외면이라 할 수 없다)과의 관련 속에서 보게 되는 것은 어렵지 않다.

이 구절을 어떤 식으로 읽는다고 하더라도, 블룸의 직접적 동기가 몰리의 사진을 욕망의 대상으로 공유함으로써 스티븐과 연을 맺으려고 하는 것임은 분명하다. 그는 사진을 보는 스티븐을 의도적으로 보지 않으려 하지만, 억지로 소변 마려운 것을 참으면서도 스티븐의 곁을 떠나려고도 하지 않는다. "그의 기분이 고조되면서 선원이 보여준 좋은 본보기를 따르고 … (중략) … 그리고 자리를 약간 비켜줌으로써 [사진을 보면서] 가능한 욕구를 마음껏 충족하게 해주고 싶었을 것이다. 그럼에도 불구하고 몸을 딱 굳히고 앉아 약간 더러워진 그 사진을 들여다보고 있었다."(653쪽) 만약 그가 스티븐을 자극할 수 있다면, 블룸은 종국적으로 무관심을 넘어 어떤 반응을 그로부터 얻어낼 수 있을 것이다. 그 뒤 잠시 그는 스티븐과 몰리의 불륜 관계를 상상해본다. "어째서 안 되겠는가? 그런 것들에 대한 상상의 나래를 펼쳐보았다."(654쪽) 하지만 이 또한 실패한다. 마침내 스티븐은 "사진이 참 잘 나왔군."(653쪽)이라고 말한다. 하지만 이 말 속에서 블룸이 의도했던 것처럼 스티븐이 몰리를 매력적이라 생각하고 있다는 것을 보여주는 표시는 전혀 없다.

블룸의 시선에 내포된 성적 내용(블룸 시선의 은밀함은 일종의 수줍음, 즉 스티븐의 욕망에 대한 수줍은 욕망으로 번역된다)은 아주 명백하다. 하지만 여기서 욕망은 단순히 성적인 것 그 이상이다. 블룸은 지인이 굉장히 많은 사람이지만, 진정한 사회성은 그에게 차단되어 있다. 몰리와의 관계는 강렬하지만 점점 희박해져 가고 있다. 소설에서 블룸의 친구라고 인정할 만한 유일한 인물은 리치 굴딩이다. 하지만 블룸은 굴딩과의 만남을 약간 짜증나는 일로 여기는 듯하다("빌어먹을 모든 것에 대한 열광이라니. 그의 거짓말들을 믿으라니."(272쪽)). 「이타카」 장에서 우리는 블룸이 아들의 죽음 이후 사실상 11년 동안 몰리와의 실질적인 대화가 없었음을 알게 된다. 흥미로운 논의들을 표시하는 날짜들이 1893년에 멈춰 있다.(667쪽) 그다음 장의 언어(앞으로 보겠지만 항상 표면적인 감정적 단조로움으로 나아가려고 한다)는 이 사실에 대한 그의 당혹스러움을 "개인 간의 관계의 영역이 … (중략) … 줄어들어 감"(667쪽)에 관한 반성으로 기록한다. 그러나 블룸이 아무리 많은 사람들과 만난다고 하더라도, 그리고 그가 아무리 철저하고 즐겁게 몰입할 수 있다고 하더라도, 그의 하루는 근본적으로 고독하고, 스티븐과 관계(우리는 이것을 이 장의 환상주의적 내용으로 이해한다) 맺지 못하는 실패를 더욱더 견딜 수 없는 일로 만든다.

이 장이 끝나기 전에 블룸은 스티븐에게 한 번 더 눈길을 보낸다.

> 그는 스티븐의 옆얼굴을 친근하게 쳐다보았다. 그의 어머니를 닮았는데, 그 모습이 그들이 틀림없이 열광하는 불량한 부류는 결코 아니고, 성격에도 아마 그런 경향은 없을 것이다. (663쪽)[22]

또다시 오류의 언어가 블룸의 제스처의 의미를 은폐하는데, 그것은 종국적으로 더욱 심원한 의미가 기록되기 위해서이다. 처음에 '불량한 부류가 결코 아닌' 것은 스티븐의 엄마처럼 보인다. 바로 뒤 그것은 스티븐인 것 같다. 하지만 우리는 비인칭적 '접속사which'에 어울리는 것이 그의 '옆얼굴'이라는 것을 깨닫게 된다. 그렇다면 '성격에도 아마 그런 경향은 없을 것이다'라는 부사절은, 우리가 스티븐이 '불량한 부류'의 얼굴을 가지지 않았음을 가리킨다는 것을 알 수 있기 전에도, 불량한 부류에 대한 여자들의 열광을 신비롭게도 설명하는 것 같다. 일단 시선의 내용이 드러나면, 이것은 핵심적 순간임이 판명난다. 블룸은 어쨌든 몰리가 스티븐을 매력적이라고 생각하지 않을 것이라 판단했다. 하지만 바로 직전 블룸과 스티븐의 위치가 역전되어 있었다. 다시 말해, 이 장은 말 많은 블룸에 끼어드는, "그 당시까지 아무 말도 하지 않고 있던"(615쪽) 무관심한 스티븐으로 시작했지만, 끝은 말이 많아진 스티븐에게 끼어드는 무관심한 블룸으로 맺고 있다.

> 블룸의 마음이 들짐승들에 관한 이런 시의적절한 생각들로 가득 차 있다 보니 스티븐이 하는 얘기를 잠깐 놓치고 말았다. 한편, 스티븐은 거리의 배라고 할 수 있는 말이 일하는 동안 줄곧 무척 흥미롭다는 듯이 옛날 음악에 대해 계속 얘기하고 있었다. … (중략) … 무슨 얘기를 하던 중이었더라? 아, 그렇지, 내 아내는 말이야, 그는 갑자기 '이야기의 핵심에' 뛰어

늘었다. (662쪽)

처음에 자신의 생각에 빠져 있던 스티븐은 갑자기 배신에 대한 그의 강박에서 생긴 말, 즉 '유다Judas'라는 단어를 말하며 블룸의 말에 끼어든다. 이에 대해 블룸은 자신의 강박, 즉 '내 아내는 말이야'라는 말로 응수한다. 서로의 위치가 뒤바뀌었지만, 그들은 여전히 의사소통을 할 수 없다. 블룸은 스티븐이 전문 가수가 되는 새로운 환상의 세계를 꾸며낸다. 스티븐은 직접적인 질문들에는 대답하지만 그의 답변은 블룸이 완벽하게 이해하지도 못하고 주의하지도 못하는 차원으로 빗나가버린다.

이 장 전체의 효과는 다음의 짧은 구절에서 압축 형태로 펼쳐진다.

> 그는 확실히 이 젊은이의 근처에 있는 것이 즐거웠는데, 교양 있고 기품도 있고 게다가 충동적이기도 한 이 젊은이는 무리 가운데 단연 최고였다. … (중략) … 당신은 그가 그런 면모를 갖고 있다고 생각하지 않을지 모르지만 말이다. 그렇더라도 당신도 그리 생각할 것이다. (653쪽)

"교양 있고 기품도 있고 게다가 충동적이기도 한 이 젊은이는 무리 가운데 단연 최고였다."(653쪽)라는 표현은 판매원의 어투이다. 어떤 차원에서 우리는 '거래bargain'라는 단어를 말 그대로 받아들일 수밖에 없고, 스티븐에 관한 속성들의 목록은 완전히 관례적인 형용사들의 집합이며, 마치 광고처럼 사람이나 상품에 관해 아무것도 말하지 않으면서 긍정적인 어조를 담고 있다. 단어들은 의미보다는 시장가치distingué를 위해 선택된다. 이것은 우리가 일상적으로 의미하는 것보다 훨씬 더 직접적인 의미에서 상품화된 언어이다. 그럼에도 불구하고 이런 언어 이면에 이 장의 가장 심원한 내용이 존재한다. 왜냐하면 블룸은 진부한 표현이 제안할 수 있는 것보다 훨씬 더 깊은 방식으로 스티븐의 존재를 진정으로 '기뻐하기' 때문이다. 만약 「에우마이오스」를 하이데거가 '빈말' 혹은 '한담'이라 말한 것을 극화한 것으로 볼 수 있다면, 그것은 블룸의 상투적인 입장보다는 의미 없는 언어에 대한 하이데거의 해석에 훨씬 더 가깝다. '한담'이 진리에 관한 담론으로는 쓸모없다고 할지라도, 그것은 그 나름의 진리를 담고 있다. 블룸이 스티븐을 대화 속으로 끌어들이려고 할 때 블룸이 추구하는 것은 '서로 함께하는 존재Being-with-one-another'인 것이다. 「에우마이오스」 장은 내용이 나타나기도 전에 부정되어야 하는 언어, 즉 타락한 언어에 탐닉하면서 완전히 물화된 언어의 편안함과 자족감의 내부로부터 바로 이 욕망의 충격을 회복하려고 시도한다.

「에우마이오스」 장은 처음에 자신의 대상을 더듬어 모색하지만 그것에 도달하는 데는 실패하는 철저히 주관적인 오류의 언어처럼 보인다. 하지만 두 번째 황홀한(탈존적) 순간에 이 실패는 극복되고, 장의 내용은 더욱 심원하게 기록된다. 이런 운동이 바로 우리가 모더니즘적 숭고라고 불렀던 것이며, 일상적 경험의 회복에 수반된 엄청난 의미는 우리가 이전에 모더니즘적 숭고라는 이름하에 이론화했던 것과 일치한다. 하지만 우리가 이 장의 시작에서 주장했듯이, 그것은 모더니즘적 숭고의 한 예일 뿐만 아니라 「이타카」 장과 더불어 모더니즘적 숭고의 반성적 급진화이기도 하다. 서론에서 다룬 바 있는 숭고에 대한 비판을 상기해보면, 숭고의 궁극적인 실패는 우리가 외부로부터 「에우마이오스」 장에 가할 수 있는 판단이 아니다. 오히려 이 실패는 장 그 자체 내에 기입되어 있다. 「에우마이오스」 장에서 진부한 것의 숭고함은 저절로 숭고한 것의 진부함으로 변형된다. 헤겔은 '본체,' 즉 '초감각적인 이념the supersensible Idea'이라는 궁극적이고 도달 불가능한 것으로 간주되는 영역에 관해, 사실상 이 이념이 스스로 그것에 도달할 수 없다고 상상하는 사유의 산물에 불과하기 때문에 이보다 더 일상적이고 친숙한 것은 존재하지 않는다고 지적한 바 있다. 「에우마이오스」의 진부함도 그와 유사한 질서를 갖고 있다. 이 장에서 회복된 내용은 상투적 유형들의 바다로부터 순수하고 찬란하게 출현하기보다는 그 자체 상투적 유형임이, 즉 화려하게 서술된다고 하더라도 가장 순진하고 단조로운 종류의 물화된 '주제theme'임이 밝혀진다. 다시 말해, 그것은 스티븐과 블룸 사이에 진부하고 전적으로 예상 가능한 '의사소통의 실패'와 다름없다.[23]

형식은, 그것이 작용을 가할 수밖에 없는 일상적 제재들에 복수를 가함으로써 이것을 더욱더 명확하게 한다. 이 장의 시작(블룸이 장황하게 이야기하지만 스티븐은 말이 없다. 스티븐은 자신의 강박 때문에 불쑥 말을 꺼내면서 블룸의 말에 끼어든다)과 끝(스티븐이 장황하게 이야기하는 데 반해 블룸은 침묵한다. 블룸은 자신의 강박 때문에 불쑥 말을 꺼내면서 스티븐의 말에 끼어든다) 사이에서 주목하게 되는 대칭성은 깔끔하지만 전통적인 관점에서 볼 때 정당한 근거가 없다. 스티븐이 침묵하기보다 수다스러워지는 것은 오직 대칭을 형성하기 위해서다. 이는 스티븐의 말에 제대로 동기를 부여하지 않았다고 조이스를 비판하기 위한 것이 아니다. 오히려 조이스가 어딘가에서 '장치의 동기화'를 그럭저럭 해냈다는 것을 찾아내려고 하는 것보다 더 지겨운 일도 없을 것이다. 실제로 그런 동기 부여가 발견된다고 하더라도 별다른 차이는 없었을 것이다. 앞서도 언급했듯이, 스티븐에 대한 블룸의 욕망이 가장 강렬하게 표현되는 것은 블룸의 성격에 의해서가 아니라 호메로스와의 평행 구조에 의해 동기화되어 있기 때문이다. 블룸이 「에우마이오스」 장에서 소변을 누기보다 '바짝 붙어 앉아 있는' 것은 나중에 「이타카」 장에서 오디세우스의 활시위를 잡아당길 수 있을지 모르기 때문이다. 이런 시각에서 볼 때, 블룸이 (몰리 사진을 바라보는 스티븐을 앉아 쳐다보기 위해) 소변의 충동을 참는 까닭은 이 형식의 부수적 현상에 지나지 않는다. 텍스트의 우아한 대칭에서도 마찬가지이다. 그것은 처음에는 서사에 일종의 고전적인 필연성을 제공하는 것처럼 보이지만, 생각할 수 있는 모든 구조적 차원에서 작동하는 이런 대칭들이 점점 쌓여감에 따라(단어 수를 세지 않고는 확인이 어렵지만 「에우마이오스」 장의 많은 문법적 오류와 어휘적 기발함은 정확히 두 번 반복되는 것 같다), 그것들에 대한 결정이 또다시 전적으로 서사의 외부에서 이루어진다는 것은 명백하다. 「에우마이오스」에서 스티븐이 "소리들은 일종의 속임수예요. … (중략) … 이름처럼 말이죠. … (중략) … 셰익스피어도 머피만큼이나 평범한 이름이었어요."(622쪽)라고 말한 직후, 수상쩍은 한 낯선 사기꾼이 (머피만큼 평범한 이름은 아니지만) 또 한 명의 사이먼 디덜러스를 안다고 말한다. 블룸이 "흥미로운 우연"(624쪽)이라고 말하자마자 그 낯선 사람의 이름이 머피인 것으로 밝혀진다. (더욱 오래된 판본에서는 W. B. 머피였고, 윌리엄 B. 머피가 셰익스피어와 머피들에 관한 스티븐의 예견적 고찰에 들어 있는 동일시를 서툰 농담의 형식으로 확인시켜준다고 지적한 사람도 있었다는 것은 틀림없다.) 이것은 우리가 전조들로 가득 찬 '마술적 리얼리즘 magical realism'의 텍스트에서 발견할 법한 종류의 대칭들이다. 여기서 우리는 텍스트가 자신의 비밀을 포기하지 않으리라는 것을 안다. 왜냐하면 비밀 따위는 없기 때문이다. 이것이 텍스트를 구성하는 대칭과 같은 종류이며 이게 전부다. 물론 껄끄러운 문제는 이 전체 장의 정점인 스티븐과 블룸의 만남이 또한 호메로스와의 평행 구조에 의해서 동기화되어 있다는 것이다. 블룸과 스티븐이 동일한 위치에 있어야 할 대단한 이유가 있지 않으며, 일단 그들이 동일한 위치에 있더라도 그 어느 쪽도 상대방에게 대단한 영향력을 미칠 수도 없다. 시선들의 드라마 그 자체는 도식적이고 인위적인 것으로 보이기 시작하다가, 궁극적으로 영문학에서 가장 잘 그려진 인물들인 '블룸'과 '스티븐'도 그들을 구성하는 '행위적 요소들*actants*'로 분해되고 만다. 조이스가 별로 가능성이 없어 보이는 형식적 조건들을 갖고 깊은 환상주의적 효과를 생산할 수 있다는 사실은 그의 천재성을 보여주는 또 하나의 증거가 될 것이다. 하지만 결국 이런 조건들의 논리가 의미의 환상을 압도해버린다. 「에우마이오스」의 몽롱한 안개 속에서 정교하게 구성되고 은폐되는 이 환영은 그와 동일한 정교한 구성을 통해 해체된다.

「에우마이오스」 장의 두서없고 극도로 주관적인 오류 언어의 뒤를 「이타카」 장의 신비스럽게 탈현실화된 교리문답이 잇는다. 블룸은 『율리시스』에서 두 번 물을 끓이는데 장소는 두 번 모두 자신의 부엌이다. 첫 번째는 「칼립소」 장에 나온다.

> 그는 쟁반에서 눈을 떼고 난로 선반에서 주전자를 내려 그것을 비스듬히 해서 불 위에 올려놓았다. 주전자는 음울하게 웅크린 듯 놓여 있고 주둥이는 쭉 내밀고 있다. 이제 곧 차를 한잔할 시간이다. 됐어. 입이 말랐다. (55쪽)

이 묘사는 편안하고 친숙한 시간성 속에서, 즉 대체로 실제 시간 속에서 일어난다. 이 행위는 블룸의 내적 발화에 의해서만 중단되는데, 그 발화는 친숙한 신체적 욕망("됐어. 입이 말랐다.")을 재현한다. 하지만 블룸이 「이타카」 장에서 코코아를 만들 때, 우리는 전혀 다른 것과 대면하게 된다. 독자들은 별안간 서로 무관해 보이고 모으려면 굉장히 힘든 자료들이 어지럽게 흩어져 있는 바다에 있는 기분이 든다.

> 물을 넣은 그릇 안에서는 불의 작용으로 어떤 부수적 현상이 일어났는가?
>
> 끓어오르는 현상. 부엌에서 연통으로 끊임없이 올라가는 수증기에 의해, 연소는 미리 불을 피우는 연료인 장작다발에서 다면체 역청탄 덩어리로 옮겨 갔다. 이 역청탄은 열(복사성)의 원천인 태양에서 시작하여 곳곳에 편재하는 발광적인 투열성 공기를 통해 전달되면서 식물적 생명을 얻은 태곳적 원시림의 화석화된 낙엽을 응축한 광물질 형태 속에 들어 있다. 그런 연소 작용에 의해 생겨나는 운동 양식인 열(전도성)은 끊임없이 그리고 점차적으로 열 발생의 원천으로부터 그릇 속의 액체로 전달되어, 닦지 않아 요철이 있는 검은색 철 금속 표면이 일부는 반사, 일부는 흡수, 일부는 전도되어 물의 온도를 상온에서 천천히 끓는점까지 높였다. 이 온도 상승은 물 1파운드를 화씨 50도에서 212도로 가열하는 데 필요한 72열량 단위를 소비한 결과로 표현된다. (673-674쪽)

이런 환상주의적 양식에서 이는 여전히 거대한 완곡어법으로 구제될 수 있다. 즉, 비등 현상은 '보일런(끓임)'을 회피하기 위한 또 하나의 방법인 것이다. 하지만 이 대답에서 전형적인 것은 환상주의적 '최초 문체,' 즉 '입이 말랐다'와 물을 가열하는 데 사용되는 열량 단위로 표현되는 에너지의 수량화 간의 엄청난 거리에 대한 절대적인 거부이다. 「칼립소」는 '따뜻한 거품의 우유'와, 차와 튀긴 공팥 그리고 몰리의 몸이 풍기는 냄새와 향기로 이루어진 축축한 실내를 배경으로 한다. 반면 「이타카」는 메마르고, 향기가 없으며, 신비롭고 강력한 목소리의 요청을 통해서만 나타나는 친숙하지만 낯선 대상들이 뒤엉켜 있는 황량한 풍경이다.

최초의 움직임은 서사적 내용을 철회하고 철저하게 객관적인 언어, 즉 텍스트의 서사 기능으로부터 기이하게 독립된 대상들의 언어를 지지하는 것이다. 서로 상보적인 짝을 형성하고 있는 문단들이 「이타카」 장의 주된 경향을 보여준다.

블룸은 자신의 상대방에게 여러 가지 별자리를 가르치면서 어떤 명상을 전달했는가?

점점 확대되어가는 진화에 대한 명상. 달이 삭망월에는 근지점에 가장 가까이 와도 아직 보이지 않는다는 것. 지표에서 지구의 중심을 향해 5,000피트 파 내려간 원기둥형 수직축 바닥에 있는 관찰자라면 대낮에라도 식별할 수 있는, 무한하고 흐리며 빛을 발산하는 응축되지 않은 은하수에 관한 것. 우리 지구로부터의 거리 10광년(57,000,000,000,000마일), 부피가 지구의 900배나 되는 시리우스(큰개자리의 주성)에 대한 것. 아르크투루스에 관한 것. 세차운동에 대한 것. 오리온벨트나 태양의 6배나 되는 세타별과 태양계가 100개 그대로 들어가는 성운을 품은 오리온자리에 관한 것. 죽어가는 별들 그리고 1901년의 신성처럼 태어나는 별들에 대한 것. 우리 태양계가 헤라클레스자리를 향해 돌진하고 있다는 것. 이른바 항성의 시차이동, 곧 실제로 항성은 끊임없이 이동해서 무한히 먼 태고에서 무한이 먼 미래에 이르는 것으로, 여기에 비하면 기껏해야 70년인 인간의 수명은 무한히 짧은 단막극에 지나지 않는다는 것. (698쪽)

마지막 구절("인간의 수명은 무한히 짧은 단막극에 지나지 않는다.")이 강조하듯이, 이 묘사(명목상 블룸의 사고에 대한 묘사)는 경험 가능한 것의 한계로부터 크기순으로 전개된다.

> 반대로 점점 줄어들면서 안으로 말려 들어가는 것의 명상은 있는가?
>
> 지구의 성층에 기록된 지질학적 연대에 대한 명상. 지구의 빈 굴들이나, 움직일 수 있는 돌 아래나, 벌집이나 묘혈 속에 숨겨져 있는 헤아릴 수 없이 미세한 곤충학적·유기적 생물에 대한 것, 미생물, 세균, 박테리아, 바실루스, 정자에 대한 것. 하나의 바늘 끝에 분자적 친화력의 응집으로 붙어 있는 수만 수억 수조의 셀 수 없는, 눈에 보이지 않는 분자에 대한 것. 인간의 혈액은 백혈구와 적혈구로 별자리 무리를 이루고 있는 작은 우주이며, 그 혈구 하나하나가 또 다른 구체와 별무리를 이루는 텅 빈 우주 공간이며, 그 구체 하나하나도 역시 작은 우주이므로 낱낱의 구성분자로 분할이 가능하며, 분할된 구성분자는 다시 분할 가능한 낱낱의 구성분자로 분할되어 분자도 분모도 실제로 분할해볼 필요도 없이 더욱더 세분화되어, 이 과정을 어디까지나 길게 늘이면 마침내는 무한한 저편에서 무한히 무에 접근하리라는 것에 대한 것. (699쪽)

여기서 움직임은 망원경처럼 거시적인 것보다는 현미경처럼 미시적인 것을 향한다. 하지만 두 경우에 움직임은 원심적이며 서사가 펼쳐지는 차원으로부터 점점 멀어지는 경향이 있다. 만약 「에우마이오스」의 풍경이 철저하게 주관화되어 있다면(우리가 그것에 접근하는 유일한 통로는 모든 것을 그 자신에게로 동화하는 언어의 오류를 통해서이다), 「이타카」의 언어는 기이하게도 실제적인 의미에서 객관적이며, 인간의 경험에서 벗어나 '인간의 삶이 하나의 괄호 속에 묶인다'는 방향으로 선회한다. 이런 시각에서 볼 때, 「이타카」의 언어는 물 그 자체의 언어이고, 물과 물 사이에 전개되는 서사에 대해서는 당당하게 무시한다.

하지만 숭고의 황홀한(탈존적) 순간에 상응하는 이차적 움직임에서 의미는 갑자기 회복된다. 「에우마이오스」에서처럼 언어가 하나의 의미로서 기입되기 전에 페이지 위에서 텍스트에 대한 일종의 부정이 일어나야 한다. 다음과 같은 문단을 '그가 그녀를 희롱했다와 그녀가 그에 의해 희롱 당했다 사이에는 아무런 차이도 없다'로 재구성하려면 잠시 생각이 필요하다.

> 단순 부정 과거의 명제(문법적으로 남성 주격, 단음절 의성어 타동사, 여성 직접목적어로 분석된다)의 의미를 전혀 바꾸지 않으면서 그것을 능동태로부터 그와 상관성을 이루는 수동태 단순 부정 과거의 명제로 (문법적으로 여성 주격, 조동사, 준단음절 의성어 과거분사, 보충적 남성 행위자로 분석된다) 변위시키는 자연스러운 문법의 도치 치환. (734쪽)

그리고 또 한 번 재구성되어야 하는 것은 이 장의 서사적이고 감정적인 내용이다. 예를 들면, 블룸은 새벽 2시에 집 주변을 서성거리며 많은 시간을 보낸다. 그리고 이것이 우리에게 그의 집에 대한 흥미롭고 계시적인 풍경을 선사하지만, 우리가 다음 질문에 도달할 때까지는 왜 그런지 결코 분명하지 않다.

> 언제까지나 결말이 나지 않을 것 같은 두려움 때문에 결말을 지으려고 일어나려고 했을 때, 블룸은 스스로 낸 어떤 수수께끼를 무의식적으로 파

> 악하고 있었던가?
>
> 얼룩무늬 탁자의 생명 없는 목재가 내는 짧고, 날카롭고, 의외로 높으며, 외마디로 갈라지는 소리의 원인은 무엇인지. (729쪽)

뒤얽힌 통사론으로부터 벗어나 블룸이 일어서는 까닭은 탁자가 내는 소리가 아니라 일을 끝내야겠다는 결심 때문이다. 블룸은 "언제까지나 결론이 나지 않을 것 같은" 두려움 때문에 몰리에게로 "가기 위해 막 일어나려고 했다." 블룸이 스스로에게 제기한 '탁자는 왜 갈라지는 소리를 냈을까?'라는 질문은 오로지 해설을 통해서만 대답될 수 있을 뿐이다. 그것은 우리에게 제우스가 오디세우스에게 보내는 마른하늘의 확실한 천둥소리임을 말해준다. 일반적으로 이것은 우리에게 '청혼자들의 도살'에 관해서는 많은 것을 알려주지 않는다. 왜냐하면 이런 동일시의 아이러니는 명확하게 결정될 수 없기 때문이다. 그러나 이 아이러니가 확인시켜주는 것은 이 순간이 스티븐이 출발한 이후 지나간 모든 텅 빈 시간을 우리에게 상기시키는 일종의 전환점이라는 것이다. 갑자기 그 사이의 시간(지금까지 주로 지겨운 시간으로 기록되어왔고, 그동안 우리는 블룸의 생각이 몰리의 불륜이 낳을 수 있는 가능한 결과들로 점점 더 빈번하게 회귀하고 있었음을 깨닫는다)은 뜻밖의 감정적 힘을 소급적으로 부여받게 된다. 스티븐이 떠난 이후 블룸은 몰리를 보러 들어가는 것을 두려워하면서 한가로이 서랍장들을 살펴보거나 책장을 넘기며 시간을 보낸다.

「이타카」 장에서 형식과 내용의 관계는 보기만큼 자의적이지 않다. 블룸에게 편안한 「칼립소」 세계가 「이타카」로 변형되는 것은 특정한 의미를 지닌다. 친숙한 가구가 증거로 재등장한다.

그 두 의자를 묘사하라.

하나는 속을 채운 땅딸막한 안락의자로, 튼튼한 팔걸이가 튀어나와 있고 등판은 약간 뒤로 기울어져 있으나, 어느 틈엔가 네모진 천의 가장자리가 해어져 위로 말려 있고, 두툼하게 덧댄 자리 위는 눈에 띄게 변색되어 있으며, 이제 그 변색은 중심에서 천천히 가장자리 부위로 퍼져나가면서 옅어져 간다. 다른 하나는 윤기가 흐르는 등나무의 곡선이 살아 있는 날씬한 나지막한 의자로, 앞 의자의 바로 맞은편에 놓여 있으며, 뼈대는 맨 위에서 앉는 자리까지, 앉는 자리에서 의자 다리에 이르기까지 암갈색 니스로 칠해져 있었고, 그 자리는 밝은 흰 주름 천으로 동그랗게 짠 것이었다.

두 의자에는 어떠한 의미가 있는가?

비슷함과, 자태와, 상징과, 정황 증거와, 기념비적 초불변성의 의미들. (706쪽)

「이타카」 장에서 블룸과 우리는 두 장의 분홍색 도박 티켓을 비롯해 몰리의 버려진 장갑들과 "끝이 변색된 두 개비의 담배"(706쪽)에 이르기까지 몰리의 정사에 관한 엄청난 양의 정황 증거들과 대면한다. 가구들은 유혹 그 자체를 무언극으로 실행하는 암시적 방식으로 배치되어 있을 뿐만 아니라 의심스러운 얼룩, 즉 "중심에서 천천히 가장자리 부위로 퍼져나가면서 옅어지는 변색"을 지니고 있다. 「페넬로페」 장에서 알 수 있듯이, 보일런이 "내 앞에 놓인 바로 그 의자 위에서 그의 바지를 벗을" 때, 몰리는 이 의자에 앉아 있었다.(776쪽)

첫 번째 순간에 서사적 연속성에서 벗어나는 「이타카」의 철저한 구심력은 물자체의 영역을 향한 몸짓으로 보였는데, 이 장의 서사 활동은 그와는 절대적으로 무관했다. 하지만 두 번째 순간 모든 기대와 달리, 그 서사와 감정적 내용이 회복된다. 이 지점에서 우리는 인간의 구조화를 넘어선 물자체의 영역을 재현하고자 하는 시도로 보였던 것이 사실상 이미 하나의 구조, 즉 증거의 구조를 가지고 있음을 깨닫게 된다. 서사적 차원에서의 이런 전도는 텍스트의 차원에서도 기능한다. 텍스트는 우선 더 이상 서사로서가 아니라 정보로서 기능하는 것이다. 「칼립소」에서 「이타카」로의 이동에서 우리가 보게 되는 것은 물화 그 자체의 언어적 형식, 즉 의미의 '정보-되기'이다. 만약 우리가 물화를, '닦달 *Gestell*', 즉 존재를 조작 가능한 대상으로 '몰아세우는'(틀 짓는) 하이데거적 용어와 같은 성격으로 본다면(인과성의 차원에서 이 두 개념이 정반대가 된다는 점은 잠시 제쳐두자), 「이타카」 언어의 내용은 환상주의적 서사도 물자체의 흔적도 아니며 오히려 일종의 비축물 혹은 원물질로서 출현한다.

이런 '정보-되기' 혹은 '원물질-되기'는 아직은 총체적이지 않다. 사실, 두 가지 서로 다른 「이타카」의 언어가 있다. 첫 번째는 간결하고 변함없는 제도적인 '질문-언어'이다. 두 번째 언어는 변화하는 반응의 언어이며, 그 균형을 유지하고 '질문-언어'의 어조와 요구 간의 어울림을 이루기 위해 지속적으로 투쟁하는 발화 양식이다. 그리고 이 언어는 시종일관 그 목적을 이루지 못하고 종국적으로는 완전히 침묵하고 만다. 답변들은 부조리한 과학적 기술성〔불을 피우는 것은 "탄소와 수소를 공기 속의 산소와 자유롭게 결합함으로써 연료 속에 들어 있던 잠재적인 에너지를 방출하게 하는"(670쪽) 것으로 묘사된다〕에서 디덜러스류의 시〔"촉촉한 푸른 밤의 열매로 가지가 휠 정도의 천국의 별나무"(698쪽)〕로, 그리고 꿈-언어와 같이 잠들지 않는 블룸의 생각들〔"뱃사람 신드바드 그리고 재단사 틴바드 그리고 교도관 진바드 그리고 포경사 윈바드"(737쪽)〕로 빗나간다. 한편, 「이타카」의 긴 답변들은 종종 목록으로 시삭해서 시로 끝난다. 물水에 대한 블룸의 찬미(671-672쪽)에 관한 질문의 답변은 온순하게 물의 '보편성,' '순담Sundam' 도랑의 깊이와 같이 추상적이고 지리적인 문제로 시작하여 "역병을 옮기는 늪지대, 썩은 꽃물, 방황하는 달빛 속의 고인 웅덩이"(672쪽)로 끝난다. 질문들의 단일한 언어와 답변들의 변화무쌍한 언어 간의 대조가 중요해진다. 왜냐하면 그것은 언어들과 제도들이 연관된 더욱 특수한 차원에서 언어의 물화를 극화하기 때문이다. 또다시 루카치적이고 하이데거적인 사례들이 생각나지만, 이 교리문답 형식에서 가장 명백한 지시 대상은 교회이다. 하지만 우리가 보았듯이, 「이타카」의 언어는 어떤 특정 사례들이 보여주는 것보다 훨씬 더 일반적인 의미를 지닌다. 미셸 푸코의 위대한 통찰 중의 하나는, 권력이 발언할 수 있는 권리에 있다기보다는 발언하도록 유도하는 권리에 있다는 것이다. 그런 권력의 '조용한 폭력'이 「이타카」의 각 페이지마다 느껴진다. 답변-언어는 질문-언어가 부과한 제약들을 지속적으로 피하고자 하는데, 질문-언어는 답변-언어를 통제하고 이용하려고 한다.[24] 「이타카」 장에는 거대하고 타성적인 제도적 질문 언어와 그것이 유도하는 보다 취약한 발화 간의 불평등한 관계가 계속해서 기입되어 있다. 끈덕지고 통제적인 질문-언어는 단축적이고 형식적이다. 그 뒤를 따를 수밖에 없는 답변-언어는 기민하고 즉각적이며 자기부정적일 정도로 순종적으로 대답한다. 그렇지만 앞서 보았듯이, 답변-언어는 자신에게 부과된 요구들로부터 일탈하여 몽상으로 표류하는 경향이 있다.

우리는 초조하면서 동시에 자기만족적인 「에우마이오스」의 언어가 실제로 존재와 만나거나 역사에 참여할 그 어떤 가능성도 없이 주체 측에서 물화를 수행한다는 것을 보았다. 그 언어는 진정한 타자성으로 인해 생기는 두려움이 박탈되었음에도 불구하고, 철저하게 의인화된 세계가 역설적이게도 인간적 개입을 넘어서(즉 오직 주체 측으로부터) 구성된다는 불편한 자각 때문에 생기는 불안으로 채워져 있다.「이타카」의 극단적인 객관주의는 이런 불안을 절절히 느끼게 만든다. 극적으로 말해, 「이타카」 장은「에우마이오스」 장의 진리이다. 한 번 더 하이데거적 언어를 사용하자면,「이타카」의 '불안함not-at-home'은「에우마이오스」의 평범한 일상성의 "안정된 자기 확신tranquilized self-assurance"과 관련해서 "더욱 원초적인 현상으로 파악되어야 한다."[25]「이타카」는 '대상의 측면에서' 물화를 극화하는데, 이는 인간적 잠재력이 인간 자원으로서의 노동력에서부터 소비자 요구로서의 욕망에 이르는 상비적 예비재로 전환되는 것을 고려할 때, 덜 역설적으로 들린다. 다시 말해, 개인은 주체 측 못지않게 대상 측에도 존재한다(이 사실은 주체와 대상의 간극을 연결하기보다는 주체의 파편화를 설명한다). 한편 '대상성(객체성)'은 인간 활동에 외재적인 만큼이나 그 활동의 한 기능이기도 하다(이것은 물화를 극복한다기보다는 물화를 설명해준다).

「에우마이오스」에서처럼 유토피아적 양상은「이타카」의 언어 그 자체에 있는 것이 아니라, 그 언어가 정보로부터 의미를 생산하기 위해 부정되어야 하는 방식에 있다. 다시 말하면,『율리시스』의 언어는 불리한 조건에도 불구하고 의미를 생산할 수 있다. 즉, '의미 있는 이야기'를 말함으로써 과거와 같은 의미가 여전히 가능하다고 주장하는 것이 아니라, 물화된 언어를 그 한계까지 가져가 그 속에서 의미를 생산함으로써 그렇게 한다. "허위의식의 완벽한 제시가 … (중략) … 그 자체 진리 내용이다."라고 말한 아도르노의 단언으로 볼 때, 강조는 "완벽한"이라는 단어에 두어져 있다.[26]「이타카」는 언어의 물화를 그 한계까지 밀고 간다.

바로 여기에 힘이 있다. 「이타카」의 경험은 보상의 경험이다. 물화에 대한 우리의 경험이 더 전면적일수록, 의미의 회복에 대한 우리의 경험 역시 더욱 강렬해진다. 이것이 어쩌면 우리가 「이타카」를 조이스의 동시대인들이 생각했던 것보다 훨씬 더 매력적이라고 생각하게 된 이유 중 하나일 것이다.

하지만 아도르노가 예술의 유토피아적 소명에 대해 제기한 질문은 다음의 말, 즉 "과연 약속은 기만인가? 그것이 수수께끼다."[27]라는 말에도 적용된다. 이것은 현실적 문제들에 대한 미학적 해결의 문제를 표현하는 또 하나의 방식이다. 이 문제를 우리는 서론에서 일반적 형태로 고찰한 바 있다. 현실적인 것의 중심에 존재하는 균열을 총체적으로 드러내는 한편, 그 균열을 순수한 상상력을 통해 뛰어넘는 것이다. 「에우마이오스」에서 이 문제는 해결되지 않은 채 일종의 자기의식에 도달한다. 상상력을 통해 이 간극을 메우는 절차들 또한 그런 명백한 단락short circuit을 특별한 종류의 환상으로만 드러낸다. 「이타카」에서 우리는 무엇보다 동일한 동학이 강화되는 점에 주목해야 한다. 「이타카」 장은 호메로스와의 병렬 구조에 의해 아주 격렬하고 독단적으로 결정되는 에피소드이다. 여기서 그 조응 관계는 일종의 흥분 고조 상태에 도달한다. 가령 도박 티켓을 볼 때 블룸의 찌푸린 이맛살(구혼자로 들끓는 홀에 들어서는 오디세우스)로부터 그의 머리 부딪힘(안토니우스의 의자), 오줌 누기 장면(오디세우스의 활), 탁자의 갈라지는 소리(제우스의 천둥), 그리고 향 피우기(오디세우스의 훈증 소독)에 이르기까지 흥분이 고조되는 것이다. 만약 떨어지는 하나의 유성이 별자리를 가리키는 것이라면, 그것은 사자자리Leo여야 한다. 그날에 있었던 블룸의 수입과 지출은 푼돈에 이르기까지 동일하다(하지만 이것은 블룸의 하루에 아무런 일도 일어날 수 없다는 또 다른 확증이다). 이 조응 관계가 종종 재미있긴 하지만, 그것은 다른 것을 가리키기도 한다. 즉, 그것은 서사가 조응이 자유롭게 이루어지는 부적절한 지점까지 나아가게 된다는 것이다. 「에우마이오스」 장에서처럼, 조응 관계와 우연의 일치는 의미를 제공하는 동시에 의미를 빼앗는다. 유성이 사자자리를 가리킬 때, 사람들의 첫 번째 반응은 우주가 레오폴드 블룸에게 의미 있는 말을 전하고 있다는 것이었다. 하지만 소설 전체는 말할 것도 없고 이 장 전체의 수사학은 이런 반응을 논박하고 있고, 이즈음에 우리는 이런 종류의 우연적 일치에 익숙하게 된다. 그것은 또다시 『율리시스』의 구성의 일부나 다름없다.

하지만 물론 「이타카」 장 자체는 결코 부적절하지 않다. 우리는 서사와는 별개로 「이타카」 장으로부터 많은 것들, 즉 블룸 아버지의 자살 내용, 그의 친구들, 그의 키, 체중, 나이 및 여타의 치수들, 그의 종교와 학력, 그의 재정 상황, 젊은 스티븐과 두 번의 만남과 두 사람과 라이어든 부인과의 관계, 블룸과 보일런의 관계의 내력, 블룸의 집과 찬장의 프티 부르주아식 물건들에 대한 거의 민족지적 설명 등을 알게 된다. 지금까지는 조심스럽게 다루어졌던 이런 종류의 배경은 「나우시카」 장에서 풍자되었던 소설류에 대한 방대한 설명이 될 수도 있을 것이다. 게다가 우리는 이미 에둘러서 제시되어온(마치 벌침처럼 우리가 「하데스」, 「나우시카」, 「키클롭스」에서 놓쳤을 수도 있는) 정보를 확인하게 된다. 이 모든 것은 우리가 『율리시스』를 이해하는 데 핵심적이다. 그러나 여기서 우리는 자신도 깨닫지 못한 채 이미 역전reversal에 도달하게 된다. 왜냐하면 서사의 진행이 「이타카」 장의 정보-언어로부터 재구성되어야 하는 한편, 이 서사 자체는 정보로서의 역할을 제외하고는 완전히 불필요하기 때문이다. 「에우마이오스」의 경우처럼 동기와 기법의 관계는 절대적으로 중의적으로 이해되어야 한다. 한편으로 기법, 즉 블룸의 집에 대한 준법의학적 조사에는 블룸의 지연 행위가 원인이 되고 있다. 다른 한편으로 그의 지연 행위에는 그의 책장 서랍 속에 있는 것을 우리에게 보여주어야 하는 필요성이 동기로 작용하고 있다. 「이타카」의 읽기는 엄청난 증거들의 배열이자 이전 장들에 대한 우리의 이해에 영향을 끼치게 될 단편들에 대한 풍부한 정보의 발굴이 된다. 그리고 이런 읽기 양식이 『율리시스』 전체와 '조이스 산업'의 확립에 본질적임은 결코 등한시될 수 없다. 극복되어야 했던 것, 즉 의미가 아닌 정보로서의 언어는 뜻밖에도 텍스트가 의존하는 것임이 드러나고 「이타카」를 최상의 사례일 뿐만 아니라 모더니즘적 숭고에 대한 반성적 재현으로 만든다.

주

1) Franco Moretti, "The Long Goodbye: Ulysses and the End of Liberal Capitalism," in *Signs Taken for Wonders: Essays in the Sociology of Literary Forms* (London: NLB, 1983), 182-208. 조이스에 관한 라데크와 루카치의 설명에 대해서는 Karl Radek, "Contemporary World Literature and the Tasks of Proletarian Art," in *Problems of Soviet Literature: Reports and Speeches from the First Soviet Writers' Congress*, ed. H. G. Scott(Westport, CT: Greenwood, 1979), 73-182와 Georg Lukács, *Realism in Our Time: Literature and Class Struggle*, trans. John Mander and Necke Mander(New York: Harper and Row, 1964)를 보라. 조이스의 좌파적 수용에 관한 탁월한 개관으로서 M. Keith Booker, "Joyce among the Marxists, or, The Cultural Politics of Joyce Criticism," in *Ulysses, Capitalism, and Colonialism: Reading Joyce after the Cold War* (Westport, CT: Greenwood, 2000), 19-37을 보라.
2) 「키클롭스」 장의 말미에 시민의 과자통에 의해 북중부 더블린이 파괴되는 과장된 장면들은 물론 1916년 영국의 더블린 폭격을 상기시킨다. 하지만 형식적으로 이것은 호메로스적인 평행 구조나, 자연주의적으로도 시간 착오적인 인유로도 읽을 수 있는 수많은 다른 순간들이나 마찬가지로 서사와 연결된 또 하나의 조응이기도 하다.
3) Colin MacCabe, *James Joyce and the Revolution of the Word*(New York: Harper and Row, 1979), 13과 chap. 5, "City of Words, Streets of Dreams: The Voyage of Ulysses"를 보라.

4) James Joyce, "Ireland, Island of Saints and Sages," in Ellsworth Mason and Richard Ellman, *The Critical Writings of James Joyce*(New York: Viking, 1959), 166.

5) Vincent Cheng, *Joyce, Race, and Empire*(Cambridge: Cambridge University Press, 1995), 특히 chap. 2, "The Gratefully Oppressed: Joyce's Dubliners," 101-127을 보라.

6) Enda Duffy, *The Subaltern Ulysses*(Minneapolis: University of Minnesota Press, 1994), 181.

7) 이를 설명하는 또 하나의 방법은 악명 높은 조이스 산업이 조이스 작품의 정치적 내용을 왜곡하고 삭제한다고 비난하는 데 그쳐서는 안 된다는 것이다. 조이스 산업은 사실 조이스의 발명품이다. 그가 쓴 모든 것, 심지어 편지조차도 "우리", 즉 조이스를 학문적 환경에서 한 번 이상 마주치게 될 세대들에게 전달된다. 자크 데리다는 이런 관계성에 대한 흥미롭고 미묘한 설명을 제공한다. Jacque Derrida, "Ulysses Gramophone: Hear Say Yes in Joyce," trans. Tina Kendall et al., *Acts of Literature*, ed. Derek Attridge, New York: Routledge, 1992, 253-309. 각 장의 제목이 출판된 텍스트에는 들어 있지 않고 주석에만 주어져 있다는 사실은 너무나 명백해서 쉽게 잊게 되는데, 이는 외재적인 주석이 작품에 내재적인 정도를 잘 보여준다. 더욱이 조이스는 다른 작가들보다 훨씬 더 자기 자신에 대한 비평을 수행한 작가이다. 이것은 단지 조이스의 위대한 작품들이 특정한 종류의 주석을 아주 고압적으로 요구하는가 하면 다른 주석에 대해서는 냉혹하게 거부한다는 점에서만 그런 것은 아니다. 조이스가 자신의 작품을 해설하는 비평가들을 돕는다는 것은 잘 알려져 있고, 『율리시스』에 관한 향후 연구의 출발점이 되는 스튜어트 길버트(Stuart Gilbert)의 연구는 조이스로부터 직접적으로 공인받았다. 여기에 덧붙여, 『율리시스』의 반식민적 의미가 버마의 식민지 재판관이었던 길버트의 시야에서 벗어날 만큼 충분히 승화되어 있다는 것을 언급할 가치가 있다. Patrick A. McCarthy, "Stuart Gilbert's Guide to the Perplexed," in *Re-Viewing Classics of Joyce Criticism*, ed. Janet Egleson Dunleavy(Urbana: University of Illinois Press, 1991), 23을 보라. 들뢰즈의 "소수 문학" 개념이 프란츠 카프카(Franz Kafka)와 아모

스 투투올라(Amos Tutuola) 사이의 형식적 친연성을 설명하는 데 진력을 다하는 데 반해(Gilles Deleuze and Félix Guattari, *Kafka: Pour une littérature mineure*, Paris: Minuit, 1975를 보라. 이 개념은 "포스트식민 문학"보다 더 정확하고 더 개방적인 개념이다), 그리고 『더블린 사람들』의 "초라한 양심"을 이런 기호하에 둘 수 있는 데 반해, 『율리시스』의 야심은 분명히 다른 곳에 있다. 하지만 포스트식민 비평의 한계에 관한 이런 주장이 아일랜드 문학 일반이 아니라 『율리시스』만 가리키는 것이라는 사실은 강조될 필요가 있다. 『율리시스』의 보편적 열망은 포스트식민 작가에게 가능한 몇 가지 선택들 중에서 하나의 선택을 나타낸다. 우리는 마지막 장에서 이 문제로 다시 돌아올 것이다.

8) Seamus Deane, "Joyce and Nationalism," in *James Joyce: New Perspectives, ed. Colin MacCabe*(Bloomington: Indiana University Press, 1982), 168－183.

9) 전혀 다른 맥락에서 호베르투 슈바르츠는 이런 주장을 우아하게 펼친다. "만약 자본주의에 고유한 시장을 위한 생산이 사회적 삶의 총체성에 침투한다면, 행위의 구체적 형식들은 더 이상 그 자신의 존재 이유를 갖지 못하게 된다. 그 형식들의 최종적 목적은 그 자체에 외적인 것이 되고, 그것들의 특별한 형식은 비본질적인 것이 된다." Roberto Schwarz, "Tribulação de um pai de família," in *O pai da família e outros estudos*, Rio de Janeiro: Paz e Terra, 1978, 24. 슈바르츠는 반주변부 문화와 대도시 자본의 관계에 관한 몇몇 중요한 연구들을 생산해왔고, 이에 대해서는 마지막 장에서 상세히 살펴볼 것이다.

10) Fredric Jameson, "Ulysses in History," in *James Joyce and Modern Literature*, ed. W. J. McCormack and Alistair Stead(London: Routlege, 1982), 126－141.

11) Moretti, *Signs Taken for Wonders*, 264n. 29.

12) 『율리시스』가 "모든 형식상의 선택들을 부분적·자의적·주관적인 것(다시 말해, 이데올로기적인 것)으로 제시한다."라는 지적에 허심탄회하게 동의할 수 있는 데 반해, 이러한 지적과, "조이스가 형식과 이데올로기를 순수한 형식적 실체로, 즉 그 어떤 동기와 목적을 결여한 실험의 산물로 제시한다."라는 생각 사이에는 부당한 비약이 있다. Moretti, "The Long Goodbye," 207. 모레티가 잘 알고 있듯이, 이데올로기의 불가피성은 모든 이데올로기들의 등가성을 의미하는 것이 아니다. 『율리시

스』는 그런 등가성을 직접적으로 패러디적 성격을 띠는 장에 투사하려는 경향이 있는 데 반해(이것이 「태양신의 황소들(Oxen of the Sun)」 장이 "모든 영어 문체의 무용성을 과시한다."(Virginia Woolf, A Writer's Diary [London: Hogarth Press, 1953], 50에서 재인용)라고 한 T. S. 엘리엇 주장의 핵심이다) 우리는 (문체와 내용이 긴밀한 관계를 갖는 것으로 이해되는) 조이스의 다른 주요 작품들에서와 마찬가지로 「에우마이오스」 장이나 「이타카」 장, 혹은 몰리의 독백에서는 그런 등가성을 똑같이 엿볼 수 없다. 더욱이 모레티의 주장은 혼성모방에 관한 것이고, 그것은 (조이스의 문체적 모방이 혼성모방인지 아니면 여전히 패러디의 윤리적 힘을 가지고 있는지에 관한 질문은 제쳐놓은 상태로) 그런 혼성모방의 양식으로 기술된 「태양신의 황소들」(혹은 「나우시카」나 「키클롭스」)과 같은 장에만 적절하게 적용된다. 엄격히 말해, 그것은 오직 「태양신의 황소들」과 같은 그런 장들로 구성된 책에만 적용될 수 있을 것이다. 혼성모방은 문체 변용의 절대적 지평이라기보다는 많은 가능성들 중의 하나의 가능성일 때 다른 어떤 것을 의미하기 때문이다.

13) Hugh Kenner, *Ulysses*(Baltimore: Johns Hopkins University Press, 1987), 129–131; Jameson, "Ulysses in History," 138을 보라.

14) Joyce, *Ulysses*, 734.

15) Martin Heidegger, "The Question Concerning Technology," trans. William Lovitt(trans. altered by David Farrell Krell), in *Martin Heidegger: Basic Writings*(San Francisco: Harper, 1993), 307–341; *Being and Time*, trans. John Macquarrie and Edward Robinson (New York: Harper and Row, 1962), section 35(211–214).

16) 「네스토르(Nestor)」 장에서 스티븐은 숨죽인 채 속물 디시(Deasy)가 저자와 등장인물을 혼동한다고 유죄 선고를 내리지만 그다음 장에서 (유죄 선고는 없지만 진지한 의도를 갖고) 동일한 행동을 더 격하게 범한다.

17) 대조를 위해서 John Henry Raleigh, *The Chronicle of Leopold and Molly Bloom: Ulysses as Narrative*(Berkeley: University of California Press, 1977)를 보라.

18) Kenner, *Ulysses*, 46–47.

19) 게이블러(Gabler)판은 「스킬라와 카리브디스(Scylla and Charybdis)」 장에 추가된 문단에서 답변을 제공하는데, 그 단어는 "사랑"이고 핵심을 증명한다. 하지만 더 이전의 판본에서는 이 문단을 삭제하는 것이 더 선호되었다. 왜냐하면 그러한 삭제가

우리에게 「태양신의 황소들」 장에서 스티븐이 제안하는 술집의 이름에서 더욱 조이스다운 답변을 찾을 수 있게 해주기 때문이다.

"그러나 번개가 치기 전처럼 밀집한 비구름이 … (중략) … 이윽고 갑자기 섬광이 그 중심을 뚫고 … (중략) … 지나갈 때까지 땅과 하늘을 하나의 거대한 선잠 속으로 에워싼다. 바로 그와 같이, 말 한마디를 외치자 격렬하면서 즉각적인 변화가 일어났다. 버크 술집!" (422-423).

20) (역주) 조이스의 『율리시스』 번역은 김성숙 역, 『율리시스』(동서문화사, 2016)를 참조하였고 원문에 맞게 수정하였다.

21) (역주) The guarded glance of half solicitude, half curiosity augmented by friendliness, which he gave at Stephen's at present morose expression of features did not throw a flood of light, none at all in fact, on the problem as to whether he had let himself be badly bamboozled. (621)

22) (역주) He looked sideways in a friendly fashion at the sideface of Stephen, image of his mother, which was not quite the same as the usual blackguard type they unquestionably had an indubitable hankering after as he was perhaps not that way built. (663)

23) 내가 볼 때, 조이스는 이 점에 대해 잘 깨닫고 있었던 것 같다. 각주 19번을 보라.

24) Foucault, *The Order of Things*, 377.

25) Heidegger, *Being and Time*, 234.

26) Adorno, *Aesthetic Theory*, 130.

27) 같은 책, 127.

3장

『애매한 모험』, 진정성의 여파

"소설은 우리 시대의 소크라테스식 대화이다."

— 프리드리히 슐레겔, 「비평적 단상」 26

셰크 아미두 칸의 1961년 소설 『애매한 모험』은 일반적으로 두 가지 방식으로 읽힌다.[1] 주류 유럽 문화적 규범의 헤게모니하에서(즉, 오늘날 북미 및 유럽의 문화정치학의 관점에서) 문화적 보존이 처한 역설에 관한 해설로서 읽히거나, 한 세대의 아프리카 지식인들이 겪은 주관적 경험(불어판의 뒷면에 쓰여 있듯이, '흑인 존재의 불안l'angoisse d'etre noir'으로, 이것은 '인간 존재의 불안l'angoisse d'etre homme'의 특별한 사례로 즉시 수렴된다)의 알레고리로 읽힌다. 첫 번째 방법은 민족지적 방법인데, 문화적 경로에 대한 증거들을 찾아내기 위해 텍스트를 뒤지고, 문화적 차이에 관해 소중하지만 지금은 뻔한 질문들을 제기함으로써 두 사회 간의 물질적·역사적 차이를 사고하기를 거부한다. 두 번째 접근은 주인공의 번민을 오직 주관성(사실 텍스트에 의해 매 순간 거부되는 것)의 차원에 한정시킴으로써 그 번민의 근본 원인이 되는 입장 차이를 거부하는 보편성 아래에 수렴해버린다.[2]

이런 두 가지 주제들이 텍스트에 명확하게 기능하고 있긴 하지만, 이 소설을 그런 통상적인 비평적 맥락과 분리시켜놓을 때, 전혀 다른 유의 내용이 출현하게 된다. 서론에서 설명한 바 있는 모더니즘과의 관계, 즉 숭고 구조의 소거가 이 소설의 한 구절을 통해 구체적으로 설명될 수 있다(이 구절이 텍스트에서 갖는 의미에 대해서는 나중에 다시 살펴볼 것이다). 유럽 전장에서 세네갈로 복귀한 단순히 '바보the fool'라고 불리는 한 남자가 자신이 목격한 내용을 유럽에 가본 적이 없는 선생님에게 설명한다.

"저는 그 기계장치들을 보았습니다. 그것들은 덮개 같은 것입니다. 그것은 말아 올린 거대한 장치expanse이며 움직이기도 합니다. 선생님께선 그 장치의 내부에 아무것도 없다는 것을 아실 겁니다. 그래서 잃을 것도 없지요. 그것은 인간 형상처럼 상처 입을 수 없고 단지 풀려질 뿐입니다. 뿐만 아니라 그것은 인간의 형태를 강제로 멀리합니다. 상처 입었을 때 그 안에 있는 것을 잃게 될까 봐 두렵기 때문입니다."

"너의 말을 알겠다. 계속해봐라."

"이 장치는 움직입니다. … (중략) … 그 움직임은 멈칫하는 인간의 형태가 단발적으로 진행하는 것보다는 훨씬 더 완결적이지요. 그것은 쓰러질 수 없습니다. 도대체 어디로 쓰러지겠습니까?"(92-93쪽)

이 서사 기법은 포크너의 독자들에게는 친숙할 것이다.

울타리를 통해서, 굽은 꽃밭들 사이에서, 그들이 공을 치는 것을 볼 수 있었다. 그들은 깃발이 있는 곳을 향해 오고 있었고, 나는 울타리를 따라

> 갔다. 러스터는 꽃나무 옆 풀밭에서 공을 찾고 있었다. 그들을 깃발을 뽑았고, 그리고 그들은 치고 있었다. 그러고 난 뒤 그들은 깃발을 원래 자리에 다시 꽂고는 탁자로 갔다. 그리고 그는 쳤고, 다른 이들도 쳤다. 그리고 그들은 계속 나아갔고, 나도 울타리를 따라 갔다.[3]

『음향과 분노』의 도입부에서 벤지가 목격한 골프 경기처럼, 『애매한 모험』에서 유럽의 거리에 관한 간단한 기술적 내용이 순진한 목격자의 시각을 통해 낯설게 된다. 바보의 순진함은 사실상 단지 정도의 차이만 있을 뿐이다. 우리는 정도의 차이만 있을 뿐 소설 속 모든 아프리카의 인물들, 심지어 파리에서 태어난 여성조차 공유하는 극단적 형태의 시각임을 이해하게 된다. 포크너에게 이 기법은 모더니즘적 숭고의 또 다른 양식이라 할 수 있는 더 거대한, 거의 입체파적 시각주의에 속한다. 즉 파편화되고 불완전한 다수의 재현들은 다른 방식으로는 접근 불가능한 현실을 접근할 수 있게 해주려는 것이다. 여기서 유사한 기법은 바로 지정학적인 내용을 부여받게 된다. 왜냐하면 이 기법은 제국의 대도시와 식민지들 간의 근본적인 불균등 발전을 근거로 할 때만 서사적으로 가능하기 때문이다. 그러할 때 기법은 이런 불균등 발전에 대한 간략한 소묘가 된다. 포크너 산문의 본체적인 흥분noumenal excitement은 칸의 산문에서는 완벽히 실종되어 있다. 그렇지만 칸의 산문은 더 큰 중요성을 부여받게 된다.

소설의 주인공 삼바 디알로가 생미셸Saint-Michel대로를 걷고 있을 때, 조이스식 내적 독백(여기서는 스티븐 디덜러스의 조숙한 지적 양식이 두드러진다)과 상당히 유사한 독백이 펼쳐진다.

> 거리는 황량하다. … (중략) … 하지만 텅 빈 것은 아니다. 사람들은 거리에서 금속 물체뿐만 아니라 육체라는 물체들과 만난다. 이것들을 제외하면 거리는 텅 비어 있다. 아! 사람들은 사건들과 마주치기도 한다. 물체들이 거리를 가득 메우듯이, 사건들의 흐름이 시간을 가득 채운다. 시간은 사건들의 기계적인 뒤범벅으로 방해받는다. … (중략) … 나는 걷는다. 한 발은 앞에, 한 발은 뒤에. 하나 둘. 하나 둘. 아냐! 난 생각해선 안 돼. 하나 둘, 하나 둘. 난 뭔가 다른 것을 생각해야 해. 하나 둘. 하나 둘. … (중략) … 말테 라우리츠 브리게 … (중략) … 봐! 그래, 내가 말테 라우리츠 브리게야. 그처럼 나도 생미셸대로를 걸어 내려가고 있잖아. 아무것도 없어, 나 말고는 아무것도 없어, 내 육신을 제외하고는 말이다. 내 몸을 만져본다. 바지 주머니에 손을 넣고 넓적다리를 만져본다. 내 오른쪽 엄지발가락을 생각한다. 그 외에 거리는 텅 비어 있고, 시간은 차단되어 있으며, 영혼에는 토사가 끼어 있다. 내 오른쪽 엄지발가락 아래에, 사건들 아래에, 육신과 금속이라는 물체 아래에. 육신이라는 물체와—. (128－129쪽)

여기에 의식의 흐름의 실제 내용(즉 '파리의 거리')은 바보의 순진한 설명과 똑같고, 그것의 알레고리적 내용(이런 기법이 사실주의적이라고 기록할 수 있는 근거가 되는 역사적 토대)은 이전 문단의 그것과 그리 동떨어지지 않는다. 이 두 문단 간의 중요한 구분은, 디알로 자신의 베르그송적 사유의 흐름("하나 둘, 하나 둘")이 그가 "물체들이 거리를 가득 메우듯이, 시간을 (가득 채우는)" 사건들의 흐름으로 묘사하는 것과 분리될 수 없듯이, 삼바 디알로와 그의 무대 간의 거리가 엄청나게 축소되어 있다는 점이다.

칸이 가장 효과적으로 변형시킨 모더니즘적 구조는 문학적이기보다는 철학적이기 때문에 조이스와 직접 비교하는 작업을 이 이상으로 확장하지는 않을 생각이다.[4] 그렇지만 『애매한 모험』과 조이스 모두 이 장의 서두에 인용된 슐레겔의 금언을 실질적으로 설명해준다는 점에서 중요한 것을 공유한다. 우리가 서론에서 언급했던 『스티븐 히어로』의 긴 대화가 에피파니 개념을 통해 모더니즘적 숭고를 활성화하는 데 반해, 『애매한 모험』의 대화들은 이전에 자율적이고 매우 달랐던 문화적 형식들을 급속하게 통합해가는 사회적 총체성의 미래성에 직접 관심을 갖는다. "우리들, 즉 당신과 우리는 동일한 과거를 가진 적은 없습니다. 하지만 엄격히 보면, 우리는 같은 미래를 갖게 될 것입니다. 서로 다른 운명들의 시대는 끝나고 있지요."(79쪽) 『애매한 모험』의 대화들은 조이스보다 말 그대로 철학적이다. 프랑스 해외 대학에서 철학 학위를 받은 칸은 동시대 프랑스 평론가들로부터 그의 모든 등장인물들이 "철학자들의 모임에서 사용되는 언어로 말한다."라고 비난받은 바 있다.[5] 이 비판은 사실상 규범적이기보다는 기술적이다. 『애매한 모험』의 긴 대화들은 텍스트의 곳곳에 흩어져 있고, 단일하고 일관적이고 명쾌한 고전적 언어로 단순화되어 있으며, 그것들 전체를 볼 때 거의 하나의 긴 대화를 이루고 있다고 할 정도로 시간적으로 단편화되어 있다. 『애매한 모험』의 내재적 규범들에 따라 우리는 이 장에서 이 단편들을 철학적 대화자들과의 대화 속에 두고 볼 것이다. 일부 독자들에게는 좌절스럽게 느껴질지 모르지만 이런 접근 방식은 『율리시스』와 『애매한 모험』의 중요한 차이를 유지시켜준다.

물론 『율리시스』와 『애매한 모험』 간의 차이는 명확하고 다양하다. 하지만 재삼 말하면 그것들의 의미는 유사성에 비춰서만 기록될 수 있다. 『율리시스』와 『애매한 모험』을 매우 심오하게 통합시켜주는 것이 주체성에 유토피아적 활력을 불어넣는 것이기 때문에, 칸의 명백한 철학적 좌표들이 우리가 조이스에게 적용했던 것과 긴밀하게 관련되어 있다는 것은 전혀 놀랍지 않다. 만약 「에우마이오스」 장이 '공동 존재 *Mitsein*'와 '빈 말*Gerede*' 간의 관계와 같은 것을 서사 형식으로 구현한다면, 칸의 서사는 하이데거의 '닦달(몰아세움)'에 따라 '서양'에 대한 비판을 펼치고 있다. (우리가 보았듯이, 닦달 개념은 「이타카」 장에도 적용될 수 있다.) 하지만 유토피아적 주체성 개념이 지정학적 단층선을 가로지를 때, 그것은 인물을 근본적으로 변형시킨다. 조이스의 텍스트가 사회적 총체성을 신비화된 형식을 통해 그 자체 속으로 끌어들인다면, 『애매한 모험』이 환기하는 주체성의 양식은 그런 총체성을 위한 하나의 의제agenda로 사고된다(이 의제가 그 나름의 신비화를 동반하지 않는 것은 아니지만 말이다). 칸의 소설에서 주체적 유토피아, 즉 주체와 대상 세계의 재통합, 그리고 동시에 주체와 자기 자신과의 재통합은 미적 대상에서는 발견되지 않는다. 『애매한 모험』은 원래 출판을 목적으로 하지 않았고 조이스적 쾌락을 낳고자 하는 의도 또한 갖고 있지 않았다.[6] 오히려 그것은 주체와 빛나는 존재 사이의 간극을 직접적으로 가로지를 수 있는 경험의 양식을 추구하고자 했다. 이런 경험의 근거들은 바로 개인에 있다기보다는 사회적 총체성, 즉 진정으로 "비서양적" 생활 방식에 대한 기억에 있다. 이런 기억은 어쨌든 그것을 흡수해버리는 새로운 총체성 속으로 재도입되어야 한다. 요컨대, 『율리시스』에서 모더니즘적 숭고의 다양한 변환들이 점하고 있는 위치를 『애매한 모험』에서는 진정성authenticity 개념이 차지하고 있다.

식민지 이전의 세계관의 재현에서 등장한 그러한 진정성 개념은 그 가능성의 조건을 이른바 '종족철학ethnophilosophy'에 두고 있다. 우리는 곧 '반투 철학Bantu philosophy'에 대한 플라시드 템펠스Placide Tempels의 기본적 텍스트뿐만 아니라, 칸이 의도적으로 사용하는 존재론적 언어와 관련된 사상가인 하이데거를 살펴볼 것이다. 하이데거는 모더니스트인 동시에 사실상 미완의 종족철학자이다. (오해를 불러일으키지 않기 위해, 우리는 하이데거를 통한 이 불가피한 우회에도 불구하고 칸에 대한 하이데거적 읽기를 시도하지 않을 것이다. 반대로 칸에게서 가장 '하이데거적인' 것이 실은 가장 문제적인 것임이 강조될 필요가 있다.) 하지만 하이데거와 템펠스의 철학이 과거의 가치와 실천들을 미래를 위한 기획으로 평가함으로써 근본적으로 향수적인 데 반해, 칸의 서사는 이러한 향수를 무화시키는 방식으로 진정성 개념을 새로 형상화하려고 시도한다. 주인공의 지리적·은유적 '귀환retour au pays natal'은 귀환이라기보다는 정확히 그 어떤 회귀도 불가능하다는 것을 보여주는 하나의 운동이다. 하지만 동시에 진정성의 기억이 열어놓은 공간이, 그 기억이 이 불가능한 회귀를 위해 자극하는 바로 그 욕망으로서 자유롭게 펼쳐진다. 이 미묘한 순간은 독립적이지도 않고, 아프리카에서 진정성에 관한 이야기의 종언도 아니다. 그런 진정성의 회귀는 실질적인 의미에서 하이데거에게서 진정성 개념이 갖는 원파시즘적 함의들과 같은 선상에 위치한다. 그러나 여기서 잠시 '진정성'은 우리가 현재 '경제개발', 더 정확하게는, 자본에 의한 노동의 실질적 포섭이라고 부르는 것을 가리키는, 끊임없이 팽창하는 "현실적인 것의 투입investiture of the actual"(151)의 외부에 존재하는 경험을 상상하는 가능성이라고 정의해두자.

『애매한 모험』은 처음에 자서전적인 소설로 보인다. (실제로 주인공의 이름인 삼바 디알로는 투쿨로르족Tukulor 작명 관습과 투쿨로르-풀라족Tukulor-Fula의 번역을 통해 위장되긴 했지만 셰크 아미두 칸 자신이다.)[7] 이 소설의 서사 구조는 특별하지 않으며, 그 기본 플롯도 이제는 매우 친숙해진 방식을 따르고 있다. 그럼에도 불구하고 칸이 진부하지만 극적인 것이 없지는 않은 플롯을 고수하는 것은 서양적 근대성, 즉 사물을 대상 세계의 정복으로 나아가는 과정에 있는 대상으로 해석하는 기술적 인식소episteme와 그 시기의 프랑스어권 아프리카 담론에 따라 아프리카적인 존재의 경험이라 부르게 될 것(즉, 사르트르가 '흑인의 세계 내적 존재l'etre-dans-le-monde du Negre'라고 불렀던 것) 간의 대결이나 다름없다.[8] 물론 우리는 더 이상 이런 본질주의적 대립과 그것에 근거한 일반화를 진지하게 받아들일 수 없을 뿐만 아니라 '서양'에 대한 칸의 이미지에 최종적인 권위를 부여해서도 안 된다. 이러한 두 가지의 소멸을 극화하기 위해서 칸의 서사는 그런 존재의 원초적 경험과 그런 엄격한 구분에 대한 이미지를 제기했을 뿐이다.

이러한 존재의 경험이 갖는 강렬함은 『애매한 모험』의 첫 장에 극화되어 있다. 여기서 어린 삼바 디알로가 허구의 디알로베 부족(Diallobé)이 거주하는 공간을 새롭게 재조직하기 시작하는 유럽의 존재에 대한 분명한 자각을 갖기 전에(하지만 그 존재에 대해 '막연한 예지'는 이미 갖고 있는 상황에서) 그의 삶에 관한 한 장면이 서술되고 있다.[9] 이 강렬함은 바로 첫 페이지에서 삼바가 코란 선생님 앞에서 시를 암송하는 잊을 수 없는 장면에서 복합적이고 서정적인 폭력으로 기록되어 있다.

> 선생님은 삼바의 넓적다리에서 손을 풀었다. 그는 삼바의 귀를 잡았고 자신의 손톱이 서로 만날 정도로 귓불의 물렁뼈를 뒤틀었다.
>
> '반복해라! 다시! 다시!'
>
> 선생님은 쥐고 있던 손톱의 방향을 바꾸었고 물렁뼈의 다른 쪽을 찔렀다. 아직 아물지 않은 흉터로 하얗게 되어 있던 아이의 귀에서 다시 피가 흘렀다. 삼바 디알로의 몸 전체는 떨렸고, 시를 정확히 낭독하기 위해 최

선을 디뎠다. (3-4쪽)

코란 선생님의 사디즘 같은 행동은 삼바와 그가 암송하는 시들에 대한 그의 찬미의 표현과 하나를 이룬다. "얼마나 순수한가! 이 얼마나 기적적인가! 이 아이야말로 진정으로 신이 주신 선물이다."(5쪽) 이 강렬한 에피소드를 삼바의 유년기에 디알로베 국가의 직접적 관할 영역 밖의 사건들에 대한 서술과 구분하는 동시에 이 서술보다 더 중요한 것으로 규정하기 위해 우리는 이 장면의 잔혹함(선생님의 감탄과 그 폭력적 표현 간의 모순은 더 큰 중의성의 일부이다)을 은폐할 필요는 없다. 그 사건들은 훨씬 더 직설적이고 심지어 의식적인 진부한 문체로 서술되어 있다. "6월이 끝나가고 있고, 파리의 열기는 이미 억압적이다."(128쪽) 파리에는 뺨을 타고 흐르는 땀도 없고, 살갗에 달라붙는 셔츠도 없다. 단지 짜증으로 기록될 뿐인 추상적인 '억압적 열기'만 존재할 뿐이다. 파리의 언어(순수한 설명을 지향하는 경향이 있고, 신체의 언어가 '위안'의 문제로 단순화되어 있다)는 이전 장들의 신체적 언어와 얼마나 다른가? 이전 장에서는 선생님의 잔혹한 가르침에 대한 신체 감정적 기술, 묘지에서의 삼바 디알로의 전율적 경험, 그의 코란 암송을 반기는 별 반짝이는 밤, 디알로베족 선생님의 노쇠한 신체가 보여주는 그로테스크한 고통스러운 활력이 엿보인다. 이 장들에서는 곧 닥칠 어떤 싸움이 "그의 콧구멍을 간지럽히는 산불 냄새"(19쪽)로 기록된다. 하지만 파리에서 삼바 디알로는 여름날 오후의 "열기로 인해 무감각해진다."(128쪽) 그는 파리의 한 친구에게 자신의 무감각이 더욱더 심해져 간다고 말한다.

"태양의 열기가 갑자기 약해질 것이고, 하늘이 좀 더 파래질 것이며, 강물이 더욱 빠르고 요란스럽게 흘러가기를 바라고 싶었어. 우리를 둘러싼 이 우주가 좀 더 빛나야 해. 뤼시엔, 그게 가능하지 않을까? 내가 어렸을 때, 나는 이 모든 것의 주인이었어." (143쪽)

이 소설 후반부의 감정적 단순함은 순전히 형식적인 것이 아니며 명확한 의미를 부여받게 된다. 강렬한 신체적 움직임을 연상시키는 시작 장들과 파리에 관한 장들의 단조로운 언어 간의 대조는 세계에 대한 삼바 디알로의 경험에 있는 새로운 결여를 반추하게 만든다.

"어려워." 삼바 디알로는 이윽고 말했다. "나는 디알로베족의 나라에서보다 여기서 세상을 제대로 보지 못하고 있는 것 같애. 나는 더 이상 그 무엇도 직접적으로 느끼지 못해. … (중략) … 과거에 세계는 내 아버지의 집과 같았어. 만물은 나를 그 본질적 정수로 인도해주었지. 나를 방해하는 것은 아무것도 없었어. 세계는 침묵하지 않았고 중립적이지도 않았어. 그것은 살아 있었어. 그것은 적극적이었어. 그것은 퍼져나갔지. 그 어떤 학자도 그 당시 내가 가졌던 존재에 대한 지식을 가지지는 못했을 거야."

잠시 침묵이 흐른 후 그는 계속했다.

"오늘날 여기서는 세계가 침묵해. 거기에는 더 이상 어떠한 울림도 없어. 그 무엇도 더 이상 나와 접촉하지 않는다는 인상을 받아." (148-150쪽)

여기서 우리는 조이스에게서 형이상학적 배경으로 나타났던 과정이 하나의 삶으로 극화되는 것을 보게 된다. 즉, 주체와 객체가 서로에게 외재적인 것으로서 창조되는 과정이 바로 우리 눈앞에서 펼쳐지는 것이다. 그 향수적 어조는 놓칠 수 없다. 식민지 이전 시기의 '존재의 지식'에 의해 활성화되던 세계, 즉 자아와 세계를 분리하는 견고한 선이 전혀 존재하지 않던 세계는 회귀에 대한 명백한 욕망을 환기시킨다. 그러나 이 향수는 이미 소설의 시작에 나타나는 폭력에 의해 이미 약화되고 있으며 보다 실질적인 도전, 즉 프랑스인이 그 지역에 초래한 경제적·기술적 변화와 더불어 디알로베족 나라의 물질적 빈곤으로 보이는 것에서 생겨나는 도전에 직면하게 된다.

한편, 우리는 식민지 이전의 경험을 표현하는 특이한 언어, 즉 ('거주dwelling'로서의) 세계 그 자체가 '나'의 활동을 '통해 존재하게' 되는 '존재'의, '본질'의 언어를 주목할 수 있을 것이다. 실제로 1950년대와 1960년대 영어권 및 프랑스어권 아프리카 문학은 『왕의 광채*Le regard du roi*』에서 카마라 라예Camara Laye가 시선Look을 받아들인 것에서부터 아이퀘이 아르마가 『아름다운 이들은 아직 태어나지 않았다*The Beautiful Ones Are Not Yet Born*』에서 보여준 포스트식민적 구토에 이르기까지 실존적, 특히 사르트르적 상황과 용어를 종종 사용했다. 특히, 사르트르의 '검은 오르페우스Orphée noir'의 의미(네그리튀드를 세계 내적 존재의 특정한 양식으로 형상화하는, 1948년 상고르Senghor가 편집한 『흑인과 마다가스카르인들의 새로운 시선집*Anthologie de la nouvelle poésie nègre et malgache*』의 서문)는 결코 무시될 수 없다. 이런 맥락에서 삼바가 유구한 디알로베족의 지혜 같은 것을 기도로 암송하는 것에 호기심을 느끼지 않을 수 없다.

> 인간 존재는 무에 근거한다. 그것은 무에 의해 잠겨 있기에 그 밑바닥이 존재하지 않는 섬들의 군도이다. 그들은 그 자신만이 아니라 모든 것이 떠 있는 그러한 바다를 무라고 말한다. 그들은 진리는 무이고 존재는 그것의 다양한 화신이라고 말한다. (127쪽)

"인간 존재(물론 프랑스어로는 단순히 '존재l'être')는 무le néant에 근거한다"는 것은 사르트르적 변증법에 대한 서정적 호소이다. 『애매한 모험』에서 자주 나타나는 '무', '심연', 혹은 '그림자'는 인간적인 것과 그렇지 않은 것 간의 차이를 보증하는 것이다. 현상학과 칸의 소설 모두에서 인간 존재는 '아직 아닌 것not-yet'의 무에 정초한다. 이 차이, 즉 존재하는 것에 대해 '현실적인 것의 투입'(151쪽)으로서의 기술 발전이 포용할 수 없는 것은 인간 존재를 가까이 현전해 있는 사물들로부터 분리한다.

본질적 분위기로서 '불안*l'angoisse*'(89쪽)의 경험에 대한 삼바 아버지의 주장도 마찬가지다.

> 내 마음 깊은 곳에서부터 나는 네가 죽어가는 태양 앞에서 불안의 감정을 재발견하길 바란다. 나는 네가 서양에 대해서도 그러기를 열렬히 바라고 있어. (77쪽)

다시, 프랑스어권 아프리카 문학에서 사르트르적 주제를 발견한다고 해서 하등 새로울 것이 없다.[10] 하물며 이 소설에서는 더 그렇다. 여기서는 이 '불안 감정'의 구체성이 한층 깊이 자리잡고 있다. 삼바 디알로는 말한다.

> "내가 볼 때, … (중략) … 디알로베족 사람은 죽음에 더욱 가까이 있는 것 같애. 그들은 죽음과의 더욱 친숙한 관계 위에서 살고 있지. 그의 존재는 죽음을 통해서 진정성의 여파와 같은 것을 느낄 수 있지. 저 아래, 죽음과 나 자신 사이에 친밀감이 있는데, 이 친밀감은 동시에 공포감과 기대감으로 구성되어 있어. 하지만 이곳에서 죽음은 나에게 너무 낯설어. … (중

략) … 내 사고 속에서 찾아볼 때, 그것은 내게 단지 메마른 감정, 추상적인 최종성으로만 보이고, 보험회사와 다를 바 없는 불쾌함을 느끼게 할 뿐이야."

"말하자면," 마르크는 웃으면서 말했다. "너는 너 자신의 죽음을 더 이상 체험하지 못한다고 불평하는구나."

그들 모두 웃었고, 삼바 디알로도 그 말을 따르며 함께 웃었다. 그렇지만 그는 심각하게 이어갔다. (149쪽)

분명한 것은 삼바의 웃음이 단지 예의상으로만 "그 말을 따른다"는 것이다. 삼바의 대화 상대자는 삼바가 진심으로 말하는 것을 정확히 농담으로 받아들였다. 이 소설의 전반부 장의 강렬함은 두드러지게 생생한 산문, 풍부한 형용사 사용, 혹은 자의식적 서정성과는 아무런 관련이 없다. 그 대신 죽음을 향한 이런 태도는 디알로베족에 배경을 둔 장면들, 가령 삼바가 일종의 피난처로서 묘지에 의지하는 것에서부터 지는 태양에 대해 그의 아버지와 M. 라크루아가 보이는 대조적 태도, 그리고 삼바가 꽃에 대해 느끼는 감정("향기가 좋군. … (중략) … 하지만 곧 시들겠지"(57쪽))에 이르는 장면들에 열정적 배경음을 제공해준다. 서정적 어조가 나타날 때, 그것은 우리에게 죽음을 경고한다.[11]

죽음에 대한 삼바 디알로의 태도는 그가 쓴 서두의 시들에 가장 깊이 있게 반영되어 있다. 이 시들은 디알로베족들에게 자신의 삶이 짧기 때문에 자신의 재능을 후손들에게 넘겨줄 것을 상기시킨다.

"신을 섬기는 사람들이여, 다가오는 죽음을 생각하소서! 깨어나시오! 오, 깨어나시오! 죽음의 천사 아즈라엘은 이미 당신을 위해 땅을 파고 있다오. 그것도 바로 당신의 발아래에서 일어섭니다! 신을 섬기는 사람들이여, 죽음은 교활한 존재가 믿는 것, 기대치 못하게 도래하는 것, 너무도 은밀히 숨어서 그것이 왔을 때는 더 이상 아무도 존재하지 않는 그런 것이 아니라오. … (중략) … 죽음은 여름날의 순수하고 생기 넘치는 열정을 마치 배신하듯이 어둠으로 뒤덮는 밤이 아니오. 그것은 늘 경고하고, 지성이 한창인 대낮에 당신의 들에 자라난 풀을 베고 있지요." (13-14쪽)

여기서 거론되는 것은 죽음에 대한 단순한 두려움이 아니라 죽음을 지속적으로 의식하면서 삶을 살아야 한다는 충고이다. 비록 우리가 사르트르적 '무'(단순히 존재하는 것으로서의 대상이 아니라 항상 아직 아닌 것not-yet을 지향하는 인간 존재의 특이성에 대한 보증)가 이 소설에서 작동하는 것을 보더라도, 잊지 말아야 하는 것은 사르트르적인 관계가 하이데거의 더욱 암울한 표현인 '죽음을 향한 존재Sein zu tod'의 새로운 표현이라는 점이다. 삼바 디알로가 "당신 자신의 죽음을 사는 것"을 강조하는 것은 정확히 『존재와 시간』의 2부 시작 부분에 이론화되어 있는 하이데거적 표현을 풀이해놓은 것이다.[12] 실제로 "보험회사와 다를 바 없는" 계산적이고 통계적인 "추상적인 최종성"에 대한 언급은 죽음의 일상적 개념에 대한 하이데거의 경멸적 부분과 어울릴 것이다.[13] 특히, 죽음을 향한 존재는 주체를 순수하게 자신의 '존재를 향한 가능성potentiality-for-Being'에 적응시키는 태도로서 두 작품 모두에서 핵심적이다. 죽음을 향한 존재, "당신 자신의 죽음을 체험하는 것"이 진정한 경험의 보증자이다. 즉 "존재는 죽음으로부터 진정성의 여파와 같은 것을 획득한다." 하이데거의 정치적 열정을 고려해볼 때, 처음에는 매우 기이한 듯 보이지만, 『애매한 모험』의 실존주의는 사르트르보다는 하이데거에 더 가깝다. (정말로 사르트르 자신도 아프리카적 맥락을 언급할 때 명시적으로 하이데거적인 용어로 되돌아간다. "하이데거적 언어를 사용하면, 네그리튀드는 흑인의 세계 내적 존재이다."[14] 앞으로 명확해지겠지만, 하이데거의 언어들은 사르트르의 더욱 논쟁적 언어보다는 전前자본주의적 집단성의 개념들과 더 잘 어울린다.)

처음에는 존재에 대한 아프리카적이고 이슬람적인 개념처럼 보였던 것이 사실은 유럽적이고 진정으로 모더니즘적인 존재 개념의 확실한 흔적들을 지닌다. (칸이 텍스트 안팎에서 수피교와 아프리카적 정신성을 아무 의심 없이 동일시하는 것은 아마도 '서양'에 대한 아프리카 문화의 절대적 타자성을 주장하는 관례적인 모더니즘적 개념, 즉 아프리카 문화들 내부와 사이에 모종의 동질성을 함축하는 개념에 상당히 빚지고 있다. 앞으로 보게 되겠지만 이런 동질성은 모더니즘의 단순한 윤리적 타락이 아니라 자본주의와 그것이 맞닥뜨린 사회들 간의 관계에 의해 결정된다. 하지만 사실상 투쿨로르족 사회 내에서조차 이슬람의 정신적 권위와 이슬람 이전의 뿌리들에서 유래하는 현세적 권위 간의 관계는 역사적으로 편안한 관계는 아니다.)[15] 하지만 칸의 소설과 사르트르 및 하이데거 사상 간의 유사성을 서술하는 것은 '아프리카적' 세계관을 너무나 서양적인 것으로 드러내려고 하는 것은 아니다. '진정성' 그 자체가 문화적으로 진정하지 않다는 것을 보여주는 것이 아무리 그럴듯하다고 하더라도, 이런 비판은 더 이상 필연적이지 않을 것이다. 더욱이 앞선 문장에서 '진정성'이 이미 두 가지 서로 다른 의미를 갖고 있다는 것을 이해하는 것이 중요하다. 한편으로 '문화적'·민족적 진정성이 있는가 하면, 다른 한편으로 존재의 경험으로서의 진정성이라는 더욱 철학적인 개념이 있다. 또한 『애매한 모험』에서 관건이 되는 것이 결코 진정으로 아프리카적인 존재 양식이 아니라 이 후자의 철학적 가능성, 어떤 이유로 그 여파(회복, 부활, 혹은 소생)로서만 감지되는 가능성이라는 것은 사실이다. 다른 한편, 이런 진정한 존재의 경험은 특정한 문화, 즉 '서양'

에 속한다고 명백히 표시되는 사고방식과 대립한다. 그래서 다음과 같은 질문이 제기될 필요가 있다. 즉, '좋은' 의미(혹은 적어도 윤리적으로 중립적인 의미)의 진정성과 민족적·인종적 순수성이라는 '나쁜' 의미의 진정성 간의 관계란 정확히 어떤 것인가? 민족적 진정성은 '진정한 경험'의 관념 속에 필연적으로 함축되어 있는가?

일반적으로 하이데거는 '민족철학자'로 여겨지지 않는다. 이 명칭은 확실히 그를 불명예스럽게 만들 수도 있을 것이다. 서론에서 이미 주장한 것처럼 하이데거의 사상은 『존재와 시간』에서 볼 수 있는 후설적인 슬로건, 즉 "사물 그 자체로!To the things themselves!"에서 1950년대 주전자jug에 대한 명상인 "물Das Ding"로 이어지는 과정에서 모더니즘의 '사물적thingly' 양상과 긴밀하게 연결되어 있다. 하지만 사물을 가장 흥미롭게 해석한 것은 하이데거의 1935년 강연인 「예술 작품의 기원The Origin of the Work of Art」이다. 여기서 강조점은 물이 매우 승화된 방식이긴 하지만 대량생산된 상품으로서의 물의 새로운 지위와 밀접히 관련된 것이다.[16] 사물과 생산 기술 간의 이런 관계가 『애매한 모험』에서 중심적이다. 이 작품에서 이 관계는 '존재의 진정한 지식'을 잃는 대가로 '대상의 지배'(154)〔프랑스어로는 '사물의 지배'(167쪽)〕를 받아들이는 딜레마로 나타난다. 하지만 「예술 작품의 기원」은 또 다른 목적을 갖는다. 그것은 모더니즘적 시학을 위해 사물을 이론화할 뿐만 아니라, 다소 모호하긴 하지만 '민족*ethnos*'을 존재의 기원으로서 설정하기도 한다.

그 어떤 위대한 신비적 모더니즘 작품들과 마찬가지로 예술 작품에 관한 이 글은 텍스트의 의미가 드러나기 전에 독자가 필히 따라야 하는 규칙들을 강제하는 언어 게임이다. 비평가들이 재빠르게 지적해왔듯이, 하이데거의 글 곳곳에서 말장난(동음이의어, 동철이의어, 그리고 문헌학적·민속적·허구적 어원들)은 특권적 역할을 수행한다.[17] 하지만 하이데거의 '주장'(이 용어는 이미 부적절하다)이 종종 모호한, 즉 해당 문제의 진리와의 관련성이 의심스러운 어원들을 통해 진행된다는 것을 인정하는 것은 하이데거의 주장을 비판하는 것이라기보다는 그 주장이 요구하는 읽기 양식을 인식하는 것이다. 뒤러의 '잡아 찢음wrest'("여기서 잡아 찢음은 균열(선)을 만들어내거나, 제도판 위에서 먹줄펜으로 스케치하는 것을 가리킨다."[18])이라는 단어 사용에 대한 해설이, 일단 영어로 번역되면 그 모든 효력과 의미의 상당 부분을 잃게 된다는 것은 사실이다. 여기서 '잡아 찢음'은 균열(선)을 만들어내는 것과 제도판 위에 펜으로 디자인하는 것을 의미한다. 예술 작품에 관한 그 에세이의 곳곳에서 많은 주장들은 새김inscription과 관련된 단어들과 균열*Der Riss*과 관련된 단어들(가령, 열린-균열*Aufriss*(초벌 그림)와 근본-균열*Grundriss*(밑그림) 같은 것) 사이에 본질적 관계가 있다는 점에 의존한다. 하이데거의 주장이 특정 언어의 역사의 우연적이고 전적으로 자의적인 결과에 근거한다고 말할 수 있을지도 모른다. 하지만 다른 각도에서 볼 때, 이 비판은 단지 하나의 설명에 불과하다. 즉, 하이데거의 사유는 언어와 존재 간의 본질적인 관계를 전제한다. 아도르노가 근원적 진리를 드러낸다고 주장하는 용어법의 독특한 사회적 기원을 벗겨낼 때 확실하게 증명했듯이, 하이데거의 그런 전제가 펼쳐지는 방식은 많은 의문을 남긴다.[19] 하지만 하이데거 자신의 준거틀 내에서 무엇이 이런 관계성을 보증하는가?

하이데거가 「예술 작품의 기원」에서 농부 신발에 대한 반 고흐의 그림을 탁월하게 읽을 때 이 그림에서 드러나는 것은 신발의 도구적 성격이다. 즉, 그것은 도구존재성*zuhandenheit*(손안에 있는 것) 외부의 위치에서 바라본 사물의 근원적 상태, 즉 도구로서의 신발의 위상을 말하지만 추상적 숙고를 위한 객체존재성*vorhandenheit*(눈앞에 있는 것)과는 근본적으로 다른 것이다. 그러나 이것은 단지 하나의 예술 작품일 뿐이다. 서정시는 어떻고, 그리스 신전은 또 어떠한가? 반 고흐의 신발이 드러내는 것은 단지 그것의 도구성만이 아니라 그 도구성 이면에 놓여 있는 것이다. 즉, 그것을 신고 있는 여성 농부의 세계인 것이다. 이 글의 근본적 대립은 세계*world*와 대지*earth* 간의 대립으로서 이는 형식과 내용, 문화와 자연, 관념과 물질성, 역사적인 것과 초월적인 것 등등과 같은 오래된 이분법들을 종합하는 긴장이다. 그것은 미학, 철학, 민족학, 그리고 역사를 하나의 대립하에 모두 결합한다. 우리는 하이데거가 말하는 '세계'의 의미에 대해 상당히 잘 알고 있다고 생각할지 모른다. 하지만 이 글에서 그의 표현은 놀랍다.

> 세계는 역사적 민족의 운명 속에서 본질적이고 단순한 결정들의 드넓은 길이 스스로 열리는 개방성이다. (174쪽)

현존재Dasein의 구조 그 자체에만 호소하던 보편적인 것 같은 언어 속으로 '역사적 민족'이라는(글의 나머지 부분에서 은밀하게 반복되는) 표현이 슬쩍 끼어들어 온다. 1935년 독일이라는 역사적 맥락에 두고 본다면 이 구절의 출현은 그리 혼란스럽지 않을 수 없다. 그러나 여기에 근본적으로 새로운 뭔가가 있는가, 아니면 그것은 하이데거의 사유 속에 이미 함축되어 있었던 어떤 구조의 명확한 재정식화인가? 여기서 '세계'는 (개인의 주체적 '환경Umwelt'으로서) 보편적인 것이라기보다는 『존재와 시간』이 이미 실존적으로 설명하고자 했던 집단적인 평균적 일상성이다. 이런 시도는 전문적 민족학에 대해 매우 심원한 의미를 갖는다. 그러나 『존재와 시간』은 이미 은밀하게 민족학이기도 하다. 왜냐하면 그것은 하나의 암묵적인 철학, 즉 이미 잊히고 오래된 진정한 경험의 타락된 형식(그럼에도 그 경험에 접근하는 유일한 방식)인 일상적 실천 이면에 존재하는 존재에 대한 태도와 인간 존재의 존재에 대한 해석을 드러내고자 하기 때문이다. 『존재와 시간』에는 암시적으로 나타나지만 후기 작업들에서는 점점 더 명확해지는, 이런 진리들이 드러나는 특권적 실천 형식은 현실의 언어에 있고, 진리와 언어 간의 관계를 보장하는 것, 즉 하이데거의 사유 방식을 받쳐주는 관계를 보장해주는 것은 다름 아닌 '역사적 민족,' 즉 민족공동체의 역사적 경험이다.

> 어떤 특정 순간에 현실 언어는 이런 [시적] 말하기의 일어남이다. 그로 인해 한 민족의 역사는 역사적으로 일어난다. … (중략) … 그런 말하기 속에는 역사적 민족의 본질, 즉 그 민족의 세계사로의 귀속이라는 개념들이 그 민족을 위해 실천된다. (199쪽)

'역사적 민족'이라는 개념의 중요성을 끌어내고 그것을 칸 자신의 지적 환경과 관련짓기 위해서 우리는 아주 다른 텍스트를 끌어들일 필요가 있다. 그것은 플라시드 템펠스 신부의 『반투 철학*La philosophie bantoue*』으로 이 책은 1949년 '프레장스 아프리켄*Présence Africaine*'의 첫 번째 책으로 재출간된 뒤 엄청난 중요성을 획득한 책이다.[20] 템펠스는 전문적 민족지학자도 아니고 전문적 철학자도 아니었으며, 다만 1933년 벨기에령 콩고에 있던 발루바족Baluba 사이에서 선교 활동을 했던 성직자였다. 콘래드가 『암흑의 핵심』에서 인간의 가능성 중에 가장 본연의 가능성을 구현하는 것으로 그린 바로 그 지역에서, 『반투 철학』은 존재론, 철학적 기준학, 심리학, 법체계, 그리고 윤리학을 갖춘 선진적 부족 지혜를 발견했다고 주장했다. V. Y. 무딤베가 『아프리카의 발명*The Invention of Africa*』에서 지적한 바와 같이 『반투 철학』은 벨기에의 식민지적 기획의 문명화 사명이 원주민 문명의 가능성 앞에서, 그리고 특히 신과의 토착적 관계의 가능성 앞에서 흔들리던 '문화적 의심'의 순간을 재현한다.[21] 그것은 또한 민족철학ethono-philosophy, 즉 지역적 세계관을 체계 철학의 관점에서 기술하고자 한 철학 학파의 기본 텍스트가 되기도 했다. 템펠스가 그런 가능성을 전혀 예상할 수 없었다는 것은 틀림없다. 『반투 철학』은 방법론을 발명한 것도 아니고 철학 학파의 기반이 될 만한 기획을 그리지도 않았다. 민족철학적 기획이 명백한 방법론을 획득하게 된 것은 1956년 『반투 철학과 르완다 문학*La philosophie bantu-rwandaise de l'être*』에서 템펠스의 작업을 체계적으로 검토하고 수정한 알렉시스 카가메Alexis Kagame의 시도와 더불어 가능했을 뿐이다.[22] 『반투 철학』은 또한 유럽의 관찰자들이 비서양적 세계관을 공감 있게 그린 최초의 순간을 나타내지 않는다. 이전에도 레비브륄Lévy-Bruhl과 마르셀 그리올Marcel Griaule의 작업이 있었다. 알리운 디오프Alioune Diop가 레오폴드빌에서 이 책을 우연히 발견하지 않았더라면, 아마도 이 책(아프리카 판본은 성직자에 의해 금지되었다)은 전적으로 잊혀지고 말았을 터였다. 무딤베가 말한 것처럼, 20세기 말까지 계속되었던 담론과 논쟁을 촉발한 것은 (반투 철학을 존재론, 기준학, 윤리학 등과 같은 (잠정적으로) 서양적 범주들로 분할한 것뿐만 아니라) 어쩌면 이 책의 이름, 즉 반투 철학이 보여주는 명성이었다.

하이데거의 사유만큼 『반투 철학』으로부터 동떨어져 있는 것도 없는 것 같다. 하이데거는 대단히 철학적이고, 매우 체계적이고, '현존재의 시원적 단계'에는 거의 관심이 없으며, 민족학에 대해 경멸적이다. 민족학은 "현존재에 대한 부적절한 분석학을 그 단서로서 이미 전제하고"[23] 있기 때문이다. 다른 한편, 우리는 민족 공동체와 같은 것이 때로는 구조적으로 중요한 위치에서 등장한다는 것을 봤고, 따라서 하이데거와 템펠스 간에는 더 깊은 유사성이 있지 않을까 질문해볼 가치가 있다. 확실히 하이데거가 우리가 그가 사용하고 있는 것으로 알고 있는 언어를 펼치고 있을 때, 그의 철학이 갖는 민족학적 양상은 쉽게 간과되어버린다. 그 무엇도 자신의 언어에 의해 사유가 결정되는 경로들에 대한 반성적 자각보다 더 자연스럽고 정당한 것처럼 보이는 것도 없을 것이다. 우리는 심지어 '역사적 민족'을 외재적인 것으로 언급하는 것, 즉 그것을 민중volk에 대한 원파시즘적 집착의 흔적으로 언급하는 것도 무시할 수 있다. 이런 무시가 정말로 그런 흔적들과 마주해야 하는 방식이라고 하더라도 말이다. 그러나 우리가 '그리스 텍스트'에 대한 하이데거의 설명을 본다면, 근본적으로 민족철학적인 그의 방법을 알아보기가 훨씬 더 쉬워진다.

실제 하이데거의 1946년 「아낙시만드로스의 잠언The Anaximander Fragment」은 전년도에 출간된 반투 철학에 대한 템펠스의 작업과 많은 공통점이 있다.[24] 물론 두 연구 사이에는 우연으로 치부될 만한 많은 연관성들이 존재한다. 둘 모두 (존재를 실체나 속성으로 보는 정적인 개념에 맞서) 정도 차이는 있지만 존재에 대한 의인론적anthropomorphism 개념을 펼치고 옹호한다. 각자가 설명하고자 하는 존재 개념은 사실상 의인론적인 것이 아니며, 차라리 사물들을 '실체*substantia*'와 '우연*accidens*'으로 경험하는 시각으로 볼 때만 그렇게 보일 뿐이다. 하이데거에게 그리스인이 존재자의 존재를 '에네르게이아*energeia*'(활동성)로 경험한다면, 템펠스에게 반투족은 그런 존재를 '부코모*bukomo*'(힘)로 경험한다. 두 사람 모두 상대적으로 극소수의 독립적 단어들('에온타eonta', '로고스logos', '모이라moira', '알레테이아aletheia', 그리고 '문투muntu', '부코모bukomo', '비디에vidye')에 대한 주석에 의지한다. 두 사람 모두 하나의 사회를 설정하는데, 그 사회에서는 서양적 근대성으로부터의 급진적 차이가 시간적 우선성을 갖는 것으로 여겨지고, 현 상황은 '타락한' 것으로 간주된다. 두 사람 모두 다른 차원의 진리에 도달하기 위해 그들의 소재에 대한 '정확하고' '축어적인' 전문적 이해를 거부한다. 즉, 템펠스가 '현실적 상황'에 대한 민속학자들의 '객관적 연구'를 거부하듯이, 하이데거는 아낙시만드로스에 대한 학술적 번역을 거부한다. 두 사람 모두 자신들의 해석을, '객관적' 해석들이 자신들의 역사를 설명하지 못함으로써 필연적으로 빠지게 되는 굴욕적 겸손함과 구분 짓고자 애를 쓴다. 각자는 논의 중인 '역사적 민족'을 하나의 사회로, 즉 우리에게 서로 별개의 삶의 영역들로 보이는 것에 대해 독립적인 개념적 체계들(과 독립적 언어들)을 아직 발전시키지는 못한 사회로 파악한다. 특히 법률적 언어(여기서 말은 최초로 사물로부터 분리되고, '문자'는 '정신'과 구분된다)는 아직까지는 존재하지 않는다.[25] 그러므로 사회는 통합적이면서 동시에 존재 그 자체와 더욱 순수한 관계를 맺고 있는 것으로 간주된다. 존재는 아직 독립적 영역들로 구획되지 않은 것이다.

『반투 철학』에서 플라시드 템펠스는 대담한 주장을 펼쳤는데, 이는 전문적 민속학의 입장에서는 너무 조심스러워 한동안 펼치지 못하던 것이었다. "우리가 연구하고자 하는 반투 심리학은 유럽인에 의한 반투족의 관찰에서 비롯된 것이 아니라 반투족 자신의 마음속에서 발견된 것이다."(63쪽) 이것은 바로 하이데거가 한 주장과 같은 것이다. 소크라테스 이전의 단상에 대한 주해에서 하이데거는 우선 "우리의 사유를 …

그리스어로 말해지는 것"으로 번역하기 위해 우리는 모든 '정확한' 번역, 모든 기존의 문헌학적 방법, 모든 어휘적 미묘함을 무시해야 한다, 다시 말해, 본질적으로 우리는 그리스에 대한 유럽적 해석의 전체 역사를 잊어야 한다고 요청한다. 어떻게 우리는 먼저 그리스적인 것을 번역하지 않으면서 자신을 '그리스어로 말해지는 것'으로(혹은 어떻게 먼저 루바적인 것Luba을 번역하지 않고 자신을 루바어로 말해지는 것으로), 다시 말해, 초기 그리스적 사유에 접근 불가능하게 만드는 '서양적' 관점에 우리를 가두어 버리는 바로 그 도구들을 사용하지 않으면서 번역할 수 있을 것인가? 하이데거는 자신의 주장을 역설paradox이란 단어로 표현하고, 그 어려움에 대해 자신이 템펄스보다 더 잘 깨닫고 있다고 말한다. 그러나 문제는 두 사람 모두에게 근본적으로 동일한 것이다. 이 역설은 특별히 탁월한 방법론에 의해서가 아니라 저자 자신의 권위를 통해 해결될 필요가 있다는 것이다. 두 텍스트는 그 글들이 하이데거가 재료와의 "생기 넘치는 관계"(14쪽)라고 부른 것(혹은 템펠스와 관련해서 무딤베가 "생생한 감정이입vivid Einfühlung"이라 부른 것)을 제공해준다는 확신에 근거한다.[26] 하지만 방법론이 결코 그 기획의 진리를 보장하는 근거가 될 수 없다는 것은 방법이 전혀 없다는 말은 아니다.

우리는 언어 그 자체가 두 사상가의 사유에서 열쇠가 된다는 것을 보았다. 그러나 언어는 평균적인 일상성의 특별한 사례일 뿐이다. 템펠스는 다음과 같이 말한다.

> 우리는 언어, 행동 양식, 반투족의 제도와 관습들에 대한 비교 연구를 통해 시작할 수 있다. 그리고 우리는 그것들을 분석하고 그것들의 근본적 개념들을 분리해낼 수 있다. 끝으로 우리는 이 요소들로부터 반투 사상의

> 체계를 구축할 수 있다.
>
> 이것은 사실상 내가 지켜온 방식이다. … (중략) … 그들의 언어를 말함으로써 … (중략) … 사람들은 반투족처럼 사유하고 그들처럼 삶을 바라보는 능력에 도달한다. (28쪽)

비록 그의 언어가 더욱 미묘하다고 하더라도, 하이데거의 방법 또한 근본적으로 동일하다. 그리스어로 '타 온타*ta onta*'(존재하는 것)로 표현되는 것으로 '뛰어 넘어가기' 위해 하이데거는 '타 온타'를 명확히 철학의 주제로 명명한 후기 그리스 사상가들에 의지하기보다는 호메로스가 그 단어를 사용한 방식에 의지한다. 그 방법은 존재자들을 이론화하는 그 단어에 대한 언술이 아니라 그리스 사상과 그 후의 철학을 결정짓는 이 단어의 간단한 일상적 사용이다. "이 단어(타 온타)는 단지 그것이 표현하는 것뿐만 아니라 그 단편적 말의 근원을 가리킨다. 그 단편이 말하는 근원이란 이미 어떠한 표현에 앞서, 학술적 사용뿐만 아니라 보통의 일상적인 토론에서도 그리스어로 말해지는 것이다." 언어는 그 내부에서 사유될 수 있는 모든 것을 이미 체현하고 있다. 언어는 "철학의 외부에 놓이고, … (중략) … 모든 관점에서 사유에 대한 발언들에 선행한다."[27]

그렇다면 사유의 과제는 '역사적 민족'이 이미 경험하고 그들의 언어 속에 맹아적으로 자리 잡고 있는 것을 명료히 풀어내는 것이다. 이것이 『반투 철학』과 하이데거의 그리스적 사유에 대한 글들(암묵적으로는 하이데거 사유의 상당 부분)에 민족 철학이라는 조건을 붙일 수 있는 것이다. 두 사람 모두 평균적인 일상 행위(언어와 더불어 의례, 예술, 노동, 그리고 제도들)에 대한 해석을 통해, '역사적 민족'의 일상생활 행위로부터 존재와의 기원적 관계를 추출하고자 한다. 더욱이 민족ethnos은 번역이나 외부의 오염으로부터 살아남을 수 없는 이러한 관계를 유지할 수 있는 유일한 토대이다. 하이데거의 그리스를 특징짓는 존재와의 관계는 그리스적 사유가 코즈모폴리턴적인 라틴어로 번역되는 순간 사라지고 만다. "이내 '에네르게이아(활동)'가 '현실태actualitas'로 번역되는 존재의 시대가 도래하게 된다. 그 결과, 그리스인은 고립되고 만다."[28] 다른 맥락에서, 하이데거는 동일한 사건에 관해 말하면서 "서양 사상의 뿌리 상실은 번역과 더불어 시작된다."라고 쓴 바 있다.[29] 이 뿌리 상실에 대한 하이데거적 경멸에 담겨 있는 반유대주의적 함의는 잘 알려져 있다. 하지만 그것이 가장 깊이 새기고 있는 경멸의 대상은 모든 코즈모폴리터니즘, 즉 특정 민족의 생활 세계에 뿌리내리지 않는 모든 종류의 문화적 규범과 관습들이다. 템펠스는 문화적 순수성에 대해 보다 신중한 편이다. 결국 선교사로서 그의 목적은 개종이다. 하지만 템펠스의 민족학적 향수를 판단하는 진정한 척도는 '진화된 인간들evolués', 즉 서양적 지식을 흡수한 아프리카인들에 대한 그의 혐오와 경멸 속에서 찾아볼 수 있다. 그는 이들을 '뿌리 없고 타락한 사람들les déracinés et les dégénérés'(19쪽)이라 부르기를 선호했다. 이 '진화된 인간들'이 식민지 기획의 모순들을 자신들에게 유리한 방식으로 직시할 수 있었던 첫 번째 세대를 대표한다는 것은 굳이 말할 필요가 없을 것이다. 적어도 이 두 텍스트에서 '좋은' 의미의 진정성, 즉 존재와의 비물화적 관계는 '나쁜' 의미의 진정성('역사적 민족'의 순수성)에 기반을 두고 있다.

진정성의 관점에서 고려해 볼 때, 초기 그리스인과 반투족의 기이한 유사성은 전혀 놀랍지 않다. 왜냐하면 겉모습에도 불구하고 그것의 기원이 무엇보다 존재에 관한 어떤 실증적 개념에 있는 것이 아니라 물화, 즉 자본capital의 특징이 되는 존재와의 관계에 대한 순수한 부정적 거부에 있기 때문이다. 하이데거에서처럼 덜 미묘하긴 하지만, '단순한 기원적 철학'(105쪽)에 대한 템펠스의 향수는 "인류의 진보에 거의 도움이 되지 않고 … (중략) … 오히려 … (중략) … 근대인을 더욱 불행하게 만드는 데 기여해온 … (중략) … 기계적·물질적·(그리고) 산업적 … (중략) … 진보"(112쪽)에 대항하는 반발인 것이다. 본래의 실증적 내용이 무엇이든지 간에 다른 사회 형식들은 자본과 접촉하면서 그 자신의 한계, 즉 그 자신의 부정으로 변형되고 오늘날 그 자신의 내용물을 결정짓는 '서양'의 '타자'에 불과한 것으로 출현한다. 하지만 하이데거도 템펠스도 자본을 명시적으로 주제화하거나 자본에 대한 개념을 갖고 있는 것은 아니다. 자본 개념에 집착하다 보면 자본 외부의 그 어떤 공간이 보존될 수 있으리라는 생각으로부터 멀어지는 경향이 있을 수 있기 때문이다. 오히려 그들은 근대성을 주체와 대상, 단어와 존재의 연관성을 절단하는 기술적인 인식 체계로 형상화한다. 발루바족에 관해 말하기 위해 템펠스가 사용한 단어들은 하이데거가 그리스인에 관해 말하는 데 쉽게 사용될 수 있다. "그들의 단어는 사물의 실재적 본성으로 나아간다. 그들은 '존재론적으로' 말한다."(67쪽) 한편 물화의 유해한 효과들에 저항하는 진정성 개념에 공감하는 것은 솔깃한 일이긴 하지만, 그것은 심지어 최상의 해석에서조차 단순한 민족지적 향수로 이어지는 듯하다.

적어도 이는 하이데거와 템펠스의 경우에는 사실이다. 처음에는 『애매한 모험』도 이런 민족지적 곤경에 처해 있는 것 같다. 파리와 그 주변의 다양한 장소에서 일어나는 일련의 철학적 대화들이 일어나는 동안 삼바 디알로는 또 다른 아프리카 출신 국외 추방자와 그 가족에게 말한다.

우리를 누르고 있는 이런 망명의 느낌은 우리가 쓸모없는 존재라는 것을 의미하는 것이 아닙니다. 오히려 반대로 그런 감정은 우리에게 필연성을 확립시켜주고 우리의 가장 긴급한 임무를 알려줍니다. 그 임무란 자연을 둘러싼 대지를 열어나가는 것이지요. (153쪽)

이 구절의 의미는 결코 투명하지 않다. 예를 들어, "자연을 둘러싼 대지를 열어나간다"는 것은 무엇을 의미하는가? 이 문장의 '우리'와 '자연' 그 자체 모두 질문에 열려 있다. 하지만 '대지의 열림ground-clearing'이라는 비유는 이미 하이데거의 「예술 작품의 기원」에서 익히 잘 알려져 있다.

존재자들의 한가운데에 열려진 공간이 일어난다. 하나의 열림이 있다. 존재자들과 관련해서 생각할 때, 이 열림은 존재자들보다는 존재 속에 있다. 따라서 이 열린 중심은 존재자들에 의해 둘러싸여 있는 것이 아니다. 오히려 열린 중심 그 자체가 존재하는 모든 것을 에워싸고 있는 것이다. 우리가 거의 인식하지 못하는 무가 그렇듯이 말이다. (178쪽)

'열린 공간'과 '열림'이라는 일상적 용어로 번역된 은유는 사람들이 사물들과 상호 작용하는 공간을 가리킨다. 이 열림에서 드러나는 것 중의 하나는 실로 자연 혹은 '대지'이다(자연은 대지의 다차원적 함의 중의 하나이다). "대지를 제기하는 것은 그것을 열린 영역으로 가져가는 것을 뜻한다."(173쪽) '대지'의 또 다른 함의에는 물질성 그 자체, 즉 농부의 노동의 바탕이자 민족주의 정치학의 토대로서 '흙'이 포함된다. 네그리튀드의 시, 특히 상고르의 시에서 그와 유사한 것이 일종의 범아프리카적인 여성적 원칙이다. 우리는 이미 세계와 대지의 관계, 그리고 세계와 '역사적 민족' 개념 간의 관계를 언급한 바 있다. 그런 관계는 하이데거의 초기 글에는 잠재되어 있었지만 「예술 작품의 기원」에서는 일종의 강박관념처럼 드러난다. "세계는 역사적 민족의 운명 속에서 단순하고 본질적인 결정들의 다양한 경로들의 자기 개방적 열림(존재를 둘러싼 대지의 열림에 관한 또 하나의 표현)이다."(174쪽) 다시 한번, 세계는 '역사적 민족'으로 즉각 되돌려 보내지는데, 이번에는 명백히 사람들의 '역운'과 '역사적 임무'라는 맥락에서다. "예술이 발생할 때마다, 즉, 시작이 있을 때마다, 하나의 힘이 역사 속에 진입하게 된다. 역사는 시작되거나 다시금 출발하게 된다. 여기서 역사는 그것이 어떤 종류이든, 그리고 아무리 중요하다 하더라도 사건들의 시간적 연쇄를 의미하지 않는다. 역사는 민족을 그들의 지정된 임무의 자리로 이동시킨다."(202쪽) 이 구절(여기서 어떤 특정 문화를 인식하는 방식의 본질적 표현으로서 대지의 열림이 너무나 쉽게 특정 민족의 운명적 과제로서 역사에 대한 새로운 시작을 의미하는 '대지의 열림'이라는 공격적인 표현으로 읽힌다)과 이 문단을 시작하는 구절 간의 차이는 무엇인가? 칸이 말하는 대지의 열림이 전 지구적 헤게모니를 위한 기회도 전 지구적 헤게모니의 의도도 존재하지 않는, '아래로부터' 비롯하는 것이라고 지적하는 것으로는 충분치 않다. 또 다른 시각에서 볼 때, 포스트식민적 아프리카의 역사가 증명하듯이, 강제적인 '위로부터'가 아닌 '아래로부터'란 존재하지 않는다.

『애매한 모험』에서 가져온 우리의 마지막 문단의 '자연'과 '우리'는 익숙한 궤적을 따라가는 것 같다. 즉, '아프리카인들'을 동물적 성격에 더 가까운 것으로 규정하는 부정적 정형화가 긍정적 가치를 갖는 새로운 위치에서 발화되는 것이다. 거기에는 근대성의 기술적 장애로부터 자유롭고 대지와 진정으로 접촉하는 아프리카인이라는 정형화된 개념이 마찬가지로 자리 잡고 있다. 이것이 네그리튀드에 대한 사르트르의 실존적 형태에서 말하는 '되돌아온 응시returned gaze'이다. 수치심 속에서 생겨난 동일성이 이제는 자긍심으로 변하게 되는 것이다. 에메 세제르Aimé Césaire가 말하듯이, "결코 스스로 그 어떤 것도 발명해본 적이 없는 이들을 위한 응원"이다.[30] (이에 관해 우리는 5장에서 더 상세히 논할 것이다.) 이 장을 시작하면서 살펴본 바보에 대한 서사, 즉 "진정한 시골의 아들"(86쪽)에 대한 서사는 이런 응시의 최초 출현을 뒷받침하는 경향이 있다. 유럽적 공간이 도로 위의 "엄청나게 단단한 … (중략) … 복원 불가능한 고둥 껍질들"같이 덜거덕거리는 소리로 특징지어지는 데 반해, 아프리카의 공간은 "맨발로부터 느껴지는 부드럽게 솟아오르는 대지"(91쪽)로 그려진다. 하이데거의 농부 신발에 묻어 있는 것과 같은 대지이다. 이는 마치 하이데거의 글에서 농업적 소박함에 대한 향수적 충동(이것은 우리가 서론에서 보았듯이 자본을 전혀 설명하지 않으면서 생산을 개념화하려는 그 어떤 사고에도 실질적으로 필연적이다)이 단순히 아프리카적 맥락으로 번역되는 것처럼 보인다. [하이데거적 사유에서, '회복le regain'은 우리가 이전에 언급했던 핵심 구절인 '진정성의 회복un regain d'authenticité'에서는 '여파aftermath'라고 번역되었는데 그것은 또한 (두 번 수확을 한다는) '이모작second crop'을 뜻하기도 한다.][31] 역사적 과업을 가진 민족이라는 하이데거의 개념이 칸에 의해 간단히 받아들여지는 것 같다. 민족적 진정성의 한 형식이 또 다른 형식과 서로 호응하는 셈이다.

이런 함의들이 소설에 들어 있는 것은 부인할 수 없다. 바보의 서사에서 유럽을 특징짓는 것은 기술이다. "인간이 거주하는 장소에서 나는 이 끔찍한 공간들을 보았다. 거기에는 기계 장치들이 군림하고 있다."(92쪽) 실제로 『애매한 모험』은 생산 기술(아주 맹아적이긴 하지만 문학적 모더니즘의 중심적 관심사이기도 하다)의 의미에 대한 명상으로 간주될 수 있다. 여기서 생산 기술은 '대지' 혹은 물질적 세계에 대한 특정한 정향, 즉 "현실성의 투여"(151쪽), "대상의 지배"(167쪽), "표면의 증식"(78쪽) 등으로 특징지어지는 정향으로 간주된다. 기술(칸의 소설에서 '서양'으로 형상화된다)의 주요 특징은 제목에서 암시되듯이 그 애매성(양가성)이다. "사람들은 저것을 잊지 않으면서 이것을 배울 수 있는가?"(34쪽) 인간 존재를 대상들 중의 하나로 전환하지 않으면서 사물을 정복할 수 있는가? 마르크스적 관점에서, 증가하는 '자본의 유기적 구성'(기술)에 의해 촉발되는 생산력의 엄청난 팽창이 그것을 유지하는 더 거대한 자본주의적 동학을 유지하지 않으면서 지속되거나 가속화될 수 있는가? 매우 다른 관점에서 사유하더라도 이런 애매성은 하이데거가 그 동일한 제목의 글에서 제기한 바 있는 바로 '기술에 관한 질문'에 관한 것이기도 하다.[32]

하이데거의 용어로, '애매성*Zweideutigkeit*'은 그 자체 양가적이다. 『존재와 시간』에서 그것은 '빈말*Gerede, idle talk*'의 근본적 특징을 가리킨다. 즉, 사람들은 '평균적 일상성'에서 진리처럼 보이는 것이 실제 진리인지, 아니면 거짓처럼 보이는 것이 실제로 거짓인지 결코 분간할 수 없다는 것이다. "비록 실제로는 그렇지 않다고 하더라도, 모든 것이 마치 진정으로 이해되고, 진정으로 파악되고, 진정으로 말해지는 것처럼 보인다. 혹은 반대로 전혀 그렇게 보이지는 않는다고 하더라도, 실제는 진정으로 이해되고, 진정으로 파악되며, 진정으로 말해지기도 한다."[33] 이런 애매성은 두 가지 형식을 띤다. 첫 번째는 전형적인 '빈말'의 형태와 일치하는 것으로, 빈말로 받아들여졌던 것이 순식간에 그 토대를 잃고 단순한 한담으로 변질되는 것을 가리킨다. 하지만 『존재와 시간』을 통해 나타나는 더욱 흥미로운 가능성은 '혹은 반대로or else'에 의해 재현된다. 빈말의 형태로 되풀이되는 낡은 생각들과 침전된 생각들을 자세히 살펴보면, 그것들이 진리에 대한 직관적인 이해와 관련 있는 것으로 드러나는 것이다.

하지만 기술에 관한 글에서 우리는 또 다른 종류의 애매성과 마주친다. "기술의 본질은 고상한 의미에서 애매한 것이다. 그런 애매성은 모든 종류의 탈은폐, 즉 진리의 신비를 가리킨다."(338쪽) 이 고상한 애매성은 빈말을 특징지었던 것과는 아주 다르다. 그것은 하이데거가 서양 자체의 본질적 펼침으로 이해하는 것에서 나타나는 세계사적 애매성이다. 그런 애매성은 '위험'과 '구원의 힘'을 가리키는 기술의 잠재성을 가리킨다. 거기에는 특정 기술이 활용되는 용도보다 더 많은 것이 연관되어 있다. '닦달'에 내재하는 위험은 그것이 모든 다른 진리의 양식들을 은폐하면서 지식을 식민화하는 것이 될 수 있다는 것이다. "한편으로 닦달(몰아세움)은 탈은폐의 사건을 향하는 모든 시야를 차단하여 진리의 본질과의 연관을 근본적으로 위태롭게 만드는 주문 요청의 광란을 도발적으로 조장한다."(338쪽) 이런 애매성의 이면이 하이데거가 말하는 '구원의 힘,' 즉 생산력의 엄청난 증가라는 간단한 사실이다. "다른 한편으로 몰아세움은 인간으로 하여금, 아직은 미숙하지만 아마 앞으로는 더욱 노련할 수 있도록, 진리의 본질을 지키는 데 필요하고 쓸모 있는 자로서 견디게 해준다. 그리하여 구원의 힘이 나타나게 된다."(338쪽) 중요한 것은 기술이 궁극적으로 인간을 단순한 원료나 상비 예비재로 축소시키는가, 아니면 반대로 인류를 해방시켜 그 진정한 존재(앞서 보았듯이 '역사적 민족'의 표현인 '포이에시스poiesis'(제작))를 추구하게 하는가 하는 것이다.

칸의 서사는 두 가지 의미에서 애매한 것이다. 『애매한 모험』에서 단순하고 상투적인 표현이나 낡은 이데올로기로 보이는 것이 전적으로 그런 것 같지 않다는 것이다. 진정성의 장소로서 아프리카, 사람들이 대지에 더욱 가까운 장소, 더욱 활기차고 더욱 인간적인 장소로서 아프리카, 이런 표현들은 안내 책자에나 나올 법한 상투적 표현들이다. 하지만 그것은 또한 『애매한 모험』의 더욱 독창적인 관심사를 가리키기도 한다. 시각을 조금만 바꾸면, 우리는 이 모든 것들(가령, 우리가 앞서 '자연'으로 인용한 것)이 실증적으로 재현하고 있는 것이 무엇인지를 묻는 것을 그만두고, 우리가 막 제안하기 시작한 유물론적 시각이 어느 정도까지 텍스트 자체에서 나타나는지 물어볼 수 있을 것이다. 하이데거의 글에서처럼 쟁점이 되는 것은 좋든 나쁘든 어떤 특정한 기술의 효과나 잠재성이 아니라 기술 그 자체의 '의미'이다.[34] 만약 우리가 칸의 소설이 지닌 하이데거적 함의를 진지하게 받아들인다면, 우리는 칸의 '자연'(하이데거가 일반적으로 피하고 있는 개념)이 그 자체로 어떠한 실증적인 의미도 갖지 않는다고 말할 수 있다. 대신에 '자연'은 부정적인 범주로 가장 잘 이해된다. 그것은 닦달당하는 것, 상비 예비재로 전환된 것, 생산과 지식의 공간 혹은 아프리카적 공간의 합리화를 가리키든지 간에 기술의 '현실성의 투입'에 의해 지배되는 것을 가리킨다. '자연'은 기술적 사고의 '지배'에 저항하거나 그것에 의해 압도당하는 것을 의미한다. 『애매한 모험』에서 진정성의 상징은 자본의 외적 경계를 나타낸다. 그것은 머지않아 "인구조사에 의해 체크되고, 분리되고, 분류되고, 표식이 달리고, 징집되고, 관리되어야 할"(49쪽) 것이다. 다시 말해, 그것은 '상비 예비재'로 아직 동화되지 않았거나, 아니면 구조적인 이유로 '상비 예비재'로 동화될 수 없는 것이다.

이것은 우리를 소설의 '고귀한 애매성,' 즉 칸이 자신의 책 제목을 설명하면서 '인간에게 열린 두 가지 길'이라고 불렀던 것으로 인도한다.[35] 다시 한번, 칸은 하이데거적 토대 위에서 움직이는 것으로 보인다. 위험은 기술(유럽에서는 인간처럼 보이는 존재들이 아스팔트 길 위에서 곤충과 같은 기계들을 달그락거리며 지나다닌다는 바보의 이야기에 의해 극화되는 것처럼)이 다른 존재의 양식들을 "무시하고"(153쪽) 식민화 과정을 통해 그들을 완전히 말살한다는 것이다. 하지만 여기서 칸은 또한 하이데거를 지양하기 시작한다. 왜냐하면 하이데거의 관념론이 이런 위험을 순전히 '포이에시스'의 차단으로 표현하고 있다면, 칸의 서사는 이런 인식적 차단을 물질적 역사의 중요한 부분으로, 즉 그것이 약속하면서 동시에 철회하는 식민화와 물질적 이득으로 해석하기 때문이다.

> 서양은 자기 자신의 충동에 사로잡혀 있고, 세계는 서양화되고 있다. 서양을 취사선택하거나 동화하거나 거부하기 위해 서양의 광기에 저항해야 할 때에 거기에 저항하기는커녕, 반대로 우리는 그들이 탐욕을 주체하지 못한 채 단 한 세대 만에 다른 존재로 변모하는 것을 목격한다. (69쪽)

그러나 『애매한 모험』이 하이데거가 정립한 모더니즘적 구조에서 결정적으로 떠나게 되는 것은 바로 '구원의 힘'에서다. 만약 하이데거의 '포이에시스'가 형상미학적인 것의 이론화에서 정점을, 즉 바디우가 철학에서 '시인들의 시대age of poets'[36]라고 부른 것에서 결정적 순간을 표현한다면, 그것은 또한 시적 원리(객관적 문제에 대한 주관적 해결)를 (진정성의 정치학을 통해서든, 아니면 그런 입장이 재앙으로 판명날 때는 "오로지 신만이 우리를 구원할 수 있다"는 '신적 장치deus ex machina'를 통해서든) 객관적인 것의 영역으로 곧장 다시 고양시키려는 시도를 가리키는 것이기도 하다.

『애매한 모험』에서 '구원의 힘,' 즉 '서양으로의 모험'에 내재하는 유토피아적 가능성은 우리가 생각할 수 있는 것이 전혀 아니다. 즉, 서양적 기술의 '광기'에 의한 전면적 식민화에 대한 유토피아적 대안은 하이데거가 개괄적으로 그린 향수적 방식을 따르지 않는다. 그런 방식에서는 자율적 기술은 더 오래된 존재의 경험으로 회귀하기 위한 공간을 열어주고자 할 것이다. 앞서 보았듯이, 진정성의 보증자로서 죽음을 향한 존재는 디알로베의 구체적인 '평균적 일상성'을 통과한다. 그러나 이런 진정성의 양식으로 회귀할 가능성은 엄격하게 차단되어 있다. 칸이 유럽 기술의 메마른 효율성보다는 디알로베 문화의 깊이를 선호하면서 문화적 진정성에 대한 향수적 개념으로 쉽게 도피할 수 있었을 때조차도 그런 선택의 가능성은 도처에서, 즉 삼바 디알로라는 인물 자체는 물론이고 그의 아버지가 자신의 땅에 있는 한 프랑스인에게 한 예언에서도 부정된다.

> 당신이나 우리는 똑같은 과거를 가진 적이 없습니다. 하지만 우리는 정확히 동일한 미래를 가지게 될 것입니다. 각자 분리된 운명의 시대는 끝났습니다. 그런 의미에서 세계의 종말은 우리 각자 앞에 진정 도래했습니다. 왜냐하면 누구도 더 이상 있는 그대로의 자신을 실천하면서 살 수 없게 되었기 때문입니다. 하지만 우리의 다양하고 오랜 성숙의 기간 끝에 한 명의 아들이 세상에 태어날 것입니다. 대지의 첫 번째 아들 말입니다. (79-80쪽)

다양한 측면에서 "세상의 종말은 진정 우리 앞에 도래했다." 각각의 세계, 각자의 '개별적 운명'은 모두 종말에 이르렀고, 더욱 중요한 것은 '세계' 그 자체, 즉 '개별적 존재 자체의 단순한 실행'으로서의 진정성의 가능성이 더 이상 가능하지 않게 되었다는 것이다. 세계, 즉 역사적 민족의 '길'을 가리키는 하이데거적 범주는 이제 종말에 이르렀다. 식민적 순간의 '기이한 여명' 이후에 별개의 독립적 문화 세계들은 더 이상 존재하지 않는다.

이 예언은 진정성으로의 회귀가 가능하다는 것이 아니라 식민지인의 경험이 현재 우리가 파악할 수 없는 새로운 형식의 윤리적·정치적·경제적 삶("심연 위로 그 넓은 창문을 활짝 열게 될"(80쪽) "미래의 성채la cite future"(92쪽))에 결정적으로 기여하는 잠재력을 갖고 있다는 것이다. 인식적 형식으로서 기술은 '아직 아닌 것not-yet'의 가능성을 보존하는 어떤 것, 이 미래 도시의 이면에 놓여 있을 주체성의 양식, 즉 인간 존재의 가능성들을 지향하는 사회적 총체성에 의해 지양될 것이다. 그렇다면 이 미래 도시에는 어떻게 도달할 수 있는가? 이 미래를 위해 '대지를 열어가는' 긴급한 과제를 짊어진 '우리'는 누구인가? "바로 그것이 이 신생 도시에서의 우리의 과업이다. 우리 모두는 힌두인, 중국인, 남아메리카인, 흑인, 아랍인이고, 우리 모두는 서툴고 불쌍하며, 우리 모두는 저발전의 상태에 있기에 완벽한 기계적 적응의 세계에서는 거북함을 느낀다."(80쪽) 다시 한번 하이데거의 시적 사고에서 차단된 것이 칸의 산문에서는 환하게 밝혀진다. 서양적 태도를 동화하고자 하는 '충동'의 경우에서처럼 '무'의 경험도 그것을 생산하는 물질적 역사와의 연관성을 끊을 수는 없다. 그러므로 이 '우리'는 변형된다. 그것은 민족적·인종적 정체성을 대신하기보다는 역사적·경제적 경험을 가리킨다. '자연을 둘러싼 대지를 열어나갈' '우리'는 기술의 혜택으로부터 체계적으로 배제된 이들이다. 즉, 문화적 '세계'에 의해 구성된 존재의 경험은 저개발의 경험으로 변형된다.

한편, 자연을 둘러싼 '대지의 개방'은 인간적인 것의 잠재성과 대상의 잠재성 간의 차단막을 보존하는 동시에 대상 세계의 지배가 진전될 수 있는 가능성을 가리킨다.

> 서양은 … (중략) … 대상을 지배하고 동시에 우리를 식민화한다. 만약 우리가 우리 스스로를 대상으로부터 분리하는 차이를 서양에게 일깨우지 못한다면, 우리는 대상이나 진배없게 될 것이고, 결코 대상을 지배하지 못할 것이다. 그리고 우리의 패배는 이 지상의 마지막 인간 존재의 종말이 될 것이다. (154쪽)

'대상의 지배'는 대상 세계와의 어떤 상상적이고 회상적인 선험적 관계성을 지지하기 위해 거부되어야 하는 것이 아니다. 『애매한 모험』에서 진정성 개념은 그것이 단지 회상, 즉 비기술적 인식 체계에 대한 단순히 통절한 향수에 불과한 것이 될 만큼 민족*ethnos*과의 연관성을 희박하게 만든다. 그 기원이 무엇이든 이런 필연성을 부과하는 차이는 궁극적으로 물질적이고 위치적인 것이지 민족적이고 본질적인 것은 아니다. 여기서 칸이 이르게 되는 통찰은 제국주의가 사실상 이미 실증적 차이들을 위치적인 차이들로 변형시켜버렸다는 점이다. 한편으로 '아프리카' 혹은 '비서양' 문화들의 내적 일관성과 상호 교환 가능성은 이데올로기적이며 비서양적 타자에 대한 정형화이다. 다른 한편으로 바로 이런 정형화는 실재적인 것, 즉 모든 비자본주의적인 생활 방식을 자본의 지류로 전환하는 것에 근거한다. 그러므로 그것은 우리에게 현실 정치적 동일화의 가능성을 일깨운다. 비록 진정으로 비서양적인 인식 체계로 회귀하는 것이 불가능하다고 하더라도, 그 기억은 인간의 가능성을 상비적 예비재로 전환하는 것을 지향하지 않으면서 자본주의의 '사물의 지배'를 보존할 수 있는 사회적 총체성을 향한 추진력으로 기능할 수 있다. 칸의 서사에서 '구원의 힘'과 등가적 가치를 갖는 것은, 저개발의 경험을 통해 기술적 인식 체계에서 대상 세계의 지배와 인간 존재의 구체적 잠재성 둘 모두를 보존할 수 있는 어떤 다른 존재 양식으로 도약하는 것이다.

하지만 이는 단지 소망일 뿐이다. "저것을 잊지 않으면서 이것을 배울 수 있는가?"라는 질문은 은밀히 "저것을 잊지 않으면서 이것을 배워야 한다."라는 추상적 명령으로 변형된다. 그럴 때 그것은 "한 세대 만에 어떻게 [스스로] 변신하는가" 하는 문제보다는 단순히 어떻게 "취사선택하거나 동화하거나 거부하게" 되는가 하는 문제가 될 뿐이다. 그러나 이런 선택은 존재하는가? "만약 내가 디알로베 사람들에게 새 학교에 가라고 말하지 않는다면, 그들은 가지 않을 것이다. 만약 그렇게 되면 그들의 집은 폐허가 될 것이고, 그들의 아이들은 죽거나 노예가 될 것이다. 극심한 가난이 확고하게 뿌리를 내리게 될 것이다."(34쪽) 예컨대, 국제통화기금IMF으로부터 돈을 빌리는 결정의 경우처럼 실제로 해야 할 만한 선택은 그리 많지 않다. 보존할 만한 문화적 경로가 무엇이든, 아마도 가난은 그 경로의 하나는 아닐 것이다. 그러나 일단 선택하게 되면, 하지 않은 비선택non-choice은 행동의 장을 심각하게 제약하게 될 것이다. 만약 좋은 것(사물의 지배로서의 기술)과 나쁜 것(인간 존재의 지배로서의 기술)이 변증법적으로 관련되어 있다면, 다른 하나 없이 하나를 취하라는 명령은, 가난을 생산하지 않는 시장경제를 소망하는 자유주의처럼 공허할 뿐이다. 서론에서 우리는 기술의 발전과 식민주의가 모두 자본의 기능이라고 주장했다. 이것은 삼바 디알로가 "서양은 … (중략) … 대상을 지배하면서 동시에 우리를 식민화한다."(154쪽)라고 언급할 때 추상적이지만 거기에 나름대로 접근했던 것이다. 제국주의와 기술, 그리고 경험의 물화는 모두 동일한 것, 즉 모든 외적 한계들을 극복하려는 자본의 경향들이 표현된 것들이다. 식민화의 공격성과 '충동'은 서양이 아니라 자본에 속한다. 여기서 시장의 영원한 확장은 자본의 지속적인 존재를 위한 전제 조건이 된다. 기술 또한 비슷하다. 생산력의 증가 이면에 놓인 주된 충동은 기술이라는 관념의 자동적 전개가 아니다. 반대로 기술적 진보들은 이윤의 극대화와 노동력 재생산 비용에 의해 재현되는 한계 간의 갈등에서 생겨난다.[37] 기술의 '공격성'은 자본의 '영속성'과, 주체성을 극복되어야 할 한계('수요')로 해석하려는 자본의 경향이 의인화된 이미지에 불과하다. 합리화의 원칙은 그 자체로 계산 가능성이 투기와 투자의 전제 조건이라는 사실의 표현이다. 존재의 분절화와 정신과 문자 간의 분리로 '함몰'되는 것은 상품 형식을 중심으로 조직화된 사회의 양상들이다. 그리고 (점차 증가하는 제3세계의) 실업자로 구성된 산업예비군을 포함한 모든 것들의 상비 예비재로의 전환은 기술적 인식 체계의 한 특징일 수도 있지만, 우리가 그것을 궁극적으로 생산 비용을 낮추라는 명령으로 환원할 때만 가능하다.

'무' 개념을 정교하게 펼친 실존주의에 대해서 아도르노는 다음과 같이 말한 바 있다. "대중은 … (중략) … 자신의 무를 존재로 이해하고, 현실적이고 피할 수 있고 적어도 교정할 수 있는 욕구를 인간의 이미지 중에서 가장 인간적인 요소로 존중하는 것을 배우고 있다."[38] 우리가 보았듯이, 『애매한 모험』은 이러한 관계성을 자기의식으로 가져간다. "라크루아는 아무것도 갖고 있지 못한 이들이 무에 매혹되는 것은 기이하다고 생각했다."(78쪽) 사람을 '인간 자원'으로 보는 철저히 비인간적 개념에 동화되기를 거부하는 것, 즉 인간의 힘을 무한히 조작 가능한 '상비적 예비재'로 전환하는 것에 저항하는 것은 이런 개념으로부터 비롯하는 물질적 이익으로부터 사실상 체계적으로 배제된 이들의 몫이 된다. 이것이 진정한 통찰의 씨앗을 품고 있다고 하더라도, 이 문제를 해결하기 위해서는 하이데거적 언어를 자기의식의 수준까지 고양시키는 것만으로는 가능하지 않다. 그리고 지난 40년 동안의 성찰은 우리에게 나쁜 믿음의 암시들을 자유롭게 의심할 수 있게 해준다. 삼바 디알로의 '무소유', 즉 반식민적 지식인의 '무소유'는 무산계급 아프리카 대중들의 '무소유'와는 다른 차원의 것이다. 그들은 자신의 무를 선택할 수 있기는커녕, 닐 라슨Neil Larsen이 독일 정치경제학자 로베르트 쿠르츠Robert Kurz를 따라 '돈 없는 화폐적 주체들'이라 불렀던 이들이다. 즉, 그들은 비자본주의적 생산의 유산에 의존하지도 못하고, 심지어 최저 수준의 자본주의적 생산 순환에도 접근하지 못하는 개인들이다.[39] 이런 상황에서 '아무것도 소유하지 못한 이들'이 곧장 유토피아적 가능성을 재현하는 것으로 간주될 수는 없다. 오히려 그런 가능성은 그들이 재현하는 세계체제의 잠재적 위기를 통해, 그리고 그들을 정치적 주체로 조직할 수 있는 정치학을 통해 매개되어야 할 것이다.

이런 시각에서 볼 때, 저개발의 주체적 경험을 유토피아의 원리로 고양시킴으로써 현실적인 경제적 저발전의 과정들은 차단당하고, 『애매한 모험』은 결정적인 것을 자신이 극복하고자 희망했던 것에 맡겨버리고 마는 듯이 보인다. 이럴 때 소설이 제기하는 선택은 애당초 그것의 모습과는 다른 것이다. 진정성, 즉 현재의 가장 공감적인 해석으로 이해하자면, 물화의 극복은 인간을 위한 기획인가, 사회적 총체성을 위한 기획인가? 만약 그렇다면, 이런 기획에서 추상화되는 것은 그것의 이데올로기적 내용이다. 우리가 서론에서 반식민적 유토피아 일반과 관련하여 보았듯이, 누구라도 칸의 '미래 도시'를 지지할 수 있다. 왜냐하면 그곳에 도달하기 위한 프로그램이 존재하지 않기 때문이다. 그것이 고취하는 만장일치의 분위기는 허위적인 것이다. 그 만장일치가 역사적으로 지시하는 것은 최초의 독립 아프리카 정부들의 집권에 수반되었던 대중주의적 희열감이었기 때문이다. 사실상 '아무것도 소유하지 못한 이들'을 동원하고자 하는 정치를 통해 매개되고, 거기에 구체적인 내용이 주어졌다면, 칸의 기획은 훨씬 더 논쟁적인 것이 되었을 것이다. 비록 진정성이 즉시 사회적 총체성으로 투영될 수 없다고 하더라도, 다른 한편에서 그것은 '서양적 가치들'과의 대면 속에서 (종교적이거나 혹은 다른 사적인 경험으로) 계속해서 유지될 수는 있다. 하지만 물화에 대한 저항을 사적 영역에서의 보상과 연결 짓는 것은 애초에 관건처럼 보였던 전적으로 새로운 사회의 창조에 대한 가능성과는 상당히 다른 것이다. 『애매한 모험』이 제기하는 가능성은 모더니즘의 미적 유토피아를 특징지었던 것과 동일한 타협 속으로 주저앉고 만다. 즉, 사회적 총체성의 차원에서 생겨난 문제를 순전히 사적인 보상으로 대체해버리는 것이다.

하지만 여기서 핵심은 『애매한 모험』을 하이데거의 '닭달'처럼 매혹적인 근원이 되는 관념론으로 비난하려는 것이 아니다. 오히려 주목할 만한 것은 『애매한 모험』이 이미 그 내부에 자신에 대한 비판을 구현해 두고 있다는 점이다. 소설의 마지막 부분에서 잠재적으로 '대지의 첫째 아들'(80쪽)인 삼바 디알로는 디알로베족의 대지로 소환되는데, 그곳에서 삼바는 바보에 의해 늙은 코란 선생님의 환생으로 오인된다. 그러나 어느 날 바보는 돌아온 아들이 그가 처음 떠날 때 했던 약속을 더 이상 구현하지 않는다는 것을 깨닫게 된다. 분개한 나머지 그는 삼바 디알로를 때려눕히게 되는데, 그때 삼바는 모든 애매성이 해소되었음을 암시하는 불가사의한 목소리를 듣는다. 우리는 물론 칸의 수피즘Sufism을 진지하게 받아들일 필요가 있다. 그러나 마지막 애매성의 장면에서 삼바디알로에게 해결책처럼 보인 것이 그를 제외한 다른 이들에게는 해결책이 아닌 것이다. 종국적으로 그의 개인적 운명이 그것이 재현하는 것으로 보였던 공동체적 열망보다 우세하게 된다. 우리가 장차 윈덤 루이스의 소설에서 반복적으로 등장하는 것으로 보게 되듯이, 사후의 삶을 기다려야 하는 해결책이란 현세에서 해결 불가능한 모순을 함의하는 경향이 있다. 칸이 스스로 말한 것처럼 삼바의 죽음은 "여기 이 지상에서 해결책을 찾지 못했던 문제들을 해결하는 한 방식"이다.[40] 삼바가 죽는 순간, 반식민적 지식인('대지의 첫째 아들')의 추상적인 유토피아적 희망은 그것의 포스트식민적 대립물로 전환된다. 그것은 단지 '이 대지 위의 마지막 인간'의 패배처럼 보일 수 있다.

주

1) Cheikh Hamidou Kane, *L'aventure ambigüe*(Paris: Julliard, 1961); *Ambiguous Adventure*, trans. Katherine Woods(London: Heinemann, 1972).

2) 각 경향에 관한 사례들은 열거하기에는 너무 많다. 하지만 최근의 흥미로운 사례는 J. P. 리틀(J. P. Little)의 현학적이고 풍부한 정보를 가진 읽기 안내서인 『셰크 아미두 칸 : 애매한 모험(*Cheikh Hamidou Kane: L'aventure ambigüe*)』(London: Grant and Cutler, 2000)이다. 리틀은 이러한 해석적 가능성 중 두 가지를 철저하게 탐색하지만 그 이상 나아가려고 하지 않는다. 그의 특별한 관심은 "서양" 문학 전통(고전적 산문 형식과 철학적 대화의 형식)을 가장 뚜렷하게 끌어들이고 있는 것 같은 텍스트의 요소들이 "구술 문화 사회에서 단어의 중요성"(45)에 관한 민족지적 정보를 제공할 수밖에 없게 되는 방식에 있다.

3) William Faulkner, *The Sound and the Fury*(New York: Random House, 1990), 3.

4) 하지만 『애매한 모험』은 조이스와의 주제적 유사성이 없지는 않다. 가령 우리는 추방과 귀환, 파리의 코즈모폴리턴 교육의 낯설게 하는 힘과 같은 주제들, 그리고 식민화된 국가에 대한 알레고리로서의 반자서전적인 형식을 생각해볼 수 있다.

5) 이 평론가는 『애매한 모험』에 대해 "때로는 너무 논문 같고 너무 잘 쓰여져 있다. 모든 사람들, 심지어 그랑 로얄의 사람들조차 철학자들의 모임에서 사용되는 언어로 말하고 있다(parfois trop dissertant, et trop bien écrit, car tout le monde, même la Grande Royale y parle un langage de congrès de philosophes)."라고 불만을 토로한다. P.-H. Simon, "L'aventure ambigüe," *Le Monde*, July 26, 1961, cited in Little, Kane, 43.

6) "Monsieur Cheikh Hamidou Kane est interviewé par le Professeur Barthélémy Kotchy," *Ètudes Littéraires* 7.3(December 1974): 479–480.

7) 첫 번째 불어판에 실린 뱅상 몽테유(Vincent Monteil)의 서문과 J. P. Little, "Autofiction and Cheikh Hamidou Kane's L'aventure ambigüe," *Research in African Literatures* 31.2(summer 2000): 72를 보라. 리틀의 글은 칸 소설의 전기적 소재를 논의하는 데 있어 매우 유익하다.

8) Jean-Paul Sartre, "Orphée noir," introduction to Senghor, *Anthologie de la nouvelle poésie nègre et malgache de langue française*(1948; Paris: Presses Universitaires de France, 1969), ix–xliv, at xxix.

9) 리틀은 우리에게 디알로베족이라는 이름은 주인공의 이름을 상기시키는데 이는 '디알로 사람들'과 같은 의미임을 알려준다.

10) Abiola Irele, "In Praise of Alienation," in *The Surreptitious Speech*, ed. Mudimbe, 203.

11) 『애매한 모험』의 "실존적" 측면과 죽음이라는 주제는 항상 주목을 받았지만, 실존적 측면을 보증해주는 것이 다름 아닌 죽음의 주제라는 점은 일반적으로 이해되지 못했다.

12) Heidegger, *Being and Time*, 296–304.

13) 실제 하이데거와 칸 소설의 허구적 주인공 둘 모두는 서양 사상의 핵심적 계기로 데카르트를 지적한다. 이러한 지적이 관례에서 벗어난 것은 아니지만 두 경우 모두 이 계기를 종교적 확실성에서 과학적 확실성으로의 "타락"으로 특징짓는 것은 놀라운 일이다.

14) Sartre, "Orphée noir," xxix.

15) 첫 번째 불어판에 실린 뱅상 몽테유의 서문은 칸의 다음 말을 인용한다. "비록 이슬람이 서아프리카의 유일한 종교는 아니라고 하더라도, 그것은 가장 중요하다. 나는 이슬람이 (아프리카의) 핵심적 종교라고 생각한다." (*L'aventure ambigüe*, 6–7)

16) Martin Heidegger, "The Origin of the Work of Art," trans. Albert Hofstadter(trans. altered by David Farrell Krell), in *Martin Heidegger: Basic Writings*, trans. of "Der Ursprung des Kunstwerkes," Holzwege(Frankfurt am

Main: Vittorio Klostermann, 1957).

17) Theodor Adorno, *The Jargon of Authenticity*, trans. Knut Tarnowski and Frederic Will(Evanston, IL: Northwestern University Press, 1973), trans. of *Jargon der Eigenlichkeit: Zur deutschen Ideologie*, 1964; Pierre Bourdieu, *The Political Ontology of Martin Heidegger*(Stanford: Stanford University Press, 1991).

18) Heidegger, "Der Ursprung des Kunstwerkes," 58.

19) Adorno, *The Jargon of Authenticity*, 7-13. 다시 말해, 존재와의 관계로 간주되는 것은 사실 사회적 구조와의 관계이다. 예컨대, 하이데거의 일상적 명사들의 진정한 기원에는 자본과 (미적·감상적 이유로 인해 소농들을 유지하는) 부르주아 사회와 관련하여 소농들의 역사적으로 새롭고 불확실한 상황이 자리하고 있다. "소농들에게 지불되는 보조금은 이 단어의 실제적 의미에 그 특수한 말의 기원적 단어들이 추가된 것의 토대가 된다." (56)

20) Lilyan Kesteloot, *Lesécrivains noirs de langue française: Naissance d'une littérature*(Brussels: Éditions de l'Institut de Sociologie de l'Université Libre de Bruxelles, 1965), 270; Mudimbe, *The Invention of Africa*, 137. 반투 철학(Bantu Philosophy)이 더 적절한 번역일 수 있다. 사실 템펠스는 단 하나의 철학 체계를 구축하고자 했기 때문이다. 영어판 인용은 다음에서 가져온 것이다. Placide Tempels, *Bantu Philosophy*, trans. Colin King(Paris: Présence Africaine, 1959). 번역할 때 킹은 불어판의 의미를 명확히 파악하기 위해 네덜란드어 원본을 참조하였다. 불어판에 대한 참조가 의미를 명확히 하는 데 도움을 주면 Placide Tempels, *La philosophie bantoue*, trans. A. Rubbens(Paris: Présence Africaine, 1949)에서 인용한다.

21) Mudimbe, *The Invention of Africa*, 50.

22) Alexis Kagame, *La philosophie bantu-rwandaise de l'être*(Brussels: Académie Royale des Sciences Coloniales, 1956).

23) Heidegger, *Being and Time*, 51.

24) Martin Heidegger, "The Anaximander Fragment," trans. David Farrell Krell, in *Early Greek Thinking*, ed. and trans. David Farrell Krell and Frank Capuzzi(New York: Harper and Row, 1984), trans. of "Der Spruck des

Anaximander," in *Holzwege*.

25) 템펠스와 하이데거 모두 이러한 "타락"을 설명하지 않았다. 그것은 루카치적 관점에서 볼 때 상품 형식의 발전에 따른 필수적 추론처럼 보이는 분절화의 과정이다. 문자와 정신의 분리는 모든 법칙이 엄격히 계산 가능한 것이어야 한다는 자본의 요구의 결과이다.

26) Mudimbe, *The Invention of Africa*, 136.

27) Heidegger, "Anaximander," 28, 32.

28) 같은 책, 56.

29) Heidegger, "The Origin of the Work of Art," 149.

30) Aimé Césaire, "Cahier d'un retour au pays natal," in *Aimé Césaire: The Collected Poetry*, ed. Clayton Eshleman and Annette Smith(Berkeley: University of California Press, 1983), 68.

31) 이 또한 '여파'의 원래 의미라는 사실은 우리를 즐겁게 해준다.

32) 이 글은 자본주의에 대한 분석 없이 이 질문에 대한 대답을 제시할 수 없다. 하이데거가 뜻밖의 반전의 힘에 기대는 것, 즉 "신만이 오직 우리를 구할 수 있다."라는 그의 격언적 강조는 "닦달" 개념의 한계를 보이는 징후이다.

33) Heidegger, *Being and Time*, 217.

34) Heidegger, "The Question Concerning Technology," trans. of "Die Technik und die Kehre," 1954.

35) "애매하다는 것은 여기 인류의 두 가지 가능한 길이 기술되고 있기 때문이다."("Ambiguë parce que … il est décrit là deux voies possibles de l'humanité.") "Monsieur Cheikh Hamidou Kane est interviewé par le Professeur Barthélémy Kotchy," 480.

36) Badiou, *Manifeste pour la philosophie*, 49–58.

37) 이 현상에 대한 가장 잘 알려진 표현은 『자본』에 나온다. "1830년 이후에 이루어진 전체 발명의 역사를, 오로지 자본에게 노동계급 반란에 대항할 무기를 제공하기 위한 목적을 위한 것이라고 쓰는 것도 가능할 것이다."(Karl Marx, *Capital*, trans. Ben Fowles, New York: Random House, 1976, 1:563)

38) Adorno, *The Jargon of Authenticity*, 65.

39) 독일어본은 Robert Kurz, *Der Kollaps der Modernisierung: Vom Zusammenbruch des Kasernensozialismus zur Krise der Weltökonomie* (Frankfurt am Main: Eichborn Verlag, 1991)를 보라. 닐 라센(Neil Larsen)의 아주 유용한 해설은 "Poverties of Nation: The Ends of the Earth, 'Monetary Subjects without Money' and Postcolonial Theory," in *Determinations: Essays on Theory, Narrative, and Nation in the Americas* (London: Verso, 2001), 55–56을 보라.

40) "une manière de resoudre les problèmes dont on n'avait pas trouvé la solution ici-bas." Quoted in Little, *Cheikh Hamidou Kane*, 81.

제2부

역사

4장

『훌륭한 군인』과 『퍼레이드의 끝』
—절대적 향수

우리가 이미 앞 장에서 주체성의 영역에서 역사의 영역으로 이행해왔다는 것을 눈여겨볼 수 있었을 것이다(이 이행을 결코 자명적이지 않게 만들어줄 수도 있었을 매개적 개념이 없이 이루어지긴 했지만 말이다). 포드 매덕스 포드Ford Madox Ford의 가장 탁월한 소설이 보여주는 향수와 애가적 어조는 『애매한 모험』과 서로 공명한다. 왜냐하면 두 작품은 역사의 측면에서 볼 때 동일한 아포리아를 공유하기 때문이다. 『훌륭한 군인*The Good Soldier*』과 『퍼레이드의 끝』이 가진 소설의 힘은 주체성에 대한 특별히 놀랍고 깊은 탐구로부터가 아니라, 역사를 숭고의 양식으로, 즉 명명할 수 없는 것으로 접근하는 서술의 양식에서 비롯한다. 개념화될 수 없고 전적으로 외재적인 것으로 보이는 역사의 공격 앞에서 포드의 작중인물들은 단지 뒤로 물러날 수 있을 뿐이다.

1930년대 이후 10년을 주기로 포드는 재발견되어왔는데, 그 새로움은 새로운 세대의 경험에 의해서가 아니라 누군가의 쓰레기통에서 버려진 걸작을 다시 건져 올리는 식으로 이루어졌다. 1939년 사망한 이후 포드는 그의 작품에 대한 대중적이고 비평적인 무시를 탄식하는 목소리가 들리던 주요 작가 중의 한 명이었다. 에즈라 파운드, 그레이엄 그린Graham Greene, 윌리엄 카를로스 윌리엄스, 위스턴 휴 오든Wystan Hugh Auden 등이 계속해서 그런 글을 쓴 바 있다. 레베카 웨스트Rebecca West는 1915년 『훌륭한 군인』의 서평에서 이 작품이 이미 포드의 최고 절정기에 해당하는 작품이라 증언한다.

> 포드 매덕스 훼퍼Hueffer(1919년에 그는 개명한다)는 영국 문학의 학생 집시Scholar Gypsy 같은 인물이다. 그는 바로 앞에서 사라지는 순간에만 인정받는 작가이다. … (중략) … 불행히도 [이런 인정은] 그가 10년 전에 우연히 문간에 남겨둔 작품이 뒤늦게 그리고 열렬하게 발견되는 형태를 띠고 있다.[1]

지난 60년 동안 (항상 위대성을 강조하면서도 당연시하지는 않았던) 포드 비평의 방어적 자세는 확실히 그의 명성에 긍정적이기보다는 부정적이었다. 그럼에도 불구하고, 포드 작품의 몇몇 양상들 가운데 동시대 독자들의 감상을 방해하는 어떤 양상을 상기할 수 있다면, 그가 그동안 등한시되어온 이유들의 친숙한 목록을 살펴보는 것도 유용할 수 있다. 비록 그중 어느 것도 충분하지 않겠지만 말이다.

포드 작품에 대한 최초의 공격은 그의 작품이 다른 정전들과 동화되기 어렵다는 것이었다. 그의 최고작은 너무 늦게 세상에 나왔고, 너무 뒤틀어놓았으며, 초기 프랑스 모더니즘의 영향을 너무 받아 19세기 영국의 위대한 선배 작가들과 같은 급에 둘 수 없다는 것이다. 그러나 『훌륭한 군인』의 초반부 일부 장들이 윈덤 루이스가 참여하던 암갈색 표지의 《돌풍*Blast*》이라는 잡지 창간호에 발표되었음에도 불구하고(포드가 영국인의 악덕과 미덕에 대한 루이스의 관심을 공유하면서 소용돌이파Vorticist의 '선언'에 적극적으로 경도되었다고 생각해볼 수 있었기에 이 잡지에 게재된 것이 그렇게 부적절해 보이지는 않았다)[2] 그가 그 당시의 전통에 너무 흠뻑 젖어 있었기에 '만인의 만인에 대한 투쟁*bellum omnium contra omnes*'의 장이었던 문학적 모더니즘에 완전히 동참할 수 없었다. 포드의 걸작, 즉 『퍼레이드의 끝』이라는 제목의 4부작은 너무나 분산적이라서 (엘리엇과 울프의 작품이 문학적 평가에 부여하는 관점을 기준으로 볼 때) 그들의 것과 같은 모더니즘적 작품과는 비교될 수는 없다.

둘째, 포드의 작품을 전체적으로 파악하는 것은 불가능할 뿐만 아니라 그렇게 파악하려는 노력 또한 가치가 없다는 것이다. 포드는 생전에 80권이 넘는 작품들을 출간했고, 수많은 에세이들과 미발간 원고들을 남겼다. 47년이라는 활동 기간 동안 80권의 탁월한 작품들, 혹은 읽어볼 만한 작품을 생산한다는 것은 거의 불가능했을 터이고, 심지어 그의 최고작조차 거의 예외 없이 그의 활력을 떨어뜨렸다. 포드의 중요하지 않은 작품과 접하는 것은 『퍼레이드의 끝』과 『훌륭한 군인』의 영향력을 확대하기보다는 감소시키는 기이한 효과를 가진다. 텔레비전 연기자가 영화 배역을 맡게 되는 경우처럼, 그에게 퍼져 있는 독특한 몸짓은 그 기념비적 공연의 가치를 떨어뜨릴 수 있다.

더구나 조이스와 칸의 경우처럼 포드는 삶에 근거하는 소설을 썼다. 하지만 그 두 사람과 달리, 포드의 삶은 대중의 시선을 받았고 종종 공적 추문에 휩싸였다. 예를 들어, 포드의 바이올렛 헌트Violet Hunt와의 비정상적인 결혼은 그의 법적 부인인 엘지 훼퍼Elsie Hueffer에 의해 진행된 법정 소송을 통해 대중적으로 알려지게 되었다.[3] 『퍼레이드의 끝』이 출간될 시점에 소설의 등장인물인 크리스토퍼 티젠스와 그의 아내 실비아의 관계는 명백히 포드와 헌트의 연애와 이별에서 가져온 것으로 보였을 것이다. 그들의 관계는 신문에서도 수차례 다루어졌다. 이런 맥락에서 실비아 티젠스의 보복적인 섹슈얼리티에 관한 포드의 묘사는 주체적 경험을 의도적으로 사회적 총체성의 부분적 재현으로 활용한 것이라기보다는 자신의 개인사의 이기적인 장식물로 여겨질 수 있다.

이 모든 것들은 전에도 여러 번 언급된 바 있다. 포드가 냉대를 받게 된 비슷한 이유들을 발견하기 위해서는 지난 60년 동안 나온 그에 관한 그 어떤 전기와 비평 연구의 서문들을 보기만 해도 된다. 물론 이런 등한시가 긍정적인 면도 없지 않은데, 보다 확고하게 정전화된 모더니즘 작가들에게서는 가능하지 않은 지속적 재발견을 가능하게 해준다는 점에서 그러하다. 하지만 비록 이런 외재적 설명들이 나름의 역할을 하는 것은 틀림없지만, 이런 설명 중 어느 것도 포드의 상대적 모호성을 설명하는 데는 충분하지 않다. 다른 작가들은 포드와 달리 모더니즘과 그 선례 간의 간극으로부터 구제되었고, 다른 정전 작가들도 포드처럼 읽히지 않는 소설들을 썼기 때문이다. 그리고 포드가 그의 작품에서 자기 책임을 면하려는 성향을 아무리 드러냈다고 하더라도 그가 실패했을지도 모르는 시점으로부터 이미 상당한 시간이 흘러버렸다. 추문에 휩싸인 자서전적 언급들도 연구자를 제외한 사람들에게는 이미 오래전에 잊혀졌다. 하지만 포드의 위대한 소설들이 회자되는 것을 막은 또 다른 요인이 있는데, 어쩌면 이것은 모든 다른 요인들보다 훨씬 중요할지 모른다. 즉, 그의 소설은 오직 한 번만 읽힐 수 있다는 것이다.

사람들은 원한다면 『퍼레이드의 끝』을 여러 번 읽을 수 있다. 그것은 즐거운 읽을거리이다. 하지만 『훌륭한 군인』이나 『퍼레이드의 끝』과 같은 소설을 처음 읽는 것은 그 후에 읽는 것과는 근본적으로 다르며, 처음 읽었을 때의 강렬함과 독특함을 다시 만회한다는 것은 거의 불가능한 일이다. 왜냐하면 포드의 최상의 글쓰기가 주는 일차적 효과는 '당혹감bewilderment'이기 때문이다. 이 효과를 거두기 위해 사용되는 기술들에 대해서는 차후에 살펴보겠지만, 당분간 『훌륭한 군인』이나 『퍼레이드의 끝』을 읽는 중간에 누구도 상황이 어떻게 진행되는지를 진정으로 파악하지 못하지만, 그렇다고 해서 그 무엇도 누락되거나 보류되어 있지 않으며 후세를 위해 그 어떤 신비스러운 수수께끼도 삽입되어 있지 않다는 것을 지적할 필요는 있다. 전원적 목가들은 그 이유에 대한 일말의 설명도 없이 히스테리적인 시각으로 전환된다(그리고 한 문장의 행간 내에서 다시 돌아간다). 즐거운 오찬, 손목을 필사적으로 움켜쥐는 손, "마치 그녀의 말이 멈춰버리기라도 한 것처럼" 자리에 앉기 전에 의미심장하게 머뭇거리는 아내와 같은 병적인 비유들이 도입되지만,[4] 이에 대한 설명은 우리가 닿을 범위 밖에 존재하되, 영원히 주변적 시야 속에 갇혀 있는 어떤 움직임처럼 그 범위를 겨우 넘어서 있을 뿐이다. 포드에게는 이따금씩 복잡한 문법적 종속 관계를 지향하는 제임스적 경향에도 불구하고 즉시 이해될 수 없는 문장(혹은 구절이나 장면)은 하나도 존재하지 않는다. 그러나 그의 소설에는 의미를 드러내기를 거부하면서도 엄청나게 중요한 의미를 지니고 있는 듯한 문장들과, 고딕적 신비감을 전적으로 결여하지만 일반적으로 콘래드만이 기술할 수 있었던 깊은 불안감을 야기하는 구절들이 존재한다. 반복해서 읽으면 읽을수록 더 세밀한 의미들을 가려낼 수 있도록 설계된 『율리시스』의 주요 효과와 달리, 포드식 문장이 제공하는 불길한 전조는 두 번째 읽을 때는 완전히 사라지고 만다. 왜냐하면 독자들이 『훌륭한 군인』을 다시 읽을 때, "세상에! 실제의 시간이었던 것 같지 않다."(8쪽)와 같은 문장은 단순한 전조에 불과하게 된다. 왜냐하면 독자는 더 이상 그것이 '무엇을 위한 시간'인지를 필사적으로 알고자 하지 않을 것이기 때문이다.

주체를 보편적이고 추상적이며 공허한 대상과 다시 연결하는 숭고는 그 자체의 역사적 내용을 억압하는 데 근거한다. 칸트의 경우에 본체noumenon는 현상의 외부에 존재하는 것으로 구성되고, 모더니즘 일반의 경우에 추상적 물thing은 사회적 총체성의 보다 구체적인 개념을 대체한다. 그렇다면 모더니즘적 숭고의 역사적 양식은 어떻게 보일까? 포드가 콘래드와 몇 년 간의 협력을 통해 출간한 성과물(가령, 4차원 세계에서 온 강탈자들이 영국 정부를 접수하는 것에 관한 정치적 알레고리인 『계승자들*The Inheritors*』을 들 수 있다)보다 더 잘 알려진 것은 이 협력 기간에 이루어진 기술적·형식적 혁신들이다. 이런 협력 때문에 콘래드는 '인상주의impressionism'라는 명칭을 쉽게 획득하게 되었던 것 같다. 그는 1897년 『나르키소스호의 검둥이*The Nigger of the Narcissus*』의 서문에서 소설은 "마치 회화처럼 … (중략) … 감각을 통해 전달되는 인상이어야 한다."라고 썼다.[5] 포드의 문학적 방법론을 개진한 글인 「인상주의에 관해On Impressionism」보다 약 20년 앞서는 콘래드의 이 말은 포드의 글이 제기하는 재현적·인식론적 주장에 관해 보다 논쟁적이고 보다 간결하며 더욱 명료하다. 그러나 비록 콘래드의 인상주의와 밀접하게 연관되고 그것에 의해 명백히 영향을 받았다고 하더라도, '인상주의'에 관한 포드의 양식은 더욱 복합적이고 더욱 야심적이다. 따라서 콘래드의 인상주의 이론은 모더니즘적 숭고에 관한 포드적 양식을 이해하기 위한 이상적 출발점을 제공한다. 그것은 인상주의적 방법을 실질적인 4차원, 즉 시간과 궁극적으로는 역사로 확

대한다.[6]

『나르키소스호의 검둥이』의 잘 알려진 서문에서 콘래드는 우리가 『율리시스』에서 발견한 것보다 더 기본적이면서도 스티븐의 에피파니 epiphany 이론에 부합하는 모더니즘 숭고의 형식을 서술한다.

> 예술 그 자체는 다면적이면서도 하나인 진리, 세계의 기저에 놓인 진리를 조명함으로써 최상의 정의justice를 가시적인 세계로 표현하려는 헌신적인 시도로 정의될 수 있다. 그것은 그 형식들, 색채들, 물질의 양상들과 삶의 사실들 속에서 가장 근본적인 것, 가장 영속적이며 본질적인 것 — 하나의 계시적이고 신뢰할 만한 속성 — 그 존재의 바로 그 진리를 찾아내려는 시도이다. (vii절)

콘래드가 말하는 감각적 경험의 "모든 양상의 … (중략) … 기저에 놓인 다면적이면서도 하나인 진리"는 칸트적 본체, 즉 숭고한 대상에 의해 간접적으로만 직관되는 경험의 접근 불가능한 기체substratum에 대한 설명이다. 대상은 단순히 그 자체가 될 수 없다. 만일 대상이 '영속적이면서 본질적인 것'에 접근할 수 있으려면, 대상은 스스로를 자명성에 붙잡아두는 개념으로부터 분리되어야 한다. 콘래드의 인상주의는 개념의 매개로부터 자유로운 단순한 감각적 지각들을 통해 경험의 기저에 있는 '진리 그 자체'에 도달하고자 한다. 그러나 『율리시스』의 언어에서처럼 인상주의적 언어의 첫 번째 효과는 진리를 드러내는 것이 아니라 그것을 철회하는 것이다. 순수한 감각적 언어는 전혀 내용을 가질 필요가 없다. 그것은 사물과 사건들로 결코 응결될 수 없는 감각적 자료에 대한 순수한 기록일지 모른다. 예컨대, 『암흑의 핵심』은 F. R. 리비스Leavis, 치누아 아체베, E. M. 포스터와 같은 다양한 비평가들로부터 그 표면 아래에 아무런 내용을 가지지 않는다고 비판받아왔다.

> 그러나 갑자기 우리가 방향을 틀려고 애쓰는 순간, 골풀 담장, 뾰족한 초가지붕, 터져 나오는 비명, 휘젓는 검은 사지, 박수 치는 손뼉, 동동 구르는 발, 좌우로 흔들리는 육체들, 미동도 없이 무겁게 처진 나뭇잎 아래에 희번덕한 눈동자들을 희끗 볼 수 있었다. 증기선은 암흑의 이해할 수 없는 광기의 가장자리로 천천히 다가갔다. … (중략) … 우리는 주변 상황에 대한 이해로부터 차단되어버렸다.[7]

이 이미지의 실제 내용(아체베가 콘래드를 비판하기 위해 선택했던 이미지)은 그 이미지 속에 주어진 단편들로부터 재구성될 수 없다.[8] 우리에게는 하나의 기술이 아니라 단지 고립된 감각 인상들만 주어져 있으며 그런 인상들이 무엇을 재현하고 있는지를 전혀 의식할 수 없다. 여기서 장치는 "우리는 주변 상황에 대한 이해로부터 차단되어버렸다."(42쪽)라는 서사에 의해 명시적으로 동기화되어 있다. 이것은 말로와 그의 선원들을 가리키고 있지만 인상주의적 언어 그 자체에 관한 기술이라 할 수도 있다. 지성 작용intellection은 처음부터 함께 주어져 있다기보다는 감각 인상들을 위해 중지되어 있다. 그런 감각 인상들에 사후적으로 하나의 이름이 부여될 수는 있겠지만 그것들은 결코 완전하게 재구성되지는 않는다. 『로드 짐』에서 말로가 "깨진 만화경처럼 뒤범벅된 색깔들"이라 말한 것은 인식 가능한 대상으로 회복될 수 없는 것들이다.[9] 우리에게 남겨지는 것은 엘리엇이 말한 '부서진 이미지들의 더미', 혹은 포드의 『훌륭한 군인』의 화자가 말한 것처럼 '의미 없는 그림'(254쪽)뿐이다. 인상주의의 감각적 언어를 통해 우리에게 주어지는 것은 물 그 자체가 아니라 그것의 속성들의 목록이다.

콘래드가 서문에서 한 인식론적 주장, 즉 감각 인상들의 순수한 기록이 "우리가 질문하는 것을 잊어버린 진리에 대한 순간적 인식"(xi절)을 제공할 것이라는 주장, 즉 개념의 매개를 포기함으로써 물에 더욱 가까이 다가갈 수 있다는 주장은 하나의 모순을 내포한다. 어떤 대상, 가령, 인간 얼굴이나 전화 벨소리와 같은 것에 대한 인식은 직접적인 데 반해, 감각 인상들은 그런 대상으로부터 멀어지는 추상화의 행위를 통해서만 그런 인식으로부터 분리될 수 있다. 역설적으로 덜 매개된 것으로 보이는 것(상식적이거나 계산적인 관점에서 볼 때, 감각적 자료들은 그것이 의식을 통해 해석되기 전에 감각 기관들에 의해 미리 등록되어야 한다)이 의식의 관점에서는 더욱 매개되어 있다. 감각적 자료들은 물 그 자체로부터 멀어지는 후속적인 매개 과정을 통해서만 도달될 수 있다. 그런 점에서 물자체는 이미 항상 해석되어 있고 개념을 통해 매개되어 있는 것이다. 콘래드의 인상주의적 언어가 기록하고 있는 것은 해석에 앞선 진리가 아니라 ('마을,' '거리 풍경' 등에 의해 명명되는 기존 보편적 세계가 전제하는) 진리에 관한 선행적이고 암묵적인 주장에 대한 순수한 부정적 거부이다. 만약 어떤 내용이 인상주의적 언어로부터 재구성되어야 한다면, 그것은 회피했어야만 했던 개념을 통해서만 전달될 수 있다.

인상주의의 재현적 구조 내부의 이러한 모순은 우리가 모더니즘적 숭고의 일반적 특징으로 인식해왔던 정치적 애매성과 짝을 이룬다. 콘래드가 빈정대듯 말한 것처럼 과학은 "비중을 가진 물질들, 즉 … 우리 신체에 대한 고유한 관심과 … (중략) … 우리의 소중한 목적들의 찬미와 수단의 완성"(vii-viii절)에 관심을 갖는다. 과학과 철학의 언어는 "우리의 상식에 대한 권위적인 발언을 통해 호소한다.” 사실 “우리의 맹신”(vii절)에 호소하는 것이다. 사전에 완성된 의미를 전달하는 ‘상식적’ 언어와는 반대로 콘래드식 인상주의의 감각적 언어는 이미 모더니즘적 유토피아의 일반적 형식을 따른다. 즉, 그 언어는 세계와의 조화로 여겨지는 상식의 세계에 대한 명확한 부정이면서 동시에 지성 작용을 거부할 때 상식이 거부한 것에 대한 적응이기도 하다.[10] 다시 한번 말해, 숭고한 대상은 진리에 대한 신비적 접근을 제공하기보다는 특정한 종류의 진리 부재를 알리는 징후이다. 콘래드의 문학적 인상주의의 내용은 자명성과 경쟁하기보다는 그 내용과 반대되는 상식을 통해서만, 그리고 일반적으로 콘래드의 서사들이 종종 받아들이고 있는 도덕적 이야기의 형식을 통해서 제공될 수 있다.

방법에 관한 포드의 주장은 이런 콘래드식 인상주의와 관련해서 고려되어야 한다. 이것과 비교할 때 포드의 주장은 더욱 온건하고 더욱 정교한 편이다. 한편으로는 (포드가 『훌륭한 군인』을 한창 쓰고 있던 1914년에 출간된) 「인상주의에 관해」는 콘래드의 서문보다 훨씬 더 작가적 기교와 관련이 있다. 이 글은 대개 특정한 효과들을 성취하는 작가적 조언에 관심을 두고 있고 인상주의적 언어의 진리 내용에 대한 주장으로부터 비교적 벗어나 있다. 다른 한편으로 이 글은 ‘인상’의 개념을 엄청나게 복합적인 것으로 만든다. 그 개념은 작가와 독자 사이에서 둘로 나뉘고, 더 중요하게는 감각적 지각의 즉각적 순간에서 기억의 통시적 공간으로 전환된다.

포드의 명백한 관심은 진리에 있는 것이 아니라 생생한 현실감 verisimilitude에 있고, 언어가 감각적 인상들을 제대로 평가하는가에 있다기보다는 언어가 독자에게 어떤 인상을 불러일으킬 수 있는가에 있다.

다시 말해, 등장인물의 차후 행동이 첫 문장의 흔적을 지닐 수 있도록 등장인물을 어떻게 소개할 것인가? 발언을 어떻게 해야 무한한 대화를 생산하지 않을 수 있는가? 자살의 시점을 어떻게 잡아야 최대의 효과를 낼 수 있는가? 포드식 인상주의의 강력한 근거는 기술적 언어를 회상된 경험의 리듬과 동일한 시간에 두는 것이다. 인상주의적 언어는 가능한 한 '삶에 진실'하려고 하되 사물의 표면을 평가함으로써가 아니라 '인상'이 회상되는 방식을 재생산함으로써 그렇게 한다. 콘래드의 인상주의와 포드의 인상주의 간의 결정적 차이는 포드의 것이 시간적이라는 점이다. 공시적 이미지들보다는 통시적 사건들이 해체되고 서로 자유롭게 연상됨으로써 "회상의 기록"(41쪽)이라는 환영을 제공한다. 따라서 특정 차원에서 포드식 인상주의는 이론적으로 환영주의적이다. 즉, 기억의 "환영을 생산하는 것"(44쪽)이 그것의 궁극적인 이유인 것이다. 그러나 포드의 인상주의는 사건의 차원에서 콘래드의 기술적 언어에 함축된 변증법을 재연한다. 다시 말해, 인상주의의 현실효과reality-effect는 또 다른 추가적 매개를 통해서만 성취된다.

이것은 포드의 텍스트에 있는 '인상'의 두 가지 의미를 통해 증명될 수 있다. '인상'은 단순히 텍스트에 의해 환영적으로 전달되는 허구적인 회상된 인상들을 나타내는 것이 아니라 텍스트가 독자에게 끼치는 현실적 효과를 나타낸다. 포드의 인상주의는 통상적으로 지성 작용을 통해 대상 세계로 구성되는 감각적 자료를 재현하려고 시도하는 것이 아니라, 보통 회상 작용을 통해 사건으로 구성되는 혼란스러운 기억을 재현하고자 시도한다. 그러나 포드적 의미에서 생생한 현실감('인상'이 기억 속에서 회상되는 방식에 대한 정당한 평가)과 효과(독자에게 미치는 '인상')가 아무런 문제를 야기하지 않으면서 동일시될 수 없다. 우리에게 기억의 과정보다 훨씬 더 가까운 것은 기억 그 자체이다. 콘래드식 인상주의와 대상 세계의 경우에서처럼 포드식 인상주의에서 기억 과정의 재현은 사건 그 자체로부터 멀어져가는 추상화의 행위를 요구한다. 첫째 의미의 '인상'은 두 번째 의미의 '인상'이 추구하는 목표로부터 멀어지려는 경향을 가리키는 것이다. 하지만 포드가 실제로 더 큰 관심을 둔 것은 "인간 정신의 분석"(48쪽)을 통해 인상의 구조에 충실하기보다는 효과, 즉 독자에게 생산되는 인상이었다. "만약 예술의 최종적 임무가 설득시키는 것이라면, 그것의 첫째 임무는 흥미를 유발하는 것이다."(46쪽) 이 두 가지 임무들의 불균등성이 표면에 균열을 초래하기 때문에 콘래드식 변증법은 자기의식에 보다 가까웠다. 또 다른 차원에서 콘래드의 인상주의의 경우처럼 매개되지 않은 회상의 효과란 이중적 매개를 통해서만 성취된다. 하지만 포드에게서 매개의 과정은 개념의 전횡을 피하고자 하는 숙명적 시도에 수반되는 이미지의 파편화를 낳는 것이 아니라 역사의 매개를 피하고자 하는 유사한 시도를 통해 기억의 파편화를 낳는다.

그러한 파편화가 수행되는 형식적 절차는 『훌륭한 군인』에서 가장 철저한 형태로 실천된다. 외견상 이 소설의 서평처럼 보이는 글에서 시어도어 드라이저Theodore Dreiser는 포드의 글쓰기 방식을 다음과 같이 설명한다.

> 개인적으로 내가 훼퍼 씨에게 하고 싶은 제안은 그는 시작할 때 시작해야 하고 … (중략) … 일단 시작되면 … (중략) … 어느 정도 직선적 방향을 따라가야 한다는 … (중략) … 것이다. 온갖 종류의 것들을 서로 엮어놓고, 상호 참조하고, 또 다시 상호 참조함으로써 나중에서야 어디선가 이야기가 완결되게 하는 것은 책을 내려놓게 만들 정도로 사람들을 당혹스럽게

한다.[11]

21세기의 독자들에게 한 소설의 모든 문장이 이야기를 '직선적 방향'으로 전개하지 않는다는 데 대한 의미 없는 비평처럼 보임에도 불구하고, 드라이저의 좌절은 『훌륭한 군인』의 기억 언어와 그것이 피하고자 한 것 간의 거리, 즉 드라이저가 "멋진 이야기의 작성"(50쪽)이라고 말했던 것에 가해진 폭력을 상기시킨다.[12] 만약 『훌륭한 군인』이 연대순으로 다시 서술된다면, 그것도 서사가 얼마나 격렬하게 재조직되었는가를 명확하게 보여주기 위한 단계로서 다시 서술된다면, 그것이 어떻게 보였을지를 상상하는 것이 유용하다. 미국인 존 다웰은 약간 머뭇거리는 젊은 여성 플로렌스와 결혼한다. 플로렌스의 후견인들은 선뜻 동의하지 않았고, 두 연인은 눈이 맞아 달아난다. 유럽에 머무르는 동안 신부 플로렌스는 심장마비에 걸린 환자인 양 연기하며 지낸다. 그녀는 그 이전 유럽 여행 중 파리에서 만난 젊은 남성과 불륜 관계를 이어갔고 그 후에는 그로부터 협박을 받기도 한다. 남편 다웰은 어리석게도 전혀 모른 채 그녀의 몸 상태가 부부간이든 아니든 성관계가 불가능하다고 믿고 있다. 플로렌스는 유럽식 온천에서 만난 부유한 부부의 남편 에드워드 애시번햄과 또 다른 불륜 관계를 시작했는데, 애처롭게도 다웰은 이를 깨닫지 못한다. 애시번햄이 플로렌스와 사랑에 빠졌을 때 그의 이전 연인은 심장마비로 죽는다. 그리고 그가 다른 여성과, 혹은 어떤 다른 이유 때문에 사랑에 빠지게 되었을 때, 플로렌스는 자살을 한다. 그러나 애시번햄은 자신이 사랑하게 된 소녀가 자신의 피후견인이기에 그녀를 가질 수 없다는 이유로 자살한다. 애시번햄의 부인 레오노라는 재혼한다. 소녀는 애시번햄의 자살로 인한 슬픔으로 미쳐가고, 그녀를 사랑하게 된 다웰은 애시번햄의 조상 대대로 살아온 저택을 구입하여 그녀의 보호자가 된다.

이런 식으로 보면 『훌륭한 군인』의 줄거리는 본격 멜로드라마처럼 보인다. 그렇지만 이 소설에는 극적인 순간이 없다. 모든 서사적 절정은 조심스럽게 반전anticlimax으로 바뀐다. 분명한 예를 들자면, 에드워드 애시번햄의 자살에 대한 실제적 서사('주머니칼로 목을 긋다')는 차후의 생각으로 나타난다. 소설의 두 번째 페이지에서 우리는 애시번햄이 소설이 끝나기 전에 죽을 것임을 깨닫는다. 그의 죽음이 자살이 될 것이라는 점도 머지않아 밝혀진다. 하지만 사건 자체는 소설이 외견상 마무리되고 몇 페이지가 지날 때까지도 서술되지 않는다. 레오노라는 재혼하고, 소녀는 미쳐간다. 그 집에 살고 있는 다웰이 화자로서 "이것이 이야기의 끝이다."(252쪽)라고 선언한다. 이야기는 심지어 교훈적인 도덕 혹은 반도덕의 의미를 지닌다. 그때에야 다웰은 "에드워드가 어떻게 죽음을 맞이했는지를 설명한다는 것을 깜박했다는 사실을 별안간 떠올렸다."(255쪽)라고 말한다. 비록 드라이저의 예상이 시대착오적이긴 했지만 그의 서평은 사실 매우 통찰력 있는 것이었다.

> 의미 있는 모든 장면은 몇 마디 말이나 상호 참조만으로 무시되거나 생략되고 만다. … (중략) … 등장해야 할 모든 대화, 관련 인물들의 고뇌와 정신과 마음을 명확하게 드러내줄 계시적 섬광을 포함해야 할 모든 폭풍들은 회피된다. … (중략) … 당신이 실제로 동요되는 일은 결코 없다.[13]

이것은 모두 사실이다. 이는 서사가 열정적이지 않다는 것이 아니다. 『훌륭한 군인』은 '열정에 관한 이야기'(소설의 부제)이고, 모든 열정은 의도한 대로 큰 상처를 입게 된다. 그렇지만 소설이 전개될 때 독자들은 사건의 드라마에 의해 '동요되지' 않지만, 소설은 감정적으로 단조롭지는 않다. 이 텍스트는 여전히 서사적 긴장과 해결에 의해 격렬하게 추동된다. 하지만 그 긴장은 사건에 대한 기대감에 의해 주어지는 것이 아니며, 그 해결 또한 사건 그 자체 때문에 이루어지지는 않는다.

그 대신 독자는 혼란 상태에 빠지게 된다. 『훌륭한 군인』의 주목할 만한 첫 장을 정밀하게 다시 읽어보면, 이 장에서 소설에 일어나는 거의 모든 사건들에 대한 언급이 이루어진다는 것을 알 수 있다. 테디 애시번햄의 협박, 애시번햄 부부의 파국에 이르는 결혼 생활, 애시번햄과 플로렌스의 불륜, 애시번햄 부부의 생활에 대한 플로렌스의 암시, 아내의 불륜에 대한 다웰의 9년간의 우스꽝스러운 무지, 플로렌스와 애시번햄의 죽음, 다웰의 애시번햄 저택 구입 등이 언급된다. 물론 논리적인 순서대로 이루어지지는 않는다. 두 번째 장의 말미에서 우리는 그 외의 다른 부분에 대한 언급들을 발견하게 된다. 다웰과 플로렌스의 이상한 결혼, 애시번햄의 자살을 초래하는 마지막 불륜 관계가 언급된다. 소설을 처음 읽을 때, 스쳐 지나가는 언급들은 좌절스러울 정도로 간접적이다. 애시번햄의 마지막 정사에 대한 언급은 애시번햄과 레오노라 간의 중재자로 존재하는 "그 소녀"(20쪽)뿐이다. 그녀가 갖는 중요성은 그 앞뒤에 있는 언어의 흐름을 중단시킴으로써 문단 전체를 지배하는 한 문장에 의해 드러난다. "내 생각에 그 소녀는 사냥개와 함께 밖에 있었다."(20쪽) 그러나 이것이 그다음 75페이지가 이어지는 동안 우리가 낸시 러퍼드에 대해 알게 되는 전부이고, 심지어 그때에도 우리는 많은 것을 알지 못한다. 이것은 전조이지만, 10년간의 역사에서 발산되는 이미지, 구절, 감정들(때로는 단 하나의 구절과 문장에 불과하다)이 섬광처럼 우리 눈앞에 나타날 때, 그 효과는 당혹스럽다. 그 이후 각 페이지는 이 역사에 대해 작은 빛을 던지지만, 끝까지 그 이면에 드리워진 그림자를 약간 더 짙게 하는 데 그칠 뿐이다. 서사적 긴장을 견인하는 것은 다음에 무슨 일이 일어날 것인가에 대한 불안감이 아니라 이미 손에 쥐고 있는 실마리의 끈을 놓치지 않으려는 독자의 욕망이다.

이 효과는 몇 가지 방식으로 발생한다. 첫 번째는 이와 같은 강력한 전조을 통한 방식이다. 플롯 전체는 미리 주어져 있지만 독자를 철저히 궁금증 속에 머물게 하는 방식으로 이루어진다. 두 번째는 일종의 과장된 일탈의 방식이다. 실제로 우리는 소설의 주요 요소인 낸시 러포드가 처음에 순간적으로 전조를 드리우기 위해 등장한 이후 75페이지가 이어지는 동안 그녀에 관해 전혀 듣지 못한다. 우리가 그녀에 관해 다시 듣게 될 때에도 그녀에 대한 서사는 60페이지가량의 레오노라의 결혼에 대한 회상으로 인해 중단되기 전까지 대략 40페이지 정도 진행되고, 그조차도 플로렌스와 애시번햄의 불륜에 대한 서사로 인해 중단된다. 이 기법은 두 번째 장에서 처음 도입된다. 즉, 다웰은 우리에게 "페르 비달의 슬픈 역사를 생각하게" 만든다. 그러나 우리는 그것과 만나려면 4페이지를 기다려야 한다. 애시번햄 부부와 다웰 부부의 첫 만남(정말 처음인가?)에 대한 서술은 중간에 6페이지가량 중단되고, 그다음에는 22페이지, 그 이후에는 10페이지가 이어지는 동안 중단된다. 가끔 서사의 한 가닥은 영구히 사라지기도 한다. 레오노라가 다웰에게 "나 자신에 관해 — 내가 어느 순간에 알고 있는 것보다 더 많은 것"(46쪽)을 실토했다는 진술은 결코 다시 다루어지지 않는다. 서술은 설명을 약속하는 것 같지만 곧 다른 것으로 넘어가 버리고, 우리는 다웰이 자신에 관해 알고 있는 것이 무엇인지 추측할 수밖에 없게 된다. 서사의 중지가 외부의 소재 때문이 아니라 줄거리의 다른 실마리들의 개입 때문이라는 사실을 제외한다면 이것은 일탈이라 할 수 있다. 서사의 실마리들이 다른 실마리들에 의해 중단되면서, 독자는 다른 실마리들이 들어왔다 나가는 동안에도 한 실마리를 놓치지 않으려고 노력해야 한다. 서사가 한 실마리를 선택할 때 실질적으로 문장 중간에서 다른 실마리를 놓치게 된다. 그리하여 독자는 영원한 중지 상태에 머물게 된다.

다시 말하면, 이것은 다음에 벌어질 일의 중지가 아니라 현재 실제 벌어지고 있는 일의 중지이다. 서술은 그것이 바로 그 순간에 말하고 있는 것에 관해서는 항상 아주 명확하다. 그러나 그 서술이 텍스트를 통해 다양한 순간에 선택되느냐의 여부에 따라 사건의 가치는 끊임없이 변화한다. 중심 사건이 1부의 3장에서 소개된다. 애시번햄 부부는 식당으로 들어가는데 정해진 식탁에 앉는 대신에 완전히 낯선 이방인인 다웰 부부와 식사하기로 한다. 이는 단지 애시번햄이 햇볕이 드는 자리를 싫어했기 때문인가? 혹은 다웰이 나중에 넌지시 암시하듯이, 애시번햄이 이미 플로렌스를 눈여겨보았기 때문인가? 혹은 플로렌스가 이미 애시번햄과 '관계 맺기'로 다짐했기 때문인가? 그들 모두가 '좋은 사람들'이었기 때문인가? 혹은 정확히 레오노라가 플로렌스를 저속하다고 생각했기 때문인가? 아니면 마지막으로 이는 레오노라가 앞서 복도에서 마주쳤던 플로렌스에게 자신들이 얼마나 행복한 부부인지를 보여주고 싶었기 때문인가? 여기저기에서 다웰은 이 사건에 대한 책임을 — 자신을 제외한 — "사각 관계의 집단"(5쪽) 각자의 탓으로 돌린다.

이 각각의 기법의 효과는 일종의 이중적 시각이다. 두 가지 기법—냉혹한 전조와 서사의 중지—은 한 사람이 바라보는 서사가 결코 전적인 주목을 끌지는 못한다는 것을 보증한다. 하나 혹은 그 이상의 사라진 줄거리 가닥들은 항상 배경을 맴돈다. 그러나 이것은 회화적 의미에서의 배경이라기보다는 그것을 통해 행동이 지각되는 투명한 직물scrim이다. 『훌륭한 군인』의 구조는 포드가 「인상주의에 관해」에서 많은 비평가들이 하려고 했던 것보다 훨씬 더 적절한 은유를 통해 기술한 바 있다.

> 진정 나는 인상주의가 밝고 투명한 유리를 통해 보이는 수많은 광경들처럼 실제 삶의 기이한 효과를 만들어내기 위해 존재한다고 생각한다. 그 유리는 너무나 선명한 나머지 당신은 유리를 통해 풍경과 뒤뜰을 지각하는 동안에도 그 표면 위에 당신 뒤에 있는 사람의 얼굴이 반사되는 것을 알게 된다. (41쪽)

바로 그 순간 서술되는 행위는 항상 유리의 반대편에서 일어나고 있다. 그리고 더 희미하지만 유리에 반사되듯이 우리에게 더욱 가까이 있는 것, 그리고 등 뒤에서 몰래 다가오는 것처럼 위협적인 것은 중지된 상태로 남아 있는 줄거리의 다른 모든 가닥들의 운명이다.

서사의 어떤 특정 지점에서 볼 때, 10년간의 서사를 통해 펼쳐져야 하는 플롯의 모든 요소들이 일순간 출현하는 것은 미래로부터의 섬광과 같은 것이다. 훨씬 중요한 문단을 중단시키는 어느 한 문단에 대한 우리의 읽기에는 막연한 불안감이 수반되는데, 그런 불안감은 이 중요한 문단의 파국적인 귀환에 대한 예감이 된다. 그 중단된 단편, 유리 위에 희미하게 지각되는 얼굴은 도래할 것에 대한 전조이다. 사건들은 항상 나중에 밝혀지게 될 진리의 관점에서 끊임없이 재해석되어야 한다. 메이시 메이단은 "심장 문제로 조용하게"(51쪽) 죽는다. 나중에 그녀의 죽음은 별다른 뚜렷한 이유도 없이 "당신이 그것의 의미를 알게 될 때 … (중략) … 매우 무시무시한 것"(67쪽)이 된다. 그러나 우리는 그녀의 죽음이 무엇을 의미하는지를 알지 못한다. 이러한 진술은 과거의 것에 대한 의미를 밝혀줄 (그렇게 추측하는) 미래의 순간을 가리킨다. 독특하게도 이 순간은 더 오랫동안 중지된다. 메이시가 자신이 본질적으로 그녀의 남편으로부터 에드워드를 위해 매수되었다는 것〔플로렌스가 그녀에게 제공해준 정보(73-76쪽)〕을 알고는 그 분노 때문에 발작한 심장마비로 죽게 되었다는 것을 알게 될 때까지 말이다. "그녀는 너무나 그로테스크하게 죽었다. 그녀의 작은 몸뚱이는 큰 가방 속에 들어가 있었고, 그것은 거대한 악어의 아가리처럼 그녀를 집어삼켰다. … (중략) … 튀어나온 것은 … (중략) … 하이힐을 신은 그녀의 작은 발이었다."(75-76쪽) 불과 몇 페이지 전만 해도 데이지는 '매우 조용하게' 죽었다. 조용한 죽음은 미래의 순간에 이르러(76쪽) 끔찍한 것으로(67쪽) 전환된다.

소설의 시작 부분에 화려한 기교가 드러나는 다음 문단은 이 소설 전체의 양식을 확립한다.

> 우리의 친밀함은 미뉴에트 춤과 같았다. 모든 가능한 경우와 모든 가능한 상황에서 우리는 어디로 갈지, 어디에 앉을지, 어느 탁자를 만장일치로 선택해야 하는지 알았기 때문이다. 우리 네 명은 그 누구의 신호가 없어도 함께 일어나서, 항상 온화한 햇볕 속을 걸으며, 혹은 비가 오면 적당한 은신처를 찾아가며 쿠르Kur 관현악단의 음악을 들으러 갔다. … 중략 …
>
> 아니다! 맹세코 그것은 거짓이었다. 우리가 춘 것은 미뉴에트 춤이 아니었다. 그것은 감옥이었다. 타우누스 발트의 그늘진 거리를 지날 때 우리의 마차 바퀴의 구르는 소리보다 더 크게 들리지 않도록 억눌려진 히스테리적인 비명 소리로 가득 찬 감옥이었다.

> 하지만 우리는 신의 이름을 걸고 그것이 사실이었다고 맹세한다. 그것은 진정한 햇볕이었고, 진정한 음악이었으며, 석조 돌고래상의 입에서 분수처럼 뿜어져 나오는 진정한 물이었다. (6－7쪽)

미뉴에트 춤에서 갑자기 광기적 혼란으로 변했다가 다시 부드럽게 강약격의 운율에 따라 타우누스 발트의 그늘진 거리로 돌아오는 중심부 문장은 그 자체로 작은 걸작이다. 악몽적인 시각이 부유층 휴양지의 안락한 세계 속으로 일순간 침입하는 것은 편집증적 환상이 아니라 미의 건축물을 무너뜨리는 숭고the sublime와 다름없다. 달리는 마차를 죄수 호송용 트럭으로 바라보는 시각은 파악 불가능한 진리에 대한 순간적 일별과 같은 것이다. 나아가서 이 진리의 순간적 출현은 화자 측에서의 확실한 노력에 의해서만 무효화되고 다시 차단될 수 있다.

두 번 혹은 그 이상의 읽기에서는 위와 같은 구절의 당혹스러운 애매성은 갈등이나 저항 없이 '현상appearance'과 '실재reality' 간의 진동으로 읽을 수 있다. 텍스트의 해석학적 가능성이 엄격하게 짝으로 묶여 있다는 것은 전혀 우연이 아니다. 『훌륭한 군인』에서 정확한 대립을 이루지 않는 진술을 발견하기란 몹시 어렵다. 이런 애매한 관계는 첫 문단에서부터 시작된다. "나와 아내는 애시번햄 대령과 그의 아내에 대해 알 만큼은 알았지만, 어떤 의미에서 우리는 그들에 관해 전혀 아는 바가 없었다."(3쪽) 하나의 진술과 그것에 대한 부정을 포함하는 그런 구절들이 텍스트 곳곳에 퍼져 있다. 가령, "그녀의 눈은 호의적으로 답변했다. 어쩌면 그것은 호의적인 답변이 아니었을 것이다."(33쪽) 이 문제에 있어 플로렌스, 혹은 애시번햄은 심장병 환자인가 아닌가? 플로렌스 행동의 주요 원인은 두려움(93쪽) 때문인가, 아니면 허영심(117쪽) 때문인가? 다웰은 레오노라를 사랑(32쪽)하는가, 아니면 싫어(252쪽)하는가? 플로렌스는 "잠시도 나의 시야를 벗어난 적이 없었는가"(8쪽), 아니면 "나의 시야에서 늘 벗어나 있었는가?"(88쪽)

이것이 의미하는 바는 화자인 다웰이 말하는 이야기에서 각 사건들은 서로 경쟁하는 두 가지 해석 지평에 의해 동시적으로 지배되고, 두 번째 읽었을 때 비로소 그 두 지평은 하나로 합쳐진다는 것이다. 첫 번째 지평은 지속적인 현재의 지평이다. 즉, 사건은 실시간으로 해석되고 보는 것이 곧 믿는 것이 된다. 두 번째 지평은 미래(즉, 현재의 진리)이다. 즉, 사건들은 이야기의 연대적 기간을 구성하는 "9년 6주간이라는 세월의 마지막을 장식한 특별한 4일"(6쪽)(두 건의 자살과 '사각 관계'를 유지시켜주던 허위적인 전체 망의 붕괴)과의 관련 속에서 해석된다. 두 번째 읽기에서 전체 서사는 이 두 번째 지평을 지향하게 된다. 여기서 두 번째 지평만이 단지 진리가 되고, 그러한 진리를 기록하지 않는 구절들은 기만임을 증명한다.

어느 정도 이 서사 구조는 헤겔의 역사 변증법의 핵심적 특징들을 더욱 친숙한 방식으로 펼쳐 보인다. 헤겔의 유명한 미네르바의 올빼미는 '황혼 녘에 날개를 편다.' 이 말이 의미하는 것은 한 역사적 시대의 의의, 즉 모든 부분적 진리들의 종합과, 그 역사적 시대의 모든 우연적 사건들이 우리에게 갖는 의미가 결코 사건 그 자체를 통해서는 주어지지 않으며, 그 시대를 지나간 과거로 바라보는 시각을 통해 드러나는 총체성으로서만 구성될 수 있다는 것이다.[14] 매우 인상적이면서도 엄청난 비난의 대상이 되고 있는 헤겔의 절대정신Absolute Spirit은 형식적으로 볼 때, 역사가의 시각을 과거의 대상에 투사한 것, 즉 바로 그 순간 즉각적이고 동화 불가능한 사건들에 비추어 끊임없이 재구성되어야 하는 서사적 문제의 총체화와 다름없다. 만약 '돌고래 석상의 입에서 분수처럼 뿜어져 나오는 물'이 현재의 즉각적인 경험이라면, 편집증적 목소리의 침범은 역사적 의식이다. 즉, 그것은 역사를 통해 매개된 현재인 것이다.

일찍이 우리는 숭고를 총체화의 불가능성과 총체화의 필연성 간의 갈등으로 이론화한 바 있다. 만약 『훌륭한 군인』의 첫 번째 읽기를 특징짓는 불안감이 전자 곧 총체화의 불가능성에 기원을 두고 있다면, 후자 곧 총체화의 필연성에 기인한 흥분은 텍스트의 활력을 설명해준다. 이때 텍스트는 우리에게 계속해서 총체적 시각의 단서들을 던져준다. 이런 과정은 이 소설을 단순히 드라이저가 말한 "멋진 스토리"에 머물지 않고 매우 흥미로운 것으로 만들어준다. 그러나 우리가 일반적으로 이런 형식적 운동 속에서 이 텍스트의 유토피아적 순간을 발견하려고 하는 지점에서 우리는 예상치 않게 내용의 차원에서 발생하는 어떤 다른 것을 발견하게 된다. 즉, 그것은 다른 계기(리오타르가 말한 나쁜 '모더니즘'의 특징인 재현의 실패)에 유토피아적 욕망을 투여하는 것 같다. 텍스트의 모든 힘이 총체화의 엄청난 가능성을 제공하는 데 동원되는 반면, 다웰의 모든 힘은 총체화를 궁지에 모는 데 총동원된다. 다음은 우리가 앞서 본 구절을 잇는 문단이다.

> 만약 우리가 동일한 취향, 동일한 욕망으로 행동하고(아니, 전혀 행동하지 않고) 함께 여기저기 일심동체로 앉아 있는 네 사람이라면, 그것은 진실이 아닌가? 만약 내가 9년 동안 속은 썩었지만 아주 양질의 사과를 가지고 있다가, 9년 6주가 되기 고작 나흘 전에 그것이 썩었다는 것을 알게 되었다면, 9년 동안 내가 질 좋은 사과를 가지고 있었다고 말하는 것이 진실이 아닌가? (7쪽)

우선 먼저 이 구절의 욕망은 과거를 지향한다. 하지만 소망의 대상은 이 작은 사교 집단의 역사 내의 어느 특정한 지점이라기보다는 그 역사 자체로부터의 휴식, 즉 직접적 경험의 조건으로의 회귀이다. 이런 의미에서 다웰의 향수는 절대적이며 어떠한 내용으로부터 완전히 독립적이다. 다웰은 자신이 양질의 사과를 가졌던 순간으로 돌아가고 싶어 하지 않는다. 그는 썩은 사과를 질 좋은 것으로 여길 수 있는 조건으로 돌아가고 싶은 것이다. 역사 속에서 깨어났기 때문에 다웰은 다시 잠들기를 원한다.

우리가 지금까지 말해온 모든 것은 또 하나의 가능한 읽기에 의해 복잡해지는데, 그것의 역사적 울림은 포드의 최종적 수정에 의해 강조된다. 지금까지 우리는 이 두 가지 가능한 지평, 즉 직접적 현재의 지평과 역사를 통해 매개된 현재의 지평의 의의를 액면 그대로 받아들여 왔다. 그러나 우리는 다웰이 자신의 모든 기대와 달리 사건 배후의 악당이 되어 손가락 하나 까딱하지 않으면서 역사의 줄을 조정하는 것으로 『훌륭한 군인』을 읽는 방식을 생각해볼 수 있다. 형식적으로 이것은 세 번째 해석 지평의 존재를 가리킨다. 그것은 다웰의 두 지평 중 그 어느 것과도 유사하지 않으며, 오히려 그 두 지평 사이의 진동이 가시화되고 이해할 수 있게 되는 아이러니한 지평이다. 다웰은 도처에서 눈앞에 펼쳐지는 비극적 사건에 대한 '절대적 무지'와 '절대적인 행복' 속에서 살아가는 얼간이 내지 멍청한 구경꾼으로 나타난다. 하지만 다웰은 전적으로 신뢰할 만한 인물이 아니다. 그는 때때로 실수를 저지르기도 한다. 그 결과, 또 하나의 역사가 텍스트에서 구성된다.

내가 그것, 즉 남편은 무지한 바보이고 아내는 백치 같은 두려움을 갖고

> 있는 차가운 관능주의자라는 것을 할 수 있는 한, 명확히 하고자 했듯이, 당신도 거기에 관여되어 있지요. 나는 그녀의 실체가 무엇이었고 무엇이 아니었는지, 그리고 협박하는 연인이 누구인지 전혀 알지 못했을 만큼 너무나 바보였기 때문입니다. (93쪽)

이것이 상황이다. 그러나 "내가 할 수 있는 한, 명확히"라는 표현은 애매성의 형태를 띠고 있다. 텍스트의 곳곳에 자신의 행동에 대한 다웰의 진술이 두 개의 핵심적 해석 지평 내에서 의미가 통하지 않는 지점이 몇 군데 있다. 예컨대, 만약 다웰이 아내의 불륜에 대해 전혀 모른다면, 그리고 아내의 숙부가 그 불륜에 대해 안다는 것을 모른다면, 왜 그에게 그녀의 숙부에게 "그녀의 미덕과 지조에 대한 최고 극찬"(90쪽)을 전해야 한다는 생각이 떠올랐을까? 그는 자신이 볼 때 비난받을 수도 있다는 생각이 전혀 들지 않는 것을 왜 굳이 옹호하는가? 그런 행동은 현재에 대한 다웰의 순진한 과거 인식이나 파국적인 미래로 이어지는 실제적 음모들에 대한 참조를 통해서는, 적어도 다웰이 제공해온 음모와 미래를 통해서는, 일관되게 해석될 수 없다.

다웰이 결코 자기 자신을 위해 행동하는 것 같지 않다는 것은 사실이다. 그는 생계를 위해 아무 일도 하지 않고 다른 특별한 야망도 가지고 있지 않은 것 같다. "나는 아무것도 하지 않았다. 내가 뭔가 했었어야 한다고 생각했지만 그렇게 해야 할 필요성을 지각하지 못했다. 사람들은 왜 뭔가를 해야 하는가?"(15쪽) 이런 의미에서 다웰은 소설 전체에 걸쳐 매우 수동적인 편이다. 하지만 이 외면적 수동성은 그 자체로 효과적이다. 예를 들면, 다웰은 단지 플로렌스의 주치의들이 지시하는 것만 언급함으로써 그녀가 애시번햄과의 불륜 관계를 새롭게 유지해나갈 수도 있었을 해협 횡단을 차단한다. 그가 플로렌스를 거절한 표면적 이유는 바로 그 심장 문제로서 그것은 다웰로 하여금 침실 가까이 오지 못하게 만들고 그녀의 불륜을 숨기기 위한 변명이 되었다. 다웰은 그녀가 거짓말에서 벗어나지 못하게 함으로써 거짓말을 유지시키고 있는 것이다. 그는 "나는 그녀의 생명을 생각해서 그녀가 증기선을 타고 해협을 건너지 못하도록 할 겁니다."라고 말한다. 하지만 그의 정당화는 저절로 무너진다. 그녀를 가지 못하도록 하기 위해 그가 제시하는 이유는 표면상 그녀의 생명을 구하기 위한 것이기 때문이다. "장담컨대 그것이 그녀를 고쳤지요."(90쪽)

다웰의 주장에 따르면, 레오노라와의 뒤늦은 대화에서 "플로렌스가 자살을 시도했었다는 것을 처음으로 알게 되었다. 나는 그런 생각을 해본 적이 없다. 당신은 내가 특이하게 눈치를 채지 못한다고 생각할 것이다."(106쪽) 다웰의 의심, 즉 바로 자신의 눈앞에서 벌어진 9년간의 불륜에 대한 완벽한 무지는 신뢰의 경계를 무리하게 확장한다. 생생한 현실감에 있어 이런 실패가 다웰의 탓인지 포드의 탓인지에 관한 질문에는 오랫동안 대답되지 않았다. 다웰은 플로렌스가 지니고 다녔던 병에 담긴 청산이 일종의 심장 치료약이고, 그녀가 자살하기 직전에 단순히 그 약을 가지러 위층으로 달려가는 줄 알았다고 주장한다. (하지만 다웰에 따르면, 플로렌스의 심장은 "달리기의 … (중략) … 긴장을 견딜 정도가 못되었다."(107쪽)) 그러나 그녀가 달리는 것을 보았을 때 그는 그녀를 말리기를 거부하고, 그녀와 애시번햄과의 불륜을 제지하는 데 자신의 관심이 도움이 될 때도 그런 관심을 전혀 보여주지 않는다. 심지어 그가 그 병 속에 무엇이 들어 있는지 알고 있다는 암시 또한 존재한다. "만약 그 감정이 나를 사로잡지만 않았더라면, 나는 더 일찍 그녀의 방으로 달려가서 그녀가 그 청산을 마시는 것을 막을 수 있었을지도 모른다. 하지만 나는 그렇게 할 수 없었다. 그것은 펄럭이는 종잇조각을 뒤쫓는 것처럼 보였을 것이다. 성인에게는 수치스러운 일이었다."(121쪽) 그가 자신의 목적을 달성하는 것은 경멸의 몸짓과 함께 행동을 거부하는 것을 통해서이다. 플로렌스가 죽은 지 2시간 뒤 그는 낸시를 생각하며 "이제 나는 그 소녀와 결혼할 수 있다."(104쪽)라고 선언한다.

이와 유사하게 다웰은 애시번햄의 죽음을 제지하는 것을 거부한다. 본격 희극이나 다름없어 보이는 순간에 포드가 숭배했을 법한 시골 신사에 대한 패러디인 애시번햄은 자신의 주머니에서 주머니칼을 꺼내들고, 다웰에게 레오노라에게 메시지를 전달해달라고 부탁한다.

> 그는 내가 그를 제지할 의도가 없다는 것을 내 눈을 통해 알 수 있었으리라. 왜 내가 그를 제지해야 하나? … (중략) …
>
> 내가 그를 저지할 의도가 없다는 것을 그가 눈치챘을 때, 그의 눈은 부드러워졌고 거의 측은해 보였다. 그는 말했다.
>
> "안녕, 친구. 이제 좀 쉬어야겠네." (256쪽)

애시번햄의 '리빙스턴 박사급Dr.-Livingston-I-presume'의 침착함에 대한 다웰의 놀라운 감탄은 분명 순진무구하다. 하지만 그의 행위는 사실 순진무구한 것이 아니다. 애시번햄의 죽음으로 다웰은 낸시뿐만 아니라 그가 결코 원한 적 없다고 말하는 것, 즉 애시번햄의 영지 브랜쇼Branshaw를 얻게 된다.

다웰은 자신의 동기에 대한 모든 논의를 열심히 회피한다. 다웰은 낸시와 결혼하고 싶다는 생각을 밝힌 직후 "나는 나 자신의 심리에 대한 분석이 이 이야기와 무슨 상관이 있는지 알 수 없다."(103쪽)라고 말한다. 아무런 동기가 없다는 그의 주장은 그 자체로 사악하다.

> 당신은 내가 낸시 러퍼드와 사랑에 빠졌고, 따라서 (플로렌스의 죽음에 대한) 나의 무관심이 수치스러운 일이었다고 반박할 것이라 생각한다. … (중략) … 나는 그녀의 죽음에 대해 탄식하고 고통스럽다고 말하려는 것이 아니다. 사람들이 프랑스의 카르카손Carcassonne에 가고 싶어 하듯이, 나도 그녀와 결혼하고 싶을 뿐이었다. (121쪽)

그러나 이것은 다웰이 플로렌스에 대한 욕망을 말하려고 할 때 사용했던 것과 동일한 언어이다. "사람들은 왜 뭔가를 하는가? 나는 단지 떠돌면서 플로렌스를 원했을 뿐이다."(15쪽) "나는 플로렌스를 스토이베산트 14번가에서 처음 만났다. 그 순간부터 비록 내가 그녀를 내 사람으로 만들지는 못하더라도, 적어도 그녀와 결혼을 해야겠다고 생각하며 허약한 천성을 가진 사람이 할 수 있는 모든 노력을 쏟았다."(78쪽) 이런 시각에 따라 『훌륭한 군인』은 돌연 브라우닝Browning의 극적 독백dramatic monologues[15]으로 변형된다.

비록 다웰의 무관심(애시번햄과 플로렌스의 자살을 방조할 뿐만 아니라 그들이 자살하게 될 정도로 상황이 악화되는 것을 가만히 지켜만 보는 것) 이면의 동기가 명확하지 않다고 하더라도, 그 결과는 명확하다. 다웰의 이름은 두 가지 차원에서 아이러니한 것으로 여겨져 왔다. '때질못dowel'으로서는 그는 매우 비효율적이며 이야기를 일련의 모순들로 붕괴되도록 내버려두지만, 동시에 그는 '잘해do-well'라는 이름의 얼간이bumbler로 여겨지기도 한다. 그러나 지금까지 봤듯이, 이야기는 다웰이 교활하게 뭔가 하지 않으려고 하는 바로 거기에 있다. 이 이야기는 다웰을 이야기의 모든 사건들과 연결시켜주는 서사적 실마리들을 통해서만 앞뒤가 맞춰진다. 더구나 다웰은 플로렌스 숙부의 재산을 상속받고(그녀가 상속자가 된 것은 다웰이 그녀의 '미덕과 지조'에 관한 편지를 보낸 때문이며 달리 설명될 수는 없을 것이다) 브랜쇼 영지를 사들임으로써 혼자 힘으로 잘해나갈 수 있게 된다do well.

이로써 우리는 『훌륭한 군인』의 역사적 내용으로 되돌아간다. 포드식 문장의 전조, 즉 미래의 괴기한 현존은 1914년 유럽의 실제적 미래에서 그 객관적 상관물과 같은 것을 찾을 수 있다. 『훌륭한 군인』의 서두에 나오는 문단, 즉 히스테리적인 비명 소리를 내는 마차 장면 바로 앞의 문단은 우리가 얼마 전에 겪었던 것과 크게 다르지 않은 고이윤, 노동력 감축, 금융화의 아름다운 시절belle epoque의 결정적 종말로서의 제1차 세계대전의 알레고리로 나타난다.

> 당신이 내게 왜 글을 쓰는지 묻는 것은 당연하다. 그렇지만 내가 글을 쓰는 이유는 아주 다양하다. 한 도시의 약탈 혹은 한 집단의 붕괴를 목격한 인간 존재가 자신이 목격한 것을 적어놓는 것은 특별한 일이 아니다. …(중략) … 누군가는 암에 걸린 쥐의 죽음이 고트족에 의한 로마의 약탈 때문이라고 말했기도 하는데, 나는 우리의 작은 사각 관계의 붕괴가 생각할 수조차 없는 그런 사건이라고 맹세한다. … (중략) … 영속성? 안정성! 이 모든 것이 끝났다는 것을 나는 믿을 수 없다. 나는 방금 전까지 미뉴에트 춤을 추던 그 오랜 평온한 삶이 9년 6주의 시간이 끝나가는 바로 이 나흘이라는 예외적인 시간 동안에 사라지고 말았다는 것을 믿을 수 없다. (6쪽)

첫 문단에 나오는 유비에는 없던 하나의 항목이 들어 있다. 쥐의 죽음은 로마의 약탈이다. 그렇다면 네 사람 관계의 붕괴는 무엇인가? 포드의 위대한 4부작 『퍼레이드의 끝』의 존재(더욱 명백한 방식으로, 제1차 세계대전을 영속성, 안정성 등의 결정적 종말로 보는 것)는 1912년 타이타닉호의 침몰처럼 사회적 미뉴에트 춤의 붕괴가 유럽 역사의 진행에 관한 불길한 어떤 것을 사후적으로 알리고 있다는 생각을 확증하려는 것 같다. 쥐가 로마를 암시한다면, 사각 관계는 유럽을 암시하는 것이다.

이 알레고리적 읽기는 어떤 설명에 의하면 전쟁 발발 이전에 완성된 텍스트에 대한 것으로서는 약간 이상하게 보일지 모른다. 슬라보예 지젝Slavoj Žižek은 『이데올로기라는 숭고한 대상*The Sublime Object of Ideology*』에서 모건 로버트슨Morgan Robertson의 『타이탄호의 침몰, 또는 허무함*The Wreck of the Titan; or, Futility*』이라는 텍스트를 언급한다.[16] 타이타닉호의 실제 침몰 수년 전에 출간된 『타이탄호의 침몰, 또는 허무함』은 봄철 빙하와의 충돌, 탑승객의 규모, 승객 대비 구명정의 숫자 등에 이르기까지 주목할 만큼 정확하게 미래의 사건에 관한 이야기를 들려준다. 물론 지젝은 로버트슨(혹은 포드)이 미래를 예측할 수 있다고 주장하려는 것이 아니다. 그의 요점은 '생각할 수 없고' '파악할 수도 없다'고 가정되는 사건들을 위한 공간이 사실상 미리 준비되고 있다는 것이다. 그리고 타이타닉호의 침몰(『훌륭한 군인』의 휴양지 문화만큼이나 유럽의 자기 이미지의 유동적 구현)이 그 상징적 비중을 곧 유럽 문명 그 자체를 엄습하게 될 대재앙으로부터 끌어내고 있다는 것은 아주 흔한 일이다.[17]

『훌륭한 군인』을 제1차 세계대전의 알레고리로 읽는 것은 어느 정도 포드 자신이 실제 사후적으로 그런 식으로 본 것 같다는 사실에 의해 확인된다. 1914년 잡지 《돌풍》에 발표된 장들과 완성판을 비교해보면 알 수 있듯이, 『훌륭한 군인』의 장들은 완성되고 난 뒤 거의 수정되지 않았다. 하지만 그의 전기 작가 맥스 손더스Max Saunders에 따르면, 포드는 텍스트를 수정할 때 하나의 요소를 강조하기로 마음먹었는데, 그 수정은 생생한 현실감을 규범으로 삼는 포드의 소설에서 유일한 근본적 위반이라 할 수 있다. 포드는 8월 4일이라는 날짜를 강조했는데, 이날 프로렌스는 태어나고 죽고, 다웰과 결혼했으며, 그녀의 모든 불륜이 시작되었다. 이날은 또한 "나의 절대적인 무지, 그리고 내가 당신에게 단언했듯이, 나의 완벽한 행복의 마지막 날"(100쪽)을 나타내기도 한다. 수정할 때 8월 4일을 운명적 날(77-78쪽)로 중층 결정하는 구절이 첨가되었는데 그것은 아주 중요하면서도 일어날 법하지 않은 것 때문에 두드러져 보인다.[18] 그러나 1914년 8월 4일은 물론 영국이 전쟁을 선포한 날이고, 윌슨이 미국의 중립을 선언한 날이다. 미국인이 영국인의 영지를 지배하는 것으로 막을 내리는 『훌륭한 군인』은 1914년 8월 이후에 벌어지는 재앙적인 역사적 사건들의 관점에서 재해석되어야 한다. 새로운 제목(포드 자신의 신화에 따라 전장에서 가져온 것)과 새롭게 강조된 날짜는 이 디스토피아적 미래를 역사 속으로 다시 투영한다.[19] 미국인이 영국인의 장원을 지배하게 된다는 사실은 단지 그 자체의 의미로만 그칠 수 없다. 실제로 그것은 『퍼레이드의 끝』에서 크리켓의 상상적 죽음과 "짐승처럼 비명을 지르는 경기인 … (중략) … 야구"로의 대체를 통해 형상화되는 미국의 경제적 헤게모니(다웰은 브랜쇼를 구입한다)의 전조가 된다.[20]

전형적인 시골 신사에 대해 냉정하고 "탐욕스러운"(118쪽) 존 다웰의 우월적 지배는 민족적 정형을 상징적 차원으로 고양시킨다. 여기서 우리는 제임슨이 윈덤 루이스가 1914년에 출간한 『타르*Tarr*』를 언급하면서 처음 사용한 바 있는 '민족적 알레고리'의 영역 내에 확실하게 위치하게 된다. 포드가 '전쟁 4부작'인 『퍼레이드의 끝』을 조상 대대로 내려온 저택을 미국인이 차지하는 동일한 알레고리적 구조로 끝맺는다는 것은 이런 직관을 확인시켜준다. 그러나 만약 전쟁이 궁극적으로 제국 계승의 경쟁적 쟁탈전(독일의 야심에 맞서 영국과 프랑스가 펼친 주장)이었다면, 경제적 양식의 관점에서 다웰이 브랜쇼를 승계하는 것은 특히 적절하다. 브랜쇼 영지가 인도에서 군 생활을 했던 귀족계급 영국인에게서 미국인 사업가로 넘어가는 것은 전 지구적인 미국의 경제 헤게모니 앞에서 서유럽 제국들의 쇠퇴를 예견하는 것이다.

『훌륭한 군인』에서 향수는 무엇보다도 경험의 직접성에 대한 집중적 관심, 즉 형식적인 역사적 매개라는 두 번째 지평을 지속적으로 거부해야 하는 관심이다. 이런 시각에서 볼 때, 『훌륭한 군인』의 숭고한 대상은 소설이 그 주변을 영원히 순환하고 있고, 다웰도 그것의 의미를 계속해서 피하려고 하는, 대재앙Dasaster이다. 세 번째 해석 지평은 이제는 허위적인 것으로 보이는 향수를 아이러니하게 만들면서 실제적인 의미에서 역사History를 해석의 궁극적 지평으로 재도입한다. 그러나 이런 역사적 알레고리의 빈곤(대개의 경우 등장인물들에게 전적으로 외재적이고, 서사 구조 속에 유기적으로 구성되어 있기보다는 그 구조 위에 덧대져 있다)은 설명 없이 지나칠 수는 없다. 모더니즘의 숭고한 대상의 보다 일반적 사례들의 경우처럼, 『훌륭한 군인』이 접근하고자 하는 역사적 재앙에는 모든 내용이 텅 비어 있다. 그것이 얼마나 텅 비어 있는가는 우리가 그것을 다음의 장에서 다룰 치누아 아체베의 『신의 화살』과 비교해보면 바로 알 수 있다. 아체베의 위대한 역사소설이 포드의 소설과 지리적으로 멀리 떨어진 지역에서 일어나고 있긴 하지만, 역사적 시간의 차원이나 사회적 총체성의 위기에 대한 그 최종적인 알레고리적 내용의 차원에서는 결코 동떨어져 있지 않다. 그러나 『신의 화살』이 대대적인 선전이나 노골적인 교훈적 시도 없이 재앙에 대한 주목할 만한 다차원적 재현을 그려낼 수 있었던 데 반해, 포드의 『훌륭한 군인』은 진지하게 받아들이기 힘든 일종의 미국적 음모라고 할 만한 것을 제외하면 그 어떤 내용도 결여하고 있다. 확실히 이는 부분적으로 알레고리의 임시방편적 성격과 관련이 있다. 지금까지 보았듯이, 그것은 구체적인 역사적 내용을 암시하기에는 시간적으로 한참 때늦은 뒤에 파악되었던 것으로 보인다. 그렇지만 이 알레고리의 주요 요소는 포드의 걸작 『퍼레이드의 끝』에서도 반복된다. 이 작품에서도 이 추상적인 재앙 앞에서 보이는 유일한 반응은 다웰의 향수처럼 아무런 해가 없다고 할 수 없는 관습적인 향수이다. 세 번째 역사 지평에 의해 아이러니적인 것으로 처리된 이 절대적인 향수는 또 다른 차원에서 복원되는데, 그것은 제1차 세계대전 이전의 아름다운 시절을 위한 애가로 다시 등장한다.

『퍼레이드의 끝』의 1부(「어떤 이들은 하지 않는다*Some Do Not...*」라는 어색한 제목을 갖고 있다)는 보기 드문 평온함으로 시작된다.

> 두 명의 젊은이들 — 영국 공직 계급의 일원들 — 이 완전 지정 좌석제의 열차 객차에 앉아 있다. 창문에 달린 가죽끈은 완벽히 새것이었고, 새 수화물 선반 아래의 거울은 반사조차 되지 않을 정도로 티끌 하나 없이 깨끗했으며, 사치스럽고 잘 정돈된 곡선의 부풀어 오른 덮개는 주홍색과 노란색의 정교하고 섬세한 문양으로 그려져 있다. 그것은 쾰른Cologne의 한 기하학자의 디자인이다. 객실에는 질 좋은 천연광택제의 은은하고 위생적인 향기가 났고, 기차는 영국의 우량 증권만큼이나 부드럽게 달렸다. (3쪽)

'공직 계급' 세계의 자족감은 티전스와 맥마스터가 타고 가는 기차

만큼이나 매 순간 부드럽게 진행되는 서사의 평온함과 완벽하게 어울린다. "반사조차 되지 않을 정도로 티끌 하나 없이 깨끗한" 거울은 이 계급의 고립을 반영한다. 문장들은 거의 눈에 띄지 않는 방식으로 훌륭하고, 문단들은 장식적인 경향이 있되 조심스럽고 과시적이지 않다. 감탄스러울 정도로 광택을 냈다고 할 수 있을 듯하다. 서사의 흐름은 시간과 시각의 전환에 의해 결코 깨어지지 않는다. 회상 장면은 명시적 단서들과 과거완료 시제의 사용에 의해 분명하게 부각된다. 소설의 후반부가 되어서야 비로소 사건은 대화의 조각들로 단편화되고, 완료 시제로 단조로워진다. 2부 「더 이상의 퍼레이드는 없다*No More Parades*」가 시작될 때 우리는 알 수 없었지만, 이 2부의 시작을 이루는 티전스와 그의 아내 간의 파멸적 대화는 세계대전의 발발로 그 이전 파트와 분리된다. 실비아와 티전스가 서로 다른 방식으로 상대방에게 가능한 한 많은 고통을 가하려고 할 때, 티전스의 결혼과 아들의 출생을 둘러싼 상황, 바람난 아내를 찾아오기 위한 독일로의 여행, 실비아가 퍼로운과 드레이크라는 이름의 사내들과 밀애를 즐긴 일과 같은 과거 사건들뿐만 아니라 2부 직전의 사건들(전쟁의 발발, 티전스의 장교 임관, 뇌 부상, 전선으로의 긴급 복귀, 맥마스터의 불륜, 결혼, 사회적 신분 상승, 티전스의 형제와 자매들의 전쟁 중 사망, 그의 어머니의 슬픔과 아버지의 자살, 그의 마지막 혈육인 형제의 배신)은 그 사이의 시간에 벌어지거나 해소되는 내부 상황을 통해 추측되어야 한다. 우리가 텍스트의 특정 순간에 『훌륭한 군인』에서 본 것과 동일한 서사 구조가 출현하는 것은 특정한 사회적 내용을 가질 수도 있고 그렇지 않을 수도 있는 문체적 장치의 관점에서는 더 이상 사유될 수 없고, 그보다는 역사적 의미를 명확히 부여받아야 한다는 사실을 가리킨다. 이것의 의미가 무엇인지를 정확하게 규정하기는 이르지만 이 서사적 단편을 아도르노가 큐비즘의 시각적 평면의 단편화를 이해했던 것과 동일한 방식으로 볼 수 있을 것 같다. 아도르노는 이런 단편화가 "뭔가 현실적인 것, 즉 제2차 세계대전 동안 폭격당한 도시들에 대한 공중사진을 선취한다"[21]고 보았다.

우리는 포드가 서부 전선에서 콘래드에게 쓴 편지에서 이런 관계를 이해하는 단서를 찾을 수 있을지 모른다. 포드는 건물을 날려버리는 대포 포탄 소리를 묘사한다.

포탄들이 교회 위로 떨어진다. 그것들은 '우지끈' 하는 엄청난 소리를 냈고, 이어서 지붕의 기와가 무너져 내리면서 쟁반 위의 그릇들이 떨어지는 소리가 들린다. 지붕의 기와가 떨어지지 않는다면, 다음 포격이 있기 전까지는 스테인드글라스가 산산조각 깨어지는 소리를 들을 수 있다. (약 90야드 정도 떨어진 교회 광장에서도 들린다.) 여자들의 비명이 이 모든 소음을 뚫고 들린다. 하지만 나는 그 소리가 그들이 집에서 소리 지를 때처럼 나를 불안하게 만든다는 생각은 들지 않는다. (광장 주변 지하 저장고의 여자들. 재빨리 달아나고 있는 그들.)[22]

콘래드에게 글을 쓰고, 콘래드에게 미래 이야기를 위한 유용한 소재를 제공하는 있는 이 인상주의의 양식이 콘래드적이라는 것은 놀랍지 않다. 하지만 4부작 중에서 전선을 배경으로 일어나는 첫 소설(즉 인물들의 행동이 전적으로 달라져 있는 유일한 작품)인 「더 이상의 퍼레이드는 없다」는 정확히 콘래드식 양식으로 시작한다.

당신이 들어왔을 때 그 공간은 어질러져 있고, 네모난 모양이고, 겨울밤의 몇 방울의 비가 내린 뒤라 온기가 있으며, 짙은 오렌지색 먼지가 스며

> 들고 있었다. 그것은 아이가 그린 집과 비슷한 형태였다. 놋쇠 조각이 덕지덕지 붙어 있는 세 사람의 갈색 팔다리들은 구멍 뚫린 양동이에서 새어 나오는 희미한 빛을 받고 있었다. … (중략) … 거대하고 위엄 있는 차 쟁반, 검은 원형의 지평을 가득 메운 그 목소리가 천둥처럼 바닥을 쳤다. 수많은 양철 조각들이 소리를 냈다. '팍 팍 팍' … (중략) … 머리를 기댈 때, 화로의 불빛을 보면서, 바닥의 두 남자 가운데 한 명의 입술이 엄청나게 빨개지며 계속해서 말했다. (291쪽)

이것은 시원적이고 콘래드적인 인상주의이며 『암흑의 핵심』의 앞부분에 나오는 구절과 아주 닮았다. 여기서 갈색 팔다리들은 콘래드의 콩고 마을 주민들을 가리키는 것이 아니라 프랑스의 막사에 앉아 있는 영국 장교들을 가리킨다. 첫 번째 문장에는 서로 상충하는 인상들이 한 덩어리를 이루고 있다. 그 공간은 "어질러져 있고, 네모난 모양이며, 온기가 있다." 이 나란히 병치된 형용사들은 자체적으로 그 어떤 특정한 대상을 환기하는 것이 아니라 아직까지 무의미한 어떤 것의 고립된 양상을 가리킨다. "스며드는"(먼지보다는 빛에 더 자연스럽게 적용될 법한 단어) 짙은 오렌지색 먼지는 결국 먼지가 아닌 빛으로 판명된다. 그리고 이 공간은 장소가 아닌 시간 속에 위치한다. 마치 추운 겨울 바깥에서 들어오는 '당신'을 위해 존재하는 것처럼, 그것은 겨울 밤중이 아니라 그 겨울밤이 지난 '후'에 찾아온다. 겨울밤 그 자체는 오직 하나의 소리, 즉 '몇 방울'의 소리를 통해서만 환기될 뿐이다.

두 번째 문단은 이 뒤범벅된 감각적 언어를 위한 동기를 제공한다. 즉, 이 중첩된 깨진 이미지들은 오직 일시적으로만 그런 깨진 사물들이 아닌 세계를 재현한다. 막사는 단순히 막사가 아니라 잠시 동안 외부의 추위를 막아주는 내부의 온기로 기능하는 공간이다. 즉, 그것은 현상적 상태들의 가장 기본적 것들을 일시적으로 구분해주는 선이나 다름없다. "세 집단의 갈색 팔다리들"은 (당분간) 세 사람을 가리킨다. 하지만 잠시 뒤 그것들은 실제로 바로 그렇게, 즉 "놋쇠 조각이 덕지덕지 붙어 있는 세 사람의 갈색 팔다리들", 혹은 그 뒤 전장을 뒤덮고 있는 "잿빛 들판 위에 관상 모양의 형체들"(550쪽)이 될 수 있다. 첫 번째 문단을 중단시킨 포탄의 파편도 오직 일시적으로만 물*thing*, 즉 비-사물non-thing이 되면서 다른 사물들을 해체시켜버리는 사물이 되는 것이다. 그것은 막사와 장교들처럼 하나의 명명된 사물인 "포탄의 파편"으로서가 아니라 사라지면서 뒤에 남기는 감각적 흔적, 즉 철판의 "팍 팍 팍"으로 기록된다. 이런 경우, 사물을 언어로 포착하기보다는 페이지 곳곳에 파편과 흔적들을 진열하는 인상주의적 언어는 그 언어가 어느 순간이든 직접적 재현이 될 수 있는 상황을 반영하는 데 사용된다. 정적으로 보이는 콘래드식 인상주의는 포드적이고 결국 시간적이며, 『훌륭한 군인』의 인상주의처럼 그 의미를 파멸적인 미래의 지평으로부터 가져온다. 사물은 그것들이 폭파될 미래와의 관계 속에서 기술된다.

그러나 『훌륭한 군인』에서는 경험의 직접성으로 물러서고자 하는 욕망이 다웰의 특별한 광기로 나타났던 데 반해, 『퍼레이드의 끝』에서는 이 상황이 명백히 전도된다. 즉, 광기는 진리를 인식하기 위한 이름이다. 포탄에 충격을 받은 티전스의 상관인 매케치니 대위는 오직 소리에 대해서만 두려움을 느낀다. 주로 티전스의 생각을 따라가는 서사적 목소리를 비롯하여 모든 이들에게 폭발하는 포탄의 큰 소음은 단순한 소리, 즉 반응을 불러일으키는 순수한 감각적 자극에 불과했다. 그러나 2부 「더 이상의 퍼레이드는 없다」와 3부 「남자는 일어설 수 있다*A Man*

Could Stand Up」에서 전쟁 기간을 다루는 대목들에서는 대포는 단순히 소리를 내는 것이 아니라 말을 한다. 포탄 파편들은 "'팍 팍 팍'이라고 말했다." 대포는 "음산한 것을 … (중략) … 말했다."(544쪽) 날아가는 포탄은 떨어지면 "위 … (중략) … 이 … (중략) … 리 … (중략) … 왝이라 말했다."(551쪽) 또 다른 대포는 "'포오오오오'라고 말했다."(575쪽) 근대의 무기는 이 이상한 언어로 모든 이들에게 말을 걸지만 그것을 이해하는 것은 매케치니뿐이다. 「더 이상의 퍼레이드는 없다」의 서두에 나오는 대포 폭격은 사실 아주 빨리 연속적으로 두 번 서술된다. 첫째는 위에 인용된 소설의 첫 두 문단을 구성한다. 그것을 바로 잇는 두 번째는 동일한 사건을 훨씬 더 상세하게 서술한다. 그 장면은 다섯 명의 인물들에 집중한다. 그들은 티전스와 매케치니(계속 매켄지로 불리는데 이는 티전스가 실수로 부여한 이름이다), 부대 선임 하사관, 그리고 바닥에 쪼그려 앉아 있는 두 명의 심부름꾼이다. 심부름꾼 가운데 한 명은 소에 관해 말하고, 다른 한 명은 그의 세탁소 사업에 관해 말한다. 선임 하사관은 신병 선발을 위한 저녁 식사를 고민하고 있고, 티전스와 매케치니는 두서없는 잡담을 나눈다. 포탄이 두 번째로 터진다.

> 거대한 폭발음은 그들 모두에게, 그리고 그들 모두의 몸에 견딜 수 없는 친밀감과 같은 것들을 말했다. 그 치명적인 폭발음이 토해진 이후 다른 모든 소리들은 급작스럽게 침묵으로 변했고, 피가 흐르는 소리가 들리는 듯한 귀가 고통스러웠다. (293쪽)

이 소리가 말하는 바는 아주 명확하다. 그 소리, 즉 피의 흐름을 느낄 정도의 여파를 미치는 "치명적인 토해내기"는 "그들 모두에게, 그리고 그들 모두의 몸에 견딜 수 없는 친밀감과 같은 것들을" 속삭이는 죽음의 소리이다. 그러나 매케치니만이 그 진리를, 즉 거대한 폭발음이 "말하는" 것이 무엇인지를 듣는다. 심부름꾼들은 세탁소 사업과 소에 관해 계속 말하고, 선임 하사관은 티전스에게 그가 신병 모집을 위한 저녁 식사를 주문해야 한다고 말하며, 티전스 자신은 신병 모집과 자신의 가정사에 대해 계속 걱정한다. 하지만 대포가 "끔찍한 포격"의 소리를 낼 때마다 매케치니는 "격하게 일어서서" 그 소리가 귀에 들리는 것을 막기 위해 기이한 외설적인 비명을 지르고, 티전스가 진정시킬 때까지 횡설수설 알 수 없는 말을 계속한다. 이것은 광기이자 포탄 충격이다. 그러나 그것은 포탄 소리가 말하는 진리를 들을 수 있는 이상한 광기이자 그 진리를 횡성수설로 환원하는 이상한 제정신sanity이다. 왜냐하면 그 기계들은 실제로 '죽음'을 말하기 때문이다. 아내의 세탁소 사업의 매각에 집착하는 심부름꾼은 다음번 폭격으로 사망하고 만다. 제정신과 광기 간의 구분이 흐려진다. 제정신은 광기의 온갖 증상들을 드러내고, 망상은 고요한 합리성처럼 보인다. 대포의 언어를 단순한 소리로 환원하는 합리성은 자신의 "질 좋은 사과"의 직접성으로 파고들어 가고자 하는 다웰의 욕망과 동일한 충동, 즉 시간의 매개로부터 후퇴하려는 충동이다.

『나르키소스호의 검둥이』의 서문에서 인상주의와 대립을 이루는 언어들, 즉 과학과 철학의 언어들이 근본적으로 우리에게 "전쟁과 같은 존재 조건"(viii절)의 준비를 위해 존재한다면, 포드가 콘래드식 인상주의를 사용하는 것은 이런 감각적 언어의 존재가 항상 감각의 투입이 이미 그것을 해석할 능력을 압도해버리는 디스토피아적 환경과의 대립 속에 존재한다는 것을 보여준다. 포드의 감각의 끔찍한 악몽으로부터 콘래드의 인상주의적 꿈이 갖는 진리가 나타난다. 다시 말해, 이것이 모더니즘적 언어에 관한 프랑크푸르트학파의 일반적 해석이다. 즉, 지금까지 견고하고 친숙했었던 것을 탈영토화하고 해체하는 자본주의의 힘은 '사실적인' 재현을 비사실적인 것으로 만들어버렸다. 『퍼레이드의 끝』에서 포드의 절대적 향수가 회피하는 역사는 『훌륭한 군인』에서 부여되었던 인위적인 내용보다 훨씬 더 실질적이고 구체적인 내용을 획득한다. 역사는 이성적 수단이 비이성적인 목적으로부터 점차 소외되는, 물화 그 자체이다. 여기서 전쟁(이것은 자본주의의 전 세계적 위기의 격화를 가장 노골적으로 보여준다)은 단지 하나의 특수한 사례에 불과하다. 우리는 또다시 웨이스켈Thomas Weiskel의 '이차적 혹은 문제적 숭고'와 리오타르의 향수적 모더니즘에 다가간다. 이들의 관심은 총체화를 파악하는 순간에 있는 것이 아니라 기표의 상실에 있다. 하지만 이런 이차적 숭고조차 유토피아적인 양상을 지닌다. 절대적 향수는 어떤 특정한 고향을 그리워하는 향수병이 아니라 단지 미래를 향한 행진으로부터의 추상적 도피에 지나지 않는다. 오디세우스의 귀향에 관한 읽기에서 아도르노와 호르크하이머가 말한 것처럼, "고향이란 도피의 상태이다."[23] 「남자는 일어설 수 있다」에서 그러한 도피의 욕망은 참호에서는 실행 불가능한, 즉 똑바로 서고자 하는 충동으로 형상화된다. 향수의 가장 내밀한 충동은 해방적이지만, 다른 한편에서 역사에 대한 추상적 부정으로서 그것은 무기력한 것이다. 역사의 운동을 반대할 수 있는 내용을 제공받음으로써 그 충동은 관습적인 향수가 되고, 상실된 특권을 회복하기 위한 궁극적으로 반동적이고 타락한 소망이 된다. 티전스의 '귀족성'이 형상화하는 바와 같이 재능 있는 개인에게 행동할 여지가 상당히 열려 있던 시절에 대한 향수는 우리가 앞 장에서 보았듯이, 유럽과 제1세계에 고유한 고통이 아니라, 적어도 회상적으로 더욱 인간적이고 더욱 오래된 존재 양식의 합리화로 인해 겪게 된 실제적 고통을 증명한다. 그리고 (귀족 티전스가 비교적 편안하게 느꼈던 전쟁 발발 전의 아름다운 시절이 그러했듯이) 그 어떤 특정한 역사적 지시 대상과 동떨어진 이 귀족성 자체가 필연적으로 그리고 처음부터 잔인한 계급 구조와 긴밀히 연관되어 있다는 것 또한 명백하다. 선의라 해도 그 시절로 복귀하고자 하는 소망은 가능하지 않다.

이 두 번째의 관습적인 향수의 순간이 도래하는 데 오래 걸리지 않았고, 여기서는 『훌륭한 군인』과 마찬가지로 소설 속 주인공의 향수는 주인공 크리스토퍼 티전스라는 '마지막 토리파last Tory'에 대해 소설 자체가 느끼는 향수와 쉽게 구분될 수 없게 된다. 겉보기에 귀족적 온정주의와 자제력에 대한 『퍼레이드의 끝』의 애도는 자명하고 거의 설명할 필요가 없을 듯하다. 『퍼레이드의 끝』의 전시 소설들은 전통적으로 "여명과 더불어 촉촉이 드러나는 교회를 배경으로 경작지, 울창한 숲, 여유 있는 대로"(566쪽)가 있는 영원한 영국적 시골길로 형상화되는 전쟁 전 영국에 대한 갈망을 보여준다. 그리고 이 고향을 향한 향수는 티전스의 생각 속에서 전통적인 국수주의적 애국주의와 쉽게 뒤섞인다.

> 제국의 댐에 뚫린 구멍을 막기 위해 우리가 가진 것이라고는 고작 한 줌의 풀이라니! 빌어먹을 제국 같으니! 그게 영국이었다니! 중요한 것은 버머턴Bemerton 목사관이었다! 우리는 제국을 통해 무엇을 원했던가? 우리에게 (제국이라는) 부실한 이름을 제공해줄 수 있었던 것이 디즈레일리와 같은 엉성한 유대인들이었다니! 토리파들은 자신들의 더러운 일을 해줄 누군가가 있어야 한다고 말했다. … (중략) … 그래, 그들은 실제 말만으로 그치지 않았다. (591쪽)

영국과 엉터리 유대인 디즈레일리 간의 표면적 대립 이면에는 영국 제국의 출현과, 조지 허버트 교구에 대한 환상으로 나타나는 영국 역사의 상상된 옛 시절 간의 대립이 존재한다.

… 중략 … 17세기 거리에는 … (중략) … 영국에서 유일하게 흡족한 시대! … (중략) … 하지만 오늘날 우리는 어떤 기회를 갖고 있는가? 하물며 내일은? 가령 셰익스피어의 시대가 가졌던 기회라는 의미에서 말이다. 아니면 페리클레스! 아우구스투스! 엘리자베스 시대 사람들이 낳았고 또한 받아들였던 터무니없는 소란들을 우리가 원치 않았다는 것은 하늘이 안다. 박람회에 전시된 사자처럼 말이다. … (중략) … 조용한 들녘, 영국 교회의 성인, 생각의 정확성, 드리워진 나뭇잎과 튼튼한 나무로 만든 산울타리, 경사면을 타고 천천히 기어 올라가는 경작지는 어떤 기회를 갖는가? … (중략) … 땅은 여전히 그대로이다. … (중략) … 땅은 그대로이다. … (중략) … 그대로이다! (566쪽)

다수의 감탄 부호가 있는 이 구절은 스스로를 아이러니한 것으로 만들고 있지만 그럼에도 불구하고 전체 4부작의 항수적 취지와 조화를 이룬다.

그러나 이 땅은 어떤 실질적인 의미에서 남아 있지 않다. 오히려 이 땅은 그 자체에 대한 모방이 되었다. (타우누스 발트의 아름다운 거리로 숭고가 침입하는 것을 상기시키는 구절에서 발렌타인 워놉이 지각하는) 실제의 영국은 티전스의 이상향, 즉 "가상의 잔디, 가상의 거리, 가상의 개울"로 이루어진 가상의 나라와는 아주 다르다. "가상의 풀밭을 가로질러 가는 가상의 사람들. 아니다! 가상이 아니다. 진공 속에 있을 뿐 가상이 아니다! '살균 처리'라는 말이 적절하다! 죽은 우유처럼 말이다."(273쪽) 1914년 훨씬 이전에 이미 자작농은 저임금의 농업 노동자로 대체되었고, 그의 시골집은 도시의 화이트칼라 노동자를 위한 별장으로 바뀌었으며, 과거의 가내수공업은 공장 경영으로 합리화되었고, 조상 대대로 살아온 토지는 미국인과 신흥 부자들의 손에 넘어갔다. 심지어 조상 대대로 내려온 소유주들의 수중에 있던 영지들도 자신들의 신망을 유지하기 위해 재정 손실을 감수하거나 산업 투자에 의지하는 실정이었다.[24] 20세기 초에 17세기 영국은 본질적으로 텔레비전에 등장하는 것, 즉 풍경이 되어버렸다.

절대적 향수(자체의 그 어떤 일정한 내용도 없는, 역사로부터 순수한 도피로서의 향수)는 『훌륭한 군인』에서 역사적 지평의 매개를 피하려는 다웰의 끊임없는 충동에 의해 극화된다. 그러나 이 지평을 회복시켜줄 듯이 보이는 재앙은 텅 비어 있다. 만일 역사가 이 서사 안으로 재도입될 수 있다면, 그것은 소설의 등장인물들과 그들이 외견상 아무런 관계도 맺지 않는 역사 간의 간극을 메우기보다는, 그 간극을 강조하는 역할을 하는 기계적·외재적 알레고리로서만 존재한다. 『퍼레이드의 끝』에서 역사는 근대적 전장의 강력한 탈脫현실화에서 더욱더 구체적인 내용을 획득하기 시작한다. 하지만 이러한 더욱 구체적인 역사적 지평에 맞서 절대적 향수가 수행할 수 있는 것은 그것과 반대되는 진보적 조건들로부터 후퇴하는 것뿐이다. 역사로부터의 도피는 역사 그 자체에 아무런 영향도 끼칠 수 없기 때문에, 향수는 그 자체의 구체적인 내용을 획득하지 않을 수 없게 된다. 그러나 우리가 방금 보았듯이, 바로 이러한 운동은 그것의 유토피아적 계기를 반동적인 것으로 전환한다.

물론 이 구체적 내용이 그 끔찍한 정치적 함의들로부터 정화될 수 있겠지만 그러기 위해서는 그 내용이 새로운 형식의 미적 보상에 불과한 것이 되는 대가를 치러야 할 것이다. 티전스는 영국으로 돌아가고, 마침내 자신이 사랑하는 영국의 시골에 안착한다. 발렌타인 워놉의 번뜩이는 직감에도 불구하고 『퍼레이드의 끝』의 그 향수적인 '머천트 아이보리식Merchant-and-Ivory'[25] 영화의 결말이 겉보기와 다른 것이라는 지적은 그리 대단하지 않다. 그러나 텍스트는 그 최종적 순간에, 그리고 거의 무의식적이라고 할 만큼 미묘하게 자신의 향수가 갖는 허위성을 폭로하는 동시에 제한적이긴 하지만 실질적인 역사적 내용을 재도입하는 아이러니를 넌지시 암시한다. 티전스의 귀족성이 교환가치, 즉 가구를 감정하는 재능으로 전환되듯이, 그의 새 직업은 이런 '영국'이 처한 지위를 징후적으로 드러낸다. 「남자는 일어설 수 있다」에서 익명의 독일군과 장난치는 포병의 모습처럼 역사는 최종적으로 자비롭다. 4부작 마지막 소설까지 티전스는 죽지 않고 프티부르주아가 된다. 제1권에서 골동품에 반감을 품고 "발굴되고 밀랍을 바른 과거 유물을 … (중략) … 증오했던"(43쪽) 그 귀족적 인물은 마지막 제4권에서 골동품 중개상, 즉 자신의 욕망의 복제품을 조달하는 공급업자가 된다.

주

1) Frank MacShane, *Ford Madox Ford: The Critical Heritage*(London: Routledge, 1972), 44–46.

2) 소용돌이파적 목판화와 목탄화가 삽입된 초반부 세 장은 루이스의 《돌풍》 창간호에 「가장 슬픈 이야기(The Saddest Story)」라는 제목과 포드 매덕스 훼퍼라는 저자명으로 수록되었다. Wyndham Lewis, *Blast I*(1914; New York: Kraus Reprint Corporation, 1967), 87–97.

3) Max Saunders, *Ford Madox Ford: A Dual Life*(Oxford: Oxford University Press, 1996), 2:151.

4) Ford Madox Ford, *The Good Soldier: A Tale of Passion*(1915; New York: Alfred A. Knopf, 1951), 31.

5) Joseph Conrad, preface to *The Nigger of the Narcissus*(1897; Garden City, NY: Doubleday, 1914), ix.

6) Ford Madox Ford, "On Impressionism"(1914), *Critical Writings of Ford Madox Ford*, ed. Frank MacShane(Lincoln: University of Nebraska Press, 1964), 33–55.

7) Joseph Conrad, *Heart of Darkness*(1902), in *Three Short Novels*(New York: Bantam, 1960), 41–42.

8) Chinua Achebe, "An Image of Africa: Racism in Conrad's Heart of Darkness," in *Hopes and Impediments*, 5.

9) Joseph Conrad, *Lord Jim*(1900; New York: Norton, 1968), 96.

10) 이 동학에 대한 완벽한 분석으로는 Fredric Jameson's "Romance and Reification: Plot Construction and Ideological Closure in Joseph Conrad," in *The Political Unconscious*, 206 – 280을 보라.

11) MacShane, *Ford Madox Ford*, 47 – 50에서 인용.

12) 포드는 그 호의에 대답한다. 그는 드라이저의 문체를 가리키며 소리친다. "빌어먹을! 그런 낡은 언어, 즉 드넓은 중서부 지역에서 바람 빠진 축구공처럼 완전히 알맹이가 빠져버린 것 같은 그런 김빠진 사고를 전달하기 위한 수단을 보게 되는 것은 재미있는 일이다." Alfred Kazin and Charles Shapiro, eds., *The Stature of Theodore Dreiser: A Critical Survey of the Man and His Work*(Bloomington: Indiana University Press, 1955), 31.

13) MacShane, *Ford Madox Ford*, 50.

14) Hegel, *Philosophy of Right*, 13.

15) (역주) 영국 시인 로버트 브라우닝(Robert Browning)에 의해 확립된 시의 한 유형이다. 로버트 브라우닝은 상대방을 의식하면서 독백하는 형식인 극적 독백의 수법을 자유자재로 활용하여 등장인물의 복잡미묘한 심리를 잘 묘사한 작품들을 썼다. 「리포 리피 신부(Fra Lippo Lippi)」, 「안드레아 델 사르토(Andrea del Sarto)」, 「반지와 책(The Ring and the Book)」 등은 뛰어난 극적 독백의 작품들이다.

16) Žižek, *The Sublime Object of Ideology*, 69 – 71.

17) 이런 맥락에서 9월 11일에 세계무역센터를 공격한 "상상할 수 없는" 사건에 대해서도 생각해볼 수 있을 것이다. 그 공격은 사건이 발생하기 오래전에 이미 앨범 재킷과 비디오게임 등에 실림으로써 사회적 상상계에 존재하고 있었다. 비록 이 상상적 예시가 불안감의 징후인 것은 의심의 여지가 없지만, 그것은 도래할 사건에 대한 직접적인 욕망과는 아무런 관련이 없었다. 대신에, 이 이미지는 역사가 종국적으로 미국의 사회적 삶의 아름다운 꿈속으로 분출해 들어오리라는 지각을 나타내는 것이다. 그렇다면 미국 언론에서 표현되는 9·11 사태 이전의 세상에 대한 향수는, 어떤 특정한 역사적 과거에 대한 것이라기보다는 차라리 그러한 공격이 결코 일어나지 않았기를 진정으로 갈망하는 것이다. 지젝이 반복적으로 지적하듯이, 9·11 사태 이후 주류 뉴스 매체에서 엿볼 수 있는 욕망은 그 사태에 대한 역사적

책임을 일깨우는 것이 아니라 아무런 문제도 없는 민족적 동일시의 수면으로 되돌아가는 것이다.

18) Max Saunders, *Ford Madox Ford: A Dual Life*(Oxford: Oxford University Press, 1996), 1:436.

19) 포드가 이 새로운 제목을 부인하는 척했지만 나는 이 제목 변경이 소설에 본질적이고 결정적이었다고 주장하고 싶다. 포드가 존 레인(John Lane)에게 보낸 편지에서 새로운 제목을 위해 사용한 수사학(Sodra Stang, ed., *The Ford Madox Ford Reader*, Manchester: Carcanet Press, 1986, 477)은 원래 제목을 선호하는 척했지만 사실상 최종적으로는 새로운 제목을 옹호한다. 『훌륭한 군인』은 매우 신중하게 고려된 아이디어였지 성급한 것은 결코 아니었다. 포드는 체면상의 문제로서, 즉 자신의 책에 대한 레인의 그 어떤 예술적 권위를 부인하려는 문제로서, "떠들썩한 농담(The Roaring Joke)"이나 "당신이 좋아하는 것(anything you like)"과 같은 제목을 제안한 바 있다. 그러나 그는 세 번째 제목과 같은 경박한 제안들을 조심스럽게 철회하고, "그것이 내가 생각할 수 있는 전부다."라고 말하면서 더 나은 제목의 가능성을 차단한다. 더구나, 『훌륭한 군인』은 인유적인 의미를 갖고 있다. 손더스는 우리에게 『헛소동(*Much Ado About Nothing*)』에 나오는 매우 적절한 대화("훌륭한 군인입니다, 부인." "그리고 부인에게 훌륭한 군인입니다. 하지만 주인에게는 어떨지 모르겠군요?")를 상기시킨다. 그리고 마크 쇼러(Mark Schorer)의 『훌륭한 군인: 해석』("The Good Soldier: An Interpretation," in Richard Cassell, ed., *Ford Madox Ford: Modern Judgments*, London: MacMillan, 1972)은 제목에서 포드의 모델 중 하나인 모파상(Maupassant)의 『죽음처럼 강하다(*Fort comme la mort*)』에 대한 참조를 발견한다. 물론 에드워드 애시번햄은 소설의 앞부분에서 "일류 군인"(11)으로 언급된 후, 새로운 제목의 아이러니를 증폭시키는 한 구절에서, "훌륭한 군인"(26, 27)으로 두 차례 언급된다.

20) Ford Madox Ford, *Parade's End*(1924–1928; New York: Alfred A. Knopf, 1950), 366.

21) Adorno, *Aesthetic Theory*, 301.

22) Richard M. Ludwig, ed., *Letters of Ford Madox Ford*(Princeton: Princeton University Press, 1965), 73.

23) Max Horkheimer and Theodor W. Adorno, *Dialectic of Enlightenment*,

trans. John Cumming (New York: Continuum, 1996), 78.

24) 20세기 전반기 동안 영국의 농촌 생활의 변형에 대한 설명으로는 Pamela Horn, *Rural Life in England in the First World War* (New York: St. Martin's Press, 1984)와 Jonathan Brown, *Agriculture in England: A Survey of Farming, 1870–1947* (Manchester: Manchester University Press, 1987)을 보라.

25) (역주) 1961년 이즈마일 머천트과 제임스 아이보리가 설립한 영화사. 주로 소설을 영화화했고 헨리 제임스, E. M 포스터의 작품이 많이 영화화되었다. 1980~1990년대에 전성기를 누렸고 〈전망 좋은 방〉, 〈하워즈 엔드〉가 그 시기 대표작이다. 이 영화의 특징은 20세기 초반을 무대로 하며, 화려하고 호화로운 세트와 영국의 톱 배우들의 출연을 통해 지체 높은 가문의 사람들이 모종의 환멸감이나 비극적으로 얽힌 관계로 고통받는 내용이 많다.

5장

『신의 화살』, 총체화하는 응시

루카치적 의미에서, 치누아 아체베의 마을 소설들은 정확히 '고전 형식의 역사소설'을 재창조한다.[1] 아체베의 걸작들을 월터 스콧 경의 『웨이벌리 *Waverly*』, 제임스 페니모어 쿠퍼의 『가죽 스타킹 이야기 *The Leather Stocking Saga*』 혹은 고골의 『대장 부리바 *Taras Bulba*』와 같은 장르(더구나 빈사 상태에 이른 지 이미 한 세기가 넘은 장르)로 보는 것은 그것들의 중심적 주제가 이 초기의 소설들과 마찬가지로 루카치가 "비유대인 사회의 몰락"(58쪽) 이라고 말하는 것, 즉 오늘날까지 여전히 계속 진행되고 있는 자율적인 비자본주의적 삶의 방식의 붕괴라는 점을 참작할 때 매우 그럴듯하게 들린다. 비록 다소 모호한 방식이라고는 할지라도, 이 붕괴는 또한 포드 매덕스 포드의 소설들의 핵심이다. 이런 주제적 연결성은 그 자체의 (최소한의) 내용에 있어서 중요한 것이 아니라, 그것이 강조하는 차이에서 중요하다. 포드에게서 역사는 그것에 휘말리고 최선을 다해 그것에 대처해야 하는 인물들과 관련해 절대적으로 외재적인 것으로 구상된다. "최상의 진정한 인간 능력들의 사회적 과잉과 편심"(33쪽)에 입각하는 사회적 삶을 직면하는 그들의 유일한 선택권은, 그런 능력들에 기회를 부여한 과거를 갈망하거나 그런 기회에 기초를 두는 원시적인 물질적 토대를 갈망하는 것이다. 반면에, 아체베에 있어 역사는 경악스러운 구체성을 지니는 것으로 상상된다. 마을의 삶이 직면하는 재앙은 숭고의 형식으로 나아간다. 그런 까닭에 그것은 공포로 움찔하게 되는 추상적이고 외재적인 곤경이 결코 아니다. 오히려 그것은 "역사적 위기의 결정적인 맥락과 일치하고 뒤얽히는 수많은 인간 존재들의 개별적인 운명들에 있어서의 명백한 위기"(41쪽)의 결과물이다. 유토피아적 욕망을 과거로 투사하는 포드의 소설들과는 달리, 아체베의 작품에서 과거에 대한 서사는 유럽의 위대한 부르주아지 역사소설가들의 작품처럼 예기치 못하게 미래를 향해 나아간다. 루카치가 알레산드로 만초니Alessandro Manzoni의 『약혼자』에 대해 설명하는 것처럼, 『신의 화살』은 "진정한 역사소설, 즉 현재를 깨우는 소설"(70쪽)이다. 그리고 유럽의 위대한 역사소설들처럼, 미래를 향한 지향은 새롭고 진보적인 사회 계층, 즉 반식민주의적 아프리카 부르주아지의 등장과 전적으로 관련된다. 아체베의 말로 표현하면, 그들의 '희망과 장애물들'이 이 소설에서 반복적으로 등장하는 주제이다.

이는 『신의 화살』이 단지 고전적 역사소설의 반복에 지나지 않는다고 말하는 것이 아니다. 우리가 앞으로 보게 되듯이, 실상은 전혀 그렇지 않다. 영어권 세계에서 가장 쉽게 읽히는 아프리카 작가인 치누아 아체베는 그의 초기 두 소설 『모든 것이 산산이 부서지다*Things Fall Apart*』와 『더 이상 평안은 없다*No Longer at Ease*』로 가장 유명하고, 콘래드의 『암흑의 핵심』에 대한 통렬한 비판으로 유명하다.[2] 특히 비록 나이지리아의 독립 이전에 쓰였다고 할지라도, 『모든 것이 산산이 부서지다』는 많은 고등학교 학생과 대학교 신입생의 '포스트식민' 문학 입문을 위한 텍스트로 활용되고 있다. 콘래드에 대한 비판인 「아프리카의 이미지–콘래드의 『암흑의 핵심』에서 나타난 인종주의An Image of Africa: Racism in Conrad's *Heart of Darkness*」는 종종 신입생을 위한 정전 수업에서 전통에 대한 비판으로 『암흑의 핵심』과 함께 다뤄진다. 이 두 작품은 모두 각기 다른 방식으로 그들 자신의 성공에 의해 피해를 입었다. 아체베의 문체적 혁신(그 문장의 투명한 명료성과 그 구조의 현혹적인 단순성에도 불구하고, 『모든 것이 산산이 부서지다』는 그 이전에 있어왔던 그 어느 것과도 완전히 상이하다)은 모든 세대의 아프리카 소설가들에 의해 너무나 자연스럽게 수용되고 내면화되면서 아체베의 문체보다 더 자연스러운 것도 없는 것처럼 보인다. 실질적으로 때로는 마치 아체베의 문체가 그런 종류의 내용을 재현할 수 있는 유일한 방법이었던 것처럼 보이기도 한다. 아체베의 마을 소설들의 주제적 실체는 이제 우리에게 불가피한 것처럼 보일 것이다. 하지만 이 불가피성의 등장이 아체베 작품의 강력한 힘에 얼마나 크게 빚지고 있는지 말하는 것은 쉽지 않다. 『모든 것이 산산이 부서지다』는 1960년대 초반 서아프리카에서 새로운 포스트식민 역사서들에 앞서 학교 교재로 채택되었고, 따라서 많은 젊은 작가들에 의해 공유되는 식민지 역사라는 개념 그 자체가 아체베로부터 직접적으로 유래했다. 아체베의 주요 문체적 혁신에 관해서도 동일한 것이 말해질 수 있을 것이다. 식민지, 마을, 그리고 포스트식민적 사회 내의 다양한 위치들을 재현하기 위한 다양한 영어 표현법의 미묘한 조정과 대비(가령, 다른 관용구에서 '번역되는' 것)는 그로부터 유래했다.[3] 다시 한번 말하지만, 출간된 지 거의 50년이 지난 현 시점에서 『모든 것이 산산이 부서지다』는 더 이상 매우 놀라운 서사적 발견 같아 보이지는 않을 것이다. 하지만 우리는 아체베의 첫 번째 소설이 이후 세대의 소설가들의 문체와 내용에 얼마나 심원한 영향을 미쳤는지 보기 위해, 아체베 이전에 작품 활동을 한 나이지리아 소설가 사이프리안 에크웬시Cyprian Ekwensi와 아모스 투투올라를, 『모든 것이 산산이 부서지다』 이후에 첫 작품을 발표한 소설가들(예컨대, 클레멘트 아군와Clement Agunwa, 플로라 느와파Flora Nwapa, 그리고 은켐 느완쿠오Nkem Nwankwo)의 세대와 비교해볼 필요가 있다. 투투올라의 희극적인 디스토피아적 서사들이 요루바족Yoruba 설화들과 『천로역정*The Pilgrim's Progress*』과 같은 광범위하게 이용할 수 있는 유럽의 형식들의 직관적인 융합에서 유래하는 반면에(물론 또한 D. O. 파군와Fagunwa로 대표되는 요루바족 언어의 소설 전통에서 유래한다),[4] 그리고 에크웬시의 초기작들이 나이지리아 도시 시장에 맞추기 위해 영국과 미국의 대중소설의 비유들과 서사적 도식 전체를 무비판적으로 가져온 것처럼 보이는 반면에, 다음 세대의 나이지리아 소설가들은 아체베의 중심 주제와 그의 주요한 기법적 혁신들에 사실상 만장일치로 의지한다.[5] 심지어 (오누오라 은제쿠Onuora Nzekwu와 같은) 더욱 오래된 소설가들도 아체베 문체라고 불리는 것의 발견과 더불어 자신들의 소설 형식을 극적으로 변형시켰다. 이 문체의 폭발적인 성공에 직면하여(비록 그것이 서사적 구조물뿐만 아니라 극적이고 알레고리적인 내용과 관련된다는 점에서 하나의 문체 그 이상이라고 할지라도 말이다), 아체베의 초기 소설들의 의미를 그것들이 등장할 당시인 (앞으로 살펴보겠지만, 실제로 예이츠와 엘리엇의 대중적 시들과 시기를 같이하고, 이 둘의 작품에서 제목을 가져온다) 1950년대와 1960년대에 아프리카 작가들이 당면한 재현의 문제를 일시에 해결하는 어떤 극적이고 새로운 것으로 회복하기란 어렵다.

콘래드에 대한 아체베의 유명한 (혹은 악명 높은) 글의 강력함은 그것이

1975년 강연에서 발표된 이후로 25년이 지난 현재 유사한 비평들의 급증으로 인해 줄어들었다. 1980년대와 1990년대의 이른바 문화 전쟁의 관점에서 냉정하게 볼 때, 「아프리카의 이미지」는 자신의 중편소설의 배경이 되는 아프리카를 아체베(혹은 동시대의 모든 독자)가 좋아했을 방식으로 이해하는 것에 실패한 한 위대한 작가(조지프 콘래드)에 대한 부당한 공격처럼 보일 것이다. 하지만 「아프리카의 이미지」는 만약 그것이 특별히 『암흑의 핵심』에 대한 것으로만 받아들여진다면 잘못 이해되는 것이다. 흔히 주장되는 것처럼, 아체베의 글이 『암흑의 핵심』에 대한 우리의 이해에 그 무엇도 보태지 않는다는 것은 사실이다. 하지만 그것은 우리의 이해에서 그 무엇을 제하지도 않는다. 「아프리카의 이미지」는 더욱 근본적으로 해석의 이데올로기와 이미지와 의미의 관계성에 대한 것이다. 『암흑의 핵심』은 단지 콘래드의 '인종주의'보다 더욱 흥미로운 논지가 제기되는 토대이다.

아체베가 매도하는 『암흑의 핵심』의 인종주의적 내용(아프리카인의 묘사에서 전해지는 명백한 혐오감, 그들의 인간성에 대한 명백한 부정, 아프리카를 인간적 가능성의 가장 격세유전적인 장소로 보고자 하는 주장)은 결코 은밀하게 잠재되어 있지 않다. 아마도 그것에 대한 우리의 예민함은 아체베의 글에 빚지고 있을 것이다. 하지만 아프리카인에 대한 콘래드의 묘사의 폭력성은 아체베가 지적하기 이전에 언급되고 있었다. 본인도 알고 있는 것처럼, 사실 콘래드의 중편소설에 대한 아체베의 문체적 비평(앞의 장에서 다루어진, 콘래드의 분위기는 풍경에 대한 불가해성을 표현하는 적은 수의 형용사들에 과도하게 의존하는 경향이 있다는 고찰)은 이미 30년 전 F. R. 리비스에 의해 선행되었다. 하지만 그것은 우리의 이해에서 그 무엇도 제하지 않는다. 아체베는 이 격세유전의 알레고리적 내용, 콘래드의 서사가 인간적 가능성들에 대해 말하는 보다 원대한 주장을 (비록 '콘래드의 학생들'의 말에 의하면 그는 매우 조심스럽게 주의를 기울인다고 할지라도) 완벽히 염두에 두고 있다. 하지만 아체베가 이 짧은 글에서 이루고자 하는 바는 문학비평의 미래에 있어 중요했던 알레고리적 우선순위의 전복을 완수하는 것이었다. 아체베 이전에 『암흑의 핵심』의 이미지적 내용은 단순히 소품, 일단 더욱 고차원적인 의미(인간성의 영혼의 중심에서 펼쳐지는 공포)에 도달되고 나면 폐기될 수 있는 것으로 간주했다. 아체베에 이르러 그 '더욱 고차원적인' 알레고리적 의미는 오히려 기분 전환, 물과 같은 것, 즉 그 이미지의 실제 의미가 잠재의식을 이용하는 광고처럼 시작되면서 우리의 시선을 끄는 것과 유사한 것이 되어간다. 아체베의 에세이는 콘래드에 대한 비판이라기보다 인종주의적 내용이 가지는 모종의 억압에 대한 거부이다. 그것은 무엇이 진정한 의미인가에 대한 질문이고, 아체베는 이 질문에 대한 기존의 답변들을 완전히 뒤엎고 올바른 비평을 세우고자 힘쓴다. 왜냐하면 여기서 중요한 것은 이미지들이 궁극적으로 나아가게 되는 관념이 아니라 이미지 생산의 물질적 차원이다.

이미지에 대한 아체베의 이런 주장은 불운하게도 그 자체로 획기적인 만큼이나 때때로 의미의 생산을 그 (물질적) 차원에 감금하는 비평적 실천에 가담하는 꼴이 되었다. 그리하여 아체베의 소설들은 종종 기본적으로 포스트식민적 이미지를 다시 쓰는 것처럼 보이곤 했다.[6] 서론에서 강조했던 것처럼, 여러 다른 양식들 가운데 이런 양식의 독해는 완벽히 정당화될 수 있다. 하지만 이것은 너무 독점적인 권위를 허용하면서 아체베의 소설들을 재현적 정의라는 제한된 관점에서만 평가하도록 설정함으로써 그것들의 사변적이고 알레고리적인 내용을 언급할 가능성을 차단하는 경향이 있다. 물론 '기록의 수정'이 아체베의 초기 소설들이 가지는 강력한 요소라는 점은 부인될 수 없다. 특히 『모든 것이 산산이 부서지다』는 부분적으로 G. T. 바스덴Basden의 1938년 인류학적 작업 『니제르 이보족*Niger Ibos*』에 대한 열정적인 교차 장르적 다시 쓰기로 이해될 수 있고,[7] 거의 모든 독자들은 『신의 화살』의 제8장에서 조이스 캐리Joyce Cary의 『미스터 존슨*Mister Johnson*』의 도로 건설 일화에 대한 그의 원숙한 수정 작업을 놓칠 수 없을 것이다.[8] 이에 관해서는 우리가 이 장의 마지막 부분에서 다룰 예정이다. 하지만 우리가 최초로 관여하게 될 의미는 상당히 다른 종류의 의미가 될 것이다. 따라서 우리가 최종적으로 이미지의 차원으로 돌아올 때, 그것은 단순 기록의 수정을 넘어서서 그 자신만의 내용을 가지는 것으로 보일 것이다.

한편, 아체베의 소설이 모더니즘 정전과 가지는 관계는 우리가 그의 소설을 어떻게 읽을 것인가에 대한 큰 영향력을 가진다. 하지만 그것은 또한 반대로 모더니즘 작품 그 자체를 되돌아보게 하고 그것의 내용을 새롭게 하며 그것의 의미에 새로운 차원을 추가한다. 자신의 첫 번째 두 소설의 제목을 T. S. 엘리엇의 「동방박사들의 여행Journey of the Magi」과 예이츠의 「재림」에서 가져오는 아체베는 이 시들을 자신의 작품과의 대화뿐만 아니라 그들 서로 간의 대화로 인도한다. 이 소설들을 통해 이 두 시를 병치시킴으로써, 아체베는 각각의 시의 명분이 되는 사건들 간의 복잡한 동일성을 드러낸다. 두 시 모두 말 그대로 천년왕국의 사건에 대한 명상이다. 엘리엇의 경우 그것은 그리스도의 탄생이고, 예이츠의 경우 그것은 재림이다. 엘리엇이 이야기하는 사건이 역사적으로 먼저 등장하지만, 다른 차원에서 그 앞선 순간을 극화하는 것은 예이츠이다. 예이츠의 시는 베들레헴에 당도하는 것과 관련되는 반면에("그런데 마침내 때를 맞이하여 태어나고자 베들레헴으로 / 뚜벅뚜벅 걷고 있는 저 거친 짐승은 누구인가?"), 엘리엇의 동방박사는 베들레헴에서 돌아오는 것과 관련된다. 예이츠의 시는 천년왕국적 변화에 대한 암시를 반영하는 반면에 엘리엇의 시는 천년왕국적 변화의 발생(그리스도의 탄생) 이후 불안정한 국면, 즉 그 변화가 모든 곳에서 일어나지는 않은 상황(새 종교가 아직 장악하지 못한 것)을 반영한다. 따라서 각 시의 핵심 요소는 새로운 시대적인 변화 그 자체에 대한, 그리고 현 순간의 불균형을 반성하기 위해 그러한 변화의 재현이 과거나 먼 과거로부터 다시 돌출하는 방식에 대한 매혹이다. 물론 아체베가 「동방박사들의 여행」과 「재림」을 참조할 때, 이 '현재 순간'은 다소간 상이한 맥락으로 급히 이동되고, 병치를 통해 강조되는 이 시들의 천년왕국적 내용도 새로운 맥락으로 옮겨진다. 아체베의 소설 중심부에 놓이는 것은 바로 이 내용, 또다시 말하지만 모더니즘적 맥락에서는 완전히 추상적인 것으로 머무르는 이 내용이다.

사실 『모든 것이 산산이 부서지다』와 『더 이상 평안은 없다』의 관계는 「재림」과 「동방박사들의 여행」의 관계를 정확히 반영한다. 첫 번째 소설은 하나의 역사와 하나의 삶의 방식의 완전한 붕괴(식민주의의 도래로 인한 마을의 자율성의 종말)에 대한 암시를 서사한다. 두 번째 소설은 새로운 형식의 윤리적 삶(근대 도시의 관료주의적 규범들)과 전통적 시혜(완전히 제거되지 않은 전통적 형식의 지원들) 간의 고통스러운 상호 작용을 서사한다. 아체베의 전유 방식을 통해 볼 때, 예이츠의 시는 별안간 기독교의 도래뿐만 아니라 그것의 떠남을 가리키는 것으로 보일 수 있다. 그것이 예고하는 것은 유럽 근대성의 소멸뿐만이 아니라 시장의 점진적 도래로 인한 모든 종류의 윤리적·종교적 체제들의 소멸이다. 한편, 엘리엇의 시는 근대성의 타자로서 기독교로의 나아감을 표현할 뿐만 아니라 우리가 불균등 발전의 심리학이라고 부르는 것에 대한 명상이 된다.

여기서 우리가 다루게 될 것은 자율적인 역사의 결정적인 종말에 대한 이해인 첫 번째 예이츠의 순간이다. 아체베가 예이츠로부터 가져오는 중심 이미지는 우리가 식민적 조우를 서사화하는 소설에서 기대하는 것처럼 외부로부터의 파괴 이미지가 아니라 위기에 처한 사회의 내부로부터의 소멸 이미지이다. 이는 아체베의 소설이 단순히 표면적으로 보이는 것처럼 외부 세력의 성공적인 이보족 땅Igboland의 '평정'에 대한 이야기가 아닌 급진적으로 타자적인 문명화의 가능성과 직면할 때 겪는 이보족 사회 자체의 내부적인 소멸과 특히 "더욱 원대한 역사적 과정들이 내부적인 분할들과 일치하게 되는 방식들"에 대한 서사화가 될 가능성을 높인다.[9] 만약 「재림」이 사회의 죽음에 대한 암시가 되는 것 이외에, 탄생, "태어나고자 베들레헴으로 뚜벅뚜벅 걷고 있는" 탈종말론적 존재의 암시가 된다면, 우리는 아체베의 마을 소설들이 아마도 예이츠의 디스토피아적 짐승보다 더 유토피아적인 방식으로 또 다른 종류의 종말론적 재탄생을 암시하는 것이 아닌지 궁금해하기 시작할 것이다.

아체베의 명석한 소설 『신의 화살』은 훨씬 풍부하고 복잡한 방식으로 『모든 것이 산산이 부서지다』의 주제를 가져온다.[10] 소설 속의 사건에 선행하는 사건을 플래시백으로 보여주고, 소설의 중심 구조 그 자체의 축소판인 제2장에서부터 시작한다. 이 장은 소설의 배경이 되는 여섯 마을의 공동체인 우무아로Umuaro와 이웃의 정치 조직체 오크페리Okperi의 토지 분쟁을 다룬다. 울루 신의 사제이자 여섯 마을의 촌장인 에제울루는 분란에 휩싸인 토지와 관련해서 오크페리와 전쟁을 벌이는 것에 반대한다. 그는 현재 우무아로가 점유하고 있는 그 지역의 나머지 토지는 물론 그 토지가 원래 오크페리에 속하는 것이라고 주장한다. 촌장과 경쟁 관계에 있는 이데밀리 신의 사제 에지데밀리의 영향력 아래에 있는 (우리는 이 사실을 나중에 알게 된다) 선동가 은와카는 에제울루 촌장에 반대한다. 은와카는 승리를 거두고, 마을은 매파인 아쿠칼리아를 오크페리의 지도자들이 정착을 원하는지 전쟁을 원하는지 묻기 위한 파견단의 대표로 임명한다. 대표단의 운명을 그리는 훌륭한 서사는 최종적으로 폭력이 폭발할 때까지 한 문장 한 문장씩 미세하게 그 긴장감을 고조시켜나간다. 대표단은 참지 못하고 오크페리의 장날에 찾아가는데, 이것은 외교적 무례이다. 이 관습상의 차이는 우무아로 사람들에 대한 비웃음을 유발한다. 오크페리의 한 남자는 우연히 아쿠칼리아를 모욕하고, 이는 싸움으로 이어진다. 분노에 휩싸인 아쿠칼리아는 그 남자의 신인 이켄가에 침을 뱉는다. "자신의 눈앞에서 시체나 다름없이 된"(24쪽) 그 남자는 아쿠칼리아를 총으로 쏴 죽인다. 하지만 이것은 일화의 끝이 아니다. 긴장감은 전쟁으로 확대되는 대신에 이 예상치 못한 상황을 맞이하여 아무도 무엇을 할지 모르는 까닭에 완화되는 것처럼 보인다. 하지만 또 다른 관습상의 차이는 긴장감을 다시 한번 점화하고, 전쟁은 4일 동안 수행된다.

그다음에 발생하는 것은 세계 역사적인 것이다.

> 다음 날 아포는 전쟁이 갑작스레 끝나는 것을 보았다. 백인 윈터바텀이 우무아로에 군인들을 데려왔고 전쟁을 중단시켰다. 이 군인들이 아바메Abame에서 한 일은 아직도 두려움의 대상이 되고 있기에 우무아로 사람들은 아무런 저항을 하지 않고 그들의 무기들을 내려놓았다. (27쪽)

전쟁을 멈추었다는 사실에 만족하지 않는 백인은 우무아로의 모든 총들을 한곳에 모은 후, 자신이 들고 있는 서너 자루를 제외하고는 모두가 보는

> 앞에서 그것들을 파괴했다. 그는 우무아로와 오크페리에 대해 옳고 그름을 판가름한 연후, 그 논란이 되는 토지를 오크페리에게 주었다. (28쪽)

이 이야기에서 발생한 것들은 어떤 것도 불가피한 것이 아니다. 토지 분쟁, 에지데밀리와 에제울루의 경쟁 관계, 외교적 무례, 관습상의 작은 차이에 대한 비웃음, 우연한 모욕, 이 중 그 무엇도 정확히 그들이 한 것처럼 발생할 필요가 없었고, 만약 그것들이 다른 식으로 발생했었더라면 우무아로는 전쟁에 돌입하지 않았을 것이다. 그리고 이 이야기에서 단 하나 불가피했다고 말할 것이 있다. 그 궁극적 결과물은 행위자들 중 그 누구도 의도하지 않은 것이다. 우무아로가 거번먼트 힐Government Hill에 거주하는 새로운 세력들로부터 영구히 자율적으로 남을 것이라고 상상하는 이는 아무도 없을 것이다.

'우무아로'는 더 이상 단순한 별개의 허구적 실체로 이해될 수 없다. 그것은 알레고리적 공간으로 간주되어야 한다. 아체베가 대담에서 말하는 것처럼, 우무아로의 '평정'과 최종적인 패배는 "우리가 우무아로 단독의 관점에서 봐야 하는 것이 아니라 세계 역사 전체의 운동의 관점에서 봐야 하는 것이다."[11] '세계 역사의 운동'에 대한 언급은 『신의 화살』의 첫 번째 알레고리적 차원을 표시한다. (아체베의 소설에서 이런 내용의 발견은 전혀 새로운 것이 아니고, 특히 우리의 논의는 아체베에 대한 아비올라 이렐레의 탁월한 에세이들에 의해 선행된다.)[12] 이 첫 번째 알레고리적 차원에서, 우무아로의 이야기는, 분석적으로 분리될 수는 있지만 엄격하게 개별적이지는 않은 세 가지 차원, 즉 정치적 차원, 종교적 혹은 윤리적 차원, 그리고 물질적 차원에서 작동한다. 하지만 마지막 차원에서 다른 두 차원은 통합되고, 소설의 유토피아적 내용의 발견을 위해 이미지에 대한 질문을 제기하는 두 번째 차원으로 알레고리가 나아가게 한다. 다음에서 우리는 우무아로에 단일한 위기를 초래하는 모든 내적 균열에 관해 살펴볼 것이다. 그 위기에 대한 자본주의적 세계체제로의 포섭은 해결책으로 작동하는 동시에 반복된다.[13]

첫 번째 차원에서, 우무아로의 분열은 식민지적 침투 자체가 일반적인 것이 되는 특수한 것을 명명한다. 하지만 이 서사가 취하는 형식(우연적인 행위들의 연속이지만 그럼에도 불구하고 미리 결정되어 있었던 것처럼 하나의 사건으로 결국 끝나게 되는 것)은 매우 기이한 것이고 우리에게 (아체베의 '세계 역사'의 환기와 더불어) 헤겔의 '역사의 간계ruse of History'를 환기한다.[14] 이것은 역사가 마치 자신의 목적을 위해 개인들을 이용함으로써 등장한다는 생각이다. 세계 역사적 사건들은, 가령 기독교의 발생, 로마제국의 팽창, 위대한 부르주아지 혁명, 영국의 제국주의적 기획은 자신만의 고유의 논리, 즉 거대한 전환에 의해 마음대로 휘둘리는 것처럼 보이는 무수하고 우연적인 개별 사건과 행위들로부터 파생된다.

> 세계 역사에서 인간 행위의 결과물은 그 행위자가 목표로 하고 실제로 성취한 것과는 다른 것, 그들이 즉각적으로 알고 의도한 것과는 다른 것이다. … (중략) … 이것은 아마 '이성의 간지Cunning of Reason'라고 불릴 것이다. 그것은 개인에게 열정을 허락하지만, 그것이 창조하는 것은 상실과 상처로 고통 받는 것이다. … (중략) … 관념은 자신의 주머니가 아닌 개인들의 열정으로 존재와 순간의 몸값을 지불한다.[15]

'이성의 간지'는 정확히 아체베가 『신의 화살』에 대한 논의에서 '사건의 힘Powers of Event'이라고 일컫는 것이다. "'사건의 힘'은 그 자신의 논리를 획득한다. … (중략) … 나는 우리가 이 힘과 현상을 무시해야 한다고 생각하지 않는다. 그것이 무엇이든지 간에, 아마도 신의 섭리가 되든지 간에 말이다. 만약 당신이 종교를 믿는다면, 당신은 그것을 신이라고 부를 것이다."[16]

따라서 『신의 화살』이라는 제목은 역사의 개념을 말하는 듯 보인다. '개인들의 열정'은 오로지 신에 의해, '사건의 힘'에 의해, 혹은 역사 그 자체에 의해 미리 결정되어 있는 목적을 성취한다. 물론 우리는 역사를 결정하는 것은 바로 이념Idea의 펼쳐짐이라는 사유를 더 이상 액면 그대로 받아들일 수 없다. 하지만 이런 구조를 이해하는 다른 방식이 존재한다.[17] 그 명백한 불가피성을 역사적 서사의 부산물(하지만 그것을 위해 도외시할 수 있는 것)로 보는 서사학적 방식과 '관념'을 거대한 경제적 혹은 다른 과정의 다소간 확고한 추세로 대체하는 체제-이론적 방식이다. 이 명백하게 역설적인 사유(결정된 것은 결정되지 않은 사건에 의해 발생한다)의 서사적 핵심은 에제울루가 그의 친구 아쿠에부에와의 대화에서 오크페리와의 전쟁으로 비난을 받아야 하는 사람은 누구인가를 논의할 때 사용하는 속담에서 요약된다.

> 우리는 우리 것이 아닌 토지를 두고 우리와 피를 나눈 형제들인 오크페리와 전쟁을 하러 갔고, 너는 거기에 끼어든 백인을 비난한다. 두 형제가 싸울 때 낯선 이가 이득을 본다는 속담을 들어본 적이 없느냐? (131쪽)

이 속담은 제2장에서 펼쳐지는 서사를 요약한다. 하지만 우리는 이와 동일한 속담이 이 소설의 맨 끝부분의 또 다른 맥락에서 다소 상이하게 표현되는 것을 목격한다. 이번에는 아쿠에부에가 이 속담을 에제울루의 주장에 대한 반론으로 사용한다.

> "나는 괴롭다. 왜냐하면 그것은 두 형제가 피 터지도록 싸울 때 제3자가 그들의 아버지의 사유지를 상속한다는 우리 선조의 속담을 떠올리게 하기 때문이다." (220쪽)

우리는 아쿠에부에가 에제울루처럼 간단한 어휘들로 표현하는 감각이 없다는 것을 알 수 있다. 잠재의식적인 것으로 간주되기에는 너무 훌륭한, 등장인물과 상황들 간의 언어를 미세하게 다루는 놀라운 솜씨는, 아체베의 문체가 화려하지 않지만 절제되고 탁월한 것임을 설명한다. 하지만 여기서 중요한 사실은 제2장의 핵심인 이 속담적 주제가, 소설 전체의 더 원대한 사건을 특징짓기 위해 되돌아온다는 것이다. 제3자가 사유지를 상속받는 역사적 사건이 바로 『신의 화살』의 내용이다. 하지만 소설의 서사 전체에서, 그것은 두 마을이 아닌 두 사제 간의 싸움이 되고, 마을을 상속받는 것은 식민지 전도사들이다.

『신의 화살』에서 중심적 동학은 앞서 암시된 에제울루와 에지데밀리의 갈등, 즉 농업 순환의 붕괴와 궁극적으로 새로운 기독교의 집단적 전향을 낳는 것이다. 윈터바텀 대위는 에제울루가 오크페리와의 분쟁에서 보여준 진실성에 감명을 받아 그를 거번먼트 힐로 부르고, 그에게 우무아로의 족장의 지위를 보장하고자 한다. 에제울루는 마을의 지원을 얻은 에지데밀리 진영의 강력한 요구에 따라 족장 사제는 마을을 떠날 수 없다는 전통을 어기고 거번먼트 힐로 간다. 거기서 그는 자신이 볼 때 너무도 터무니없는 대위의 제안을 거부하고, 그의 완고함 때문에 감옥에 수감된다. 감금되어 있는 동안 그는 자신의 감옥 투옥이 에지데밀리와 우무아로에 대항하여 사용할 수 있는 무기라는 것을 깨닫는다. 우무아로를 떠나 있는 동안, 그는 두 개의 신성한 참마를 먹을 수 없다. 우무아로에 돌아왔을 때, 그는 그 참마를 먹을 때까지 추수를 거부하면서 추수를 두 달가량 미룬다. 우무아로는 기근에 직면한다. 최종적으로 기독교 전도사들이 들어온다. 그들은 참마를 수확하고 그리스도에게 공물을 바치는 사람들에게 울루 신의 분노를 잠재우는 면제부를 제공한다. 에제울루는 무너지고, "미친 사람처럼 행동하는 대사제의 거만한 영광"(229쪽) 속에서 여생을 보낸다.

이 경쟁 관계의 강렬한 드라마는 더 이상의 설명을 필요치 않는다. 하지만 몇몇 구절에 대한 세밀한 독해는 두 사제 간의 적대적 태도가 개인적인 경쟁을 넘어서 더욱 심원하게 발전되고 사실상 우무아로의 중심부에 위치하는 깊은 균열, 즉 우무아로의 정치적 역사의 흐름 속에 놓이는 위기를 표시하는 균열을 드러낸다. 하지만 이 위기는 예기치 못하게 우무아로의 균열을 심화하는 동시에 해결하는 다른 역사에 의해 포섭된다. 에제울루의 힘을 확고히 하는 바로 그 행위가 결국 결정적으로 마을의 자율성을 완전히 종말에 이르게 하는 것으로 판명된다.

2장에서 우리는 에제울루의 신이 상대적으로 새로운 신이라는 사실을 알게 된다.

> 아주 먼 과거에 도마뱀들이 흔치 않았을 때, 여섯 마을은 … (중략) … 서로 모르는 채로 살았고, 각각의 마을은 자신만의 신을 숭배했다. 그러던 중 아밤Abam의 용병들은 모두가 잠든 한밤중에 급습을 하고 집들을 불태웠으며 남자, 여자, 아이들을 노예로 끌고 갔다. 매우 위험한 상황에 처한 여섯 마을의 족장들은 마을을 구하기 위해 모였다. 그들은 공동의 신을 모

> 시기 위해 강력한 주술사들을 고용했다. 여섯 부족의 사제들이 모시는 이 신은 울루신이라고 불렸다. … (중략) … 그날 이후로 그들은 결코 적의 침입을 받지 않았다. (15쪽)

만약 에제울루의 신이 역사적 기억 속에 명확히 기원을 두고 있다면, 에지데밀리의 신의 기원은 명확하게 주어져 있지 않다. 은와카와의 대화에서, 에지데밀리는 "이데밀리 신Idemili은 사물이 탄생할 때 이미 그곳에 있었다. 아무도 그것을 만들지 않았다."(42쪽)라고 주장한다. 비록 대단히 숭고하게 발화된다고 할지라도, 질시하는 사제에 의해 펼쳐지는 이 주장을 믿어야 할 특별한 이유는 없다. 하지만 이 주장은 최종적으로 울루 신 자신에 의해 확증된다. 그는 소설의 후반부에 에제울루에게 등장한다. "집에 가서 자고 이데밀라와의 싸움을 해결하는 것은 내게 맡겨라. 이데밀리의 질시는 나를 파괴하려고 한다. 그의 비단뱀이 다시금 힘을 회복할 것이다."(191쪽) 이데밀리 신은 울루 신보다 앞선다. 여섯 마을이 '서로 모르는 채로 살았던' 때부터 있었던 것이다.

그렇다면 에제울루와 에지데밀리 간의 갈등은 토착신의 사제와 인위적 신의 사제 간의 갈등, 즉 역사적 기억보다 오래된 마을 구조와 그것을 대체한 더 큰 정치 구조 간의 갈등이다. 하지만 이 정치 구조의 중심부에 위치하던 동맹은 약화되었다. 오크페리 분쟁에 대한 윈터바텀의 개입 이후 몇 년 동안, 에제울루 마을과 에지데밀리 마을은 거의 전쟁 상태에 도달하게 된다. "그들은 우무아로 사람들이 죽이고 목을 따 오라고 말했던 지경에 이르렀다."(39쪽)

그 새로운 정치 조직의 체현인 울루 신의 사제직 또한 약화된다. 에제울루의 할아버지와 아버지는 법을 단독적으로 변화시킬 수 있는 권력을 가지고 있었고, 그리하여 면전에 대놓고 하는 혹평과 과부의 아이들을 노예로 만드는 관행을 불법으로 만들었다.(132, 133쪽) 오크페리와의 갈등을 보여주는 플래시백에서 이미 드러난 것처럼, 에제울루는 전쟁을 중단할 수 없고 다음과 같이 질문한다. "어떻게 사람들은 자신의 마을을 세우고 보호해온 신을 무시할 수 있는가? 에제울루는 그것을 세상의 몰락으로 보았다."(15쪽) 신에 대한 예찬 그 자체는 조건부적 어조에 도달한다. "울루 신은 여전히 우리의 보호자이다. 비록 우리가 더 이상 한밤중에 아밤의 전사들을 두려워하지 않는다고 할지라도 말이다."(27쪽)

"비록 우리가 더 이상 한밤중에 아밤의 전사들을 두려워하지 않는다고 할지라도 말이다."라는 이 구절은 더욱 세심한 주의를 요구한다. 애당초 여섯 마을을 통합시켰던 외부의 위협(우무아로의 정치 조직체는 아밤에 대항하여 맺어진 동맹이었다)은 사라졌다. 이 사라짐의 이유는 한 문단 이후 우리가 이미 봤던 구절에서 매우 간단히 표현된다. "백인 윈터바텀이 우무아로에 군인들을 데려왔고 전쟁을 중단시켰다. 이 군인들이 아바메에서 한 일은 아직도 두려움의 대상이 되고 있기에 우무아로 사람들은 아무런 저항을 하지 않고 그들의 무기들을 내려놓았다."(27쪽) 아바메의 '평정'에 대한 이야기는 『모든 것이 산산이 부서지다』(119–122쪽)에서 매우 상세하게 서술된다. 하지만 이것이 암시하는 바는 분명하다. 이제 우무아로를 아밤과 같은 약탈하는 무리로부터 보호하는 것은 더 이상 동맹이 아니라 윈터바텀의 군대와 같은 존재이다. (실제 역사적으로 이보 노예들을 밀거래했던 집단인 아밤, 즉 아로Aro 용병들의 습격은 1901~1902년 영국의 '아로 원정대'에 의해 중지되었다.)[18] 두 사제 간의 갈등이 발생하는 이유는 울루 신의 통합적 기능이 더 이상 필요하지 않기 때문이다. 그리고 과거의 정치 조직체에 기반을 두는 침몰 직전의 권력 구조는 자신의 건재함을 재주장하기 위해 악전고투한다.

소설 전반에 걸쳐 에지데밀리는 에제울루가 왕이 되고자 한다고 주장한다. "그는 야심가이다. 그는 왕, 사제, 예언자가 되기를 원한다. 그의 아버지 역시 그러했다고 사람들은 말했다. 하지만 우무아로는 이보 사람들이 그 어떤 왕도 알지 못한다는 것을 그에게 보여주었다."(27쪽) 에제울루가 우무아로의 세속적 족장이 될 기회를 거부할 때 밝혀지는 것처럼, 이것은 분명 사실이 아니다. 더구나 아체베가 묘사하는 것처럼, 이보 사회의 강력한 민주적 전통들은 족장 사제의 인물에게 법률적인 권한을 부여하는 것을 차단하기 때문이다. (이는 과거적 의미에서 민주적이다. 왜냐하면 노예와 여성들은 그 어떤 공식적 목소리도 낼 수 없었기 때문이다.) 하지만 우리는 에제울루의 아버지와 할아버지가 사실상 여섯 마을에 대한 막강한 권력을 휘둘렀다는 것을 알고 있다. (우무아로라는 허구적 세계에서처럼) 연령에 의한 서열제, 사제의 공간, 드러나지 않는 회합들이 존재하는 국가 없는 사회라는 '불순한' 형태들 속에서 "강력한 외부의 위협과 결합된 내부 분쟁은 … (중략) … 국가 형성을 발생시키려는 경향이 있었다."[19] 이것이 허구의 우무아로에서 사실이든 아니든, 에제울루 집안의 통합적 권력은 에지데밀리에 의해 재현되는 더욱 분할적 정치 체제에 저항한다. 영국의 개입으로 인해 우무아로는 더 이상 아밤의 위협을 받지 않기 때문에, 울루의 사제가 휘두르는 통합적 권력은 더 이상 필요하지 않고, 새로운 신의 등장 이후에도 의심의 여지 없이 존재해왔던 균열은 별안간 하나의 위기로 출현하게 된다. 하지만 이 위기는 애당초 아무도 모르게 그 위기를 야기했던 또 다른 역사에 의해 순식간에 포섭된다. 울루 신의 노쇠는 에지데밀리에게 권력을 되돌려줄 마을 자율성으로의 회귀에 기인하는 것이 아니라 지평선상의 새롭고 더욱 거대한 통합적인 힘인 기독교 전도단과 식민지 정부에 기인하는 것이다.

이 제유적 알레고리, 정치적 위기를 통해 형상화하는 자율적 역사들의 전반적인 붕괴는 종교적이고 윤리적인 관점에서 완전히 상이하게 공식화할 수 있다. (실제 그것이 정치권력을 휘두르고 대립적인 정치조직의 양식을 대표하는 사제인 에제울루와 에지데밀리를 가리킬 때, 이것들은 거의 분리되기 어렵다.) 전쟁 장면은 직접적으로 묘사되지 않는다. 그것에 관해 우리는 울루 신이 에제울루를 질책하기 위해 내려올 때 간략하게 엿볼 수밖에 없다. "나와 이데밀리는 마지막까지 싸울 것이다. 그리고 승자가 패자의 발찌를 벗길 것이다!"(191쪽) 이 갈등은 두 사람 간이 아닌 두 신 간에 벌어진다. 첫 번째 신 이데밀리는 각각의 신이 마을을 통합한 시기부터 계속 존속해 왔다. 두 번째 신 울루는 아밤에 대항하는 방어로서 여섯 마을을 통합하고, 기존의 신들을 그 자리에 그대로 두지만 그들의 과거 중요성은 제거한다. 하지만 식민주의의 도래와 아밤 침입자들의 평정과 더불어, 두 번째 신은 자신의 유용성을 상실한다. 이는 그 두 신들 모르게 세 번째 신이 지평선 위로 등장했기 때문이다. 이 신은 새롭고 더욱 거대한 정치 구조를 재현한다.

『모든 것이 산산이 부서지다』와 『신의 화살』 모두에서, 기독교는 중심적 역할을 한다. 성지 파괴와 복음 설파와는 별도로 교회의 성공을 보장하는 다른 어떤 것이 존재한다. 이것은 전도단에 참여하는 에제울루의 아들 오두체와 갓 태어난 쌍둥이를 죽이는 풍습과 그의 친구 이케메푸의 희생으로 양심의 가책에 시달리는 『모든 것이 산산이 부서지다』의 영웅의 아들 은워예에 의해 보인다.

> 하지만 젊은 남자가 매료되었다. 그의 이름은 오콩코의 첫째 아들 은워예였다. 그를 매료시킨 것은 삼위일체의 정신 나간 논리가 아니었다. 그는 그것을 이해하지 못했다. 그것은 뼛속까지 느껴지는 새로운 종교의 시였다. 어둠과 두려움 속에 있는 형제들에 대한 찬가는 그의 어린 영혼을 떠나지 않던 흐릿하고 끈질긴 물음, 즉 덤불 속에서 울던 아기들과 이케메푸나의 죽음에 대한 물음에 답변을 주는 것처럼 보였다. (128쪽)

이것은 다시 한번 우리를 헤겔로 되돌려 보낸다. 헤겔에게 기독교는 '주체성의 권리가 발생한 최초의 장소', 즉 개인의 양심이 순전히 외부의 법에 맞서 자신의 주장을 펼칠 수 있는 최초 시기로 표시된다.[20] 아체베의 소설에서 이것은 그 어떤 기회주의적이고 열성적이며 잔인하고 터무니없는 형식들을 취하든 간에, 기독교의 진정한 힘이다. 헤겔은 쇠퇴기에 놓인 문화에 대한 또 하나의 우화, 즉 어떤 것의 종말을 암시하는 동시에 은밀하게 기독교의 시작을 암시하는 우화를 말한다.

> 플라톤은 오직 타락한 것으로만 직접 나타날 수 있는 어떤 심원한 원리가 자신의 시대의 삶 속에서 침입해 들어오는 것을 의식했다. 그것과 싸우기 위해, 그는 그 싸움에 대한 갈망 자체를 위한 도움을 청해야만 했다. 하지만 이 도움은 높은 곳에서 내려와야 했다. … (중략) … 이 원리는 내적인 형식으로서 기독교 내에 정착했다.[21]

은워예와 같은 개종자들은 이 갈망을 진정으로 느낀다. 하지만 이 우화에서 플라톤의 자리를 차지하는 것은 에제울루이다. 자신의 것이 아닌 갈망(그의 삶의 방식 한가운데 위치하는 균열과 모순들에서 발생하는 갈망)을 감지하는 그는 과거의 익숙한 방식들을 통해 그 갈망과 싸우는 구시대의 현명한 남자이다. 에제울루는 추수가 결국에는 이루어질 수 있는지 마지막으로 묻기 위해 울루 신의 성지로 돌아간다. 감동적인 장면이다.

> 우무아로의 수장들에게 약속한 대로, 에제울루는 아침에 울루 신의 성지로 돌아갔다. … (중략) … 에제울루가 한 묶음의 개오지 조개껍데기를 던졌을 때, 오두체 사람들의 종이 울리기 시작했다. 잠시 동안 그는 그 종의 슬프고 단조로운 소리에 정신이 산만해졌고, 그는 그것이 그토록 가깝게 들리는 것이 매우 이상하다고 생각했다. 그의 집에서보다도 훨씬 더 가깝게 들렸다. 신과의 상의에서 아무 소득을 얻지 못했고 여섯 마을은 두 달 동안 추수를 못 할 것이라는 에제울루의 선언은 우무아로의 역사에서 알려진 바 없는 두려움을 전파했다. (209-210쪽)

에제울루의 상의는 신으로부터 아무런 응답도 이끌어내지 못한다. 왜냐하면 울루 신은 죽었기 때문이다. 마을의 신과 동맹의 신의 전투에서 정작 우무아로를 차지하는 것은 세 번째 신이다. 이제부터 참마는 "아들의 이름으로 수확될"(230쪽) 것이다. 새 종교로 개종한 아들들뿐만 아니라 아들 그리스도의 이름으로 수확될 것이다.

비어던 제이포는 식민적 조우에 대한 문학적 재현을 이해하는 데 있어 헤겔의 비극 이론의 중요성을 보여준 바 있다.[22] 하지만 소잉카의 「죽음과 왕의 마부Death and the King's Horseman」에 대한 제이포의 설명을 볼 때, 윤리적·종교적 차원들은 궁극적으로 유물론적 독해에 의해 제한되어야 한다. 우무아로의 소멸을 가속화하는 것은 토지 분쟁이다. 이 분쟁을 야기한 상황은 소설에서 암시적으로 드러난다. 이는 소설의 배경이 되는 보다 일반적인 물질적 배경을 검토하는 과정을 통해 보다 빨리 명확해진다. 이보 종족의 '비국가적 사회'는 많은 토지를 필요로 했다. 『모든 것이 산산이 부서지다』와 『신의 화살』에서 매우 중요하게 다루어지는 소유권 체제는 그 어떤 사람도 많은 양의 자본을 축적하지 못하도록 하는 것이었다. 이것은 일반적으로 자급자족적 농민이었던 자유민들의 노동 분업을 사전에 막을 수 있었다. 하지만 정지된 산림 토양에서 참마 농사는 표토가 침식되기 전인 3~4년 동안만 유지될 수 있었고, 따라서 경작 가능한 토지의 확보를 위해 이전의 농사보다 훨씬 더 많은 회복 기간이 필요했다. 잉여 농작물을 생산하는 까닭에 '자급자족'이라는 용어가 이런 형식의 농업에 대한 정확한 표현은 아니라고 할지라도, 심지어 환경이 협업적이고 사회적 질서가 안정되었을 때에도 결코 풍부하고 일관되는 식량의 원천이 되지 못했다. 『신의 화살』 전반에 걸쳐 정중한 가족 문안에 대한 응답은 "우리에게 배고픔 이외에는 아무 문제가 없다."(62쪽)라는 것이다. 하지만 이용 가능한 토지가 실제로 무한정 존재하는 한, 이 경제체제는 증가하는 인구를 감당할 수 있었다. 하지만 이 소설이 착수된 시기에 인구로 인한 압박이 커져, 이미 노예무역이 횡횡하고 몇몇 집단(우무아로가 대항해서 통합되었던 아밤과 같은 집단)은 약탈단으로 재편된 지 오래였다. 우리가 앞서 봤듯이, 이 사태를 상당 부분 중단시킨 것은 1807년 영국의 노예무역 폐지가 아니라 유괴범들에 맞섰던 원정대들이었다.[23] 『신의 화살』의 중요한 두 번째 장은 영토 확장이 한계에 도달했음을 보여준다. 과거에는 따로 주인이 없던 토지가 별안간 우무아로와 오크페리의 분쟁의 문제가 되는 것처럼 말이다.

그렇다면 우무아로가 겪는 문제의 궁극적인 기원은 물질적 위기에 해당한다. 에제울루의 완고함에 의해 야기되는 기근은 더욱 지속적인 위기의 알레고리적 토대(여전히 일반적인 것이 특수한 것에 포함되는 첫 번째 차원에서의 토대)에 불과하다. 더 많은 토지를 확보하지 않으면 충분한 식량 공급이 어렵다는 우무아로의 특수한 식량 위기에 대한 위기감은, 영국 공장에서 윤활유로 사용되었던 (우무아로 지역에서 지속적으로 경작될 수 있는 고유의 농작물인) 야자유에 현금을 지불하는 세계경제로의 통합으로 나아가게 되고, 다른 일반적인 것을 알레고리화하게 된다.[24] "백인은 정말 정신 나간 종교를 가져왔다. 하지만 그는 또한 무역상을 차렸고 야자유와 씨알이 처음으로 높은 가격을 받게 되었다."(『모든 것이 산산이 부서지다』, 153쪽) 이 새로운 경제는 도로와 여타 공공사업들에 대해 세금을 매길 수 있고, 유럽과 특히 영국의 상품들을 살 수 있으며, 최종적으로 야자수 상품뿐만 아니라 땅콩과 면직물을 (나중에는 물론 원유까지) 생산하는, 말하자면 현금 경제이다. 하지만 이것은 구원이 아니다. 물론 이 경제는 사실상 식민주의와 동일한 것이다. 아체베는 식민지 경험 이전의 삶에 대한 홉스식의 묘사를 보여주는 희곡에서 식민주의를 "더럽고 영국적이며 모자란 것"으로 특징짓는다.[25]

여기서 우리는 헤겔과 아프리카의 역사 문제로 되돌아간다. 아프리카를 역사 외부의 공간으로 보는 헤겔적 폄하는 무너지고, 어느 순간 아프리카의 역사와 서양의 역사는 하나가 된다. 『애매한 모험』의 삼바 디알로 아버지의 말을 빌리자면, "분리된 운명의 시대는 사라지고 말았다."(79쪽) 현재적 관점에서 볼 때, 우무아로(첫 번째 알레고리적 차원의 환유적 축을 따라 고려되는 우무아로)의 문제는 불가피한 것으로 보인다. 위대한 인물 에제울루는 역사를 만들지 않는다. 그는 자신을 기다리는 역사를 발견한다. 아체베는 『신의 화살』 제2판의 서정적인 서문에서 이 이야기에 도덕성을 부여한다.

> 배제되었을 때, 에제울루는 자신의 운명을, 고통을 참고 백성들의 문제를 위해 봉헌하는 (따라서 의식적 행로의 위상을 드높이는) 피해자로서의 자신의 고결한 역사적 운명과 완벽히 일치하는 것으로 생각하게 되었다. 그리고 그는 기쁜 마음으로 그들을 용서했다. (vii절)

하지만 『신의 화살』이 비극적인 소설이라는 점을 생각해볼 때, 이 서문은 매우 특이하다. 줄거리에서 가장 비극적인 사건(식민주의의 도래로 인한 인간성의 파괴로 형상화되는 마을의 자율성의 결정적인 종말)은 특이하게도 별안간 긍정적인 측면을 부여받게 된다. 하지만 '운명'은 현재와 더불어 끝난다는 가정, 우리가 알다시피, 이제 전 세계는 '서양적인 것'이 된다는 가정에서 모순은 비롯된다. 하지만 허구의 우무아로에서 벌어지는 시대적 변화는 아프리카의 독립운동과 함께 등장하는 또 다른 가능성을 알레고리화한다. 아체베가 첫 번째 소설 『모든 것이 산산이 부서지다』의 제목을 결정했을 때, 그는 예이츠의 「재림」에 새로운 알레고리적 차원을 더했다. 기독교의 떠남을 서사화하는 그것은 별안간 그것의 도래를 재현할 수 있다. 『신의 화살』에서 이 구조는 뒤집힌다. 그것은 식민주의의 도래를 이야기하는 동시에 그것의 떠남을 가리킨다.

만약 첫 번째 알레고리적 차원이 환유적인 것이었다면, 즉 특수한 허구의 예시를 통해 일반적인 역사 과정을 서사하는 것이었다면, 두 번째 차원은 이 사례의 의미를 미래 속으로 투사한다. 이 두 번째 차원을 이해하기 위해, 지금까지 유보되었던 아체베의 비평과 그의 소설의 또 다른 측면인 이미지의 문제를 살펴볼 필요가 있다. 『모든 것이 산산이 부서지다』는 이보족에 대한 바스덴의 인류학적 설명에 대한 다시 쓰기로 고려될 수 있다. 『모든 것이 산산이 부서지다』의 이런 수정복구적 측변은 아체베에 의해 강조되었고, 많은 비평가들에 의해서도 설명되었다. 이것은 아체베 첫 작품의 전제 조건인 것만큼이나 한계이다. 『모든 것이 산산이 부서지다』는 바스덴이 중요하다고 본 요소들 가운데 많은 것들을 다시 논의한다. 사랑의 존재, 쌍둥이의 운명, 소유권의 의미, 가면 정신의 본성, 신탁의 기능, 콜라나무의 예의, 웅변의 사회적 기능, 산 자와 죽은 자의 관계, 인간 희생의 극한, 오수osu 혹은 추방자의 중요성 등등. 이 모든 경우에서 바스덴의 설명, 즉 이보족 관습의 극단적 객관화, 순수 행위의 냉혹한 사례, 불가해한 무언의 예시는, 이 관습들에 논리와 의미를 부여할 뿐만 아니라 그것들을 소설의 매개체로 번역하는 더욱 유연한 서사적 재현으로 대체된다.[26] 인류학적 이미지 속에서 객관화되어온 것들이 별안간 주체성의 권리를 부여받는다. 이것은 역설적으로 서사와 그 등장인물의 동기 사이의 간극에 대한 (작가의) 중재를 통해 성취되는 효과이다.

만약 아체베를 읽은 후 바스덴을 읽는다면(대부분의 독자들은 그렇게 할 것이다), 그의 연구 대상에 대한 겸손한 태도가 아니라 그의 빈곤한 해석에 깊은 인상을 받을 것이다. 동시에 『모든 것이 산산이 부서지다』의 대단히 풍부한 내용을 결정하는 것이 바로 이런 인류학적 작업이라는 사실 때문에 충격받을 것이다.[27] 이제 『모든 것이 산산이 부서지다』를 살펴볼 것이다. 더욱 복잡한 표면을 드러내는 『신의 화살』에서 동일한 쟁점을 맞닥뜨리기 이전에, 그것은 아프리카의 식민적 이미지에 대한 보다 직접적인 반응을 재현한다.

또한 『니제르 이보족』과 『모든 것이 산산이 부서지다』의 관계를 보여주는 여러 사례들 가운데, 그것을 가장 잘 보여주는 사례 하나를 살펴본다. 바스덴의 책에서 어떤 한 장의 제목은 "낮과 밤의 동호회Day and

Night Clubs"인데, 다른 장에서는 "가면 사회"라고 언급된다(366-376쪽). 이 가면 사회에서의 공개 행위(고대 정신으로서 그들의 외양, 옷, 이상한 목소리, 그것들에 대한 여성과 아이들의 반응)는 축어적인 차원에서 바스덴과 아체베에 의해 거의 동일하게 묘사된다. 하지만 각각에 의해 함의되는 해석은 판이하게 다르다. 바스덴은 이 정신이 그 사회의 남성들에 의해 수행된다는 사실을 해석해낸다. 새로운 입회자는 적절한 기술들을 배운다.

> 새롭게 구현된 정신으로 지금까지 굳건하게 받아들여져 온 것은 한 남자, 아마도 친척 일가, 혹은 가면 쓰기 자체에 지나지 않는 것으로 판명된다. … (중략) … 속임을 당하는 분함을 겪은 젊은이는 … (중략) … 마을의 비입회자들을 속이는 즐거움을 공유하는 것에서 큰 기쁨을 얻을 것이다. (375쪽)

『모든 것이 산산이 부서지다』에서 아체베는 동일한 현상을 '사기당한 자'의 관점에서 해석한다.

> 오콩코의 부인들은 물론 다른 여성들도 두 번째 에구구가 오콩코의 가벼운 발걸음을 닮았다는 것을 눈치챘을 것이다. 그들은 또한 에구구 뒤에 앉아 있는 직위를 가진 남자와 원로들 가운데 오콩코가 없다는 것을 눈치챘다. 하지만 비록 이것들을 모두 눈치챘다고 할지라도, 그들은 결코 발설하지 않았다. 가벼운 발걸음을 가진 에구구는 그 부족의 죽은 사제들 중 한 명이었다. (79쪽)

바스덴의 구절에서 이중 속임과 불가해한 속음의 문제가 아체베에 의해 성변화transubstantiation의 사례로 변형된다. 모두 가톨릭 미사에서

성찬식 빵은 한 조각의 빵이라는 것을 안다. 하지만 그 사실을 폭로하고 종교에 대한 믿음을 거부하는 것은 이중적인 것도 멍청한 것도 아니다. 첫 번째 바스덴의 묘사는 주어진 것을 취하고 존재하는 해석적 도식, 즉 아이들의 해석에 의거해 그것을 해석한다. 반면에, 두 번째 아체베의 묘사는 고유한 해석적 도식을 가진다. 이것은 그 가면 사회의 현상이 소설의 형식으로 소통될 수 있다는 가정과 밀접하게 관련된다.

바스덴이 묘사하는 행위에는 그 어떤 신비스러운 점도 존재하지 않는다. 그의 해석은 일원적이고 상식적이다. 행위자가 자신의 행위에 대해 할 수 있는 것을 포함한 다른 해석의 가능성에 대해 인정하지 않는다. "속임을 당하는 분함을 겪은 젊은이"라는 그의 자기 확정적인 산문은 이에 대한 충분한 증거이다. 물론 이것은 바스덴의 역할에 대한 순수한 숙고이다. 왜냐하면 바스덴 자신의 증언에 따르면, 그 사실을 폭로하는 것은 "끔찍한 죽음의 환심을 사는 것"(366쪽)이기 때문이다. 하지만 여기서 그의 언어는 현상에 대한 평가에 있어 절대적인 자신감과 확신에 차 있어 여타의 모든 가능한 설명들을 단 하나의 물화된 해석으로 몰아넣는다. 이 대상화하는 응시는 우리에게 친숙한 것이고 사르트르의 시선 개념으로 되돌아가는[28] (그리고 궁극적으로는 주인과 노예의 변증법으로 돌아가는)[29] 것이다. 비록 더욱 동정적인 것이라고 할지라도, 아체베의 묘사를 바스덴의 묘사로부터 분리시키는 것은 해석이다. 둘의 근본적 차이는 형식적인 것이고, 그것은 아체베의 언어의 신중함과 관련된다. 오콩코의 부인들은 "눈치챘을 것이다." "비록 이것들을 모두 눈치챘다고 할지라도, 그들은 결코 발설하지 않았다." 아체베의 언어는 현상의 있음직한 의미들을 붕괴시키는 것을 거부한다. 하나의 해석이 제시된다. 하지만 여타의 가능한 의미들이 텍스트를 넘어서는 것을 허용한다.

또한 이것은 하나의 고립된 사례가 아닌 특징적인 차이이다. '쌍둥이를 없애는 것'을 말할 때 바스덴은 하나의 확정적인 설명으로 쓴다. (동물들은 한 번에 여러 새끼를 낳는다. 쌍둥이는 인간보다 하등하다.) 하지만 『모든 것이 산산이 부서지다』는 그 이유를 결코 완전하게 밝히지 않는다. 환대 의식은 바스덴과 『모든 것이 산산이 부서지다』에서 거의 똑같이 그려진다. 하지만 소설 후반부에서 의식은 매 순간 미묘하게 달라지고, 따라서 특정 순간의 의식의 사회적 의미는 결코 최종적으로 독자에게 이용 가능하지 않게 된다. 사실 흥미로운 독해는 콜라나무 열매의 환대 의식에서 도출된다. 이 의식은 바스덴의 책과 은제쿠의 『고귀한 나무의 지팡이 *Wand of Noble Wood*』, 『모든 것이 산산이 부서지다』(민족지적 이미지의 흔적들이 잔존한다)와 『신의 화살』에서 등장한다. 『신의 화살』에서 그 의식의 사회적 의미는 재독해를 통해 최종적으로 확실하게 드러난다. 하지만 첫 번째 독해에서, 그 의미들은 미리 결정되는 것처럼 보이지 않는다. 실제로 '의미'는 허구의 참여자들을 위한 것이 아니다. 그리고 의식의 결과물은 그것이 발생했을 때까지 항상 문제가 된다. 사실 첫 번째 독해에서 콜라나무 열매의 파괴는 전혀 '의식'처럼 보이지 않는 까닭에, 민족지적 목소리를 특징짓는 서사적 해석 없이 미묘하고 결코 확실하지 않은 사회적 의미가 제시된다.[30] 스피박에게 하위 주체의 "텍스트에 의한 비-봉쇄"는 민족지적인 것에 대한 문학적인 것의 우위를 정당화하는 것이다. 비록 하나의 형식으로서 소설에 과도하게 폭넓은 해방적 잠재성을 할당하는 것에 대해 경계한다고 할지라도, 혹자는 『모든 것이 산산이 부서지다』에서 이 진술의 진실을 알 수 있을 것이다.[31] 아체베 글의 역설은 이 해방적 잠재성이 더욱 복잡하고 미묘한 인물 분석에 의해 성취되는 것이 아니라, 무한하고 불가사의한 것으로 남는 것을 허용하는 총체화의 서사와 개인 사이에 존재하는 거리를 통해 성취된다는 것이다.

만약 『모든 것이 산산이 부서지다』가 민족지적 이미지에 대한 문학적 대응으로 독해된다면, 이 독해는 더 정교한 건축물인 『신의 화살』에서 보다 복잡해진다. 『율리시스』와 마찬가지로, (우무아로와 거번먼트 힐에 대한) 외견상 무성의하지만 풍부한 인류학적 세부 묘사는 사실 하나의 효과이다. 이제 우리가 『신의 화살』에서 이미지의 의미를 고찰할 때, 그것은 소설의 중심에 위치하는 '고결한 역사적 운명'에 대한 여전히 미해결된 물음, 즉 우무아로의 문제가 되는 세계 역사적 사건의 의미와 관련 있는 것으로 간주되어야 한다.

앞서 암시된 것처럼, 식민적 이미지로 드러나는 포스트식민 역사는, 시선 개념에 대한 참조 없이는 이해될 수 없다. 이 개념은 사르트르가 쓴 상고르의 위대한 『흑인과 마다가스카르인들의 새로운 시선집』의 서문(「검은 오르페우스」)에서 이미 포스트식민적 맥락으로 가져와 '가만히 서서 우리를 응시하는 흑인들'로 번역했다.[32] 서문에서 거론된 이런 모순과 네그리튀드 운동에 있어 그것의 중요성은 이미 충분히 검토하였다. 하지만 『신의 화살』과의 대조를 위해 몇 가지 주된 특징을 다시 살펴보는 것은 가치 있을 것이다. 「검은 오르페우스」에서 식민주의 그 자체의 본질은, 식민적 이미지, 즉 시선의 변증법이 폭력적으로 축소되는 '보여지는 것 없이 보는 것의 이점'인 것(이 공식은 푸코의 감시감찰 개념이 사르트르의 시선 개념에 빚지고 있음을 보여준다)으로 나타난다. 식민화의 시선은 아마 바스텐의 책과 같은 물화된 인류학이나 『모든 것이 산산이 부서지다』의 마지막에 나오는 허구적인 반半인류학적 행정 안내서에서나 완벽하게 표현될 것이다. 여기서 오콩코의 이야기는 「니제르강 상류 원시종족의 평정The Pacification of the Primitive Tribes of the Lower Niger」이라는 "아마도 전체 장이 아닌 합리적인 한 문단으로"(179쪽) 축소된다. 하지만 「검은 오르페우스」에서 소개되는 '되돌아온 응시returned gaze'의 개념은, 오직 부정적으로 반응하는 그 순간, 즉 이미 그 자체로 물화된 본질과 부분적 진리로서 주어진 위치에 대한 폭력적인 가정이다. 식민적 시선이 그렇지 않은 것처럼, 이론적으로 이 불완전함은 자의식적인 것이다. 이 '반인종적 인종주의'는 항상 완전히 다른 관계성을 향해 억압되어왔다.

> 헤겔의 말처럼, 네그리튀드의 주체적·실존적·인종적 관념은 노동계급의 객관적이고 실증적이며 정확한 관념이 '된다.' 상고르가 말하길, '세제르에게 백인은 자본을 상징하고, 흑인은 노동을 상징한다.'[33]

하지만 (네그리튀드의 옹호자들이 미처 알기 전에) 이 전략적으로 본질화하는 관념을 이어받는 것은, 보편적 혁명이 아니라 민족 부르주아지의 자체적 '아프리카화'였다. 이것은 식민지적 방식으로 부를 축적하는 한편 전지구적 경제 내에 아프리카 경제의 종속적 상태를 지속하게 했다.

그렇다면 최초의 등장에도 불구하고, 성취되는 것은 주체와 대상, 보는 자와 보이는 자 간의 자리바꿈이 아니라, 단지 이미 주어진 항들의 가치의 변형이다. 에메 세제르가 자신의 시 「이방인Barbare」에서 말하는 것처럼(사르트르의 서문이 실린 시집에 수록된 것), 이 전도(자리바꿈)는 "부정의 진정한 효과이자 전략적 힘"(56쪽)이다. 만약 우리가 『존재와 무*Being and Nothingness*』에서의 부정의 원래 의미를 염두에 둔다면(가능성을 단 하나의 물화된 실제성으로 무너뜨리며 본질화하는, 즉 시선에 의한 가능성의 영역의 부정), 우리는 이 되돌아온 응시를 (사르트르의 용어를 계속 써서) '수치심shame'에서 '자긍심pride'으로의 극적인 변화로 이해할 수 있다. 이 되돌아온 응시는 주어진 항들의 재조정이 아니라, 미리 수치심으로 주어져 있었던 자리(정체성이나 "대상-상태"라고 해도 무방하다)를 자긍심 있게 받아들이는 그런 도전이다.

식민적 시선에 대해 『신의 화살』이 취하는 관점은 이 모든 것과는 완전히 다른 것이다. 이 소설에서 중요한 것은 내용의 문제, 부정적인 재현들의 유의성을 바꾸는 것, 혹은 그것들을 긍정적인 것으로 교체하는 것 등이 아니다. 대신에 형식의 문제, 특히 서사적 총체화의 문제를 다룬다. 객관화의 순간이 텍스트 내에 현존하는 이유는, 서사적 목소리 그 자체에 의해 여러 다른 차원에서 부정되기 위해서이다. 우리가 앞서 봤듯이, 그것은 개인적 동기화와 관련해서 어떤 신중함을 유지한다.

『신의 화살』에서 '아프리카의 이미지'와 식민적 이미지의 관계는 도로 건설 장면에서 가장 잘 드러난다. 그것은 조이스 캐리의 『미스터 존슨』에서의 유사한 장면을 겹쳐 쓴 것이다. 『신의 화살』에서 도로 건설 장면은 주목할 만한 상투적 장면이고 10페이지를 넘지 않는다. 등장인물들은 간단히 다른 맥락으로 이동하고, 그들은 완전히 상이한 기능을 수행한다. 에제울루의 아들 오비카는 분노하는 노동자가 되고, 마을의 첫 번째 기독교인으로서 중요한 모제스 우나추쿠는 감독관, 즉 라이트와 노동자들 간의 중재자로서의 위치를 차지한다. 아체베와 캐리의 장면은 건기의 막바지에 발생한다. 하지만 도로 공사는 비가 오기 전까지 완료될 수 없는 것처럼 보인다. 도로 건설 노동자(『미스터 존슨』의 루드벡과 『신의 화살』의 라이트)는 무보수 노동에 의존한다. 유급 노동자들을 보충하는 '자발적' 노동이다. 하지만 그때는 축제 기간이고, 도로에 일하러 보내진 젊은이 중에 무보수 노동에 관심 있는 사람은 아무도 없었다. 사실 그들 모두는 숙취에 시달리고 있었다. 경험 많은 노동자들은 열의 없고 늦게 오는 '자원 봉사자들'을 놀리고 희롱했다.『미스터 존슨』에서 이 장면의 긴장감은 재빨리 해소된다. 새로운 노동자들은 기존의 노동자들과 융합한다. (그리고 현장 감독과 상사와 함께) 물론 오로지 루드벡만이 이해할 수 있는 (그리고 그는 오직 직관적이고 불완전하게 이해할 수 있는) 집단적 기획으로서의 노동요의 마술을 통해서 융합한다.

이 모든 것이『신의 화살』에서는 다르게 펼쳐진다. 거기서 최초의 긴장은 몇 가지 상이한 차원에서 폭력으로 폭발한다. 루드벡과 유사한 인물인 라이트는 지각한 버릇없는 노동자 한 명을 채찍질한다. 노동자는 분노에 차서 그에게 달려들지만, 결국 진압되고 더욱 채찍질을 당한다. 지각한 사람들과 다른 사람들 간의 긴장은 소규모 접전을 야기하는 두 마을 간의 불화를 시연한다. 노동자들은 도로 공사에 어떻게 저항할 수 있을지에 관한 모임을 결성하지만, 이 모임은 그 자체로 통렬한 경험으로 끝나고 만다. 이것과『미스터 존슨』의 상대적으로 이상적으로 그려진 장면의 차이는 물론 중요하고, 캐리의 재현에서는 부재하는 식민지적 기획에 대한 억압과 저항의 변증법을 회복한다. (비록『미스터 존슨』에 식민적 폭력이 없는 것은 아니라고 할지라도, 강제 노동의 착취 역할은 부족 족장들에게 맡겨지고, 소설 전반에 걸쳐서 존슨에게 가해지는 폭력은 존슨 측의 그 어떤 의식적 저항에 대한 반응으로도 나타나지 않는다.) 하지만 주요한 다시 쓰기는 이미지의 차원에서 발생하고, 존슨과 모제스 우나추쿠의 유사한 짝을 중심으로 이루어진다. 지금은『미스터 존슨』에 대한 구체적 논의로 들어갈 때가 아니다. 이 소설에서 나타나는 식민지인에 대한 배려가 없는 식민 사회 그 자체에 대한 재현은『신의 화살』의 라이트, 윈터바텀, 거번먼트 힐의 거주민들에 대한 탁월한 묘사와 그리 다르지 않다. 하지만『신의 화살』이 등장인물들을 하나의 정체성이나 물화된 대상으로 축소시키지 않으면서 재현하는 데 성공하는 반면, 『미스터 존슨』은 중심인물인 존슨에 대해 그렇게 할 수 없다. 그는 등장인물이라기보다는 피진어의 풍부함을 나타낸다.

물론 모든 허구적 등장인물들은 서사라는 좌표 위에 기능적 위치를 차지하고 있는 집합일 뿐이며, 단지 몇 차례 (예컨대, 우리가 장차 윈덤 루이스의 소설들에서 보게 될 것처럼) 자기의식으로 고양될 가능성을 지니고 있을 뿐이다. 환영적 깊이에 대한 그런 자기의식적 거부와 개념적 무지에서 비롯되는 현상은 구분되어야 한다. 왜냐하면 존슨은 J. M. 쿳시Coetzee가 『포*Foe*』에서 '디포Defoe'의 '프라이데이Friday'를 구상한 것처럼 침묵하는 인물, 식민 지배자의 관점에서 봤을 때 이해 불가능한 인물이 아니기 때문이다. 반대로, 존슨은 모든 곳에서 말하고, 모든 곳에서 이해 가능하다. 다른 모든 등장인물들의 행위에 대한 연속적 서사가 마지막까지 결코 성취되지 않는데, 그들의 행위가 이런 통일성에 의해 환영처럼 부유하는 것과는 달리 존슨의 행위는 어떤 이해와 즉각적으로 관련된다. 예컨대, 그가 바무와의 결혼을 몹시 기뻐하는 이유가 우리 앞에 그 기쁨과 함께 동시적으로 제시된다. "문명화된 결혼에 대한 존슨의 생각, 즉 가게의 카탈로그들과 거기에 나오는 예복을 입는 방식 … (중략) … 그리고 기독교 지식보급협회S. P. C. K.의 인증을 받은 소설들에 정초하는 그의 생각은 낭만적인 감상과 수가 놓인 속옷의 혼합물이다."(4쪽) 존슨은 어떤 외부의 소설적 기준에 의해서가 아니라, 캐리의 소설 내부의 정전적인 인물 묘사로 볼 때 재현적 실패이다. 존슨과 관련되는 문제는 서사적 목소리가 존슨의 아프리카적 사고방식을 이해하지 못한다는 것이 아니라, 바스덴의 『니제르 이보족』처럼 존슨은 애초부터 '사고방식'을 가지고 있다는 것이다. 이 소설의 재현적 관점에 따르면, 존슨은 오해되지 않는다. 대신에 그는 완벽히 이해된다. 따라서 그는 완벽히 오해된다.

모두가 눈치챌 수 있는 것처럼, 『신의 화살』의 한 가지 탁월한 점은 식민지 존재와 이보족 사회 둘 모두에 대한 '균형 잡힌' '공평한' 재현이다. 따로 특별한 찬사의 용어를 찾지 않고서도 이것이 무엇을 의미하는지 알 수 있을 것이다. 하지만 이 특징이 가리키는 것은 아체베가 그의 소재에 부여하는 형식적 총체화이다. 『신의 화살』은 식민지 인물에 대한 균질적이고 대립적인 객관화와 관련된 '되돌아온 응시'가 아니라 응시의 총체성에 대한 종합적 재현이다. 아체베의 소설이 마을의 삶에 대한 자연주의적 이야기처럼 보이는 것은 그것이 제시하는 풍부한 역사적 매개들을 무시하고, 우리가 이미 '위로부터' 보는 것에 익숙한 역사를, '아래로부터' 서사하는 것으로 여길 준비가 되어 있기 때문이다. '아래'와 '위'는 동일한 것의 서로 다른 부분이다. 『신의 화살』이 재현하고자 하는 것은 바로 이것이다.[34]

『신의 화살』의 도로 건설 장면으로 잠시 돌아가자. 두 집단 간의 소규모 접전 이후에 라이트는 통역자 모제스 우나추쿠를 통해 노동자들에게 명령을 전달한다.

> "이 빌어먹을 작업은 6월까지 완료해야 한다고 그들에게 전해라."
>
> "만약 너희들이 이 작업을 제시간 안에 마치지 않는다면 너희들은 그가 어떤 부류의 사람인지 알게 될 것이라고 백인이 말한다."
>
> "더 이상 늦어져서는 안 된다."
>
> "뭐라?"
>
> "뭐라고라고 했냐? 너희들은 이 쉬운 영어도 이해하지 못하냐? 나는 더 이상 늦어져서는 안 된다고 말했다."

"오호. 그는 모두가 열심히 일하고 허튼수작을 하지 말라고 말한다."

(83쪽)

여기서 아체베의 가장 성공적인 효과가 등장하는데, 그것은 영어를 이보족 언어로 통역하는 것, 즉 영어가 다른 등록 장치 속으로 변조되는 사례이다. (이 효과는 아체베의 기법적 걸작인 정치소설 『사바나의 개미언덕*Anthills of the Savannah*』에서 극치에 다다른다.) 적어도 이 두 개의 등록 장치, 즉 라이트의 조잡한 영어와 우나추쿠가 번역하는 더욱 고상한 이보족 언어는 라이트의 상황 이해와 노동자들의 상황 이해 사이의 양립 불가능성을 표시한다. 그런데 세 번째 등록 장치가 존재한다.

"나는 백인에게 한 가지 질문이 있다."

은웨케 우크파카가 말했다.

"무엇이냐?"

우나추쿠는 망설였고 자신의 머리를 긁었다.

"저 사람 원한다 묻기를 주인님 질문."

"질문은 안 된다."

"알겠스읍니다."

그는 은웨케를 돌아보며 말했다.

"너의 질문에 답하기 위해 오늘 아침 집에서 나온 것이 아니라고 백인은 말한다."(83쪽)

아주 잠시 동안 모제스 우나추쿠(몇 문단 이후에 에제울루의 습관적 언어처럼 고압적인 위엄성을 가지고 교섭인의 의복을 입는 인물)는 존슨, 즉 광대처럼 머리를 긁으며 "저 사람 원한다 묻기를 주인님 질문"(피진 영어의 구사)이라고 말하는 존슨이 된다. 여기서 소설의 시점이 라이트의 것이 된다고 말할 수는 없을 것이다. 하지만 라이트에게 말하는 우나추쿠는 별안간 (그리고 유일하게) 라이트가 '원주민a native'이라고 추정할 수 있는 사람이 된다. 피진 영어로 이루어진 한 문장은 우나추쿠를 존슨으로 드러내고, 우나추쿠에 대한 라이트의 해석의 불가피성뿐만 아니라 빈곤함을 드러낸다. 이것은 대상화로서의 식민적 이미지의 순간이다. 하지만 서사는, 라이트를 저속한 착취적 의도(성직자나 『미스터 존슨』의 루드벡보다 결코 명확하지 않은 라이트는, 에제울루처럼 서로 모순되는 동기들의 뒤얽힘이다)로 축소하기보다는, 라이트가 결코 개념화할 수 없는 것의 총체성과 비교하여, 그의 해석적 빈곤함을 드러내기 위해 물러선다. 『신의 화살』에서 이미지는 더 이상 논쟁적인 상호 작용에 참여하지 않는다. 대신에 그것은 총체성의 짧은 묘사가 된다.

앞 장에서 본 것처럼, 총체화의 과정, 즉 헤겔의 『법철학*Philosophy of Right*』에서 미네르바의 부엉이의 특권은 형식적으로 소급적이다. "철학이 그것의 회색에 회색을 덧칠할 때 생의 한 모습은 이미 늙은 것이 되어 있다. … (중략) … 미네르바의 부엉이는 황혼 녘에 날개를 편다."(13쪽) 그렇다면 우리는 아체베의 마을 소설이 식민주의의 도래를 설명하는 도중에 어떤 진정한 포스트식민적인 공간, 즉 식민 시대가 완전히 일단락되고 망각될 수 있는 어떤 가능한 미래를 예기치 못하게 성립시킨다는 것을 발견한다. 아체베의 관대한 목소리(식민 시대에 관한 모든 설명들이 형식적으로 볼 때, 실패한 관점)는 그 자체로 『신의 화살』, 때때로 '비관적'이라고 비판받는 소설의 유토피아적 내용이다. 아체베가 이 비판에 대응하며 말하는 것처럼 예술 작품이 존재하는 이유는, "현재 주어지지 않은 어떤 것, 공동체와 개인의 삶 주변을 맴돌지 않는 어떤 것을 우리에게 부여하기 위해서이다. … (중략) … 나는 이것이 낙관주의가 존재할 때 발생하는 일이라고 생각한다."[35] 아체베의 '낙관주의,' 즉 여기서 우리가 정확히 유토피아적 측면이라고 말하는 것은, 실증적인 내용이 아니라, 우리가 지금까지 설명해온 형식적 관점에서 이해되는 것이다. 하지만 이 관점은 오로지 상상적으로만 점유될 수 있다. 왜냐하면 식민주의의 동학은 형식적인 정치적 독립과 더불어 종료되지 않기 때문이다. 앞서 인용된 구절이 보여주는 것처럼, 낙관주의는 결여의 장소, 정확히 현재 이용 가능하지 않은 장소를 표시한다.

하지만 이 유토피아적 요소는 단지 추상적인 것에 그치지 않고, 이런 관점에서 봤을 때, 그것은 우리가 지금까지 봐온 작품들로부터 엄청난 도약을 감행한다. 우무아로 사람들의 신체에 구현된 어떤 욕망에 의해 『신의 화살』의 유토피아는 조건 지어진다. 마을의 '전향'에 대한 책임은 에제울루나 윈터바텀 혹은 울루 신이나 기독교 신에 있는 것이 아니다. 그것은 이 전향을 새 종교로 이끌고 최종적으로 '최저 생활' 농업에서 돈을 버는 농업으로 이끄는 마을 그 자체의 욕망(궁극적으로 먹고자 하는 욕망과 다를 바 없는 낭만적인 것)이다. 울루 신과 에제울루는 단지 그것의 표현일 뿐이다. 하지만 아체베는 그 이상의 무엇이 있다는 사실을 식민 정부 부대표의 책상에 흩어져 있는 전보를 통해 암시한다. "주간 로이터 통신의 전보는 … (중략) … 러시아의 농부들이 새로운 체제에 저항하는 봉기를 일으키며 농사짓는 것을 거부했다는 소식을 전했다. … (중략) … 다른 전보는 … (중략) … 동나이지리아 간접 통치에 관한 토착민 담당 장관의 보고서였다."(180쪽) 클락이 읽는 「행정부 보고서」는 소설의 시대를 러시아의 농부가 소비에트 정부의 '새로운 체제'에 저항하여 봉기를 일으키는 1921년으로 고정시킨다.[36] 이 시대적 맥락은 기독교의 폭력적 사라짐, 즉 러시아 혁명의 '핏빛 어두운 조수'의 징조가 되는 일시적인 순간을 기록하는 예이츠의 「재림」을 다시 한번 상기시킨다. 우무아로에서 느껴지는 유럽의 존재는 정복자로서의 기독교적 유럽이 아니다. 그것은 세계대전과 혁명을 통해 내적 모순들이 이미 폭발해버린 유럽 사회이다. 하지만 예이츠는 (그리고 칸과 포드는) 시대적 변화의 가능성을 오직 공포의 원천으로 부정적으로 나타내는 반면에 아체베는 우무아로에 떨어진 재앙을 유토피아적 가능성으로 변형시킨다.

아체베는 스스로에게 에필로그를 쓰는 사치를 허용하지 않는다. 하지만 차후에 한 인터뷰에서 다음과 같이 말한다. "이야기의 끝은 오직 한 가지 의미에서만 끝이다. 다른 의미에서 그것은 시작이다. … (중략) … 소리가 만드는 울림과 호수에 던져진 돌멩이가 만드는 파동처럼, 페이지의 끝에 또 하나의 페이지가 예상된다."[37] 이 다음 페이지의 의미를 해독하는 것은 우리의 몫이다. 농민 봉기는 1921년 기근 동안 발생했다. 10월 혁명이 야기했던 농민들의 굶주림은 그 혁명이 자신의 약속을 실현하지 못하는 듯 보일 때 그것에 반발하기 시작한다. 대중의 이런 내재적 힘은 하트와 네그리가 "다중의 욕망"이라고 칭한 바 있는 것이다. 가장 기본적인 층위에서 이 욕망은 먹고자 하는 욕망이다. 서론에서 간략히 살펴본 것처럼, 하트와 네그리의 연구는 이 욕망을 역사의 동력으로 상정한다. 그리고 그것은 또한 『신의 화살』의 동력이기도 하다. 아체베가 이를 러시아 역사와 나란히 제시하는 것은 우리로 하여금 식민주의의 승리를 보장해주었던 바로 그 힘이 식민주의에 대항하는 힘이 될 것임을 생각하게 한다. 울루 신을 버리고 식민 경제로 나아가게 만든 굶주림은 바로 그 경제가 희망을 채워줄 수 없는 것으로 드러날 때 식민주의

[와 신식민적 경제]에 대한 저항에 대중들을 참여하게 만든 힘이 또한 될 것이다.[38]

하지만 아체베의 유토피아적 순간은 결코 도래하지 않았다. 그렇기에 이 역사적 실패를 통해 유토피아를 예견했던 목소리를 반성적으로 고찰해야 할 필요성이 대두된다. 만약 『신의 화살』의 유토피아적 내용이 이데올로기적 내용으로의 변증법적 전환을 꾀할 차례가 되었다면, 아체베의 세대가 유토피아적 욕망의 가장 위대한 성공과 가장 위대한 실패를 한 생애 동안 동시에 체험하는 불행을 겪었다는 사실을 떠올려야 한다. 우무아로의 조용한 혁명을 이끄는 욕망은 실로 구체적이다. 칸의 유토피아와는 달리, 아체베의 유토피아는 인과적 힘에 의해 뒷받침된다. 반면에, 우리가 지금까지 봐온 모더니즘적 유토피아들은 현실화의 가능성을 염두에 두지 않는다. 하지만 하트와 네그리의 '다중의 욕망'처럼, 그것은 여전히 추상적이다. 그것은 즉자적으로 존재하지, 대자적으로 존재하지 않는다. 따라서 그것의 표현은 즉각적이고 비조직적이며 쉽게 왜곡된다. 그것은 그 자체로 자본과 동등한 것이 될 수 없다. 오로지 그것은 자본을 자극할 수 있을 뿐이다. 아체베 자신이 말하는 것처럼, 만약 "비록 모든 선전이 예술은 아니라고 할지라도, 예술이 선전이라면", 아체베 소설의 한계점은 소설 그 자체에 있는 것이 아니라 주로 진보적 부르주아지에 말하는 소설의 형식(그리고 아체베의 경우 소설의 언어)에 있는 것이다.[39] 『신의 화살』의 위대한 도약은 다중의 욕망이 갖는 엄청난 힘을 구체적으로 서술하는 것이다. 하지만 이런 도약과 소설이 다루는 계급 사이에는 모순이 존재한다. 자본과 동등한 것이 되기 위해, 이 굶주리는 다중의 욕망은 대자적인 것으로 조직되어야 한다. 이것은 보다 직접적인 의미에서 우리를 정치학의 영역으로 몰아넣는다.

주

1) Georg Lukács, *The Historical Novel*, trans. Hannah Mitchell and Stanley Mitchell(Lincoln: University of Nebraska Press, 1983).

2) Chinua Achebe, *Things Fall Apart* (1958; New York: Knopf, 1992); Achebe, *No Longer at Ease* (London: Heinemann, 1962); Achebe, "An Image of Africa," 1-20. 이 글은 1975년 강연에서 최초로 발표되었다.

3) C. L. Innes and Bernth Lindfors, introduction to *Critical Perspectives on Chinua Achebe*, ed. C. L. Innes and Bernth Lindfors(Washington, DC: Three Continents, 1978), 5.

4) D. O. Fagunwa, *The Forest of a Thousand Daemons: A Hunter's Saga*, trans. Wole Soyinka(London: Nelson, 1968), trans. of Ogboju ode ninu igbo irunmole.

5) Nwankwo, *Danda*(London: Andre Deutsch, 1964), Nwapa, *Efuru*(London: Heinemann, 1966), 혹은 Agunwa, *More than Once*(London: Longmans, 1967)를 보라. 이들 가운데 그 무엇도 순수하게 모방적이지는 않다고 할지라도 『모든 것이 산산이 부서지다』가 이들의 가능성의 필수적 조건이 된다는 것은 의심할 여지가 없다.

6) 사례를 인용할 필요성을 느끼지 못할 정도로 이것은 보편적인 경향이다. Robert M. Wren, *Achebe's World*(Washington, DC: Three Continents, 1980)를 보라.

7) G. T. Basden, *Niger Ibos: A Description of the Primitive Life, Customs, and Animistic Beliefs, &c., of the Ibo People of Nigeria by One Who, for Thirty-Five Years, Enjoyed the Privilege of Their Intimate Confidence and Friendship*, 2nd ed.(New York: Barnes and Noble, 1966).

8) Joyce Cary, *Mister Johnson*(New York: Harper and Brothers, n.d., 1951).

9) Quayson, *Calibrations*, 142.

10) Achebe, *Arrow of God*.

11) Bernth Lindfors, ed., *Conversations with Chinua Achebe*(Jackson: University Press of Mississippi, 1997), 138.

12) 『신의 화살』에 대한 우리의 분석은 몇몇 지점에서 『모든 것이 산산이 부서지다』에 대한 아비올라 이렐레의 세심한 논의를 따른다. 우리는 아체베의 역사 감각을 그의 천재성의 핵심으로 보는 방식, 내적 모순을 그의 소설의 중심 동학으로 보는 방식, 헤겔(물론 우리의 헤겔과는 다른 것)을 필수 잣대로 인정하는 방식, 궁극적인 유토피아적 의미(제임슨적 의미에서 유토피아적인 것)를 『모든 것이 산산이 부서지다』의 가장 중요한 비극으로 보는 방식을 따른다. 하지만 본 장의 관점은 더욱 유물론적인 것이고, 그런 측면에서 우리의 관점은 『신의 화살』의 중심 갈등들을 "상반되는 생산 양식들" 간의 만남과 충돌로 보는 치디 아무타의 간략한 설명에 성격상 더욱 가깝다(Amuta, *The Theory of African Literature*, 133). Irele, "The Crisis of Cultural Memory," 115–153과 "The Tragic Conflict in Achebe's Novels," *Black Orpheus* 17(1965): 24–32를 보라.

13) 우리가 여기서 생산하는 도식적 독해는 『신의 화살』의 엄청난 환상성, 즉 서사적 가닥들의 미묘한 엮기와 상세한 세부 묘사를 통해 극히 자연스러운 사실주의의 효과를 생산하는 기법을 결코 정확히 담아내지는 못한다는 것을 솔직히 언급할 가치가 있을 것이다.

14) 콘래드와 이미지에 관한 아체베 글의 교훈은 그의 소설에서 작동하고 있는 듯 보이는 헤겔적 개념들을 통해서 그의 작품을 독해하고 주장을 펼치는 것과 배치되는 것처럼 보일 것이다. 확실히 헤겔의 몇몇 텍스트들은 아체베의 주장에 의해 비판받을 수 있고, 이렐레는 심지어 그가 그렇게 할 수밖에 없는 순간에도 헤겔을 적용하는 것에 대해 무척이나 경계한다("The Crisis of Cultural Memory," 149, 262n. 26). 콘래드에 관한 글에서 아체베는 아프리카의 역사는 부재한다는 믿음, 혹은 아프리카에서 역사는 오로지 식민주의와 더불어 시작된다는 믿음을 강력히 비판한다. 비록 이런 비판이 헤겔에 직접적으로 기인하는 것은 아니라고 할지라도, 확실히 그것은 헤겔

의 『역사 철학』에 나오는 모범적인 표현, 즉 역사는 동양에서 시작되고 유럽에서 "끝나며" 아메리카를 향해 고갯짓을 하지만 아프리카 대륙은 역사에서 배제된다는 표현을 겨냥하고 있다. 아체베의 소설에서 헤겔적 역사 개념을 읽고자 하는 결정은 우리로 하여금 아체베의 교훈을 무시하고, 아프리카에 대한 헤겔의 언급("인간성과 조화를 이룰 만한 것은 눈을 씻고 봐도 찾을 수 없는" "거칠고 야생적인"(150) 아프리카인들은 그들의 적들을 먹고 그들의 아이들을 팔며 "엄밀히 말해 도덕적 감성이 … (중략) … 존재하지 않는"(153) 방식으로 행위한다)을 심각하게 고려하지 않을 것을 요구한다.

15) G. W. F. Hegel, *Introduction to the Philosophy of History*, trans. Leo Rauch(Indianapolis: Hackett, 1988), 30, 35.

16) Lindfors, *Conversations*, 117; Achebe, *Hopes and Impediments*, 57.

17) 아토 콰이슨은 『모든 것이 산산이 부서지다』에서 "치(chi)" 개념이 형식적으로 헤겔의 이성(Reason) 개념과 동일한 것이라는 흥미로운 가능성을 제기한다(*Calibrations*, 145를 보라). 그토록 확고한 비인간적인 과정들에 대한 이러한 의인화는 헤겔과 우무오피아(Umuofia)에서 전혀 특별한 것이 아니고, 따라서 우리는 헤겔과 허구적 우무오피아인들이 이성과 치가 개념이 아니라 비유라는 것을 모른다고 상정해서는 안 된다. 예컨대, 리처드 도킨스(Richard Dawkins)의 "이기적 유전자(selfish gene)"에서, "이기적"이라는 용어는 일종의 의인화된 표현이다. 자연선택설은 유전자를 가지는 유기체가 아니라 마치 다음 세대로 넘어가고자 "원하는" 유전자인 것처럼 활동한다(*The Selfish Gene*, London: Oxford University Press, 1976). 헤겔적 이성도 이와 유사한 관점에서 이해될 수 있다. 의인화의 은유는 복잡한 일련의 현상들이 이해 가능한 논리를 따르는 것으로 이해될 수 있다는 사실을 위해 존재한다. 이 논리는 너무 복잡한 나머지 재현을 인정하지 않는 현상들을 우리로 하여금 재현할 수 있게 해주는 가치 있는 수단이 될 수는 있지만, 그 현상들에 대한 "진리"가 되지는 않는다.

18) A. E. Afigbo, "The Aro Expedition of 1901–02: An Episode in the British Occupation of Iboland," *Odu, A Journal of West African Studies*, April 7, 1972.

19) Robin Horton, "Stateless Societies in the History of West Africa," in *History*

of West Africa, 3rd ed., ed. J.F.A. Ajayi and Michael Crowder(New York: Longman, 1985), 1:87－128, at 127. 호턴은 이 주장의 목적론적 함의들을 피하기 위해 조심한다. 허구적 우무아로에 함축된 이데올로기는 영국 행정부에 의해 내적 발전이 차단된 사회들의 실질적 미래의 문제와는 분명 완전히 다른 문제이다.

20) Hegel, *Philosophy of Right*, 268.

21) 같은 책, 10, 124.

22) Biodun Jeyifo, "Ideology and Tragic Epistemology: The Emergent Paradigms in Contemporary African Drama," in *The Truthful Lie* (London: New Beacon Books, 1985), 23－45를 보라. 지하의 신의 이런 역할은 『안티고네(*Antigone*)』에서도 등장한다. "나는 정말 너의 선언이 신들의 불문율과 실패를 모르는 법령들을 무효로 만들 정도로 강력할 거라고는 생각하지 못했다. 왜냐하면 그것들은 단지 오늘과 어제만이 아닌 영원한 삶을 영위하고, 그것들이 얼마나 오랫동안 알려져왔는지 아무도 모르기 때문이다."(trans. Hugh Lloyd-Jones, Cambridge, MA: Harvard University Press, 1994, ll. 450－456) 『미학』과 『정신현상학』에서 헤겔의 안티고네 독해는 개인들에 의해 생겨날 뿐만 아니라 역사적 순간을 재현하는 "윤리적 힘들" 간의 갈등과 관련된다. 그것은 예상치 못한 방식으로 『신의 화살』과 연관되지만, 여기서 『안티고네』에 대한 참조가 우리에게 상기시키는 바는 정확히 헤겔적 의미에서의 비극적 인물인 에제울루의 파멸은 소포클레스(Sophocles)의 희곡에 대한 헤겔의 더욱 형이상학적인 해석에 대한 균형추의 역할을 한다는 것이다.

23) Ajayi and Crowder, *History of West Africa*, 1:398.

24) J. E. Flint, "Economic Change in West Africa in the Nineteenth Century," in *History of West Africa*, ed. Ajayi and Crowder, 2:391.

25) Achebe, *Hopes and Impediments*, 146.

26) 이 번역은 『모든 것이 산산이 부서지다』의 등장 이전인 오누오라 은제쿠 같은 과거의 소설가들이 해결할 수 없었던 재현적 문제이다.

27) 아체베는 자신의 소설들에 대해 연구하는 것을 계속 거부해왔다. 마치 콜리지(Coleridge)가 『쿠빌라이 칸(*Kubla Khan*)』에 대해 말하는 것처럼, 그는 『모든 것이 산산이 부서지다』에 대해 이 소설은 "그 어떤 초안도 없이 곧장 쓰였다."

(*Conversations*, 12)라고 주장했다. 이것을 이보족 삶에 대한 어떤 순수한 직관적 지식에 대한 은연중의 주장이라고 볼 수 있다. 하지만 내가 더욱 선호하는 이해 방식은 이런 종류의 부인을 교역의 비밀들을 미숙한 자들에게 알려주는 것을 거부하고 모든 결핍들을 영감의 순간의 필연적 한계로 삼는 것을 거부하는 작가적 특권을 행사하는 것으로 보는 것이다. 『신의 화살』은 중심 플롯 장치를 매우 확연하게 인류학적 원천에서 가져오지만, 이 발견에서 비롯되는 일종의 비평은 혹자로 하여금 그 발견이 결코 이루어지지 않았기를 소망하게 한다. Charles Nnolim, "A Source for Arrow of God," *Research in African Literatures* 8 (1977): 1-26을 보라.

28) Jean-Paul Sartre, *Being and Nothingness*, trans. Hazel E. Barnes(New York: Washington Square Press, 1966), 340-400.

29) Hegel, *Phenomenology of Spirit*, 111-119.

30) 이런 의미에서 『신의 화살』은 부르디외 이전까지는 본격적으로 수행된 바 없는 인류학에 대한 실질적 비판을 수행한다(*Outline of a Theory of Practice*, trans. Richard Nice(Cambridge: Cambridge University Press, 1977, trans. of *Esquisse d'une théorie de la pratique, précédé de trois études d'ethnologie kabyle*, 1972). 부르디외의 "개관적 환영(synoptic illusion)"은 인류학의 객관화하는 응시라고 불리는 것(그리고 유사하게 사르트르적 시선에 빚지는 것)의 인식론적 등가물이 되고, 그의 "아비투스(habitus)"와 전략에 대한 강조는 아체베의 서사적 기법의 인식론적 등가물이 된다.

31) Spivak, *A Critique of Postcolonial Reason*, 153.

32) Sartre, "Orphée noir," ix.

33) "Du coup la notion subjective, existentielle, ethnique de *négritude* 'passe,' comme dit Hegel, dans celle—objective, positive, exacte—de *prolétariat*. 'Pour Césaire' dit Senghor, le 'Blanc' symbolise le capital, comme le Nègre le travail"(xl).

34) Lukács, *The Historical Novel*, 특히 206-220, "The Naturalism of the Plebeian Opposition"을 보라.

35) Lindfors, *Conversations*, 116.

36) Wren, *Achebe's World*, 120을 보라.

37) Innes and Lindfors, *Critical Perspectives on Chinua Achebe*, 50.

38) 여기서 우리는 나이지리아의 식민 이후의 역사를 요약하지는 않는다. 하지만 최근의 한 사례로서 혹자는 다국적 석유업자들과 신식민적 상태에 대한 니제르 삼각지의 저항을 생각해볼 수 있다. 에고사 오사가에(Eghosa E. Osaghae)는 이 저항을 오고니족(Ogoni)의 즉자적 집단에서 대자적 집단으로의 변형 과정으로 설명한다.("The Ogoni Uprising: Oil Politics, Minority Agitation and the Future of the Nigerian State," *African Affairs* 94.376 [July 1995]: 325-344)

39) Abiolo Irele, *The Africa Experience in Literature and Ideology*(London: Heinemann, 1981), 1에서 인용.

제3부
정치

6장

『아기의 날』, 혁명과 반동

지금까지 우리가 살펴본 작품에서 주체와 역사를 연결하는 구체적 매개의 부재는 텍스트의 유토피아적 충동을 약화시켰다. 서론에서 우리는 이 매개를 정치학으로 이론화했고, 윈덤 루이스의 소설에서 (그리고 다음 장의 응구기 와 시옹오와 페페텔라Pepetela의 작품에서) 정치학은 서사가 창출되는 원천이다. 이 까닭에 (서론에서 봤듯이, 반정치적 경향을 띠는) 모더니즘적 숭고와의 관련성은 약화된다. 물론 이 관계는 루이스가 자신의 서사를 구성하는 데 기반이 되는 '체화된 클리셰embodied clichés'에서 재등장하지만 말이다. 루이스의 작품이 명백히 정치적이라고 말하는 것은 그의 서사 아래에 결집되는 정치적 구성 요소나 그것이 전하고자 하는 메시지가 서사의 과정 중에 기대치 않은 어떤 변형, 전복, 혹은 기형을 겪는다는 말이다. 하지만 조이스와 아체베의 작품이 엄격히 내재성의 정전이 되는 반면에, 그리고 (포드의 일부 완벽하지 않은 작품에서처럼) 당파적 시각이 서사 속으로 침투해 정전에 대한 위반으로 느껴지는 측면이 있는 반면에, 루이스의 작품에서 서사와 주제적 내용은 명백히 정치적이다. 루이스와 응구기는 정치적 주체의 구성, 즉 개인적 주체와 역사 간의 구체적 매개의 구성에 관심을 가진다. 루이스의 경우, 이 주체는 궁극적으로 루이스 자신의 계급 일부를 명명하는 것으로 밝혀지는 소위 개인들의 계급이다. 반면에, 응구기의 연극적 실험은 농민 계급의식의 이름으로 이루어진다. 어떤 의미에서 루이스의 기획은 놀랍게도 응구기의 기획을 예견하는데, 그것은 적어도 루이스 자신의 계급의식이 노동계급, 인종적·민족적 소수자, 그리고 식민지인들로부터 등장하는 정치적 주체성에 대한 반동에 근거하기 때문이다.

우리는 루이스를 통해 아도르노가 말하는 '예술 그 자체를 구성하는 역설'이라고 하는 어떤 강력한 형태를 만난다. 한편으로 우리는 예술 작품이 주체의 복제품이 아니고, 예술은 역사로 들어가는 순간 주체의 의도를 벗어난다는 것을 매우 잘 안다. 하지만 다른 한편으로 우리는 예술 작품이 사회적 공간 내의 개인성과 위치가 선험적으로 정해져 있어 예술가 본인이 의도적으로 거부할 수 없는 주체성으로부터 출현한다는 것 또한 잘 안다. "따라서 상황은 예술로 하여금 … (중략) … 주체적 매개를 그것의 객관적 구성 속에서 성사되도록 한다. 예술 작품에서 주체성의 몫은 그 자체로 하나의 객관성이다."[1] 이것은 물론 역설에 대한 해결이 아니라 단지 그것의 구성적 특성에 대한 단언일 뿐이다. 루이스의 경우, 이 역설은 더욱 근본적이어서 그의 공론화된 정치적 견해와 그의 등장인물들의 견해 간의 명백한 유사성들을 찾는 것은 전혀 이상하지 않다. 실제 다소 기이하게도 『아기의 날』의 초기 원고에서[2] 원原파시즘적 '하이페리디언들Hyperidians'이 펼치는 허구적 대화는 정확히 논픽션 글

『시간과 서양인*Time and Western Man*』에서 루이스가 본인의 입으로 말하는 것과 일치한다.[3] 루이스 소설의 객관성은, 그 자신의 주체성과 가장 결정적으로 사회적 공간 내의 매우 제한적이고 변별적인 위치에서 나타나는 그 자신의 정치학에 대한 참조 없이는 결코 이해될 수 없다. 그리고 결과적으로 루이스의 사상에 대한 이런 사회적 결정은 작품의 공유 methexis를 사회적 총체성 내에 구축할 것을 요구한다. 그래서 단순히 병리학적인 것으로 간주될 수 있는 주체적 내용을 객관성으로 되돌려 보낸다.

하지만 루이스의 정치적 혹은 비평적 글을 살펴보기에 앞서, 우리는 아마도 다음 사실을 발견하는 놀라운 순간을 맞게 될 것이다. 그것은 우리가 명백히 정치적 내용을 가지는 문학에 점점 익숙하게 될 때, 그리고 루이스가 세심한 주의를 기울이는 구체적 경건함에 대해 점점 회의를 품게 될 때 알게 되는 사실로서, 루이스가 과거 20여 년 동안 그 어떤 새로운 주목도 받지 못했다는 사실이다. 하지만 정치학과 문학의 교차에 대한 루이스의 글을 잠시 살펴보면, 블룸즈버리의 "부르주아 보헤미아"를 풍자하며 보여주는 예술 생산에서의 계급적 미시정치학에 대한 그의 폭로는, 파리의 다양한 지적·예술적 분야들에 대한 피에르 부르디외의 (방법론적으로 더욱 명백하고 그리고 공식적으로 좌파적인) 분석과 내용상 거의 다르지 않다.[4] '고급' 문화 형식과 '저급' 문화 형식의 관계와 자본주의적 소비의 조건과 필요성에 대한 그의 비판은, 논리적으로 볼 때 오늘날 전혀 부적절해 보이지 않는다. 문학 형식의 정치적 함의를 이해하고자 하는 루이스의 시도, 즉 그가 동시대 여러 문학 이론과 공유하는 기획은 현재의 맥락에서 볼 때, 잠재적으로 더욱 흥미롭다. 이런 시도에서 그는 관습적 형태로부터 가장 급진적으로 단절하는 서사를 지배적인 자유주의적 (그리고 은밀한 반민주주의적) 이데올로기의 증상으로 읽음으로써, 형식의 전복과 사회의 전복을 연결하고자 하는, 지금도 여전히 통하지만 종종 안이한 시도를 넘어선다. 우리는 얼마든지 루이스의 결론에 대해 의구심을 가질 수 있다. 하지만 『예술 없는 인간*Men Without Art*』과 『시간과 서양인』에 나오는 그의 형식적 분석, 즉 순진한 가상의 시점을 채택한다는 점에서 조이스, 거투르드 스타인, 포크너, 헤밍웨이 등과 『신사는 금발을 좋아해*Gentlemen Prefer Blondes*』를 저술한 아니타 루스Anita Loos와 같은 작가를 한데 묶는 분석은 차후에 등장하는 모더니즘 비판의 전례가 된다.[5]

루이스는 이제는 흔한 것이 되어버린 고발, 즉 심지어 가장 명백히 아방가르드적인 순간에도 "주류 모더니즘은 일종의 낭만주의적 향수의 때늦은 변종이다."라는 고발로 시작한다.[6] 그리고 그는 문학적 형식을 노동하는 행복한 멍청이를 생산하고 날조된 거짓 자유에 만족하지 않는 일부 예외적인 인간들을 억압하기 위해 고안된 '고급 보헤미아,' '혁명적 부자,' 그리고 '대규모 사업'과 같은 음모의 부산물로 이해함으로써 끝낸다. 이것은 확실히 '고급 보헤미아'와 자신의 불안정한 위치의 대비로 시작해서 끝나는, 모더니즘에 대한 루이스의 음모 이론이, 이런 후기 낭만주의를 보다 근원적인 사회적 과정들의 증상으로 보는 동시대 분석과 다른 길을 가는 지점이다. 하지만 이 시작과 끝 중간에서 루이스는 "원시적인 것에 대한 열광"(『시간과 서양인』, 53－54쪽), 사회적 통제 수단으로서 "대중"의 생산(『피지배의 예술*The Art of Being Ruled*』, 79－84쪽),[7] 추문적 도덕성과 공식적 도덕성 간의 충돌(『시간과 서양인』, 15－19쪽), 장구하고 억압적인 제도로서 가부장적 가족(『무례한 임무*Rude Assignment*』, 174－177쪽),[8] "교육적 국가"(『피지배의 예술』, 111쪽), 알튀세르가 말하는 "교육적인 이데올로기적 장치",[9] 그리고 진보주의의 이데올로기들(앞의 책, 31-47쪽)과 실체화된 인간 본성(앞의 책, 47쪽)에 대한 비판을 전개한다. 이것은, 우리가 훨씬 이후에 발전되었다고 생각할 뿐만 아니라, 자유주의에 대한 좌파적 분석의 관점에서 이루어졌다고 흔히 생각하는 비판이다. 앞서 지적했듯이, 정말로 루이스를 가장 공감 있게 이해할 수 있는 것은 자유주의의 비판자로서의 그의 모습이다.

이는 본인의 정치적 입장이 좌익인지 우익인지에 관한 루이스 자신의 혼란에 대해 어느 정도 설명해준다. 예컨대, 그는 『피지배의 예술』(367-371쪽)에서 마치 파시즘과 마르크스주의가 반자유주의적 주제를 다루는 동종의 사상 체계라도 되는 것처럼(실제로 그는 「자유주의적 민주주의와 권위Liberalist Democracy and Authority」(67-70쪽)에서 그렇게 주장한다), '소비에트 체제'를 '최상의 것'으로 옹호하고, 그와 동시에 '파시즘의 수정된 형태'를 '앵글로색슨 국가들'을 위해 추천한다고 말한다. 물론 루이스의 정치적 글을 읽는 21세기 독자들은 이런 혼란을 경험하지 않을 것이다. 루이스의 정치학은 오늘날 우리의 단편적인 설명이 단정 지을 수 있는 것보다 훨씬 복잡하다. 루이스의 정치적·이론적 작업—가장 정확하게는 여론 작업works of opinion이라 불릴 수 있는 것—은 모순들이 너무나 많고 체계성으로부터 너무나 적극적으로 벗어남으로써 (하지만 어떤 다른 차원에서 동일성을 보여줄 수도 있는 아이러니한 불꽃을 선사하지 않으면서) 양립 불가능한 것으로 보이는 명제들과 충돌하지 않는 진술을 찾기란 쉽지 않다.[10] 글의 제목을 통해 드러나는 것처럼, 루이스의 견해는 일관적 철학이나 세계관이 되지 않고 "하나의 사유 패턴"(『무례한 임무』, 141-219쪽)이 된다. 오늘날의 독자들이 루이스 글의 정치적 요점에 대해 가질 수 있는 확실성은 그의 견해가 가지는 형식적 속성에 있다. 그의 자유주의 비판은 분석이 치유로 나아가는 순간, 미시정치학이 거시정치학으로 나아가는 순간, 사회적 공간 내의 자신의 빈약한 위치의 불안정성으로 인해 명쾌한 비판이 되지 못하고 결국 새롭게 출현하는 사회적 변화에 저항하는 방어적인 불만으로 변질되는 순간 항상 붕괴되고 만다.

매우 시급한 정치적 쟁점들에 대한 루이스의 공식 입장(그는 조금의 망설임도 없이 반유대주의와 여타 인종주의, 여성 혐오주의, 동성애 혐오주의, 식민지 억압에 대한 노골적인 지지뿐만 아니라 가장 악명 높게 나치주의를 옹호했다)은 사죄의 차원을 넘어선다. 하지만 그의 글에 대한 미묘한 독해를 통해 그를 용서하는 것이 무책임한 일인 것처럼, 루이스를 상기의 태도 가운데 어느 하나와 즉각적으로 동일시하는 것은 부당할 것이다. 예컨대, 악의적인 동성애 혐오주의는 소설을 포함한 그의 모든 글에 널리 퍼져 있는 것처럼 보인다. 하지만 혹자는 『무례한 임무』에서 '남자 동성애자pansy'에 대한 고정관념이 기괴한 방식(조립 라인에서의 인간적 차이의 말소에 대한 분석)으로 위장하고 있는 것을 발견하고는 깜짝 놀란다(174-177쪽). 〔혹자는 이것이 '항상' 사실이라고 믿고 싶은 생각이 들 것이다. 결국 『피지배의 예술』에서 동성애는 "성생활의 여러 형태 가운데 하나로 간주되고자 하는 권리에 대한 … (중략) … 열망"(310쪽)이다.〕 그리고 여성주의, 즉 우리가 (남성으로 이해되는) '백인 유럽인'에 대항하는 '성의 전쟁'에서 '적'으로 간주되는 것에 익숙한 여성주의는 "야만적인 법에 의해 여성들에 부과된 경제적 부당성"(『무례한 임무』, 176쪽)에 대한 적법한 투쟁과 관련된다. 하지만 이런 분석들이 진실한 것인 만큼이나 루이스의 정치학에 대한 척도는 다음과 같아야 한다. 동일한 페이지에서 우리는 "이 도처에 널린 도착자들"과 "적의를 품고 더 이상 어리지 않은" "근육질 남자에게 더 이상 매력적으로 보이지 않는"(177쪽) 여성주의자들의 위험한 연대라는 표현으로 되돌아온다. 자유주의에 대한 루이스의 강도 높은 비판이 여성, 노동자, 식민지인에 대해 상대적인 특권을 갖는 자신의 불안정한 위치를 보호하는 대단히 공격적인 시도로 일관되게 변질되는 것은 그를 확실히 반동적인 인물로 만든다.

1931년의 악명 높은 찬양서 『히틀러』는 우리에게 그의 정치학의 근원에 접근할 단서를 제공한다.[11] 다시 말하지만, 1939년 『히틀러 숭배 *The Hitler Cult*』라는 책에서 공식적으로 기각되는 이 책을 통해 루이스를 곧장 판단하는 것은 정당하지 않다.[12] 성급하게 저술된 『히틀러』는 너그럽게 보아 일종의 실언, 즉 작가를 비판하는 것이 무의미할 정도로 거의 잠재의식으로부터 분출된 선언쯤으로 생각될 수 있을 것이다. 하지만 그럼에도 불구하고 이 책은 루이스의 상황(물론 그 자신만의 것은 아닌 것)을 이해하는 증상으로 기능한다. 개인적인 생각으로 볼 때, 『히틀러』의 가장 놀라운 점은 루이스의 통찰(오늘날에는 모두가 알지만, 당시 1931년의 사정을 알지 못한 상태에서 내려진 것)이 나치를 단순히 "편견 없이"(4쪽) 설명하기보다는 오히려 그것의 이데올로기를 폭로하고 불신하는 것처럼 보인다는 것이다. 아리안족Aryan의 신화는 "인종적으로 옹호의 여지가 없는"(108쪽) 것이다. 유태인에 대한 증오는 계급의식에 대한 관심을 다른 곳으로 돌리는 역할을 하는 "인종적 관심 돌리기"(43쪽)이다. '국가사회주의'는 "히틀러주의"(31쪽)에 대한 개인 숭배를 통해 작동된다. 하지만 이 고찰들은 나치즘에 대한 거부로 이어지지 않는다. '중립적'으로 들리는 이 책의 어조는 자유주의 영국〔혹은 '앵글로색슨 지식인'(4쪽)〕이 이미 거부하고 있던 인종주의 이데올로기에 대한 루이스의 열정('모든 민족주의적 흥분 일체에 대해 매우 회의적이고 아예 반응 자체가 없는' 사람에게는 매우 드문 일)을 드러내는 것 이외에는 아무런 기능도 하지 않는다.

단지 여러 요소 중 하나가 아니라 루이스의 관심을 끄는 것은 구체적으로 나치즘의 인종주의적 요소이고, 그중에서도 유태인에 대한 것(비록 유태인의 전형화된 이미지에서 탈피하지는 못한다고 할지라도)이 아니라 '비백인 세계,' 즉 식민지 세계에 대한 것이다. 하지만 놀라운 사실은 루이스의 중추적인 인종주의가 그것의 표준 이데올로기적 토대가 완벽히 불신되는 가운데서도 번성한다는 점이다. 『히틀러』에는 인종주의적 주장의 관습적 분위기를 형성하는 인종적 우월성과 열등성의 개념에 대한 참조가 존재하지 않는다. 실제로 루이스는 인종적 증오 이면에 공통적으로 놓인 '타자성의 개념'(그는 이 점을 지적한 최초의 인물들 가운데 한 명이다)과 '이국성 the exotic'에 대한 자유주의적 사랑에 대해 철저히 무감각하다. 루이스의 인종주의는 완벽히 정치적 인종주의이다. 역설적으로 말해, 그것은 거의 비인종주의적 인종주의이다. 『히틀러』에서 유럽의 지배는 백인의 우월성 혹은 유럽의 '문화적 임무'가 함의하는 보다 자유주의적인 문화적 우월성에 의해 정당화되는 것이 아니다. 대신에 '인종적 감각'은 단순히 유럽의 권력과 특권을 보전하기 위한 수단이다. 그런 인종적 감각에 대해 유럽인들은 그 어떤 내재적 권리도 가지지 않고, 단지 우연적으로 그렇게 되었을 뿐이다. '백인의 의식'은 단지 '유럽인의' '실용적(즉, 경제적) 관심사'의 '문제'에 지나지 않는다.(121쪽)

그들에게 직업을 주어라. 돈벌이만 할 생각 말고 그들을 승진시켜라. 그들은 (인간이라면) 하늘이 내려준 지위 격상의 기회를 당연히 수용할 것이다. 그러면 그들은 백인 미국인이 그리하도록 설득되고, 회유되며, 강제된 것처럼 주변에 널린 가난한 백인 쓰레기들을 '낭만적이고' 매혹적인 것으로 보지 않을 것이다. 한때 권력을 가졌던, 흑인 미국인은 이국적인 감각 때문에 그다지 곤혹스러워하지 않을 것이다! (120쪽)

따라서 '백인의 의식'은 이미 존재하는 특권을 보호하기 위한 순수하고 명백한 전략이고, 인종주의의 이데올로기적 분위기의 형성과는 무관하다. 여기서 우리가 발견하는 것은, 이데올로기는 "개인이 실제 존재 조건과 맺고 있는 상상적 관계를 재현한다."라는 알튀세르의 유명한 공식을 기묘하게 예증한다.[13] 『히틀러』는 개인이 실제 존재 조건과 맺고 있는 관계를 드러내지만, 그 조건을 정당화하는 상상적 관계의 형성과는 일절 무관하다. 왜냐하면 그것은 고용에 관한 질문("그들에게 직업을 주어라")의 등장이 명확히 보여주는 것처럼 근본적으로 인종주의적 주장이 아니라 계급 특권 보호의 인종주의적 지도 그리기이기 때문이다. 이런 맥락에서 루이스는 강경한 냉소주의적 어조로 자신이 나치즘에서 발견한 논리를 공개적으로 지지한다. "국가사회주의자는 사실상 계급을 인종으로 대체하고자 … (중략) … 시도한다."(83쪽) 오늘날 외국인 혐오증을 유발하는 것과 동일한 기제로서 인종적 동일성의 개념은 계급의식의 구성을 와해하는 기능을 한다.[14]

루이스의 특이한 정치학은 그가 계급 지위의 하락(루이스는 요트를 소유한 부유한 미국인 와인 판매상의 아들로 태어났지만, 파운드의 말처럼 성인이 된 후 '자금 부족에 시달렸고'[15] 대개는 후원자와 부유하고 상업적으로 성공한 친구들로부터 돈을 빌렸다)으로 인해 직접적이고 일방적인 경제적 경쟁 관계(정확히, '직업'에 관한 질문에 있어 경쟁 관계)에 있던 '부르주아 보헤미아'로부터 자신의 정치적 관심을 분리시키고, 상대적으로 안정적인 위치에서만 출현할 수 있는 자유주의적 상식의 위선과 모순에 대한 날카로운 통찰을 하게 되었다는 사실에서 비롯된다. 또한 노동계급으로의 강등과 상대적 특권의 상실에 대한 지속적인 위협은 노동계급을 양산하는 과정뿐만 아니라 노동계급 그 자체에 대한 공포를 양산하여 루이스로 하여금 자신의 직업적 계급 환경에 완전히 동일시되는 것을 어렵게 만들었고, 노동계급의 이해관계로부터도 그 자신을 멀리하도록 만들었다. 계급 구조에 대한 이런 주체적 관계는 사실상 계급이 그 자체로 사유되어서는 안 된다는 것을 확증한다. 다시 말해, 이 '이중의 비동일시'는 루이스가 자신의 계급에 대한 유동적 충성을 가능하게 해주는 임시적인 이데올로기적 무질서가 아니라 보다 체계적인 이해를 반드시 수반해야 하는 것이다. 사실 루이스의 글에서 나타나는 계급 관계는 매우 다양한 방식으로 신비화되는데, 인종적 관심 돌리기는 그중 한 가지일 뿐이다. 자유주의에 관한 루이스의 섬세한 분석이 음모 이론으로 전락하게 되는 것은 다름 아닌 계급 범주에 대한 그의 거부 때문이다. 프티-부르주아지, 즉 월급쟁이 '꼭두각시'의 우둔함과 상점주 '소인배'의 시대착오적 개인주의에 대한 경멸에도 불구하고(『피지배의 예술』, 107-109쪽), '소인배'와 동일하게 불안정한 사회적 지위를 차지하는 루이스는 그들과 동일한 이데올로기를 공유한다.

사실 『피지배의 예술』에서 '소인배'에 대한 루이스의 비판, 즉 부르주아지에 "덤벼들고 그들의 숨통을 끊고자" 하는 동시에 "자신이 저항하는 그 '문명'에 의해 … (중략) … 보호를 받는", "우리의 것이 아니라 자신의 것"(108쪽)이 되는 자유만을 외치는 인물에 대한 비판은 루이스 본인에게 오히려 더욱 강력하게 적용된다. 그의 극단적인 '엘리트주의'〔즉, 사회 계급을, "시험 체계를 통해 … (중략) … 인류를 두 개로 엄격하게 분리된 세계로 구분하는"(138, 140쪽) 체계로 대체하고자 하는 욕망〕,[16] 그의 "중앙집권적 국가에 대한 지지"〔즉, "고안될 수 있는 가장 강력하고 안정적인 권위"(370쪽)에 대한 지지〕, 그리고 그의 '현상유지적 반자본주의'(즉, 기성 특권에 대한 악의적 방어와 결합되는 부르주아적 자유주의에 대한 위대한 비판)는 모두 니코스 풀란차스Nicos Poulantzas가 '반기를 든 프티-부르주아지,' 즉 원파시즘의 이데올로기를 특징짓는 것이라고 말하는 세 가지 요소들, 즉 실제 자본의 부족함과는 구분되는 문화 자본의 풍부함, 사회 대변동에 대한 방어로서 국가에 대한 의존, 부르주아계급과 노동계급 둘 모두에 적대적이지만 때때로 공동의 적에 맞설 때 이 두 계급과 맺게 되는 협력 관계 등과 상당히 일치한다.[17] 이 특징들은 생산관계 내의 특정 위치(봉급제 직원, 상점 주인, 장인, 비후원 예술가)에서 비롯되는 효과가 아니라 부르주아계급과 노동계급 둘 모두와의 애매한 관계에서 비롯되는 정치적 효과이다. 루이스의 개인 이데올로기(『아기의 날』에서 가장 흥미로운 방식으로 작동되는 것)는 부르주아계급과 노동계급 등의 경제적 계급들에 대립되는 '개인적' 계급을 창안한다. 표면적으로 볼 때, 이것은 범주적 오인이다. 왜냐하면 '개인'은 사실 프티-부르주아지의 지식인 부류를 가리키기 때문이다.

> '가난한 자'는 혐오스러운 동물이다. 그들은 회화에나 등장하고 감상주의자나 좋아하는 것이며 낭만적인 것이다! '부자'는 하나같이 따분한 부류이다! 우리는 이 단순하고 위대한 사람들이 모든 곳에서 발견되길 원한다. 《돌풍》은 개인들의 예술을 지향한다. (《돌풍》 1, 8)

여기서 요점은 루이스의 사상을 단지 계급 지위에 대한 표현으로 축소하는 것이 아니다. 사르트르가 한때 폴 발레리에 관해 말한 것처럼, 윈덤 루이스가 프티-부르주아 지식인이라는 점에는 의심의 여지가 없다. 하지만 모든 프티-부르주아 지식인이 윈덤 루이스는 아니다. 우리가 (일반적으로 성급하게 쓰인 여론 관련 글보다 훨씬 신중하게 쓰인) 루이스의 소설과 회화를 볼 때, 우리는 완전히 새로운 문제들과 직면한다. 주로 그것은 루이스의 풍자에서 나타나는 서사 내로의 포섭과 그로 인한 반성적 순간과 연관되는 내용의 거리화 및 객관화와 관련될 뿐만 아니라 '원한 ressentiment'에 대한 비판에 내재하는 독특한 '이중화'(아이러니하게 항상 루이스 자신이 원한의 최고 사례가 된다)와 관련된다.[18] 그럼에도 불구하고 루이스의 매우 제한적인 계급적 상황은 그의 소설의 본질적 측면이고, 우리는 루이스의 최종적이고 결정적인 요소와 '반기를 든 프티-부르주아지,' 즉 풀란차스가 '현상 유지적 반자본주의'라고 역설적으로 말하는 것(정치적 대안을 고려하는 것에 대한 절대적인 거부와 결부되는 반자본주의적 입장)의 조화를 염두에 두어야 한다. 계급이 '백인'의 특권이나 지식인의 특권, 혹은 『아기의 날』에서 매우 중시되는 '개인적 계급' 일원의 특권으로 신비화되든 안 되든 간에 분석적 범주로서의 사회적 계급의 거부는 기이한 효과를 낳는다. 루이스에서 자본의 기능[이른바 민주적 대중, 즉 광고의 최면 기법들에 의해 일종의 병적인 우매함에 빠지게 되는 대중의 창조(『시간과 서양인』, 26쪽)]에 대한 비판은, 이상하지만 거의 불가피하게 공산주의에 대한 비판으로 나아간다. 예컨대, 「피터 팬의 아이들」(『피지배의 예술』, 184-186쪽)에서 구조적으로 소비자를 어린애 취급하는 것은, 상업적 글쓰기(180-183쪽)와 광고의 유사 민주적 기능 중 하나이다. 그것은 또한 유순한 인간 '총알받이' 예비군을 가진 너무 행복한 대기업, 백만장자, 무기 산업을 연결하는 음모 서사로 작동한다. 다시 말해, 이 어린애 취급은 정확히 자본주의의 기능이고, 그것에 대한 비판은 문화 산업에 대한 좌파 진영의 비판과 근본적으로 크게 다르지 않다. 하지만 『히틀러』에서 이 동일한 '피터 팬 기계'의 수사학은 인종과 계급의 대체를 경유하여 일언반구의 설명도 없이 유령적 공산주의를 다시 꺼내든다.

인종주의와 대립하는 계급주의는 백지처럼 모든 것이 매끈하게 지워져

> 야 한다. 무색무취하고 특징 없는 일종의 자동 기계(잠정적으로 2차원적인 것)는 진정 열렬한 마르크스주의적 독재자가 요구하는 것이다. 배경 없는 정신, 그 어떤 정신적 깊이도 없는 것, 선전을 위한 평면경, 선전 문구를 반복하는 앵무새 영혼, 무반성적 자아, 한마디로, 일종의 피터 팬 기계(즉, 어른 아이)가 용인될 것이다. (『히틀러』, 84쪽)

이 반혁명적 구조, 하나의 상상된 공산주의가 기이하게도 자본주의적 디스토피아의 정수가 되는 이 구조는 『아기의 날』에서 매우 핵심적이다. 하지만 우리는 다른 작품들에서는 루이스가 유토피아적 미학의 실천에 진정으로 전념하는 것을 볼 수 있다. 그는 자신의 회화 작품에 관해 다음과 같이 말한다.

> 결국 나는 새로운 문명에 대한 … (중략) … 청사진을 만들고 있었다. … (중략) … 아직 그곳에 존재하지 않는 사람을 찾는 방법에 대한 개략적 설계. … (중략) … 그것은 단순 회화 작업 그 이상이었다. 사람들을 신선한 눈으로 바라보았고, 그 눈에 어울리는 신선한 영혼이 있었다. (『무례한 임무』, 125쪽)

순수하게 정신적인 혁명('신선한 영혼')이 정치적 혁명의 반동적 회피에 지나지 않는다는 낡은 주장은 이 모순을 설명하기에 적절하지 않다. '기계'에 대한 루이스의 흥분, 정치적 변혁의 가능성을 생산 조건의 층위에서 변화시키는 것에 대한 그의 확신(「산업 기술에 토대하는 혁명」, 『피지배의 예술』, 9-13쪽), 대량생산으로 말미암아 발생되는 새로운 집단적 형식들에 대한 그의 양가적 관심, 그리고 감각적 장치를 포함한 '인간 본성'이 그것이 속하는 사회적 형식들과 함께 급진적으로 변형될 수 있다는 그의 믿음은 모두 '혁명'에 대한 그의 생각이 현재 우리에게 익숙한 정신적이고 보수적인 '혁명'과는 완전히 상이한 종류의 것임을 보여주는 증거이다.

이제 우리는 루이스의 가장 중요한 역설에 도달한다. 보편적으로 (또한 올바르게) 수구 반동적인 인물이라고 여겨지는 작가의 가장 야심찬 문학작품에서 말 그대로의 내용은 혁명이다. 1928년에 출간된 『아기의 날』은 사후 세계에서 벌어지는 일들을 그리는 장대한 정치적 알레고리인 3부작 『인간 시대*The Human Age*』의 첫 번째 책이다.[19] 이 3부작의 나머지 두 책 『즐거운 괴물*Monstre Gai*』과 『해로운 축제*Malign Fiesta*』가 출간되는 것은 첫 번째 『아기의 날』과 비교해볼 때 루이스의 서사적 접근법이 상당히 변화한 1955년 이후이다. 이런 시간적·미적 차이에도 불구하고, 세 권의 책은 모두 정확히 동일하게 천상의 영역에서의 사회적 대변혁 직전에 끝난다. 놀라운 점은 각각의 책에서 『인간 시대』가 알레고리적 차원에서 화해하고자 하는 사회적 모순들이 서사의 교묘한 술수에 의해 결코 준비조차 되지 않는다는 것이다. 대신에 그 둘은 점화에 이르기 전까지 계속해서 서로 접촉한다. 하지만 혁명은 결코 목도되지 않는다. 대변혁의 바로 그 순간에 사건에 대한 우리의 시선은 다음 세계(사실 다음 세계가 전혀 아닌 것)로 옮겨진다. 우리에게 주어지는 것은 잠재적으로 무한한 (오직 루이스의 죽음으로 인해 중단되는) 유토피아들, 없는 장소들nowheres의 연속이고, 이 유토피아적 없는 장소는 다름 아닌 바로 여기인 것으로 밝혀진다. 그것은 마치 루이스가 (종교라는 손쉬운 해결책이 충분히 그럴듯하고 사용 가능해 보이는 순간에도) 사회적 삶의 모순들을 '정직한' 서사적 수단을 통해서는 해결할 수 없기 때문에 그것들을 사후 세계로 투사하고 그것들에 대한 해결을 계속해서 미룰 수밖에 없는 것처럼 보인다. 『인간 시대』는 오직 3권에서 끝났지만, 죽기 직전 루이스는 최종적으로 천국 그 자체에서 벌어지는 일을 그리는 4권 『인간의 심판*The Trial of Man*』을 구상하고 있었다. 하지만 우리는 이 네 번째 유토피아가 앞선 세 개의 유토피아들과 상이할 것이라고 기대할 이유는 전혀 없다. 말하자면, 루이스의 4권에 대한 계획이 무엇이었든지 간에, 그것 역시 이전의 대변혁들을 반복적으로 재생산하는 것에 지나지 않았을 것이다.

『아기의 날』의 정치학은 사후 세계의 정치학인 것으로 나타난다. 『무례한 임무』에서 자신의 정치적 '사유의 패턴'을 논의하는 중간에, 루이스는 갑자기 『아기의 날』을 무시하듯이 끄집어낸다. "(만약 그렇게 부를 수 있다면) 한 편의 소설, 즉 『아기의 날』은 이 탐구에서는 전혀 다뤄지지 않는다. 그것은 천국에 관한 것이다. 비록 극도로 혹독하다고 할지라도, 천국의 정치학은 지상의 정치학과는 아무런 관련이 없다. 따라서 그것은 여기의 우리에 대한 것이 아니다."(199쪽) 『시간과 서양인』에서 루이스 본인이 설명하는 것처럼, 천국의 정치학이 지상의 정치학을 대체로 정확하게 반영한다는 점을 고려해볼 때, 이 말은 단순히 솔직하지 못한 것으로 보일 수 있다. 하지만 이런 무시는 사실 전혀 무시가 아니다. 그것은 "이것이 나의 최고의 책이라고 빈번하게 단언되어 왔다."(『무례한 임무』 199쪽)라고 자신이 무뚝뚝하게 말하는 이 소설에 대한 그답지 않은 교활한 평가이다. 루이스는 몹시 미묘한 역설을 계속해서 생산한다.

> 1928년 그것(『아기의 날』)의 등장은 아무 논란도 일으키지 않았다. 나에게 설명을 요구하는 공격자는 단 한 명도 없었다. '그 속'에 있다고 말하는

> 사람은 아무도 없었고, 자신이 집행관Bailiff 혹은 히페리데스Hyperides라고 주장하는 사람도 없었으며, 자신이 새터스Satters 혹은 풀리Pulley의 원형이라고 주장하는 사람도 없었다. 나의 일부 책들이 그러했던 것처럼, 그것은 금서로 지정되지 않았다. 그것은 더블린 서점에서 판매될 수 있었다. 그것의 역사는 나의 그 어떤 다른 책들보다 평화로웠다. 축복받은 것은 역사가 없는 책이다. (199쪽)

"축복받은 것은 역사가 없는 책이다"라는 표현은 자신의 작품들이 때때로 겪었던 뚜렷한 침묵을 영원히 매도하는 작가의 펜에 의해 쓰였다. 위 구절이 명료히 하는 것처럼, 그의 많은 소설들은 논란을 불러일으켰고, 그것은 주로 그의 동시대인들이 자신을 향한 것이라고 여겼던 풍자적 묘사들과 관련된 것이었다. 이상한 남색자와 매독에 걸린 성직자는 알아차리지 못하면서 일부 '잔인한 장면들'에 대해서는 불만을 토로하는 인쇄업자를 조롱하는 조이스처럼, 루이스의 요점은 숨겨진 자서전적 내용의 측면에서 공격할 '잔인한 장면'이 전혀 없는 이 명백히 비공격적인 책이 사실 자신의 책들 중에 가장 읽을거리와 논란거리가 많다는 것이다. 『인간 시대』는 '천국'에 대한 것이라기보다는 (이 책을 읽은 사람은 아무도 없을 것이라고 심술궂게 추정하는 거짓 진술이다. 실제로 『아기의 날』과 『즐거운 괴물』은 종래의 신학에서 대응되는 것이 없는 두 지역에 관한 것이고, 『해로운 축제』는 지옥에 관한 것이다) 확실히 지상의 정치학의 알레고리이다. 집행관이 말하는 것처럼, "그것은 천국에 대한 것인 만큼이나 지상에 대한 것이다."(『아기의 날』, 287쪽) 『아기의 날』은 원파시즘과 (루이스의 여론 관련 작업을 통해 우리에게 익숙한) 자본주의 폭력단과 시대정신의 음모적 연합의 대립을 펼친다. 『즐거운 괴물』은 종교와 공산주의의 힘을 포함함으로써 문제를 일시적으로 복잡하게 만들지만, 최종적 대치에서 이 항목들은 다시 제외된다. 『해로운 축제』에서는 파시즘이 사라지고, 자본주의 폭력단이 사탄으로 체화됨으로써 사탄이 신에 의해 물러나는 최종 해결을 위한 장이 마련된다. 물론 패퇴는 결코 발생하지 않고, 설령 루이스가 살아생전에 『인간 시대』의 4권을 완성했다고 할지라도 발생하지 않았을 것이다.

형용사들로 빼곡하고, 문장들이 끝없이 병렬되며, 장들 간의 구분도 없는 『아기의 날』은 학교 친구인 풀먼Pullman(풀리)과 새터스웨이트 Satterthwaite(새터스)에 대한 내용으로 시작된다. 그들은 죽은 자의 영혼이 천국이나 다른 곳으로 가기 전에 머무르는 장소이자 원주민 허드레꾼들이 기거하고 신비스러운 집행관이 관장하는 지옥 변방의 불모지에서 재회한다. 서사의 전반부는 루이스의 「별들의 적Enemy of the Stars」(《돌풍》 1, 51–85쪽)과 유사하게 두 인물이 낯선 풍경 속에서 방랑하며 서로 간에 무익한 대치, 화해, 오해를 정적으로 반복하는 것(베케트의 치고받는 2인조의 공전 운동을 연상하게 하는 것)을 그린다. 하지만 이 두 인물의 관계는 『인간 시대』의 2권이 출간되기 전까지 27년간 등장하지 않다가 놀랍게도 집행관과 그의 법정에 대한 서사에서 갑자기 다시 등장한다. 집행관과 수행단이 당일의 논쟁을 위해 도착할 때, 두 인물은 차후 주요 행위를 위하여 옆에 서 있다. 그 행위는 집행관 법정에서 임시변통의 관료주의와 관련되는 것으로서, 첫 번째는 다양한 영국계 인물들과 집행관의 대화와 그들에 대한 집행관의 판결이고, 두 번째는 원파시스트 히페리데스와 집행관의 수행단과의 대치이다.

이 두 부분 사이의 이행은 이 책의 3분의 1 정도 지났을 때 나오는 한 문단에 전적으로 달려 있다.

> 서막을 장식했던 두 인물(폴먼과 새터스)은 출연자 집단이 어마어마한 행렬을 이루며 등장하는 것을 지켜보기 위해 관행에 따라 옆에 서 있었다. 폴먼의 방식은 다음을 암시한다. 신중하게 약간 안개 속으로 물러나서 무대의 중앙에서 그 거대한 쇼가 펼쳐질 때 그것을 유심히 보는 것이다. … (중략) … 양식화된 집중의 태도로, 속삭이는 주변과 함께 새로운 사건의 도래를 기대하며, 그들은 초연한 꼭두각시가 되어 잠시 동안 서 있는다. (128쪽)

이 구절은 작품 전체의 질감을 결정짓는 루이스 고유의 형상인 '체화된 클리셰'를 이용한다는 점에서 특징적이다. 루이스의 기술적 언어가 물화된 언어의 문화적 폐기물로 만들어졌다는 것은 앞서 제임슨에 의해 고찰된 바 있지만, 루이스에서 클리셰는 그런 설명에 부가될 수 있는 특수성을 가진다.[20] 클리셰는 보통 언어를 즉각 가리키는 반면에 『아기의 날』에서 그것은 행위에 즉각적으로 속하게 된다. 다시 말해, 클리셰는 역설적으로 서사적 목소리나 물질에 대한 어떤 주관적 지각에 속하지 않고, 그 대신에 객관적으로 물질 그 자체에 속한다.

위에 인용된 구절의 경우, 전형화한 몸짓은 그것의 행위자의 측면에서 어느 정도 자의식적으로 수행되는 것처럼 보인다. 폴먼의 '방식'은 소설의 구조가 되는 어떤 서사 구조를 '암시한다'. 『아기의 날』의 배경은 사실 일종의 극장이고 등장인물들은 실제로 유사 브레히트적 역설을 가지고 연기하는 배우들이라는 것을 암시한다. '관행에 따라' 옆에 서 있고, '양식화된 집중'의 태도를 취한다. 하지만 일반적으로 도처에 존재하는 체화된 클리셰에 대한 브레히트적 독해는 관철되기 어렵다. 이 클리셰가 서사에 속하지 않는 것처럼, 이 역설은 인물에 속하지 않는다. 이 만연하는 형식적 구조의 의미에 도달하는 가장 효율적인 방법은 루이스가 『아기의 날』을 작업할 때 쓴 풍자적 방법의 이상한 선언을 살펴봄으로써이다. '루이스의 모든 성공들'은 우연적으로 이루어지는 듯하다는 휴 케너의 말은 옳다.[21] 한 무리의 원숭이들이나 평범한 작가들처럼 충분한 시간을 가지고 때때로 흥미로운 어떤 것을 내보내는 방식이 아니라, 마치 대단히 복잡하고 실험적인 기계처럼, 루이스의 산문의 모든 에너지가 적절한 시너지 효과를 만들어내고, 모든 기계적 진동과 삐걱거림이 조정되어 사라지며, 어떤 예기치 않은 어긋남이 장치의 자기 파괴적인 혼란을 유발하는 것을 막기 위해 기술자와 청중은 이따금씩 숨을 참는다. 산문시의 형식을 갖춘 설명적 글인 「하등 종교들Inferior Religions」은 완벽히 그런 순간이다.[22]

「하등 종교들」의 목적은 단편소설집 『야성적 신체*The Wild Body*』의 방법론을 설명하는 것이다. "몇 가지 공리들이 … (중략) … 여기에 놓여 있다."(233쪽) 하지만 이 단편소설은 대부분 거의 20년 전에 저술된 것이고, 루이스가 『아기의 날』을 저술하고 있던 1927년에 작성된 「하등 종교들」은 사실 『아기의 날』의 방법론을 설명하는 것으로 보는 것이 낫다.[23] 처음 보면 「하등 종교들」은 루이스의 여론 관련 작업과 일맥상통하는 매우 냉소적이고 엘리트적인 존재의 이론을 개발하는 것처럼 보인다.

> 캐리스브룩의 우물에서 물을 길어 올리는 바퀴가, 그 안에 있는 당나귀에게 일련의 움직임을 부여하는 것, 이것은 쉽게 파악될 수 있다. 하지만 호텔이나 어선의 경우, 그것의 율동적 체제는 너무도 복잡해서 그것은 마치 자유롭고 속박받지 않는 생명체처럼 지나간다. 목격자들이 볼 때, 이 미묘하고 거대한 기계 장치는 자연의 보편적 다양성 속에 병합된다. 하지만 우리는 대부분의 생명들에서 유클리드의 기하학과 같은 제한적이고

> 완벽한 패턴의 스펙터클을 발견한다. 따라서 이 글들은 새로운 인간 수리학이다. (233쪽)

이 구절의 명백한 엘리트주의는 루이스의 독자들에게 친숙하다. '대부분의 생명'은 "매혹적 우둔함"(232쪽)을 가지고 움직이는 하찮은 것들에 불과하다. 이것들은 물을 긷는 당나귀와 패턴의 복잡성에서 다를 뿐이고, 루이스적 지식인과 '목격자'의 화가적 눈을 통해 기하학적 규칙으로 분해되는 것이다. 〔이 문제가 루이스에게만 국한되는 것은 아니다. 아도르노가 『미학 이론Aesthetic Theory』에서 분명히 밝히는 것처럼 (또한 실러의 비평이 이미 증명한 것처럼), 미적 특권은 심지어 가장 비평적인 순간에도 노동 분업의 기능을 한다〕. 하지만 「하등 종교들」의 논리, 특히 조소laughter라는 중심 용어로 등장하게 될 논리는 이 단순한 독해를 거짓으로 만들고, 생각 없는 '꼭두각시'의 공동체와 대립하는 고독하고 지적인 '자연'에 대한 루이스의 통상적 이데올로기와 불편하게 공존한다.[24]

우선 호텔과 어선에 의해 암시되는 집단적 사회 형식들에 대한 루이스의 실질적 설명은, 기계적 생산을 중심으로 조직되는 '꼭두각시'의 삶에 대한 그의 비소설적 비난과는 매우 다른 태도라는 것을 고려해야 한다. 사실 겉치레에 불과한 비난은 새로운 형식의 집단적 작업에 대한 진정한 매혹을 숨기고 있다. 그가 『칼리프의 설계*The Caliph's Design*』에서 펼치는 주장, 즉 건축 계획에서 "우리의 빌딩, 우리의 조각상, 우리의 실내 장식의 끔찍한 어리석음"을 배가하고 강조하는 것은 오로지 조롱을 위한 것이라는 그의 주장은 이런 표면적인 비난과 유사한 본성을 가진다.[25] 이 "군침 돌고 맛있는 어리석음"의 비밀은 그것에 대한 매혹이 풍자를 위한 욕망보다 더욱 심원한 것이다. 「하등 종교들」에서 오래된 형식의 집단적 노동은 매혹적인 것이 아니다. 「하등 종교들」의 계획은 '새로운 인간 수리학'의 논리를 밝히는 것이다. 「야성적 신체」로 계획되고 완성된 단편소설로부터 끌려 나온 호텔과 어선의 사례들은 이 매혹의 새로움을 적절하게 반영하지 못한다. 그것은 '복잡하게 움직이는 실타래'를 인간에 대한 기계적 은유로 보는 것에서 더욱 정확히 표현된다. 실제로 「산업 기술에 기반을 둔 혁명」에서 사회 그 자체의 '더욱 미묘하고 거대한 기계'에 대해 책임이 있는 것은 기계의 새로운 편재성(화가로서 루이스가 그것에 매혹을 느꼈다는 것은 중요한 사실이다)이었다.

그럼에도 불구하고 우리는 이 반자율적 형식들을 식별하는 것이 고독한 지식인의 특권이 되는 친숙한 영역에 있는 것처럼 보인다. 그것은 마치 데카르트의 방법론적 회의주의가 루이스에서 진정한 유아론으로 진화하는 것처럼 보인다. 유명한 창문을 통해 보이는 것은 자동 장치들을 덮고 있는 모자와 외투들의 집합일 뿐이다.[26] 만약 이 '코기토cogito'가 전면적으로 사회화될 수 있다면, 그것은 자신의 직업을 사유하는 것으로 삼은 사람에게만 오로지 그렇게 될 수 있다. "조소의 이론이 … (중략) … 토대하는", "정신과 신체의 이분법"(「하등 종교들」, 243쪽)은 「하등 종교들」의 서두의 문단(어부의 기계적 동작이 실제로 존재하여 관찰하는 지식인이 그것의 기저에 놓이는 기하학을 밝힐 수 있는 것)보다는 인간성의 '꼭두각시'와 '자연'으로의 분할(항상 계급 자체를 하나의 범주로 전환시키고 루이스가 속하는 계급 분파를 위해 다른 것을 예비하는 것)과 더 큰 조화를 이루는 것처럼 보인다. 하지만 사실 조소의 등장은 이 도식을 붕괴하여 '지식인'을 실질적으로 사라지게 만든다.

「하등 종교들」의 네 번째 부분은 '조소의 속성들'의 목록이다. 다음과 같은 것들이 발췌될 수 있다.

> 1. 조소는 야성적 신체의 승리 노래이다.
>
> 2. 조소는 자의식적으로 보기, 듣기, 냄새 맡기의 비극의 절정이다.
>
> 3. 조소는 군집 동물의 기쁨에 가장 근접하는 소리이다.
>
> 4. 조소는 독립적이고 대단히 중요하며 충격적인 감정이다.
>
> 9. 조소는 신비주의적 폭력과 무정부주의자의 갑작스러운 악수이다.
>
> 10. 조소는 정신의 재채기이다.
>
> 12. 조소는 진보하지 않는다. 그것은 원시적이고 단단하며 변화하지 않는다. (236–237쪽)

비록 '풍자'가 '관념들의 거대한 천국'으로 추정된다고 할지라도, 그것은 완전히 다른 것으로 판명된다. 더욱 중요하게 그것은 "시뻘건 조소의 거인들"(235쪽)의 집이다. "우리의 순진무구한 리듬을 붕괴하는 것"(234쪽)은 지식인이 아니라 조소, 즉 불변하고 낡았으며 인간 존재의 유기적인 기층의 기능이다. 조소는 언어 속에 흔적을 남기는 통찰의 재채기나 오르가즘과 같은 반사적 작용이다. 조소는 '야성적 신체,' 즉 "우리가 모험을 시작하는 작고 원시적이며 말 그대로 아주 구식인 용기"(237쪽)의 승리 노래이다.

> 조소는 뇌-신체의 기쁨의 콧방귀이다. 그것은 힘과 속도에 대한 야성적 감각을 표현한다. 그것은 사유의 쏜살같은 지나침 속에 물리적으로 남는 모든 것, 그것의 마찰이다. 혹은 그것은 급히 지나가는 운명들을 겨냥해 던져지는 저항이다. 야성적 신체는 바로 우리 자신이 되는 이 궁극의 생존, 그것의 신비스러운 경련을 유발하는 냉혹한 장치이다. 그중에 가장 심원한 것은 조소이다. (237–238쪽)

이제 우리는 전도를 감상할 순간에 도달했다. 결국 특권은 데카르트적 틈새를 사회적 노동 분업으로 지도 그리는 지식인에 부여되고, 조소는 신체의 승리로 판명난다. 「야성적 신체」는 전역사적이고prehistoric 비사회적인unsocialized 측면에서의 신체이다. "궁극의 생존, 그것의 신비스러운 경련을 유발하는 냉혹한 장치이다." 이것은 조소의 대상들이 역사적이지 않다거나 조소가 사회적인 현상이 아니라는 것이 아니다. 단지 조소 그 자체는 물질적이고 신체적이며 그것이 분출되는 사회적 형식을 선행하는 것이라는 것이다. "조소는 진보하지 않는다." 여기서 유사 시적 형식을 가지는 풍자의 이론은 아무리 철저히 풍자를 예술가의 특권적 '지성'에 제한한다고 할지라도 대단히 유물론적이다. 그렇다면 '정신'이라는 용어가 여기서 '뇌-신체'가 되고, 조소가 사유의 '물리적으로 남는 모든 것'이 된다는 것은 놀랍지 않다. 비록 과거에 존재하고 모든 특정한 사회적 '리듬'을 전복할 잠재력을 가진다는 의미에서는 비사회적인 것이라고 할지라도, 이 '야성적 신체'는 원초적으로 사회적이다. "조소는 군집 동물의 기쁨에 가장 근접하는 소리이다."

그렇다면 조소는 관계의 문제이지 어떤 특정 관점, 즉 지식 혹은 지성 그 자체의 특권의 문제가 아니다. "우리가 만약 프랑스인이라면 독일인은 '부조리하다'고 말하기 쉽고, 만약 독일인이라면 프랑스인은 '터무니없다'고 말하기 쉽다."(「하등 종교들」, 244쪽) 조소의 논리는 어선이 보여주는 비교적 작은 규모의 안무에서부터 민족문화의 규범에 이르기까지 뻗어나간다(그리고 『타르』에 대한 읽기는 민족문화가 단순히 예의범절이나 식습관의 문제가 결코 아니라는 생각을 충족시켜줄 것이다.)[27] 조소는 불우한 꼭두각시의 행위를 향한 지식인의 젠체하는 조롱이 아니라 (그 명백한 견고성과 필수성에도 불구하고) 모든 특정한 '춤'에 내재하는 불안정성과 부조리성에 대한 아찔한 인식이다. 그리고 가장 심오한 조소는 한 사람의 사회적 형식과 이 춤 속에서 그 자신이 위치하는 장소가 임의적이고 역사적이며, 신(즉, '하등 종교들')을 믿을 때의 '독실함'으로 고정 유지되는 것이라는 고찰을 위해 마련된다. 이런 의미에서 조소는 "신비주의적 폭력과 무정부주의자의 갑작스러운 악수이다." "그것은 때때로 절대적 계시의 위험한 형식을 취한다."(245쪽) 루이스의 주요 작품들 중에서 기술적으로 가장 덜 모험적인 작품이자, 엄청난 억압성으로 짓눌리고 있는 세계를 그린 작품인 『사랑에 대한 복수*The Revenge for Love*』에서 시뻘건 조소는 모든 곳에 만연하고 이리저리 돌아다니는 '껄껄 웃음'으로 대체된다.[28] 조소는 사회적 세계 전체가 "무익하고 끔찍하며 때때로 아름답지만"(329쪽) 춤과 마찬가지로 견고하지 않은 어떤 것으로 결정화되는 것을 나타낸다.

비록 우회적으로 표현되었다고 할지라도, 이것은 체화된 클리셰의 의미, 즉 관습과 습관의 측면에서뿐만 아니라 그것을 생산하는 관계의 전체에서 관습적인 행위의 파편을 액자화함으로써 (초라한 세부 사항으로부터 애매한 의미를 생산하거나, 혹은 그 의미의 내용이 명백히 드러날 때 겁에 질려 그것으로부터 등을 돌리는 대신에) 사회적 총체성 자체를 낯설게 만드는 모더니즘적 숭고 형식의 의미가 된다. 『아기의 날』에서 클리셰는 고전적 모더니즘에서처럼 상황에 적절한 말le mot juste을 할 때 꺼려지는 것도 아니고, 『율리시스』의 '에우마이오스' 일화에 나오는 것처럼, 각 클리셰가 역설적으로 타락한 언어의 완벽한 견본이 될 정도로 다듬어져 있는 것도 아니다. 그 대신 이 클리셰는 자동 춤 같은 어선이나 호텔의 모습에 대한 언어적 등가물에 지나지 않는다. 즉, 그것은 정형화된 행위가 언어에서 등장하는 것을 통해 의미를 획득하는 방식이다. 집행관이 도착할 때, 새터스와 풀리에 의해 상정되는 '양식화된 집중의 태도'는 그 자체로 전혀 아이러니한 것이 아니라 여기서 법원의 상류층 사람들이 마치 심오한 듯 구는 집행관의 태도에 반발할 때처럼, 법정의 바로크적 연극성이 압도하는 새로운 사회적 앙상블에 대한 '관습적인' 적응이다.

> 법정의 앞줄에 앉은 지원자들의 정확한 외관은 긴장한 예의 바름의 '그것 정말 멋지구나!' 자세를 통한 놀라움과 동정 어린 흥미의 표정들의 아첨하는 교환들로 빛이 났다.'(168쪽)

이런 "그것 정말 멋지구나!" 하는 자세는 핵심적인 체화된 클리셰이다. 클리셰는 서사에 속하지 않는다. 앞줄에 앉은 지원자들은 양식화되고 관습적인 자세를 진정 즐기고 있다. 하지만 이 텍스트의 아이러니는 등장인물들에게 외재적이다. 그것은 독자가 다른 곳에서 보게 될 유사한 공연에 대한 외부적 참조이고, 이런 외적 참조물은 텍스트에서의 아이러니한 등장으로 인해 부조리를 낳는다.

『아기의 날』의 명백히 환영적인 변형물(새터스의 '몬스 별Mons Star의 전시장교'(49쪽), '대화재같이 타오르는 그레첸Gretchen'(81쪽), 그리고 '빌 사익스 새터스'(114쪽)로의 변형, 풀먼의 '미스 풀먼', '간호사 풀리Pulley', '모델 애비게일Abigail'(27쪽), 그리고 '부처'와 '교수'로의 변형)은 관습적인 태도와 행위들을 사회적 총체성을 환기하는 파편들(사회적 총체성이 파편들을 결정한다)로 나타내는, 체화된 클리셰의 응축된 형용사적 형식들이다. (사실 의도적으로 진부한) 유사 환영들과 (이 환영들과 피상적으로 닮은) 조이스의 「키르케」 장의 변형들 간의 거리는 엄청나다.

블룸

(끈적끈적한 볼, 겨자색 머리카락, 남성적 큰 손과 코, 음흉한 입을 가진 매력적인 아가씨)

(536쪽)

여기서 블룸이 변형되는 관습적 이미지(「방황하는 바위들」에서 등장하는 마리 켄들의 포스터에서 차용되는 '매력적인 아가씨')는 블룸의 대단히 사적이고 특유한 심리를 통해 텍스트 속에 투사된다. 『아기의 날』에서 이와 유사한 변형(폴먼과 함께 길을 잃을 때 나오는 새터스의 변형)은 상이하게 작동한다.

… (중략) … "어디서부터 잘못되었는지 모르겠다." 잘못된 갈림길로 들어섰던 소녀가 그녀 자신에게 부드럽게 웃는다. (45쪽)

"잘못된 갈림길로 들어섰던 소녀"는 환영적 투사는 아니지만 그것은 독자가 인식할 수 있는 유형이자 새터스의 킥킥거림의 원형이 되는 텍스트 외부의 이미지를 참조한다. 이것은 새터스가 어떤 플라톤적 형식의 "잘못된-갈림길로-들어섰던-소녀"를 모방한다는 것도 아니다. 하지만 새터스와 클리셰의 상상된 소녀는 모두 캐리스브룩의 당나귀처럼 동일한 진부한 문화적 경로를 따르고 있다.

하지만 앞서 우리가 집행관의 도착에서 본 것처럼, 체화된 클리셰의 형식을 주로 결정하는 것은 사회적 총체이다. 새터스와 폴리에 집중하는 부분들에서처럼, 이 총체가 단지 두 사람으로 축소될 때, 폴먼의 '간호사 폴리'로의 주기적 변형은 오직 새터스의 '아이'로의 변형과의 관계 속에서만 의미를 가진다. "산책을 나와, 태평하게 돌멩이를 걷어차며, 진저리나는 대중들에서 벗어나 어린 시절의 꿈에 몰두해 있는, 새로운 여자 가정교사, 커다란 멍청한 눈을 가진 사무적인 미스 풀먼."(46쪽) 이것은 풀먼이 새터스와 관련하여 은유적으로 간호사가 된다는 것, 혹은 고독의 필요성이 간호사와 같은 행위를 요청한다는 것이 아니다. 간호사 풀먼이 일종의 가면이 되는 본질적인 풀먼은 존재하지 않는다. 풀먼은 진정 간호사 풀리이고, 간호사 풀리와 아기 새터스의 사회적 총체 외부에는 아무것도 존재하지 않는다. 풀먼이 새터스를 버리고 떠나고자 시도할 때, 그는 그것이 불가능하다는 것을 깨닫는데, 그 이유는 죄책감 때문이 아니라 새터스 없이는 그도 "그 자신이 아니기" 때문이다. "명백한 상실이 그의 사적인 경제 속에 등록된다." (117쪽)

> 풀먼은 자신의 곁에 머무르는 불분명한 상실감에 시달린다. 이 상실된 대상은 무엇인가? 그는 엉망이 된 자신의 모든 감각들을 통해 더듬어 찾는다. 그의 정신은 계속해서 그의 친구 새터스의 커다랗고 육중한 몸으로 되돌아간다. 그것은 정말 상실된 것이 아닌가? 하지만 실질적으로 그런 것이 틀림없다. 왜냐하면 그의 정신은 항상 그 두려운 대상으로 다시 이끌리기 때문이다. (117쪽)

풀먼은 또 다른 비슷한 경험들을 겪은 바 있다. 사실 '풀먼'은 자신의 사회적 역할들의 총합, 일단의 '집단 기계들'에서의 '실패'이다.(『아기의 날』, 24쪽) 이 용어는 사후 세계의 날품팔이들, 즉 노동자와 부랑자들과 명백히 연관된다. 우리는 집행관의 말을 곧이곧대로 믿을 필요가 없지만, 여기서 그의 선언은 풀먼의 새터스와의 경험과 일치한다.

> 결합할 수 있는 사람은 그렇게 해야 한다. 그것은 규칙이고, 시간을 절

> 약한다. 또한 그런 결합들은 사실 효과를 극대화하는 것을 보장한다. 나는 오랜 친구를 만난 이후 자신의 진실되고 본질적인 정체성을 완전히 회복한 한 남자의 경우를 알고 있다. 오랜 친구를 되찾는 것, 그것처럼 가치 있는 것은 없고, 우리가 신참자에게 항상 해주는 조언이다. (137쪽)

"진실되고 본질적인 정체성"이라는 표현은 물론 아이러니하다. 왜냐하면 '정체성'이나 주체성은 '결합'의 규칙 이외에 아무런 진실과 본질도 가지지 않기 때문이다. 하지만 정체성의 형성에 있어서 사회적 총체의 필요성은 단지 인간 존재들 간의 관계의 문제에 그치지 않고, 그 존재들을 둘러싸고 있는 대상들과도 관련된다. 모더니즘적 사물은 가장 평범한 형태로 등장할 때 체화된 클리셰의 침묵적이고 물질적 형식을 갖춘다. 심지어 사회적 총체가 오직 두 사람으로 구성될 때에도, 사회적 세계 전체는 자신의 물질적 생산물들의 물화된 형식에 끼어든다. 사회적 세계의 "정교한 문명적 의식"(「하등 종교들」, 234쪽)에서 한 사람의 역할에 있어서 소품과 물리적 장비들은 그의 '정체성' 형성에 대단히 중요하다. 풀먼의 지팡이에 대한 경험은 많은 것을 시사한다.

> "한번은 내가 이 지팡이를 두고 밖으로 나갔다. 내 머리를 두고 떠난 것이나 다를 바 없었다. 나는 곧 지팡이를 가지러 다시 돌아갔다. 장담컨대 늘 그런 식이다. … (중략) … 이 옷감(그는 외투의 소매 부분을 끌어올린다)은 나의 피부나 다름없다. 나라는 부분이 여기서 끝난다는 것은 미신이다. … (중략) … 심지어 너도 일부이다."(120쪽)

어느 순간 새터스는 풀먼의 조언을 어기고 자신의 옷을 벗고자 결정한다. 그의 개인성은 즉시 해체되기 시작한다. "새터스는 가까운 곳에서 풀리에게 말을 거는, 마치 교수의 … (중략) … 수족들처럼 자신으로부터 분리된, 유명한 새터스의 목소리를 듣는다."(112쪽) 새터스와 풀리로 이루어진 한 쌍은 애초에 보이는 것보다 훨씬 복잡하다. 그 둘의 '2인무pas de deux'는 더욱 거대한 안무 연출에 의해 결정되고, 새터스의 옷이 버려질 때 혼란 속으로 빠져든다. "새터스의 목소리는 너무 굵어진 나머지 젊은 신사의 것이라고는 할 수 없는 허드레꾼의 것이 된다. … (중략) … 그들이 상호 간의 행동 속에서 붙잡고 있던 시간과 계급의 저울 눈금은 거칠게 요동친다."(114쪽) 새터스는 풀먼의 '간호사'에 대응하여 '아기'가 되는 대신에 풀먼의 '신사'에 대응하여 일시적으로 '허드레꾼'이 된다. 하지만 이 특수한 관계에 특권이 주어지지는 않는다. 문화적 소품들에 의해 더 이상 저지되지 않는 나이와 계급의 상호적 위치들이 잠시 동안 거친 요동을 겪을 뿐이다.

여기서 요점은 『아기의 날』에서 작동하는 개인적 삶과 사회적 삶의 모델에 대단히 새롭고 놀라운 점은 존재하지 않는다는 것이다. 오히려 요점은 이 모델이 이 소설의 실질적 주제, 즉 루이스의 개인성의 이데올로기와 모순을 이룬다는 것이다. 체화된 클리셰는 루이스의 해설적 작업(예컨대, 위에서 본 '구경꾼'의 특권은 『피지배의 예술』에서 지식인의 이데올로기가 된다) 속에 물화되어 있고 『아기의 날』의 공식적인 내용들 가운데 가장 핵심적인 것인 개인적 '정체성'을 철저히 탈신비화한다. 여기서 개인의 정체성은 기억만큼이나 일시적이다. 그것은 개인이 타자와 대상들을 통해 기계적이고 습관적으로 사회적 세계와 맺게 되는 관계의 체화된 기억이 된다. 형식적 층위, 즉 체화된 클리셰가 정체성의 일시성과 그것을 생산한 사회적 세계의 역사를 가리키는 층위와 서사적 층위, 즉 강력하고

'특징적인' 정체성이 본질적인 실증적 항목이 되는 층위 사이에는 모순이 존재한다. (이 모순의 척도는 『인간 시대』를 통해 이루어지는 풀먼의 캐릭터 변형이다. 풀먼의 형상이 초인적 지식인의 역할을 완수하는 것은 『아기의 날』이 아니라 서사가 더욱 관습적인 것으로 변화하는 『즐거운 괴물』에서이다.)

어떤 이는 『아기의 날』의 중심 주제가 집행관 법정의 집단화된 '아기들'과 특히 지옥의 변방에서 육체노동을 하는 '허드레꾼'에 대립되는 '강력한 개인성' 혹은 '지식인의 원칙의 고양'이라고 말할지도 모른다. 소설의 초반부에 풀리와 새터스는 이런 불길한 색조들을 가로질러 간다. 풀리는 새터스에게 그들의 존재에 관해 설명한다. "그들은 개인성들의 집단들이다. 그들을 창조한 신은 그들을 파괴할 수 없다. 하지만 그들은 네가 보는 것 그 이상으로 남을 수 있을 만큼 특징적이지 않다."(28쪽) 이 이론을 확증하는 것은 '개인성'의 '강력함'에 의거하여 허드레꾼을 서열화하는 서사이다.

> 한 인물은 나머지 인물들보다 희미하다. … (중략) … 그는 들어오고 나간다. 때때로 그는 그 자리에 있고, 그러고 나서 깜박거리며 사라진다. … (중략) … 앞에 서 있는 그는 무직의 키 큰 사람이다. 그는 뒤에 있는 훨씬 더 튼튼한 사람 위에 노란색 기름기처럼 쓰러지거나 혹은 부식된 녹처럼 그를 침투하지만, 결코 그 강력한 사람을 완전히 덮어 가리지는 못한다.
>
> (22쪽)

조이스식의 주관주의와는 대조적인 것으로 공식화되는, 루이스의 유명한 '외부적 접근'(『예술 없는 인간』, 126–128쪽)은 이 설명을 허드레꾼에 대한 풀리나 새터스의 해석으로 간주하는 것을 사전에 차단시킨다. 여기서 그들의 개인성의 강력함(사회적 질서에서의 특정한 위치와 분명히 연결되는 것)에 의거해 인간 유형들을 분류하는 언어는 확실히 루이스적 구경꾼의 순수한 '눈'의 언어이다.

서사의 맥락과 근본적으로 일치하는, 허드레꾼에 대한 풀리의 이해는 몇 페이지 이후에 그가 이전에 사용했던 것과 정확히 동일한 언어로 재출현한다. "아니, 그들은 개인성들의 다중이다. 그들을 창조한 신은 그들을 파괴할 수 없다."(33쪽) 그리고 다시 한번 거의 기계적으로 반복된다. "그것은 개인성들의 다중이다. 창세기에 신이 그들을 창조했다. 하지만 그는 그들을 파괴할 수 없다."(37쪽) '개인성'의 핵심적 범주를 은밀하게 무너뜨렸던 체화된 클리셰의 논리는 여기서 언어로 되돌아가는 클리셰로 표면화된다. 텍스트의 중심적 주제에 해당되는 것을 무심하게 언급하는 풀리는 그것(언어)의 상태를 이데올로기, 즉 '코기토'에 선행하는 사회적 긴급 사태에 형식적으로 의존하는 개념적 장치로 드러낸다. 허드레꾼의 본성에 관한 풀먼의 추정상의 고찰은 복잡한 '집단 기계'(24쪽)에서의 또 하나의 요소, 캐리스브룩의 바퀴 속에 있는 당나귀의 경로 혹은 계급적 관심사와 같은 그 자신에 선행하는 어떤 것에 대한 무의식적 복종에 지나지 않는다. 그렇다면 구분성이나 개인성에 있어서 '허드레꾼'과 지식인의 차이는 무로 축소된다.

> 풀먼이 올려다본다. 새터스는 그의 창백하고 멍한 가면을 응시한다. 그 위의 심술궂은 악의는 사라지고 있다. 사실상 그것은 점토 인형의 얼굴이 된다. "왜? 너는 허드레꾼이야!" 새터스는 손뼉을 치며 날카롭게 소리친다. (37쪽)

하지만 이 가능성은 신속하게 다시 억제되고, 그리하여 풀먼의 최초 진술은 타당한 것으로 유지되고 이후의 재진술은 일종의 최면 상태에서 나오는 것으로 보인다.

> 그의 외침 소리에 풀먼은 깨어나고, 그의 얼굴은 근육의 수축으로 마치 큰 재채기를 하고 난 후처럼 쭈그러들었다. … (중략) … 얼굴은 펴지고, 보통의 풀먼 가면이 나타난다. (37쪽)

여기서 '재채기'는 「하등 종교들」('정신의 재채기')의 웃음처럼 신체적 반사 작용이 습관적 행동 패턴으로 분출되는 것을 상기시킨다. 하지만 허드레꾼의 기원에 대한 풀먼의 최초 진술(서사적 '눈'에 의해 지지되는 이론)은 뒤따르는 반복들의 운명, 즉 뒤이어 반복되는 진술이 불가피하게 원본을 반영하고 의심을 쉽게 피할 수 없게 된다. 체화된 언어가 언어와 사유('집단 기계' 내의 '실패'의 특정 움직임과 다를 바 없는 단지 실행의 형식들이 되는 것)로 되돌아갈 때, 사유하는 주체의 특권적 지위는 한층 더 약화된다. 지식인, 예술가, 칭송되는 '자연' 혹은 개인은 사회적 총체성 내의 자신의 위치에 의해 결정되는 클리셰를 수행하는 실패bobbin에 불과한 것이 된다. 풀먼의 기계적 연설의 찰나적 정체성과 그것의 이데올로기는 텍스트 전체의 공식적인 이데올로기적 내용(강력한 개인성의 특권)에 의문을 제기할 것이다.[29]

풀먼과 새터스는 죽은 사람들이다. 이것은 아마도 지구상의 사회적 삶에 대한 알레고리라기보다는 단순히 지옥의 변방에서 존재가 살아가는 방식일 것이다. 혹은 아마도 그것은 집행관이 자신의 일을 쉽게 만들고자 실제 인간 지식인들을 '사유 없는' 조합들로 결합하는 어떤 마술

속임수일 것이다. 혹은 이 지옥의 변방은 우리가 알고 있는 것처럼 지구상의 삶에 대한 참된 알레고리가 되는 대신에 집행관에 체현되어 있는 주류 모더니즘적 시대정신이 무제한의 자유를 얻게 될 때의 삶의 모습을 재현할 것이다. 풀리는 이에 대응하여 다음과 같이 말한다.

> "하지만 어째서 마술인가? 머리를 써라. 너는 마술이라고 말했는가? 사는 동안 줄곧 마술이라고 말했는가? 너는 그것을 아직 한 번도 생각하지 않았다. 너는 마술이라고 말하는 것만큼이나 마술이라고 말하지 않았어야 한다. 모르겠나? 너는 그것이 설득력이 없다고 생각한다. 삶 역시 마술적이지 않았던가?" (119쪽)

주체성과 그것을 형성하는 사회적 세계의 외면상의 단단함은 그것의 천상의 등가물"만큼이나 마술적이다."[30]

심지어 체화된 클리셰의 논리가 잠재적으로 강력한 개인의 이데올로기를 드러낼 때에도, 이 가능성은 그 자체로 이데올로기적으로 억제된다. 『아기의 날』이라는 제목은 종종 제1차 세계대전이라는 무고한 사람들의 대량 학살을 가리키는 것으로 간주된다.[31] 제1차 세계대전이 주제적으로 중요하고 『아기의 날』의 배경이 된다는 것은 의문의 여지가 없다. (루이스의 1919년 회화인 〈포격 맞은 포대〉는 이 소설의 전반부의 배경이 될 수 있다.) 하지만 만약 『아기의 날』이 어떤 직접적인 방식으로 전쟁에 관한 것으로 간주된다면, 그것은 이 소설을 너무 편협하게 이해하는 것이다. 소설이 시작될 때, 사실상 죽음의 흐름은 거의 메말라버린다.

> 어떤 귀소본능을 가진 고독한 그늘이 배회하는 유대인Cartophilus의 걸

> 음걸이로 계속해서 고속도로의 들썩이는 먼지에 도달하고 있다. 그것은 해안가로부터 첫 번째 이정표가 위치하는 통행료 징수소에서 검문을 받는다. 물탱크 속으로 떨어지는 검은 물방울처럼, 느리지만 끊어지지 않는 형태들이 야영지를 넘쳐흐르게 만든다. (10쪽)

야영지가 '넘쳐흐름'에 노출된다고 할지라도, 이것은 집단적 죽음의 언어가 아니다. "현재보다 이전에는 야영지에 더 많은 사람들이 있었다."(102쪽) 그의 전후 회화들이 보여주는 것처럼, 루이스는 그 무엇이든지 할 수 있었고, 20세기 전쟁의 공포를 이미지로 번역할 수 있었다. (혹자는 1918년 〈총기들Guns〉 전시의 암울하고 복잡한 잉크 소묘들을 떠올릴 수 있다.)[32] 이 반-연옥에서 고독한 죽은 자는 몹시 건조한 메소포타미아Mesopotamia의 풍경을 횡단한다. 이것은 집단적 죽음에 대해 엘리엇이 말하는 "나는 죽음이 그렇게 많은 사람들을 망쳤다고 생각하지 않았다."와는 전혀 다른 것이다. 또한 우리는 풀먼이 전쟁에서 죽은 것이 아니라 "몬스Mons 쇼 직후에 떠났다"(109쪽)는 것을 안다. 의심할 여지 없이 제1차 세계대전은 텍스트와 등장인물들의 기억 주변을 맴돌고, 그렇기에 이 시대에 대한 정치적 알레고리는 만들어질 수밖에 없으며, 이 전쟁은 이차적인 방식으로 제목을 통해 환기된다. 하지만 제목에서 참조되는 '아기들'은 오직 이차적인 의미에서만 학살된다. 소설은 더욱 근본적으로 권력자들이 이용하기에 적합하다고 보는 친숙한 '총알받이'가 되는 무고한 자들의 양산과 관련된다. 이 "무고한 자들의 대량 학살"은 지구상에서 완전히 끝난 어떤 것(제1차 세계대전)을 명명하는 것이 아니라 우리가 텍스트에서 목격하는 것이다.

『아기의 날』의 의미는 희미하게 지각되는 의미의 빈약한 가닥 위에 놓인 루이스식 긴 문장을 가로질러 단어에서 단어로 흔들리며 움직이는 경험(정전 모더니즘에서는 그 유례를 찾기 힘든 것)을 중계하는 한 탁월한 문장을 인용함으로써 가장 잘 전달될 수 있다.

> 그 남자(집행관)는 만찬 후 연설에 앞서, 몇 차례 강렬한 전조적 기침에 패기를 부여한다. 후면부의 불평하는 목소리들은 치열한 신학적 논쟁들에서 무슨 수를 써서라도 마지막 말을 하고자 여전히 노력하지만, 경솔한 전면부는 유치한 것들을 집어치우고 정중한 관심을 가지는 것 그 이상의 수백 가지 태도의 경향을 갖는다. 부화되기도 전에 이미 닭을 세는 감시의 눈을 위한, 녹지 않을 버터를 입에 물고 있는 유치원 아이들의 입술들과 밝아오는 새벽 같은 눈들의 온갖 크기와 형태들로 이루어진 카탈로그—이에 동조하는 어떤 이들은 축 처진 채 젖내 풍기는 순진함을 흘리는데, 단일한 포드Ford 양식으로 된 수백만의 바보들이나 수억의 멍청이들을 버리기 위해 거대한 화산 폭발 같은 엄마의 창자는 없고, 세계 종말의 피비린내 나는 전장에 대해 힘없이 푸념하게 되면, 가게 전체를 섭씨 1,000도의 사랑으로 넘실거리고 열망하며 폭발하지 않을 것—그것은 이제 두 배로 일하고 끝없이 계속 일하기 위해 공산주의적 대도시들의 천년왕국에 집중되는 모든 모성적 기계를 접촉하도록 깃털 같은 방아쇠에 의해 계획되고 융합되며 촉발되는 집단화된 아기이다. (208쪽)

긴 문장의 기교적인 종속 관계 대신에, 우리는 여기서 콜론, 괄호, 하이픈들로 뒤섞이고 적절한 마침표를 쓰지 않음으로써 산문의 숨 쉴 틈 없는 에너지를 보존하도록 연결된 한 무리의 독립적인 절들을 발견한다. 체화된 클리셰의 최초의 연속물 이후에, 이 문장의 진정으로 탁월한 부분은

'삽입어구적' 설명이다. 그것은 한층 심화되어 체화된 클리셰들("녹지 않을 버터를 입에 물고 있는 유치원 아이들의 입술들")의 관점에서, 집행관에게 어린애 취급을 받는 청중들에 대한 묘사에서, 물질 그 자체가 더욱 불안해질 때 나타나는 악몽(대량 생산)으로 변화하는 기괴한 모성적 이미지에서, 그리고 자본주의적 디스토피아를 환기하는 공산주의적 국가의 악몽 같은 이미지에서 절정에 이르는 세계대전의 기억과 도살장의 언어로 이동한다.

이 문장은 루이스식 풍자의 속임수적 악의("이에 동조하는 어떤 이들은 축 처진 채 젖내 풍기는 순진함을 흘리는데"라는 강약의 묘미를 담아 시작하는 막간 부분은 실제로 입술로 하여금 연극적 조소를 띠게 만든다)를 전형적으로 보여줄 뿐만 아니라, '아기의 날'의 중심적 의미를 결정화한다. 그것의 논리는 우리가 루이스의 『히틀러』에서 이미 본 것, 즉 소비자-노동자-자동 기계("피터 팬 기계, 어른 아이"(『히틀러』, 84쪽))에 대한 적절한 반자본주의적 비판이 기묘하게 "광신적인 마르크스주의적 독재자"의 설계로 기획되는 것이다. 여기서 인간 자동 기계들의 재생산은 명백히 포디즘Fordism을 가리킨다. 문화 산업과 생각 없는 반복적 노동으로 인해 사리분별이 힘든 이 '집단화된 아기'의 조작된 인가가 현대전에서 말 그대로 무고한 자들의 대량 학살을 가능하게 하는 것이다. 그들은 "세계 종말의 피비린내 나는 전장에 대해 힘없이 푸념하게 된다." 개인조차 자신의 논리 아래에 굴복시키는 체화된 클리셰가 우리로 하여금 접속할 것을 약속하는 것은 바로 이런 과정이다. 하지만 『히틀러』에서와 마찬가지로, 루이스의 기술적 언어의 폭발적인 유토피아적 잠재성이 오늘날 우리의 자본주의적 디스토피아에 영향을 미칠 수 있게 되기 전에, 후자는 "공산주의적 대도시들의 천년왕국"과 마술적으로 중첩되고 그것에 기인하는 것으로 간주된다.

이것만이 『히틀러』와 『아기의 날』의 유일한 연결 고리는 아니다. 『아기의 날』의 상상된 지옥의 변방은 『히틀러』의 전술적 인종주의에 생각보다 훨씬 더 빚지고 있다. 『아기의 날』의 사회적 구조는 두 개의 축을 따라 배치된다. 우리가 이미 본 것처럼, 명백한 축은 뚜렷한 개인성들과 희미한 개인성들의 대립의 축이다. 천국으로 들어가도록 예정되는 것은 오직 뚜렷한 것들이다. 확실히 이것은 "체계"(138쪽)에 대한 집행관의 설명이다. 이 설명은 유쾌한 자기모순의 유사 철학적 위선을 통해 수 페이지에 걸쳐 이루어지는데, 그것은 분명 가짜이다. 집행관은 최종적으로 단순한 신체적 개별성과 개인적 존재의 필수적 기준을 구분함으로써 자신의 설명을 끝낸다.

> "우리가 저기 천국에서 사유하는 종류의 존재는 오직 개인적인 존재만을 의미할 수 있다. 나는 너도 그것에 동의할 것이라고 확신한다. 왜냐하면 단지 개별적인 존재에 대해서는 그리 애를 쓸 필요가 없기 때문이다. 그렇지 않으냐?" 그가 말을 멈출 때, "안 돼!"라는 열정적인 외침이 터져나온다. (148쪽)

뚜렷한 개인적 존재에 대한 집행관의 기준은 정확히 '개인성'의 신화를 통해 모든 개인성을 체계적으로 박탈당한 청중에 단순히 영합하는 것이다. (이와 유사한 해설은 『피지배의 예술』의 "오늘날의 사람은 개인성을 표현한다."에서 등장한다.(163-168쪽)) 그럼에도 불구하고 앞서 소개되었던 실증적 항목은 단순히 사라지지 않는다. "유사-유아-졸개들"(159쪽)의 생산은 필연적으로 사적인 것의 실증적 항목, 『아기의 날』에서 집행관, 풀먼, 원파시스트 히페리데스 모두가 차지하고자 경쟁하는 실증적 항목을 소집한다.[33] 그렇다면 집행관은 '실제로' 비독립체들을 양산하고 있는 셈이고,

이는 집행관 주체들이 체계적으로 박탈당하는 어떤 다른 상태를 상정하는 것이다. 집행관적 이데올로기는 텍스트의 이데올로기이고, 그것은 전도된다. 과거의 규칙이 무엇이었든지 간에, 집행관의 통제 아래에서 매력적인 도시Magnetic City에 대한 입장을 거부당하는 쪽은 뚜렷한 개인성을 가진 자이다. 그렇다면 집행관 버전의 개인성의 교리는 실제로 텍스트의 이데올로기가 되는 것으로, 텍스트 내로의 '거짓' 전유이다.

하지만 이 이데올로기와 그것의 집행관적 유사 전유 이면에는 또 다른 더욱 복잡한 책략이 작동하고 있다. 그것은 나머지 죽은 자들로부터 '허드레꾼들'을 구분하는 것이다. 우리는 집행관의 이론(풀먼에 의해 앵무새처럼 반복되는 것)에서 매력적인 도시에 들어가는 것은 뚜렷한 개인성을 가진 자이고 희미한 개인성을 가진 자는 허드레꾼이 된다는 것을 이미 알고 있다. "그들은 개인성들의 집단들이다. 그들을 창조한 신은 그들을 파괴할 수 없다. 하지만 그들은 네가 보는 것 그 이상으로 남을 수 있을 만큼 특징적이지 않다. 너는 희미한 생각들을 읽지 못한다."(28쪽) 하지만 우리가 위에서 본 것처럼, 만약 세 번째 도시the Third City에 들어가는 쪽이 정확히 희미한 개인성을 가진 자이고 뚜렷한 개인성을 가진 자는 배제된다면, 허드레꾼에 관한 참된 설명은 무엇인가?

비록 '집단 기계'(24쪽)의 논리가 궁극적으로 『아기의 날』의 모든 대상과 사람에 관련된다고 할지라도, 그것에 의해 분명히 결정되는 존재는 오직 허드레꾼이다. 명백한 중세적 생산양식(허드레꾼은 공장에서 일하는 대신에 농기구를 들고 있다)이 허드레꾼의 근대적 노동자로서의 알레고리적 위상을 해쳐서는 안 된다. 그들의 노동을 위한 도구들은 다음을 확실히 강조한다. "망치가 있고, 낫이 있다."(23쪽) 이 이미지가 암시하는 것처럼, 그들이 재현하는 것은 계급 그 자체가 아니라 계급 갈등이다. "비물질적이고"(23쪽) "바로 서 있는 그림자들"(22쪽)이라고 묘사됨에도 불구하고, 그들은 새터스에게 대단히 물질적인 가래를 가까스로 뱉을 수 있고, "위협적인 특성"(23쪽)을 가질 수 있다. 이 뚜렷한 구분성은 당연히 그들이 결여한다고 상정되는 자질이다. 하지만 이 계급적 공격성 위로 인종적 공격성이 교묘하게 겹쳐진다. 허드레꾼들은 터번을 쓰고(20쪽), 새터스의 빰을 뒤덮은 그들의 가래는 구장나무 잎의 주스로 얼룩져 있으며(25쪽), 그들은 엉터리 영어를 구사하고, 그들의 색은 집행관측 사람들의 핑크색 얼굴과는 대조적으로 "노란색 얼룩"이나 "부식된 녹"(20쪽)의 색이다. 이처럼 계급 영역이 유럽의 영역이 아닌 식민지의 영역이 될 때, 근대적 생산관계에 대한 회피로 보였던 것은 결국 동기부여를 받은 것으로 판명된다.[34] 허드레꾼과 비교하여, 풀먼은 부르주아지나 지식인이 되는 것이 아니라 또 다른 체화된 클리셰의 형식을 통해 노련한 (하지만 자유주의적인) 백인 식민 정부 대표 노장 코스터Old Coaster가 된다.

> "우리는 우리의 입장을 고수해야 한다." 그는 새터스를 보지 않고서 말한다. "무엇을 하든지 간에, 너는 그들을 무서워하는 기색을 보여서는 안 된다. … (중략) … 그들은 상당히 호의적이다."(23쪽)
>
> 열등한 본성들 앞에서 고요하고 능수능란하게 풀먼은 자신의 자유주의적 믿음을 표출한다. "그들은 그들에게 너무 가혹하다."(22쪽)

다시, 냉전 이후 우리 자신이 주변부에서 일어나는 시민적 분쟁에 대해 무관심해져 버린 것과 너무나 유사한 상황에서 풀먼은 자신이 볼 때 구분조차 되지 않는 허드레꾼 집단들 간의 "벌레들의 분규와 같은" 전투를 관찰한다. "허드레꾼들은 종종 싸운다. 그는 한숨짓는다. 그 싸

움이 그들의 유일한 재창조물들 중에 하나라는 것은 의심의 여지가 없다."(57쪽)

이처럼 『히틀러』의 논리를 재생산하면서, 인종으로의 대체를 통해 사회적 계급을 회피하는 것이 또한 식민적 인종주의 논리의 일부라는 것은 분명히 해야 한다. 레닌이 명료히 하는 것처럼, 식민주의는 노동분업을 지리적이고 인종적으로 다시 지도 그려서, 세계경제의 관점에서 볼 때, "영국의 노동계급은 부르주아지가 되고", 혹은 적어도 영국의 노동계급의 이해관계는 식민지의 노동자들보다는 영국의 부르주아지와 더욱 일치한다고 말할 수 있다.[35] 하지만 계급 갈등의 지리적·인종적 대체는 식민주의 그 자체에 전혀 낯선 것이 아니다. 세실 로즈Cecil Rhodes는 한 기자에게 다음과 같이 말한다.

> 나는 어제 런던의 이스트엔드East End에 있었고, 실직자들의 모임에 참석했다. 나는 단지 "빵" "빵" "빵"을 외칠 뿐인 거친 연설들을 들었다. 그리고 집으로 돌아오는 길에 그 장면에 대해 생각했고, 제국주의의 중요성에 대해 다시 한번 확신했다. … (중략) … 나의 오랜 생각은 사회문제를 해결할 방안, 즉 영국의 4,000만 주민을 유혈이 낭자한 내전으로부터 구제하기 위해, 우리 식민지 정치가들은 새로운 땅을 확보하여 과잉 인구를 이주 정착시키고, 그들이 공장과 탄광에서 생산하는 상품들을 위한 새로운 시장을 개척해야 한다는 것이다. 내가 항상 말해온 것처럼, 제국이 곧 생계 문제의 해결이다. 내전을 피하고 싶다면, 제국주의자가 되어야 한다.[36]

루이스의 전술적 인종주의와 마찬가지로, 이 구절은 추가적 설명을 요구하지 않을 정도로 충분히 냉소적이다. 여기에 '문명화의 임무' 따위

는 존재하지 않는다.[37]

이런 대체 전략의 한 가지 형태는 풀란차스의 '현상 유지적 반자본주의'의 논리적인 정치적 결과물이다. (『인간 시대』는 풀란차스의 원파시즘의 이데올로기를 특징짓는 세 가지 요소들 가운데 두 가지 역시 부정되지만 여전히 작동하는 뚜렷한 개인성 이데올로기의 엘리트주의와 지식인 풀먼의 국가 숭배를 통해 풍부하게 보여준다. 하지만 앞서 본 것처럼, 체화된 클리셰의 논리는 풀먼으로 하여금 항상 '잘못된' 편을 지지하고 최종적으로 사탄을 위해 문안을 작성하는 최악의 정치적 결정들을 내리도록 '확실히 운명 지우는' 지식인의 자세로 몰아넣음으로써 그의 원파시즘적 내용을 약화시킨다.) 하지만 계급의 문제(루이스에게 두려움의 범주가 되는 만큼이나 결국 중심적인 것이 되는 문제)는 대체되는 만큼이나 항상 또 다른 형식으로 재출현한다. (예컨대, 두 번째 책 『즐거운 괴물』에서 사회적 계급은 다소간 신비하게 인종이 아니라 젠더로 대체된다. 여성은 세 번째 도시의 도심지 슬럼가나 '예너리Yenery'에 거주한다.) 궁극적으로 사후적 삶의 다양한 국가적 형식에 저항하는 혁명으로 끊임없이 인도하는 것은 사회적 모순을 마법적 수단들(심지어 서사적 봉쇄라는 전통적인 마법)을 통해 해소하는 것에 대한 루이스의 신중한 거부이다. 『아기의 날』에서 그런 상상적 해소가 취하는 유일한 형식은 '대체하기'이다.

루이스의 서사적 '대체하기'와 마찬가지로 제국주의와 같은 정치적 '대체하기' 역시 계급 갈등을 영구적으로 제거할 수 없다. 그것은 오직 계급 갈등을 확장주의의 기획, 즉 두 차례의 세계대전이 잘 보여주는 것처럼, 명백하게 또 다른 종류의 갈등으로 치닫기 전에는 결코 무한하게 지속될 수 없는 과정을 통해 일시적으로 모면할 수 있을 뿐이다. 고전적 제국주의를 따르는 서사적 논리를 가지는 『아기의 날』은 자신이 해소하고자 착수하는 모순들을 해소하지 못한다. 이 모순들은 항상 다른 형식으로 되돌아온다. 이런 의미에서, 『인간 시대』의 끊임없이 되돌아오는 혁명은 또 하나의 세계대전을 예측하는 것이 아니라, 식민지 지배로 전환되었던 계급 갈등의 '억압된 것의 귀환'을 표시하는 1960년대 반식민주의 혁명들을 예측한다. 이 계급 갈등, 즉 루이스의 수사학의 거울 이미지가 되는, 논리를 갖춘 수사학을 통해 잔혹하고 반동적인 형식으로 왜곡되는 이 갈등이, 오늘날 반미국적 테러의 형식으로 되돌아오고 있다는 것은 굳이 더 설명할 필요가 없을 것이다.

『아기의 날』의 이중성, 즉 그것의 언어 속에 구체화된 유토피아적 가능성들과 그것의 반동적 내용 사이의 대립은 그 자체로 이중적이다. 총체성을 재현하고자 하는 욕망(제임슨이 포스트모더니즘적 '총체성 전쟁'에 대한 자신의 논의에서 지적한 것처럼, 불가능한 기획이지만 인간 운명을 제어할 수 있는 작은 희망이라도 있다면 고수할 가치가 있는 기획)은 그 자체로 유토피아적 갈망의 표현이다.[38] 『아기의 날』은 체화된 클리셰의 숭고한 대상을 통해 총체성에 도달한다. 그것을 반기는 '핏발 선 조소'는 우리가 알고 있는 사회적 삶의 취약성과 부조리성을 폭로한다. 하지만 루이스의 모더니즘적 숭고의 양식이 우리의 통상적 비판에 종속된다는 것은 확실하다. 사회적 춤의 취약성을 폭로하는 것은 매혹적인 일이지만, 내용에 관한 한 공허하다. 그 내용은 루이스 자신의 원파시즘적 견해들로 쉽사리 채워진다. 사회적 삶의 진리(전 지구적 경제체제에서의 구조적 계급 관계)가 그 자체적으로 사유되지 않고 오직 신비화된 형식으로 다루어지는 한, 결과는 유토피아와 정반대되는 것이다. 하지만 루이스와 더불어, 우리의 통상적 전도를 다시 한번 전도시키는 것이 가능해진다. 루이스의 신비화된 계급의식은 오직 그의 실제 계급 상황에 기반하여 존재한다. 이 실제 상황은 자신의 진리(그것이 억압하고자 하는 것과 동일한 진리)를 놀랍도록 비매개화된 방식으로 말하는 것을 멈추려고 하지 않는다. 루이스의 계급적 피해망상은 정확히 반동적이다. 그것은 아래로부터 지각되는 위협, 즉 노동계급(그리고 식민지)의 계급적 동일시와 '원한'을 기반으로 존재한다. 『아기의 날』의 진정한 내용은 루이스의 '개인들의 계급'과의 자기 동일시가 아니라 그것을 유발하는 허드레꾼들의 공격성이다. 루이스 소설들의 이데올로기적 내용은—그의 유토피아적 형식보다 더욱 구체적인 방식으로—유토피아적인 내용이기도 하다.

주

1) Adorno, *Aesthetic Theory*, 41.

2) Wyndham Lewis, *The Childermass*(1928; London: John Calder, 1965).

3) Paul Edwards, *Wyndham Lewis: Painter and Writer*(New Haven: Yale University Press, 2000), 324; Wyndham Lewis, *Time and Western Man*(New York: Harcourt Brace, 1928).

4) 보수적 칼럼니스트 데이비드 브룩스(David Brooks)는 "부르주아 보헤미아인"이라는 용어를 부활시키는데, 그는 자신이 이 용어를 발명했다고 생각하는 것 같다. 그는 이들을 "보보스(bobos)"라고 명명한다.

5) Wyndham Lewis, *Men Without Art*(London: Cassell, 1934).

6) Time and Western Man, "The Revolutionary Simpleton," 35-38, 69-75를 보라.

7) Wyndham Lewis, *The Art of Being Ruled*(London: Chatto and Windus, 1926).

8) Wyndham Lewis, *Rude Assignment: A Narrative of My Career Up-to-Date*(London: Hutchison, 1950).

9) Louis Althusser, *Lenin and Philosophy and Other Essays*, trans. Ben Brewster(New York: Monthly Review Press, 1971), 153.

10) 실제로 니코스 풀란차스가 지적하는 것처럼, 파시스트 이데올로기 그 자체(루이스의 여론 관련 글 중에 일부가 해당되는 것)는 "모순적 요소들의 혼합물"(253)이 됨으로써 체계적 비판에 잘 걸려들지 않는다.(*Fascism and Dictatorship: The Third International and the*

Problem of Fascism, trans. Judith White, London: New Left Books, 1974)

11) Wyndham Lewis, *Hitler*(London: Chatto and Windus, 1931).

12) Wyndham Lewis, *The Hitler Cult*(London: J. M. Dent, 1939).

13) Althusser, *Lenin and Philosophy and Other Essays*.

14) 이는 이런 와해가 일단 기능하기만 하면 인종주의의 전체 진리를 재현하게 된다고 말하는 것은 아니다. 왜냐하면 인종이 순수 현상이라는 것은 현상으로서의 인종이 실제 물질적 결과를 가지지 않는다는 것을 의미하지 않기 때문이다.

15) Paul O'Keefe, *Some Sort of Genius: A Life of Wyndham Lewis*(London: Jonathan Cape, 2000), 259에서 인용.

16) 본 장에서 "엘리트주의"는 특권을 장점의 견지에서 합리화하지만, 그 "장점"의 사회적 결정 요인에 대해서는 고려하지 않는 현실적 엘리트주의를 가리킨다. 그것은 단순히 반지성주의적 구호로 기능하는 "엘리트주의"가 아니다. 거의 두말할 필요 없이, 루이스는 자기 자신을 반엘리트주의자로 간주했는데, 이 주장이 전개되는 것은 "후진적인 대중들은 지성을 몰락시키고 억압한다."라고 말한 지 고작 두 페이지 뒤이다(*The Art of Being Ruled*, 184).

17) Poulantzas, *Fascism and Dictatorship*, 241.

18) 로버트 C. 엘리엇(Robert C. Elliott)은 『풍자의 힘: 마술, 의식, 예술(*The Power of Satire: Magic, Ritual, Art*)』(Princeton: Princeton University Press, 1960)의 루이스에 관한 장 '풍자되는 풍자가(The Satirist Satirized)'(223-237)에서 이 요소에 대한 설득력이 있는 논의를 펼친다. 루이스의 풍자의 재귀성에 대한 그의 생각은 풍자에 의해 요구되는 아르키메데스적 준거점이 사회적 세상 외부의 유토피아적 공간을 상정하지만("풍자는 오직 다른 어떤 것과의 대립을 통해서만 존재할 수 있다. 그것은 어떤 완벽한 것의 그늘, 추한 그늘이다."(*Men Without Art*, 109)) 그럼에도 그것은 자신의 행위와 개입의 양식을 통해 사회세계를 부식시킨다는 것을 지적한다는 점에서 현재 우리 작업의 주장에 부합된다. 실제로 이것은 프레드릭 제임슨의 『공격의 우화들(*Fables of Aggression*)』의 요점이다.

19) Wyndham Lewis, *The Human Age* (London: Methuen, 1955). 두 번째 책 『즐거운 괴물』과 세 번째 책 『해로운 축제』는 여기 『인간 시대』에 수록되었고, 네 번째 책 『인간의 심판』은 저술되지 않았다.

20) Jameson, *Fables of Aggression*을 보라.

21) Hugh Kenner, *Wyndham Lewis*(Norfolk, CT: New Directions, 1954), 35.

22) Wyndham Lewis, "Inferior Religions," in *The Wild Body: A Soldier of Humour and Other Stories*(London: Chatto and Windus, 1927).

23) Edwards, *Wyndham Lewis*, 322.

24) 괴테의 구분에 대한 루이스의 해설은 *The Art of Being Ruled*, 135를 보라.

25) *Rude Assignment*, 155-156에서 인용.

26) "Quid autem video praeter pileos & vestes, sub quibus latere possent automata? Sedjudico homines esse." Descartes, Second Meditation, *Meditationes de Prima Philosophia*.

27) Wyndham Lewis, *Tarr*(London: Chatto and Windus, 1928).

28) Wyndham Lewis, *The Revenge for Love*(London: Cassell, 1937).

29) "강력한 개성"의 공식 내용과 그것의 해산을 향한 형식적 충동 사이의 대립에 대한 추가적 확증은 『아기의 날』의 실제 개인들이 그들을 흡수하는 집단의 형식들보다 훨씬 덜 흥미롭다는 사실에서 비롯된다. 따라서 『아기의 날』의 상당한 묘사적 에너지들은 집행관의 법정에서의 집단적 장면에 집중되어 있다. 상당 부분은 집행관의 법정의 집단적 장면에 집중된다. 집행관과 그의 "아이들"과 관련해서 상기에 인용된 긴 문장과 비교해볼 때, 지식인 풀먼을 묘사하는 데 사용되는 언어는 상대적으로 따분하고 고로 "진저리 나는 관중들"이 제시되는 반면에 풀먼은 배경 속으로 사라진다.

30) 비록 이 지옥의 변방이 세상을 "그냥 있는 그대로" 재현한다고 할지라도, 만약 『시간과 서양인』에서 특징지어지는 베르그송과 화이트헤드가 세상의 물리적·심리적 법칙들에 대한 작가들이 된다고 한다면, 우리는 주류 모더니즘을 논박하고자 하는 루이스의 돈키호테적인 일생의 기획이 말 그대로 이상주의적인 것임을 기억해야 한다. 베르그송이나 조이스를 논박하고자 하는 욕망은 오늘날 매우 기이하게 보인다. 왜냐하면 우리는 문화적 현상을 사회적 과정의 단순한 증상은 아니라고 할지라도 더욱 거대한 사회적 변증법의 요소로서 인식할 수 있기 때문이다. 하지만 루이스의 견해가 명백히 입증하는 것처럼, 그러한 논박을 향한 그의 욕망과 그러

한 논박이 애당초 귀결되는 관념은 문화적 현상이 너무 직접적 결정 요인이 되어 마지막 순간에 주류 모더니즘적 가정이 진리가 되는 세상과 실제 세상이 『아기의 날』에서처럼 쉽게 구분되기 어렵다는 것을 가정한다.

31) Daniel Schenker, *Wyndham Lewis: Religion and Modernism*(Tuscaloosa: University of Alabama Press, 1992), 126을 보라.

32) Walter Michel, *Wyndham Lewis: Paintings and Drawings*(Berkeley: University of California Press, 1971), plates 33–37을 보라.

33) 항상 애매한 인물인 히페리데스(Hyperides)[그의 이름이 '본격 패러디(high parodies)'와 음이 같다]는 심지어 그 자신이 유사 지식인 선동가의 희화화가 되는 순간에도 『시간과 서양인』의 패러디 작가 루이스의 시대정신에 대한 비판을 생산한다. 차후 『즐거운 괴물』에서 명백히 파시스트가 된 히페리데스는 분명하게 거부되고, 그 대신에 "(그의) 시대의 가장 위대한 작가"(*Monstre Gai*, 136)가 된 것으로 판명되는 풀먼이 다소 덜 아이러니하게 위대한 지식인의 역할을 차지한다. 비록 물푸레나무 지팡이를 든 풀먼은 본래 조이스를 본떠서 만들어졌다고 할지라도, 3부작의 끝에 이르러 그가 루이스 자신을 훨씬 더 닮았다는 것은 의문의 여지가 없다. 풀먼이 선동적 독재자의 인물을 논의하면서 무시하듯이 "나는 거지가 좋아."라고 말하는 것(3년 후 히틀러를 향한 루이스 자신의 태도)은 우연이지만 강력한 재귀적 아이러니이다.

34) "허드레꾼(peon)"이라는 단어 그 자체가 이를 입증한다. 허드레꾼은 군대와 체스의 "보병"과 "졸(pawn)"을 의미하는 포르투갈어 "보병/졸(peão)"에서 유래한다. 이 단어는 포르투갈의 위대한 제국 시대의 언어적 잔재와 영국 제국주의의 만남을 통해 영어로 보급된다. 이 단어가 처음으로 "육체 노동자," "이민 노동자," 그리고 영어의 "원주민"과 같은 의미를 가지게 된 것은 포르투갈의 식민지에서였다. "허드레꾼"이라는 영어 단어의 최초 사용은 17세기 동인도의 잡역부와 수행원들을 가리키는 것이었다.

35) V. I. Lenin, *Imperialism: The Highest Stage of Capitalism*(New York: International Publishers, 1939), 107.

36) Lenin, *Imperialism*, 79에서 인용.

37) 이 구절은 또한 우리에게 "다중의 욕망"은 그 자체로 반드시 진보적인 것은 아님

을 상기시킨다.

38) Fredric Jameson, "Marxism and Postmodernism," in *The Cultural Turn*, 37.

7장

응구기 와 시옹오와 페페텔라
— 혁명과 긴축

만약 심지어 가장 명백히 반동적인 예술조차도 그 속에 유토피아적 계기가 포함되어 있는 것이 사실이라면, 우리는 곧장 의도적으로 유토피아적인 문학작품이 그 가장 내적인 경향성에서 우리가 루이스의 소설에서 보았던 재봉쇄recontainment의 논리로부터 자유롭다고 받아들일 수 없다. 사실 포스트식민 문학을 대할 때 이런 불가지론적 태도를 피하기란 쉽지 않다. 제3세계의 최근 역사는 반식민주의 문화의 유토피아적 중요성이 퇴색되는 과정을 잔인한 아이러니를 통해 보여주고 있다. 이 식민 이후의 순간의 이중성은 이 책에서 다루어지는 가장 중요한 문제 가운데 하나이다. 물론 그것은 문학 그 자체에서 다루어지는 문제이기도 하다. 아프리카 독립운동의 시대를 오늘날 우리는 어떻게 재현할 수 있는가? 명목상의 정치적 독립 아래에 자행되는 심각한 경제적 의존과 제1세계 중심의 다국적 자본의 요구에 대한 참담한 굴복이 숨어 있고, 주류 경제학자들이 아프리카를 아예 배제한 체로 세계체제의 장밋빛 미래를 전망하는 전반적으로 불순하고 실망스러운 신식민주의적 상황에서, 오늘날 상당수의 근대 아프리카 문학의 재현적 소재가 되는 이런 상황에 대한 냉소와 낙심에 편승하지 않는 방식으로 근대 아프리카의 역사를 사유할 수 있는 방법은 있는가? 우리가 지금까지 봐온 아프리카 작품들과는 달리, 응구기 와 시옹오와 케냐의 카미리투 극단의 공동 창작물, 그리고 앙골라 작가 페페텔라의 소설이 저술된 시기는 아프리카 독립운동이 본격화되고 난 이후이다. 이 작품들은 아프리카 독립 시기와 이 시기의 역사적 의미의 딜레마를 중심 주제로 삼는다. 응구기 와 시옹오와 카미리투 극단의 희곡은 1976년과 1982년에 나왔고, 페페텔라의 『유토피언 제너레이션*A Geração da Utopia*』은 1993년에 나왔다. 각각은 포스트식민적 현재의 관점에서 미적인 동시에 정치적인 이 딜레마를 벗어날 수 있는 방법을 찾고자 시도했다. 전자는 1952년부터 1956년까지 지속된 케냐의 '마우마우Mau Mau' 봉기를 주요 내용으로 하고, 후자는 앙골라 혁명(혁명적인 앙골라 민중해방운동Popular Movement for the Liberation of Angola(MPLA)은 1956년에 창설되었고 1975년이 되어서야 비로소 정부를 형성하게 된다)의 장구한 역사를 주요 내용으로 한다. 각각의 작품은 반식민주의 운동의 가능성과 실패를 재현하는 것과 관계가 있을 뿐만 아니라, 그 가능성과 실패의 측면에서 새로운 형식의 자본 지배를 감당할 수 있는 민중 정치의 주체를 상상하는 것과 밀접한 관련이 있다. 이것은 급부상하는 민중의 요구를 저지하기 위해 '개인들의 계급'을 추구하는 루이스의 정치학의 거울상이자 부정적 조건이다. 응구기 와 시옹오의 경우, 이 기획은 추상적인 "다중의 욕망'과 실제 역사적 가능성 사이의 구체적 매개로서의 농민 계급의식에 전적으로 달려 있다.

에세이 「국가와의 예술 전쟁Art War with the State」에서 응구기 와 시옹오는 브레히트의 「체제의 불안The Anxieties of the Regime」과 일종의 대화를 시도한다.[1]

> 체제가 엄청난 권력을 소유한 상황에서
>
> … 중략 …
>
> 한 단순한 사람의 공개적인 발언을
>
> 두려워할 필요가 없다고 생각할지 모른다.[2]

검열은 물론이고 감옥살이를 했으며 최종적으로 독재자 다니엘 아랍 모이 정부에 의해 1982년 추방된 응구기는 예술의 '체제 전복적' 힘에 대한 새로운 질문, 가장 명백히 '위반적인' 아방가르드 미학조차 대상을 향한 관조적 태도로 동화시킬 준비가 되어 있는 유럽과 미국의 지적 상황, 그리고 체제 반대와 전복을 순식간에 "대안"과 "충격적 가치"로 만들어버리는 상업적 상황 등의 맥락에서 잘해야 방종적인 것이 되고 최악의 경우에는 이데올로기적 신비화가 되는 것처럼 보이는 질문을 제기할 충분한 자격을 가진다.[3] 하지만 케냐 정부에 의해 수차례 정지되고 최종적으로 국가 경찰에 의해 완전히 금지되는 응구기의 연극은 우리로 하여금 예술이 은유적 의미 이상으로 국가와 전쟁을 벌일 수 있다는 가능성을 심각하게 고려하도록 만든다. 체제 불안의 진정한 기원은 무엇인가? 그것은 단지 피해망상인가? 혹은 응구기의 연극은 신식민지적 국가 케냐에게 현실적인 위협이 되는가?

케냐의 연극 제도를 변혁하고자 하는 응구기 와 시옹오의 노력은 농민, 노동자, 프티-부르주아지, 지식인 등으로 이루어진 마을 기반의 카미리투 극단이 세워지는 1976년에 시작되었는데, 응구기와 이 극단은 독립 후 2002년까지 케냐를 통치한 케냐아프리카민족연맹Kenya African National Union, KANU 정부에 의해 상연 중단되기 전까지 두 편의 극(〈내가 원할 때 결혼할 거야Ngaahika Ndeenda〉와 〈어머니, 나를 위해 노래를 해주세요Maitu Njugira〉)을 무대에 올렸다. 하지만 응구기가 카미리투 기획을 시작하기 직전 1974년 미세레 기다에 무고Micere Githae Mugo와 공동으로 출간한 작품 〈데단 키마티의 심판The Trial of Dedan Kimathi〉으로 시작하는 것이 도움이 될 것이다.[4] 이 작품의 주요 관심사는 카미리투 연극과 동일하다. 그것은 1952년부터 1956년까지 지속된 마우마우 봉기가 케냐의 독립에서 가졌던 역할이 여전히 논쟁의 대상이 되는 시기에, 그 봉기를 서사화하고 그 의미를 재사유하고자 시도했다.[5] 그것은 카미리투 연극과 우리가 장차 보게 될 페페텔라의 소설이 담아내는 문제의식의 초기 형태를 보여준다.

〈데단 키마티의 심판〉은 마우마우 봉기의 수장 데단 키마티를 규탄하는 법정에서 시작된다. (1956년 그의 체포와 사형은 이미 쇠퇴하기 시작한 마우마우 저항 운동의 종말을 고한다.)[6] 하지만 법정의 심판은 그 연극의 실제 심판이 되는 것, 즉 법정 심판 이전 감방에 격리된 키마티가 순교하기 전까지 겪게 되는 네 가지 유혹으로 틀을 구성한다. 키마티를 첫 번째로 방문하는 인물은 그를 체포한 후 그에게 숲속의 동료들을 배신하고 목숨을 부지하라고 유혹하는 핸더슨이다. 두 번째 방문자는 진정한 승리를 식민주의의 전리품들과 교환하자고 유혹하는 (영국, 인도, 아프리카의) 은행가 3인조이다. 세 번째 방문은 부르주아지, 정치인 계급, 교회(그리고 아마도 지식인 계급)의 공허한 민족화와 아프리카화를 대변하는 또 다른 3인조, 즉 아프리카의 기업체 간부, 정치가, 성직자들이다. 네 번째 유혹은 핸더슨의 고문으로 잔혹한 폭력에 굴복하는 것이다. 키마티는 이 모든 유혹을 물리치고 사형을 선고받는다.

그런데 이 서사에 한 소년과 소녀의 이야기가 삽입된다. 이들은 한 여행객이 던진 동전 몇 닢을 차지하려고 죽도록 싸우는 장면에서 등장한다. 이 소년과 소녀의 이야기는 식민주의의 또 다른 측면을 재현한다. 단순히 여자Woman라고 이름 붙여진 네 번째 주요 등장인물인 마우마우 봉기의 동조자는 다음과 같이 말한다.

> 똑같은 고리타분한 이야기. 우리 민족은 … (중략) … 서로 분열되는데 … (중략) … 이는 모두 착취하는 외국인들이 그들에게 던진 빵 조각들 때문이다. 우리의 음식임에도 불구하고 남은 것만 우리에게 던져진다. 우리의 땅에서 나는 것은 모두 우리의 것이어야 한다. (18쪽)

이 계속되는 알레고리적 이야기에서, 여자는 궁극적으로 소년과 소녀를 단합시키고 그들에게 몰래 총기를 법정에 들여오도록 부탁함으로써 키마티의 탈출을 돕는 공동의 노력을 펼치도록 만든다. 이 이야기의 교훈은 친숙하고 분명하다. 식민 권력의 먹다 남은 음식을 차지하려는 경쟁 때문에 야기되는 '부족주의'와 여타 분열들은 오직 공동의 적에 대한 무장 투쟁, 즉 새로운 혁명적·민족적 의식을 구축하는 투쟁을 통해서만 극복될 수 있다는 것이다. 하지만 키마티의 사형이 선고되는 이 연극의 절정부는 더욱 모호하다. 함께 총을 쥐고 서 있던 소년과 소녀가 "사형은 안 돼!"라고 외치며 총을 발사하는 순간, 극장은 암전이 되고 그 발포의 의미는 불분명해진다. 하지만 잠시 후 "무대는 소년과 소녀가 한가운데 위치하면서 노동자와 농민들의 웅대한 군중으로 가득 채워지고 우레 같은 자유의 노래가 울려 퍼진다." (영어 텍스트에서 다음의 노래는 스와힐리어로 되어 있다.)

민중의 노래와 춤

독주자 : 후－우, 후－우 위대하고 고요한 강!

단체 : 후－우, 후－우 위대하고 고요한 강!

독주자 : 서쪽에서 동쪽으로

단체 : 위대하고 고요한 강

독주자 : 북쪽에서 남쪽으로

단체 : 위대하고 고요한 강

독주자 : 후－이, 후－이 적은 진정 어리석다

단체 : 후－이, 후－이 적은 진정 어리석다

독주자 : 그는 우리의 첫째 아이를 죽였다

단체 : 그를 승리자로 만들었다

독주자 : 많은 아이들이 태어났다

단체 : 우리는 새로운 탄생을 축복한다.

독주자 : 마지막 아이가 전투 방망이를 높게 든다.

단체 : 우리는 새로운 적을 매복한 채로 기다린다.

독주자 : 후－예, 후－예 이 세상의 노동자들

단체 : 후－예, 후－예 이 세상의 노동자들

독주자 : 그리고 모든 농민들

단체 : 모두 두 팔을 붙잡자

독주자 : 강자의 약점을 공격하자

단체 : 우리는 두 번 다시 노예가 되지 않겠다

독주자 : 후 – 예, 후 – 예 우리의 단결이 우리의 힘이다

단체 : 후 – 예, 후 – 예 우리의 단결이 우리의 힘이다

독주자 : 우리는 끝까지 투쟁할 것이다

단체 : 우리는 굳건하다, 우리는 승리한다

독주자 : 괭이와 칼을 높이 들어라

단체 : 우리는 우리 자신을 회복하고 새롭게 시작한다.[7]

이 노래가 실질적으로 시작되는 초반 세 줄의 가사는 하나의 변증법적 전환을 축하한다.

후 – 이, 후 – 이 적은 진정 어리석다

그는 우리의 첫째 아이를 죽였다

그를 승리자로 만들었다

적은 어리석다. 왜냐하면 키마티의 처형은 그를 순교자로 만들었기 때문이다. 즉, 그의 죽음을 통해 진압하고자 한 바로 그 저항 운동을 오히려 활성화할 수 있는 상징으로 만들었다. 키마티의 처형은 패배인 동시에 승리이다. 하지만 연극의 사건을 종결짓는 발포처럼, 이 순교는 그 자체로 모호하다. 여기서 찬양되는 것은 정확히 무엇인가? 키마티의 죽음 같은 부정적인 방식이 결정적인 요소로 작용하는 혁명이란 과연 무엇인가? 키마티의 순교를 기념하는 이 시는 그의 순교가 궁극적으로 실질적인 독립을 가져왔다고 주장하는 것인가?[8] 혹은 후반부 가사에 간단히 등장하는 어떤 '새로운 적'에 대항하는 미래의 승리를 가리키는 것

인가?

이 가사의 시간성은 의도적으로 모호하다. (사실, 노래 전체가 시간적으로 모호하고 가정법으로 귀착되는 경향을 보인다.) '아카우아Akaua'는 여기서 "그는 죽였다he killed"로 번역된다. 하지만 삽입사 '카ka'는 반드시 과거를 표시한다기보다는 서사적 연쇄를 표시한다. 일반적으로 '카' 시제로 된 동사들은 보다 뚜렷한 시간성을 가지는 단어에 의해 선행되지만(가령, 서사는 과거 시제로 시작할 것이다), 여기서 이 일반성은 묵살된다. 그다음 줄의 가사 역시 시간적으로 불분명한데, 영어로는 진행형으로 번역될 수 있는 (방금 언급했듯이, 뚜렷한 시간성을 가지지 않는) 앞선 어구의 시제에 전적으로 의존하는 삽입사 '키ki'가 사용되기 때문이다. 연극의 맥락에서 이 가사는 키마티를 가리킨다. 하지만 이 연극이 처음 출판되고 상연된 것은 케냐의 청중이라면 누구든지 마음속에 떠올리게 될 또 하나의 정치적 순교가 이루어진 해인 1976년이다.[9] 1975년 3월, 추정컨대 정부 군대에 의한 (마우마우 봉기 시대의 영웅인) 정치가 J. M. 카리우키Kariuki의 잔인한 암살이다.[10] 이 암살은 폭동을 유발했고 "케냐타Kenyatta 체제가 일찍이 경험한 적이 없는 가장 큰 정치적 위기"를 초래했다.[11]

이 모호한 순교 다음 네 번째 줄에 나오는 '새로운 적'은 확실히 이 연극을 마우마우 봉기 패배의 막을 내리고 대신에 동시대 역사로의 문을 개방하게 한다고 말할 수 있는데, 그렇다고 이 독특하고 사변적인 해석을 승인할 필요는 없다. 하지만 이 부분에도 교활함이 숨어 있다. 그것은 몇 줄 뒤 등장하는 단결unity, 즉 '우모자umoja'(말 그대로 하나임oneness을 의미함)의 진부한 단어에 의존한다. '새로운 적'을 '우리의 단결'을 통해 물리치는 것을 예찬하는 가사를 대충 읽거나 듣는 것은 케냐의 정치 담론에 나오는 반복적 후렴구를 순종적으로 되풀이하는 결과를 낳을 수 있다. '단결'은 반체제적 저항에 대한 억압을 정당화하는 방편 혹은 다소 비이데올로기적인 맥락에서 (식민 시대 이후 종종 억압을 정당화하는 방식이 되어온) '부족주의'의 종언에 대한 요청으로 사용된다. 물론 여기서 '단결'은 사실 소년과 소녀에 의해 형상화되는 혁명적 노동계급의식에 대한 요청을 명명한다. 하지만 "우리의 단결이 우리의 힘이다."라는 가사는 응구기의 펜에서 만큼이나 케냐아프리카민족연맹 정치가의 입에서 나오는 것처럼 들린다. "우리는 우리 자신을 회복하고 새롭게 시작한다."라는 가사도 이와 유사하다. 적당히 읽어보면 이것은 케냐타 시대의 '하람비Harambee' 수사학, 즉 "함께 뭉치자."라는 반부족주의적인 민족적 슬로건에 완벽히 들어맞는 것처럼 들린다.

물론 "후-예, 후-예 이 세상의 노동자들 / 그리고 모든 농민들 / 모두 두 팔을 붙잡자"라는 가사는 매우 다른 수사학인 「공산당 선언」의 마지막 명문을 상기시킨다. 하지만 "이 세상의 노동자들wafanya kazi wa ulimwengu"은 영어로 표현된 동일한 어구가 가지는 것만큼 긴급성을 띠지 않고, "모두 두 팔을 붙잡자Tushikaneni mikono sote"는 "단결하라!Unite"만큼 위협적이지 않다. 몇 줄 아래의 '마젬베Majembe'와 '마팡가mapanga'는 소작농의 상징이 되는 말 그대로 '괭이'와 '칼'이다. 하지만 농민의 생산수단이 되는 것과는 별개로, 손잡이가 긴 곡괭이처럼 보이는 케냐의 '괭이'와 '칼'은 위협적인 무기가 된다. 괭이를 높이 든 농민은 가정적인 이미지와 투쟁적인 이미지 사이를 쉽게 오간다.

액면 그대로 볼 때, 이 노래는 민족의 단결, 식민 권력의 패배로서의 독립, 괭이와 칼의 '시골'적 가치에 호소한다. 하지만 더욱 자세히 보면, 그것은 동시대 노동계급의식, 민족 부르주아지의 패퇴, 투쟁적 소작농에 대한 호소를 형성한다. 바로 이 순간 연극의 마지막 장면은 별안간 완전히 상이한 의미를 가지게 된다. 혹은 그것은 기존의 의미를 보유하는 한편 새로운 알레고리적 차원을 획득한다. 소년과 소녀가 동전 몇 닢을 두고 싸우는 장면은 여전히 식민주의에 대한 알레고리이지만 동시에 '부족 복지 협회tribal welfare associations'가 준국가적·다국가적 투자 사업의 몫을 두고 싸우는 신식민지적 상황에 적용된다. 키마티에 닥치는 네 가지 유혹은 장차 극복되어야 하는 역사적 순간으로 변한다. 그것들은 제1세계 투자자들에 빌붙기 위해 민족의 민주적인 이상을 배반하는 것, 과거 식민 체제의 전리품을 얻기 위해 쟁탈전을 벌이는 것, 진정으로 평등주의적인 의식을 프티-부르주아적인 아프리카 민족주의로 대체하는 것, 반체제적 저항을 잔혹한 보복으로 억누르는 것이다. 이런 위장된 방식이 아니고서는 결코 펼쳐질 수 없는 대담한 주장은 키마티가 가지 않은 길이 곧 케냐타가 간 길이라는 것이다. 최종적으로 키마티는 독립을 위한 순교자가 아니라 도래할 농민 혁명을 위한 순교자이다.

우리가 장차 살펴볼 보다 급진적인 실험극들과 마찬가지로, 〈데단 키마티의 심판〉은 마지막 부분에서 미래의 유토피아적 해방을 요청한다. "우리는 우리 자신을 회복하고 새롭게 시작한다Tujikomboe tujenge upya." 스와힐리어 동사 '쿠콤보아kukomboa'는 '회복하다redeem'의 의미를 가지는 한편 말 그대로 '비우다hollow out'의 의미를 가짐으로써 그 속에 풍부함과 빈곤함의 이미지를 함께 포함하는 변증법적 단어이다. 여기서 '우피야upya'는 무난하게 '새롭게anew'로 번역되지만, 사실 통상 형용사로 쓰이는 접사 '-피야-pya'의 명사적 형식이다. 보통 그것은 '새로움novelty'과 같은 어떤 것을 의미하지만, 이 역시도 문맥상 너무 평범하다. 아마도 이 마지막 부분은 다음과 같이 번역하는 것이 더욱 정확할 것이다. "우리는 우리가 새로운 것을 건설하는 고난을 통해 우리 자신을 회복한다." 그렇다면 〈데단 키마티의 심판〉은 마지막 순간에 혁명적 과거를 찬양하는 것이 아니라 (비록 그것이 또한 그렇다고 할지라도) 혁명적 미래를 요청한다.

하지만 이 '미래'는 이미 도래하고 지나가지 않았던가? 이 연극의 알레고리적인 이중의 의미는 식민적 규칙에서 포스트식민적 규칙으로의 이행, 즉 돌이켜보면 케냐 다중의 뚜렷한 승리로 간주될 수 없는 이행을 생략하는 것이다. 마우마우 봉기의 결과와 어떤 미래의 봉기(오로지 모이의 권력을 강화하는 역할을 했던 1981년과 1982년의 실패한 쿠데타 시도들) 간의 차이는 무엇인가? 이것들은 현실적인 질문들이고, 대답하기가 쉽지 않다. 요점은 이 특정한 알레고리적 형식이 이 모든 사안을 완전히 회피한다는 것이다. 포스트식민 역사가 식민 시대에 관한 서사가 될 때 생략되는 것은 마우마우 봉기가 실패로 끝나고 영국 정부가 이미 존재하는 경제 구조를 유지하며 이주 정착민에게 좋은 조건으로 권력을 이양하는 협상을 하는 1956년부터 1963년까지의 결정적인 기간이다. 〈데단 키마티의 심판〉은 잠재적으로 현재의 미래가 되는 유토피아적 가능성을 투사하지만, 결코 유토피아적이지 않은 미래를 가진 혁명적 과거에 현재의 긴급성을 불어넣음으로써 그렇게 한다. 만약 〈데단 키마티의 심판〉이 농민과 노동자 계급의식의 진정 혁명적인 가능성을 재현하고자 시도한다면, 이 시도는 이 유토피아적 가능성을 주로 상실된 기회에 대한 기억으로 전환시키는 케냐의 역사(이 연극과 카미리투 극단의 근원적인 참조 대상)에 의해 좌절되고 만다. 이런 상황에서 과연 응구기의 '혁명적 자세'는 앞서 보았던 루이스의 '체화된 클리셰'와 대단히 다르다고 할 수 있는가?

카미리투에서의 응구기의 실험극이 유사한 구조를 펼친다고 하더라도, 그것은 그의 초기 극과는 완전히 다른 설명 양식, 즉 텍스트를 의미

의 기원에 두기보다는 연출적 상황을 텍스트로 읽는 것에 근거하는 양식을 요청한다.[12]

응구기의 카미리투 연극들은 우선 이전의 작품보다 더욱 직접적인 방식으로 특정 역사적 국면과 특정 사회적 상황을 소재로 삼는다. 이런 이유로 우리의 논의는 지금까지 앞의 장에서 우리가 했던 것과는 다소 상이한 궤적을 따르는데, 직접적인 역사 정치적 맥락에 더욱 의존하게 된다. 이 상황, 즉 1977년까지 이어진 응구기와 카미리투 극단의 실험에 대한 이야기는 응구기의 『구금 : 작가의 감옥 일기*Detained: A Writer's Prison Diary*』(카미리투 극단의 첫 번째 공연에 대한 죄로 1년간의 감옥 생활 동안 휴지 조각 위에 쓴 것)에서 감동적으로 펼쳐진다.[13]

카미리투는 무엇보다 하나의 장소, '백색 고지대White Highlands'라고 알려지곤 했던 하나의 마을이다. 이 사실을 무시하는 관점에서 응구기의 카미리투 기획에 접근하는 독자는 실망한 채로 떨어져 나갈 것이다. 지역의 중요성은 (비록 그것이 더욱 체계적인 문제를 묵과하는 구실로 기능하지 않는다고 할지라도) 이제 하나의 클리셰이지만, 응구기의 카미리투 극작법은 이를 통해 특정하고 단명하는 정치적 상황에 완전히 삽입된다. 응구기의 연극을 이해한다는 것은 최소한, 사회적 불안정기에 작동하는 예술의 가능성에 관한 보편적인 진실을 우리에게 말해준다. 하지만 보편적인 것으로 시작하는 것은 궁극적으로 무익할 것이다. 이것은 응구기의 연극이 보편적인 중요성을 가지지 않는다고 말하는 것이 아니다. 정반대로 그의 작품에 대한 이해는 그의 연극들이 재현하고자 하는 대상이 보편화되고 있다는 사실을 받아들이는 것을 조건으로 한다는 것이다. 그 대상은 '전 지구화'라는 이름으로 진행되는 1960년대 이후 역사의 동학이다. 하지만 응구기에서 특정한 것의 기능은 특정한 것이 무엇보다 보편적인 것의 알레고리로 이해되는 아체베와 칸의 작품에 존재하는 것과는 다르다. 우무아로나 디알로베의 허구적 역사는 진정 지역의 역사이고, 그것의 영향은 특정 양식의 삶과 언어에 가해진 폭력에서 비롯된다. 하지만 이 역사는 자신이 알레고리가 되는 보편적인 상황이 특정한 상황과 거의 동시에 이해되는 방식으로 서사화된다. 응구기의 작품은 이 관계를 상이하게 형상화한다. 특정한 것, 즉 보편적인 것에 대한 이해를 가능하게 하는 특정한 것은 전혀 분명함을 가지지 않는다. 그것은 마치 지역적인 것이 불투명하게 보편적인 것을 경유하지 않고 직접적으로 전지구적인 것과 공명하는 방식이다.[14] 이 맥락 바깥에 있고 케냐의 역사, 특히 마우마우 봉기와 케냐 독립의 골치 아픈 역사에 무지한 독자에게 이 이야기는 불투명하고 교훈적이고 전형적이며 심지어 어설픈 것으로 여겨진다.

응구기는 (심지어 영어로 쓰거나 번역된 작품에서도) 중요한 단어, 어구, 노래를 스와힐리어와 키쿠유어로 남겨둠으로써, 지역 언어를 모르는 독자를 위해 불분명함을 일소하고자 하는 노력을 전혀 기울이지 않는다. 이제 『정신의 탈식민화*Decolonising the Mind*』에서 한 유명한 선언인 영어와 '작별'하고 오직 키쿠유어와 스와힐리어로만 작품 활동을 하겠다는 응구기의 결심에 대해 살펴볼 때가 되었다.[15] 아프리카 경험은 오직 아프리카 언어로만 포착될 수 있다는 인식론적 주장을 너무 심각하게 받아들여서는 안 된다. 결국 응구기가 서사하는 경험은 다른 것이 아닌 다국적 자본주의 아래의 노동자와 농민의 삶의 경험이다. "우리 민중의 반제국주의적 투쟁은 그들의 생산력을 외국의 통제에서 해방시키고자 하는 것이다."(29쪽) 이 경험은 아프리카 언어가 그런 것처럼 아프리카적 맥락에 기원하는 것이 아니다. 이와 유사하게 문화에 대한 소유권적 시각(신식민지적 경제체제가 제3세계를 희생양으로 삼아 제1세계를 풍요롭게 만드는 것과 같은 방식으로, 유럽 언어가 '자신의 언어를 풍요롭게 만들기 위해'(8쪽) 아프리카 언어의 활력을 빼앗는다고 보는 것)은 논쟁적 가치를 가진다. 그러나 거의 모든 경우에 문화적 소유권의 단순한 논리를 반박하는 경향을 띠는 문화적 이종교배의 복잡다단한 동학을 인정하지 않는다. '문화적 탈식민화'의 관점에서 볼 때, 이 '민족' 언어를 향한 충동은 응구기가 주의 깊게 거리를 두고자 하고, 우리가 〈데단 키마티의 심판〉에서 본 것처럼 응구기의 연극과 소설에서 항상 비판과 풍자의 대상이 되는 허울뿐인 '케냐화'를 향한 프티-부르주아적 충동과 엄격히 분리된다.

이것은 언어에 대한 질문을 감당할 수 없어 묵살하는 것이 아니다. 반대로, 응구기의 키쿠유어 사용은 이전에 없었던 완전히 새로운 연극적 가능성과 전략들을 가능하게 한다. 어떤 이는 이 언어의 사용을 청중의 관점에서 생각할 것이다. 그 자신의 언어를 통하지 않고서 키쿠유의 청중은 어떻게 그들 자신의 노동계급화에 대한 역사적·자의식적 인식을 얻을 수 있겠는가? 하지만 여기서 '청중'이라는 용어는 이미 그릇된 것이고, 응구기의 연극이 제거하고자 했던 일련의 관계성을 함축한다. 게다가 이 문제를 이대로 두는 것은 계급 관계의 사안을 순전히 인종적 관점으로 표현함으로써 문제를 단순화시키는 것이다. 이는 키쿠유어가 연극을 매개체로 응구기에 의해 '말해진다'는 것이 아니다. 키쿠유어로 작품을 쓰는 것은 카미리투 지역 집단을 형성하는 지식인과 농민들, 노동자와 부르주아지들 간의 완전히 새로운 사회적 관계들을 가능하게 한다.

우리는 키쿠유어를 사용하기로 한 응구기의 선택을 연극이 청중이 아닌 서사의 대상이 되는 상황에게 '그 자신을 말하는' 수단으로 생각할 것이다.

> 카미리투 극단의 첫 작품 〈내가 원할 때 결혼할 거야〉는 신식민주의 사회의 소작농의 노동계급화를 묘사한다. 그것은 노동력을 팔아 1에이커 반의 농작지를 일구어 생계를 보조해야 하는 가난한 농민인 키구운다 가족이 최종적으로 국내의 매판 지주와 사업가들의 지원을 받는 일본과 유럽-미국의 산업가와 은행가들의 다국적 협력단에 의해 그 1에이커 반의 농작지를 박탈당하는 것을 구체적으로 보여준다. (『탈식민화』, 44쪽)

언뜻 보면 적어도 이것은 응구기와 응구기 와 미리이Ngugi wa Mirii의 연극에 대해 응구기 자신이 제시한 아주 정확한 요약이다. 하지만 〈내가 원할 때 결혼할 거야〉는 사회적 현실에 대한 재현이라기보다는 어떤 다른 역사적 가능성을 준비하고 알레고리화하는 과정이자 사건이다.[16] 실제로 응구기의 극작법은 연극을 통해 단순히 재현만하는 것이 아니라 사회적 변혁을 위해서 말하는 특정한 역사적 상황의 맥락 속에서만 이해가 된다.

이것은 카미리투 극단이 문화적으로 기획한 연극이 상연되는 지리적 장소로 우리를 돌려보낸다. 그곳은 마우마우 봉기의 역사적 배경과 매우 아찔하게 근접하는 이전 '백색 고지대'의 일부분인 키암부Kiambu 지역 내 리무루Limuru의 마을이다.[17] 비록 '카미리투' 마을의 지리적 위치가 식민 시대에 앞서 존재했다고 할지라도, 이 마을은 무엇보다 마우마우 봉기 기간 동안 '비상 상황을 대비한 마을'로 세워졌다. 게릴라 활동이 의심되는 지역은 완전히 쑥대밭이 되고, 응구기의 형과 같은 봉기의 동조자와 게릴라들은 수용소에 끌려가거나 처형을 당했으며, 산재해 있던 과거에 공동체들을 대신해 고립적인 새로운 마을을 집중적으로 만들었다. 〈내가 원할 때 결혼할 거야〉의 서사는 이런 더욱 거대한 역사와 공명한다. 또한 그것은 그 역사 참여자들의 기억의 틀을 구성한다. 〈내가 원할 때 결혼할 거야〉의 텍스트가 참조하는 식민 시대의 사건은 살아 있는 사람들의 기억 속에서 발생한다. 가슴을 저미는 한 가지 사례는 '카미리투에서 연극을 위한 소품용 총기를 만들었던' 한 소품 담당자가 '1950년대 마우마우 봉기의 게릴라들을 위해 실제 총기를 만들었던 사람'이라는 것이다.(『탈식민화』, 55쪽) 연극 속에서 이 혁명적 기억은 생생하고 고통스럽게 상연된다.

> 그때였다
>
> 비상사태가 케냐 전역에서 선포된 것은
>
> 우리의 애국자들,
>
> 리무루와 나라 전체의
>
> 남자와 여자들이
>
> 체포되었다!
>
> … 중략 …
>
> 우리의 집은 불태워졌다.
>
> 우리는 감옥에 갇혔다,
>
> 우리는 수용소에 끌려갔다,
>
> 우리 중 일부는 고문 중에 불구가 되었다.
>
> 다른 일부는 거세되었다.
>
> 우리의 여성들은 병으로 강간당했다.(27쪽)

식민 과거와 그것에 대한 투쟁과 더불어 신식민주의적 현재 또한 연극의 배경이 된다. 정착민의 토지 몰수(아프리카 식민주의의 원죄이자 근대 케냐 역사의 토대인 농민 생산수단의 박탈)는 교만의 정도가 지나쳐 카미리투 마을 근방에 위치한 대륙에서 가장 비옥한 땅을 유럽 부농의 오락을 위한 사냥터, 경주로, 골프장으로 만들었다. 마우마우 봉기가 시작된 지 25년이 지난 후(응구기가 케냐 극장 기획을 시작한 시기), 이 과거의 오락용 토지들(토지 없는 농민들을 여전히 값싼 노동력의 원천으로 삼는 새로운 지배계급에 의해 현재 통제되고 있는 것)은 유럽의 직접적인 식민주의의 종결 이후에도 변화된 것은 거의 없다는 사실에 대한 강력한 증거가 된다.

이 신식민지적 상황, 즉 식민지적 토지 몰수가 오늘날까지 지속되는 상황이 연극의 배경이 된다. "우리 가족의 토지는 지역 의용대에게 넘어갔다. 오늘날 나는 단지 아합 키오이 와 카노루Ahab Kioi wa Kanoru가 소유한 농지에서 일하는 노동자이다."(29쪽) 아프리카 지주의 이름("아합과 같은 군주의 눈앞에서 사악한 것을 하고자 자신을 파는 사람은 아무도 없었다."라는 겸손한 이스라엘 왕 아합의 이름을 따라 지은 것)은 하나의 형상 내에 식민지적 순간과 신식민지적 순간 모두를 가져오는 복잡한 기표이다. 정착민 이름 '코너Connor'의 변형된 형태인 것으로 보이는 것과는 별도로, '카노루'는 케냐의 지배 정당 '카누KANU'에 단순히 한 음절만 끼워 넣은 것이다. 이 이름의 형식('와 카노루') '카노루의 아들'은 '코너의 아들'뿐만 아니라 '카누의 아들'을 암시한다. 비록 케냐아프리카민족연맹(카누)이 원래 독립 시기에 존재했던 두 정당 가운데 더욱 급진적인 쪽이었다고 할지라도, 그것은 서서히 '키쿠유, 엠부, 메루 협회Gikuyu, Embu, and Meru Association, GEMA', 즉 제조업에 관심을 가질 뿐만 아니라 리무루 토지의 대부분을 지배하던 '부족 복지 협회'의 통제 아래에 들어갔다. 매판 기업과 일찍이 결탁한 케냐아프리카민족연맹 정부는 수익 축적에 대한 그 어떤 통제 기구도 없이 외국의 다국적 기업들이 케냐에 공장을 설립하는 것을 허용함으로써 비난받았다.[18]

한 사례는 외국 기업이 소유한 바타Bata 신발 공장(카미리투의 주요 산업)이다. 〈내가 원할 때 결혼할 거야〉의 한 장에서 언급된다.

> 땀 흘린다 땀 흘린다 땀 흘린다.
>
> 사이렌 소리.
>
> 6시다, 집에 갈 시간이다.
>
> 아침저녁으로,
>
> 여러 주 계속해서!
>
> 2주일이 지났다.
>
> 그 기간 동안
>
> 수백만 달러 가치의 신발을 만들었다.
>
> 단지 이백 실링만 받았다,
>
> 나머지 돈은 유럽으로 보내졌다. (34쪽)

하지만 이 동시대적 경험은 과거를 가리킨다. 여기서 언급되는 공장은 등장인물의 동시대 일상생활의 일부로 극화되지만, 연극의 뒷부분에 나오는 "총파업"(68쪽)은 많은 마을 사람들이 생생하게 기억하고 있는 1948년 실제 이 공장에서 발생한 파업이다. 이 사건(엄밀히 말해 총파업은 아닌 것)은 〈내가 원할 때 결혼할 거야〉가 연결되는 보다 보편적인 현상과 동시에 발생했다. 집단 '서약 운동,' 즉 불법 거주민들의 단결 서약의 집행은 이 파업 기간 중 키암부 지역에서 시작되었고 '백색 고지대'의 나머지 지역들로 퍼져나갔다. 연극에서 '총파업'은 파업 그 자체의 재현을 통해서가 아니라 파업 참가자들에게 집행된 서약을 통해 상연된다. 서약의 투쟁적 언어는 연극의 맥락 속에서 이 서약이 마우마우 저항 운동과 동일한 것임을 확실히 한다. (실제로 이 바타 공장 파업 동안의 불법 거주민들의 서약 운동은 마우마우 운동에 기여했다.)[19]

> 만약 내가 무기를 숨기라는 요구를 받는다면
> 나는 되묻지 않고 복종할 것이다.
> 만약 내가 이 조직에 봉사하라는 요청을 받는다면
> 밤낮으로
> 나는 그렇게 할 것이다!
> 만약 내가 그렇게 하지 못한다면
> 이것, 이 민중들의 서약이 나를 파괴한다
> 그리고 이 가난한 자들의 피로 쓴 맹세가 나에게서 등을 돌린다. (69쪽)

반식민 투쟁의 이런 서사를 구축하는 조각들(케냐아프리카민족연맹을 위한 내용으로 받아들여질 수도 있는 것)은 소작농과 시골 노동자들이 강력한 정치적 주체로 형성되는 역사의 한 순간, 기억 속의 한 순간을 가리킨다. 과거보다 현재에 초점을 맞추는 〈데단 키마티의 심판〉과는 달리, 이 연극을 지배하는 동시대 역사는 더욱 먼 과거의 역사와 연속적으로 서사화된다. "아프리카인 고용주도 … (중략) … 보어Boer의 백인 지주들과 전혀 다를 바 없다."(20쪽) 더구나 독립의 순간은 매우 철저히 생략되어서 1948년 바타 공장의 파업은 현재의 조건들에 대한 저항이고, 마우마우 단결 서약은 궁극적으로 현재에 있어서의 혁명적 행위, 즉 농민과 노동자 계급에 의한 역사의 전유가 진정 이루어지는 혁명적 과거를 통해 미래의 가능성을 투사하는 것에 대한 요청이다.

> 그날은 분명히 올 것이다
> 땅바닥에 콩 한 알이 떨어진다고 할지라도
> 우리에게 공평하게 배분되는 그날,
> ―를 위하여
> … 중략 …
> 노동자들의
> 트럼펫 소리가 울린다
> 모든 농민을 깨우기 위해
> 모든 가난한 자를 깨우기 위해
> 민중들을 깨우기 위해 (115쪽)

식민적 상황과 포스트식민적 상황의 구분 지점의 생략은 연극 내에서 형상화될 뿐만 아니라 운명의 장난을 통해 연극과 그 사회적 맥락 사이에서도 형상화된다. 눈부시지만 우울한 아이러니를 통해, 이 연극은 마우마우 서약의 맹세를 방해하기 위해 고안된 과거의 식민지 법을 언급한다.

> 바로 이 직후였다
> 식민지 정부가
> 사람들의 노래와 춤을 금지한 것은,
> 그들은 사람들이 다섯 명 이상 모이는 것을 금지했다. (67쪽)

이 법, 즉 "다섯 명 이상의 사람이 모이는 것은 공적 모임을 구성하는 것으로 간주되고 허가를 받아야 한다."(『구금』, 37쪽)라는 것은 여전히 법전에 기재되어 있다. 〈내가 원할 때 결혼할 거야〉의 공연을 중지시키면서 1977년 11월 정부가 카미리투 극단의 연극 상연을 철회한 것은 바로 이 공적 모임에 대한 허가 때문이다.(58쪽)

하지만 이 내용적 차원은 연극이 가지는 알레고리적 제재의 일부분만 형성한다. 브레히트의 '교육극Lehrstücke'처럼, 이 연극의 생산 배경과 참여자들 간의 관계, 혹은 참여자와 청중 간의 관계는 내용 그 자체만큼이나 연극의 의미를 결정하는 핵심적인 요소이다. 다음에서 우리는 브레히트의 희곡 이론, 특히 '교육극 이론'을 참조할 것이다. 하지만 이것은 모든 경우에 지극히 진부한 것이 되고 말 것이기에, 응구기의 극작법에 있어서 브레히트의 영향력에 대한 가설을 증명하는 것은 아닐 것이다. 응구기에게 브레히트 작품의 중요성은 매우 잘 알려져 있다. 하지만 서론에서 살펴봤듯이, 우리는 오직 일방적으로만 작동하는 '영향'의 언어를 사용하는 것에 대해 매우 주의해야 한다. 새로운 상황을 대처하기 위해 과거의 기법을 새롭게 개선하는 것을 의미하는 브레히트의 용어인 '재기능화Umfunktionierung'는 주체와 대상의 위치를 역전시킴으로써 해결책을 제시한다. 즉, 역사적 작가는 아주 복합적인 불안들을 투사하기보다는 재기능화를 통해 독창적인 것이 될 수 있는 단순한 원료가 된다. 브레히트의 미학 역시 재기능화의 미학이었다. 응구기의 극작법이 특히 구식의 음악적 형식과 신식의 서정적 내용의 상호 작용에 있어서 브레히트를 넘어 영국식 '발라드 오페라'로 나아갔다는 것은 언급되어야 한다. 발라드 오페라의 기법은 물론 브레히트 미학에서도 중요한 요소이다. 하지만 이것 역시 단순히 '영향'의 문제라고 말하는 것은 단조롭고 본질을 호도하는 것이 될 것이다.

교육극의 의미 형성에 있어 더욱 결정적인 요소는 그것의 내용이 아니라 그것의 생산을 둘러싼 상황이다. 가령, 연기자와 텍스트의 관계, 감독과 연기자의 관계, 연기자와 무대의 관계, 연기자들 간의 관계 등과 같은 상황이다. 교육극은 청중이 단순히 연극의 내용에 의해 교화되는 것을 의미하는 교훈적 형식을 말하는 것이 아니다. 오히려 연극은 본질적으로 예행연습과 같은데, 이 연습 속에서 서사의 의미와 서사 그 자체가 지속적으로 정교해지고 토론의 대상이 된다. 대중 공연은 부차적인 것이고, 여러 번 가운데 한 번쯤 비참여자들에 의해 우연히 관람되는 것일 뿐이다. 텍스트 자체는 정치적·철학적 내용을 가지는 교육과정을 위한 구실이 아니라 촉발이 된다. 카미리투 기획은 브레히트의 연극조차 성취하지 못한 정도로까지 교육극의 가능성을 극화한다.

응구기의 교육극의 형태는 카미리투 극단의 역사와 함께 시작된다. 〈내가 원할 때 결혼할 거야〉에서 암시된 것처럼, 카미리투 극단과 그들의 첫 번째 작품은 신식민지적 상황의 특정 현상에 대한 뚜렷한 참조를 보여준다. 응구기가 제 기능을 못 하는 청소년 회관을 혁신하기 위한 마을 집단의 계획으로 1970년대 중반 시작한 카미리투 공동체 교육 및 문화 센터the Kamiriithu Community Education and Cultural Centre 사업으로 문화적 진영을 발전시키고자 했던 것은 이런 신식민지적 배경에 저항하기 위한 것이다.[20] 1976년에 센터를 건립한 마을 사람들은 응구기 와 시옹오와 글 읽기 과정의 담당자 응구기 와 미리이에게 센터에서 공연할 수 있는 희곡을 써줄 것을 부탁했다. 최종적으로 〈내가 원할 때 결혼할 거야〉가 된 이 희곡은 일종의 정치적 토론 수업이었던 글 읽기 과정 동안 쓰인 전기들을 포함했다. 두 명의 응구기에 의해 작성된 초본은 집단 작업을 통해 작업 대본으로 만들어졌고, 이 대본은 새로운 맥락에 맞게 재교육되고 재기능화된 보다 오래된 노래와 춤들을 포함했다. 한편 센터를 혁신한 집단의 구성원들은 공연을 펼칠 공개 극장을 설계하고 건립했다.[21] 야외극장이었던 까닭에 예행연습은 공개적인 것이었고, 따라서 연극의 제작은 마을 전체의 비판적 논평에 개방되어 있었다. 응구기의 설명에 따르면, 완성작은 최초의 대본과 닮은 점이 거의 없었다. "1977년 10월 2일 일요일 유료 관객을 위한 최종 완성된 연극은 최초에 응구기(와 미리이)와 내가 만든 시험적이고 서투른 것과는 크게 달랐다."(『구금』, 78쪽) 마우마우 봉기 25주년 기념 행사에 공개된 이 연극은 눈부신 성공을 거두었다. 나이로비의 비평가들은 음악가들과 몇몇 연기자들이 응구기가 데려온 도시의 전문가들이 아닌 마을 사람들이라는 사실을 믿으려 하지 않았다. 연극을 본 후, 여러 마을들이 카미리투 극단과 동일선상에 있는 기획을 시작하는 것에 대한 조언을 구하기 위해 파견단을 보냈다. 아홉 차례의 공연 끝에 연극은 케냐아프리카민족연맹에 의해 중지되었고, '공공 안전'이라는 미명하에 공적 모임에 대한 허가서는 철회되었다. 곧이어 응구기도 체포되어 수감된다.

1년간 재판 없이 감옥 생활을 한 끝에(이 기간 동안 응구기는 키쿠유어로 쓴 첫 번째 소설 『십자가의 악마*Devil on the Cross*』를 집필했다), 응구기는 다른 정치범들과 함께 풀려났다. (조모 케냐타가 사망한 후 대통령직을 이어받은 다니엘 아랍 모이는 1978년 12월에 모든 정치범들을 석방했다. 모이의 이 결정은 이타심에서 비롯된 것이 아니었다. 그는 사실 여전히 자신의 대통령직을 위협하고 있던 구 케냐타 권력 구조의 주요 반대자였던 인물들을 석방했다. 이 사건은 응구기의 극장을 가능하게 한 조건이 된다.) 응구기가 수감되어 있는 동안, 카미리투 극단은 쇠퇴하지 않았고 오히려 극단의 수와 야망은 더욱 성장했다. 응구기가 여러 케냐어로 작성된 뮤지컬 〈어머니, 나를 위해 노래를 해주세요〉의 초본을 완성했을 때, 200군데의 마을에서 제작을 자청했다. 1930년대를 배경으로 하는 대본은 새로운 지배계급에 의한 독립 배반 행위에 대한 희미하게 가려진 알레고리(너무 희미하게 가려진 나머지 브레히트적인 우화에서처럼 은폐 그 자체가 노골적이다)였다. 초기작과 유사하게, 그것은 극단으로 채워졌고 극단에 의해 변형되었다. 브레히트의 〈동조자와 거부자Der Jasager, Der Neinsager〉처럼, 결말 부분은 연극이 완성되기 직전에 정반대로 바뀌었다.[22] 이 연극은 1982년 3월 국립 극장에서 초연되었다. 극단이 이곳에서 최종 예행연습을 할 때, 극장의 문은 굳게 잠겨 있었고 경찰들이 문 앞을 지켰다. 하지만 연극이 대학의 새로운 예행연습 장소로 옮겨진 후, 사람들은 연습장에 몰려왔고, 매일 아침 연습이 시작되기 4시간 전에 가득 찼다. (사람들은 무대 위, 조명실, 창문틀, 계단 아래 등에 앉아 있었다.) 우후루Uhuru 고속도로는 매일 오후 차단되었다. 마을 전체 사람들이 예행연습을 보기 위해 도시로 오는 버스를 대절하기도 했다. 추정에 따르면, 10회 공연 동안 약 1만 2,000에서 1만 5,000명의 사람들이 이 연극을 보았다.[23] 이 공연은 결코 홍보되지 않았다. 열 차례의 예행연습 공연 이후, 정부는 카미리투 극단의 대학 극장 사용을 금지시킴으로써 연극을 중단시켰다. 그리고 경찰은 극단의 시설을 완전히 파괴했다. 두 응구기와 연극 감독 키마니 게카우Kimani Gecau는 국외로 탈출하지 않으면 안 되었다. 이토록 보기 드문 보복의 근원에 놓인 '체제의 불안'은 과연 무엇인가?

영국 식민주의하에서, 그리고 그 후에 그 이데올로기적 기반이 연극이론을 통해 발견될 필요가 없었다는 점에서 케냐의 공식 극장은 특별한 사례에 해당하는 것으로 간주되어야 한다. 식민 극장은 이미 명확하게 이데올로기적이었다. 마우마우 봉기 기간 동안, 정부의 선전 극장은 민중의 반식민적 노래와 대립를 이루었다. 시외에서 붙잡힌 반역자와 동조자로 의심되는 용의자에 대한 촌극과 연극이 이루어졌고, 고백하는 것과 고백하지 않는 것, 신념을 포기하는 것과 신념을 포기하지 않는 것, 정보를 제공하는 것과 정보를 제공하지 않는 것 간의 보수의 차이를 실례를 들어가며 보여주었다.[24] 한편, 수도에는 보다 전통적인 유럽식 극장이 있었다. 그것의 기능은 상당히 명백하게 아프리카, 아시아, 그리고 유럽의 특권 계급들을 공동의 영국 문화의 영향력 아래에 집결시킴으로써 민족 부르주아지의 탄생을 돕는 것이었다. 1947년부터 마우마우 봉기 기간 동안 재임한 동아프리카 영국 문화원British Council의 대표자는 다음과 같이 말한다.

> 극장을 통해 유럽 공동체의 선의가 납득되고, 유럽 문화의 표준이 확립되며, 나아가 서로 다른 인종 구성원들이 모두 함께 즐기는 공통의 활동에 참여할 수 있기를 소망했다.[25]

이 극장은 독립 이후에도 변함없이 이데올로기적 역할을 이어나갔다. 나이로비의 국립 극장(응구기의 〈어머니, 나를 위해 노래를 해주세요〉를 상연 금지한 곳)은 파농이 예언한 것처럼 새로운 지배계급이 아첨을 떨며 모여드는 단조로운 유럽식 '음식'을 지속적으로 공급했다. 이 새로운 지배계급의 행동을 향한 응구기의 분개(예컨대, '차용한 문화를 조잡하게 과장하는 근대 아프리카 부르주아지'[26])는 부르주아적 극장의 청중은 왕의 태도를 취한다는 브레히트의 유명한 말을 상기시킨다. "어떤 이는 식료품상의 태도가 왕의 태도보다 낫고, 이것이 여전히 터무니없다고 생각할 것이다."[27] 청중의 태도는 극장 장치의 이데올로기를 드러낸다. 1978년 나이로비 극장의 이데올로기는 정확히 1929년 베를린 극장의 이데올로기와 일치한다. 자기도취와 철저한 수동적 소비로 특징지어지는 왕과 같은 청중의 태도는 그 자체로 순수한 착취의 태도를 드러낸다. 또한 이 태도는 자신이 결코 차지할 수 없는 유럽의 거물급 부르주아지의 몸가짐을 모방하는 청중이 그 자체로 순진한 얼간이라는 사실을 은폐하는 가림막이 된다.

잘 알려진 바대로, 브레히트의 (교육극과 대립을 이루는) '서사극epic theater'은 이런 청중들을 변화시키려는 시도이다. 그 유명한 '소격 효과Verfremdungseffekt'는 단지 연극 내용을 관객들에게 낯설게 하는 것이 아니라 자본주의하의 일상생활의 논리 속에 존재하는 틈새를 드러내는 것이다. 서사극의 유기체론은 (텍스트, 연기 기법, 제작 등을 통해) 극장 장치를 생산의 탈신비화에 대한 알레고리로 드러나게 만드는 것이다. 한 좋은 사례는 〈도살장의 성 요한나Die heilige Johanna der Schlachthöfe〉가 될 것이다. 여기서 해체되는 무대는, 대규모 경제 위기가 생산 그 자체의 여러 단계 속에서 어떻게 작용하는지를 지도 그리기 위한 발판이 된다. 이 생산 체계의 모순은 자본가 마울러와 같은 등장인물의 위선과 실제 심리적 아포리아를 생산하기 위해 보여진다. 기본적으로 서사극은 부르주아 청중들에게 그들이 사회적 세계와 맺는 모순적 관계를 보여준다. 그것은 비판의 극장이자 부정의 극장이다.

이 구조의 흔적은 응구기의 초기 연극들에서 발견된다. 예컨대, 〈데단 키마티의 심판〉에서 법정의 연극 장식들은 이 재판이 캥거루 재판(불법 재판)임을 드러내준다.

> 엔터 쇼 핸더슨은 판사처럼 옷을 입었다. 변장한 것이 아니다. 그는 실제로 판사의 엄숙한 기운을 얻기 위해서 판사로서의 그의 역할을 믿는 것

> 처럼 보여야 했다. 판사가 자리에 앉는다. 청중도 앉는다. 사무원이 그에게 서류를 넘긴다. 판사가 그것을 본다. (24쪽)

하지만 (브레히트와 응구기 둘 모두의) 교육극은 예술 생산, 즉 궁극적으로 부르주아적 극장을 생산하는 '극장적 장치'에 대한 또 다른 시각을 함의한다. 만약 서사극을 지배하는 비유가 이 극장 장치를 자본주의의 본성이 드러나게끔 만드는 것이라면, 교육극을 관장하는 비유는 이 장치의 변형이다. 교육극의 사회적 목표는 부르주아적 청중에게 그 자신의 이데올로기의 모순을 폭로하는 것이 아니라, 새로운 정치적 주체의 형성을 돕는 것이다. 이 목표는 교육극의 생산 그 자체, 즉 최종 '생산물'의 특정 내용과는 상관없이 급진적으로 새로운 형식을 취하는 것으로서, 궁극적으로 하나의 공연이 되기보다는 집단적 실천과 새로운 역사적 자기의식에 대한 경험으로서 형상화된다. 자본주의 생산에 관한 마르크스주의적 서사가 밝히는 핵심적 균열, 즉 노동자가 자신의 생산물로부터 배제되는 '소외'는 관객과 공연자, 소비자와 생산자의 통합을 통해 은유적으로 메워진다. 이 통합은 응구기의 연극에서 급진화한다. 나이로비 극장의 절대적으로 물화된 사회적 장치는 카미리투 기획에 의해 대체되는데, 여기서 극장을 지은 마을, 노래를 쓴 마을, 연기를 맡은 마을, 공연이 이루어지는 마을, 그리고 역사를 살고, 혁명을 일으켰으며, 그것의 실패를 경험한 마을 모두가 동일하다.

그렇다면 교육극은 근본적으로 유토피아적인 연극이다. 비록 재현되는 것이 디스토피아적 현재라고 할지라도, 연극적 생산의 모든 관계는 응구기 교육극의 가장 심원한 내용이 우리의 과거 오래된 총체성의 균열에서 출현하는 일종의 변형된 사회적 총체성에 대한 파편화된 형식으로 이루어지는 경험이라는 것을 암시한다. 실제로 〈내가 원할 때 결혼할 거야〉의 마지막 부분은 모든 기대와는 정반대로 이 유토피아적 미래를 요청한다.

> 민중의 트럼펫 소리가 울린다.
> 우리의 모든 친구들에게 설교하자.
> 민중의 트럼펫 소리가 울린다.
> 우리는 새로운 노래로 바꾼다.
> 왜냐하면 혁명이 가까이 왔기 때문이다. (115쪽)

하지만 응구기의 연극이 급진화하는 교육극의 생산자와 소비자의 형상적 융합은 오직 실제 통합의 사례가 될 뿐이다. 교육극이 제자리를 찾는 것은 혁명적인 정치적 주체를 구체적인 가능성으로 상상할 수 있는 역사적 순간이다. 그것은 있음직한 미래에 대한 요청이지 그것이 메우는 균열에 대한 예술적 보상이 아니다. 정치적 가능성의 요소를 결여하는 교육극은 가짜이다. 오늘날 우리가 대단히 경솔하게 사용하는 (상품 물신주의의 중심부에 기거하는 패션 디자이너들이 아도르노의 말을 인용하여 자신의 노출된 솔기를 광고하는 것처럼) 생산으로서의 예술에 대한 은유는 우리를 모더니즘적 숭고라는 미적 유토피아로 되돌려 보내면서 은유에서 단순 은유로 강등된다.

하지만 브레히트 이후 클리셰가 된 은유는 이따금씩 역사적 상황이 허용할 때 중요한 역할을 했다. 브레히트는 역사적 상황이 더 이상 여의치 않자, 즉 독일에서 노동자 혁명의 가능성이 나치당의 급부상으로 인해 진압되는 것이 확실해지자, 교육극을 포기했다. 1929년 〈린드버그의 비행Lindbergh's Flight〉으로 시작된 브레히트의 교육극 단계는 제국의회 의사당 방화 사건 이후 베를린 탈출과 함께 공식적으로 종료되었다. 물론 그는 1934년에 교육극 〈호라티우스적인 것과 쿠리아티우스적인 것 The Horatians and the Curiatians〉을 한 편 더 만들었다. 하지만 이 작품이 소비에트로부터 기금을 받은 것이었다는 사실은 교육극이 혁명의 가능성에 달려 있다는 주장을 반박하는 것이 아니라 확증한다.

이제 우리는 응구기의 연극에 대한 국가의 불안을 이해할 수 있는가? 모이의 케냐 정부는 매우 오랫동안 안정적인 것처럼 보였기 때문에 1970년대 후반 이 정부의 권력 장악력이 얼마나 미약했는지 종종 망각된다. 케냐타는 1963년 신생독립국가 케냐의 수상(이내 대통령이 된다)이 되었는데, 그가 (정착민 이익의 수용과 주요 토지 소유 계급의 유지에도 불구하고) 국가 독립의 영웅이었다는 사실을 잊어서는 안 된다. 케냐아프리카민족연맹의 수장으로서 그는 반제국주의적 활동 시절에 마우마우 봉기의 조직책 역할로 감옥살이를 겪었다. 역사적 아이러니이지만 케냐타와 마우마우 저항 운동의 관련성은 그가 투옥되었을 때 가장 약했다. 하지만 석방되었을 때, 그는 민족 해방의 영웅이 되었고 죽을 때까지 그렇게 여겨졌다. 여러 국가, 특히 미국의 사업적·군사적 이익을 대폭 수용하는 그의 정책 때문에 고통받은 국민들조차도 그를 영웅으로 생각했다. 하지만 응구기가 카미리투 기획을 진행하는 기간(〈내가 원할 때 결혼할 거야〉는 1977년 6월에 예행연습을 시작했고, 〈어머니, 나를 위해 노래를 해주세요〉는 1982년 2월에 공연되기로 계획이 잡혔다)은 케냐타 정부의 매우 불안정한 시기였다. 1975년 이후로 케냐타가 건강상의 이유로 오래 살지 못할 것이라는 사실은 기정사실화되었다. 권력 승계를 둘러싼 막후의 공작은 지배 정당을 심히 분열 약화시켰고, 좌파 정치인인 J. M. 카리우키(앞서 말했듯이, 이 시기에 암살된

인물)가 대중적 지지를 얻었고 대세를 잡았다.[28] 1967년 이후로 케냐타의 부통령직을 맡아온 모이는 놀라운 결연함과 능수능란한 정치력으로 1978년 케냐타의 죽음 이후 임시 대통령으로 지명되고 1979년 선거 또한 이긴다. 하지만 케냐타가 감옥에 있는 동안 이주 정착민과 견고한 동맹 관계를 맺었던 모이를 향한 대중적 지지는 케냐타가 얻었던 것만큼 크지 못했고, 그의 대통령직은 사실 그의 정부가 장기간 지속할 수 없었던 후원금으로 매수된 것이었다. 국립 극장이 〈어머니, 나를 위해 노래를 해주세요〉의 공연을 금지한 지 7개월이 지난 1982년 8월에 대학생들로부터 지원을 받던 공군은 쿠데타를 시도했다. 비록 국가를 좌익 쪽으로 이끌려는 시도였다는 것은 분명해도, 이 쿠데타의 목적은 명확하지 않았다. 적어도 대중적으로 고등교육을 받은 공군과 학생 공동체의 연합은 단일 정당 체제에 대한 반대를 암시했다. 브레히트의 교육극 제작 기간처럼, 카미리투 기획의 등장은 급진적인 정치적 변화의 가능성이 가시화될 때에 비로소 실현된다. 카미리투 극단의 실험극은 1952년부터 1956년까지의 역사에 의해 열린 가능성을 바로 그 생산관계를 통해 수행했다. 하지만 이 새로운 가능성은 궁극적으로 다시 봉합된다. 이 유토피아적 가능성의 재봉쇄는 카미리투 기획으로부터 완전히 외부적인 것인가? 혹은 그것은 그 자신의 실패의 씨앗을 이미 내포하고 있는 것인가?

〈데단 키마티의 심판〉에서 혁명 의식에 대한 알레고리적 재현은 사실상 실패로 나타나야 하는 것(과거의 농민 혁명의 실패)을 영웅적 승리(미래의 농민 혁명)로 축하함으로써 그 스스로를 뒤집는다. 키마티의 순교의 논리, 즉 패배 속의 승리는 궁극적으로 케냐 독립의 논리, 즉 승리 속의 패배와 분리될 수 없다. 혁명적 가능성의 재봉쇄는 〈내가 원할 때 결혼할 거야〉의 마지막 막에서 반복되는데, 마우마우 봉기의 충동이 마침내 비록 축소판이긴 하지만 아합 키오이 와 카노루의 집안 공간 속에서 현재화된다. 상벤 우스만의 〈할라Xala〉의 마지막 순간과 거의 동일한 장면에서 토지를 잃은 농민 키구운다가 칼을 들고 다국적 자본의 지역 대리인 키오이에게 굴욕을 안긴다.

> (키오이는 두 손을 들고 벌벌 떤다.)
>
> 너는 이제 죽을 것이다.
>
> 무릎 꿇어라.
>
> 꿇어라!
>
> (키오이는 무릎 꿇는다.)
>
> 너 자신을 봐라, 너는 네부카드네자르Nebuchadnezzar이다.
>
> 너는 짐승이다.
>
> 네 발로 기어라.
>
> 너의 손과 발로 기어라.
>
> (키오이는 네 발로 긴다.)
>
> 풀을 먹어라,
>
> 주님이 너를 지켜보고 계신다,
>
> 기어라! (101-102쪽)

하지만 〈내가 원할 때 결혼할 거야〉에서 지주의 굴욕은 마지막 장면이 아니다. 키오이의 부인은 키구운다의 칼을 제압하는 총을 들고 나타난다. (이는 영국이 마우마우 저항군에 대해 가졌던 군사 기술적 우위를 상기시킨다.) 총은 발포된다. 그다음 마지막 장면에서 비록 총알이 키구운다를 빗나갔지만, 그는 소규모 농지를 잃고 해고를 당하며 결국 궁핍한 알코올중독자가 되고 만다. 비록 연극은 기대하지 않았던 승리의 노래로 끝난다고 할지라도, 연극의 줄거리 내에서 키구운다의 혁명적 몸짓의 유일한 결과는 그의 완전한 추락이다.

물론 (특히 1976년 혹은 1982년의 시점에서) 1970년대 후반 케냐에서 사회주의 혁명이 진정 가능했는지 말할 수 없다. 종종 그런 것처럼, 카미리투 기획에 종지부를 찍은 '8월 소동August Disturbances'은 모이의 권력 강화, 즉 국가 치안을 정당의 지배 아래에 두고, 케냐아프리카민족연맹 청소년 단체the KANU Youth를 준군사 조직으로 결성하는 것을 정당화했을 뿐이다. 카미리투 기획이 시작되었을 때, 조모 케냐타의 대중주의적이고 상대적으로 자유방임적인 정부는 허약하고 방어적이었다. 그의 강압적인 후임자는 아직 권력을 강화하지 못했고, 사실상 권력을 붙잡을 수 있을지조차 불투명했다. 저명한 좌익 정치인들이 대중의 지지를 얻고 있었다. 하지만 카미리투 기획은 모이의 체제가 권력을 강화하고 케냐가 준군사 조직을 소유한 단일한 정당에 의해 통치되는 국가가 되었을 때 중단된다.

혹여나 상황이 달라졌을 수 있을지에 관해 일종의 회의주의에 빠질 수도 있다. 카미리투 연극과 비슷한 시기에 이매뉴얼 월러스틴은 민족국가적 맥락에서 급진적인 정치 경제적 변화의 가능성에 대해 회의를 표한다. "하나의 생산양식을 갖는다고 할 수 있는 근대 세계의 유일한 체제, … (중략) … 세계체제는 … (중략) … 자본주의적 양식이다."[29] 실제로 〈내가 원할 때 결혼할 거야〉의 끝에서 두 번째 장면에서 무기를 드는 절정부가 집 안 공간, 즉 전복된 사회 경제적 수직 구조를 재확립할 만반의 태세를 갖추고 있는 개, 경비원, 경찰, 법정 체계 등으로 둘러싸인 제한된 공간에서 펼쳐진다는 사실은 세계체제의 헤게모니에 도전하는 지역을 무력화시킬 만반의 태세를 갖추고 있는 전 지구적 경제의 맥락뿐만 아니라 새롭게 떠오르는 전 지구적 정치 구조의 맥락에서 '애국적' 혁명의 상황을 알레고리화하는 것으로 간주될 수 있다. 카미리투 극단이 상연하는 연극들은 궁극적으로 내적 서사의 측면과 실제 역사의 측면에서 비극으로 복귀한다. 모든 노력에도 불구하고, 케냐의 역사는 비극을 제외한 다른 방식으로 서사화하는 것을 완벽히 거부한다. 유토피아적 서사의 이런 국가적 비극으로의 재봉쇄는 단순히 우연적인 것이 아니라 헤겔의 '이성의 간지'를 예증하는 것으로 생각되어야 한다. 비록 카미리투 기획을 비극으로 복귀시키는 정확한 사건을 예측하는 것은 불가능하다고 할지라도, 새로운 마우마우 봉기가 다시 일어날 것이라고 상상하는 것은 (가령, 케냐에 주둔하고 있는 미국 군대를 고려해볼 때) 쉽지 않다.

하지만 요점은 바로 이것이다. 고전적 제국주의의 붕괴에 기댄 자본의 힘과 조직들의 재조직화는 단일 민족적 서사의 잠재적 힘을 약화시킨다. '민족 독립'의 운동(파농에 대한 재독해는 이 '민족적' 토대가 진정 얼마나 복합적인 것인지 상기해줄 것이다)은 다소 덜 철저하게 통합된 세계경제의 맥락에서 발생했다는 것은 차치해두고, 정확히 반식민적 투쟁이 국제적인 토대를 가지는 것으로 이해되는 순간에 분출되었다.[30] 하지만 고전적 제국주의의 패퇴와 전 지구화로 일컬어지는 자본의 재조직화 이후에, 민족의 변혁은 더 이상 동일한 약속을 지키지 못하게 되었다. 월러스틴이 '전 지구화'가 핵심어가 되기 전에 잘 지적한 것처럼, 민족적 차원에서 변화의 잠재성은 세계경제에 의해 전례 없는 방식으로 제약되었다. 사하라 사막 이남의 대부분의 아프리카 국가들과 같은 주변부 경제들에서 특히 그러했다.[31] 현재 우리는 월러스틴의 논의를 살피고자 하는 것이 아니다. 하지만 고급 노동 인력이 대단히 유동적으로 이동할 수 있고, 민족 경제의 거대한 체제 내에서의 구조적 위치가 부의 창조를 확장하는 것을 차단할 때, 주변부 경제에서 부를 공평하게 분배하는 것이 얼마나 어려운 일인지 알 수 있다.

〈내가 원할 때 결혼할 거야〉의 제목, 즉 연극의 주요 내용과 아무 관련이 없는 것처럼 보이는 이 제목은 이를 토대로 설명될 수 있을 것이다. 제목의 즉각적인 효과는 결혼(아름답고 반항적이지만 여전히 남편들에게 의존적인 동시대 여성의 통상적 결혼)을 '전통'과 '근대성'의 갈등 장소로 상연하는 일반적인 비유를 상기시키는 것이다. 하지만 이런 줄거리의 가능성은 키구운다의 아름답고 반항적인 딸을 통해 제기된다고 할지라도 결코 수행되지 않는다. 대신에 연극에서 결혼은 부모인 키구운다와 완게치 간에 이루어진다. 그들은 유럽의 프티-부르주아적 격식을 따라 두 번째 결혼식을 올린다. 직접적으로 제목은 연극 전반에 흐르는 약간의 외설적 비틀기를 내포하는 술의 노래, 마지막 장면에서 추락한 키구운다가 술에 취해 부르는 노래의 후렴구를 가리킨다. 하지만 일반적인 관점에서 볼 때, 〈내가 원할 때 결혼할 거야〉는 '나는 나만의 방식으로 나의 존재에 앞서 존재하는 사회관계 속으로 들어갈 수 있다'는 것을 의미한다. 하지만 키구운다와 완게치의 두 번째 결혼이 충분히 보여주는 것처럼, 어느 누구도 자신만의 방식으로 단지 내용을 바꿈으로써 미리 확립된 형식 속으로 들어갈 수 없다. 이 형식 그 자체가 설명되어야 한다. 민족 그 자체, 특히 경쟁적인 민족적 정부들의 존재가 전 지구적 노동 분업을 유지하는 데 있어 수행하는 역할이 설명되어야 한다. 세계경제 내에서 '자신만의 방식을 통해' 하나의 민족국가가 되는 것은 '내가 원할 때' 결혼하는 것이다. 이는 아무런 차이도 만들어내지 못하는 차이이다.[32]

이제 우리는 아프리카 문학의 이중적 구조, 즉 유토피아적 욕망이 실제 가능성을 지향하게 되지만, 이미 확립된 정치 경제적 구조 내에서 그 욕망의 투입을 고려하는 데 실패함으로써 다시금 쇠락하고 마는 구조에 친숙하다. 그런데 카미리투 연극에서 이 동학은 약간 다르게 작동한다. 〈내가 원할 때 결혼할 거야〉는 그 의도에도 불구하고 민족적 비극의 장르로 복귀한다. 이것은 주로 민족 혁명에 대한 주장의 논리를 끝까지 따라가는 이 연극의 정직함 때문이다. 연극 속의 투쟁의 실패는 연극을 끝내는 승리의 노래가 허위임을 보여준다. 하지만 민족적 맥락에 대한 이 주장은 또한 카미리투 연극의 현저한 대중성에도 불구하고 지리적이고 인구적인 영향력이 제한적이었던 연극 형식에서도 명백하게 드러난다.

하지만 탈식민화에 대한 서사는 단순히 비극으로 끝날 수 없다. 탈식민화의 순간을 비극적 관점이 아닌 다른 관점에서 사유하는 것은 대단히 중요하다. 이렇게 하지 못하는 것은 민족적 비극 그 자체와 그리 다를 바 없는 환멸주의나 심지어 냉소주의에 빠지는 것이다. 어느 시점에서, 마치 민족이라는 사회체가 겪는 병폐들이 정치 계급의 장렬한 실패에 대한 연민과 두려움에 의해 정화될 수 있었다는 듯이, 아프리카 혁명의 좌절을 엄격히 민족적이고 비극적인 관점에서 사고하는 것이 가능할 수도 있을지 모른다. 이렇게 보면 이 서사들은 유토피아적 가능성과 '현재에 대한 일종의 저항'을 표시하는 것이라고 말할 수 있다. 그러나 만일 민족의 변혁이 그것이 한때 품었던 약속을 더 이상 지킬 수 없다면, 현 상황이 대체로 정치적이고 서사적으로 우리가 벗어날 수 없는 상황임을 인정해야 하는가?

리스본의 앙골라 추방 학생들 가운데 혁명적 중산층 지식인이 탄생하는 순간부터 1990년대 고통스러운 소멸에 이르는 순간까지를 그린 페페텔라의 소설 『유토피언 제너레이션』은 민족적 비극의 등장을 처음 알린다.[33] 하지만 이 친숙한 비극적 서사 이면에서 우리는 소설의 제목에서 강조하는 것처럼, 차별화된 유토피아 세대의 가능성을 시사하는, 진정으로 집단적인 삶의 사회적 형식에 대한 새로운 알레고리를 발견할 수 있다. 이 알레고리의 근원적인 형상은 반복적으로 주제화되는 음악이다. 『유토피언 제너레이션』은 음악의 알레고리적 잠재성을 처음에는 단지 비극적 서사를 재생산하는 것처럼 보이는 세 개로 구성된 우화들에 적용된다. 첫 번째 우화에서 영웅 아니발은 약혼녀 무솔리를 만나게 된 춤에 대해 묘사한다.

> 그 춤의 비밀은 집단과 개인의 상호 작용에 있다. … (중략) … 싱장궐라 춤에서 집단은 근원적이다. … (중략) … 모든 것은 어깨, 엉덩이, 다리의 움직임과 결합된다. 개인은? 그것은 너의 왼쪽 편에 있는 여성이 중앙으로 오면서 너로 하여금 그녀의 발을 살짝 누르거나 엉덩이를 홱 잡아당기게 하는 찰나의 순간이다. … (중략) … 그것은 원형 춤의 관습적인 집단적 느낌과 듀엣 춤의 개인적 느낌의 진정 항구적인 평형 상태이다. 쾌락은 … (중략) … 리듬의 집단적 쾌락을 느끼는 것과 몸이 맞부딪치는 생생하고 스릴 넘치는 쾌락을 느끼는 것에 있다.[34]

이것은 충분히 분명하게 집단적 창조성, 즉 보다 사적인 쾌락과 생산을 제외하지 않는 집단성의 표현과 더불어 개인적 창조성의 최대한의 표현으로, 사회적 총체성의 자가 생산에 대한 알레고리이다. 하지만 이 유토피아는 미래를 향해 투사되는 것이 아니라 소멸의 경향성을 가진 사회적 조직체를 향해 투사된다. 한편, 이것은 식민지적 기획에 의해 과거의 사회적 형식들에 가해지는 폭력, 즉 포르투갈 군대에 의한 부솔리의 죽음에서 형상화되는 폭력의 극화이다. 하지만 소멸된 사회에 투사되는 이 유토피아가 소설의 중심 내용이 되는 비극과 조화를 이룬다고 말하는 것은 너무 평범하다.

두 번째 우화는 이 서사적 구조를 반복한다. 이번에는 유토피아적 가능성의 순간과 그것의 소멸 순간 모두가 명백히 음악적 관점에서 재현된다. 이 책의 마지막 부분에서 한 젊은 등장인물은 독립의 순간, 앙골라 해방 인민군MPLA이 다가오는 순간을 회상한다.

> 루안다에서 수많은 인파가 모여 해방의 영웅들을 맞이한 것은 내가 열세 살 때였다. … (중략) … 우리는 행진했고, 우리는 숲에서 나오는 어르신들의 이야기를 들었으며, 우리는 혁명의 노래를 불렀고, 우리는 애국적 열기와 창조적 상상으로 혼합된 나라 전역에서 유행하는 행진 춤을 개발했다.[35]

집단적 창조성에 대한 이런 자연발생적인 표현은 짧은 순간 싱장궐라춤의 유토피아를 근대적인 도시 집단으로 이동시킨다. 하지만 올란도는 다음과 같이 계속해서 말한다.

> 그러고 나서 그들은 우리를 훈육하기를 원했다. 그들은 우리가 군인처럼 행진해야 하고, 우리가 미래의 군인이라고 말했다. 우리는 더 이상 그런 광란의 움직임, 즉 스텝을 앞, 옆, 뒤로 움직이고 가운데에서 작게 비트는 움직임을 할 수 없었다. 심지어 수년 후의 사육제에서도 사람들은 오직

> 군인처럼 춤을 출 수 있었고, 집단들은 춤을 추는 것을 포기했다. 그들은 상상하는 것을 중지했다.[36]

이런 자연발생적인 춤을 통제할 때 사라지는 것은 정확히 말해 상상력, 즉 아직 상상되지 않은 질서에 도달하려는 음악적 가능성이다. 실제적인 것(이제 '유토피아의 껍질'이라는 외피를 입는 것)의 지배력이 재단언된다.

마지막 우화는 다중의 창조적 힘이 해방군에 의해 억압되는 것을 보여주는 두 번째 우화의 전도이다. 마지막 우화에서 집단적 환희의 시뮬라크르가 집단적 고통을 이용해 수익을 얻고자 하는 전前게릴라 집단에 의해 제작된다. 과거 문디알 게릴라 집단 소속이었던 빅토르는 친구 마롱고와 함께 '신의 희망과 기쁨의 교회Church of the Hope and Joy of Dominus'라는 새로운 신앙 사업을 시작할 생각으로 한때 파농주의자였던 엘리아스를 주교로 추대한다. 한 명의 예언자로서, 엘리아스가 너무나 냉소적인지, 아니면 너무나 진지한지는 확실하지 않다. 하지만 엘리아스의 추대자들이 기본적으로 교회를 앙골라 다중의 궁핍과 절망에 대한 투자로 생각한다는 것은 확실하다. 소설의 마지막 장면은 엘리아스의 복음 교회에서 펼쳐지는 거짓 광경이다. 주교는 과거의 종교와 사상의 요소들을 가장하여 군중들을 종교적 환희의 열기 속으로 끌어들이는데, 이는 '돈과 보석과 심지어 셔츠'로 교회 금고를 채우려고 의도한 것이다.[37]

하지만 그럼에도 불구하고 이 마지막 장면은 매우 양가적이다. 한때 분출되었던, 이 다중의 에너지는 결코 쉽사리 재억압될 수 없고, 엘리아스의 교회 경계를 넘어서 흘러 나간다. 다시 말해, 사육제가 다시 시작된다.

> 모두가 춤추고 키스하며 서로 만졌다. 그들은 심지어 통로에서 그리고 나중에는 루미나 양초 앞의 공간과 근처의 거리에서 서로 배를 맞부딪치며 춤을 췄다. … (중략) … 사육제의 자기 증식의 과정들처럼, 시장과 거리, 해변과 슬럼가를 향해 나아갔고 루미나 양초를 '세계와 희망'으로 가져갔다[38]

이것은 과거 민족으로 상상되었던 것과는 매우 상이한 종류의 유토피아이고, 확실히 우리는 엘리아스의 상업적 교회의 '희망과 기쁨'을 극히 아이러니한 것으로 간주해야 한다. 하지만 여기서 서사는 엘리아스의 표어를 변형된 형식('세계와 희망')으로 전유하고, 춤의 폭발적인 증식은 다른 측면에서 사유되어야 한다. 실제로 이 장면은 "다중들이 똑같은 열기를 가지고 독립의 표어들을 노래했던" 15년 전 독립의 순간 마지막으로 목격되었던 것과 동일한 집단적 즐거움의 재출현을 표시한다.[39] 하지만 만약 그 후로 전무했던 사육제가 여기서 다시 시작되는 것이라면, 그것은 질서가 존재하는 것을 허용하는 질서 내부의 무질서한 공간이 아니라 사전에 설정되어 있는 경계들을 항구적으로 위협하는, 외적 자극이나 제지 없이 스스로 증식하는 집단적 창조성의 공간이다. (상기의 구절로 끝나는 소설은 마침표 없이 끝난다.) 이 알레고리의 강력한 힘은 사실 그것의 양가성, 즉 다중의 창조적 즐거움이 애당초 수익 창출을 위해 조직된 것이라는 사실에서 비롯된다. 공장 생산과 식민 지배에서도 다중의 창조성은 애당초 오직 착취를 위해 조직된다. 그렇다면 그것의 확대된 힘은 이 최초의 조직화에 저항해야 하고 그 후에 결국 회유되거나 억압되어야 한다.

모든 것이 좋은데, 변혁적 실천의 전체 배치의 문제를 해결하지 않는 응구기에 의해 재현되는 민족적 해방의 유토피아와 비교해볼 때, 이 음악적 유토피아가 가지는 가치는 무엇인가? 그것이 제공하는 공허한 희망으로부터 수익을 얻기 위해 존재하는 엘리아스의 교회에 의해 제공되는 종교적 도피주의로부터 유토피아의 알레고리 혹은 은유를 구분지어주는 것은 무엇인가? 우리는 한 걸음 물러서는 것처럼 보인다. 적어도 우리는 정치적 주체를 현실화하고자 하는 응구기의 시도에서 다중에 대한 추상적 욕망에 대한 아체베의 알레고리로 물러선다. 최악의 경우 우리는 단지 미적 유토피아를 다른 매개체로 바꿔놓았을 뿐이다.

'미적 원칙'의 유토피아의 문제는 그것이 내적으로 해결하는 문제들 가운데 그 어느 것도 실제로 극복하지 않고, 오직 그런 해결책을 예술작품의 밀폐된 내부에서만 제시할 수 있다는 것이다. 하지만 음악은 사정이 다르다. 음악적 실천은 우리에게 그것과 다른 어떤 것을 제시하지 않고(실천이 알레고리로 전환되는 것은 음악에 대한 글쓰기의 차원에서이다), 우리를 아직 존재하지 않는 사회적 본체로 데려간다. 돈 아이드Don Ihde의 소리의 현상학 『듣기와 목소리*Listening and Voice*』에서 음악은 특정한 반응을 요구하는 일종의 '요청'과 호소를 의미한다.

> 만약 음악이 그 자체로 집중할 것을 요구하는 소리라면, 유혹적인 것은 음악을 '순수한 신체'로 생각하는 것이다. … (중략) … 하지만 이 관계에서 발생하는 것은 분명 반데카르트적이다. 관계되는 것은 나의 주체적 신체, 나의 경험하는 신체이고, 그것은 더 이상 '정신'과 '신체' 간의 이신론적deistic 거리의 유지가 아니다. 춤에 대한 요청은 그런 관계와 참여가 음악적 상황 속에 있음의 양식이 된다. 음악의 '어둠'은 극적인 소리를 가지는

음악적 현존에서 발생하는 거리감의 상실에 있다.[40]

돈 아이드의 공식이 함의하는 바는 음악은 본질적으로 신체들이 사회적 신체로 동기화되는 행위라는 것이다. "관계와 참여가 음악적 상황 속에 있음의 양식이 된다." 다시 말해, 음악은 근본적으로 단순히 개인적 신체와의 관계가 아니라 개인적 신체와 사회적 세계의 관계를 상연한다. 여기서 우리는 자크 아탈리Jacques Attali의 『소리들*Bruits*』이 열어젖히는 기이한 가능성, 즉 음악이 교육극처럼 우리를 현존하는 사회적 질서가 아니라 가능한 미래로 데려가는 가능성을 고려해야 한다.[41] 음악은 실제적인 것(음악의 부정) 속에 내재하는 총체성에 도달함으로써, 자신을 낳은 특정한 사회질서를 앞서 나갈 수 있다. 이런 식으로 고전적인 조화와 시간은 둘 모두 자연법에서 유래하는 것으로 추정되는 비율ratio의 보편적인 체계들에 근거하는데, 이는 차후에야 정치경제학에 의해 기술되는 사회질서를 예시한다. 음악은 세계 그 자체에 대한 보상이 아니라 현실적인 것 내에서의 잠재적인 것의 현존이다.

『유토피언 제너레이션』이 목도하는 음악적 문화는 『신의 화살』에서 마을의 이탈처럼 오로지 즉흥적이고 예상 불가능하게 활동하는 다중의 창조성의 표현이다. 하지만 오늘날 정치적 주체성의 문제는 모더니즘 혹은 반식민적 소설에 의해 의식적으로 혹은 무의식적으로 직면되는 것과는 차원이 다른 특성과 질서를 가지는 문제이다. 대중음악, 가장 타락한 형식으로 나타나는 가능한 미래에 대한 요청은 소설이나 교육극의 형식과는 달리 모든 사람들에게 전해진다. 사회적 공간에서 음악은 문학과 다른 위치를 차지한다. 그것의 지리적·인구적 도달 범위는 연극이나 소설의 도달 범위를 훨씬 넘어선다. 그것의 제작은 영화나 비디오의 제작보다 훨씬 수월하다. 그리고 다중의 창조성을 지도 그리고 형성하는 데 있어 그것의 잠재성은 그 어떤 다른 것들보다 크다. 음악 문화의 전 지구를 가로지르는 이동은 영화와 같이 극도로 자본화된 형식의 이동보다 예측하기 힘들고, 따라서 그것은 지배적인 흐름을 거슬러 예상치 못한 방향으로 작동하고 때때로 정치적 욕망들과 직접적으로 연결된다. 여기서 우리는 쿠바와 콩고의 음악적 교환, 재즈와 보사노바의 교환, 스코틀랜드 음악과 케냐 고지대 음악의 교환, 보편적인 저항 음악이 된 랩 음악의 전 지구적 증식, 그리고 『유토피언 제너레이션』의 앙골라 주인공이 유년기 파티로부터 상기하는 브라질 음악을 떠올릴 수 있다. 페페텔라의 초기작 『야카*Yaka*』에서 주인공인 젊은 등장인물은 반식민적 저항군에 동참하기 위해 떠나는데, 인터내셔널가, 애국가, 심지어 앙골라 전통가Ngola Ritmos 등이 아니라 오티스 레딩Otis Redding의 음악을 듣는다.[42] 이 음악적 전 지구화는 아직 정치적 연결성은 없고 음악적 연결성만 가지는 주체적 사람들의 유토피아적 욕망들 간의 지하적 연결을 이미 목도하고 있다. 자본주의적 현재 속의 균열에 내재하는 가능성은 때때로 공개적으로 나타난다. 하지만 때때로 그것들은 지하로 내려가고, 우리가 귀를 기울인다면 그 현존을 희미하게 인지할 수 있는 지하의 존재로 살아간다. 아니발은 전 지구화의 이데올로기의 표면적 승리에 직면하여 공책에 다음과 같이 쓴다. "마르크스가 무덤 속에서 지하의 그루브를 보여주면서 빙글빙글 돌고 있는 것이 틀림없다. 늙고 불쌍한 마르크스의 열광적인 스텝."(275쪽)

주

1) Ngugi wa Thiong'o, "Art War with the State: Writers and Guardians of Post-colonial Society," *Penpoints, Gunpoints, and Dreams*(Oxford: Clarendon, 1998), 7-35.

2) Bertolt Brecht, "The Anxieties of the Regime," in *Poems 1913–1956*, ed. John Willett and Ralph Manheim(London: Methuen, 1976), 296-298.

3) 응구기의 추방은 케냐아프리카민족연맹이 무너진 2002년에 종료된다. 2004년에 그는 케냐에 돌아가서 강연 여행을 한다. 고국에서의 짧은 체류 동안 그와 그의 부인은 폭행당한다. 이 공격의 배후에는 정치적 동기가 있었다.

4) Ngugi wa Thiong'o and Micere Githae Mugo, *The Trial of Dedan Kimathi*(London: Heinemann, 1976).

5) 영국의 권력 이양이 영국과 세계 정치의 문제였는지 아니면 직접적으로 마우마우 봉기 때문이었는지에 관한 질문은 거듭되는 논쟁의 문제이다. 이 사안에 대해서는 *Kenya Historical Review* 5. 2(1977), Some Perspectives on the Mau Mau Movement, edited by William R. Ochieng' and Karim K. Janmohamed를 보라. 특히 Maina Wa Kinyatti, "Mau Mau: The Peak of African Nationalism in Kenya," 287-311과 B. E. Kipkorir, "Mau Mau and the Politics of the Transfer of Power in Kenya, 1957-1960," 313-328을 보라.

6) Ladislav Venys, *A History of the Mau Mau Movement in Kenya*(Prague: Charles University Press, 1970), 63을 보라.

7) PEOPLE'S SONG AND DANCE:

SOLOISTS: Ho-oo, ho-oo mto mkuu wateremka!

GROUP: Ho-oo, ho-oo mto mkuu wateremka!

SOLOISTS: Magharibi kwenda mashariki

GROUP: Mto mkuu wateremka

SOLOISTS: Kaskazini kwenda kusini

GROUP: Mto mkuu wateremka

SOLOISTS: Hooo-i, hoo-i kumbe adui kwela mjinga

GROUP: Hooo-i, hoo-i kumbe adui kwela mjinga

SOLOISTS: Akaua mwanza mimba wetu

GROUP: Akijitia yeye mshindi

SOLOISTS: Wengi zaidi wakazaliwa

GROUP: Tushangilie mazao mapya

SOLOISTS: Vitinda mimba marungu juu

GROUP: Tushambilie adui mpya

SOLOISTS: Hoo-ye, hoo-ye wafanya kazi wa ulimwengu

GROUP: Hoo-ye, hoo-ye wafanya kazi wa ulimwengu

SOLOISTS: Na wakulima wote wadogo

GROUP: Tushikaneni mikono sote

SOLOISTS: Tutwange nyororo za wabeberu

GROUP: Hatutaki tumwa tena.

SOLOISTS: Hoo-ye, hoo-ye umoja wetu ni nguvu yetu

GROUP: Hoo-ye, hoo-ye umoja wetu ni nguvu yetu

SOLOISTS: Tutapigana mpaka mwisho

GROUP: Tufunge vita na tutashinda

SOLOISTS: Majembe juu na mapanga juu

GROUP: Tujikomboe tujenge upya (The Trial of Dedan Kimathi 84-85).

8) 응구기의 최근 글들은 이 소박한 독해를 옹호하는 듯 보인다. *Penpoints*, 48을 보라.

9) Carol Sicherman, ed., *Ngugi wa Thiong'o: The Making of A Rebel. A Source Book in Kenyan Literature and Resistance*(Borough Green: Hans Zell, 1990), 10.

10) Kariuki, *Mau Mau Detainee: The Account by a Kenya African of His Experiences in Detention Camps, 1953–60*(London: Oxford University Press, 1963)을 보라.

11) *Independent Kenya*(London: Zed, 1982), 33. 이 책은 익명의 작가들에 의해 저술되었고, 이 작가들과 연대를 형성한 『아프리카 마르크스주의 저널(*Journal of African Marxists*)』의 후원을 받았다.

12) 카미리투 연극을 논의할 때, "응구기"라는 이름은 상이한 맥락에서의 "브레히트"와 유사하게 집단적 실천을 함께하는 일군의 사람들을 의미한다. 이 단축 표기는 인정할 만하다. 왜냐하면 응구기는 우리가 이 연극들을 알게 되는 근거이기 때문이다. 응구기 그 자신은 항상 자신의 연극 기획에 기여한 다른 사람들의 존재를 분명히 하고자 노력한다.

13) Ngugi wa Thiong'o, *Detained: A Writer's Prison Diary*(London: Heinemann, 1981), 72 –80.

14) 네그리와 하트가 오늘날의 체제 비판과 핵심적 분석을 구성하는 것으로 파악하는, 지역적 투쟁과 전 지구적 구조 간의 직접적 공명은 이런 투쟁의 약점을 보여주는 상징일 수 있다. 지역적인 것과 전 지구적인 것의 직접적인 공명은 사실 제국과 교전을 펼칠 수 있는 형식을 조직하는 대신에 단순히 제국을 도발하는 데 그치는 지역 투쟁의 실패를 의미한다. 이 문제는 카미리투 기획에도 해당된다.

15) Ngugi wa Thiong'o, *Decolonising the Mind: The Politics of Language in African Literature*(London: James Currey, 1986), xiv.

16) Ngugi wa Thiong'o and Ngugi wa Mirii, *I Will Marry When I Want*(London: Heinemann, 1982), trans. of Ngugi wa Thiong'o and Ngugi wa Mirii, Ngaahika Ndeenda.

17) 이 문단에서 제공되는 정보의 상당 부분은 *Detained*, 72 –80에서 약술된다.

18) *Independent Kenya*, 특히 chapter 2, "KANU and Kenyatta: Independence for Sale," 13 –36을 보라.

19) Sicherman, *Ngugi wa Thiong'o*, 74.

20) 카미리투 공동체 교육 및 문화 센터에 대해서는 *Detained*, 72-80; *Decolonizing*, 34-62와 *Ingrid Björkman, Mother, Sing for Me: People's Theatre in Kenya*(London: Zed Books, 1989), 51-56을 보라.

21) Björkman, *Mother, Sing for Me*, 52, 60.

22) 〈어머니, 나를 위해 노래를 해주세요〉의 제작에 대한 더욱 상세한 설명은 Björkman, *Mother, Sing for Me*, 54, 57-60을 보라.

23) Björkman, *Mother, Sing for Me*, 60.

24) Kariuki, *Mau Mau Detainee*, 128-129.

25) Richard Frost, *Race against Time: Human Relations and Politics in Kenya before Independence*(London: Rex Collings, 1978), 196.

26) Björkman, *Mother, Sing for Me*, 73에서 인용.

27) Bertolt Brecht, *Brecht on Theater: The Development of an Aesthetic*, ed. and trans. John Willett(New York: Hill and Wang, 1964), 39.

28) 독립 이후 케냐 정치학에 대한 생생한 설명은 D. Pal Ahluwalia, *Postcolonialism and the Politics of Kenya*(New York: Nova Science Publishers, 1996)의 chapters 3-6을 보라. 케냐타의 질병 시기와 1982년 쿠데타 시기 사이의 정치적 운동들을 설명한다. 마르크스주의적 설명은 『독립 케냐(*Independent Kenya*)』를 보라.

29) Immanuel Wallerstein, "Dependence in an Interdependent World: The Limited Possibilities of Transformation within the Capitalist World Economy," *African Studies Review* 17.1 (April 1974): 7.

30) Fanon, *The Wretched of the Earth*, 64-66을 보라.

31) Wallerstein, "Dependence in an Interdependent World"를 보라.

32) 이 설명은 학부생 알레한드로 카스트로(Alejandro Castro)에 의해 제안되었다.

33) Pepetela (Artur Pestana), *A Geração da Utopia*(Rio de Janeiro: Nova Fronteira, 2000).

34) "O segredo da dança está na interacção entre o colectivo e o individual. … (중략) … Na xinjanguila, o colectivo é fundamental. … (중략) … Tudo combinado com os movimentos de ombros, ancas, braços e pernas. E o

particular? Está no breve instante em que a pessoa da esquerda, ao vir do centro, te convida batendo os pés ou dando um sacão de anca. … (중략) … Érealmente um equilibrio constante entre o habitual sentido colectivo da dança de roda e o sentido particular da dança de pares. O prazer … (중략) … está em sentir o prazer colectivo do rítimo e o de sentir viver, vibrar, o corpo que vem ao encontro do teu, sem o tocar."(*A Geração da Utopia*, 149-150)

35) "Eu tinha treze anos quando Luanda se mobilizou em massa para receber os heróis da libertação. … (중략) … Marchávamos, ouvíamos os relatos dos mais velhos vindos das matas, cantávamos as cancões revolucionárias, inventámos aquela marcha-dança que se espalhou por tudo o País, misto de fervor patriótico e imaginação criativa."(*A Geração da Utopia*, 361)

36) "E depois quiseram enquadrar-nos. Disseram, devem marchar como os soldados, vocês são os futuros soldados. Já não podíamos dar aqueles passos malucos que arrancavam palmas a toda a gente, vai para a frente, um passo para o lado, volta para trás, uma piada no meio. Mesmo no Carnaval, anos mais tarde, só se podia marchar como os soldados, os grupos deixaram de dançar. Liquidaram a imaginação."(*A Geração da Utopia*, 361)

37) "o dinheiro e as poucas jóias e até mesmo as camisas."(*A Geração da Utopia*, 375)

38) "Todo o povo dançando e se beijando e se tocando, se massembando mesmo nas filas e nos corredores e depois no largo à frente do Luminar e nas ruas adjacentes … (중략) … a caminho dos mercados e das casas, das praias e dos muceques, em cortejos se multiplicando como no carnaval, do Luminar partindo felizes para ganhar o Mundo e a Esperança."(*A Geração da Utopia*, 375)

39) "as multidões (estavam) cantando as palavras-de-ordem da independência com igual fervor."(*A Geração da Utopia*, 375)

40) Don Ihde, *Listening and Voice: A Phenomenology of Sound*(Athens: Ohio University Press, 1976), 159.

41) Jacques Attali, *Bruits: Essai sur l'économie politique de la musique*(Paris: Presses Universitaires de France, 1977).

42) Pepetela, *Yaka*(Lisbon: Publicações Dom Quixote, 1985).

8장

결론
— 반주변부적 징후으로서의 포스트모더니즘

댕
딩

댕
딩

댕
딩

딩

핑 퐁
핑 퐁 핑
퐁 핑 퐁
핑 퐁

딩
동
딩 딩 동
딩
동
딩 딩 동
딩 딩
나의 바이앙은 단지 이것이다
그 이상의 무엇도 아니다
나의 심장이 이 방식을 원한다
단지

프리드리히 아흘라이트너, 「댕-딩baum-bim」, 195?[1]
오이겐 곰링거 「핑 퐁ping pong」, 1953[2]
주앙 지우베르투, 〈딩 동Bim Bom〉, 1958[3]

우리가 이 책을 통해 추구해온 동학은 마침내 소진되었다. 이 난국은 어느 정도 논리적인 것이다. 서론에서 본 것처럼, 주체성이 역사를 통해 정치학으로 이동하면서 유토피아적 지평이 더욱 구체화될 때, 변증법의 거대한 두 진영의 균열은 더욱 심화된다. 하지만 이 지평은 실질적인 구체화의 지점, 즉 정치적 주체의 생산 지점에 도달하자마자 문학적인 것으로 머무는 것을 중지한다. 『아기의 날』과 카미리투 연극들이 의도적인 반문학적 기획이라는 것은 모두가 알 수 있을 것이다. 문학작품이 외부의 정치적 지평을 지향하면 할수록 우리가 서론에서 문학 그 자체에 속하는 것으로 이론화했던 내부의 유토피아적 지평의 필요성은 감소한다. 이것은 이 두 작품이 우리가 앞서 살펴봤던 작품들에 비해 더욱 나쁘다는 것이 (결코) 아니라, 그것들은 문학적 규범들에 의해서만 평가되는 것을 거부하고, 대신에 정치적 효율성에 호소한다는 것이다. 하지만 『아기의 날』과 카미리투 연극들은 문학적인 것이 되는 것을 중지하지 않는다. 사실 〈내가 원할 때 결혼할 거야〉에 대한 우리의 독해에서 밝혀진 것처럼, 이 연극의 유토피아적 지평은 그것이 가지는 정치적 메시지의 가공할 힘에도 불구하고 결국 최종적으로 공연 내로 재봉쇄된다. 오히려 이 두 작품에서 문학 형식은 자신의 내용이 되는 바로 그 정치적 욕망들과 대립하기 시작한다.

하지만 장차 보게 될 것처럼, 이 난국은 논리적인 것일 뿐만 아니라 역사적인 것이다. 이 마지막 장으로의 갑작스러운 이행을 위한 모델은 새로운 변증법을 수립하면서 기존의 난국을 해소하는 또 다른 예술 형식으로의 형식적·지리적 도약에서 '해결책'을 발견하는, 난국의 순간에 도달할 때까지 예술의 내재적 동학을 반복해서 발전시켜나가는 헤겔의 『미학』에서 찾을 수 있다. 이 마지막 장에서 도약은 1960년대의 브라질과 음악이 될 것이다. 이미 하나의 도약은 냉전의 종식과 주변부의 정치적 독립의 실패로 말미암은 20세기 정치적 지평의 명백한 봉쇄 이후에 유토피아적 욕망을 위한 하나의 가능한 매개체로서 음악을 투사하는 페페텔라의 『유토피언 제너레이션』이 이룬 바 있다.

우리는 예술의 '현재 형태current configuration'의 미래에 관해, 그리고 다양한 예술적 형식들의 구성과 그것들의 상대적 중요성에 관해 알지 못한다. 한편으로 우리는 이런저런 미적 가능성의 결정적인 종말에 대한 또 하나의 천년왕국적 선언을 하는 것을 원하지 않는다. 다른 한편으로 우리는 예술 형식들은 태어나고 죽는다는 것, 그것들의 구성과 사회적 의미는 그것들의 존재 기간 동안 변화한다는 것, 심지어 예술 형식은 그것에 강력한 힘을 부여했던 '사회적 배치'가 역사의 뒤안길로 물러났는데도, 하나의 실체로 계속해서 살아남는다는 것을 주장하기 위해 강력한 형태의 역사주의를 취하지 않는다. 즉, 우리는 문학 그 자체가 아마도 이런 종류의 사후적 삶을 살게 될 것이라고 제안하는 과도한 급진적 자세를 취하지 않는다. 이것은 사람들이 더 이상 시와 소설을 읽지 않거나 혹은 조만간 그렇게 될 것이라고 말하는 것이 아니다. 오히려 중요한 것은 문학적인 것의 가치를 가장 신봉하는 사람도 다음의 사실, 즉 (영화나 텔레비전과 공유되는 소설과 대중음악과 공유되는 시와는 대조적으로) 특별히 문학적인 대상에 의해서만 요구되는 관심의 형식들은 문학이 여전히 헤게모니적 예술 형식이라고 여기는 계층에게조차도 더 이상 자연스럽게 여겨지지 않는다는 사실을 기꺼이 인정할 것이라는 것이다. 또한 이것은 문학을 통한 관심의 형식들에 더 이상 아무런 가치가 없다고 말하는 것이 (결코) 아니다. 하지만 문학을 가르치는 전문 교육자들은 다음의 사실을 반드시 지적할 것이다. 대다수의 학생들이 영화와 음악에 관한 고찰들(옳은 것들, 그른 것들, 이데올로기적인 것들, 하지만 그럼에도 불구하고 그들의 목적에 적합한 것들)은 쉽사리 생산하는 데 반해서 워즈워스의 시나 마샤두 지 아시스의 소설에 나오는 가장 명백한 형식적 암시들을 포착하는 것에는 빈번히 실패했다는 것 말이다.

서론에서 봤듯이, 문학의 형상미학적 소명은 문학의 역사를 통해 늘 한결같이 존재해온 것은 아니다. 오히려 그것은 정치적 위기 속의 유토피아적 가능성의 시기, 다시 말해, 낭만주의, 프랑스 혁명 이후의 중세적 공간의 재편성, 모더니즘, 러시아 혁명 이후 생성된 정치적 가능성, 포스트식민 문학의 영웅적 국면, 그리고 위대한 반식민적 혁명 등의 시기에 가장 강력히 존재했다. 하지만 여기에 우리는 앞의 세 가지와는 대조적인 경향을 보이는 네 번째 순간, 즉 어떤 극적인 의미의 가능성으로 결코 표시되지 않고 문학적 제스처에 결코 호의적이지 않은 순간을 추가해야 한다. 그것은 앞선 순간들과 그 순간들의 문학적 보완물들이 공유하는 유토피아적 충동을 폐쇄하는 것, 인간 역사의 궁극적 지평으로의 냉전 종식과 자본주의적 세계시장의 이데올로기적 확립이 될 것이다. 비록 이런 이데올로기적 지평의 봉쇄를 향한 움직임이 진정 전 지구적인 것이었다고 할지라도, 그것의 시간성은 결코 한결같지 않았다. 어떤 장소에서는 이런 이행이 수십 년 동안 점진적으로 발생했고, 다른 장소에서는 급격한 위기의 형식을 취했다. 아마도 우리는 이런 유토피아적 가능성의 상실이 문화 생산에 심대한 영향을 끼칠 것이라고 생각할 것이다. "시인들의 시대는 끝났다."라는 바디우의 말이 맞든 틀리든, 예술들 간의 새로운 위계질서가 생성되고 있고, 음악과 영화가 시와 소설보다 더욱 중요한 역할을 한다고 사유하는 것은 타당할 것이다.[4]

하지만 분명 음악과 영화는 동일한 것이 아니고, 전 지구화의 문제와 관련해서(즉, 자본의 세계체제의 현 상태와 가능한 미래들과 관련해서) 그것은 상이한 가능성을 제공한다. 왜 이것이 문제가 되는지 이해하기 위해 우리는 전 지구화의 현 상태, 문화의 현 상태, 그리고 둘의 관계에 대한 논의에 있어 최소한의 구성 틀을 확립할 필요가 있다. 명백하게 "전 지구화는 문화의 수출과 수입을 의미한다."[5] 하지만 또한, 서론에서 본 것처럼, 괴테와 마르크스는 문화의 국제적인 교환(구체적인 경제 용어로서의 교환)을 당대의 근대적 상업의 기능과 동일시했고, 따라서 추정컨대 우리는 전 지구화에 대해 말할 때 단순한 정량적인 변화 그 이상의 무엇에 대해 말하고 있을 것이다. 그렇다면 문제는 현재 자본의 배치에 있어서 문화의 특이한 상태, "경제적인 것이 문화적인 것이 되고, 문화적인 것이 경제적인 것이 되는" 상태(여기서 혹자는 광고 기술들과 순수 예술 기술들 사이의 좁혀지는 거리, 혹은 미국 경제에서 문화 산업이 차지하는 중요성을 떠올릴 수 있을 것이다), 즉 생산양식으로서의 포스트모더니티가 될 것이다.[6]

제임슨의 관점에서 볼 때, 포스트모더니티의 문화적·상부구조적 측면으로서의 '포스트모더니즘'(포스트모더니티의 특징 중에 하나는 과거의 범주인 토대와 상부구조를 명백하게 둘로 구분하기 어렵다는 것이다)은 예술가의 선택의 문제가 되는 몇몇 문체적 특성과 같은 것이 아니다. 오히려 포스트모더니즘은 과거 식민지 체제의 붕괴와 민족국가 체제의 더욱 거대한 전 지구적 구조 아래로의 포섭 직후 자본의 재편성(즉, 미학 혹은 비자본주의적 사회와 같은 지금까지 반半자율적이었던 영역들의 제거와 자본 아래로의 최종적인 포섭을 뜻하는 것)으로 말미암아 미적 실천에 부여되는 한계를 지칭하는 것이다. 그럼에도 불구하고 혼성모방과 같은 개념에 대한 참조 없이 포스트모더니즘을 말한다는 것은 불가능하다. 혼성모방은 조이스에서 그랬던 것처럼 여러 가지 기법들 중에 단지 하나가 되는 것을 거부하고, 대신에 자본의 편성에서 존재론적 가능성들에 대한 증상이 된다. 우리가 이 마지막 장에서 던지게 될 질문 중 하나는 혼성모방과 같은 기법이 지리정치학적 질서 내의 상이한 위치에서 전개될 때, 과연 그것들은 동일한 기능과 효과를 가지는지, 그리고 더 나아가 제1세계에서 우리가 포스트모던 문화의 형식적 속성을 설명하기 위해 사용하는 개념과 용어가 형식적 차원에서는 거의 구분할 수 없는 제3세계(혹은 이 장의 맥락에서 더 정확히는 반주변부) 내의 새로운 경향들에 적절하게 적용될 수 있는지에 관한 것이다.

우리는 중심부와 주변부 간의 이런 형식들의 이동을 설명할 필요가 있고, 이런 맥락에서 포스트모던 문화는 종종 이미지와 그것의 전파의 관점에서 고려된다는 것을 언급해야 한다. 주요한 예외들이 있지만, 포스트모던 문화는 지배적인 경제권으로부터 주변부로 이동하는 경향이 있다. 만약 포스트모더니티가 냉전 종식 이후 "자본주의와 시장이 인간 역사의 최종적 형식 그 자체로 선언되어야 한다."라는 이데올로기적 형성물과 동일시될 수 있다면, 이런 시장으로의 역사의 종언은 또한 "강도 높게 식민화된 현실의 상품화에 다름 아닌 시각적 형식들에 … (중략) … 의한 현실의 식민화"를 재현하는 것으로 말해질 수 있다.[7] 이런 관점에서 볼 때, 포스트모더니티는 새로우면서도 치명적인 형태의 문화적 제국주의와 대체로 동일한 의미를 가진다.

앞의 장에서 본 것처럼, 전 지구를 횡단하는 음악 문화의 흐름은 자본의 지배적 흐름과 더욱 복잡하고 예측 불가능한 관계를 맺는다. 여기에는 여러 가지 이유들이 존재하는데, 가장 주요한 것은 음악을 창조하고 공연하고 생산하고 복제하고 분배하는 것에 대한 경제적 장벽들이 영화와 심지어 비디오(그리고 만약 교육 체제의 비용을 포함한다면, 문학)에 비해 훨씬 낮다는 것이다. 더구나 음악적 정보의 흐름은 통제하기 힘들 뿐만 아니라 설령 통제하는 데 성공한다고 할지라도 매우 제한적으로 영향을 미친다. 우리는 새로운 음악적 형식들의 출현(지난 세기에 풍부하게 봤던 것)이 예기적인proleptic 경향, 즉 아직 발명되지 않은 정치적 형태들로 우리를 데려가는 경향을 가진다는 자크 아탈리의 제안을 이미 보았다. 만약 우리가 '읽는 것이 아니라 듣는 것'을 위한 세계를 고찰하라는 아탈리의 요청을 받아들인다면, 우리는 지배적인 것 내에서 일어나는 다른 전 지구화를 식별할 수 있을 것이다.[8]

이 가능성의 개념화를 위해, 우리는 주변부와 중심부 모두에서 벗어나 반주변부로 관심을 돌릴 것이다. 반주변부에서 자본의 순환은 제1세계처럼 자기 유지적이지 않지만 그렇다고 제1세계 자본에 구조적으로 완전히 의존하는 것도 아니다. 이것은 부분적으로 우리가 앞의 장에서 시도했던 지리정치학적 개요에 존재하는 간극을 메우는 것이 될 것이다. 왜냐하면 반주변부에 의해 재현되는 미적·정치적 환경들은 제1세계적 조건과 제3세계적 조건이 동시에 존재하는 상황의 (특정 계급에 해당되는) 정치적 변동성과 실험적 즉각성에 의해 특징지어지기 때문이다. 하지만 더욱 중요한 것은 이 장에 다루어질 중심적 사건(1964년 브라질의 반혁명적 쿠데타)에 의해 시대적으로 종결되는 문화적 상황에서 우리 개요의 네 번째 지리정치적·문화적 순간이 모더니즘에서 포스트모더니즘으로의 이행을 완벽히 예증하면서 말 그대로 순식간에 전자에서 후자에 이르는 방식이다. 호베르투 슈바르츠가 명료히 하는 것처럼, 1964년의 쿠데타는 "냉전에 있어 중요한 순간들 중의 하나"가 되는 사건, 즉 사회주의적 대안들이 점진적으로 제거되는 과정으로 느껴지는 사건의 전환점이었다.[9] 비록 우리가 건축, 연극, 그리고 시를 간략히 살펴볼 예정이라고 할지라도, 우리는 주로 보사노바bossa nova(최종적 모더니즘)와 '트로피칼리아Tropicália'로 알려진 쿠데타 이후의 음악적 순간(최초의 포스트모더니즘 중의 하나) 사이의 분할을 살펴볼 것이다. 우리는 이 분할된 두 시기 가운데 앞선 문화적 순간, 즉 실질적인 정치적 가능성들과 양가적 관계를 맺는다는 점에서, 근본적으로 앞의 장들에서 고찰한 모더니즘들과 동일선상에 있는 것을 개략적으로 서술함으로써 시작할 것이다. 그것은 바로 '발전적 대중주의'라고 알려진 정치경제적 구성체의 위대한 시대('5년 내에 50년'의 발전을 통해 국가 성장을 가속화한다는 주셀리누 쿠비체크Juscelino Kubitschek의 약속이 이 시대의 상징이다)와 문화적 영역에서의 새로운 모더니즘들의 창안 시대이다.

이 문화적 환경을 곧바로 살펴보는 대신에 우리는 1989년 발표된 하나의 노래, 시기적으로 1964년의 정치학으로부터 꽤 동떨어졌고 오직 형식적으로만 쿠데타 이전 시기의 신생 음악과 연결되는, 하나의 노래로부터 시작할 것이다. 위대한 브라질 작곡가 카에타누 벨로주Caetano Veloso가 지은 노래 〈기타 등등Etc.〉은 비록 그것이 관습적 형식으로부터 흥미로운 변형을 꾀한다고는 할지라도, 보사노바의 기본 특징인 2/4박자의 기타를 따르는 보컬을 도입한다.

기타 등등

난 혼자고, 난 슬프다 등등
나의 둥지 사이를 헤집고 지나가는
이 신선한 미풍을 누가 타고 올 것인가
내가 알 수 없는 욕망으로
예언되리라고 누가 주장하는가?
하지만

어떤 비밀스러운 사람
오라, 난 너를 부르고 있다
오라 등등.[10]

〈ETC.〉
Estou sozinho, estou triste etc.
Quem virá com a nova brisa que penetra
Pelas frestas do meu ninho
Quem insiste em anunciar-se no desejo
Quem tanto não vejo
Ainda
Quem pessoa secreta
Vem, te chamo
Vem etc.

친숙하고 우울한 서정적 목소리로 시작하는 노래지만 내용은 분명히 상투적이다. 가사는 형식의 고갈이 내용의 일부가 된다는 것을 즉각적으로 선언한다. 처음 등장하는 '기타 등등etcetera'의 의미는 이 보사노바의 주제가 그 자신에 대해 우리에게 말해야 하는 모든 것을 우리가 이미 알고 있다는 것을 말한다. 하지만 그다음 줄의 가사에서 이런 의미의 고갈은 순식간에 역전된다. 왜냐하면 '기타 등등'은 클리셰에 잠깐 동안 생명을 불어넣는 영리한 각운etcetera/penetra의 기회가 되기 때문이다. 세 번째 줄의 가사는 이런 기대를 일소하기 위해 아무것도 하지 않는다. 하지만 네 번째 줄에서 우리는 노래의 심장부 혹은 노래의 심장부라고 간주되어야 하는 것에 도달한다. 거기서 가사의 생기를 불어넣는 욕망이 출현한다. 하지만 가사 그 자체("내가 알 수 없는 욕망으로 / 예언되리라고 누가 주장하는가?")는 매우 어색하고, 주로 하나의 반복적인 음으로 구성되고 마치 필사적인 즉흥적 주법에 의존하는 듯 너무 많은 음절들을 각각의 소절 속에 쥐어짜 넣는다. 이 "신선한 미풍nova brisa"을 타고 오는 희망들은 명백히 낭만적인 내용을 압도한다. 결국 그것은 욕망의 대상인 애인이 어떤 분위기를 불러일으킨다는 것이 아니라 신선한 미풍 그 자체가 흥미진진한 가능성들로 가득 차 있다는 것이다. 여기서 강조점은 어떤 특정한 새로운 것에 대한 욕망이 아니라 새로움 그 자체the New itself에 대한 욕망에 있다. 그리고 여기서 1960년대식의 정치적 가사의 울림을 발견하는 것은 지나친 것이 아닐 것이다. 당시에 가수가 노래한 '내일'은 개인적인 내일일 뿐만 아니라 집단적이고 유토피아적이지만 너무나 추상적인 혁명 이후의 미래이다. 좌우간 이 가사의 중심 주제는 결국 욕망의 대상이 된 사람(결국 하찮은 양적인 것이 된다)이 아니라 욕망 그 자체이다.

하지만 이 욕망은 그 최초의 등장에도 불구하고 마술처럼 소환되는 것이지 실제로 느껴지는 것이 아니다. "내가 알 수 없는"이라는 다음 줄의 가사는 이것을 암시한다. 하지만 그다음 단어 "하지만"은 중간 휴지 이후에 오게 될 것에 대한 기대감을 증폭시킨다. 뒤따르는 것은 등장할 것으로 기대되는 사람에 대한 간청이다. 하지만 만약 "비밀스러운 사람"이라는 표현이 가사의 행간 속에 나타나지 않는다면, 노래의 진정한 효과는 욕망 또한 나타나지 않는다는 사실로부터 나온다. 마지막 가사 "오라"는 고조되는 긴장적 화음들이 배후에서 진행되는 동안 두 마디 넘게 고음으로 유지된다. 하지만 이것은 단지 허세일 뿐이다. 마지막 줄은 철저히 급격한 반클라이막스다. 이 노래는 또 하나의 "기타 등등",

이번에는 각운이 없고 서서히 잦아드는 음을 가지는 것으로 끝난다. '기타 등등'의 의미는 전환된다. 그것은 추가적인 설명의 불필요성을 의미하는 것이 아니라 계속 욕망을 가장하는 것의 무의미함을 가리킨다. 대다수의 보사노바 노래들과는 대조적으로(심지어 본 장의 선두에 인용된 주앙 지우베르투João Gilberto의 작품들과 같은 가장 단순한 것들과도 대조적으로), 이 노래가 1절만 가진다는 것은 언급할 가치가 있다. 2절은 전형적으로 1절에 대한 주석을 다는 관점으로 기능한다. 그리고 여기서 우리가 동일한 억양으로 다시 한번 불리는 이 동일한 가사에서 얻게 되는 것은 일종의 절대적이고 아이러니를 부릴 수 없는 관점이다.

이처럼 오늘날 우리 시대에 있어 상실되고 불가능한 어떤 것을 부정적으로 환기하는 것은 보사노바에 있어 본질적인 어떤 것, 즉 새로운 음악의 생산이 절대적으로 새로운 어떤 것의 핵심적 부분으로 여겨질 수 있는 분위기를 가리킨다.(보사노바라는 이름 그 자체가 '새로운 것'과 같은 어떤 것을 의미하고, 이 이름이 그것을 나타낸다는 사실은 마케팅 표어를 넘어서는 의미를 가진다.) 하지만 만약 우리가 이 '새로운 것'에 내용(다시 말해, 정치학)을 부여한다면, 우리는 본질적으로 보사노바를 비정치적이고 밝고 태평한 것으로 간주하는 일종의 고정관념적인 반대에 직면한다. 통상 보사노바는 일부 초월적 순간들을 지니지만 재즈와 같이 덜 진지한 형식에 쉽게 동화되고, 궁극적으로는 편하게 들을 수 있으며, 주제적 차원에서도 예쁜 소녀, 해변, 리우데자네이루의 멋진 풍경을 담은 엽서 같은 것에 한정된 매력적인 음악이다. 물론 이 전형에 전혀 실속이 없거나, 혹은 보사노바의 자기 이미지('낙천주의의 시대'로서의 1950년대 브라질이라는 이미지)가 그런 전형에 전혀 기여한 바가 없는 것 같지 않다. 하지만 보사노바의 몇 가지 형식적 측면들에 대해 관심을 기울이는 것은 이 낙천주의에 구체성을 부여할 것이다.

보통 우리는 접근성과 기법의 정교화를 서로 대립되는 것으로 생각하는 경향이 있다. 이 경향은 단지 예술 분야에 국한되는 것이 아니다. 그것은 노동 과정의 혁신적 분할과 그에 수반되는 의식의 전문화와 관련된다. 특정 분야의 전문가와 다른 사람들 간의 거리는 서로 이해가 불가능해질 정도로 벌어지고, 이는 예술에서만큼이나 공학, 법학, 물리학에서도 기정사실화된다. (이런 문화적 경향은 우연이 아니라 상품 형식의 논리 속에 직접적으로 포함되는 과정이다.)[11] 의식의 전문화는 그 어떤 대중화의 노력도 즉시 약화시킨다. 예컨대, 미국의 문화 산업은 특정 요소의 기술적 장치는 최대한으로 동원하는 반면에 다른 요소들은 고의적으로 저개발 상태에 내버려둔다. 일종의 거대한 종합 혹은 '일반 지성'으로 간주되는, 즉 문화 산업이 나타내는 어마어마한 집단적 재능은 그 총체적 생산물의 진부함과는 기이하게 어울리지 않는다. 하지만 보사노바는 모든 차원에서 (물론 제한된 영역 내에서) 이런 이율배반을 가까스로 극복해낸다. 전례 없는 보사노바 기타와 보컬 기법을 최초로 시도한 주앙 지우베르투의 기교에 대한 논평들에서 종종 망각되는 사실은 그의 기법들이 대중적인 양식(즉, 삼바)으로부터 발생할 뿐만 아니라 지극히 단순해서 기본적 형식에 있어 그것들을 배우고자 하는 모든 사람들에게 접근이 용이하다는 점이다. (베이스 라인과 퍼커션 반주는 사용될 때 단순 구성 요소들과 유사하게 구축된다.) 하지만 실제 연주에서 그 기법들 간의 상호 작용은 눈부시게 정교하다. 이는 기타 반주(보컬 라인과의 상호 작용을 통해 복잡성을 이끌어내는 상대적으로 단순한 당김음)에서 그러하고, 장식적 꾸밈을 삼가고 예외적으로 음높이가 필요할 때도 거의 일상적 발화의 범위 내에 머무르는 보컬적 특성 그 자체에서 그러하다. 통 조빙Tom Jobim의 작곡 기법 역시 이와 동일한 이중적 경향을 가진다. 한편으로 멜로디와 리듬에 대한 강조는 보사노바를 즉각적으로 접근 가능한 것으로 만든다. 다른 한편으로 멜로디들의 구성 요소들은 이따금씩 12음 기법으로 발전하고, 그것들이 의존하는 화음의 토대는 기발하고 놀라운 스케일의 변조를 통해 무궁무진한 공급원이 된다.

이런 융합을 조빙이나 지우베르투가 분명 염두에 두지는 않았던 용어로 설명하면, 보사노바는 대중적 예술 형식을 위해 이미 존재하는 '기법적 장치'를 완전히 동원했다고 할 수 있다. 정확히 정치학은 아니지만, 이 미적 이데올로기는 위대한 모더니즘적 도시 브라질리아와 같은 거대 공공 기획들에 투자되었던 브라질 건축 실험의 옆자리를 벗어나는 것처럼 보이지 않는다. 비록 이런 보사노바의 혁신들을 설명하는 기법적 방식이 낯설게 들린다고 할지라도, 우리는 그것이 브라질 문화 비평에서 전혀 새로운 것이 아님을 지적해야 한다. 하나의 사례를 들자면, 1960년대 중반에 이미 구체시具體詩 시인 아우구스투 지 캄푸스Augusto de Campos는 보사노바를 "자율적이면서 수출과 수입이 가능한 … (중략) 기교들을 발전시킨" 운동이라고 찬양했다.[12] 하지만 전문화와 접근성 사이의 이런 근본적인 이율배반의 극복(모더니즘적 숭고처럼, 예술 작품에서 사회적 삶 자체의 이율배반들을 극복하는 것)은 확실하지 않다. 보사노바 음악 외부의 세계는 분할되었고 지금도 분할 중이며, 이런 분할의 지속은 과거의 이율배반을 새로운 방식으로 보사노바에 기입한다. (두말할 필요 없이, 이런 양가성은 더욱 잔혹한 방식으로 가난한 칸당고candango 노동자들에 의해 건설된 도시 브라질리아에 적용된다.) 분할은 음악을 듣는 사람들의 전문화된 귀에 복수를 가한다. 이들의 귀는 보사노바의 형식적 발전을 적절한 방식으로 수용하기 위해 특정한 종류의 계급 훈련을 받은 것이 틀림없다. 훈련되지 않은 귀는 보사노바 이전의 종종 균질하지 않게 연주되는 잔뜩 과장된 편곡들을 더욱 선호하는 반면에 훈련된 귀는 그런 음악보다 주앙 지우베르투의 음악을 더욱 선호한다.

대중의 요구와 계급적 전문화의 새로운 개입 사이에서 보사노바가 보이는 양가성은 그 서정적 가사에서 명확히 드러난다. 보사노바에서 찬양되는 아름다움과 우아함은 사실 가사의 주체가 접근할 수 없는 것이다. 통 조빙의 정전적 사례로 보면, 보사노바 전형의 주된 부분들 중에 하나인 〈이파네마에서 온 소녀The Girl from Ipanema〉, 즉 이파네마의 부유한 해변 지역의 고상함과 아름다움의 상징적 구현인 그 소녀는 결정적으로 주체의 도달 범위를 벗어난다. 이는 비니시우스 지 모라이스Vinicius de Moraes의 가사에서 완벽히 드러난다. "그리고 매일 그녀는 바다로 걸어온다 / 그녀는 나를 보지 않고 그저 앞만 똑바로 쳐다본다."[13] 실현되지 않은 욕망은 물론 중세적 비유로까지 거슬러 올라가는 상투적 가사 내용이다. 하지만 여기서 한 여성에 대한 실현 불가능한 욕망은 그녀가 속한 상층계급 환경에 대한 욕망의 제유이다. 이 가사의 포르투갈어 판본에서, 여성은 제유적으로 "존재하지만" "나에게는 속하지 않는" 이 모든 "아름다움"으로 형상화된다. 이 구조는 보사노바라는 용어를 소개하는 일종의 선언격 노래인 뉴통 멘돈사Newton Mendonça의 〈음치Desafinado〉에서 명백해진다.

> 나의 사랑 당신이 나에게 음치 가수라고 말한다면,
> 그런 말이 얼마나 나의 감정을 상하게 하는지 알지 못하나요.
> 오직 특권을 가진 사람만이 당신과 같은 귀를 갖고 있을 뿐
> 난 신이 내게 준 것만 갖고 있을 뿐이에요.[14]

비록 '특권을 가진 사람들privilegiados'이라는 단어의 의미가 영어에서 만큼이나 포르투갈어에서도 유연하다고 할지라도, 계급적 독해는 이 연의 마지막 줄, 즉 신이 준 (작은) 재능만 갖고 있는 가사의 주체와 그의 연인이 가지는 계급적 특권의 대비를 보여주는 부분에 의해 피할 수 없는 것이 된다. 이 독해는 보사노바라는 용어가 등장하는 그다음 연에서 확증된다. 여기서 음이 이탈되는 것은 단순히 주체의 노래가 아니라 그의 사회적 존재 전체이다. 그는 새로운 방식(보사노바), 즉 더욱 '자연스럽고' 민주적인 방식으로 음악을 한다고 밝힌다.

> 만약 당신들이 나를 분류할 때
> 나의 작곡법이 반反음악적이라고 한다면
> 나는 당신들과 논쟁을 해야 마땅하겠죠
> 이것이 새로운 것이라고
> 이것은 자연스러움이라고요

우리가 형식의 차원에서 지적했던 양가성이 가사의 내용을 아이러니화할 때, 이 음악(〈이파네마에서 온 소녀〉와 마찬가지로 통 조빙에 의해 작곡된 것)은 단어들을 극화하는 동시에 그것들과 급진적으로 괴리된다. 각 연의 처음 두 줄은 의도적으로 어색한 음정들로 끝난다. 그것들은 주체의 어색함과 반음악성을 드러내도록 의도된다. 만약 그 음정들이 실제로 음 이탈되어 불린다면 상실되고 말 효과이다. 앞서 본 것처럼, 주앙 지우베르투가 글리산도나 비브라토 없이 이 두 줄을 전달하는 것(명백히 '단순화하는' 효과, 더욱 '자연스럽고' 덜 꾸며진 형식, 하지만 음높이의 특별한 감각을 요구하는 것)은 오직 역설을 강화할 뿐이다. 왜냐하면 글리산도와 비브라토는 음 이탈

이후에 음높이에 사소한 수정을 가하는 것을 허용하기 때문이다.

그렇다면 우리가 알게 되는 사실은 가사의 목소리를 상대적으로 겸손한 시각과 동일시하는 보사노바의 내적 경향이다. 실질적으로 음 이탈에서 새로운 것은 이런 동일시, 즉 이 진정 '새로운 것'과 단순하고 비전문화된 음악적 의식의 동일시이다. 물론 이 관계성에서 보사노바의 작곡가, 작사가, 연주가들은 실질적으로 보사노바가 명백히 거부하는 위치, 즉 '특권적 귀'의 위치를 차지한다는 것은 두말할 필요도 없다. 대중과 주체의 동일화는 완벽하지 않다. 그것은 가사의 차원에서 지배적이지만, 대단히 미세하게 형식의 차원에서 아이러니를 자아내는 경향이 있다. 이런 배경적 상황과의 대비를 통해 우리는 본 장의 제사 역할을 하는 주앙 지우베르투의 〈딩 동〉의 가사를 가장 잘 이해할 수 있다. 이 노래를 번역하면 다음과 같을 것이다.

딩
동
딩 딩 동
딩
동
딩 딩 동
딩 딩
나의 바이욘은 이것뿐
그 이상 아무것도 아니라네
내 심장이 원하는 건
이 방식뿐이네

두 음계(한 음은 '딩'에 적용되고, 다른 음은 '동'에 적용된다)로 구성되는 주요 부분이 다섯 번에 걸쳐 나오고 1958년 반복을 포함해 총 1분 12초 안에 녹음을 완료한 이 짧은 노래는 매우 유치하고 하찮은 것으로 보일 수 있다. 하지만 이 노래를 유심히 살펴보면, 우리는 그것이 위에서 약술된 기본 구조를 따르는 축소판이라는 것을 바로 눈치챌 수 있다. 사실 이 가사의 주제는 대단히 효율적으로 명시된다. 즉, 그는 단순하고 가난하며 북동부 지역 출신이다. 각운, 의미, 운율은 북동부 지역의 당김음조 춤 형식을 가리키는 단어 '바이앙baião'이 아니라 다른 단어들(가령, 노래를 뜻하는 단어 '칸상canção')을 사용했다면 보존될 수 있었을 것이다. 하지만 두 번째 부분은 다른 조성을 가지고, 하모니의 구성을 확장시키며, 노래 속에 등장하는 허구의 작곡가를 분명히 능가하는 반음계의 요소들을 포함한다. 여기서 우리는 노래의 목소리가 분열되는 현상과 다시 만난다. 한편으로 그것은 대중적 단순성과 동일시되는 목소리이지만, 다른 한편으로 그것은 이 동일시를 약화시키고 타당하지 않은 듯 보이는 비애감의 음을 도입하는 (형식에 의해 도입되는) 아이러니한 기운의 목소리이다.[15]

〈딩 동〉을 이 장의 서두를 장식한 유럽의 구체시 2편과 나란히 병치시키는 것은 전적으로 뜬금없는 일은 아니다. 1950년대 브라질의 구체시는 우리가 방금 확인한 보사노바의 전위적 대중화를 향한 양면적 태도를 똑같이 공유한다.[16] 하지만 지우베르투의 〈딩 동〉과 아흘라이트너의 독일어 사례 사이에서 우리가 즉시 알아차리는 하나의 관계성은 비록 유사한 구조가 이 두 시를 통합한다고 할지라도 그것들은 매우 상이한 내용을 가진다는 것이다. 주앙 지우베르투의 기만적으로 단순한 체하는 노래는 기만적으로 단순한 체하는 이야기를 전하는 반면에 「댕-

딩」은 나무를 뜻하는 단어인 '댕baum'과 종소리의 의성어적 표현인 '댕baum'의 구분에 기초하는 최소 규모의 언어학적 실험이다. 물론 이것은 이 둘의 형식적 맥락(〈딩 동〉은 결국 구체시가 아니다)에 어느 정도 기인하지만, 그것은 또한 우리가 지금까지 봐왔던 것들, 즉 유사한 듯 보이고 심지어 서로 교류 작용을 통해 발전한 형식들도 지리정치적 단층선을 가로지르면 상의한 의미를 가지는 경향이 있다는 것을 보여준다. '순수한' 형식적 실험(이런 의미에서 〈딩 동〉의 첫 번째 부분은 의성어적 의미화의 가능성이 단호히 차단되는 까닭에 그것의 유럽적 대응물들보다 형식적으로 볼 때 더욱 소박하다)은 제1세계 문화적 맥락에서는 사회적 내용에 성공적으로 저항하는 경향을 갖는 데 반해서 주변부 상황에서는 사회적 내용을 포함하는 경향을 즉각 가질 것이다. 이 현상은 또한 브라질의 구체시Poesia concreta와 그것의 유럽적 대응물 사이에서도 나타난다. 예컨대, 아롤두 지 캄푸스Haroldo de Campos의 「알레아 I－의미의 변주Alea I－Semantic Variations」나 아우구스투 지 캄푸스의 「숫자 하나 없이sem um número」를 생각해보자. 이 시들은 철자법상의 변형을 추구하는, 의미 없어 보이는 형식적 실험이며 이는 브라질 농민 계급의 조건과 관련된 것으로 드러난다.[17]

구체시는 종종 브라질 대중음악 역사의 최근 시기, 즉 1960년대 중반 구체시인들이 비판자들에 맞서 트로피칼리아Tropicália 운동을 위해 싸웠던 시기와 연관된다. 그럼에도 불구하고 트로피칼리아 운동의 열기가 최고조에 이른 가운데, 구체시인 아우구스투 지 캄푸스와의 1968년 인터뷰에서 벨로주는 〈딩 동〉을 보사노바가 진부해진 뒤에도 여전히 동화되지 않는 활력을 갖는 노래로 옹호하고,[18] 아방가르드 작곡가 줄리우 메다글리아Júlio Medaglia는 이 "단순한 구체적 바이앙"(어떤 이는 여기서 '구체적'이라는 단어의 사용이 우연이 아니라고 가정할 수 있다)이 보사노바의 정수를 구현한다고 말한다.[19] 보사노바와 구체시의 이 관계성은 우연이 아니다. 이를 이해하기 위해 우리는 보사노바에서 고찰했던 형식의 양가적인 민주화가 그것의 '대중적' 관점과의 역설적인 반동일시와 함께 적어도 1920년대의 브라질 모더니즘, 특히 오스발드 지 안드라지Oswald de Andrade의 작품으로 거슬러 올라갈 수 있다는 것을 지적해야 한다. 예컨대, 안드라지의 번역 불가능한 작품 「대명사적 형식들pronominais」은 대명사 '나me'의 두 가지 상이한 배치로부터 강력한 효과를 거두는데, 첫 번째는 뛰어난 학생, 교사, 문법서들(그리고 다른 사안이지만, 허세 넘치는 흑백 혼혈아들)에 속하고, 두 번째는 자신의 언어를 말하는 "브라질 국가의 / 훌륭한 흑인과 훌륭한 백인'뿐만 아니라 시인 그 자신을 재현한다. '형제여 그것에서 손을 떼라! / 내게 담배 한 개비만 주시오."[20] 구체시주의는 이 과정의 어떤 가능한 마지막 지점을 표시한다. 구체시의 소재는 그 언어를 사용하는 모든 독자들, 심지어 글을 제대로 읽지 못하는 사람들조차 쉽게 접근할 수 있다. '주관적이고 향락적인 표현시', 즉 사적이고 사유화하는 시와는 달리, 아우구스투 지 캄푸스의 '구체시를 위한 실험 계획'은 '유용한 대상으로서의 시 생산물'을 제안한다.[21] 그의 시 「도회지-도시-시Cidade-cité-city」, 즉 여러 단어로 구성되는 하나의 거창한 합성어의 '적절한' 맥락은 상파울루 시내의 전기 간판이고, 이런 맥락에서 그의 충격적인 1961년 작품 「파업Greve」의 강력한 힘을 총파업을 위한 선전으로 상상하는 이도 있다.[22] 언어적 요소는 일반적으로 몇 개의 단어들 혹은 심지어 몇 개의 음정들로 축소되는 반면에 강조점은 시각적 충격과 공간적 관계성, 즉 통사론적 절차보다는 구조적 행위자로서의 그래픽 공간에 있다.[23] 광고 기법과의 관계가 두드러지고, 상업적 디자인에서 아이디어를 직접적으로 차용하는 것은 전혀 놀랍지 않다. 가령,

1972년 캄푸스의 빨간색과 흰색의 깔끔한 디자인으로 이루어진 「비바 바이아VIVA VAIA」는, 비록 리지아 클라크Lygia Clark의 구성주의적 작품 〈벌레들bichos〉의 견본처럼 보인다고 할지라도 '고급 기성복deluxe ready-to-wear'의 광고에서 아이디어를 빌려온 것이다.[24] 데시우 피그나타리Décio Pignatari의 유명한 1957년 작품 「코카콜라를 마셔라beba coca cola」('코카콜라를 마셔라'를 화장실 유머로 변형시킨 것)의 경우처럼, 패러디적 가능성과는 별개로, 가장 흥미로운 구체시는 우리로 하여금 신발을 팔아야 하는 필요성과는 무관한 광고 이미지의 힘과 대면하게 만든다.[25] 이 이미지는 궁극적으로 수익에 대한 욕구가 즉각적으로 수반되는 자본주의의 착취적 측면을 제거한 채로, 오직 자본주의의 민주화하는 측면(실제적으로는 아니더라도 잠재적으로 '모든 이들을 위한 것'이 될 정도로 생산력을 향상시키는 것)만을 가지고 우리에게 다가온다. 이런 충동은 다시 한번 우리가 보사노바와 모더니즘적 건축에서 봤던 전위적인 것의 민주화를 지향한다. 실제로 상기에 인용된 '구체시를 위한 실험 계획'은 새로운 수도 건설을 위한 '실험 계획'을 직접적으로 참조하는 것이다. 하지만 앞서 본 것과 동일한 양면성이 여기에도 새겨져 있다. 광고 기법(음악 기법보다는 산업과 자본의 실제 작동에 훨씬 가까운 것)의 사용은 미학 이데올로기가 이데올로기 일반이 되는 순간으로 더욱 가까이 다가선다. 여기서 '대중적' 경향은 사실 거의 '대중적'이지 않은 자본, 즉 광고를 통해 착취되는 수많은 이미지와 상투적 정형들의 축적과 직접적으로 연결된다. 결국 「비바 바이아」와 그것의 상업적 모델의 차이는 종류상의 차이가 아니라 정도상의 차이이다. '고급 기성복'식의 주장을 통해 기약되는 고급 의상점의 대중화는 그 자체로 유토피아적인 측면이 없는 것은 아니지만, 그것은 허위적인 약속 속에서 즉각 가짜임이 드러난다.

이 미적 이데올로기가 거짓임을 보여주는 역사적 순간에 도달하기 전에 우리가 할 일은 이론적 여담이다. 구체시주의와 보사노바 둘 모두의 기법적 요구는 의식적으로든 무의식적으로든 아도르노적 구성틀, 즉 작품 속으로의 생산적 힘의 동원이 작품 외부의 생산적 힘을 알레고리화한다는 틀 안에서 작동한다. "비록 작품이 단지 주관적인 것처럼 보인다고 할지라도, 작품 속에 투여된 힘들의 총체totum는 이용 가능한 생산력의 수준에 따른 집단성의 잠재적 존재이다."[26] 아도르노적 입장은 제1세계의 문화적 상황이 산업의 최신 발전(생산 기법의 발전과 함께 의식성의 전문화)과 그에 즉각적으로 반응하는 예술 생산의 과정 속에 존재한다는 것이다. 하지만 민족국가의 경제가 경제 그 자체의 이론적 지평으로 간주되기 어려운 반주변부의 상황에서 문제는 약간 다르게 나타난다. 아도르노의 관점에서 볼 때, 고전적인 반주변부 상황에서의 문화 생산은 매우 곤란한 선택에 직면한다. 한편으로 반주변부는 자신의 하위 종속적 위치를 외면한 채 지역의 전통을 따라 '진정성' 있는 작품들을 계속 생산할 수 있다. 하지만 세계주의적 대안은 그렇게 할 수 있는 경제적 여유가 있는 사람들에게만 가능한 까닭에 '진정성'의 문화 생산은 자신과 정반대되는 것으로 변질된다. 더불어 구체시주의자들이 자주 인용하는 오스발드 지 안드라지의 인상적인 구절인 "관광객을 위한 마쿰바macumba 주술"에 불과한 것이 된다. 다른 한편으로 반주변부는 이런 대도시적 형식들을 모방할 수 있다. 하지만 이 형식들은 주변부에는 그에 상응하는 것이 없는 특정한 사회적 형식들로부터 발전했기 때문에 반주변부에서 그것들의 새로울 것 없는 상태는 명백할 것이다.

만약 우리가 아도르노적 절대주의와 결부되는 것을 거부한다면, 우리는 아름답고 의미심장한 작품들이 중심부와 반주변부 각자의 조건 아래에서 생산되었다는 것을 (그 딜레마가 거짓이기 때문이 아니라 이 조건들이 순수한 형식으로 만나는 경우는 드물기 때문에) 용납할 수 있다. 예술에 대한 권리 일체를 거부할 가능성을 제외하고서, 이런 딜레마를 벗어날 수 있는 방법은 (그 어느 것도 쉽지 않지만) 두 가지이다. 첫 번째는 '게임에 참여하는 것,' 즉 새로운 전위적인 것들의 생산에 직접 참여함으로써 세계주의적 문화와 경쟁하는 것이다. 이것은 제한적인 예술 영역 내에서 주변부 상황이 부과하는 제약들을 피하는 것이다. (잠시 동안 유보되었던 질문으로 되돌아가자면, 이것은 조이스적 선택의 지배적인 방식이다.) 두 번째는 주변부의 빈곤함과 중심부의 부유함이 단일한 과정의 양상들이라는 사실에서 출발하는 것이다. '이용 가능한 생산적 힘의 차원'이 주변부에서 자신의 주관적 효과를 낳는 방식은 정확히 예기치 않은 방식으로 일상생활에 영향을 주는 '불균등 발전'을 경유하는 방식이다. (심지어 조이스의 결정도 결코 순수하지 않다. 『더블린 사람들』의 '양심적 사악함'이 그 예이다.) 이것은 반주변부적 조건을 일종의 '동일성'이나 가치(일종의 마조히즘을 수반하는 것과는 별도로, 우리를 진정성의 역설로 되돌려 보내는 것)로 간주하는 것이 아니라, 오히려 비록 매개된 방식이라고 할지라도 지리정치적 질서의 징후를 이용하면서 반주변부 조건을 원소재로 간주하는 것이다.

이 두 입장이 이론상 양립 불가능하다는 것은 분명히 해야 한다. 첫 번째 방법의 목적은 반주변부 조건이 부과하는 한계들을 상징적으로 회피하는 것인 반면에, 두 번째 방법의 목적은 반주변부적 조건을 생산한 과정들을 직접적으로 반박하기 위해 철저하게 반주변부적 위치를 차지하는 것이다. 전자의 경우, 명백히 진보적이고 반제국주의적인 입장을 취함에도 불구하고 자본의 지평 속에 머무를 수 있다. 요점은 중심부와 주변부의 관계를 변화시키는 것이 아니라 그 속에서 어떤 사람의 위치를 변화시킬 가능성을 알레고리적으로 재현하는 것이다. 후자의 경우, 반주변부의 무기력한 상황에 대한 완벽한 가정으로부터 출발하는 이 입장은 (만약 마조히즘적 동일시로 빠져들지 않는다면) 더 이상 이 관계성을 중심으로 조직되지 않는 사회적 지평을 투사할 수밖에 없다. 하지만 이런 이론적 분열은 이 두 입장 모두가 동일한 예술가, 심지어 동일한 작품에서 나타나는 것을 차단하지 않는다. 실로 이런 경우는 적지 않다.[27] 사실 전자는 후자의 이런 충동을 거의 항상 저지한다.

브라질 모더니즘 시의 고전 시기로 돌아가서 오스발드 지 안드라지의 유명한 두 선언문 「파우-브라질 시 선언Manifesto da Poesia Pau-Brasil」(1924)과 「식인주의 선언Manifesto Antropófago」(1928)을 비교하는 것은 이 긴장 관계을 설명하는 데 유용하다. 브라질 아방가르드에 대한 영웅적 형상의 식인주의 시인의 해방적 중요성은 유명하다. 모든 문화들(미국 영화, 정신분석학, 투피족 신화, 포르투갈풍 감성 등)이 일개 영양소의 지위로 단순화되면서 중심부 대도시의 영향력에 대한 불안은 일거에 그 대립물로 전환된다. 하지만 '식인주의' 정신에 대한 오스발드의 선언문에는 이와는 다른 어떤 것이 존재한다. "나는 나의 것이 아닌 것에만 관심이 있다."[28] 식인주의의 비진정성은 주체의 해명이라는 미명 아래, 다시 말해, 일종의 진정성의 미명 아래에서 신봉된다. '가장' 나다운 것은 나의 것이 아닌 것에만 관심이 있다는 사실 그 자체이다. 그렇다면 식인주의 정신은 "자신의 시대 속에서 지역적이고 순수한 것이 되라"는 요구와 모순을 이루는 것이 아니라 그것의 표현이 되는 것이다.[29] "지역적이고 순수한 것"이 되는 유일한 방법은 반주변부 상황의 불순수성, 즉 자본의 기능을 새겨 넣는 것이다. 이런 맥락에서 "자유로운 눈으로 보라"(9쪽)는 친숙한 모더니즘적 요구는 루이스보다는 오히려 오스발드에게 더욱 강력히 적용되는 몸짓이다. 왜냐하면 이 '보는 것'은 필연적으로 지리정치적 요소를 포함하기 때문이다.

한편, '파우-브라질 시'(브라질 나무)라는 비유—브라질 나무처럼 '수출용'을 위한 것일 수 있다(7쪽)—는 브라질 예술에 지속적인 영향을 주었던 또 하나의 상이한 은유를 제공한다. 선언문의 보편적인 매서움은 전위적 시의 출현에 필수적인 기법적 조건들의 발전에 관한 것이다. 이 조건들 가운데 첫 번째는 '시인을 위한 시', 즉 주변부적 맥락에서는 약간 다른 의미를 가지는 친숙한 모더니즘적 반복구이다. 이는 다른 계급 분파들의 간섭에 대한 문화 생산자들의 자율성을 의미한다기보다는 전문화된 예술적 계층이 출현할 정도로 심화된 지역의 노동 분업을 의미한다.

> 전문화로의 복귀. 철학자들은 철학을 하고, 비평가들은 비평을 하며, … (중략) … 시인은 시를 쓴다. (6쪽)

이것이 말하는 "기법적 성취"(8쪽)가 단지 은유가 되는 것도, 혹은 단지 예술적 기법에만 관련되는 것도 아니라는 것은 확실하다. 그것은 "법적 조언자가 아니라 공학자들"(6쪽)을 필요로 하는 민족국가적 생산수단의 실제적 발전을 의미한다. 하지만 우리는 두 가지 수출 경제를 구분할 필요가 있다. 첫 번째는 식민지 경제의 주요 특징인 원재료의 수출이고, 두 번째는 (과거 30년 동안 변화가 있었다고 할지라도) 핵심 경제의 주요 특징인 완제품의 수출이다. 이런 맥락에서 "전문가를 위한 시"(물론 '완제품'으로서의 시)라는 개념을 통해 명백히 의도되는 것은 브라질산 나무를 상징으로 취하는 선택에 의해 퇴색된다. 브라질 경제는 어떤 "기법적 성취"(보사노바와 구체시주의에서의 기법적 요구의 이데올로기적 내용)를 동반하는 대신에 단순히 원재료를 이용한다. 이 은유에는 적절한 측면이 있다. 왜냐하면 브라질산 나무는 국가의 상징적인 상품이기 때문이다. 아마도 이것은 너무나 적절할 것이다. 왜냐하면 선언문의 참조 대상, 즉 브라질 모더니즘을 가능케 했던 실질적 토대는 어떤 의미에서 과거 수출 경제의 일부분, 즉 비록 한계는 뚜렷했다고 할지라도 한동안 "초창기의 산업화를 융성하게 했던" 커피 산업이기 때문이다.[30]

따라서 한편으로 우리는 제1세계 자본과의 관계에서 무기력한 상황에 놓이는 주변부 주체가 가질 수 있는 고유한 유토피아적 관점을 가진다. 이 주체의 지평은 중심-주변 관계의 폐지와 궁극적으로 모든 서열과 지배 관계의 폐지이다. 〔브라질의 모더니즘 운동과 공산당(오스발드 역시 차후에 가입한다)이 같은 해에 형성된 것은 우연이 아니다.〕 다른 한편으로 우리는 주변부 부르주아지의 제한적 관점을 발견한다. 오스발드의 작품「식전 음식aperitivo」에서 커피 산업의 수익, 즉 상파울루의 고층빌딩만큼 치솟는 커피 가격은 행복한 분위기를 자아낸다.[31] 그런데 이 두 입장 중간에서 어떤 감정적 개입이 이루어진다. 첫 번째 관점에서 행복감("행복은 진정한 척도이다.")은 (모두에게) 미래에 속하는 반면에 두 번째 관점에서 그것은 (일부에게) 현재에 속한다. 브라질 모더니즘의 행복감은 이 둘 사이를 쉽사리 오간다.[32]

일종의 격렬한 속류 유물론을 이용해서, 우리는 1964년 쿠데타 시기 브라질 경제의 지배적 배치에 대해 사회학자 옥타비우 이아니Octavio Ianni가 가정한 네 가지 경쟁적 모델이 우리가 지금까지 약술해온 네 가지 미적 지평들과 상당히 잘 조응한다고 지적할 것이다.[33] '수출'의 고전적 모델(즉, 원재료의 수출)은 '진정한' 지역 예술의 생산이라는 선택권에 조응되고, 모방 예술이라는 선택권(대도시적 문화 상품의 '완제품'의 단순 적용)은 브라질 북부의 자본과의 완전한 통합의 모델, 즉 군사독재에 의해 최종 승인되는 선택권에 조응된다. 한편, 위에서 본 선언문에서 상호 침범하는 두 가지 미적 해결책들에 조응되는 경제적 영역에서의 두 가지 능동적인 가능성들이 존재한다. 첫 번째는 서론에서 본 것처럼 반제국주의적 부르주아지의 자연스러운 전략이라 할 수 있는 민족주의적 수입 대체이다. 이 전략은 주변부의 전위주의에 조응된다. 두 번째는 사회주의 일반이다. 이 전략은 이론적으로 제3세계주의적인 미적 해결에 조응된다. 실제 문화 생산이 이 두 가지 미적 가능성의 구분을 어렵게 만드는 경향이 있는 것처럼, 쿠데타 이전 브라질의 정치적 배치는 이 두 경제적 선택 사이를 오가거나 둘을 융합하는 경향이 있다. 하지만 이 경제적 차원과 문화적 차원의 구조적 상관관계 하나가 다른 하나를 어떤 사적 혹은 공적 이데올로기로서 수반한다는 것을 의미하지는 않는다는 점은 강조되어야 한다. 요점은 미적 선택권의 모든 형성이 자본주의적 수입 대체나 사회주의와 연관되는 양립 불가능한 두 입장 사이의 전술적 타협을 통해 생겨난 가능성들의 장에 의해 통제된다는 것이다.

서론에서 봤듯이, 수입 대체는 지역 자본가의 이익을 증대하는 경향이 있고, 이것은 직접적인 경제적 자본만큼이나 문화적 자본에도 똑같이 적용된다. 따라서 문화 생산자의 입장에서 다중의 창조성에 관여하고자 하는 유토피아적인 반자본주의적 욕망과 제1세계 상대자와 경쟁하고자 하는 지역 자본가의 비열한 충동 사이의 혼동은 지극히 자연스러운 것이다. 미적 이데올로기의 차원에서 이와 같은 상대적으로 악의 없는 혼동은 이아니의 『브라질 대중주의의 붕괴 *O Colapso do Populismo no Brasil*』에서 설명된 브라질 대중주의의 비체계적 발전과 정확히 조응한다.[34] 1964년 쿠데타 이전에 전후 브라질의 지배적인 정치적 배치는 좌익과 '진보'의 연합, 즉 도심지 민족주의 부르주아지와 산업 민족주의 부르주아지의 연합이었다. 심지어 공산당도 수입 대체의 전략을 지지했고, 브라질 사회의 중심부에서 작동하는 두 가지 모순, 즉 브라질 민족국가의 발전과 미국 제국주의 간의 갈등과 산업 진보의 문제와 토지 독점의 문제 간의 갈등만 확인함으로써 노동과 자본의 고전적인 모순을 파악하는 데에는 실패했다.[35] (사실 두 번째 갈등은 첫 번째 갈등의 필연적 결과이다. 왜냐하면 둘 모두는 민족국가 경제가 산업 생산에 의존하는가 아니면 원재료 수출에 의존하는가라는 질문에 의존하기 때문이다.) 이아니가 분명히 지적하는 것처럼, 이 배치는 체계적 표현, 즉 "승리와 방해의 우연적인 발생을 통해 그 자신을 구조화하는" 표현을 가지지 못했고 가질 수도 없었다.[36] 왜냐하면 노동계급, 중산계급, 산업 부르주아지가 통합하고 연대하는 가운데 그들 간의 이해관계의 균형을 유지하는 것은 근본적으로 불가능하기 때문이다.

이 모든 것은 보사노바의 미적 이데올로기에서 매우 뚜렷이 나타난다. '대중'과 '전문가'를 동시에 지향해야 하는 보사노바의 이중적 요구는 쉽게 조직되기 힘들다. 브라질 국내의 진정으로 대중적인 청중은 미국의 보사노바 청자들과 거의 공통점을 가지지 않는다. 우리가 브라질 예술에서 본 대중적 호소력을 지니면서 기법적 정교화를 추구하려는 충동은 다수의 이해관계를 충족시키는 동시에 수입 대체를 통해 민족국가적 생산수단을 확장시키려는 발전주의적 대중주의의 주장과 일치한다. (사실 실질적인 물질적 이득은 대부분 환영에 그친다.)[37] 우리는 계급 갈등의 이런 대중주의적 회피의 징후를 그 부당성을 가볍게 언급하고 지나가는 보사노바의 서정적 가사에서 찾아볼 수 있다. 대중주의는 노동과 자본의 상충하는 이해관계를 단일하고 신비적인 독립체로 융합하는 것에 의

존한다. 호베르투 슈바르츠의 말로 표현하면, '대중'이라는 "관용적이고 감상적인 관념은 노동 대중, 부랑자, 지식인, 민족 산업적 거물, 그리고 군대를 구분 없이 포괄한다."[38] 대중에 대한 이런 연민을 자아내는 힘이 보사노바에 등장한다. 가사의 목소리는 빈곤함의 위치를 취하지만, 항상 그것으로부터 거리를 두고, 유순하지만 항상 존재하는 아이러니를 통해 그렇게 한다. 가난한 자의 관점은 마치 빈곤한 북동부 지역 사람과 리우의 부유한 거주자 간에 아무런 차이가 없다는 듯이 가볍게 취해진다. 물론 둘 간의 차이가 유지된다고 할지라도 말이다.

지금까지 우리는 1950년대 브라질의 정치경제적 선택권과 미적 이데올로기의 관계를 설명하고자 노력했다. 1960년대는 이 두 입장들의 양극화와 의식화가 이루어졌다. 대중주의도 좌익의 영향을 받기는 했지만, 대중주의적 형태가 좌익의 에너지를 사실상 흡수했다. 1960년대 초의 브라질 정치는 극심한 양극화를 보여주었고, 굴라르 행정부는 사회주의적 대안에 이끌리는 것처럼 보였다.[39] 이런 양극화에 대한 원인은 여기서 다루기에 너무 복잡하지만 근본적으로 새롭게 출현하는 경제 위기를 극복하는 대안들에 조응하는 것이었다. 이매뉴얼 월러스틴이 입증한 것처럼, 수입 대체의 전략은 수입된 기술에 대한 궁극적인 의존과 관련되는 내재적 한계를 가진다.[40] 구체시와 보사노바 같은 수출을 위한 새로운 (미적) 기법들을 생산하는 상징적 승리에도 불구하고, 브라질은 명백히 경제적 성장의 한계에 도달했고 감당할 수 없는 부채 상황, 즉 높은 인플레이션과 정치적 위기를 낳은 경제 위기에 직면했다. 브라질은 급진적 대안을 맞이했고, 오늘날에는 이미 친숙한 방식이 되어버린 외국 자본과의 한층 심화된 통합과 소유관계의 극적인 재구조화를 겪게 되었다.[41] 이미 존재하는 정치적 배치에 영향을 주는 데 성공적이었던 좌파는 소유관계의 급진적 재구조화에 동의할 수 없었던 민족적 부르주아지와 '진보적' 산업주의자들이 보였던 급진적 대안 프로그램에 대한 극렬한 반대를 대부분 고려하지 못했다. 위에서 인용된 브라질 공산당의 공약의 관점에서 볼 때, 좌파는 수단(진보적 요소들과 연대하는 것)을 목적으로 오인했다. 좌파는 사회주의가 부분적으로 이미 존재하는 정치적 배치의 내부로부터 주어질 수 있다고 믿었기 때문에, 그들은 실효성을 갖춘 정치적 주체를 조직할 수 없었다. 이런 역사적 오판에 의한 실패는 처참했다. 군사 쿠데타는 실질적으로 그 어떤 저항에 부딪히지 않았고, 오히려 좌파가 아무것도 할 수 없었던 브라질 사회의 여러 부문들로부터 지지를 얻는 것처럼 보였다.

하지만 이 상황의 특수성에 집중하기 전에, 우리는 1964년 쿠데타에서 발생한 것이 브라질에만 국한된 것은 아니었음을 다시 한번 강조할 필요가 있다. 오히려 브라질의 경우는—아프리카 독립운동이 역사적 주도권을 장악한 이후에 보여준 실망감에서부터 1960년대 제1세계의 반문화가 대안적 생활양식이라는 '반체제의 상품화'로 분산되어버린 것에 이르기까지—위대한 유토피아적인 기획들에 바탕을 둔 정치적 모더니즘의 종말이라는 전 지구적 현상의 아주 극적인 사례이다.[42] 다시 말해, 우리가 현재 논의하고 있는 역사적 순간의 궁극적 지평은 냉전에서 미국 주도의 시장 헤게모니의 강화, 즉 오늘날 이해되는 것처럼 전 지구화의 강화로 넘어가는 순간이다. 쿠데타를 곧바로 뒤이은 것은 경제적 민족주의와 그것에 영합하던 미적 이데올로기와 함께 발전주의적 대중주의의 완벽한 붕괴였다. 왜냐하면 기법적 요구가 지속하는 동안에 쿠데타는 이 이데올로기가 상징적으로 극복했고 브라질 대중주의가 극복 중이라고 주장하던 그 이율배반을 복수하듯이 복원시켰기 때문이다. 군사체제는 민족국가적 생산수단의 '근대화'에는 관심이 있었지만, 이 확장이 '모든 이들을 위한 것'이 되어야 한다는 요구에는 전혀 관심을 기울이지 않았다.

이 문화정치적 관계에 관한 슈바르츠의 고찰은 대단히 중요하고 핵심적이어서 이 역사적 순간에 대해 그가 구성한 틀 바깥에서 논의하는 것은 별로 중요하지 않다고 말할 수 있다.[43] 군사독재의 초기 시절 브라질 문화에 대한 슈바르츠의 전면적인 비판은 매우 상징적이다. 집단적이고 유토피아적인 모더니즘에 초점을 두었던 브라질 건축은 별안간 단일 가족의 주택들을 건설하는 것에 불과한 것이 되었다. 목적보다 수단이 훨씬 더 중시되었고, 그 결과는 거주하기에 부적합한 건축물이었다. 과거의 '합리적인' 디자인 원칙은 훌륭한 취향의 단순한 기호 혹은 추상적 혁명의 도덕적 상징으로 변질되었다. (이런 설명 방식은 그 자신의 맥락에서 완벽히 정당화되는 가치 판단을 함의하지만, 보다 일반적인 의미에서 이런 유토피아적 내용의 소거는 아방가르드적 미학 경제에서 포스트모더니즘적 초아방가르드주의로의 이행의 원형이다. 건축계의 '멋진 모더니즘'을 향한 현재의 경향은 부르주아 가족적 삶을 낯설게 하고 불편하게 하는 것은 모두 소거함으로써 쿠데타 이후 수년 동안 괴이하고 폭력적인 것으로 여전히 인식할 수 있었던 것들을 더욱 유순하게 길들인다.) 슈바르츠는 트로피칼리아 운동에 관해 중요한 것을 언급했고, 우리는 조만간 그것을 살펴볼 것이다. 하지만 우선 우리는 극장에 관한 그의 세밀한 분석을 살펴볼 필요가 있다.[44]

슈바르츠의 논의를 아주 단순화하면, 우리는 본질적으로 두 가지 가능성이 존재한다고 말할 수 있다. 첫 번째는 앞의 장에서 논의했던 웅구기의 실험극과 마찬가지로 브레히트의 교육극에서 큰 영향을 받은 아우구스투 보알Augusto Boal의 아레나 극단Teatro de Arena에 의해 재현된다.[45] 건축적 사례(특히 옹구기의 예)와 마찬가지로, 임박한 혁명의 맥락에서 발전된 교육극 기법들은 실패한 혁명의 즉각적인 여파로 인해 일종의 변형을 겪는다. 아주 노골적으로 말하면, 실제로 브라질의 문화적 엘리트주의자들은 비록 좌파 정치학에 진지하게 임하고 쿠데타에 반대한다고 할지라도 '객관적으로' 쿠데타의 편에 섰다. 왜냐하면 그들은 자신들의 계급적 이해가 계급 갈등을 회피하려는 대중주의와 어떻게 맞아떨어지게 되었는지를 설명할 수 없었기 때문이다. "패배한 좌파는, 마치 패배가 결함이 아니었다는 듯이, 객석을 꽉 메운 관객들 앞에서 비판 없이 우쭐해했다."[46] 혁명적 예술 기법은 최선의 경우에 좌파 대중주의에 내재하는 문제들을 재생산하는 것이 되고, 최악의 경우에 관객의 무지에 대한 소비 가능한 징후가 된다. 이런 연극적 경험의 쾌락이 관객의 무지가 거짓임을 보여준다는 것은 두말할 필요가 없다.

한편, 우리는 이 시대의 새로운 음악과 더욱 직접적으로 관련되는 조제 세우수 마르치네스 코헤아José Celso Martinez Corrêa의 오피시나 극단Teatro Oficina을 볼 수 있다. 군 경찰은 카에타누 벨로주와 그의 동료이자 음악적 협업자인 지우베르투 지우Gilberto Gil(아레나와도 연관되어 있었다)의 구속 사유로 오피시나 극단과의 연관성(허위로 추정된다)을 들었다.[47] 오피시나, 특히 오피시나 극단이 시쿠 부아르키Chico Buarque의 〈소용돌이 Roda Viva〉와 같은 극을 무대에 올린 것은 공격을 염두에 둔 완전히 다른 종류의 실험극을 대표한다. 쿠데타에서 중산층의 역할에 대한 더욱 비판적인 이해를 통해, 세우수는 "무대와 집을 구분하는 방식은 이데올로기적이고 미적인 실수이다."라고 주장한다.[48] 따라서 관객은 무대에 의해 모욕을 당한다. 즉, 무대는 관객의 습관과 선택을 조롱한다. 그들의 옷깃을 잡아채고, 그들에게 고함치며, 그들에게 피를 튀기게 하고, 객석

옆에서 싸우는 연기자들은 그들을 거칠게 밀친다. 만약 어떤 저항을 보이면 극장에서 쫓겨난다. 놀라운 사실(그리고 문제가 되는 사실)은 관객이 그들 자신의 굴욕을 즐긴다는 것이다. 이 연극은 상업적으로 큰 성공을 거두었다. 하지만 여기서 우리는 단순히 마조히즘을 다루고 있는 것이 아니다. 사실 더욱 불길한 어떤 일이 벌어지고 있다.

> 관객은 더 이상 피해자가 되지 않고, 스스로를 공격자와 동일시한다. 만약 누군가가 붙잡혀 극장을 떠나야 한다면, 남은 사람들의 만족은 대단히 클 것이다. 대학살로 인한 연대의 해체와 관객에서 형성되는 배신 행위의 연결성은 절대적이고, (그런 사회의 운동은) 무대에서 시작된 운동을 반복한다.[49]

무대에서 시작된 운동이 이번에는 사회 전반의 운동을 반복한다는 것은 두말할 필요가 없다.

철저히 양가적인 실험을 평가하는 방법에는 두 가지가 있다. 첫 번째 방법의 기준은 계급의식의 정치적 가치를 위한 '미적 원칙'에 내재하는 사변적 태도의 극복 여부이다.[50] 이 관점에서 볼 때, 아레나 극단의 제작에서 고수되는 최소한의 정치적 일관성은 오피시나 극단의 철저한 '연대 해체'보다 더 낫다. 두 번째 방법의 기준은 진리이다. 아도르노의 유명한 '창문 없는 모나드monad', 즉 사회구조들을 반드시 재현하지 않으면서도 구현하는 것이다.[51] 이 관점에서 볼 때, 아레나 극단의 접근법은 단순히 거짓(좌파 대중주의의 이데올로기가 자신을 지탱해온 환영이 사라진 이후에도 계속 유지된다)이고, 반면에 오피시나 극단의 연출이 보여준 잔혹함은 사실상 독재 권력의 실제적 잔인성(그 최악은 아직 도래하지 않았다)과 그런 잔인성 앞에서의 전체적인 무기력감을 예견한다. 여기서 요점은 둘 중의 하나를 선택하는 것이 아니다. 그런 선택은 어쨌든 절대적일 수 없지만 사람들이 처한 정치적 상황과 그들이 이런 상황을 해석하는 방법에 의존해야 할 것이다. 이 연극들이 제작되었던 시기, 즉 현실에서 적극적인 활동을 떠맡기 시작한 학생 좌파들이 연극에서 맡았던 역할이 앞으로 어떻게 될지 미지수이던 시기에는 첫 번째 방법이 좀 더 우호적이었을 것이다. 하지만 진정으로 비판적인 예술이 대단히 제한적이고, 적어도 미국적 맥락에서 꼬리에 꼬리를 무는 전 지구적 공포를 맞이하여 전례 없는 대리 만족과 현실 안주가 판을 치는 현재 상황에서는 두 번째 것의 반사회성에 끌리는 이유가 다분할 것이다.

여하튼 우리는 이런 맥락에서 엘리우 오이치시카Hélio Oiticica의 설치 미술 이후로 트로피칼리아 운동이라 불린 시기에 생산된 가장 흥미롭고 새로운 음악을 이해해야 한다.[52] 1968년 여러 음악가들의 협업을 통해 만들어진 선언적 앨범 《트로피칼리아, 혹은 빵과 서커스Tropicália ou Panis et Circencis》의 노래들 중에 하나인 〈빵과 서커스Panis et Circencis〉가 발표된 지 30년이 지난 후에 듣는 사람에게 이 노래의 편곡은 (비록 비틀스의 인기가 한창인 때에 발표된 영국과 미국의 수많은 앨범들만큼 심하지는 않다고 할지라도) 전혀 새로울 것이 없는 것처럼 보일 것이다. 하지만 이런 경우는 브레히트적 재기능화의 또 하나의 사례로 생각하는 것이 더 나을 것이다. 가령, 〈빵과 서커스〉는 조지 마틴에게서 확실히 영감을 받은 호화로운 군사 홍보로 시작된다. 과거의 공식 문화가 별안간 터무니없고 구닥다리인 것처럼 보이는 비틀스의 맥락에서 이런 종류의 혼성모방은 다소간 불투명하게 처리되는 반면에 군사독재의 맥락에서 '공식 문화'는 더욱 효과적인 의미를 띠게 된다. 이 노래의 제목은 '빵과 서커스,'

즉 로마 시민의 현실 안주 태도를 유지시키는 것에 대한 유베날리스의 평가이다. 서커스 음악을 모방하는 편곡은 리듬적으로 대단히 정직하다. 앨범 표지에 라틴어를 참조하면서 범한 철자법적 오류는, 그것이 국제적이든 아니든, 이 독특한 서커스에 모종의 지역적 분위기를 풍기게 했다.

빵과 서커스

나는 노래를 부르려고 했네
태양이 밝게 비추는 나의 노래
나는 돛대의 돛을 공중에 펼치고
나는 뒤뜰에 호랑이와 사자들을 풀었다
하지만 식당의 사람들은
태어나고 죽느라고 정신없이 바쁘네

나의 연인을 죽이기 위해
난 그들에게 순도 높은 알루미늄 금속으로 된 단도를
만들라고 시켰지, 그리고 난 실행했어
5시 센트럴 애비뉴에서
하지만 식당의 사람들은
태어나고 죽느라고 바쁘네

난 그들에게 꿈의 잎사귀를
정원에 심게 시켰지

잎사귀는 태양을 찾는 방법을 알고
뿌리는 끊임없이 찾는다네
하지만 식당의 사람들은
태어나고 죽느라고 바쁘네[53]

편곡의 분위기(최신 녹음 기술의 전체적 사용, 최신 유행의 아방가르드 작곡가의 참여, 테이프 몽타주의 사용 등 다소 무미건조한 적은 수의 멜로디와 고유의 점강적 리듬을 사용함으로써 의도적으로 부자연스러운 형식으로 연주되는 것)는 기술 경제적으로는 '근대적이지만' 지지 세력인 프티-부르주아지의 '후진적', 편협한 요소들을 동원하는 군사독재에 대한 구체적 알레고리로 간주될 수 있다. 이런 맥락에서 1절 가사에 나오는 부르주아 가족의 삶에 대한 경멸은 의도적으로 안이한 조치이다. 우리는 오늘날이나 100년 전이나 똑같이 기민한 (즉, 전혀 기민하지 않은) 부르주아 속물근성에 대한 판에 박힌 비난을 기대한다. 실제로 노래 전체는 그런 맥락에서 이해될 수 있다. 하지만 두 번째 연은 가수의 목소리에 사악함에 대한 단순한 암시 이상의 무언가가 스며들고 후렴구의 의미가 양극성으로 전환될 때 훨씬 교활하고 불길한 어떤 것을 암시한다. 가사의 '나'는 더 이상 부르주아지의 무지를 한탄하는 예술가가 아니라 그것을 이용하는 살인자이다. 별안간 식당의 사람들은 더 이상 추상적 형태의 속물들이 아니라 독재가 동원한 브라질의 프티-부르주아지가 눈을 감고 "자유를 위한 가족의 신과 함께 하는 행진"에 참여하기 시작하는 특별한 순간을 맞이한다. 하지만 (식당의 평화가 유지되는 한 모든 것이 허용되는) 이 두 번째의 사람을 죽이는 '나'는 첫 번째의 '나'와 구분되는 것으로 표시되지 않기 때문에 첫 번째 연의 '예술가'로 다시 되돌아간다. 두 번째의 '나'는 스스로 (오피시나 극단의 공연처럼) 지극히 서커스와 같은 광경에 놓여 있는 작곡가들을 벗어나지 못하고, 물론 앨범 그 자체가 '빵과 서커스'로 지칭된다. 이 또한 사람들을 식당에 붙잡아두기 위해 필요한 것이다. (카에타누 벨로주는 팝 음악을 '우리의 빵과 서커스'라고 말했다.)[54] 여기에 무고한 사람은 아무도 없다. "초근대적인 것의 하얀 빛"에 고루하고 조잡하며 보수적인 내용을 노출시키는 이 트로피칼리아적인 효과에 관해 슈바르츠는 "'만천하에 드러난 가족 비밀과 같은 것"이라고 말했다.[55]

독재에 대한 알레고리로서 구시대적·'시대 역행적' 요소와 근대적 요소의 융합은 잔존하는 것, 현행적인 것, 출현하는 것의 표상들이 명백히 무작위로 함께 섞이는 더욱 일반적 기법의 하위 집합이다. 형식적으로, 이것은 제임슨이 말하는 포스트모던 예술 작품의 특징인 "분열된 하위 체계들과 임의적인 소재들의 잡동사니 혹은 주머니"와 구분되기 어렵다.[56] 하지만 브라질의 구체시주의자들이 결코 순수한 언어적 실험을 하지 못하는 것처럼, 여기서 원소재들은 결코 임의로 선택된 것들이 아니다. (이는 브라질의 구체시가 유럽의 대응물에 비해 하등하다고 말하는 것이 아니다. 오히려 그 반대이다.) 반주변부 문화 생산에서 이런 종류의 병치는 다소간 직접적인 지리정치학적 내용을 부여받는다. 왜냐하면 반주변부 일상생활의 구조는 잔존하는 것과 출현하는 것의 절대적인 동시성에서 정확히 구성되기 때문이다. (예컨대, 브라질의 커피 산업을 통한 세계경제 내로의 통합은 시골 지역의 유사 봉건사회적 관계성을 지속하는 동시에 도심 지역에 어느 정도의 산업 발전을 요구한다.)[57] 앞서 인용한 사례에서 봤듯이, 폴 매카트니는 고루하고 퇴폐적인 지방 소도시의 보드빌 음악극을 아방가르드 스튜디오 기법과 병치시켰다. 하지만 비틀스에서의 상대적으로 내용물 없는 혼성모방이 브라질의 경우에는 필연적으로 독재의 알레고리로 변형된다.

이와 유사한 현상은 음악에서 우연적인 요소들이 통합되는 것, 즉 제임슨에 의해 전형적인 제1세계의 주체로부터 기의(역사)가 물러남으로써 생겨난 문화적 정신분열증의 징후라고 분석한 바 있는 것과 관련 있다. 트로피칼리아 운동의 또 하나의 선언 노래인 〈트로피칼리아Tropicália〉는 전설적인 레코딩으로 시작하는데, 드럼 주자 한 명이 녹음되는 것도 모른 채, 브라질의 발견에 대해 포르투갈 왕에게 보고하는 페루 바스 카미냐Pero Vaz Caminha의 편지를 언급하는 일부 가사를 내뱉다가 "그리고 그 시대의 가우스Gauss가 그것을 기록했지."라는 말로 끝을 맺는다. 곧 살펴보겠지만 이 노래의 주제로 볼 때, 이런 레코딩은 도저히 우연적일 수 없을 것 같다. 하지만 또 다른 사례가 이 전설의 신빙성을 제공해준다. 존 케이지John Cage의 음악 작품이 사우바도르에서 연주되었는데, 그 연주 도중 즉흥적으로 라디오를 켜도록 큐를 보내는 대목이 있었다. 장치가 켜졌을 때, 라디오는 관객 모두에게 친숙한 목소리로 방송을 시작한다. '사우바도르, 바이아 라디오.'[58] 지역적 내용을 포스트모더니즘적 기교의 아이러니적 효과에 노출시키는 트로피칼리즘적 효과는 우연히 생산된 것이다. 그렇지만 생산된 것은 생산된 것이다. 왜냐하면 그것이 미국에서는 연주될 수 없었기 때문이다. 여기서 핵심은 제1세계적 맥락에서는 역사의 후퇴(포스트모던 예술 작품에서 그런 의미화 자체의 소멸)의 증상인 이런 기교가 반주변부의 문화적 생산에서는 (심지어 자신도 모른 채) 역사 그 자체의 증상임이 드러난다는 사실이다.

이 주제를 말하는 더욱 급진적인 방식은 반주변부의 공연에서 회복되는 의미가 항상 제1세계 포스트모더니즘에서 억압된 내용이라고 말하는 것이다. 약간 다른 맥락에서, 라이이치 미우라는 레이먼드 카버의 일본어 번역에 대한 흥미로운 해석을 생산했다. 계급적 표식들의 문화적 울림(예컨대, 러그시티에서 양탄자를 사는 것)을 무시하는 무라카미 하루키의 대중적 각색은 카버 텍스트의 계급 관련 내용을 삭제하는 경향이 있다. 미우라의 요점은 "카버에 대한 일본인의 오해는 올바른 독해"라는 것이다. 왜냐하면 카버에서 계급은 지역색의 문제, 즉 변화 가능한 사회적 공간에서 지도 그릴 수 있는 위치라기보다는 물신화된 문화 정체성의 문제이기 때문이다. 카버 작품의 사실주의적 순간을 회복하는 것은 이 지역적 공간에 대한 잠재적 독자의 직감이다.[59] 그렇다면 우리는 케이지의 음악에서의 우연적 요소는 어떤 의미에서 역사로부터 자기 자신을 분리하는 것, 즉 바이아 공연에서 유발되는 웃음을 통해 앙갚음을 하는 "불균등 발전"과 같은 문제들로부터 자신을 분리하는 것에 '대한' 것이라고 생각해볼 수 있을 것이다.

벨로주의 '트로피칼리아'에서의 우연적 순간은 두 개의 교차 구간이 뒤따른다. 대단히 밀도 높고 암시적인 첫 번째 구간은 줄리우 메다글리아의 우아한 편곡을 통해 낭송처럼 불려진다. 이 부분은 미국과 브라질의 수많은 비평가들에 의해 분석되었으므로 여기서는 너무 자세하게 살펴보지 않을 것이다. 하지만 그것의 알레고리의 중심 요소가 우리를 예기치 않게 건축에 대한 질문으로 돌려보내면서 슈바르츠의 고찰을 다시 반복한다는 것을 지적하는 것은 가치 있는 일이다. 1964년 이후 위대한 모더니즘적 도시 브라질리아는 역사적 실패 그 자체로 보일 수 있다. "중앙 평원에 있는 기념비"의 심장부에 최종 도달하는 이는 "추하고 생기 없이 미소 짓는 아이"만을 발견할 수 있을 뿐이다. 이 순간에 두 번째 구간은 우리에게 보다 큰 흥미를 제공한다. 여기서 노래는 갑자기 템포를 올려 빨라지고 코드 구성이 베림바우의 두 음표 울림으로 이루어지는 독특한 브라질 행진곡이 되면서, 그 알레고리적 요소들은 별안간 훨씬 자유로워지고 여전히 서로 짝을 이루어 조직되지만, 그 어떤 구체적 맥락으로부터도 분리되어 더욱 흥미로운 방식으로 서로 뒤섞일 수 있게 된다. 원래의 맥락에서 다소간 인위적으로 해방되는 병치들은 다음과 같다.

> 보사노바가 영원하길
> 밀짚 오두막이 영원하길
> 덤불이 영원하길
> 라틴아메리카 혼혈족이 영원하길
> 마리아가 영원하길
> 바이아가 영원하길
> 이라세마가 영원하길
> 이파네마가 영원하길
> (시쿠 부아르키의) 〈아 반다A Banda〉가 영원하길
> 카르멩 미란다Carmen Miranda가 영원하길[60]

하지만 이 병치 형식의 특이한 힘은 기법적 진보성과 기법적 후진성(보사노바와 밀짚 오두막)의 사례들이 함께 뒤섞이는 종합적인 과정, 즉 최종적으로는 단순한 '언어적 속임수'가 되는 과정에서만 나오는 것은 아니다.[61] 오히려 이 병치들은 특정한 감정적 변형을 공유한다. 한편으로 그것들은 '만천하에 드러난 가족 비밀과 같은 것'이지만, 다른 한편으로 그것들은 이런 상황에 대한 어떤 관용과 심지어 애정을 보여준다. 이 상황은 시나 노래의 가사와는 다른 거친 형식으로 나타나는 것, 즉 사람들이 현실에서 지속되는 것을 보기 원치 않는 가난의 효과이다. 다시 한

번, 포스트모더니즘에 관한 제임슨의 분석이 생각날 것이다.

> 이 새로운 표층의 즐거운 기분은 그것들의 본질적 내용을 고려해볼 때 대단히 역설적이다. … (중략) … (그것들의 본질적 내용은) 20세기 초와 비교해서 상상할 수 없을 만큼 확실히 악화되고 분열되었다. … (중략) … 상품화 속에서 표현되는 도심지의 불결함이 유쾌한 것으로 보일 수 있겠는가?[62]

하지만 제임슨의 분석은 여기에 적용되지 않는다. 제1세계의 맥락에서 이 감정적 우연은 즉각적인 경험의 지평 이외에 그 어떤 지평도 생각할 수 없는 주체성의 형식을 이해할 단서를 제공한다. 하지만 '트로피칼리아'에서 그것은 완전히 다른 것, 즉 행복감에 도취된 유토피아적 가능성(과 우리가 트로피칼리아에서 이 행복감이 속하는 것으로 장차 발견해야 하는 것)을 디스토피아적 현재로 되돌리는 것이다.

이 문제는 우리가 오스발드 지 안드라지에서 본 것과 그다지 다르지 않다. 그의 작품에서 유토피아적 미래에 대한 행복감은 오직 일부 몇몇에게만 행복하게 느껴지는 현재에 대한 묘사로 되돌아온다. 〈트로피칼리아〉에서 두 번째 구간의 병치들은 특정 음역대 간의 미끄러짐 효과를 통해 주의 깊게 통제됨으로써 어떤 노골적인 대립이나 이율배반으로 빠지지 않는다. 익명의 마리아는 카르멩 미란다와 대립되기 위해 나오는 것이 아니라 또 다른 일련의 질문들을 제기하기 위해 나온다. 보사노바는 〈아 반다〉와 대립되기 위해 나온다기보다는 시쿠 부아르키에 관한 어떤 중요한 것을 말하기 위해 나온다. (부아르키와 미란다의 현재의 결합에서 어느 쪽이 근대적이고 어느 쪽이 구시대적인가?)[63] 가장 의미심장한 것은 '이파네마'와 '밀짚 오두막'을 분리시키는 거리상의 차이이다. 물론 이파네마는 리우와 인접해 있다. '이라세마'(아메리카의 철자 순서를 뒤집은 단어)는 조제 지 알렝카르José de Alencar의 19세기 동명 소설의 인디언 여주인공이다. 인디언 이름(이 점 또한 중요하다)이라는 것 이외에 이 둘을 하나로 묶는 것은 아무것도 없는 것처럼 보인다. 하나는 지역 이름이고 다른 하나는 소설 인물의 이름으로서 서로 다른 담론적 차원에 존재한다. 하지만 만약 이파네마가 그 지역의 유명한 소녀를 상기시킨다면, 우리는 브라질 여성성의 두 가지 이미지를 다루고 있는 셈이다. 혹은 만약 그것이 조빙의 노래 제목을 가리킨다면, 우리는 브라질의 두 가지 서로 구분되는 예술적 표현을 다루고 있는 셈이다. 이파네마는 세련화, 근대성, 브라질 여성, 혹은 보사노바를 위한 토착적 존재의 흔적을 상징할 수 있다. 그것이 가리킬 수 없는 것은 빈곤한 북동부 사람들이 사는 밀짚 오두막과 직접적으로 대립되는 '리우의 부자들이 사는 곳'이다. 어떤 의미에서 이것은 시 작품으로서 「트로피칼리아」의 이데올로기적 한계를 표시한다. 곧 우리는 이런 이미지들에 의해 사실상 길들여지는 '트로피칼리아'에 또 다른 내용이 있는지 고려하게 될 것이다. 브라질에 대한 이런 이미지들은 또한 세계시장에서 상품이 된다는 점을 고려해볼 때, 우리는 트로피칼리아적 태도(자신이 지도 그린 모순의 해로운 의미들을 대부분 제거하는 것)를 그것의 대립물, 즉 브라질을 여행자의 사색을 위한 내용 없는 '대립의 나라'로 소개하는 수사학으로부터 분리시키는 명확한 경계선을 발견한다.

트로피칼리아의 전략은 벨로주의 최근 (그리고 매우 아름다운) 〈마냐타Manhatã〉에서 그 논리적 종착점에 도달한다. 이 노래는 '맨해튼Manhattan'(본디 아메리카 원주민 집단의 이름)을 포르투갈어로 발음하는 효과로 시작하는데, 그것의 소리 '마냐타'는 마치 브라질 인디언의 이름처럼 보인다.[64] 놀라운 1절의 가사는 두 개의 완전히 다른 의미 영역들 위에서 똑같이 일관적으로 읽힌다. 각각의 단어는 뉴욕만灣에 위치하고 자유의 여신상이 보이는 맨해튼과 아마존강의 카누 뱃머리에 달린 장식인 인디언 '여신' 둘 모두를 가리킨다. 이를테면 여기서 병치는 절대적이다. 구시대적인 것과 근대적인 것은 단순히 동일한 공간을 차지하는 것이 아니라 어느 정도 일치한다. 표면적으로 양립 불가능해 보이는 특수성들 간의 이런 사변적인 동일성을 가능하게 만드는 것이 아주 명확하게 제시된다.

돈의 회오리바람이
전 세상을 긁어모은다, 이 가벼운 괴물

여기서 작동하는 단어 "긁어모은다varrer"는 축어적으로 '긁어모으다'를 의미하지만 동시에 '지우다'를 의미한다. 맨해튼과 마냐타의 동일성은 자본의 운동 속에 보존된다. (현재 국면에서는 자본이 집중되는 맨해튼에 "모든 사람들의 이목이 집중된다.") 자본 운동의 내적 불균형은 영구적 확장과 (단 1파운드의 금과 맞바꾸기 위해 섬을 팔았던 브라질 인디언들과 맨해튼 원주민 집단 모두의) 비자본주의적 생산양식과 삶의 방식의 통합과 제거를 항상 필요로 해왔다. 하지만 〈트로피칼리아〉와 오스발드의 시와 마찬가지로, 이 노래의 코러스의 음색(뉴욕과 '소녀의 달콤한 이름' 모두를 의미하는 마냐타의 단순 반복)은 흡사 낙원의 소리처럼 들린다. 우리가 마냐타에서 얻는 이미지, 즉 뉴욕 맨해튼의 경험에는 적절하지만 동시대의 아마존강 유역의 경험에는 적절하지 않은 이 이미지는 실제 인디언들이 아니라 이라세마에서 얻는 것과 유사하다.

이 모든 것은 벨로주의 시를 비판하는 것이 아니다. 단호한 어조는 정치학에는 어울릴지 몰라도 시에서는 그렇지 않다. (실제로 벨로주의 명백히 정치적인 음악은 그리 훌륭하지 않다.) 이 혼합주의나 혼성모방(이 두 개념이 트로피칼리아 운동을 설명하는 데 그다지 적절하지는 않다는 것은 분명 언급되어야 한다)은 반주변부 조건의 진정한 증상이다. 요점은 모든 사람이 이 증상을 즐기는 위치에 있지는 않다는 것이다. 이 문제는 쉽게 회피될 수 없다. 만약 아마존강 유역의 비참함이 미적으로 재현(물론 이를 재현하는 것을 거부하는 것 역시 이데올로기이다)될 수 있다면, 어떤 차원에서 그것은 즐길 수 있는 대상이 될 것이다. 세바스치앙 살가두Sebastião Salgado의 최근 '야노마미족Yanomami' 사진은 비록 명백히 현실적 사안을 담고 훨씬 올바른 재현적 정치학을 구사한다고 할지라도 동일한 비판을 받게 될 것이다.[65]

이런 이데올로기적 한계에도 불구하고 벨로주의 작품은 포스트모더니즘적 문화 생산의 모델로 작동할 수 있는 방식으로 유토피아적 가능성을 구현한다. 용서할 수 없는 부적절함의 위험에도 불구하고 설명되어야 하는 포스트모던 문화의 핵심적 사실은, 오늘날 미적 생산이 어떤 방식으로든 사회적 효율성을 가지기 위해서는 이미 존재하는 분배의 경로를 통해 전파되어야 한다는 것이다. 오늘날 자본에 직접 속하지 않는 경로란 존재하지 않는다. 진정으로 착취할 수 없는 아마추어 정신이나 진지성의 영역은, 설령 그것이 존재한다고 하더라도, 유효성을 상실한다. 이 문제는 자본에 의한 형식적 포섭에서 자본에 의한 (문화적) 노동의 실질적 포섭으로의 이행에 관한 것이다. 이 이행이 의미하는 바는 문화 생산이 항상 직접적으로 경제적으로 착취되고, 사고 팔려서 누군가 그것으로부터 이익을 취할 수 있다는 것이다. 따라서 오늘날의 상황에서 예술 작품의 잠재적인 '비판적' 순간과 시장에 의한 그것의 전유 사이의 중재적 단계는 존재하지 않는다. 예술을 시장의 상품으로 취급하는 동시에 '파는 것'에 저항하는 과거의 낭만주의적 편견은 어느 정도 옳은 것이다. 시장에 들어가는 것은 필연적으로 타협과 순응을 수반한다. 하지만 이 대안은 부적절하다. 벨로주가 『열대적 진리 *Verdade Tropical*』에서 시장을 음악 행위의 지평으로 계속 들먹이는 것에 대해 불편하게 생각해서는 안 된다. 그는 동시대 예술가들이 실제로 처하게 된 조건들에 대해 놀랍도록 솔직하게 말한다.[66] 따라서 줄리우 메다글리아가 1967년 시장 외부의 공간은 존재하지 않고, 이제 '예술가'는 중요한 문화 생산을 전문가에 맡기는 '호사가'에 지나지 않는다고 선언했다. 그는 제1세계의 이론가들이 상대적으로 최근 들어 인식하게 된 것을 일찍부터 말했다. 이런 입장의 애매함은 심층적이다.[67] 한편에서는 집단 창작과 모든 사람에게 다가가고자 하는 의무감 때문에 고독한 천재 개념이 포기되고, 다른 한편에서는 우리가 알고 있는 문화 산업, 즉 현 상태에 대한 추종과 비판 작업의 단념이 생겨난다. 앞서 인용된 인터뷰에서 벨로주 본인이 이 점에 대해 분명히 말한다. "한편으로 음악은 새로운 의사소통 과정에 의해 훼손되어 혁신인 동시에 노예가 되고, 다른 한편으로 음악은 보호되고 무력해진다."[68] 구체시주의에 내재하는 문제는 이제 피할 수 없는 난국 상태가 된다. 현재 우리는 시장 절대주의(하나의 단순한 입장이 아니라 하나의 사실로 받아들여져야 하는 것)의 한 가지 결과를 알고 있다. 그것은 모든 진정한 비판적인 예술이 즉각적으로 상품화되고 그것과 정반대되는 것으로 변질된다는 것이다. 아무리 빈약하다고 할지라도 (이미 아도르노의 시대에도 빈약했다) 시장을 초월하는 공간은 비판의 순간을 형성하는 데 있어서 절대적으로 중요하다. 그리고 메다글리아를 비롯한 다수의 인물들이 오래전에 인식했고 벨로주가 항상 명확히 이해한 것처럼, 이 공간은 완전히 사라졌고 이제는 문화 산업이 단순히 수요의 충족을 위해 그 자체의 '비판적' 예술을 생산해야 하는 지경에 이르렀다.

하지만 우리는 별안간 동전의 이면을 발견한다. 왜냐하면 이 수요는 진정 존재하기 때문이다. 트로피칼리아의 전략에 수반되는 모든 양가성에도 불구하고, 벨로주의 음악에는 이 모든 것을 넘어서는 어떤 것, 가사의 차원에서 일어나는 것보다 더욱 근본적인 어떤 것이 존재한다. 〈트로피칼리아〉의 낙원의 순간들이 시적 어조의 변화와 더불어 출현하는 것이 아니라 관현악적인 편곡이 드럼 부문을 위해 물러날 때, 즉 반복구가 돌연 축제적 행진으로 난입할 때 출현한다는 것은 이런 의미에서 중요하다. 우연히도 이 행진은 폴 사이먼이 〈성자의 리듬Rhythm of the Saints〉 중 몇몇 곡들에서 사용하는 리듬과 유사하다.[69] 사이먼은 아프리카-바이아 퍼커션 집단 '올로둠Olodum'의 음악을 내용이 제거된 원재료(포스트모더니즘적 행위), 즉 세상에 지친 사람들을 위한 그의 통상적인 시의 장식적인 배경으로 사용한다. 작곡적인 측면에서 볼 때, 드럼 부문은 당연히 단 하나의 악기로 구성될 것이다. 하지만 벨로주의 〈트로피칼리아〉에서 이 리듬은 정확히 그 자체의 내용, 즉 드럼 부문의 일체화된 연주 속에 구현된 집단적인 즐거움을 위해 사용된다. 하지만 이 순간에 집중을 요하는 대립적 관계는 잠재적으로 '모두를 위한' 이 행진의 집단적인 신체적 충동과 이 즐거움을 단 하나의 계급 위치의 특수성에 한정시키는 시적 행위 간의 대립이다. 전자는 우리에게 벨로주 음악의 유토피아적인 내용에 대한 실마리를 제공하는 데 반해, 후자는 우리를 〈빵과 서커스〉의 쓰라린 아이러니로 돌려보낸다. 여기서 《트로피칼리아, 혹은 빵과 서커스Tropicália ou Panis et Circensis》의 앨범 제목에서 "혹은or"이 두 가지 동의어를 분리하기보다는 오히려 현실적 대안을 제공한다는 식으로 과감하게 읽어볼 수도 있을 것이다. 한편에서는 그 쾌감을 특권적인 입장에서만 경험할 수 있는 트로피칼리즘적 이미지의 디스토피아적인 서정적 천재성이 있고, 다른 한편에서는 트로피칼리아 내부에서 진정한 유토피아적 가능성을 재현하는 다중의 창조성과의 관계가 있다.

비록 문화가 이제는 완전히 상품화되었다고 할지라도, 그것은 추상적인 상품이 아니라 구체적인 속성들을 가지는 상품이다. 만약 할리우드 영화의 수출이 미국의 행동 방식, 몸짓, 소비 습관 등을 수출하는 것이라면, 우리는 음악 문화의 순환에 대한 일련의 다른 질문을 제기해야 한다. 우리는 앞의 장에서 음악적 형식이 사회적 형식과 긴밀하게 연관되고, 또한 개인적 신체를 사회적 신체와 통합하는 것과 연관된다고 주장했다. 하지만 우리가 음악적 형식에 대한 돈 아이드의 현상학적 접근에서 발견한 진정으로 급진적인 사실은, 음악적 형식은 재현의 문제 틀을 완전히 피한다는 것이다. 우리가 앞서 봤듯이, "관여와 참여가 음악적 상황 내의 존재 양식이 된다."[70] 음악은 사회적 형식을 재현한다기보다는 바로 그 형식, 즉 가능한 미래에 대한 '요청'의 형태로 나타나는 형식이 된다. 그렇다면 음악은 미래를 말하는 대신에 그 자체로 알레고리화한다. 매력적이라고 할지라도 이는 다소 이상한 주장이다. 우리는 음악이 현존하지 않는 사회체의 조직을 위한 욕망을 구현한다고 말할 것이다. 물론 우리가 지금까지 살펴본 음악에서 이 욕망의 내용은 벨로주가 자주 상기하는 가치, 강한 의미에서는 '주흥'이 되고 보통의 의미에서는 '보편적 친밀감'이 되는 가치이다.[71] 추정컨대 시장 그 자체에 의해 조성되는 자유주의적 '관용'(정확히 사람들 간의 경계를 다시금 강화하는 것)의 대립물인 이 보편적 친밀감은 음악적 형식, 그리고 더욱 구체적으로 말하면 특정 종류의 음악 연주를 제외한 다른 문화에서는 전혀 발견되지 않는다. 지난 세기에 출현한 집단 음악의 내용은 정확히 이런 친밀감이다.

이 계획에서 '의식적 예술'의 역할은 유사 브레히트적인 방식으로 이 친밀감의 내용을 정교히 하고 그것을 우리에게 되돌려주는 것이다. 이 '되돌려주는' 것이 '모두에게' 가능해지기 위해 현존하는 분배의 경로들은 가능한 한 완전히 이용되어야 하는데, 이것은 물론 미디어와 자본 둘 모두와의 타협을 수반한다. 그리고 경제적인 측면에서 이 과정이 과거의 문화제국주의적 방식, 즉 공동 지식의 사유화를 통한 수익 창출의 방식과 다를 바 없다는 것은 결코 잊어서는 안 된다. 그럼에도 불구하고 우리는 지금 당장은 이 과정이 기생하는 욕망을 강조하는 데 관심이 있다. 벨로주의 음악적 형식들의 잡식성적인 전유는 정확히 제임슨적 의미의 혼성모방, 즉 모더니즘에서는 확신의 힘을 가졌던 패러디 충동의 완전한 쇠퇴의 관점에서 이해되어왔다.[72] 하지만 여기서 발전되어온 관점에서 볼 때, 비록 흥미로운 고찰에 근거한다고 할지라도 이 주장은 분명 잘못된 것이다. 벨로주의 카르멩 미란다, 비센치 셀레스치누Vicente Celestino, 혹은 후기 마이클 잭슨의 전유에 아이러니가 없다는 것은 사실이다.[73] 하지만 이것은 그것들이 단순한 제재가 되었기 때문이 아니라 정반대로 벨로주가 보존하고 정제하는 것은 그것들의 가장 본질적인 내용인 집단적 즐거움이기 때문이다.

우리는 오해해서는 안 된다. 여기서 설명되는 내재적 욕망은 정치적인 것이 아니다. 기껏해야 그것은 원정치적인proto-political 것이다. 이 내재적 욕망이 정치적인 것이 되기 위해서는 어떤 위기적 순간에 초월적인 위치로 응축되어야 한다. 『유토피언 제너레이션』의 마지막 부분처럼, 현재의 (정치적) 배치는 철저히 양가적이다. 이 음악을 통해 우리에게 요청되는 집단적 즐거움(음악 행위 외부에는 사실상 존재하지 않는 즐거움)은 그 잠재성이 배가되는 순간에도 미디어 장치에 의해 제한된다. 대부분의 경우에 이것은 자기 자신에 대한 완화된 시뮬라크라로 축소된다. 하지만 이것이 강력히 현실화하고자 하는 것은 유토피아일 것이다. 이 양가성은 자신을 결정하는 것을 극복하지 않고서는 극복될 수 없다. 이 마지막 페이지의 주장은 음악이 이미 그 자체로 변혁적 실천이라는 것이 아니라, 음악은 그 어떤 다른 매체보다 훌륭하게 우리의 포스트모던 시대에 지속되는 유토피아적 충동을 구현할 수 있다는 것이다. 문학과 음악에 관한 이 책에서 우리는 어떻게 이 유토피아가 현실화될 수 있는지, 어떻게 다중의 창조성이 정치적 주체로 형성될 수 있는지에 관한 제안까지는 아직 이르지 못했다. 이 책을 쓰고 있을 때, 자본의 필요와 관련해서 인간 노동력의 과잉은 지배 경제 내에서 느껴지기 시작했다. 이 위기는 재빨리, 특히 어떤 이들에게는 비교적 고통 없이 극복될 수도 있을 것이다. 그렇지 않으면 이 위기는 "가난한 화폐적 주체들monetary subjects without money"의 숫자와 지리적 분포를 기하급수적으로 확대시킬 것이다. 그럴 경우에 이 질문이 위급해지는 순간이 우리가 생각하는 것보다 더 빨리 찾아올지도 모른다.

주

1) Emmet Williams, ed., *An Anthology of Concrete Poetry*(New York: Something Else Press, 1967), n.p. (1).

2) Mary Ellen Solt, ed. *Concrete Poetry: A World View*(Bloomington: Indiana University Press, 1970), 92.

3) João Gilberto, *The Legendary João Gilberto: The Original Bossa Nova Recordings (1958–1961)*, World Pacific 93891, 1990.

4) Badiou, *Manifeste pour la philosophie*, 51.

5) Fredric Jameson, "Globalization as a Philosophical Issue," in *The Cultures of Globalization*, ed. Fredric Jameson and Masao Miyoshi(Durham: Duke University Press, 1998), 58.

6) 같은 책, 60.

7) Jameson, "'End of Art' or 'End of History?'" 88, 87.

8) Attali, *Bruits*, 7. 영어 번역은 *Noise: The Political Economy of Music*, trans. Brian Massumi(Minneapolis: University of Minnesota Press, 1985)를 보라.

9) Roberto Schwarz, "Cultura e Política, 1964–1969," in *O pai da família e outros estudos*, 73. 영어 번역은 Roberto Schwarz, *Misplaced Ideas: Essays on Brazilian Culture*, ed. and trans. John Gledson(London: Verso, 1992)을 보라.

10) Caetano Veloso, *Estrangeiro*, Elektra 60898, 1989.

11) 이 연결의 논리는 비록 공간상의 이유로 여기서 정교화되지는 못한다고 할지라도 루카치의 「물화와 노동계급의 의식(Reification and the Consciousness of the Proletariat)」에

서 고전적인 형식으로 전개된다.

12) Augusto de Campos, "Boa palavra sobre a música popular," in *Balanço da bossa e outras bossas*(São Paulo: Editora Perspectiva, 1974), 60. 동일한 은유가 보사노바에 대한 부정적인 평가, 즉 보사노바는 단지 새로운 종류의 재즈에 불과하다는 평가를 내리는 데 사용되기도 했었다. 오늘날 이 방식은 더 이상 신뢰받지 않는다.

13) Stan Getz and João Gilberto, *Getz/Gilberto*(1964), Verve 314521414-2, 1997.

14) Gilberto, *The Legendary João Gilberto*.

15) 우리는 보사노바의 불행한 연인(비애, 무력)과 동시대 도시 삼바의 불행한 연인(복수, 분노) 사이의 감정적 차이에 대해 사변적 읽기를 해볼 수 있다. 만약 우리가 보사노바의 계급적 알레고리를 삼바에서도 읽을 수 있다면, 삼바의 길들이기는 더 이상 순수해 보이지는 않는다.

16) 구체시의 동시적이고 독립적인 발명은 오이겐 곰링거(Eugen Gomringer 스위스)와 아우구스투 지 캄푸스(브라질)의 공으로 종종 여겨지지만, 곰링거가 볼리비아에서 출생했고 다수의 구체시를 스페인어로 썼다는 것을 지적하는 것은 가치 있다.

17) Solt, *Concrete Poetry*, 105; Augusto de Campos, *Viva Vaia; Poesia 1949–1979*(São Paulo: Ateliê Editoral, 2000), 101.

18) Campos, "Conversa com Caetano Veloso," in *Balanço da bossa*, 202를 보라.

19) Júlio Medaglia, "Balanço da bossa nova," in *Balanço da bossa*, ed. Campos, 78.

20) PRONOMINAIS

Dê-me um cigarro

Diz a gramática

Do professor e do aluno

E do mulato sabido

Mas o bom negro e o bom branco

Da Nação Brasileira

Dizem todos os dias

Deixa disso camarada

Me dá um cigarro

Oswald de Andrade, *Poesias Reunidas*(Rio de Janeiro: Civilização Brazileira, 1971), 63.

21) Augusto de Campos et al, "Plano-piloto para poesia concreta," in *Teoria da Poesia Concreta: Textos Críticos e Manifestos 1950–1960*(São Paulo: Livraria Duas Cidades, 1975), 156.

22) de Campos, *Viva Vaia*, 111–113을 보라.

23) de Campos et al., "Plano-piloto para poesia concreta," 156.

24) de Campos, *Viva Vaia*, 204–205. "비바 바이아"라는 구절의 축어적 의미는 영어로 속되게 표현해서 "야유가 영원하길(Long live the Bronx cheer)"이다. 이것의 즉각적인 내용은 예술가와 "대중"(물론 이 대중의 본성은 명시되지 않는다) 간의 관계라고 할지라도, 역사적 참조물은 텔레비전에 방송된 음악 축제에 대한 청중의 반응일 것이다.

25) Williams, *Anthology of Concrete Poetry*, n.p.; 더 보기 좋은 붉은색 코카콜라 로고 버전은 Solt, *Concrete Poetry*, 108을 보라.

26) Adorno, *Aesthetic Theory*, 43.

27) 1960년대 브라질에 대한 카에타누 벨로주의 흥미로운 자전적인 설명은 『열대적 진리(*Verdade Tropical*)』(São Paulo: Companhia das Letras, 1997)를 보라. 당시의 명백히 유토피아적인 프로그램은 브라질 음악 산업을 다각화하는 작은 기획에 반대하여 맞선다. 벨로주의 음악에서 브라질은 "평행세계-브라질과 미 제국의 주변국 브라질 사이의 긴장"(16)을 활용하면서 종종 이런 이중의 지평을 알레고리화한다. 영어 번역은 *Tropical Truth*, trans. Isabel da Sena (New York: Knopf, 2002)를 보라.

28) Oswald de Andrade, "Manifesto da Poesia Pau-Brasil," in *Do Pau-Brasil à antropofagia e às utopias: Manifestos, teses de concursos e ensaios*(Rio de Janeiro: Civilizacção Brasileira, 1972), 13.

29) 같은 책, 9.

30) Octavio Ianni, *O Colapso do Populismo no Brasil*(Rio de Janeiro: Civilização Brasileira, 1971), 26. 영어 번역은 *Crisis in Brazil*, trans. Phyllis B. Eveleth (New

York: Columbia University Press, 1970).

31) de Andrade, *Poesias Reunidas*, 64.

32) Oswald de Andrade, "Manifesto Antropófago," in *Do Pau-Brasil*, 18.

33) Ianni, *O Colapso do Populismo no Brasil*, 53 – 55.

34) 같은 책, 122.

35) *Resolução Política da Convenção Nacional dos Comunistas* (Rio de Janeiro, 1961), 15 – 16, Ianni, *O Colapso do Populismo no Brasil*, 105 – 106에서 인용.

36) Ianni, *O Colapso do Populismo no Brasil*, 122.

37) 같은 책, 61.

38) Schwarz, "Cultura e Política," 65.

39) 이 시대에 관한 "중도적" 설명은 Thomas E. Skidmore, *Politics in Brazil, 1930–1964: An Experiment in Democracy* (London: Oxford University Press, 1967), 특히 chaps. 7과 8을 보라.

40) Wallerstein, "Dependence in an Independent World," 특히 10 – 13을 보라.

41) Ianni, *O Colapso do Populismo no Brasil*, 123 – 124.

42) Thomas Frank, "Alternative to What?" in *Commodify Your Dissent: Salvos from the Baffler*, ed. Thomas Frank and Matt Weiland (New York: Norton, 1997), 145 – 161을 보라. 이 책에 수록된 다른 논문들도 이 요점과 관련이 있다.

43) 브라질의 전위적 음악에 대한 글에서 슈바르츠가 각주에 남긴 말은 주목할 만하다. "대체적으로 말해서 내가 여기서 펼치는 주장은 우연히도 아도르노의 작업에서 발견된다."(Schwarz, "Nota sobre vanguarda e conformismo," in *O pai da família*, 43 – 48)

44) Roberto Schwarz, "Altos e baixos da atualidade de Brecht," *Seqüências Brasileiras: Ensaios*(São Paulo: Companhia das Letras, 1999), 113 – 148.

45) 사실 아레나 극단과 카미리투 극단의 연극 사이에는 여러 흥미로운 유사점들이 존재한다. 특히 흥미로운 것은 뮤지컬 〈콘타 줌비 경기장(Arena conta Zumbi)〉이다. 이 뮤지컬에서 독재는 팔마레스(Palmares) 지역의 줌비가 이끈 유명한 노예 반란의 진압에 대한 서사를 통해 알레고리화된다. 이 뮤지컬과 응구기의 〈어머니, 나를 위해 노래를 해주세요〉의 서사적·알레고리적 유사성은 단연 주목할 만하다. 하지만 두

연극의 중심부에 위치하는 문제는 궁극적으로 상이하다. 슈바르츠가 지적하는 것처럼, 서사적 양가성은 알레고리의 유연성으로 인해 발생한다. 한편으로 노예 반란은 현재의 상황을 알레고리화하고, 서사적 전치는 검열을 피하는 유용한 방법이다. 다른 한편으로 현재의 상황을 기술하는 언어는 노예 반란도 똑같이 참조하고, 서사를 자유와 억압 간의 영구적 투쟁에 관한 훈계로 몰고 간다. 하지만 진정한 문제는 무대와 청중 간의 자발적인 동의에 위치한다. 무대와 청중, 둘 모두는 농민계급과 노동계급 그 어느 쪽과도 의미심장한 접촉을 하지 않는다.

46) Schwarz, "Cultura e Política," 83.

47) Veloso, *Verdade Tropical*, 382-386을 보라. 〈소용돌이〉에 직접적인 정치성을 부여할 수 없다는 그의 주장은 확실히 솔직하지 못하다.

48) Schwarz, "Cultura e Política," 85.

49) 같은 책, 88.

50) Lukács, "Reification and the Consciousness of the Proletariat," 138-140.

51) Adorno, *Aesthetic Theory*, 43.

52) Guy Brett et al., *Hélio Oiticica*(Rotterdam: Witte de With, 1993), 121-126을 보라.

53) *Tropicália ou Panis et Circensis*(1968), Phillips 512089, 1993.

54) Veloso, *Verdade Tropical*, 272. 세 번째 절은 앞선 두 절의 주의를 다른 곳으로 돌리고 혼란을 가중하는 구조를 재생산한다. "꿈의 잎사귀를 영지의 정원에" 심는 것은 상당히 일상적이고, 의도적으로 "충격적" 반문화인 마약을 암시한다. 하지만 강조점은 잎사귀에 놓이는 것이 아니라 뿌리에 놓이고, 우리는 끊임없이 출구를 찾는 지하의 욕망(이것이 해로운 것인지 혁명적인 것인지는 불분명하다)의 이미지를 얻는다. 한편, 식당의 사람들은 가사의 양가성을 확정지으면서 최종 결정을 내린다. 후렴구는 종결부를 향해 나아가고 "식당 안의 사람들"의 열광적인 반복에서 정점에 이르는데, 여기서 별안간 왈츠 〈푸른 도나우강(Blue Danube)〉의 선율에 따라 사람들이 접시를 서로 건네는 식당 그 자체의 모습에 대한 음악적 재현으로 나아간다.

55) Schwarz, "Cultura e Política," 74.

56) Jameson, *Postmodernism*, 31.

57) 이런 언어적 형식의 기법은 브라질 시에서 전혀 새로운 것이 아니다. 오스발드 지

안드라지의 시 「빛의 기둥(Postes da Light)」에 대한 슈바르츠의 독해는 유사한 구조를 끌어낸다. "O carro, o bonde, e o poeta modernista," in Roberto Schwarz, *Que Horas São?*(São Paulo: Companhia das Letras, 1987)을 보라. 슈바르츠에게 브라질 모더니즘을 이해할 단서를 제공한 것은 트로피칼리아 운동에 관여한 경험이라고 볼 수 있다. 모더니즘에 관한 그의 글은 차후에 저술되었다. 여기서 주목할 사실은 트로피칼리아 운동은 이런 방법론에 각기 독립적으로 도달하는 것처럼 보인다는 것이고, 이는 명백하게 "포스트모던적인" 기법이 반주변부에 고유한 것이라는 사실을 입증한다. 카에타누 벨로주는 오스발드의 영향력을 인정하는 데 결코 소극적이지 않지만 다음과 같이 주장한다. 나는 "오스발드에 대해 아무것도 … (중략) … 몰랐다."(*Verdade Tropical*, 155) de Campos, Balanço da bossa, 204를 보라.

58) Veloso, *Verdade Tropical*, 60.

59) Reiichi Miura, "On the Globalization of Literature: Haruki Murakami, Tim O'Brien and Raymond Carver," a talk given at the University of Illinois at Chicago, March 19, 2003.

60) Caetano Veloso, *Caetano Veloso(1967)*, Phillips 838557, 2002.

61) Schwarz, "Cultura e Política," 76.

62) Jameson, *Postmodernism*, 33.

63) 카르멘 미란다에 대한 옹호는 Caetano Veloso, "Carmen Mirandadada," trans. Robert Myers and Charles A. Perrone, in *Brazilian Popular Music and Globalization*, ed. Charles A. Perrone and Christopher Dunn(Gainesville: University Press of Florida, 2001), 39-45를 보라. 부아르키의 〈아 반다〉에서 옆을 스쳐 지나가는 음악 밴드는 브라질을 지나가는 혁명적 기회를 알레고리화한다고 볼 수 있다. 하지만 이동하는 밴드라는 알레고리적 토대는 확실히 진부하다.

64) Veloso, *Verdade Tropical*, 505. 노래 "맨하타"는 Caetano Veloso, *Livro*, PolyGram 536584-2, 1999에 수록.

65) 사실 살가두의 야노마미족 사진은 (여성) 인디언의 과거 낭만주의적 이상과 (이와 상이하지만 마찬가지로 심원한 문제를 가지는) 현대의 인권적 이상 둘 모두를 지닌다. 살가두의 〈이주(Migrations)〉 연작의 대단히 끔찍한 사진들을 볼 때 사람들이 느끼는 것은

대학살에 대해 자기 자신의 무고함, 즉 이 비극은 내가 결코 책임질 수 없는 것이라는 느낌이다. 우선 혹자는 이 사진들에서 어떤 역설적인 아름다움을 즐긴다. (우리의 세계가 오늘날 제공할 수 있는 가장 극심한 인류의 고통을 재현한다는 측면에서 이 사진들은 결코 단순히 현상을 보여주는 것에 그치지 않는다.) 그다음에 그들은 자신의 무고함을 즐기고, 물론 이 즐거움은 그 무고한 느낌의 거짓됨을 표시한다. 다시 한번, 이것은 대학살이 재현되어서는 안 된다고 말하는 것이 아니다. 단지 그것을 재현하는 "올바른" 방식은 존재하지 않는다는 것이다. 예컨대, 살가두가 조금의 흔들림도 없이 루수모의 폭포에 넘쳐나는 르완다 투트시족의 시체들을 찍은 사진들은 대학살에 대해 새로운 미디어들이 조장하는 망각에 맞서 절대적으로 필요한 직접성을 제공해준다. 그럼에도 불구하고 사람들은 그의 『노동자들(*Workers*)』(New York: Aperture, 1993)에서의 카메라의 실천법을 더욱 선호할 것이다. 야노마미족 이미지는 Sebastião Salgado, *Migrations: Humanity in Transition*(New York: Aperture, 2000), 251-263을 보라.

66) 주변부적 조건 그 자체가 트로피칼리아 참여자들로 하여금 누구보다 먼저 이 점을 인식하도록 만들었다고 말할 수 있을 것이다. 브라질에서 대중문화는 매우 급속도로 출현했다. 매체의 발전만 보더라도 알 수 있는데, 그것은 재래식 기반 시설의 발전을 앞지르면서 트로피칼리아 운동 시기에 선행하여 비약적으로 성장했다. 1970년까지 바이아에는 오직 12.8퍼센트의 가구에 물이 들어오고 22.8퍼센트의 가구에 전기가 들어왔지만, 36.6퍼센트의 가구가 라디오를 소유했다. 상파울루의 경우 58.5퍼센트의 가구에 물이 들어오고 80.4퍼센트의 가구에 전기가 들어왔지만, 80.4퍼센트의 가구가 라디오를 소유했다. Christopher Dunn, *Brutality Garden: Tropicália and the Emergence of a Brazilian Counterculture*(Chapel Hill: University of North Carolina Press, 2001), 45를 보라.

67) Schwarz, "Nota sobre vanguarda e conformismo," 43-48을 보라.

68) de Campos, *Balanço da bossa*, 200.

69) Paul Simon, *Rhythm of the Saints*, Warner Brothers 26098-2, 1990.

70) Ihde, *Listening and Voice*, 159.

71) Veloso, *Verdade Tropical*, 281.

72) Dunn, *Brutality Garden*, 90-92를 보라.

73) 지우베르투 지우의 〈삼바-도발(samba-provocation)〉에 나오는 마이클 잭슨에 대한 동정적 해석은 여기서 설명되는 비아이러니적 전유를 암시한다.

마이클 잭슨은 여전히 저항한다
왜냐하면 그는 백인으로 변했을 때 슬펐기 때문이다.
"De Bob Dylan a Bob Marley – Um Samba-Provocação," O eterno deus mudança, Wea 703698, 1989.

옮긴이 후기

이 책은 니컬러스 브라운Nicholas Brown의 *Utopian Generations: The Political Horizon of Twentieth-Century Literature*(Princeton: Princeton University Press, 2005)를 우리말로 옮긴 것이다. 니컬러스 브라운은 스탠퍼드 대학교 문학과를 졸업하고 듀크 대학교 문학과에서 박사학위를 받았으며 현재 시카고 소재 일리노이 대학교의 영문학과와 아프리카계 미국학과에서 모더니즘, 아프리카 문학, 비평이론을 가르치고 있다. 특히 그의 주된 관심은 마르크스주의, 헤겔 미학, 모더니즘과 아프리카 문학, 음악학, 예술사 등에 있다. 그는 미국 내 마르크스주의 문학비평가들이 모여 결성한 마르크스주의 문학 그룹Marxist Literary Group에서 주도적인 역할을 맡은 바 있고, 현재는 잡지《매개*Mediations*》의 편집위원장을 맡고 있으며, 프레드릭 제임슨 이후 미국 내에서 마르크스주의 비평을 정치하게 펼치는 이론가로 알려져 있다. 그의 주된 저작으로는 포스트식민 문학과 유럽 모더니즘을 전 지구적 자본주의의 위기와의 관련 속에서 읽는 『유토피언 제너레이션 : 20세기 문학의 정치적 지평』(2005)과, 포스트모더니즘 이후의 시대에 모더니즘적 기획의 지속과 재개를 주장하는 『자율성 : 자본주의하의 예술의 사회적 존재론*Autonomy: The Social Ontology of Art Under Capitalism*』(2019) 등이 있다.

『유토피언 제너레이션 : 20세기 문학의 정치적 지평』은 우선 프레드릭 제임슨의 변증법적 문학이론을 계승하고 있다. 브라운은 총체성, 유토피아, 해석적 지평, 변증법, 알레고리 등에 관한 제임슨의 독창적 사고를 계승하는 한편, 이를 포스트식민 문학에 대한 해석으로 확장하면서 제임슨의 이론을 비판적으로 검토한다. 이런 점에서 이 책은 제임슨의 모더니즘과 제3세계 문학론의 연장이면서 포스트식민주의적 문학 읽기에 대한 도발적 비판을 통해 제임슨의 사고를 더욱 심화시킨다. 제임슨은 모더니즘과 제3세계 문학을 자본주의라는 하나의 틀 속에서 볼 것을 역설했지만 이 관계의 긴밀한 연관성을 구체화하는 차원까지는 나가지 않았다. 제임슨은 「다국적 자본주의 시대의 제3세계 문학」에서 제3세계 문학의 공통적 특징으로 "제3세계 문화 중에서 그 어떤 문화도 인류학적으로 독립적이거나 자율적인 것으로 상상될 수 없으며, 오히려 그것들은 모두 다양하면서도 독특한 방식으로 제1세계의 문화 제국주의와의 생사를 건 투쟁을 벌이고 있다는"* 주장을 제기한 바 있다. 비록 이 주장이 상당한 논란을 불러일으켰지만 근대 자본주의 체계 속에서 제3세계 문학의 공통적 특징을 제기한 점은 매우 인상적이었으며, 이를 통해 세계문학의 새로운 가능성을 제기하였다. 하지만 이 글에서 제임슨

---

* 프레드릭 제임슨, 「다국적 자본주의 시대의 제3세계 문학」, 김경연·김용규 편, 『세계문학의 가장자리에서』(현암사, 2014), 84쪽

은 제1세계의 문학과 제3세계 문학 간의 연관성보다는 제3세계 문학이 제1세계의 문학에 맞서 어떤 특징들을 갖고 있는지를 설명하는 데 초점을 두었다. 이런 시각을 물려받은 『유토피언 제너레이션 : 20세기 문학의 정치적 지평』은 제1세계 문학과 제3세계 문학의 고유성을 따로 비교하지 않고, 그 차이와 동일성을 동시에 해석할 수 있는 하나의 틀과 시각을 제시하고자 한다.

우선 이 책은 "자본주의가 내재적 한계에 도달한 시점에서 20세기 문학의 해석 지평을 확립하는 것"•(7쪽)을 목적으로 한다. 이것은 영미 모더니즘과 독립 시기의 아프리카 문학을, 전 지구적 자본주의의 변화와 위기 속에서 서로 연결되어 있으면서도 다른 위치를 차지하는 문학으로 이해한다. 브라운은 이 두 계열의 문학이 "부유한 국가와 보다 광범위하고 보다 가난한 경제적 주변부 간의 지구적 분할"을 특징으로 한 자본주의의 전개 속에서 서로 대립적 관계, 즉 헤겔이 말한 주인과 노예의 변증법의 관계 속에 긴밀히 연관되어 있음을 강조한다. 이를 통해 이 책은 이 두 계열의 문학을 하나의 틀 속에서 사고할 수 있는 강력한 해석 지평과 시각을 제공한다. 전통적으로 이 두 계열의 문학은 서로 무관한 것으로 간주되거나, 아프리카 문학은 서양 문학, 특히 정전적 모더니즘 문학에 한창 미달하는 문학으로 간주되기 일쑤였다. 그 결과, 아프리카 문학은 서양 모더니즘 문학에 비해 형식적·미적 섬세함이 떨어지고, 원시적이거나 이색적인 문학으로 취급당했다. 『유토피언 제너레이션 : 20세기 문학의 정치적 지평』의 놀라운 통찰은 영미 모더니즘과 독립 시기의 아프리카 문학을 서로 관계없는 차이의 관점이나, 어느 한

• 니컬러스 브라운, 『유토피언 제너레이션 : 20세기 문학의 정치적 지평』(현암사, 2021), 7쪽. 앞으로 이 책의 페이지는 본문에 바로 표기함.

쪽이 다른 쪽에 영향을 미쳤다는 일방적 시각에서 탈피하면서 이 두 문학을 하나의 관점에서 통일적으로 사고하는 데 있다. 여기서 하나의 관점이란 이 두 계열의 문학이 전 지구적 자본주의의 위기와 불균등 발전 속에서 사회관계의 새로운 형상화, 즉 유토피아적 지평에 대한 급진적 사유를 보여주는가 하는 질문에 근거한다. 특히 이런 관점은 브라운에게 차이와 동일성의 변증법적 사고를 통해서만 가능하다. 그는 포스트식민주의처럼 아프리카 문학을 서양 문학에 대한 차이와 대립, 혹은 서구 문학과 완전히 결이 다른 문학으로 읽지 않을 뿐 아니라, 이 두 문학의 차이를 무시하는 하나의 동일한 시각 속으로 밀어 넣지도 않는다. 이 책이 추구하는 바는 "모더니즘과 아프리카 문학을 가로지르는 공통 경로들(이 경로들이 많다고 하더라도)을 추적하는 것이 아니라, 이 경로들이 단순한 유사성과 영향 관계를 뛰어넘어 이해되고, 그런 과정에 둘의 진정한 차이가 명백하게 드러날 수 있는 하나의 체계를 구성하는 것"(9~10쪽)이다. 여기서 중요한 것은 이 체계 속에서 각 문학이 차지하는 위치의 문제인데, 이 위치는 항상 다른 위치들과 변증법적 관계 속에 존재하고, 그런 관계 속에서만 각 문학은 자신만의 독특한 유토피아적 지평을 제안할 수 있다.

이런 문제의식에 따라 이 책은 제임스 조이스, 셰크 아미두 칸, 포드 매덕스 포드, 치누아 아체베, 윈덤 루이스, 응구기 와 시옹오, 페페텔라를 비롯하여 영국 모더니즘과 독립 시기의 아프리카 문학 간의 변증법적 관계 속에서 이 작품들에 대한 섬세하고 꼼꼼한 읽기를 제시한다. 이 책은 크게 세 부분으로 나누어진다. 첫 번째 부분은 제임스 조이스의 『율리시스』와 셰크 아미두 칸의 『애매한 모험』이라는 작품을 중심으로 주로 자본주의적 물화와 그것을 재현하려는 모더니즘적 숭고 속에서 '주체성'의 문제를 다룬다. 『율리시스』의 알레고리적 내용은 자본주의적 '물화' 그 자체와 관련이 있으며 브라운은 이런 상황을 모더니즘적 숭고와 관련해서 설명한다. '모더니즘적 숭고'는 주체가 대상 세계에 개입하여 '주체적 총체성subjective totality'을 구성하고자 하는 시도가 사실상 불가능함을 형상화하려고 하는 것이다. 하지만 이 시도 자체가 작품 속에서 '유토피아적 지평'을 형상화하기 위한 기제로 기능한다. 다시 말해, 모더니즘적 숭고는 주체적 경험을 숭고의 차원으로 고양시킴으로써 주체와 대상의 단절을 극복하고 존재Being의 직접적 현존(유토피아적 경향)을 의미화하려고 시도하지만, 그러한 시도는 실패로 끝나고 만다. 왜냐하면 그런 시도는 자본주의 체제가 강요하는 물화 속에서는 구체성을 결여할 뿐만 아니라 내용에 있어서도 철저히 추상적이고 공허한 것임이 드러나기 때문이다.

> 모더니즘적 숭고의 독특한 운동은 무언의 대체 불가능한 물이라는 명백한 구체성에서 추상적이고 따라서 텅 빈 총체성으로 나아가는 것이다. 하지만 이 비어 있음emptiness은 단순히 허위적인 것이 아니라 직접적 경험의 현실적 추상성을 증명하는 것이기도 하다. 그러한 추상성은 고전적 리얼리즘의 근저에 놓여 있던 사회적 총체성에 대한 더욱 구체적인 개념을 더 이상 뒷받침하지 않는다. 모더니즘적 낯설게 하기의 다양한 양식들은 무의미한 물질적 단편들에 대한 경험을 뒤흔들어 숭고의 평면 위로 이동시킨다. 그곳에서 단편은 존재Being 그 자체의 직접적인 현존을 의미한다. 그러나 이렇게 불려 나온 존재는 그것을 불러낸 자의적인 하나의 단편을 제외하면 그 어떤 내용도 갖지 않기 때문에, 이 본질적인 모더니즘적 행위는 실패나 마찬가지다. 모더니즘적 낯설게 하기란 총체성을 의미하기

보다는 사회적 총체성에 대한 구체적 개념의 결여를 나타낸다. (102~103쪽)

여기서 모더니즘적 숭고는 총체성을 의미화하기보다는 사회적 총체성에 대한 구체적 개념의 결핍을 대체하기 위한 기능을 할 뿐이다. 하지만 이는 『율리시스』의 실패를 인정하고 단언하는 것과는 다르다. 브라운에 따르면, 오히려 『율리시스』는 언어가 '의미'가 아닌 '정보'로 범람하는 것, 즉 이것이 역설적이게도 실제로 작동하고 있는 모더니즘적 숭고의 '궁극적 사례'임을 보여준다.

한편 브라운은 칸의 『애매한 모험』이 주체성을 다루는 동시에 주체성에 대한 자기비판을 수행한다고 주장한다. 이 소설은 주인공을 통해 오로지 물화를 통해서만 도달 가능한 유토피아적 이상 세계를 제시하려고 하지만, 이와 동시에 주인공의 유토피아적 지평이 명백히 주관적인 것, 즉 다른 누구에게도 적용될 수 없고 오직 그의 삶에서만 구현될 수 있는 것임을 보여준다. 왜냐하면 이 소설은 단순히 자신이 극복하고자 하는 자본주의적 억압에 굴복하는 것을 보여주는 것이 아니라, 그러한 억압에 굴복한 것이 사실상 고립된 개인적 주체일 뿐임을 보여줌으로써 자본주의에 저항하기 때문이다. 유토피아적 지평을 제시하려는 문학적 시도는 20세기 초의 자본주의의 위기 속에서 거의 불가능해졌지만 완전히 불가능해진 것은 아니다. 오히려 그것은 매우 복잡하고 착잡한 것이 되었을 뿐이다.

두 번째 부분은 포드 매덕스 포드의 『훌륭한 군인』과 『퍼레이드의 끝』, 그리고 치누아 아체베의 『신의 화살』을 중심으로 근대 자본주의와 식민주의, 그리고 그들의 관계 속에서 '역사'가 처한 위상을 다룬다. 우선 포드의 소설에서 역사는 그 속에 갇혀 있는 등장인물들에게 철저하게 외부적인 것으로 인식되는 까닭에 인물들에게 역사란 도달할 수 없는, 과거에 대한 향수적 열망으로서만 인식될 뿐이다. 이에 반해 아체베의 경우에 역사는 등장인물들에게 대단히 구체적이고 현실적인 것이어서 그의 문학은 과거에 대한 유토피아적 열망보다는 아프리카의 민족적 부르주아계급의 욕망과 좌절에 초점을 맞춘다. 프란츠 파농이 말한 민족 감정의 함정처럼 이 부르주아계급의 딜레마 때문에 유토피아적 경향에는 좌절과 균열이 각인될 수밖에 없다. 이들의 소설에서 공통적으로 나타나는 모순은 이러한 좌절과 균열을 뛰어넘고자 하는 유토피아적 지평과 자본주의적 부르주아지 문화가 낳은 소설 형식의 이데올로기적 한계 간의 충돌에서 기인한다.

세 번째 부분은 윈덤 루이스의 『아기의 날』, 응구기 와 시옹오의 연극, 그리고 앙골라 작가 페페텔라의 소설 『유토피언 제너레이션』을 중심으로 '정치학'을 다룬다. 브라운은 앞서 살펴본 작품들이 주체와 역사 간의 구체적인 매개를 결여함으로써 유토피아적 지평을 회피하는 것으로 끝난 반면에, 이 세 작가들의 작품들은 성격상 명백히 정치적이고, 비록 서로 상이한 관점에서이긴 하지만 주체와 역사를 서로 매개하고자 하는 명백한 시도를 보여준다고 주장한다. 루이스는 식민지 민중이나 피지배계급의 부상하는 주체성에 맞서 자신의 정체성을 강화하고자 하는 지배계급의 정치학에 주된 초점을 두었던 데 반해, 응구기 와 시옹오와 페페텔라는 식민지 민중의 계급의식성에 초점을 맞춘다. 하지만 브라운은 이런 계급의식 자체보다는 그것들이 유토피아적 지평을 형상화하고자 할 때 부딪히게 되는 문제들을 분석한다. 이 분석에서 흥미로운 것은 브라운이 '현재에 대한 저항'을 통해서 유토피아적 대안을 추구하는 것을 이 작품들 속에 구현된 음악적 실천들의 가능성과 연결 짓는 지점이다. 브라운은 응구기의 연극, 페페텔라의 소설 『유토피언 제너레이션』에서 다루어지는 음악적 실천에서 문학과는 다른 유토피아적 지평을 보고자 한다.

> 오늘날 정치적 주체성의 문제는 모더니즘 혹은 반식민적 소설에 의해 의식적으로 혹은 무의식적으로 직면하게 되는 것과는 차원이 다른 특성과 질서를 가지는 문제이다. 대중음악, 가장 타락한 형식으로 나타나는 가능한 미래에 대한 요청은 소설이나 교육극의 형식과는 달리 모든 사람들에게 전해진다. 사회적 공간에서 음악은 문학과 다른 위치를 차지한다. 그것의 지리적·인구적 도달 범위는 연극이나 소설의 도달 범위를 훨씬 넘어선다. 그것의 제작은 영화나 비디오의 제작보다 훨씬 수월하다. 그리고 다중의 창조성을 지도 그리고 형성하는 데 있어 그것의 잠재성은 그 어떤 다른 것들보다 크다. 음악 문화의 전 지구를 가로지르는 이동은 영화와 같이 극도로 자본화된 형식의 이동보다 예측하기 힘들고, 따라서 그것은 지배적인 흐름을 거슬러 예상치 못한 방향으로 작동하고 때때로 정치적 욕망들과 직접적으로 연결된다. (377~378쪽)

이 음악적 실천의 가능성은 결론에서 보다 본격적으로 제기된다. 브라운은 자신이 지금까지 여러 상이한 맥락에서 검토해온 변증법적 동력이 “마침내 소진되었다”(385쪽)고 단정한다. 그에 따르면, “주체성이 역사를 통해 정치학으로 이동하면서 유토피아적 지평이 더욱 구체화될 때, 변증법의 거대한 두 진영의 균열은 더욱 심화된다. 하지만 이 지평은 실질적인 구체화의 지점, 즉 정치적 주체의 생산 지점에 도달하자마자 문학적인 것으로 머무는 것을 중지한다.” 즉 “문학작품이 외부의 정치적 지평을 지향하면 할수록 우리가 서론에서 문학 그 자체에 속하는 것으로 이론화했던 내부의 유토피아적 지평의 필요성은 감소한다."(386쪽) 여기서 브라운은 문학적 변증법이 소진의 지점에 도달했음을 강조하면서 동시대 문학의 작품들에 내재하는 유토피아적 지평을 다른 곳에서, 즉 음악적 실천 개념에서 엿본다. '유토피아적 지평'을 형상화하고자 하는 시도로서의 문학이 도달한 한계점은 다른 장르들, 특히 음악과 영화에서 새로운 가능성을 찾게 된다. 브라운이 볼 때, 자본주의적 위기 속에서 형성된 음악적 실천이 유럽 모더니즘 문학과 독립 시기의 아프리카 문학이 포착하고 회피한 유토피아적 지평을 새롭게 형상화한다. 뿐만 아니라 음악은 자본주의의 변증법, 즉 자본주의가 어떻게 계속해서 전 세계를 자신의 지배하에 종속시킬 수 있는지 검토하는 데 아주 적절한 영역이 된다. 브라운의 이런 주장에 어떤 평가를 내리든, 그의 인식은 오늘날의 문학에 유토피아적 지평이 부재하거나 회피되고 있음을 예리하게 지적하는 것이다. 이 대목은 프레드릭 제임슨이 도달한 지점과 매우 유사하다. 제임슨이 포스트모던 시대에 문학의 유토피아적 지평의 소멸을 날카롭게 인식하고 오히려 영화와 같은 다른 예술 장르에서 새로운 가능성을 보았듯이, 브라운은 문학의 유토피아적 지평이 멈춰선 지점에서 음악과 같은 다른 예술적 실천에서 그러한 지평의 새로운 가능성을 엿본다. 그의 최근 작업인 『자율성 : 자본주의하의 예술의 사회적 존재론』(2019)이 문학보다는 음악, 영화, TV와 같은 다른 장르들로 확장되어가고 있는 것도 이런 인식과 무관하지 않아 보인다.

결론적으로 『유토피언 제너레이션 : 20세기 문학의 정치적 지평』은 우선 영미 모더니즘 문학과 독립 시기의 아프리카 문학에 대한 과거의 근시안적인 해석을 뛰어넘어 자본주의적 관계의 위기 속에서, 그 차이와 동일성을 가능하게 해주는 하나의 틀로 읽을 수 있는 거시적 시각을 제공한다. 특히 이런 틀 위에서 영미 모더니즘과 아프리카 문학의 작품들 속에서 이 작품들이 어떤 유토피아적인 지평을 보여주었는가를 섬세하고 꼼꼼하게 추적한다. 나아가서 이 책은 전 세계를 무자비하게 포섭해버린 지구적 자본주의의 단일 문화 속에서 문학이 여전히 유토피아적 지평의 표현 형식일 수 있는가를 질문하는 한편, 문학을 넘어선 지점에서 사회관계의 새로운 급진적 형상화를 살피기도 한다. 무엇보다 이 책의 가장 중요한 의미는 중심부와 주변부, 제1세계와 제3세계, 구체적으로는 영미 모더니즘 문학과 포스트식민 문학들 간의 관계를 변증법적으로 읽는 놀라운 통찰을 제공하는 데 있다.

끝으로 이 책을 번역하는 데 여러분들의 도움과 지원을 받았다. 이 책은 인문한국(HK) 지원 사업의 일환으로 부산대 인문학연구소 내의 비교문화센터에서 기획된 것이었다. 인문한국 사업의 기간이 종료되었음에도 불구하고 이 책의 출간에 적극적인 지지와 도움을 제공해준 인문학연구소 이효석 소장님과 센터의 총서 기획을 책임져준 서민정 선생님께 감사드린다. 그리고 긴 시간 이 책의 편집 및 교정 작업에 세심한 노력을 기울여준 현암사에도 감사드린다. 이 책의 번역에서 김용규가 서론과 2, 3, 4장을 맡았고, 차동호가 5, 6, 7, 8장을 맡았으며, 각자의 번역을 다른 역자가 읽고 검토하는 작업을 거쳤다. 시간적 제약과 역자들의 한계로 한 사람이 한 번역같이 깔끔하게 다듬지 못한 아쉬움이 있다. 책 자체의 이론적 밀도가 상당히 높고, 생소한 작품들을 다수 다루고 있으며, 번역 과정에 상당히 긴 시간이 소요되었다. 역자들로서는 이해하지 못한 부분이 많았고, 그런 흔적들을 곳곳에 남길 수밖에 없었음을 인정해야 할 것 같다. 이 책을 읽을 독자들의 따뜻한 질정을 바라며 이 번역이 문학에서 새로운 희망의 가능성을 찾는 연구자들에게 신선한 자극이 되기를 바란다.

2021년 5월 12일

김용규 씀

찾아보기

—— ㅊ

—— ㅋ

—— ㅌ

'우리시대의 주변/횡단 총서'를 펴내며

오늘날 우리는 근대성의 위기를 목격하고 있다. 근대성은 우리에게 계몽과 이성과 진보를 통한 인간 해방의 가능성을 제공하기도 했지만, 전 지구적 차원에서 볼 때 그 해방의 혜택은 특정 지역이나 소수의 엘리트들에게만 돌아갔다. 즉, 그것은 인간의 해방을 선언하는 바로 그 와중에도 서양과 비서양, 제국과 식민, 문명과 자연, 이성과 비이성, 중심과 주변, 남성과 여성, 백인종과 비백인종, 지배계급과 서발턴 등 다양한 이분법적 구조를 형성함으로써 전 지구적인 차원에서 새로운 차별들의 체제를 구축해왔다. 이는 근대성이 그 기원에서부터 자신의 어두운 이면으로 이미 식민성을 갖고 있었음을 보여준다.

그동안 우리는 근대성과 식민성이 동전의 양면을 이루고 있음을 제대로 인식하지 못한 채 근대성을 '미완의 기획'으로 간주하였고, 그것을 더욱 밀어붙임으로써 근대성을 완성하고 근대성의 한계를 뛰어넘을 수 있으리라 꿈꾸어왔다. 하지만 이런 시도는 근본적으로 식민성에 대한 이해를 폐제廢除한, 근대성이라는 환상에 기초한 것이었음이 드러났다.

오히려 근대의 극복은 근대성의 완성이 아니라 바로 근대 이후 제도화된 식민성의 극복을 통해 가능할 수밖에 없다는 사실이 점차 입증되고 있는 것이다. 우리는 근대성의 완성과 식민성의 극복이 긴밀히 연결되어 있으면서도 서로 첨예한 긴장 관계를 형성하고 있음을 깨닫고 있다. 전자의 논리가 후자에 대한 인식에 근거하지 못할 때, 근대를 극복할 가능성을 계속해서 서양과 중심부에서만 찾게 되는 유럽중심주의적 논리에서 벗어나기 어렵다. 반면 식민성의 극복을 전제로 한 근대성의 극복은 전 지구적 차원에서 근대에 의해 억압되고 지워진 주변부의 다양한 가치들을 전면적으로 재평가하고, 그 주변적 가치들을 통해 서양의 단일한 보편성과 직선적 진보의 논리를 극복할 가능성을 제공할 수 있다. 이런 인식을 감안할 때, 새삼 주목받게 되는 것은 중심부가 아니라 주변부이고, 단일한 보편성이 아니라 복수의 보편성들이며, 근대성의 완성이 아니라 그 극복이다.

'우리시대의 주변/횡단 총서'는 이런 문제의식에서 기획되었다. 이 총서는 일차적으로 근대성 극복을 위한 계기나 발화의 위치를 서양과 그 중심부에서 찾기보다 서양이든 아니든 주변과 주변성에서 찾고자 한다. 그렇다고 주변성을 낭만화하거나 일방적으로 예찬하지는 않을 것이다. 주변은 한계와 가능성이 동시에 공존하는 장소이자 위치이다. 그곳은 근대의 지배적 힘들에 의해 억압된 부정적 가치들이 여전히 사람들의 삶에 질곡으로 기능하는 지점이며 중심부의 논리가 여과 없이 맹목적으로 횡행하는 장소이기도 하다. 하지만 이런 질곡의 이면을 들여다보면 이 장소는 근대에 의해 억압되었고 중심부의 논리에 종속되어야만 했던 잠재적 역량들이 집결되어 있는 곳이기도 하다. 그러므로 주변성은 새로운 해방과 가능성을 풍부한 잠재적 조건으로 가지고 있는 곳이기도 하다. '우리시대의 주변/횡단 총서'는 주변성의 이런 가능성과, 그것을 어떻게 키워나갈 것인가에 주목하고자 한다.

뿐만 아니라 '우리시대의 주변/횡단 총서'는 주변성이나 주변적 현실에 주목하되 그것을 고립해서 보거나 그것의 특수한 처지를 강조하지 않을 것이다. 오히려 주변은 스스로를 횡단하고 월경함으로써, 나아가서 비슷한 처지에 있는 다른 지역 및 위치들과의 연대를 통해 자신의 잠재성을 보다 키워나갈 수 있을 것이고, 종국적으로 특수와 보편의 근대적 이분법을 뛰어넘는 새로운 차원의 보편성을 실천적으로 사고해나갈 수 있을 것이다. 그동안 근대적 보편성은 주변이 자신의 특수한 위치를 버릴 때에만 초월적이고 보편적인 지점에 도달할 수 있는 것으로 주장돼왔다. 그리고 그 보편적 지점을 일방적으로 차지했던 것은 항상 서양이었다. 그 결과 그 보편성은 주변에 동질성을 강제하는 억압적 기제로 작용했고, 주변의 삶이 스스로를 부정적으로 인식하도록 만든 결정적 계기가 되었던 것이다. 근대성과 식민성이 여전히 연동하고 있는 오늘날의 전 지구적 현실에서 서양적이고 초월적인 보편성은 더 이상 순조롭게 작동하기 어렵다. 이제 필요한 것은 주변들과 주변성의 역량이 서로 횡단하고 접속하고 연대함으로써 복수의 보편들을 추구하는 작업이다. '우리시대의 주변/횡단 총서'는 이런 과제에 기여하는 것을 꿈꾸고자 한다.

부산대학교 인문학연구소